16	3	2	13
5	10	11	8
9	6	7	12
4	15	14	1

Coleção LESTE

Fiódor Dostoiévski

ESCRITOS DA CASA MORTA

Tradução, apresentação e notas
Paulo Bezerra

Posfácio
Konstantin Motchulski

Xilogravuras
Oswaldo Goeldi

editora 34

EDITORA 34

Editora 34 Ltda.
Rua Hungria, 592 Jardim Europa CEP 01455-000
São Paulo - SP Brasil Tel/Fax (11) 3811-6777 www.editora34.com.br

Copyright © Editora 34 Ltda., 2020
Tradução © Paulo Bezerra, 2020

A FOTOCÓPIA DE QUALQUER FOLHA DESTE LIVRO É ILEGAL E CONFIGURA UMA APROPRIAÇÃO INDEVIDA DOS DIREITOS INTELECTUAIS E PATRIMONIAIS DO AUTOR.

Título original:
Zapiski iz miórtvovo doma

Ilustrações:
Xilogravuras de Oswaldo Goeldi realizadas para a edição de Recordações da casa dos mortos *publicada pela Livraria José Olympio Editora, do Rio de Janeiro, em 1945 (autorizada sua reprodução pela Associação Artística Cultural Oswaldo Goeldi - www.oswaldogoeldi.com.br)*

Capa, projeto gráfico e editoração eletrônica:
Bracher & Malta Produção Gráfica

Revisão:
Danilo Hora, Alberto Martins

1ª Edição - 2020, 2ª Edição - 2023

CIP - Brasil. Catalogação-na-Fonte
(Sindicato Nacional dos Editores de Livros, RJ, Brasil)

D724e

Dostoiévski, Fiódor, 1821-1881
  Escritos da casa morta / Fiódor Dostoiévski; tradução, apresentação e notas de Paulo Bezerra; posfácio de Konstantin Motchulski; xilogravuras de Oswaldo Goeldi. — São Paulo: Editora 34, 2023 (2ª Edição).
  408 p. (Coleção LESTE)

Tradução de: Zapiski iz miórtvovo doma
ISBN 978-65-5525-037-4

  1. Ficção russa. I. Bezerra, Paulo. II. Motchulski, Konstantin (1892-1948). III. Goeldi, Oswaldo (1895-1961). IV. Título. V. Série.

CDD - 891.73

ESCRITOS DA CASA MORTA

Apresentação, *Paulo Bezerra* 7

Primeira parte

Introdução 31
I. A Casa Morta 37
II. Primeiras impressões 53
III. Primeiras impressões (continuação) 71
IV. Primeiras impressões (continuação) 87
V. O primeiro mês 103
VI. O primeiro mês (continuação) 119
VII. Novos conhecidos. Pietróv 135
VIII. Homens decididos. Lutchka 149
IX. Issái Fomitch. O banho. O relato de Baklúchin 159
X. A festa de Natal 175
XI. O espetáculo 191

Segunda parte

I. O hospital 213
II. O hospital (continuação) 227
III. O hospital (continuação) 243
IV. O marido de Akulka (um relato) 261
V. Temporada de verão 273
VI. Os animais do presídio 291
VII. A queixa 305
VIII. Os companheiros 325
IX. Uma fuga 339
X. A saída da prisão 355

Apêndices
"Carta ao censor", *Fiódor Dostoiévski* 363
"Dostoiévski e Dúrov na prisão de Omsk", *Piotr Martiánov* 367
"Memórias" (excerto), *Aleksandr Miliukóv* 376

Posfácio, *Konstantin Motchulski* 383

Página do *Caderno siberiano* de Dostoiévski, onde ele listou, em entradas numeradas, frases e costumes dos presos da fortaleza de Omsk.

A CASA MORTA: O LABORATÓRIO DO GÊNIO

Paulo Bezerra

Este livro de Fiódor Dostoiévski, que o leitor brasileiro já conhece como *Recordações* ou *Memórias da casa dos mortos*, ganha agora uma nova tradução, direta da língua original, sob o título *Escritos da casa morta*. Esta opção para o título em português de *Zapiski iz miórtvovo doma*, obra publicada na Rússia entre 1860 e 1862, deveu-se a alguns fatores.

O termo "casa morta", que é a tradução literal das palavras utilizadas por Dostoiévski, fundamenta-se sobretudo pela ausência de "mortos" na narrativa: os galés do presídio de Omsk são retratados com grande vivacidade. Portanto, não há mortos na tristemente famosa casa, mas homens vivos, sagazes, inteligentes ou não, todos vítimas de uma sinistra moenda de gente. Se a expressão "casa dos mortos" pode estar baseada na frase final do narrador, que fecha o livro falando de uma "ressurreição dentre os mortos", cabe lembrar que Dostoiévski já experimentara esse sentimento de ressurreição no dia 22 de dezembro de 1849, na praça Semiónovski, em São Petersburgo, quando teve sua pena de morte suspensa diante do pelotão de fuzilamento, momentos antes da execução. Ademais, podemos ver o termo "casa morta" como uma reminiscência do *Inferno* de Dante Alighieri. O próprio narrador chama o presídio de "inferno", e em alguns capítulos — especialmente em "O banho", assim como na imagem tétrica do tuberculoso morto, em pele e osso, nu e acorrentado, em "O hospital" — há cenas que lembram diversas passagens da *Divina Comédia*, sobretudo aquelas que se estendem dos cantos V ao XIII do *Inferno*.

Quanto à palavra "escritos", embora os dicionários russo-português registrem a opção de "memórias" ou "recordações" como possíveis traduções de *zapiski*, cabe lembrar que o termo deriva diretamente do radical do verbo *pissat* ("escrever"), e que, durante os quatro anos de trabalhos forçados em Omsk, Dostoiévski, homem de saúde frágil, passou uma parte considerável de seu tempo no hospital militar da cidade, onde fez uma série de anotações a tinta que foram guardadas com a autorização do médico-chefe Ivan Ivánovitch Troitski. Este médico não só permitiu que o famoso galé lesse e escrevesse (no presídio, o único livro permitido era a Bíblia), como prolongava, por conta própria e correndo risco pessoal, os períodos de internação do escritor, possibilitando assim a escrita e a conservação do chamado *Caderno siberiano* (*Sibírskaia tietrád*), apontamentos que foram usados na redação dos *Escritos da casa morta* e em praticamente todos os seus romances subsequentes.

O caderno é composto por quase quinhentas notas numeradas, escritas entre 1852 e 1853, que foram completadas a partir de 1854 em Semipalátinsk, para onde Dostoiévski foi enviado depois de cumprir a pena em Omsk. São registros quase fotográficos da linguagem dos galés, de suas discussões, de histórias contadas por eles, de provérbios e cantos populares dos camponeses de uma infinidade de rincões da Rússia. Essas anotações, que permaneceram por longos anos fora do alcance dos estudiosos, tiveram grande importância no meu trabalho de tradução, especialmente para encontrar no português do Brasil os equivalentes linguístico-culturais para os muitos ditos populares que Dostoiévski registrou. Há, portanto, uma relação estreita entre os *Escritos da casa morta* e o *Caderno siberiano*, que não são recordações ou memórias reconstituídas na distância do tempo, mas sim notas tomadas no calor da hora, no dia a dia do presídio.

Um pouco de história

No dia 23 de janeiro de 1850, Dostoiévski chega ao presídio de Omsk, na Sibéria, situado a mais de 3.000 km a leste de São Petersburgo. Por seu envolvimento no chamado Círculo de Pietrachévski, uma confraria de intelectuais progressistas, fora condenado à morte por fuzilamento, pena que, no dia da execução, foi comutada por ordem do próprio tsar Nicolau I em quatro anos de trabalhos forçados e o degredo perpétuo na Sibéria, como soldado de batalhão.

Assim começa sua vida de galé. Embora tivesse formação de engenheiro, não possuía nenhum ofício de utilidade prática no presídio, e foi destinado aos trabalhos braçais pesados, como girar um esmeril lento na oficina, cozer tijolos e carregá-los em pilhas pesadas para uma construção, trabalhar no desmonte de uma velha barca, com água gelada do rio Irtích até os joelhos, calcinar alabastro e realizar outros trabalhos sob o insuportável frio de quarenta graus negativos, a ponto de congelar um dos pés, como escreve em uma carta ao irmão Mikhail. Apesar das imensas dificuldades que o trabalho criava para um homem de compleição menos robusta como ele, e do desdém dos galés por sua inabilidade e fraqueza física, Dostoiévski insistia em trabalhar e colaborar, por uma questão de dignidade.

Mikhail Guernet, historiador especializado no sistema tsarista de encarceramento, escreveu sobre o regime de prisão imposto a Dostoiévski:

"É de espantar que o escritor não tenha morrido na prisão. O lema de toda administração dos presídios naquela época era fazer deles um lugar só de privações e sofrimento. Se a administração dos presídios tivesse conseguido levar esse lema ao pé da letra e até o fim, aqueles cemitérios de vivos teriam se tornado cemitérios de mortos. O instinto de autopreservação dos habitantes dos presídios não podia resignar-se. Nos presídios e companhias de prisioneiros levava-se uma luta tenaz pela vida."[1]

No dia 22 de dezembro de 1849, preso na Fortaleza de Pedro e Paulo, em Petersburgo, na iminência de partir para a Sibéria, Fiódor Dostoiévski escreveu ao irmão Mikhail:

"A vida é vida em toda parte, a vida está em nós, e não no que nos rodeia. Perto de mim haverá gente, e ser um homem entre os homens e assim permanecer para sempre em quaisquer que sejam as desgraças, sem desanimar, sem me abater — eis em que consiste a vida, eis a tarefa de viver."

Ser um "homem" no sentido dostoievskiano significa ver o outro, ouvir o outro, aceitá-lo como ele é, respeitar o seu pensamento, mesmo discordando dele, procurar dividir com ele os momentos de tristeza e de alegria. Assim é o comportamento do seu duplo e narrador Aleksandr Pietróvitch Goriántchikov ao longo dos *Escritos da casa morta*, e em especial durante a montagem do espetáculo teatral dos presos, para o qual o próprio Dostoiévski servira, de fato, como diretor de cena, revelando seus notáveis pendores teatrais e lançando mão de uma mescla de gêneros como a pantomima, o *vaudeville*, a comédia e a bufonaria (alguns desses gêneros migraram para as suas obras), tudo estribado numa linguagem autenticamente popular, carregada de ditos alegres e insinuações indecentes. Dostoiévski deu livre vazão ao dom do improviso dos galés, estimulou cada ator a representar a seu próprio modo, deixando-o revelar sua espontaneidade e seu envolvimento com a arte. E o que se viu foi uma explosão de criatividade, de alegria quase in-

---

[1] *Apud* Leonid Grossman, *Dostoiévski*, Moscou, Molodáia Gvárdia, 1963, p. 137.

fantil vinda daqueles homens brutos, rudes e criminosos, a quem por um instante a arte teatral devolvia a humanidade aparentemente perdida.

Nessa passagem, o acorde final do narrador dos *Escritos* é uma exaltação da criatividade popular e uma condenação explícita do sistema carcerário da Rússia de Nicolau I (1796-1855):

> "Observando aqueles atores improvisados, a gente pode até se surpreender e pensar involuntariamente quantas forças e quantos talentos são desperdiçados quase em vão no cativeiro, sob um fardo pesado, na nossa Rússia."

Foi graças ao seu credo de ser sempre um homem entre as gentes, sob as mais insuportáveis desgraças, que Dostoiévski conseguiu concluir seus quatro anos de trabalhos forçados e saiu vivo do inferno de Omsk, mostrando qual é a tarefa de viver.

Semipalátinsk

No dia 2 de março de 1854, Dostoiévski foi designado soldado raso no Sétimo Batalhão de Linha da Companhia Siberiana do Exército Russo, situado na cidadezinha de Semipalátinsk, no atual Cazaquistão, nas estepes quirguizes e perto da fronteira com a China. Terminavam assim os quatro anos de trabalhos forçados em Omsk, no presídio que ele chamou de "inferno". Começava uma vida nova como degredado, obrigado apenas a cumprir suas obrigações de soldado num batalhão de fronteira.

Um mês depois ele chega a Semipalátinsk, atual Semey, 750 km a sudeste de Omsk, cidade de sua ressurreição como escritor. Seus primeiros dias no novo local, morando na caserna com os soldados, não foram nada fáceis, Mas ao cabo de algum tempo recebeu permissão para morar sozinho, sob a responsabilidade do comandante da sua companhia, e então alugou uma velha isbá num local próximo à caserna, e por algum tempo continuou cumprindo suas responsabilidades de soldado e convivendo com a tropa.

Em Semipalátinsk, Dostoiévski conheceu várias pessoas que seriam importantes em sua vida de escritor, entre elas Piotr Semiónov Tián-Chanski, um importante geógrafo e cientista russo, e o barão Aleksandr Iegórovitch Wrangel, um jovem jurista, diplomata e arqueólogo, culto e bem-educado, que em 1854 fora designado procurador distrital na cidade. Tián-Chanski deu a Dostoiévski importantes informações sobre a geografia física e humana das regiões de Omsk e Semipalátinsk, sobre os costumes dos nômades quirguizes e de outras etnias que habitavam a estepe, que foram de grande valia para a narrativa de *Escritos da casa morta*. Os três se tornaram amigos, e Dostoiévski leu para eles os primeiros rascunhos de sua obra. Dos dois amigos, Wrangel seria o mais presente na vida de Dostoiévski em Semipalátinsk. Homem de formação e posições liberais, Wrangel procurava aliviar a sorte dos criminosos oriundos das camadas mais pobres da população. Já conhecia Dostoiévski como autor de *Gente pobre* (1846) e admirava muito o seu talento. Conheceram-se pessoalmente em 1854 e logo se tornaram íntimos. Wrangel introduziu Dostoiévski no mundo da alta administração e da burocracia de Semipalátinsk, apresentou-o ao juiz e ao promotor locais e a outras autoridades e pessoas cultas, o que contribuiu para aliviar as duras condições do serviço como soldado raso às quais o escritor ainda estava subordinado. Forneceu ajuda material a Dostoiévski não só no período de sua convivência, mas também depois, nos anos 1860, quando Wrangel já fora transferido para outra procuradoria, por desagradar às autoridades com suas posições políticas. O convívio e a amizade entre os dois, que chegaram a morar um tempo juntos num velho palacete de madeira à beira do rio Irtích, ficaram registradas nas recordações de Wrangel sobre Dostoiévski.

Na União Soviética existe uma série de *Memórias Literárias* sobre grandes escritores e outras personalidades importantes, coletâneas de textos escritos por pessoas que haviam convivido com elas. Em 1964, a editora Khudójestvennaia Literatura (Literatura de Ficção) de Moscou publicou *F. M. Dostoiévski nas lembranças de seus contemporâneos*, contendo trechos das memórias de Wrangel, importante documento sobre o período vivido por Dostoiévski em Semipalátinsk. Aí, além da grande amizade e da constante troca de ideias entre os dois, tomamos conhecimento do processo de renascimento do escritor Dostoiévski, de seus planos de criação de *O sonho do titio* e *A aldeia de Stepántchikovo e seus habitantes*,[2] e de que ele "não gostava de Pietrachévski e suas fantasias, achava *por ora* impensável e prematura uma reviravolta política na Rússia e até ridículo pensar numa constituição nos moldes ocidentais com massas populares tão ignorantes".[3]

---

[2] Ambos publicados em 1859 pelas revistas *Palavra Russa* (*Rússkoie Slovo*) e *Anais da Pátria* (*Otiétchestvennie Zapiski*), respectivamente; esta última publicara a novela *Um pequeno herói* em 1857.

[3] A. I. Wrangel, "Das memórias sobre F. M. Dostoiévski", em *F. M. Dostoiévski nas lembranças de seus contemporâneos*, Moscou, Khudójestvennaia Literatura, 1964, p. 353.

Uma passagem do relato de Wrangel, interessante para o nosso assunto, é a que narra o aparecimento repentino de uma jovem morena coquete chamada Vanka-Tanka, "que não podia sequer admitir a ideia de que alguém pudesse passar a seu lado sem ficar fascinado". O imprevisto aparecimento da moça, que é mencionada no penúltimo capítulo dos *Escritos*, foi uma espécie de impulso a Dostoiévski para retomar a escrita do livro:

"Esse mesmo encontro serviu de motivo a Dostoiévski para escrever um novo capítulo [cap. IX, "A fuga"] de *Escritos da casa morta*. Já mencionei que nesse período em que moramos juntos Fiódor Mikháilovitch trabalhou em sua famosa obra... Fui o primeiro a ter a felicidade de vê-lo nesses momentos de sua criação, o primeiro a ter a oportunidade de ouvi-lo narrar os esboços dessa obra incomparável, e ainda hoje, depois de longos anos, lembro-me daqueles momentos com um sentimento especial. Quanta coisa interessante, profunda e instrutiva tive oportunidade de haurir nas conversas com ele. O notável é que, a despeito de todas as duras provações do destino — os trabalhos forçados, o degredo, a terrível doença e as permanentes necessidades materiais, a alma de Fiódor Mikháilovitch nutria com uma chama inextinguível os sentimentos humanos mais radiantes, mais vastos. Em Dostoiévski sempre me impressionou, em particular, aquela surpreendente doçura que, apesar dos pesares, havia nele."[4]

Trata-se do mais importante documento, humano e literário, sobre o tempo vivido por Dostoiévski em Semipalátinsk, tempo de maturação e conclusão dos *Escritos da casa morta*. Em Semipalátinsk ele foi promovido a sargento, posteriormente autorizado a dar baixa e, enfim, anistiado. Foi a cidade da grande transição de sua vida e também da mudança de sua visão sobre a Sibéria. A abertura dos *Escritos* é uma ode à Sibéria, e Semipalátinsk é o motivo principal dessa ode.

Em Semipalátinsk, Dostoiévski aprimorou a sua concepção estética, delineada ainda em Petersburgo em suas famosas polêmicas de 1846 com Bielínski e aprofundada na solidão do degredo. Porém só mais tarde, já no início da década de 1860, ele lhe daria melhor acabamento em outras polêmicas, desta feita com Tchernichévski, Dobroliúbov e Saltikov-Schedrin, nas

---

[4] *Idem*, p. 362.

quais defenderia suas concepções hegelianas sobre a essência do belo.[5] Apesar de algumas pequenas concessões ao pensamento literário oficial (inclusive escrevendo alguns madrigais dedicados ao tsar Nicolau I), que podemos atribuir mais ao desespero de um escritor condenado por crime político, o que o impedia de publicar, Dostoiévski não se afastou de suas concepções filosóficas sobre a arte literária e a missão do escritor. Tanto que, uma vez dispensado do exército e agraciado com a liberdade de morar em qualquer cidade russa, menos nas capitais (o que só viria a ocorrer em março de 1859), ele logo fundou com o irmão Mikhail a revista de política e literatura *O Tempo* (*Vriêmia*), que circulou entre 1861 e 1863. No nº IX (1862) dessa revista, formulou sua concepção basilar de toda a arte do século XIX, e também de seu pensamento estético: "*Recuperar o homem destruído*, esmagado injustamente pelo jugo das circunstâncias, da estagnação de séculos a fio e pelos preconceitos sociais. Esse pensamento consiste em *absolver os humilhados e todos os párias renegados pela sociedade*".[6] Esse credo estará presente em toda a obra dostoievskiana.

Como disse Púchkin, "o gênio é amigo dos paradoxos", e Dostoiévski talvez seja a mais perfeita encarnação dessa assertiva puchkiniana. Como conceber, senão como uma espécie de paradoxo, que em pleno degredo de Semipalátinsk, ainda sob o efeito dos horrores de Omsk (que lhe ficariam na memória pelo resto da vida, segundo suas próprias palavras), ele viesse a engendrar duas obras ficcionais eivadas de bufonaria farsesca, gargalhadas, destronamentos carnavalescos e de um riso desestabilizador que campeia de fio a pavio?

Em 1858 ele escreve *O sonho do titio* e *A aldeia de Stepántchikovo e seus habitantes*.[7] Em *O sonho do titio*, "aplica pela primeira vez a lei da composição, que ficaria como fundamento da arquitetônica de todos os seus grandes romances", segundo Leonid Grossman,[8] e mescla o cômico e o grotesco, que seriam componentes de todos os seus romances e dois elementos essenciais da teoria da carnavalização de Mikhail Bakhtin. O mesmo procedimento se verifica na construção de *A aldeia de Stepántchikovo*, cuja vida se concentra em torno de Fomá Fomitch Opískin, "antigo bufão-parasita,

---

[5] Leonid Grossman, *op. cit.*, p. 109.

[6] *Apud* Leonid Grossman, *op. cit.*, p. 109.

[7] Ambos publicados pela Editora 34 em 2012, em tradução minha e de Lucas Simone, respectivamente.

[8] Leonid Grossman, *op. cit.*, p. 110.

que na fazenda do coronel Rostániev se tornou um *déspota absoluto*, ou seja, a vida se concentra em torno de um rei carnavalesco".[9]

O sonho do titio, que Dostoiévski chamou inicialmente de *veschitsa*, isto é, uma *coisinha*, uma *peçazinha*, é de fato o desenvolvimento de uma expressão que ouvira na prisão e incluíra na entrada de número 258 do *Caderno siberiano*: "Por que achas de me contar esse sonho da vovó?!". O enredo de *O sonho do titio* é centrado na história do noivado do decrépito príncipe K, uma ruína de velho que parecia prestes a desmoronar sempre que se olhava para ele, mas disposto a casar-se com a jovem Zina, primeira beldade do local. Esse tema antecipa a história similar do velho príncipe Sokólski no penúltimo romance de Dostoiévski, *O adolescente* (1875), e a representação da nobreza russa como ruína nesse mesmo romance e no conto *Bobók*, de 1873. Em termos de composição, nas peripécias do arranjo e desarranjo do noivado já se pode antever os princípios específicos da posterior arte romanesca de Dostoiévski, na qual o efêmero, o imprevisto da ação, a catástrofe, o escândalo e as confissões de um coração ardente se alternam numa peculiar estilística do diálogo e da narração, na qual, segundo o crítico Vladímir Vladímirtsiev,

> "[...] o curioso mundo histriônico e cômico do jogo matrimonial aparece na superfície quase como um acessório ao tipo de teatro de Shakespeare, no qual são representados horrores fatais, e no qual emergem das cinzas de um provincianismo rotineiro e banal caracteres humanos traçados em maior escala, e por isso atraentes em sua forma estética."[10]

Portanto, é em Semipalátinsk que aquela "cabeça que deixara de criar", como Dostoiévski escreve ao irmão Mikhail logo após a encenação de fuzilamento, emergirá das cinzas dos horrores de Omsk disposta a uma nova luta no terreno em que ele viria a se tornar um dos maiores, ou quiçá o maior, exponentes literários: o romance.

---

[9] Mikhail Bakhtin, *Problemas da poética de Dostoiévski*, tradução de Paulo Bezerra, Rio de Janeiro, Forense Universitária, 2008 (4ª edição revista e ampliada), p. 188.

[10] V. P. Vladímirtsiev, "O sonho do titio", em *Dostoiévski: obras, cartas, documentos*, Petersburgo, Puchkinskii Dom, 2008, p. 64.

Um complemento essencial

A carta de Dostoiévski ao irmão datada de 22 de fevereiro de 1854 é um documento importantíssimo, pois é o primeiro registro de sua experiência no presídio de Omsk, a qual só se tornará pública com a edição de *Escritos da casa morta*. Além disso, ela dá ao leitor brasileiro a oportunidade de verificar o que nesta obra é autobiográfico ou ficcional.

Na véspera da partida de Omsk, ele escreve ao irmão Mikhail a famosa missiva, dizendo não saber o que o espera em Semipalátinsk e, curiosamente, mostrando bastante indiferença pelo destino que o aguardava na nova cidade. A carta é, antes de tudo, um extraordinário testemunho pessoal. É tocante a passagem em que ele descreve sua saída de Petersburgo para a Sibéria em plena noite de Natal. Informa que, mal se despedira do irmão, ele e mais dois companheiros do Círculo de Pietrachévski foram levados para receber os grilhões.

"Às doze da noite, ou seja, exatamente na hora do Natal, puseram-me grilhões pela primeira vez na vida. Pesavam umas quarenta libras e era extremamente incômodo andar com eles.[11] Depois fomos colocados um a um em trenós abertos... e deixamos Petersburgo. Eu sentia um peso e algo confuso e vago no coração, em virtude das muitas e diversas sensações. O coração vivia numa estranha agitação e por isso doía, experimentando uma melancolia surda. Mas o ar fresco me animou e, como perante cada novo passo que se dá na vida a gente sempre sente uma certa vivacidade e um certo ânimo, no fundo eu estava tranquilo e contemplava Petersburgo enquanto passava pelas casas festivamente iluminadas e me despedia de cada uma delas."[12]

A carta ainda faz referências e acréscimos a vários episódios narrados e a alguns tipos descritos nos *Escritos da casa morta*, entre os quais o sinistro major, espécie de diabo onipresente em toda a narrativa e objeto do ódio generalizado dos galés, que o apelidaram de Oito-Olhos, mas que só aqui

---

[11] Em *Escritos da casa morta*, o autor fala em oito a doze libras.

[12] Ver <http://dostoevskiy-lit.ru/dostoevskiy/pisma-dostoevskogo/dostoevskij-dostoevskomu-30-yanvarya-22-fevralya-1854.htm>, pp. 2-3.

aparece nomeado como Krivtsov[13] e definido como "um canalha como poucos, pequeno bárbaro, implicante, tudo o que se pode imaginar de um tipo asqueroso".

Dostoiévski sempre mostrou uma grande mágoa com a aversão do povo russo aos nobres, e reiteradamente procurou sondar as causas objetivas de semelhante atitude. *Escritos da casa morta* foi seu grande laboratório de estudo dessa questão, pois aí, na condição de galé, que juridicamente o igualava aos outros, advindos do povo, e o forçava a conviver com eles no dia a dia do presídio, ele pôde dar um mergulho amplo e profundo no âmago da questão e vê-la ora pelo lado psicológico, ora pelo social, político e histórico. A referida carta ao irmão mostra dois momentos bem nítidos de sua análise dessa questão. No primeiro, a referência aos galés e seu ódio aos nobres é ainda mais contundente do que as passagens afins que se diluem pela narrativa dos *Escritos*, e mostra que o escritor estava em pleno processo de elaboração daquele texto. Diz o missivista sobre os detentos:

> "São homens grosseiros, irritados e exacerbados. Neles o ódio aos nobres ultrapassa todos os limites, e por isso receberam a nós, nobres, com hostilidade e uma alegria maldosa por nossa desgraça. Eles nos devorariam se lhes permitissem. Aliás... o que nos poderia acontecer se éramos forçados a viver, comer, beber e dormir com aquela gente por vários anos, quando não tínhamos tempo sequer para nos queixar pela infinidade de ofensas de toda espécie? 'O senhor é nobre, tem nariz de ferro e meteu bicadas na gente. Antes era um senhor, fazia o povo sofrer, agora... virou nosso irmão' — eis a peça que assistimos durante quatro anos. Cento e cinquenta inimigos que não cansavam de nos perseguir — era o seu deleite, seu divertimento, sua ocupação —, e se algo nos salvava da aflição era a nossa indiferença, a nossa superioridade moral, que eles não podiam deixar de compreender e respeitar, assim como a nossa insubmissão à vontade deles. Eles sempre compreendiam que éramos superiores. Não faziam ideia dos nossos crimes. Nós mesmos calávamos sobre isso e por essa mesma razão não nos entendíamos com eles, de modo que tivemos de suportar toda a vingança e toda a perseguição à casta nobre, que é o que eles vivem e respiram. Para nós era muito difícil viver."

---

[13] Trata-se de Vassili Grigórievitch Krivtsov (1804-1861).

Contudo, apesar do quase desespero do missivista, num segundo momento o olhar observador do artista acaba penetrando na profundidade dos fatos, reelabora suas primeiras impressões, e o pessimismo que acabamos de ver é substituído por uma visão humana mais real daqueles homens, esteticamente mais adequada ao sentido geral das muitas histórias narradas nos *Escritos*:

> "Pensando bem, gente é gente em qualquer lugar. Entre os bandidos galés, acabei diferenciando as pessoas nesses quatro anos. Acredita: há caracteres profundos, fortes, belos, e que alegria descobrir ouro por baixo de uma crosta grossa. E não em um nem dois, mas em vários homens. É impossível não estimar uns, outros são terminantemente maravilhosos... Quantos tipos do povo, quantos caracteres eu colhi entre os galés! Eu me familiarizei com eles e por isso acho que os conheço bem. Quantas histórias de vagabundos, de bandidos, de toda a plebe em geral, de toda a vida dos desgraçados! Daria para tomos inteiros. Que gente admirável! Em linhas gerais, não perdi meu tempo."

O resultado final dos *Escritos* mostra que acabou prevalecendo a segunda visão dos galés e do povo, em decorrência das profundas e permanentes observações que o gênio conseguiu fazer de um número extraordinário de prisioneiros, dos quais tirou alguns protótipos para seus futuros romances, como o nobre condenado injustamente por parricídio, protótipo de Dmitri Karamázov.

Voltando à carta, vemos ainda que Dostoiévski descreve à queima-roupa, sem a mediação dos refinamentos estéticos que encontramos no texto dos *Escritos*, um verdadeiro inferno em ruínas, de onde um ser comum teria enorme dificuldade de sair incólume.

> "Vivi todos aqueles quatro anos na desolação do presídio, entre muros e saindo apenas para trabalhar. O trabalho era pesado, claro que nem sempre, e vez por outra eu ficava esgotado na intempérie, na umidade, no mau tempo ou no frio insuportável do inverno. Uma vez passei aproximadamente quatro horas num trabalho extra debaixo de um frio de uns quarenta graus negativos, onde até o mercúrio congelava. Fiquei com um pé congelado. Vivíamos num amontoado, todos juntos na mesma caserna. Imagina um prédio de madeira velho, decrépito, que há muito tempo de-

veria ter sido demolido e já não podia ter serventia. O calor no verão e o frio no inverno eram insuportáveis. O soalho estava todo podre. No chão enlameado dava para escorregar e cair. As janelas, pequenas, ficavam cobertas de orvalho congelado, de modo que durante o dia inteiro era quase impossível ler. Uma crosta de gelo cobria os vidros. Gotas caíam do teto de um extremo a outro da caserna. Vivíamos como sardinhas em lata. Acendiam o forno com trapos de lã e flanela e nada de aquecimento (o gelo mal conseguia derreter), o nível de óxido de carbono era insuportável — eis todo o nosso inverno... Do anoitecer ao amanhecer não se podia sair para fazer as necessidades porque fechavam a caserna, deixavam uma tina no vestíbulo e então o abafamento era insuportável. Todos os galés fedem como porcos.

 Acrescente a todos esses prazeres a quase impossibilidade de possuir livros, as eternas rixas e brigas ao meu redor, os desaforos, os gritos, o barulho, o alarido, o fato de estar sempre sob escolta, nunca estar sozinho, e tudo isso inalteradamente durante quatro anos... Com frequência eu me internava no hospital. Por causa da perturbação nervosa eu tinha ataques de epilepsia, se bem que raros.[14] E ainda sofro de reumatismo nas pernas. E ainda por cima... os grilhões e o tolhimento total do espírito — eis a imagem do meu dia a dia. O que foi feito de minha alma, de minhas crenças, de minha inteligência e de meu coração não dá para dizer: seria uma narração longa. Mas, apesar de tudo isso, eu me sinto bastante saudável."

Dostoiévski faz um registro que mereceria amplo comentário por sua importância na vida do artista.

 "Mas a eterna concentração em mim mesmo, para onde eu fugia da amarga realidade, deu os seus frutos. Agora tenho muitas necessidades e tais esperanças que antes eu nem podia conceber. Mas tudo isso são conjecturas."

Essa concentração em si mesmo devia-se à solidão, que propiciava momentos de ócio e descontração indispensáveis a um espírito tão criador como o de Dostoiévski. Teóricos e historiadores da literatura sempre ressalta-

---

[14] Esta é a primeira referência à epilepsia de Dostoiévski, feita por ele mesmo.

ram o papel do ócio na criação artística e sobretudo na literária, e em um estudo famoso Walter Benjamin considerou "o ócio o grau mais elevado de relaxamento psíquico", "e o pássaro onírico que choca o ovo da experiência". Em muitas passagens de sua obra de ficção ou epistolar, Dostoiévski sempre enfatizou o papel da solidão e do ócio na criação. Foi precisamente a experiência de quem passou por um pelotão de fuzilamento e quatro anos de trabalhos forçados que levaram o romancista a enfatizar o valor da solidão e do ócio, pois, mesmo sem poder ler nem escrever, sua cabeça não para de trabalhar por um momento. E ele vai fazendo uma reavaliação lenta e implacável de suas antigas convicções, do seu envolvimento com algumas ideias. Apesar do som dos cantos dos prisioneiros e do estrépito dos grilhões, como ex-participante do Círculo de Pietrachévski ele faz nos *Escritos* uma profunda revisão das suas concepções dos tempos de juventude, como se escrevesse de algum subsolo, mas sem perder a visão humanista que o marcara até então:

"Espiritualmente só, eu revia toda a minha vida pregressa, examinava tudo até os ínfimos detalhes, refletia sobre todo o meu passado, fazia um autojulgamento implacável e severo e vez por outra até abençoava o destino por me haver concedido aquela solidão, sem a qual não teria feito esse autojulgamento nem essa revisão de minha vida pregressa. E com que esperanças meu coração batia naquele momento! Eu pensava, eu resolvia, eu jurava a mim mesmo que em minha vida futura não haveria mais nem os erros, nem as quedas de outrora. Eu delineava um programa de todo o futuro e decidia segui-lo com firmeza. Em mim renascia uma fé cega de que eu cumpriria e poderia cumprir tudo aquilo... E esperava, clamava o mais depressa pela liberdade; queria pôr-me à prova mais uma vez, numa nova luta."

Só um gênio ímpar como Dostoiévski para sair daquele inferno já com um projeto literário e uma sofreguidão por livros. Em função disso pede ao irmão várias obras que revelam uma extraordinária amplitude de intenções e uma diversidade de interesses intelectuais (ou "do espírito", para usar um termo caro a Hegel), que pouco depois iriam sedimentar a vastidão de sentidos de sua obra romanesca. Pede ao irmão títulos de história, economia, teologia, filosofia, destacando a *História da filosofia* de Hegel, a *Crítica da razão pura* de Kant, o *Corão*, obras de historiadores antigos e atuais, revistas, jornais, notícias sobre as novidades da literatura russa surgidas nos últimos quatro anos, um dicionário de alemão; em suma, respira cultura e literatura, diz que "os livros são a vida, meu alimento, meu futuro!". Manifesta uma grande esperança em mudanças favoráveis — "Muita coisa pode mudar, e me permitirão publicar daqui a uns seis anos, ou talvez antes" — e uma fé inquebrantável em seu talento e seu sucesso: "Ouvirás falar de mim". Para completar, seus novos planos: "Agora vou escrever romances, dramas, e por isso ainda preciso ler muito, muito".

Além de tudo disso, a carta traz informações importantes. Muitas coisas desencontradas têm sido escritas sobre a relação de Dostoiévski com os ex-companheiros do Círculo de Pietrachévski depois de sua condenação e chegada a Omsk. A carta ao irmão mostra a grande solidariedade que ele recebeu das mulheres dos seus antigos companheiros, bem como de outras esposas dos chamados dezembristas, de quem se tornou amigo. Ele menciona praticamente todos, inclusive o próprio Pietrachévski, de forma respeitosa e amigável, sem, no entanto, esconder as antigas divergências entre os dois e o fato de considerá-lo insensato. Faz um elogio especial a Nikolai Spiéchniev, amigo que exerceu grande influência sobre ele durante a participação no círculo, e que depois foi degredado na província de Irkutsk.

Os protótipos das grandes personagens

Da experiência dos trabalhos forçados, Dostoiévski ainda hauriu várias imagens que mais tarde constituiriam as personagens dos seus grandes romances. Não são imagens de simples vagabundos ou bandidos, mas de homens de pensamento e de fortes paixões. Em Raskólnikov (*Crime e castigo*) plasmaram-se traços dos tipos cheios de orgulho e sede de poder, que sem nenhum temor ou constrangimento se permitiam "derramar sangue humano" em nome de ideais superiores. Em Svidrigáilov (*Crime e castigo*) refletiu-se o profundo amoralismo do prisioneiro Áristov ("A-v"), oriundo da nobreza, conhecedor das artes, pintor de retratos, que no presídio ganhou o apelido de Briullov, um dos maiores pintores russos. Dotado de uma inteligência refinada, cultivado e bonito, decidiu sacrificar dezenas de pessoas para satisfazer sua insaciável sede dos prazeres mais grosseiros e devassos. Stavróguin (*Os demônios*) lembra o galé Pietróv por sua enorme força interior que não sabe onde parar, suas monstruosas propensões para experimentos vários e uma busca de paz que parece impossível. O tenente Jerebiátnikov, executor dos castigos no presídio, lembra a Dostoiévski o patrício do império romano esgotado por toda sorte de requintes e de uma devassidão contranatural; vários traços mundanos e psicológicos de Jerebiátnikov seriam incorporados à imagem do lascivo Fiódor Pávlovitch Karamázov.[15] Já me referi ao nobre parricida como protótipo de Dmitri Karamázov.

Vê-se, pois, que o presídio de Omsk foi o grande laboratório de muitos dos temas e imagens que depois de 1860 iriam povoar os grandes romances de Dostoiévski, fazendo de *Escritos da casa morta* uma espécie de enciclopédia desses elementos.

QUANDO A REALIDADE SE IMPÕE À FICÇÃO

Dostoiévski começou esta obra-prima no presídio de Omsk, registrando no papel falares típicos dos camponeses, conversas dos presidiários, versos e cantos dos galés, e depois foi acrescentando pequenos episódios do dia a dia do presídio, descrições de cenas ou confissões de crimes e breves histórias narradas pelos próprios presos. Tudo devagar, num trabalho praticamente clandestino. Em Semipalátinsk o trabalho ganhou novo ritmo, foi assumindo a forma de uma grande narrativa, à qual se juntava a história de Aleksandr Pietróvitch Goriántchikov, nobre e senhor de terras russo que, levado pelo ciúme, assassinara a esposa ainda no primeiro ano de casamento e confessara o crime, o que aliviara bastante o seu castigo. Assim, à crônica realista da vida do presídio de Omsk juntar-se-ia a breve e terrível narrativa ficcional de uma paixão doentia, de um ciúme patológico que resultara no assassinato da mulher amada, antecipando em certa medida a história de Rogójin e Nastácia Filíppovna no romance *O idiota*, embora o protótipo mais real de Nastácia, assim como de Grúchenka, de *Os irmãos Karamázov*, tenha sido Ekatierina Súslova, a grande paixão de Dostoiévski.

O autor descreve Goriántchikov, na "Introdução" aos *Escritos da casa morta*, como um homem estranho, que, depois de cumprir a sua pena em Omsk, ganhava a vida como professor primário particular, apesar de ser arredio a contatos, profundamente cismado e autocentrado, com algumas esquisitices de comportamento que lembram bastante Rogójin. O autor interessa-se por ele, procura por todos os meios entabular conversa, mas tudo em vão. Em três anos de moradia como inquilino, Goriántchikov praticamente não havia trocado uma palavra com a senhoria. O autor se ausenta do lugar e quando retorna fica sabendo que Goriántchikov morrera. Então procura a sua antiga senhoria que, "por duas moedas de dez copeques trou-

---

[15] Leonid Grossman, *op. cit.*, pp. 104-5.

Apresentação 21

xe um cesto inteiro de papéis deixados pelo falecido. A velha confessou que já havia usado dois cadernos para acender o fogo". O autor escreve:

"Levei os papéis para casa e passei o dia inteiro mexendo neles. Três quartos daqueles papéis eram farrapos desimportantes, insignificantes, ou exercícios de caligrafia dos alunos. Mas ali mesmo havia um caderno, bastante volumoso, escrito em letras miúdas e deixado inconcluso, talvez abandonado e esquecido pelo próprio autor. Era uma descrição, ainda que desconexa, dos dez anos de vida de galé suportados por Aleksandr Pietróvitch. Em algumas passagens, essa descrição era interrompida por algum outro relato, por lembranças estranhas e terríveis lançadas de forma desigual, convulsiva, como que escritas sob coerção. Reli várias vezes esses fragmentos e quase me convenci de que haviam sido escritos em estado de loucura. Mas os escritos da vida do galé — 'Cenas da Casa Morta' — como ele mesmo os denomina em alguma passagem do seu manuscrito, não me pareceram de todo desinteressantes. Aquele mundo inteiramente novo, que até então me era desconhecido..."

Portanto, é a história desse "mundo desconhecido", narrada por quem o vivenciou por dez anos, que alimentará *Escritos da casa morta*. Como narrador, Goriántchikov é um observador de muito talento, que com impressionante naturalidade consegue revolver o dia a dia no presídio de Omsk, bem como a vida obscurecida de uma remota província do Império Russo. Pelo que se percebe na narrativa, é um tipo bem similar àquela intelectualidade progressista e decente, que conhecia a fundo o cotidiano e a vida intelectual das províncias russas, além de um mestre da palavra. Isto o aproxima muito do próprio Dostoiévski.

Impõe-se, porém, uma pergunta, cuja resposta requer uma justificação teórica. Por que Dostoiévski transferiu o relato de suas vivências para um homem estranho, arredio a contatos, que dificilmente poderia ter convivido dez anos com os galés, conversado com eles, ganhado a confiança e a amizade de muitos, ouvido as suas histórias, enchido com elas "um caderno bastante volumoso", que alimentaria a narrativa de sua obra-prima e da qual ele, Goriántchkov, acabaria sendo autor e narrador?

Em sua teoria do romance, Mikhail Bakhtin criou as categorias de autor primário e autor secundário. O autor primário é o autor-pessoa que está fora da obra, ao passo que o autor secundário, ou a "imagem de autor", é imanente à estrutura da obra e esteticamente responsável por sua construção e narração, como acontece com o nosso defunto autor Brás Cubas, de Machado de Assis. Ao atribuir a Goriántchikov o volumoso caderno que alimentaria a narrativa de *Escritos* e, assim, a condição de autor e consequentemente de narrador, Dostoiévski opera com um procedimento construtivo similar às referidas categorias criadas bem mais tarde por Bakhtin, tudo indica que por considerá-lo um recurso necessário para driblar a censura em vista da gravidade dos fatos ali narrados por um ex-galé e preso político. Contudo, para que a justificativa teórica pareça convincente, cabe mencionar mais uma categoria estética criada por Bakhtin: o excedente de visão. Assim escreve o mestre:

> "Um dos temas internos basilares do romance é precisamente o tema da inadequação da personagem ao seu destino e à sua situação. O homem ou é maior do que o seu destino ou menor do que a sua humanidade. Ele não pode permanecer todo e até o fim um funcionário, um fazendeiro, um comerciante, um genro, um ciumento, um pai etc. Se, porém, a personagem do romance [...] enquadra-se plenamente em sua situação e em seu destino [...] então o excedente de humanidade pode ser realizado na imagem da personagem central; esse excedente sempre se realiza *na diretriz conteudístico-formal do autor*, nos métodos de sua visão e representação do homem. [...] *Sempre restará um excedente não realizado de humanidade*, sempre restarão uma *necessidade de futuro e um espaço necessário para esse futuro*. [...] Contudo, *essa excedente humanidade impersonificável pode realizar-se não na personagem, mas no ponto de vista do autor*."[16]

Dostoiévski deu uma tacada de mestre ao delegar formalmente a Goriántchikov a função de autor secundário e narrador, mantendo-o sob sua diretriz de autor primário, fazendo-o realizar seu excedente de humanidade no espaço apropriado para a futura narrativa sobre os galés, e tudo sob o ponto de vista do autor primário Dostoiévski. E o que se vê em *Escritos da casa morta* é a substituição da história inicial do crime e das provações de Goriántchikov por uma profusão de relatos sobre a vida dos galés, com seus crimes e seus castigos, onde o coletivo se sobrepõe ao individual e a narrati-

---

[16] Mikhail Bakhtin, *Teoria do romance III: O romance como gênero literário*, tradução de Paulo Bezerra, São Paulo, Editora 34, 2019, p. 107 (grifos meus).

va ganha uma envergadura épica que abrange literalmente todos os recantos, habitantes, assuntos e costumes do presídio.

Vemos então uma profusão de assuntos típicos do cotidiano dos prisioneiros condenados aos trabalhos forçados. Entre a bestialidade de uns e a humanidade de outros, Dostoiévski percebe que os galés se sentem felizes quando lhes é dispensada alguma consideração que cause neles a sensação de homens livres e donos da própria opinião. O episódio da compra de um cavalo para o presídio, quando é dada aos prisioneiros a liberdade de escolher e negociar o valor do animal, ilustra bem isto.

Dostoiévski levanta também questões de índole psicológica, cuja profundidade atravessou sua época e permanece atual. É o caso da marca indelével que os castigos físicos, como o açoitamento, deixam na psique dos prisioneiros, como é registrado em diversas passagens marcantes de *Escritos da casa morta*. Destaca-se o comportamento do tenente Smiekálov, um sádico aplicador de castigos aos presos, que da boca para fora os tratava com brandura, mas jamais dispensava a eles as dolorosas vergastadas. Jeitoso, afável, o modo de vergastar de Smiekálov era lembrado quase com enternecimento pelos detentos, pois se dirigia a eles usando a linguagem do povo, além de tratá-los como se fosse um pai, um *bátiuchka*, na linguagem dos camponeses, o que nos remete ao famoso provérbio: "*rúskomu narodu bez tsariá ne jit*", isto é, "o povo russo não passa sem um tsar".

Dostoiévski levanta outras questões de suma importância e atualidade por sua densidade humana, sobretudo em nosso mundo de apologia da violência, de vulgarização do sistema jurídico, do direito de punir com métodos violentos, de banalização da instituição carcerária, da negação de valores essenciais e da desvalorização do homem e desprezo por sua vida. Entre tais questões há uma que permanece em nosso século: o erro em se aplicar um mesmo castigo a crimes totalmente incomparáveis entre si, algo decorrente da aplicação mecânica das leis por aqueles que, em nome de uma pretensa justiça, precisam sempre esmagar alguém, confiscar algo, privar o indivíduo de direitos e submetê-lo a todo tipo de constrangimentos.

G. M. Fridlénder, grande estudioso da obra do autor, escreveu:

> "Em *Escritos da casa morta*, Dostoiévski aplicou um golpe demolidor na concepção romântica do criminoso e do crime como grandezas psicológicas sempre equivalentes. Destruiu com destemor o chavão melodramático da representação do homem como um facínora nato ou vítima amorfa do desarranjo social. O mundo da fortaleza de Omsk aparece em sua representação para o lei-

tor como um mundo que reflete de alto a baixo a Rússia inteira daquela época, na infinita diversidade e singularidade das individualidades humanas que o compõem."[17]

As primeiras reações de Dostoiévski no presídio foram de horror, de ódio e até de nojo dos galés. Mas com o tempo e o convívio nos trabalhos forçados e na caserna, essas impressões iniciais foram cedendo ao poder de observação do gênio, que soube dissecar a psicologia daqueles homens e descobrir por baixo daquela rudeza qualidades humanas de que a maioria das pessoas sequer suspeitaria. Assim, uma narrativa que começa centrada na história de um indivíduo e seu crime passional acaba se transformando numa espécie de *Divina Comédia* russa, num libelo contra o sistema carcerário, em que a realidade se impõe às intenções iniciais da ficção.

Tradução direta e tradução indireta

Desde *Crime e castigo*, minha primeira tradução de Dostoiévski, publicada pela Editora 34 em 2001, tenho observado as enormes diferenças entre o texto que chegou ao leitor brasileiro por via de traduções do francês ou do inglês, portanto de forma indireta, e o original russo. Ainda na Universidade Lomonóssov, em Moscou, li a tradução de *Crime e castigo* realizada por Rosário Fusco (para a coleção da editora José Olympio) e cotejei-a com o original; apesar do admirável texto em português, as diferenças eram tão gritantes que algumas passagens pareciam escritas por autores diferentes. Com o auxílio de minha mulher, que é professora de francês, comparei o texto de Fusco com a tradução francesa que serviu de base à sua versão, e constatei que as diferenças em relação ao original russo estavam todas no texto francês. Como o mesmo se deu com as traduções de *Os demônios* e *Os irmãos Karamázov*, de Rachel de Queiroz, isso me fez concluir que os dois excelentes tradutores brasileiros não cometeram propriamente erros de tradução, já que estes já estavam no seu "original" francês. O tradutor que trabalha com o texto original é um mediador entre o leitor e o autor. Já na tradução indireta, a mediação se dá entre dois tradutores, três línguas, duas diferentes tradições tradutórias e dois diferentes códigos linguísticos. As diferenças são muitas, tanto de sentido quanto de estilo, e muitas vezes, quando o tra-

---

[17] G. M. Fridlénder, "O diálogo no mundo de Dostoiévski", em *Dostoiévski e a cultura mundial*, São Petersburgo, Almanakh, 1993, p. 74.

dutor indireto não consegue penetrar nos meandros da linguagem do autor original, ele acaba usando de circunlóquios, sem conseguir chegar à essência do texto.

Mas isto não desmerece o gigantesco trabalho levado a cabo por aqueles escritores e intelectuais que brindaram o público brasileiro com traduções indiretas de autores russos. A eles os nossos aplausos e a nossa gratidão por nos terem aberto as portas ao mundo da literatura russa. E é também graças a eles que hoje temos uma nova geração de tradutores à altura do desafio de oferecer ao leitor brasileiro boas versões diretas do original.

Com este *Escritos da casa morta* concluo então o meu trabalho de tradução das principais obras em prosa do grande escritor russo — que inclui *Crime e castigo*, *O idiota*, *Os demônios*, *Bobók*, *Os irmãos Karamázov*, *O duplo*, *O sonho do titio* e *Sonhos de Petersburgo em verso e prosa* (reunidos no volume *Dois sonhos*) e *O adolescente* —, projeto que poderia muito bem se chamar "vinte anos com Dostoiévski".

Paulo Bezerra

ESCRITOS DA CASA MORTA

As notas do autor fecham com (N. do A.); as do tradutor, com (N. do T.).

Traduzido do original russo *Pólnoie sobránie sotchnienii v tridtzatí tomákh — Khudójestvennie proizviedeniya* (Obras completas em 30 tomos — Obras de ficção) de Dostoiévski, tomo IV, Leningrado, Naúka, 1972.

PRIMEIRA PARTE

INTRODUÇÃO

Nos longínquos rincões da Sibéria, entre estepes, montanhas ou bosques intransitáveis, aparecem de raro em raro cidadezinhas com mil habitantes, muitas com dois mil, todas de madeira, desgraciosas, com duas igrejas — uma no centro, outra no cemitério —, cidadezinhas que mais se assemelham a um bom povoado dos arredores de Moscou do que a uma cidade. Elas costumam ser muito bem providas de comissários de polícia, assessores e outros funcionários de grau subalterno. De modo geral, o serviço público na Sibéria é cheio de calor e comodidade, apesar do frio. As pessoas são simples, não têm ideias conservadoras; os hábitos são antigos, arraigados, consagrados por séculos. Os funcionários públicos — que com justiça desempenham o papel de nobreza siberiana[1] —, ou são nativos, siberianos da gema, ou originários da Rússia, em sua maioria vindos das capitais,[2] atraídos pelos adicionais aos vencimentos, pelas ajudas de custo em dobro nos deslocamentos e pelas tentadoras esperanças de futuro. Os que dentre eles são capazes de resolver o enigma da vida quase sempre ficam na Sibéria e ali se radicam com prazer. Posteriormente, dão frutos ricos e doces. Mas outros, imprudentes e incapazes de resolver o enigma da vida, logo se enfastiam da Sibéria e, nostálgicos, se perguntam: por que fomos para lá? E cumprem com impaciência seu tempo de serviço, de três anos, ao término do qual logo começam a batalhar por sua transferência e voltam para casa praguejando contra a Sibéria e zombando dela. Não têm razão: não só em termos de trabalho, mas também, sob muitos outros pontos de vista, pode-se alcançar a plena felicidade na Sibéria. O clima é magnífico; há também co-

---

[1] Alusão aos remanescentes da chamada Tabela de Patentes (*Tabel o rangakh*), estabelecida por Pedro, o Grande, no ucasse de 1722, que conferia à nobreza a direção dos assuntos de Estado e equiparava os níveis das funções dos funcionários públicos aos do exército. Por exemplo, o mais alto nível da carreira burocrática no serviço público era o de general. (N. do T.)

[2] Por "capitais" o autor se refere a Moscou, a velha capital russa, e a São Petersburgo, fundada em 1703 por Pedro, o Grande, para servir de centro da burocracia do Estado. (N. do T.)

merciantes admiravelmente ricos e hospitaleiros; muitos adventícios[3] admiráveis pela abastança. As moças resplandecem como rosas e sua conduta chega ao máximo da moralidade. A caça voa pelas ruas e vai de encontro ao caçador. Bebe-se champanhe em profusão. O caviar é admirável. Em alguns lugares, a colheita de trigo chega a quinze por um... De modo geral, a terra é abençoada. Basta apenas que se saiba aproveitá-la. Na Sibéria, sabem aproveitá-la.

Numa dessas cidadezinhas alegres e satisfeitas consigo mesmas, cuja população amabilíssima deixou uma lembrança indelével em meu coração, conheci o degredado Aleksandr Pietróvitch Goriántchikov, que na Rússia nascera nobre e senhor de terras, mas depois se tornara galé de segunda categoria pelo assassinato da esposa e, tendo cumprido a pena de dez anos que lhe fora imposta por lei, vivia o resto dos seus dias humilde e calado como colono na cidadezinha de K.[4] Aliás, tinha a residência fixada num subdistrito do subúrbio, mas morava na cidade por ter ali a possibilidade de ganhar o sustento ensinando crianças. Nas cidades siberianas é frequente encontrar professores entre os degredados; ninguém os desdenha. Ensinam predominantemente o francês, idioma tão necessário no curso da vida, e sem eles não se teria nenhuma noção dessa língua nos distantes rincões da Sibéria. Tive meu primeiro contato com Aleksandr Pietróvitch na casa de Ivan Ivánitch Gvózdikov, honorável e hospitaleiro funcionário, pai de cinco filhas de idades variadas que lhe davam grandes esperanças. Aleksandr Pietróvitch as ensinava quatro vezes por semana a trinta copeques de prata por aula. Sua aparência me interessou. Era um homem demasiado magro e pálido, ainda moço, de uns trinta e cinco anos, baixo e mirrado. Sempre se vestia com bastante esmero, à moda europeia. Se a gente entabulava conversa com ele, olhava-nos fixamente, com uma atenção extraordinária, escutava cada palavra nossa com uma cortesia severa, como se a ponderasse, como se com a nossa pergunta lhe déssemos uma tarefa ou quiséssemos lhe arrancar algum segredo, e enfim respondia de forma clara e sucinta, mas pesando tanto cada palavra de sua resposta que de repente algo nos deixava embaraçado, e a

---

[3] De *inoródiets*: termo empregado oficialmente na Rússia tsarista para designar os cidadãos de outras etnias que não a russa, sobretudo no que se refere à parte oriental do Império. (N. do T.)

[4] Após cumprir a sentença nos trabalhos forçados, os presos ainda precisavam cumprir uma pena de degredo em alguma cidade da Sibéria, por isso eram às vezes chamados de "colonos". Aqui o autor se refere à cidade de Kuzniétsk, a mais de novecentos quilômetros de distância da prisão de Omsk. (N. do T.)

gente acabava se alegrando com o término da conversa. Naquela mesma ocasião, inquiri Ivan Ivánitch a seu respeito, e soube que Goriántchikov vivia de modo irrepreensível e probo, e que de outro modo Ivan Ivánitch não o teria convidado para dar aulas a suas filhas; mas soube também que era extremamente insociável, que se escondia de todo mundo, que era ilustradíssimo, lia muito, mas falava bem pouco, e que, de modo geral, era bem difícil entabular conversa com ele. Outras pessoas afirmavam que ele era decididamente louco, embora achassem que, no fundo, isso ainda não era um defeito grave, já que muitos dos moradores respeitáveis da cidade se dispunham a cumular Aleksandr Pietróvitch de atenções por todos os meios, e ele podia até ser útil, redigir petições etc. Supunham que ele devia ter parentes honrados na Rússia, talvez até não fossem desimportantes, mas sabiam que, desde que fora degredado, cortara obstinadamente toda e qualquer relação com eles — em suma, prejudicara-se. Ademais, todos conhecíamos a sua história, sabíamos que assassinara a esposa ainda no primeiro ano de casamento, assassinara por ciúmes, e que ele mesmo se delatara (o que aliviou bastante seu castigo). Tais crimes são sempre vistos como um infortúnio, com piedade. Mas, apesar de tudo, o excêntrico se mantinha deliberadamente afastado de todos e só aparecia em público para dar aulas.

A princípio não lhe dei especial atenção, mas, sem que eu soubesse o porquê, pouco a pouco ele começou a me interessar. Tinha algo de enigmático. Não havia a mínima possibilidade de travar conversação com ele. É claro que sempre respondia às minhas perguntas, e o fazia de tal modo, como se considerasse isso sua primeiríssima obrigação; mas depois de suas respostas eu me sentia meio constrangido a continuar com as perguntas; ademais, depois dessas conversas, sempre se notava em seu rosto certo sofrimento e cansaço. Lembro-me de uma vez em que nós dois caminhávamos numa linda noite de verão, depois de sairmos da casa de Ivan Ivánitch. De repente tive vontade de convidá-lo por um minuto à minha casa para fumarmos um cigarrinho. Não consigo descrever o horror que se estampou em seu rosto; ficou totalmente desnorteado, começou a balbuciar umas palavras desconexas e súbito me olhou com raiva e começou a correr na direção contrária. Fiquei até surpreso. Desde então, ao topar comigo, olhava-me como que assustado. Mas eu não sosseguei; algo me impelia para ele, e um mês depois, sem quê nem para quê, eu mesmo fui à casa de Goriántchikov. É claro que isso foi uma tolice e uma indelicadeza de minha parte. Ele morava bem no extremo da cidade, era inquilino de uma velha que tinha uma filha doente de tísica, e esta era mãe de uma filha ilegítima, de uns dez anos, uma menininha bonita e alegre. Aleksandr Pietróvitch estava sentado ao lado dela ensinando-a a ler no momento em que entrei. Ao me ver, ficou tão desconcertado que parecia que eu o havia flagrado cometendo algum crime. Desnorteou-se por completo, levantou-se de um salto e fixou em mim um olhar tenso. Por fim nos sentamos; ele atentava para todo olhar que eu lhe lançava, como se suspeitasse em cada um deles algum sentido especialmente misterioso. Adivinhei que era imensamente desconfiado. Fitava-me com ódio, quase a ponto de me perguntar: "Será que vais demorar a ir embora?". Comecei a falar com ele sobre a nossa cidadezinha, sobre as novidades; ele guardava silêncio e sorria com ódio; verificou-se que não só ignorava as novidades mais ordinárias da cidade, as que todos conheciam, como tampouco tinha interesse em conhecê-las. Depois comecei a falar de nossa região, de suas necessidades; ele me ouvia em silêncio e me encarava de modo tão estranho que acabei sentindo vergonha de nossa conversa. Aliás, por um triz não o enfureci com novos livros e revistas; tinha-os em minhas mãos, recém-chegados pelo correio, e ofereci-os antes mesmo de cortar as páginas. Ele lhes lançou um olhar cobiçoso, mas no mesmo instante mudou de intenção e recusou a oferta, alegando falta de tempo. Por fim me despedi dele e, ao sair de sua casa, senti que meu coração se livrava de um peso insuportável. Sentia vergonha, e achei uma extrema tolice importunar um homem que se propunha continuar escondido do mundo inteiro como se essa fosse sua tarefa mais importante. Mas a coisa estava feita. Lembro-me de que quase não vi livros em sua casa, logo, as pessoas diziam indevidamente que ele lia muito. Entretanto, ao passar umas duas vezes ao lado de sua janela muito tarde da noite, notei que havia luz no quarto. Então, o que ele ficava fazendo até o alvorecer? Estaria escrevendo? E se estava, então o quê?

 As circunstâncias me afastaram de nossa cidade por uns três meses. Ao retornar, já no inverno, tomei conhecimento de que Aleksandr Pietróvitch havia morrido no outono; morrera na solidão, sem nunca pedir a visita de um médico. Na cidadezinha, quase já o haviam esquecido. Seu quarto estava desocupado. Imediatamente travei conhecimento com a senhoria do falecido, com a intenção de descobrir dela de que se ocupava em especial seu inquilino e se ele não teria escrito alguma coisa. Por duas moedas de dez copeques ela me trouxe todo um cesto de papéis deixados pelo falecido. A velha confessou que já havia usado dois cadernos para acender o fogo. Era uma mulher macambúzia e calada, de quem era difícil arrancar algo de útil. Sobre seu inquilino, não conseguiu me dizer nada de especialmente novo. Segundo suas palavras, ele quase nunca fazia nada e passava meses a fio sem abrir um livro nem pegar a pena; por outro lado, passava noites inteiras andando de um canto a outro do quarto, sempre pensando em alguma coisa, e às vezes até falava sozinho; gostava muito de sua netinha Kátia[5] e a acarinhava muito, sobretudo depois que soube que se chamava Kátia, e no dia de Santa Catarina ele sempre saía para assistir à missa da alma de alguém. Não suportava visitas, e só saía de casa para ensinar as crianças; olhava com maus olhos até para ela, uma velha, quando uma vez por semana ela ia ao seu quarto para arrumá-lo ao menos um pouquinho, e durante três anos inteiros quase não trocara uma única palavra com ela. Perguntei a Kátia se ela se lembrava de seu professor. Ela olhou para mim, virou-se para a parede e começou a chorar. Aquele homem, apesar de tudo, conseguiu fazer com que ao menos alguém o amasse.

Levei os papéis para casa e passei o dia inteiro mexendo neles. Três quartos daqueles papéis eram farrapos desimportantes, insignificantes, ou exercícios de caligrafia dos alunos. Mas ali mesmo havia um caderno, bastante volumoso, escrito em letras miúdas e deixado inconcluso, talvez abandonado e esquecido pelo próprio autor. Era uma descrição, ainda que desconexa, dos dez anos de vida de galé suportados por Aleksandr Pietróvitch. Em algumas passagens, essa descrição era interrompida por algum outro relato, por lembranças estranhas e terríveis lançadas de forma desigual, convulsiva, como que escritas sob coerção. Reli várias vezes esses fragmentos e quase me convenci de que haviam sido escritos em estado de loucura. Mas os escritos da vida do galé — "Cenas da Casa Morta" — como ele mesmo os denomina em alguma passagem do seu manuscrito, não me pareceram de todo desinteressantes. Aquele mundo inteiramente novo, que até então me era desconhecido, a estranheza de alguns fatos e de algumas observações especiais sobre aquela gente perdida, me arrebataram, e eu li algumas coisas com curiosidade. Naturalmente, posso estar enganado. A título de experimento, escolho de início uns dois ou três capítulos; que o público julgue...

---

[5] Diminutivo de Ekatierina. (N. do T.)

I
A CASA MORTA

Nosso presídio ficava no extremo da fortaleza, exatamente em seu bastião. Quando a gente olhava para o mundo por uma brecha da paliçada — será que se avistaria alguma coisa? —, avistava apenas uma nesguinha à toa de céu e o aterro alto coberto de ervas daninhas, onde dia e noite as sentinelas andavam de um canto para outro; e no mesmo instante pensava que passariam anos inteiros e a gente repetiria o mesmo gesto, olhando pela brecha da paliçada e avistando o mesmo céu, as mesmas sentinelas e a mesma nesguinha à toa de céu, não daquele céu que pairava sobre o presídio, mas de outro, distante, um céu livre. Imagine um grande pátio, de uns duzentos passos de comprimento e uns cento e cinquenta de largura, todo rodeado por uma cerca alta em forma de um hexágono irregular, isto é, uma cerca de estacas encravadas de modo firme e profundo no solo, encostadas solidamente umas nas outras e reforçadas por pontiagudas ripas transversais: eis a paliçada externa do presídio. Num dos lados da cerca há portões sólidos, sempre fechados, sempre vigiados dia e noite por sentinelas; abriam-nos apenas sob ordens de liberar os presidiários para o trabalho. Para além daqueles portões havia um mundo luminoso, um mundo livre, onde vivia-se como todas as outras pessoas. Mas do lado de cá da cerca, imaginava-se aquele mundo como um quimérico conto de fadas. Deste lado havia um mundo especial, que não se assemelhava a mais nada, tinha as suas leis especiais, os seus uniformes, os seus usos e costumes, e a Casa Morta ainda com vida, uma vida como em nenhum outro lugar, e pessoas especiais. Pois é esse cantinho especial que começo a descrever.

Assim que se chega à cerca veem-se alguns prédios em seu interior. Por ambos os lados do amplo pátio interno estendem-se duas construções de madeira de um andar. São as casernas. Ali vivem os presos, dispostos por categorias. Adiante, no fundo da área cercada, mais uma idêntica construção de madeira: é a cozinha, dividida em duas peças; adiante, mais uma construção, onde debaixo de um mesmo teto há adegas, celeiros e galpões. O centro do pátio é vazio e forma uma praça grande e bastante plana. Ali se reúnem os presidiários, são feitos o controle e a verificação de presença de manhã, ao meio-dia e à tarde, e, de quando em quando, mais algumas vezes ao dia — a depender da desconfiança das sentinelas e da sua capacidade de contar com rapidez. Ao redor, entre as construções e a cerca ainda resta uma área bastante grande. Ali, atrás das construções, alguns dos presidiários, os mais insociáveis e sorumbáticos, gostam de passear nas horas de folga, longe de todos os olhares, e cismar. Ao encontrá-los durante esses passeios, eu gostava de olhar atentamente para seus rostos sombrios, ferreteados, e sondar o que pensavam. Havia um galé cuja ocupação preferida nas horas livres era contar as estacas. Eram umas mil e quinhentas, e ele havia contado e marcado todas elas. Cada estaca, para ele, significava um dia; a cada dia ele descontava uma estaca, e assim, pelo número de estacas não contadas, podia saber claramente quantos dias ainda lhe faltavam para completar seu tempo de trabalhos no presídio. Ficava sinceramente alegre quando concluía algum dos lados do hexágono. Ainda lhe restavam muitos anos de espera; mas no presídio havia tempo para se aprender a ter paciência. Uma vez vi despedir-se dos companheiros um detento que passara vinte anos no presídio e saía enfim para a liberdade. Havia pessoas que se lembravam de como ele entrara na prisão pela primeira vez, jovem, despreocupado, sem pensar no seu crime nem no seu castigo. Saía um velho grisalho, de cara sombria e triste. Percorreu em silêncio todas as nossas seis casernas. Ao entrar em cada uma delas, orava diante do ícone e depois inclinava-se até à cintura reverenciando os companheiros, pedindo que não lhe guardassem rancor.[6] Lembro-me também de como certa vez chamaram aos portões um detento, outrora um abastado mujique siberiano. Meio ano antes ele recebera a notícia de que sua ex-mulher havia se casado e ficou muito triste. Agora ela mesma viera até o presídio, mandou chamá-lo e deu-lhe uma esmola. Conversaram por dois minutos, derramaram algumas lágrimas e se despediram para sempre. Vi seu rosto quando ele voltou para a caserna... Sim, naquele lugar aprendia-se a ter paciência.

Ao anoitecer, todos éramos levados para as casernas, onde nos trancavam pela noite inteira. Sempre me era penoso voltar do pátio para a nossa caserna. Era um cômodo comprido, baixo e abafado, iluminado pela luz opaca de velas de sebo com seu cheiro pesado e sufocante. Hoje não entendo como suportei dez anos ali. Em minha tarimba havia apenas três tábuas: era todo o meu espaço. Só em nosso quarto acomodavam-se uns trinta homens nessas mesmas tarimbas. No inverno nos trancavam cedo; tínhamos de esperar umas quatro horas até que todos adormecessem. Antes disso imperavam o barulho, as risadas, o vozerio, os insultos, o som das correntes,

---

[6] Tal forma de despedida é um antigo costume do povo russo. (N. do T.)

o cheiro de fumo e a fuligem, as cabeças raspadas, os rostos ferreteados, as roupas de retalhos, tudo o que havia de insultuoso, de aviltante... Sim, o homem é vivedouro! O homem é um ser que a tudo se habitua, e penso que esta seja a sua melhor definição.

Fomos instalados no presídio num grupo de uns duzentos e cinquenta homens — número quase permanente. Uns chegavam, outros terminavam seu tempo e iam embora, outros morriam. E que tipo de gente não havia ali! Acho que cada província, cada zona da Rússia tinha ali os seus representantes. Também havia adventícios, havia até alguns montanheses caucasianos degredados. Todo esse contingente era dividido pela categoria dos crimes e, consequentemente, pela duração da pena aplicada aos crimes. É de supor que não havia crime que ali não tivesse o seu representante. A base principal de toda a população presidiária era composta por degredados da categoria dos civis (os "desregrados", como pronunciavam ingenuamente os próprios presidiários). Eram criminosos totalmente privados de quaisquer direitos, os extirpados da sociedade, com os rostos ferreteados como prova eterna de sua condição de réprobo. Eram enviados àquele trabalho por prazos que variavam de oito a doze anos e depois despachados como colonos pelos vilarejos siberianos. Havia criminosos também da categoria militar mas que não foram privados dos seus direitos, como costumava acontecer nos contingentes de presos militares russos. Estes eram enviados por um período breve, ao término do qual os devolviam, na condição de soldados, aos seus lugares de origem, aos batalhões de linha da Sibéria. Muitos deles retornavam quase imediatamente para o presídio, por reincidência de um crime grave, porém, agora, não mais por pouco tempo, e sim por vinte anos. Essa categoria era chamada de "permanente". Mas os "permanentes" ainda não eram privados totalmente de todos os seus direitos. Por último, havia uma outra categoria especial de criminosos dos mais terríveis, com predominância de militares, bastante numerosos. Estes eram chamados de "seção especial". De toda a Rússia enviavam criminosos para lá. Eles mesmos se denominavam "perpétuos" e ignoravam a duração das suas penas. De acordo com a lei, seus trabalhos teriam de ser duplicados ou triplicados. Foram mantidos junto ao presídio até a abertura dos mais penosos campos de trabalhos forçados na Sibéria. "Vocês estão aqui por um prazo, nós, enquanto durarem os trabalhos forçados", diziam aos outros presidiários. Mais tarde ouvi dizer que essa categoria havia sido extinta. Além disso, no nosso presídio foi suprimido também o regime civil e introduzida uma companhia de trabalhos forçados[7]

---

[7] No original, *arestánskaia rôta*: sistema que vigorou de 1823 a 1870, e que utilizava

à maneira militar. É claro que com isso também mudou o comando. Portanto, descrevo um tempo antigo, assuntos há muito passados e findos...

Aquilo aconteceu há muito tempo; hoje, tudo me aparece como num sonho. Lembro-me de como entrei no presídio. Era fim de tarde, estávamos em dezembro. Já começara o lusco-fusco, as pessoas retornavam do trabalho; preparavam-se para a verificação de presença. Enfim um sargento bigodudo abriu-me a porta daquele prédio estranho onde eu deveria passar tantos anos, experimentar tantas daquelas sensações, das quais eu não poderia fazer sequer uma ideia aproximada se não as tivesse experimentado de fato. Por exemplo, como eu poderia imaginar o que haveria de terrível e de torturante no fato de que, durante todos os meus dez anos de trabalhos forçados, eu não ficaria sozinho uma única vez, nem um só minuto? No trabalho, sempre estava sob escolta, em casa, com duzentos companheiros, e nenhuma vez, nenhuma — fiquei sozinho. No entanto, seria com isso que eu ainda teria de me habituar!

Ali havia assassinos por acaso e assassinos por ofício, bandidos e chefes de bandos. Havia simples ladrões e vagabundos — gatunos e arrombadores. Havia outros sobre os quais era difícil dizer o motivo por que estavam. E, no entanto, cada um tinha a sua história, confusa e pesada como a ressaca da bebedeira da véspera. Em geral, poucos se referiam ao próprio passado, não gostavam de tocar no assunto e pelo visto procuravam não pensar em tempos idos. Dentre eles conheci assassinos que eram tão alegres, que evitavam tanto cair em reflexão, que se podia apostar que a consciência nunca lhes fizera nenhuma censura. Mas também havia tipos sombrios, quase sempre calados. Geralmente era raro alguém contar alguma coisa sobre a própria vida e, ademais, a curiosidade estava fora de moda, como que ausente dos costumes, não era de praxe. Então, só de raro em raro alguém soltava a língua por falta do que fazer, e o outro ouvia com sangue-frio e ar sorumbático. Ali ninguém conseguia surpreender ninguém. "Somos gente alfabetizada", diziam com frequência, com uma estranha jactância. Lembro-me de uma vez em que um bandido, embriagado (no presídio às vezes era possível se embebedar), começou a contar como degolara um menino de cinco anos, como o enganara, primeiro atraindo-o com um brinquedo para um galpão vazio e ali o degolara. A caserna, que até então ria com as brincadeiras dele, começou a gritar em uníssono e o bandido foi forçado a calar-se; a caserna

---

a força de trabalho dos presidiários em obras públicas por toda a Rússia, visando o desenvolvimento das pequenas cidades de província. Os presos eram submetidos a uma disciplina militar, daí o nome "companhia". (N. do T.)

não gritara de indignação, gritara por gritar, porque *não se devia* falar dessas coisas, pois não era praxe *falar dessas coisas*. Observo, a propósito, que aquela gente era mesmo alfabetizada e não em sentido figurado, mas literal. Na certa, mais da metade sabia ler e escrever. Em que outro lugar onde se reúnem grandes massas do povo russo você consegue separar desse contingente um grupo de duzentos e cinquentas homens, metade dos quais seja alfabetizada? Mais tarde ouvi dizer que alguém deduzira desses dados que a alfabetização arruinava o povo. Isso é um erro: neste caso, as causas são em tudo diferentes; ainda que não se possa deixar de concordar que o alfabetismo desenvolve a arrogância no povo. Mas acontece que isso não é nenhum defeito. As categorias de prisioneiro se distinguiam pelo vestiário: metade do casaco era marrom-escuro, a outra, cinza, o mesmo acontecendo com as longas calças de boca larga — uma perna cinza, a outra, marrom-escura. Uma vez, no trabalho, uma mocinha vendedora de roscas que se aproximara dos presidiários examinou-me demoradamente e súbito deu uma gargalhada: "*Pff!*, que feio!", exclamou, "o pano marrom não deu, e o pano preto também não deu!". Havia alguns cujo casaco era todo de pano marrom e só as mangas de pano marrom-escuro. A cabeça também era raspada de maneiras diferentes: de uns, raspavam de alto a baixo, de outros, de través.

À primeira vista, dava para perceber uma acentuada semelhança naquela estranha família; até os indivíduos mais ríspidos, mais originais, que reinavam involuntariamente sobre os outros, até estes procuravam entrar no tom comum a todo o presídio. De modo geral, toda aquela gente — salvo as poucas exceções de uns inesgotavelmente alegres, e que por isso eram alvo do desprezo de todos — era composta de pessoas sombrias, invejosas, vaidosas ao extremo, insolentes, melindrosas e formalistas no máximo grau. A capacidade de não se surpreender com nada era a maior das virtudes. Eram todos fanáticos por manter as aparências. No entanto, com a velocidade de um raio, a aparência mais arrogante era, com bastante frequência, substituída pela mais pusilânime. Havia alguns homens deveras fortes; eram gente do povaréu, desprovida de afetação. Mas, coisa estranha: dentre esses homens deveras fortes havia alguns vaidosos ao extremo, quase morbidamente. Em geral, o que ocupava o primeiro plano era a vaidade, a aparência. A maioria era libertina e demasiado envilecida. As intrigas e bisbilhotices eram constantes: aquilo era um inferno, trevas impenetráveis. Mas contra o regulamento interno do presídio e os hábitos vigentes ninguém ousava rebelar-se; todos se submetiam. Havia caracteres que se destacavam de forma marcante, que só a muito custo se subordinavam, mas mesmo assim se subordinavam. Chegavam ao presídio os que já tinham passado excessivamente da conta, se excedido na medida lá fora, de modo que ao fim e ao cabo cometiam seus crimes como que involuntariamente, como se não soubessem para quê, como em delírio, como em estado de embriaguez; cometiam-nos amiúde por uma vaidade excitada até o último grau. Mas depressa eram domados, apesar de alguns deles terem sido o terror de povoados e cidades inteiras antes de chegarem ao presídio. Olhando ao redor, o novato logo percebia que caíra no lugar errado, que ali já não conseguiria surpreender ninguém e, sem dar a perceber, resignava-se e entrava no tom geral. Na aparência, esse tom geral era constituído por um decoro pessoal peculiar, do qual estavam imbuídos quase todos os habitantes do presídio. Era como se, em realidade, a classe de galé, de sentenciado, constituísse algum título, e, ademais, um título de honra. Nenhum sinal de vergonha ou arrependimento! Havia, aliás, uma resignação exterior, oficial, por assim dizer, uma tranquila loquacidade: "Somos uma gente perdida", diziam eles, "não foste capaz de viver em liberdade, agora aguenta a 'rua verde',[8] entra na fila de controle de presença". "Desobedeceste pai e mãe, agora deixa que te esfolem." "Não quiseste bordar com fios de ouro, agora quebra pedra a marreta." Tudo isso era dito com frequência, tanto na forma de lição de moral quanto de sentenças e adágios corriqueiros, mas nunca a sério. Eram apenas palavras. Duvido que ao menos um deles confessasse a si mesmo a própria culpa. Tente alguém que não seja galé censurar algum presidiário por seu crime, destratá-lo (embora, pensando bem, não seja do caráter russo exprobar o criminoso), e os insultos não terão fim. E como eles todos eram mestres no insulto! Insultavam com arte, com refinamento. Entre eles, o insulto fora promovido a ciência; procuravam fazê-lo não tanto por meio da palavra ofensiva, mas por meio do sentido ofensivo, do espírito, da ideia — e isso é mais refinado, mais venenoso. As altercações permanentes desenvolviam ainda mais essa ciência entre eles. Toda aquela gente trabalhava debaixo de vara —, logo, era uma gente ociosa, logo, pervertiam-se: se antes não eram pervertidos, pervertiam-se no presídio. Todos estavam ali a contragosto; eram todos estranhos entre si.

"O diabo gastou três pares de *lápti*[9] antes de nos juntar todos aqui!" — diziam a respeito de si mesmos; daí os mexericos, as intrigas, as maledi-

---

[8] No original, *zeliónaia úlitsa*: expressão equivalente a "corredor polonês". O castigo consistia em fazer o preso passar entre duas fileiras de soldados armados com vergas, que desferiam golpes violentos contra ele. (N. do T.)

[9] Calçado feito com casca de bétula ou tília, usado por muitos camponeses russos, sobretudo pelos mais pobres. (N. do T.)

cências de comadre, a inveja, as brigas e a raiva estarem sempre em primeiro plano naquela vida dos infernos. Nenhuma comadre teria condições de ser tão comadre como alguns daqueles facínoras. Repito, entre eles também havia homens fortes, temperamentos acostumados durante toda a sua vida a dobrar os outros, a mandar, homens calejados, destemidos. A estes respeitavam, ainda que meio a contragosto; eles, por sua vez, embora amiúde fossem muito ciosos de sua fama, em geral procuravam não estorvar ninguém, não se metiam em xingamentos fúteis e se portavam com uma dignidade incomum, eram ponderados e quase sempre obedientes às autoridades — não por princípio, não movidos pela consciência de suas obrigações, mas sem quê nem para quê, como se agissem por contrato, cientes das vantagens mútuas. No entanto, eram tratados com cautela. Lembro-me de como um desses presidiários, homem decidido e corajoso, conhecido pela direção do presídio por suas tendências animalescas, foi chamado certa vez para receber o castigo. Era um dia de verão, no horário de descanso. O oficial superior, imediato e chefe direto do presídio, veio pessoalmente à casa de guarda, que ficava bem junto ao nosso portão, para assistir o castigo. Esse major era uma entidade fatal para os presidiários; sua presença os fazia tremer. Sua severidade beirava a loucura, "lançava-se contra as pessoas", como diziam os galés. O que mais os apavorava nele era o olhar penetrante, de lince, do qual não se conseguia esconder nada. Via tudo sem mesmo olhar. Ao entrar no presídio, já sabia o que ocorria na extremidade oposta. Os presidiários o chamavam de Oito-Olhos. Seu sistema era dissimulado. Com seus atos coléricos e perversos ele apenas exasperava os já exasperados presidiários, e se não houvesse acima dele o comandante, homem nobre e ponderado, que às vezes lhe moderava os desatinos selvagens, ele teria cometido grandes desgraças com sua administração. Não entendo como pôde ter chegado a um final feliz; saiu para a reforma vivo e saudável, se bem que sob processo judicial.

 O presidiário empalideceu quando o chamaram. Costumava silenciar e aguentar firme debaixo das varas, suportava calado o castigo e, depois de castigado, erguia-se como se tivesse levado um susto, encarando com sangue frio e ar filosófico o infortúnio que acabara de sofrer. Sempre o tratavam com cautela, no entanto. Mas, sabe-se lá por quê, desta feita ele achava que tinha razão. Empalideceu e, às furtadelas da escolta, conseguiu enfiar na manga do casaco um trinchete inglês. Facas e quaisquer outros instrumentos cortantes eram absolutamente proibidos no presídio. As buscas eram frequentes, inesperadas e bastante sérias, os castigos, cruéis; mas como é difícil surpreender um ladrão quando ele decide esconder alguma coisa em especial, e como as facas e instrumentos cortantes eram uma necessidade permanente no presídio, então, apesar das buscas, elas nunca eram apreendidas. E se as confiscavam, logo apareciam novas. Todo o presídio se precipitou para a cerca com o coração nas mãos, no afã de observar pelas brechas das estacas. Todos sabiam que desta vez Pietróv não tencionava aguentar-se debaixo das varas e que este seria o fim do major. Mas no momento decisivo o nosso major tomou a carruagem e partiu, confiando a outro oficial a execução do castigo. "O próprio Deus o salvou!", disseram mais tarde os presidiários. Quanto a Pietróv, suportou o castigo com a maior tranquilidade. Sua ira passara com a partida do major. Era um detento obediente e submisso até certo ponto; mas há um limite que não se deve ultrapassar. A propósito: não há nada mais curioso que esses excessos de impaciência e rebeldia. Amiúde o homem espera durante anos, resigna-se, suporta os castigos mais cruéis, mas de repente estoura por uma ninharia qualquer, alguma bobagem, quase por nada. Alguém que visse de fora até poderia chamá-lo de louco; e é o que se faz.

Já afirmei que durante vários anos não notei entre aqueles homens o mínimo sinal de arrependimento, o mínimo remorso por seus crimes e que, em seu íntimo, uma grande parcela deles se considerava cheia de razão. É um fato. É claro que muito disso se devia à vaidade, aos maus exemplos, à galhardia, a uma vergonha fingida. Por outro lado, quem pode dizer que sondou as profundezas desses corações destruídos e que leu neles o que está escondido do mundo inteiro? Ora, em tantos anos teria sido possível perceber, captar, suspeitar naqueles corações ao menos alguma coisa, quando nada um simples indício que desvelasse uma angústia interior, um sofrimento. Mas isso não havia, positivamente não havia. Sim, parece que não se pode entender o crime a partir de pontos de vista já dados, prontos, e sua filosofia é um tanto mais difícil do que se supõe. É claro que as prisões e o sistema de trabalhos forçados não reeducam o criminoso; eles apenas o castigam e salvaguardam a sociedade de futuros atentados dos facínoras contra a sua paz. No próprio criminoso, a prisão e os mais intensos trabalhos forçados amplificam apenas o ódio, a sede de prazeres proibidos e uma terrível leviandade. No entanto, tenho a firme convicção de que o famoso sistema de celas[10] atinge apenas um objetivo, falso, aparente, enganador. Suga a seiva viva do homem, enerva-lhe a alma, debilita-a, assusta-a e depois nos apresenta uma múmia moralmente ressequida, um semilouco, como modelo de reeducação e arrependimento. É claro que o criminoso que se rebela contra a sociedade

---

[10] O sistema de confinamento solitário, emprestado das prisões londrinas na época de Nicolau I. (N. do T.)

a odeia e quase sempre considera a si mesmo inocente, e a sociedade, culpada. Ademais, já foi castigado por ela, e por isso quase sempre acha que está purificado, que está quites com ela. Por último, a partir de pontos de vista assim, pode-se supor que só por um triz não temos de compensar o próprio criminoso. Todavia, apesar de todos os pontos de vista possíveis, qualquer um concorda que há tais crimes que, desde que o mundo é mundo, em toda parte e sob qualquer legislação, sempre foram considerados crimes inapeláveis, e assim o serão enquanto o homem continuar sendo homem. Foi só no presídio que ouvi histórias sobre os atos mais espantosos, mais antinaturais, sobre os assassinatos mais monstruosos, narradas com a risada mais incontida, cheia da alegria mais infantil. Em especial, não me sai da memória um parricida. Era um nobre, funcionário público, e uma espécie de filho pródigo de seu pai sexagenário. De comportamento totalmente desregrado, meteu-se a fazer dívidas. O pai o continha, tentava dissuadi-lo; mas o pai possuía uma casa, possuía uma granja, suspeitava-se de que havia dinheiro — e o filho o matou cobiçando a herança. O crime só foi descoberto um mês depois. O próprio assassino declarou à polícia que seu pai desaparecera sem deixar vestígio. Passou todo esse mês na maior devassidão. Por fim, em sua ausência, a polícia encontrou o corpo. Ao longo de todo o pátio da casa estendia-se uma vala de esgoto coberta de tábuas. O corpo estava ali, vestido, pronto, a cabeça grisalha decapitada, ajuntada ao tronco, e sob a cabeça um travesseiro. O rapaz não confessou; tiraram-lhe o título de nobreza, a classe de funcionário público, e condenaram-no a vinte anos de trabalhos forçados. Durante todo o tempo em que convivemos, sempre o vi no mais esplêndido e mais alegre estado de espírito. Era o cúmulo do excêntrico, do leviano, do insensato, embora não fosse nada tolo. Nele, nunca notei qualquer tipo particular de crueldade. Os presidiários o desprezavam não pelo crime, do qual nem se falava, mas pela maluquice, por não saber se portar. Nas conversas, às vezes se referia ao pai. Numa ocasião, conversando comigo sobre a robusta constituição hereditária de sua família, acrescentou: "Veja o *meu genitor*, até à morte não se queixou de nenhuma doença". Sem dúvida, é impossível uma insensibilidade tão bestial. É um fenômeno; aí há alguma falha na constituição, alguma deformidade física e moral ainda ignorada pela ciência, e não só um simples crime. É claro que eu não acreditei em tal crime. Mas umas pessoas de sua cidade, que deviam conhecer todos os detalhes da história, contaram-me o caso inteiro. Os fatos eram tão claros que era impossível não acreditar.

Uma noite, os presidiários o ouviram gritar em sonho: "Segure-o, segure! Corte a cabeça dele, a cabeça, a cabeça!...".

Quase todos os presidiários falavam e deliravam à noite. Xingamentos, gíria de ladrões, machados e facas era o que mais amiúde lhes saía da boca nos delírios. "Somos uma gente machucada", diziam eles, "nossas entranhas estão arrebentadas, por isso gritamos à noite."

Na fortaleza, os trabalhos forçados pelo Estado não eram uma ocupação, mas uma obrigação: o detento cumpria sua jornada ou as horas de trabalho fixadas em lei e voltava para o presídio. Viam o trabalho com ódio. Sem uma ocupação própria, especial, à qual pudesse se dedicar com toda a sua inteligência, com todos o seu interesse, um homem não conseguiria viver no presídio. Ademais, de que modo toda aquela gente bem desenvolvida, que vivera com energia e que desejava continuar a viver, trazida à força e em bando para a prisão, arrancada violentamente da sociedade e de uma vida normal, poderia amoldar-se àquele lugar de forma normal e correta, por vontade própria e de bom grado? Só pela ociosidade, ali ela desenvolveria qualidades criminais das quais antes sequer fazia ideia. Sem trabalho e sem propriedade legal e normalizada o homem não pode viver, perverte-se, transforma-se num animal. E por isso, em virtude de uma necessidade natural e algum sentimento de autopreservação, cada um no presídio tinha seu ofício e sua ocupação. O longo dia de verão era quase todo preenchido pelo trabalho oficial; na noite curta, mal havia tempo para dormir bem. Mas no inverno, mal anoitecia o detento devia ser trancado, segundo o regulamento do presídio. E que fazer nas longas e tediosas horas das noites de inverno? Por isso quase todas as casernas, a despeito da proibição, transformavam-se numa enorme oficina. O trabalho, propriamente dito, não era uma ocupação proibida; mas era rigorosamente proibido manter ferramentas na prisão, e sem isso o trabalho é impossível. Mas se trabalhava às escondidas, e em muitos casos a administração parecia não prestar muita atenção nisso. Muitos dos presos chegavam ao presídio sem nenhum ofício, mas aprendiam com os outros e depois saíam para a liberdade como bons artífices. Entre eles havia sapateiros, alfaiates, marceneiros, serralheiros, gravadores e douradores. Havia um judeu, Issái Bumstein, ourives e também usurário. Todos eles trabalhavam e conseguiam os seus copeques. As encomendas eram obtidas na cidade. O dinheiro é a liberdade cunhada, e por isso, para o homem inteiramente privado da liberdade, custa dez vezes mais. Se puder apenas fazê-lo tilintar em seu bolso, já fica consolado pela metade, mesmo que não possa gastá-lo. Mas dinheiro sempre se pode gastar em qualquer lugar, ainda mais porque o fruto proibido é duas vezes mais doce. E no presídio dava até para se ter vodca. Os cachimbos sofriam a mais rigorosa proibição, mas todos os fumavam. O dinheiro e o tabaco salvavam do escorbuto e de outras doenças. Já o trabalho salvava-os do crime: sem o trabalho, os presos se devorariam uns aos outros como aranhas metidas num frasco. Apesar disso, tanto o trabalho como o dinheiro eram proibidos. Não raro havia buscas repentinas à noite, confiscavam tudo o que era proibido e — por mais que escondessem o dinheiro, mesmo assim ele caía algumas vezes em mãos dos agentes. Eis em parte o porquê de eles não o economizarem e gastarem depressa em bebida; eis porque até vodca se conseguia no presídio. Depois de cada busca, o culpado, além de ter confiscados todos os seus bens, costumava receber um castigo doloroso. Contudo, depois de cada busca, os estragos eram reparados, surgiam novos objetos, e tudo continuava como dantes. E a administração sabia disso, e os presidiários não reclamavam dos castigos, embora aquela vida se parecesse com a vida de um assentamento ao pé do Vesúvio.

Quem não tinha ofício, ocupava-se de outra maneira. Havia meios bastante originais. Uns, por exemplo, se dedicavam à revenda, e às vezes vendiam coisas que a ninguém de fora dos muros do presídio passaria pela cabeça não só comprar e revender, mas sequer considerá-las utensílios. Mas o presídio era muito pobre e excepcionalmente industrioso. O pior trapo tinha preço e era usado em algum negócio. Pela própria pobreza do presídio, o dinheiro ali tinha um valor bem diferente do que se via no mundo livre. Pagavam centavos por um trabalho grande e complexo. Alguns praticavam a usura com sucesso. O detento, arruinado ou esfalfado, levava os seus últimos objetos ao usurário e recebia dele algumas moedas de cobre a juros escorchantes. Se não os resgatasse dentro do prazo, estes eram vendidos sem demora e sem piedade; a usura florescera de tal forma que se aceitava como penhor até objetos do presídio sujeitos à inspeção: vestuário e roupa de cama, calçados etc. — objetos indispensáveis a qualquer detento a qualquer momento. Contudo, durante essas penhoras acontecia de a coisa tomar outro rumo, o que, aliás, não era de todo inesperado: quem fazia o penhor e recebia o dinheiro ia de imediato e sem mais conversas procurar o sargento-mor, chefe imediato do presídio, e denunciava o penhor dos objetos sujeitos à inspeção, que, ato contínuo, eram confiscados ao usurário, às vezes sem nenhum relatório à administração superior. O curioso é que nem sempre isso acabava em briga: calado e com ar sombrio, o usurário devolvia o que era devido e até parecia que ele mesmo já esperava ter de proceder assim. Talvez não pudesse deixar de reconhecer que, se estivesse no lugar de quem penhora, ele também faria o mesmo. E se mais tarde viesse vez por outra a praguejar, fá-lo-ia sem nenhum rancor, mas tão somente por desencargo de consciência.

Em geral, todos roubavam terrivelmente uns aos outros. Quase todos tinham o seu baú com cadeado para guardar os objetos pertencentes ao presídio. Era permitido; mas os baús não garantiam segurança. Acho que dá para imaginar que refinados ladrões havia ali. Um colega detento, que me era sinceramente leal (digo isso sem nenhum exagero), roubou-me uma Bíblia, o único livro permitido no presídio; no mesmo dia ele mesmo me confessou o roubo, não por arrependimento, mas por dó de me ver tanto tempo a procurá-lo. Uns praticavam o ofício de botequineiro, vendendo vodca e rapidamente enriqueciam. No momento propício falarei especialmente desse comércio: ele é bastante digno de nota. Muitos presos estavam ali por contrabando, e por isso não há razão para se admirar de como entrava vodca no presídio, mesmo com as inspeções e a escolta. Aliás, o contrabando é, por seu caráter, um crime um tanto especial. Pode-se, por exemplo, imaginar que para algum contrabandista o dinheiro e o lucro exerçam um papel secundário, que estejam em segundo plano? E não obstante é exatamente o que acontece. O contrabandista trabalha por paixão, por vocação. Em parte, ele é um poeta. Arrisca tudo, sujeita-se a terríveis perigos, age com astúcia, com engenho, safa-se de apuros; às vezes chega a agir por alguma inspiração. É uma paixão tão forte quanto a do baralho. No presídio conheci um detento de aparência e estatura colossais, porém tão dócil, tão sereno, tão humilde que não dava para imaginar de que modo ele fora parar ali. Era tão sociável e complacente que, durante todo o seu período de prisão, não se indispôs com ninguém. Mas era oriundo da fronteira ocidental, fora preso por contrabando, e, é claro, não conseguiu se aguentar e meteu-se a contrabandear vodca. Quantas vezes foi castigado por isso, e como temia os açoites! Aliás, o contrabando de vodca lhe dava o lucro mais irrisório. A vodca só enriquecia o dono do negócio. O esquisitão amava a arte pela arte. Era chorão como uma mulher, e quantas vezes aconteceu de, passado o castigo, jurar que não ia mais trazer contrabandos. Às vezes se dominava corajosamente por um mês inteiro, mas mesmo assim acabava cedendo... E graças a pessoas assim a vodca nunca escasseava no presídio.

Por último, ainda havia outro tipo de renda que, sem que enriquecesse os presidiários, era permanente e benéfica. As esmolas. A classe superior da nossa sociedade não faz ideia de como os comerciantes, os pequeno-burgueses e todo o nosso povo cuidam dos "infelizes". A esmola é quase contínua e quase sempre em pães, pãezinhos, roscas, muito raramente em dinheiro. Sem essas esmolas, em muitos lugares os presos teriam dificuldades excessivas, especialmente os preventivos, à espera de julgamento e postos em regime mais severo que os condenados. A esmola é religiosamente dividida em partes iguais entre os presos. Se não há para todos, corta-se uma rosca em partes iguais, às vezes em seis fatias, e cada prisioneiro recebe sem falta o seu pedaço. Lembro-me da primeira esmola em dinheiro que recebi. Foi logo depois de minha chegada ao presídio. Eu voltava sozinho do trabalho matinal, com um soldado de escolta. Ao meu encontro vinham mãe e filha, uma menininha de uns dez anos, bonitinha como um anjinho. Eu já as tinha visto uma vez. A mulher era viúva de um soldado. Seu marido, um soldado jovem, fora julgado e morrera no hospital militar, na enfermaria dos presidiários, no tempo em que eu também estivera internado lá, doente. A mulher e a filha foram se despedir dele; ambas choraram terrivelmente. Ao me ver, a menininha enrubesceu, cochichou alguma coisa com a mãe; esta parou no ato, tirou de uma trouxinha uma moeda de um quarto de copeque e deu à menininha. Esta se precipitou correndo em minha direção... "Toma, infeliz, recebe esse copequezinho por Cristo!", exclamou, correndo à minha frente e metendo a moeda em minha mão. Aceitei seu copequezinho, e a menininha voltou para a mãe totalmente satisfeita. Guardei esse copequezinho por muito tempo.

II
PRIMEIRAS IMPRESSÕES

O primeiro mês e, de modo geral, o início da minha vida de prisioneiro estão ainda vivamente delineados na minha imaginação. Já os anos seguintes passam pela minha memória de relance e em tons muito mais turvos. Alguns, é como se estivessem inteiramente obnubilados, fundidos, deixando de si uma impressão total: pesada, monótona, sufocante.

Mas tudo o que suportei nos primeiros dias de trabalhos forçados hoje se me apresenta como se tivesse ocorrido ontem. E é assim que deve ser.

Lembro-me com clareza de que, desde o primeiro passo que dei naquela vida, surpreendeu-me o fato de que eu não parecia encontrar nela nada de especialmente impressionante, de incomum, ou melhor, de inesperado. Como se tudo aquilo já tivesse passado de relance pela minha imaginação, antes, quando, a caminho da Sibéria, eu procurava adivinhar de antemão a minha sina. Mas logo a voragem dos imprevistos mais estranhos, dos fatos mais monstruosos, começou a me deter quase que a cada passo. E só mais tarde, já depois de passar muito tempo na prisão, compreendi plenamente toda a excepcionalidade, toda a imprevisibilidade daquela existência, que passou a me surpreender cada vez mais. Confesso que essa surpresa me acompanhou por todo o longo período de duração dos meus trabalhos forçados; nunca consegui me conformar com ela.

Minha primeira impressão ao chegar ao presídio foi, de modo geral, a mais repugnante; porém — coisa estranha! —, apesar disso pareceu-me que viver no presídio era bem mais fácil do que eu imaginara a caminho de lá. Os presidiários, mesmo agrilhoados, andavam livremente por todo o presídio, insultavam-se, cantavam canções, trabalhavam por conta própria, fumavam cachimbo e até tomavam vodca (se bem que esses eram bem poucos); à noite, alguns organizavam um carteado. O próprio trabalho, por exemplo, não me pareceu nada pesado, nada *forçado*, e só muito tempo depois atinei que o peso e o *caráter forçado* desse trabalho não diziam respeito tanto a sua dificuldade e continuidade, mas ao fato de ser *impositivo*, obrigatório, realizado debaixo de vara. Em liberdade, o mujique talvez trabalhe incomparavelmente mais, às vezes até durante a noite, sobretudo no verão; mas trabalha para si, trabalha com um objetivo racional, e para ele é incompa-

Escritos da casa morta 53

ravelmente mais fácil que para o galé, que realiza um trabalho forçado e de absoluta inutilidade para ele. Uma vez me ocorreu a ideia de que, se alguém quisesse esmagar plenamente um homem, destruí-lo, castigá-lo com o mais terrível castigo, de modo a que o mais temível assassino estremecesse perante esse castigo e o temesse de antemão, bastaria apenas dar ao trabalho o caráter da mais absoluta e plena inutilidade e falta de sentido. O trabalho forçado dos dias de hoje é desinteressante e enfadonho para o galé, no entanto, é racional por si só, enquanto trabalho; o presidiário fabrica um tijolo, cava a terra, estuca, constrói; nesse trabalho existe um sentido e um objetivo. Às vezes o trabalhador galé até se entusiasma com ele, deseja fazê-lo com mais habilidade, mais depressa, melhor. Contudo, se o forçassem, por exemplo, a deitar água de um balde em outro, e deste para o primeiro, a triturar areia, deslocar um monte de terra de um lugar para outro e vice-versa, penso que o presidiário se enforcaria depois de alguns dias, ou cometeria mil crimes com o fim de simplesmente morrer e livrar-se de semelhante humilhação, vergonha e tormento. Tal castigo, naturalmente, redundaria em tortura, em vingança, e careceria de sentido, porque não atingiria nenhum objetivo racional. Entretanto, como parte dessa tortura, dessa absurdidade, dessa humilhação e dessa vergonha existe, forçosamente, em todo e qualquer trabalho forçado, então o trabalho forçado também é incomparavelmente mais torturante que qualquer trabalho livre, e justamente por ser forçado.

De resto, cheguei ao presídio no inverno, no mês de dezembro, e ainda não tinha ideia do que era o trabalho de verão, cinco vezes mais pesado. No inverno, geralmente havia pouco trabalho forçado em nossa fortaleza. Os presidiários iam ao rio Irtích desmontar velhas barcaças do Estado, trabalhavam em oficinas, afastavam a neve amontoada pelas tempestades nas fachadas dos prédios públicos, calcinavam e trituravam alabastro etc. etc. O dia de inverno era curto, o trabalho terminava depressa, e toda a nossa gente retornava cedo ao presídio, onde quase não tinha o que fazer, a não ser que lhe surgisse algo do seu próprio trabalho. Mas é possível que apenas um terço dos presidiários tivesse um trabalho próprio, porque os outros eram mandriões, vagavam à toa entre as casernas do presídio, insultavam-se, urdiam intrigas entre si, histórias, embebedavam-se assim que aparecia qualquer dinheirinho; à noite, perdiam no carteado a última camisa, e tudo isso por tédio, por ociosidade, por falta do que fazer. Depois compreendi que, além da privação da liberdade, além do trabalho forçado, ainda existe na vida de galé um outro tormento, que quase chega a ser mais forte que aqueles. É a *convivência forçada*. Sem dúvida existe convivência também em outros lugares; mas num presídio há tipos de gente com quem nem todo mundo gosta de conviver, e estou certo de que todo galé experimentava esse tormento, ainda que a maioria de modo inconsciente, é claro.

A comida também me pareceu suficiente. Os presidiários asseguravam que tal coisa não havia nos campos de trabalho da Rússia europeia.[11] Isso eu não me atrevo a julgar: não estive lá. Além disso, muitos tinham a oportunidade de ter sua própria comida. Entre nós, uma libra de carne de gado custava uma ninharia, três copeques no verão. Contudo, só dispunham da própria comida aqueles que sempre tinham dinheiro; a maioria dos galés comia a comida do presídio. Aliás, quando elogiavam a comida, os presidiários se referiam única e exclusivamente ao pão, e davam graças apenas pelo fato de que entre nós ele era coletivo, e não distribuído a peso. Isto os deixaria apavorados: numa distribuição a peso, um terço dos homens ficaria com fome; já dividido por *artiel*,[12] chegava para todos. Por alguma razão, o pão do nosso presídio era particularmente saboroso, e isto o tornou famoso em toda a cidade. Esse fato era atribuído à boa construção dos fornos dos presídios. A sopa de repolho, porém, eram bem ruinzinha. Cozinhavam-na no caldeirão comum, misturada com um pouco de cereais, e sobretudo nos dias de trabalho ela era rala, aguada. Fiquei horrorizado com a imensa quantidade de baratas que havia nela. Já os presidiários, não davam nenhuma atenção a isso.

Nos três primeiros dias não fui ao trabalho; esse era o procedimento dispensado a qualquer recém-chegado: deixavam-no descansar da viagem. Mas logo no dia seguinte tive de sair do presídio para receber novos ferros. Meus grilhões estavam fora do formato, eram anelados, "de pouco som", como diziam os presidiários. Eram usados por cima da roupa. Já os grilhões com o formato do presídio, adaptados ao trabalho, não eram feitos de aros, mas de quatro varões de ferro de quase um dedo de espessura, unidos por três aros. Deviam ser usados por baixo das calças largas. Ao aro central atava-se uma correia que, por sua vez, colava-se no cinto usado diretamente sobre a camisa.

Lembro-me da minha primeira manhã na caserna. Na casa de guarda, que ficava à entrada do presídio, o tambor anunciou a alvorada, e uns dez

---

[11] Sendo uma das últimas regiões do Império Russo a ser ocupada e populada, na Sibéria era comum referir-se a todo o restante da Rússia como "o continente", "a pátria", ou a "Rússia europeia". (N. do T.)

[12] Reunião de pessoas de diferentes profissões ou ofícios para executar trabalho conjunto por acordo ou responsabilidade. É a variante russa das corporações de artesãos surgidas na Europa na Idade Média. (N. do T.)

minutos depois o sargento da guarda começou a abrir as casernas. Os presidiários começaram a despertar. Em meio à iluminação turva produzida por seis velas de sebo, levantaram-se de suas tarimbas trêmulos de frio. Uma grande parte estava calada e amuada de sono. Bocejavam, espreguiçavam-se e franziam suas testas ferreteadas. Uns se benziam, outros iam logo começando a altercar. O ambiente abafado era terrível. O ar fresco do inverno irrompeu porta adentro mal a abriram, e nuvens de vapor se espalharam pela caserna. Presidiários se aglomeravam junto aos baldes com água; um de cada vez, pegavam a concha, levavam-na à boca e com a água da boca lavavam as mãos e o rosto. A água fora preparada na véspera pelo faxineiro. Em toda caserna havia por determinação um detento, escolhido pela *artiel*, para prestar serviços. Era chamado de "latrineiro" e não saía para trabalhos externos. Suas atribuições eram cuidar da limpeza da caserna, esfregar as tarimbas e o chão, trazer e retirar as tinas usadas durante a noite e servir água fresca em dois baldes — um para a higiene matinal e outro para beber durante o dia. Logo começaram as altercações por causa da concha, pois existia apenas uma.

— Vê onde te metes, cara de ferrete! — rosnou um detento carrancudo, alto, magro e moreno, que tinha umas estranhas protuberâncias na cabeça raspada, enquanto empurrava outro, gordo, atarracado, de rosto alegre e corado — Vai parando por aí!

— Por que esses gritos? Aqui se paga por um lugar na fila; cai fora tu! Vejam só, apareceu um monumento. Pensando bem, maninhos, esse aí não tem uma gota de *bem-feitice*.

A palavra "bem-feitice" produziu certo efeito: muitos começaram a rir. Era só disso que precisava o alegre gordalhão que, pelo visto, era algo como um histrião voluntário na caserna. O detento alto o encarou com o mais profundo desprezo.

— Sua vaca roliça! — disse ele como que de si para si. — Ora bolas, encheu a pança com o purinho[13] da prisão! Está contente porque vai parir doze leitõezinhos pra quebrar o longo jejum.

O gordo zangou-se por fim.

— E tu, que tipo de bicho és? — gritou de repente, já corando.
— Algum bicho!
— Qual?
— Algum.

---

[13] "Purinho" era como chamavam o pão cuja farinha não era misturada a nada. (N. do A.)

— O que é isso?

— Ora, existe uma palavra chamada *algum*.

— Mas que bicho é esse?

Os dois tinham os olhos cravados um no outro. O gordalhão esperava a resposta de punhos fechados, como se estivesse pronto para entrar imediatamente na briga. Eu achava mesmo que haveria briga. Para mim tudo aquilo era novo, e eu observava com curiosidade. Mas depois soube que cenas desse tipo eram inteiramente inocentes e representadas como numa comédia, para o prazer geral; às vias de fato mesmo, quase nunca chegavam. Tudo aquilo foi bastante característico e mostrou bem os costumes da prisão.

O detento alto mantinha-se sossegado e majestoso. Sentia que o observavam, esperando para ver se sua resposta seria ou não sua desonra; que era preciso sustentar o que dissera, demonstrar que era realmente um bicho, e mostrar o tipo de bicho. Olhava de esguelha para o adversário com um inexprimível desdém e, procurando ser mais ofensivo, fitava-o meio por cima dos ombros, como se observasse um inseto, e pronunciou de forma lenta e clara:

— O *kagan*.

Ou seja, o pássaro *kagan*.[14] Uma explosão de gargalhadas retumbante saudou a inventividade do detento.

— O que és é um patife, e não um *kagan* — mugiu o gordalhão, sentindo que havia falhado em todos os quesitos e chegando ao extremo do furor.

Contudo, mal a altercação ficou séria, logo chamaram os valentões à ordem.

— Que algazarra é essa? — gritou-lhes a caserna inteira.

— Seria melhor que brigassem de verdade em vez de ficar nessa berraria! — gritou alguém de seu canto.

— Segura os dois, senão se agarram! — respondeu um outro. — Nossa gente é decidida, boa de briga; um sozinho encara sete sem medo...

— Sim, são boas biscas: um está aqui por causa de uma libra de pão, o outro é um afanador de despensas, bebeu um pote de coalhada de uma velha e por isso entrou no chicote.

— Ora, ora, ora, já chega! — bradou o inválido que era encarregado de manter a ordem na caserna e por isso dormia num canto, numa maca especial.

---

[14] Nas canções folclóricas russas, pássaro mitológico que tem poderes proféticos e é portador de felicidade para quem o vê. (N. do T.)

— Água, rapaziada! O *desválido*[15] Pietróvitch acordou! Água para o *desválido* Pietróvitch, irmãozinho querido.

— Irmão... Desde quando sou teu irmão? Nunca bebemos um rublo juntos e já irmão! — rosnou o inválido, enfiando os braços nas mangas do capote...

Preparávamo-nos para a chamada. O dia começava a clarear; na cozinha se juntara uma multidão densa, sem nenhuma fresta. Os presidiários se aglomeravam metidos em suas peliças e em seus gorros de pele, ao lado do pão que o rancheiro fatiava para eles. Os rancheiros eram escolhidos pelos presidiários, em cada cozinha havia dois. Eram também encarregados da guarda da faca que servia para cortar o pão e a carne, a única em toda a cozinha.

Por todos os cantos e junto às mesas acomodaram-se os presidiários, metidos em seus gorros e peliças e com os cintos afivelados, prontos para a saída ao trabalho. Diante de alguns deles havia canecas de madeira com *kvas*.[16] Eles esfarelavam o pão dentro do *kvas* e o sorviam aos poucos. O ruído e o vozerio eram insuportáveis; mas alguns conversavam em tom sensato e baixo pelos cantos.

— Velhote Antónitch, bom apetite, bom dia! — proferiu um detento jovem, sentando-se ao lado de um detento enrugado e desdentado.

— Ah, bom dia, se não estás galhofando! — respondeu o outro, sem erguer os olhos e procurando mastigar o pão com as gengivas sem dentes.

— Imagina, Antónitch, eu pensava que tu tinhas morrido; palavra!

— Não. Primeiro morre tu, eu vou depois...

Sentei-me ao lado deles. À minha direita, dois outros presos conversavam em tom solene, pelo visto procurando manter um ar de importância um perante o outro.

— Creio que a mim não hão de roubar — dizia um. — Meu caro, eu mesmo temo que venha a roubar alguma coisa.

— Pois é, que ninguém venha me roubar de mãos vazias: eu queimo!

— Ora, vais queimar com quê? És um condenado como todos os outros; não há outro nome para nós... Ela há de te roubar sem dizer "oi". Meu caro, aqui mesmo meus copeques foram surrupiados. Ela apareceu aqui outro dia. Onde haveria de me meter com ela? Pedi ajuda ao Fiedka, o carras-

---

[15] Um dos galés pronuncia a seu modo a palavra *invalíd* (inválido), trocando-a por *nevalíd* (literalmente, "não válido"). (N. do T.)

[16] Bebida levemente fermentada, feita de centeio, bastante popular entre os russos no verão. (N. do T.)

co: ele ainda tinha a casa no subúrbio — aquela que comprara do Solomonka, aquele judeu tinhoso que se suicidou...

— Sei. Ele foi o botequineiro daqui três anos atrás; nós o chamávamos Grichka-Boteco-Escuro. Sei.

— Pois não sabes coisa nenhuma; é outro Boteco-Escuro.

— Outro coisa nenhuma! Tu sabes bem mal. Posso te apresentar um monte de atravessadores...

— Então apresenta! De onde és? E eu, de onde venho?

— De onde? Sem querer me vangloriar, mas já te dei umas lambadas, então sei de onde és!

— Já me deste lambadas? Ainda está para nascer aquele que vai me bater; e quem me bateu está dormindo debaixo do chão!

— Peste dos infernos!

— Que a lepra siberiana te roa!

— Que te entendas com um sabre turco!

E choviam xingamentos.

— Basta, vamos parando! Arruaceiros! — gritaram ao redor. — Não souberam viver em liberdade; agora contentem-se com pão puro...

Logo foram contidos. Insultar, alfinetar são coisas toleradas. Em parte servem como distração para todos. Mas brigar mesmo nem sempre é permitido, e só em casos excepcionais os inimigos chegam às vias de fato. A briga é denunciada ao major, começam as diligências, o major aparece pessoalmente — em suma, sobra para todo mundo, e é por isso que as brigas não são toleradas. Aliás, os adversários se insultam mais por distração, para exercitar o estilo. Não raro enganam-se a si mesmos, começam enfurecidos, exaltadíssimos... a gente acha que logo vão investir um contra o outro: mas nada, vão até certo ponto e de repente se afastam. No começo, tudo isso me deixava demasiado surpreso. Citei deliberadamente um dos exemplos mais banais de conversa de galé. Inicialmente, não conseguia imaginar como as pessoas podiam insultar-se por prazer, ver graça nesse exercício, considerá-lo agradável, um deleite. De resto, não se deve esquecer a vaidade. O praguejador dialético era respeitado. Por pouco não o aplaudiam, como a um ator.

Ainda na tarde anterior, notei que me olhavam torto.

Eu já havia captado alguns olhares sombrios. Outros, pelo contrário, logo começaram a me rondar, suspeitando que eu tinha dinheiro comigo. Logo se tornaram prestimosos: começaram a me ensinar a usar os grilhões novos; conseguiram para mim, por dinheiro, é claro, um baú com cadeado, para que eu guardasse os objetos recebidos do presídio e a roupa de baixo que eu trouxera. Logo no dia seguinte roubaram-me tudo e torraram o produto em bebida. Posteriormente, um deles se tornou a pessoa mais dedicada a mim, embora ainda me roubasse em qualquer momento oportuno. E o fazia sem nenhum acanhamento, quase inconscientemente, como se fosse uma obrigação, e era impossível se zangar com ele.

Entre outras coisas, ensinaram-me que eu deveria ter meu próprio chá, disseram que não seria mal se eu arranjasse uma chaleira e, enquanto isso, conseguiram uma emprestada e me recomendaram um rancheiro que, por trinta copeques ao mês, me prepararia qualquer prato, caso eu quisesse comer à parte e adquirir provisões... Naturalmente, pediram-me dinheiro emprestado, e logo no primeiro dia cada um me procurou umas três vezes para pedir empréstimo.

Os antigos nobres costumam ser objeto de olhares sombrios e malévolos nos campos de trabalhos forçados.

Embora já tivessem perdido todos os direitos e fossem plenamente comparáveis aos outros presos, estes nunca os reconheciam como seus companheiros. E assim agem não em decorrência de um preconceito consciente, mas sem mais nem menos, de modo inteiramente honesto e inconsciente. De maneira sincera nos reconheciam como nobres, embora eles mesmos gostassem de caçoar da nossa queda.

— Não, alto lá, agora basta! Houve o tempo em que Piotr passeava em Moscou, mas hoje Piotr vive a trançar cordas — e soltavam outras e mais outras amabilidades.

Deleitavam-se com os nossos sofrimentos, que procurávamos esconder deles. Pagávamos o pato sobretudo nos primeiros dias de trabalho, porque não tínhamos tanta força quanto eles e não conseguíamos participar plenamente. Não há nada mais difícil do que ganhar a confiança do povo (sobretudo de uma gente como aquela) e fazer por merecer a sua afeição.

No presídio havia vários nobres. Para começar, uns cinco poloneses. Em outro momento falarei especialmente deles. Os presidiários tinham horror aos poloneses, mais do que aos presos russos de origem nobre. Os poloneses (refiro-me apenas aos criminosos políticos) tratavam os colegas de prisão com certa sofisticação, com uma delicadeza ofensiva, eram pouquíssimo sociáveis e não conseguiam de maneira nenhuma esconder dos presidiários a repugnância que sentiam por eles, e estes compreendiam isso muito bem e lhes pagavam na mesma moeda.

Precisei viver quase dois anos no presídio para conquistar a boa vontade de alguns galés. Contudo, no final, a maioria deles passou a gostar de mim e me reconheceu como um "bom sujeito".

Além de mim, havia quatro presos oriundos da nobreza russa. O primeiro era uma criatura vil, desprezível, o cúmulo do depravado, espião e delator por ofício. A seu respeito eu já ouvira falar antes de minha chegada, e logo nos primeiros dias cortei todas as relações com ele. O segundo era aquele parricida de quem já falei em meus escritos. O terceiro era Akim Akímitch; poucas vezes vi um esquisitão como esse Akim Akímitch. Deixou-me na memória uma imagem viva. Era alto, ossudo, fraco de inteligência, terrivelmente ignorante, sentencioso e esmerado ao extremo, como um alemão. Os galés zombavam dele; mas alguns até temiam o contato com ele por causa de seu gênio severo, exigente e rabugento. Desde o início, foi descortês com eles, trocava insultos, até brigava. Sua honestidade era fenomenal. Mal notava uma injustiça, ia logo se envolvendo, mesmo que não fosse de sua conta. Era ingênuo ao extremo: por exemplo, ao trocar insultos com os presidiários, censurava-lhes as ladroagens e os persuadia a deixarem de roubar. Servira como subtenente no Cáucaso. Fizemos amizade logo no primeiro dia e ele imediatamente me contou o seu caso. Começara a vida no Cáucaso mesmo, como cadete de um regimento de infantaria; gramara durante muito tempo e por fim fora promovido a oficial e transferido para um forte qualquer como comandante. Um principezinho pacífico[17] da vizinhança ateou fogo ao forte dele e fez um ataque noturno; fracassou. Akim Akímitch foi ardiloso, não deixou transparecer nenhum sinal de que sabia quem era o malfeitor. Puseram a culpa em povos não pacíficos e, um mês depois, Akim Akímitch convidou o príncipe para uma visita amistosa. O príncipe compareceu, sem desconfiar de nada. Akim Akímitch convocou seu destacamento; surpreendeu e exprobou publicamente o visitante; demonstrou-lhe que era uma vergonha incendiar fortes. Ato contínuo, passou-lhe o mais minucioso sermão, indicando como doravante deveria agir um príncipe pacífico e, para concluir, fuzilou-o, fato que reportou de imediato aos seus superiores em relatório detalhado. Por tudo isso foi submetido ao conselho de guerra e condenado à morte, mas teve a pena comutada para doze anos de trabalhos forçados de segunda categoria, e foi enviado a fortes da Sibéria. Reconhecia plenamente que sua conduta fora incorreta, disse-me que sabia disso antes de mandar fuzilar o principelho, sabia que um príncipe deveria ser julgado segundo as leis; contudo, apesar de saber disso, não conseguia de maneira nenhuma compreender direito a sua culpa:

---

[17] Na Rússia imperial, especialmente na região do Cáucaso, "príncipe pacífico" (*mirnói kniáz*) era a denominação usada para os chefes das tribos que dominavam as vizinhanças de um forte imperial, mas que evitavam entrar em guerra contra os russos. (N. do T.)

— Ah, tenha dó! Ele incendiou o meu forte! Eu ainda deveria tê-lo saudado por isso, hein? — disse, respondendo às minhas objeções.

Os galés, apesar de zombarem do atoleimado Akim Akímitch, ainda assim o respeitavam por seu esmero e por suas habilidades.

Não havia ofício que Akim Akímitch desconhecesse. Era marceneiro, sapateiro, pintor de paredes, dourador, serralheiro, e aprendeu tudo nos trabalhos forçados. Era um autodidata nato: bastava ver uma vez para aprender. Também fazia uma variedade de caixas, cestos, lanternas e brinquedos, e os vendia na cidade. Assim, tinha sempre algum dinheirinho, que logo empregava na aquisição de roupa de baixo, de um travesseiro mais macio; adquiriu um colchão dobradiço. Como se alojara na mesma caserna que eu, ajudou-me muito nos meus primeiros dias de trabalhos forçados.

Ao se posicionarem para a saída ao trabalho, os presidiários formavam duas fileiras diante da casa de guarda; à frente e atrás das fileiras colocavam-se os soldados da escolta, de armas carregadas. Depois havia um oficial engenheiro, um sargento e alguns engenheiros de patente inferior, responsáveis pelos trabalhos. O condutor contava os presidiários, depois os mandava em grupos para os locais designados.

Na companhia dos outros, fui para a oficina de engenharia. Era um prédio de pedra, baixo, situado num grande pátio atulhado de vários tipos de materiais. Ali ficavam a forja, a serralheria, a marcenaria, o setor de pintura etc. Akim Akímitch trabalhava ali no setor de pintura, preparava o óleo de linhaça, aprontava as tintas e pintava mesas e outros móveis, imitando a cor da nogueira.

Enquanto esperava os novos grilhões, pus-me a tagarelar com Akim Akímitch sobre minhas primeiras impressões do presídio.

— Não, eles não gostam dos nobres — ele observou —, sobretudo dos presos políticos, ficariam alegres em devorá-los. Não é de estranhar. Em primeiro lugar, vocês são outra gente, não se parecem com eles; em segundo, antes de virem para cá eram senhores de terras ou do serviço militar. Julgue o senhor mesmo; como eles poderiam gostar de vocês? Eu que lhe digo: aqui é difícil viver. Mas nos campos de trabalho da Rússia é ainda pior. Veja, temos uns que vieram de lá, não param de elogiar a nossa prisão, como se tivessem passado do inferno ao paraíso. O mal não está no trabalho; dizem que lá, na primeira categoria, a direção não é inteiramente militar, ou ao menos tratam os presos de modo muito diverso daqui. Lá os degredados podem até morar em suas próprias casinhas. Não estive lá, mas é o que dizem. Não raspam a cabeça; não usam uniforme, embora, pensando bem, é até bom que aqui os presos tenham a cabeça raspada e usem uniforme; seja como for, há mais ordem e é mais agradável de se ver. Só que eles não gostam. Além disso, veja só que escória: *kantonisti*,[18] circassianos, cismáticos,[19] um mujiquezinho ortodoxo que deixou na pátria família e filhos adoráveis, um *jid*,[20] um cigano, um tipo que não se sabe quem é, e todos eles devem se entender a qualquer custo, viver em acordo, comer da mesma comida, dormir nas mesmas tarimbas. E há essa liberdade: pode-se comer um pedaço a mais às escondidas, esconder cada vintém dentro das botas; e tudo isso só é assim porque presídio é presídio... Mesmo não querendo a gente acaba pirando.

Aquilo eu já sabia. Eu queria sobretudo perguntar a respeito do nosso major. Akim Akímitch não fez segredo de nada e, lembro-me, a impressão que me deixou não foi inteiramente agradável.

Contudo, eu ainda estava fadado a passar dois anos sob a chefia dele. Tudo o que Akim Akímitch me contou sobre ele veio a ser perfeitamente justo, com a diferença de que a impressão deixada pela realidade é sempre mais forte do que a impressão provocada por um simples relato. Esse homem era apavorante precisamente porque um homem de sua qualidade exerce a chefia quase absoluta sobre duzentas pessoas. Por si só, não passava de um homem mau e desordenado. Via os presidiários como seus inimigos naturais, e essa era a sua primeira e principal falta. Ele realmente tinha alguma capacidade; mas tudo nele, inclusive o que era bom, aparecia nesse modo deformado. Descomedido e perverso, irrompia no presídio até no meio da noite, e se notava algum presidiário dormindo de costas ou virado para a esquerda, punia-o na manhã do dia seguinte: "Dorme virado para a direita, como ordenei!", dizia. No presídio era odiado e temido como a peste. Tinha um rosto rubro, perverso. Todos sabiam que ele estava nas mãos de Fiedka, seu ordenança. O que ele mais amava era o seu poodle Trezorka[21] e quase enlouqueceu de aflição quando Trezorka caiu doente. Contam que soluçava como se fosse por um filho querido; expulsou o veterinário e, como era sua praxe, por um triz não foi às vias de fato com ele, e depois de saber através de Fiedka que no presídio havia um detento veterinário-autodidata, extremamente bem-sucedido em seus tratamentos, mandou chamá-lo incontinenti.

---

[18] Plural de *kantonist*: filho de soldado que desde o nascimento era inscrito num departamento militar e cursava uma escola especial para depois servir como soldado. Esse procedimento perdurou na Rússia durante boa parte do século XIX. (N. do T.)

[19] Do original *raskólniki*: participantes de seitas envolvidas em cismas religiosos, que se espalharam pela Rússia entre os séculos XVII e XVIII. (N. do T.)

[20] Denominação depreciativa de judeu. (N. do T.)

[21] Russificação do francês *trésor*, isto é, "tesouro". (N. do T.)

— Salva-o! — gritava ele. — Cura o meu Trezorka e eu te cobrirei de ouro!

O homem era um mujique siberiano ladino, inteligente, era realmente um veterinário muito habilidoso, mas ainda assim um autêntico mujiquezinho.

— Olho para Trezorka — contava ele mais tarde aos presidiários, aliás, muito tempo depois de sua visita à casa do major, quando o caso já fora esquecido havia muito tempo —, olho: o cão está deitado no sofá, num travesseiro branco; eis que vejo a inflamação, era preciso fazer uma sangria e ele ficaria curado, palavra! Mas penso cá com meus botões: "E se eu fracasso e o cão estica?". "Não", digo eu, "Sua Excelência mandou me chamar tarde; se fosse ontem, ou anteontem, nesse tempo eu teria salvado o cão; mas agora não posso, não consigo salvar..."

E assim morreu Trezorka.

Contaram-me também, em pormenores, de quando tentaram matar o nosso major. Havia no presídio um detento que já estava ali há vários anos e se distinguia por seu comportamento dócil. Observaram ainda que ele quase nunca falava com ninguém. Por isso o consideravam uma espécie de *iuródivi*.[22] Sabia ler e escrever, e passara todo o último ano lendo a Bíblia, e lia dia e noite. Quando estavam todos dormindo, levantava-se no meio da noite, acendia uma vela de cera, daquelas usadas nas igrejas, instalava-se em cima do forno, abria o livro e lia até amanhecer. Um dia declarou ao sargento da guarda que não queria ir para o trabalho. Avisaram o major; este ficou furioso e correu pessoalmente ao alojamento. O detento arremessou contra ele um tijolo que já deixara preparado, mas errou. Foi agarrado, julgado e castigado. Tudo aconteceu muito rápido. Três dias depois ele morreu no hospital. Antes de morrer, declarou que não desejava mal a ninguém, e quisera apenas sofrer. De resto, não pertencia a nenhuma seita de cismáticos. No presídio guardavam dele uma lembrança respeitosa.

Por fim, puseram-me os novos grilhões. Enquanto isso, vendedoras de roscas de trigo apareceram uma atrás da outra na oficina. Umas eram até bem menininhas. Até à idade adulta costumavam andar com essas roscas; as mães as faziam e elas vendiam. Já adultas, continuavam a vir, mas sem as roscas; quase sempre acontecia assim. Entre as vendedoras, também apare-

---

[22] Andarilhos, por vezes considerados loucos, que costumavam frequentar as portas de igrejas e se distinguiam, entre outras coisas, por um discurso filosófico de tons proféticos. Dostoiévski tomou esse tipo como inspiração para a figura do príncipe Míchkin, de *O idiota*, juntamente com as imagens de Cristo e de Dom Quixote. (N. do T.)

ciam mulheres adultas. As rosquinhas custavam dois copeques, e os presidiários compravam quase todas.

Reparei num dos galés, marceneiro, já grisalho, mas de cara rubicunda, que ficava de namoricos com as vendedoras. Ante a entrada delas, amarrava ao pescoço um lenço vermelho carmim. Uma mulher gorda, de cara marcada por bexigas, pôs a gamela no banco ao lado dele, e entre os dois começou a seguinte conversa:

— Por que não apareceste lá ontem? — perguntou o homem com um sorriso satisfeito.

— Pois é! Eu fui, mas o chamaram, Mitka! — respondeu a astuta mulher.

— Precisaram da gente; se não estaríamos todos lá... Mas anteontem vocês todas compareceram...

— Mas quem foi, quem?

— A Mariachka compareceu, a Kavrochka compareceu, a Tchekundá compareceu, a Dvugróchovaia...[23]

— O que isso significa? — perguntei a Akim Akímitch — Será possível...?

— Acontece, sim — respondeu-me Akim, baixando os olhos com decoro, porque era castíssimo.

Aquilo sem dúvida acontecia, mas muito raramente e com enormes obstáculos. De modo geral, havia mais gente à caça de um trago que dessa outra coisa, apesar da penúria natural da vida forçada. Era difícil o acesso a uma mulher. Precisava-se escolher o momento, o local, combinar, marcar o encontro, tentar ficar a sós, o que era especialmente difícil, convencer os vigilantes, o que era ainda mais difícil, e em geral gastar um horror de dinheiro, em termos relativos. Mesmo assim, vez por outra eu consegui testemunhar cenas de amor. Lembro-me de certa vez, no verão, quando três de nós estávamos num galpão às margens do Irtích aquecendo um forno de ustulação; os soldados da escolta estavam bondosos. Por fim apareceram duas *souffleurs*,[24] como as chamavam os presidiários.

— Por que demoraram tanto? Será que estavam com os Zvierkov? — perguntou-lhes o presidiário a quem elas se destinavam, que já estava há muito tempo esperando.

---

[23] O nome significa, literalmente, "dois groches"; o groche era uma antiga moeda russa correspondente a dois copeques. (N. do T.)

[24] Em francês russificado, no original, que se traduz como "assopradoras". Na gíria dos presos, o termo queria dizer "prostituta". (N. do T.)

— Eu demorei? É mais fácil gralha deixar de piar do que eu me atrasar — replicou jovialmente a moça.

Era a moça mais imunda que já existiu — a própria Tchekundá. Com ela viera Dvugróchevaia. Essa, então, fugia a qualquer descrição.

— E já faz um tempão que a gente não se vê — continuou o cortejador, dirigindo-se a Dvugróchevaia. — O que houve? Parece que emagreceu!

— É possível. Antes eu era meio gorducha, agora parece que engoli uma agulha!

— E sempre andando com soldados?

— Não! Isso é invenção das línguas de trapo; mas, pensando bem, o que fazer? A gente pode ficar sem pote nem mel, mas vai continuar no amor com soldados!

— Larguem esses soldados, venham amar a gente; nós temos dinheiro...

Para completar o quadro, imagine esse cortejador com a cabeça raspada, agrilhoado, de roupa listrada e sob escolta.

Despedi-me de Akim Akímitch e, sabendo que já podia voltar ao presídio, fui embora acompanhado do soldado da escolta. As pessoas já se aglomeravam. Os primeiros a voltar são os tarefeiros. O único meio de fazer um galé trabalhar com afinco é dar-lhe uma tarefa. Às vezes ele é incumbido de tarefas imensas, e ainda assim as conclui duas vezes mais rápido do que se o obrigassem a trabalhar até o toque do sinal para o almoço. Concluída a tarefa, o detento vai embora e ninguém mais o retém.

Os presidiários não jantam juntos, mas do jeito que dá, pela ordem de chegada; além do mais, a cozinha não acomodaria todos ao mesmo tempo. Experimentei o *schi*,[25] mas, por falta de hábito, não consegui tomá-lo e fiz chá para mim. Sentamos na ponta de uma mesa. Tinha a meu lado um camarada, um nobre como eu.

Os prisioneiros entravam e saíam. Tinha bastante espaço, no entanto, nem todos se haviam juntado ali. Um grupo de uns cinco homens estava sentado à parte, em torno de uma mesa grande. O rancheiro os serviu de *schi* em duas tigelas e pôs na mesa uma frigideira cheia de peixe frito. Eles celebravam alguma coisa e comiam por conta própria. Olharam-nos de esguelha. Entrou um polonês e sentou-se ao nosso lado.

— Não estive lá, mas estou a par de tudo! — gritou ruidosamente um detento alto ao entrar na cozinha, e lançou um olhar a todos os presentes.

Ele tinha uns cinquenta anos, era musculoso e secarrão. Havia em seu rosto algo de finório e ao mesmo tempo alegre. Seu lábio inferior, grosso e

---

[25] Típica sopa de repolho russa. (N. do T.)

caído, era particularmente digno de nota; dava-lhe ao rosto algo de extraordinariamente cômico.

— Ora, passaram esplendidamente a noite! Por que negam os cumprimentos? Aos nossos aqui, de Kursk — acrescentou, sentando-se ao lado dos que jantavam a sua comida —, bom apetite! Aceitem um conviva.

— Mas não somos de Kursk, meu caro.

— Ou são de Támbov.

— E também não somos de Támbov. Com a gente você não vai arranjar nada. Vá procurar um mujique rico, e peça a ele.

— Mas irmãozinhos, estou com o estômago nas costas; e onde está ele, esse mujique rico?

— Olhe ele ali, Gázin, o mujique rico: é ele que você deve procurar.

— Hoje Gázin está na farra, irmãozinhos; caiu na bebedeira, está bebendo a carteira toda.

— Está com uns vinte rublos — observou outro. — Irmãozinhos, ser bodegueiro dá lucro.

— Então, não aceitam um conviva? Bem, já que é assim, comamos por conta do Estado mesmo.

— Pois é, saia por aí pedindo chá. Ali tem uns grão-senhores bebendo.

— Que grão-senhores? Ali não tem grão-senhores; agora eles são iguais a nós — proferiu com ar sombrio um detento sentado num canto. Até então ele não dissera uma palavra.

— Eu encheria a pança de chá, mas me dá vergonha pedir: somos gente com amor-próprio! — observou o detento de beiço grosso, olhando-nos com ar bonachão.

— Se quiser, eu lhe ofereço — eu disse, convidando-o —, quer?

— Se quero? Ora, como não haveria de querer? — e chegou-se à mesa.

— Ora, vejam só; em casa vivia na maior miséria, mas aqui descobriu o chá; deu vontade de experimentar a bebida dos senhores — proferiu o detento sombrio.

— E por acaso aqui ninguém bebe chá? — perguntei, mas ele não se dignou a responder.

— Eis que estão trazendo as roscas. Então sirva-se também de roscas!

Trouxeram as roscas. Um jovem detento levava uma enfiada inteira de roscas e as vendia pelo presídio. A fazedora de roscas lhe dava um décimo das roscas vendidas; era com essas roscas que ele contava.

— Olhem a rosca, olhem a rosca! — gritou ele, entrando na cozinha —, são de Moscou, estão quentinhas! Eu mesmo comeria uma, mas não tenho dinheiro. Vamos lá, rapaziada, é a última: coisa de mãe pra filho.

Esse apelo ao amor de mãe fez todos rirem, e lhe compraram muitas roscas.

— Então, meus amigos — proferiu ele —, hoje o Gázin vai se lascar de tanto beber! Palavra! Deu-lhe na telha encher a cara. De repente aparece o Oito-Olhos.

— Vão escondê-lo. Quer dizer que está caindo de bêbado?

— E como! Ele é mau, vai implicar.

— Bem, assim a bebedeira pode acabar em murros...

— De quem estão falando? — perguntei ao polonês que estava do meu lado.

— Do Gázin, um detento. Ele vende bebidas aqui. Depois que recebe o apurado, torra tudo em bebida. É cruel e mau; se bem que, sóbrio, é humilde; mas quando enche a cara vê-se quem é; ataca as pessoas à faca. Mas logo o amansam.

— E como o amansam?

— Uns dez presidiários investem contra ele e passam a espancá-lo terrivelmente até ele perder todos os sentidos, ou seja, até estar meio morto. Então o estiram na tarimba e o cobrem com a peliça.

— Mas assim podem matá-lo.

— Matariam outro, mas a ele não. É um horror de forte, é o mais forte e o mais corpulento aqui do presídio. No dia seguinte acorda totalmente curado...

— Diga, por favor — continuei a interrogar o polonês —, eles também comem à parte, ao passo que eu tomo chá. No entanto, ficam olhando como se invejassem esse chá. O que significa isso?

— Não é pelo chá —, respondeu o polonês. — O senhor os irrita porque é nobre e não se parece com eles. Muitos deles gostariam de encontrar pretexto. Gostariam muito de ofendê-lo, de vexá-lo. Aqui o senhor ainda verá muitas coisas desagradáveis. Isso aqui é extremamente pesado para todos. E para todos nós é mais pesado, em todos os sentidos. É preciso ser muito indiferente para se acostumar a isso. O senhor ainda presenciará mais de uma vez coisas desagradáveis e xingamentos por causa do chá e de uma comida especial, apesar de muitos aqui, e com muita frequência, comerem da própria comida, e de alguns sempre tomarem chá. Eles podem, mas o senhor não.

Dito isso, ele se levantou e deixou a mesa. E alguns minutos depois suas palavras se concretizaram...

III
PRIMEIRAS IMPRESSÕES
(continuação)

Assim que M-ki (aquele polonês que conversara comigo) saiu, Gázin irrompeu na cozinha totalmente bêbado.

Em plena luz do dia, num dia de trabalho, quando todos estavam obrigados a sair para trabalhar, com um chefe severo que a qualquer momento poderia aparecer, com um sargento que chefiava os galés e não arredava pé do presídio, perante os guardas, perante os inválidos — em suma, perante todos esses rigores, um detento bêbado confundia totalmente todas as noções que em mim se haviam formado sobre o dia a dia na prisão. E eu ainda tive de viver durante um tempo bastante longo no presídio antes de esclarecer para mim mesmo todos aqueles fatos que me eram tão enigmáticos nos meus primeiros dias ali.

Eu já disse que os presidiários sempre tinham o seu próprio trabalho, e que esse trabalho era uma necessidade natural da vida presidiária; que, além dessa necessidade, o detento gosta extraordinariamente de dinheiro e o aprecia acima de tudo, quase tanto quanto a liberdade, e que já se sente consolado se ele tine em seu bolso. Caso contrário, se ele lhe falta, fica desalentado, triste, intranquilo e cai em desânimo, e então se dispõe a roubar e a fazer qualquer coisa, contanto que possa consegui-lo. No entanto, apesar de o dinheiro ser tamanha preciosidade no presídio, ele nunca esquentava o fundo do bolso do felizardo que o possuía. Em primeiro lugar, era difícil conservá-lo de modo que não o roubassem ou confiscassem. Se o major o descobrisse em suas revistas, imediatamente o confiscava. Talvez o empregasse na melhoria da comida dos presidiários; pelo menos o dinheiro devia se destinar a isso. Porém, o mais frequente era que o roubassem: não havia em quem confiar. Mais tarde, descobriu-se entre nós um meio de conservar o dinheiro com total segurança. Deixavam-no à guarda de um velho crente,[26] que viera do subúrbio de Starodúbov para o nosso presídio e naquela época era membro

---
[26] Em russo, *staroviér*. Sectários religiosos que renegaram a reforma empreendida no século XVII pelo patriarca Nikon e pelo tsar Aleksei Mikháilovitch, cuja finalidade era unificar o serviço religioso das igrejas ortodoxas russa e grega. (N. do T.)

de uma seita de Vietka... Mas não consigo me furtar de dizer algumas palavras sobre ele, ainda que me desvie do meu assunto.

Era um velhote de uns sessenta anos, baixo, encanecido. Despertou-me intensa impressão à primeira vista, de tanto que diferia dos outros presidiários: tinha algo de tão calmo e sereno no olhar, que, lembro-me, eu contemplava com um prazer especial aqueles olhos claros, luminosos, aureolados de rugas miúdas e radiadas. Conversávamos com frequência e raras vezes em minha vida vi um ser tão benévolo e bondoso! Haviam-no mandado para a prisão por um crime gravíssimo. Entre os velhos crentes de Starodúbov começaram a aparecer apóstatas. O governo os estimulava intensamente e tudo fazia, envidava todos os esforços, para obter novas apostasias e novos dissidentes. O nosso velho, acompanhado de outros fanáticos, decidiu-se por "sustentar a fé", como ele dizia. Quando começaram a construção de uma igreja de fé única,[27] e eles foram e a incendiaram. Preso como um dos instigadores do caso, o velho foi mandado para os trabalhos forçados. Era um comerciante abastado: deixara em casa mulher e filhos; porém tomara com firmeza o caminho do exílio, pois em sua cegueira considerava-se um "mártir da fé". Depois de viver algum tempo a seu lado, a gente se fazia involuntariamente uma pergunta: como um homem tão resignado e dócil como uma criança podia ser um revoltoso? Várias vezes toquei com ele no assunto da "fé". Ele não cedia em nenhuma das suas convicções; mas em suas objeções nunca havia nenhum rancor, nenhum ódio. Contudo, destruíra uma igreja e não o negava. Parecia que, de acordo com suas convicções, considerava um feito glorioso o ato praticado e os "martírios" por ele assumidos. Entretanto, por mais que eu o observasse, por mais que o estudasse, nunca notei nele nenhum sinal de orgulho ou vaidade. Em nosso presídio também havia outros sectários, na maioria siberianos. Eram homens de físico avantajado, mujiques sagazes, demasiadamente entendidos em textos religiosos, pedantes, e, a seu modo, poderosos dialéticos; era uma gente desdenhosa, arrogante, ladina e insuportável no mais alto grau. Nosso velho era bem diferente. Talvez mais entendido que eles em textos religiosos, esquivava-se de discussões. Era de índole sumamente comunicativa. Alegre, ria com frequência — não aquele riso grosseiro e cínico com que riam os galés, mas um riso claro, um riso sereno, no qual havia muito da simplicidade infantil que de certo modo caía muito bem com as suas cãs. Talvez eu me engane, mas me

---

[27] Em russo, *edinoviértcheskaia tserkov*: comunidade religiosa da qual participavam muitas seitas que reconheciam o clero ortodoxo, mas conservavam seus antigos ícones e livros religiosos. (N. do T.)

parece que pelo riso pode-se conhecer um homem, e se ao primeiro encontro nos agrada o riso de alguém totalmente desconhecido, pode-se dizer, sem vacilar, que esse alguém é bom. O velho ganhara o respeito de todo o presídio, e não se vangloriava o mínimo disso. Os presidiários o chamavam de "vovô" e nunca o ofendiam. Compreendi em parte que tipo de influência ele podia exercer em seus confrades de crença. Porém, apesar da visível firmeza com que ele suportava os trabalhos forçados, nele se ocultava uma tristeza profunda e incurável, que ele procurava esconder de todos. Eu morava na mesma caserna que ele. Uma vez — passava das duas da madrugada —, acordei e ouvi um choro baixo, contido. O velho estava sentado na estufa (a mesma estufa em que antes rezava aquele detento treslido que quisera matar o major) e rezava com seu livro copiado à mão. Chorava, e eu o ouvia dizer, de quando em quando: "Senhor, não me abandones! Senhor, dá-me mais força! Meus filhinhos pequenos, meus filhinhos queridos, nunca mais nos haveremos de ver!". Não consigo narrar como fiquei triste. Foi a esse velho que quase todos os presidiários, pouco a pouco, passaram a entregar o seu dinheiro para guardar. No campo de trabalhos forçados quase todos eram ladrões, mas, sabe-se lá por quê, de repente todos se convenceram de que o velhote jamais poderia roubar. Sabiam que ele escondia em algum lugar o dinheiro que lhe haviam confiado, mas num canto tão secreto que ninguém conseguiria descobri-lo. Mais tarde, ele explicou o seu segredo a mim e a alguns poloneses. Numa das estacas da paliçada havia um nó, que parecia uma sólida concrescência da madeira. Mas se podia tirá-lo, e então se formava um grande oco. Era ali que o vovô escondia o dinheiro, e depois recolocava o nó de modo que ninguém conseguiria encontrar nada.

Contudo, desviei-me da narração. Falava da razão por que o dinheiro nunca esquentava o bolso do detento. Além do trabalho que dava conservá-lo, no presídio havia muita melancolia; por natureza, o detento é um ser tão sedento de liberdade e, por fim, tão leviano e desarranjado por sua condição social, que de uma hora para outra é naturalmente levado a "esparramar-se de mil maneiras" e torrar na farra, com alarde e música, todo o seu capital, contanto que esqueça ao menos por um momento a sua melancolia. Era até estranho ver como alguns deles chegavam a trabalhar por vários meses sem levantar a cabeça, com o único fim de torrar num só dia todo o ganho, até o último centavo, e depois passar novamente vários meses dando duro até a próxima farra. Muitos gostavam de comprar roupa nova, e forçosamente de aspecto peculiar: umas calças pretas nada usuais, *podióvki*, *sibirki*.[28] Tam-

---

[28] A *podióvka* era um casaco com o colarinho saliente, comum no norte da Rússia,

bém usavam muito camisas de chita e cinturões com fivelas de cobre. Ataviavam-se para as festas e, inevitavelmente emperiquitados, acontecia de passarem em todas as casernas para se exibir aos presentes. O prazer de estar bem-vestido chegava à infantilidade; em muitos aspectos, aliás, os presidiários eram verdadeiras crianças. É verdade que todos aqueles bons artigos desapareciam como que de repente, seus donos rapidamente os empenhavam ou vendiam por uma ninharia, às vezes na mesma noite. A farra, no entanto, era planejada aos poucos. Costumavam fazê-la ora nos dias festivos, ora no dia do santo do galé farrista.[29] No dia do seu santo, o detento, ao levantar-se pela manhã, acendia uma vela diante de um ícone e fazia suas orações; depois se emperiquitava e encomendava uma refeição. Preparavam carne de gado, peixe, e *pelmêni*[30] siberianos; ele se empanturrava quase sempre sozinho, raramente convidava companheiros para partilhar o repasto. Depois até vodca aparecia: o festejador enchia a cara e sempre saía pelas casernas aos cambaleios e tropeções, procurando mostrar a todos que estava bêbado, que "estava na farra", e assim conquistava a estima geral. Em toda parte, o povo russo sente certa simpatia pelo bêbado; já no presídio, as pessoas eram até respeitosas com o farrista. Nas patuscadas do presídio havia uma espécie de aristocratismo. Ao cair na farra, o detento forçosamente contratava músicos. Havia entre nós um polaco, condenado por deserção, um tipinho torpe, mas que tocava violino e tinha consigo o instrumento — era todo o seu patrimônio. Como não tinha ofício, sua única ocupação era pôr-se a serviço dos farristas, para quem tocava músicas alegres e dançantes. Essa função o obrigava a acompanhar o patrão bêbado de caserna em caserna, malhando o violino com toda a força. Com frequência em seu rosto via-se tristeza e melancolia. Mas o chamado — "Toca, pra isso você foi pago!" — forçava-o a malhar e malhar o violino. Quando caía na farra, o detento podia ter a firme certeza de que, caso arrebentasse de beber, cuidariam dele sem falta, deitá-lo-iam para dormir na hora certa, e escondê-lo-iam sempre que aparecesse algum chefe, e tudo isso sem nenhum interesse. Por sua vez, o sargento e os inválidos, que ali viviam para impor a ordem no presídio, podiam ficar absolutamente tranquilos: o bêbado não ia cometer nenhuma desordem. Toda a caserna o vigiava, e se ele começasse a fazer barulho e bancar o rebelde,

---

que costuma se prolongar até abaixo dos joelhos. A *sibirka* é um casaco curto e pregueado na cintura. (N. do T.)

[29] Na Rússia, é costume que o Dia do Santo que dá nome a uma pessoa seja comemorado também como aniversário. (N. do T.)

[30] Pasteizinhos de massa fina, recheados e cozidos, semelhantes ao ravióli. (N. do T.)

no mesmo instante o apaziguavam ou simplesmente o amarravam. Era por isso que a chefia inferior fazia vista grossa para a bebedeira e limitava-se a ignorá-la. Ela mesma sabia muito bem que se não permitisse a vodca seria até pior. Contudo, onde conseguiam vodca?

A vodca era comprada dos chamados botequineiros, no próprio presídio. Havia alguns deles, e realizavam seu comércio sem interrupção e com sucesso, apesar de haver poucos bebedores e "farristas", de maneira geral, porque a patuscada exigia dinheiro e os presidiários o conseguiam com dificuldade. A transação começava, prosseguia e se resolvia de modo bastante original. Suponhamos que um detento não tivesse um ofício nem vontade de trabalhar (havia desses), mas quisesse ter dinheiro e além de tudo fosse um homem impaciente, que desejasse enriquecer logo. Ele tem algum dinheiro para começar, e decide-se a vender vodca: é um empreendimento ousado, que implica um grande risco. Poderia lhe custar açoitadas nas costas e a perda simultânea da mercadoria e do capital. Mas o botequineiro assume esse risco. No início tem pouco dinheiro, e por isso ele mesmo introduz a bebida no presídio e, claro, vende-a com vantagem. Repete a experiência uma segunda e uma terceira vez e, se não cai nas mãos da chefia, vende rapidamente toda a mercadoria e só então monta um verdadeiro comércio em bases amplas: torna-se um empresário, um capitalista, contrata agentes e auxiliares, arrisca-se bem menos e enriquece cada vez mais. São os auxiliares que se arriscam por ele.

Num presídio sempre há muita gente que dilapidou, perdeu no jogo, torrou em farras tudo o que tinha, até o último centavo, gente sem ofício, esfarrapada e digna de pena, mas dotada de certo grau de coragem e determinação. A única coisa que resta como capital a esse tipo de gente são as suas costas; elas ainda podem servir para alguma coisa, e é justamente esse último capital que o farrista dilapidador resolve pôr em circulação. Ele procura o empresário e é contratado para trazer vodca para o presídio; o botequineiro rico tem vários colaboradores desse tipo. Em algum lugar fora do presídio existe gente assim — um soldado, algum morador local, uma mulher da rua — que com o dinheiro do negociante e em troca de uma recompensa relativamente elevada, compra vodca em algum bar e a esconde em algum cantinho isolado aonde os presidiários vão trabalhar. Quase sempre o fornecedor primeiro prova a qualidade da vodca e completa cruelmente a parte bebida com água; compre ou não, o fato é que o detento não tem como ser muito exigente: ainda bem que seu dinheiro não sumiu completamente e ele conseguiu vodca, uma vodca qualquer, mas mesmo assim vodca. É a esse fornecedor que se apresentam, munidos de tripas de boi, os carregadores que lhe foram indicados de antemão pelo botequineiro do presídio. Essas tripas primeiro são lavadas, depois recebem água e assim conservam a antiga umidade e elasticidade para, com o tempo, estarem em condições de receber a vodca. As tripas cheias de vodca são enroladas pelo detento em torno de si, se possível, nos pontos mais secretos de seu corpo. Isso naturalmente revela toda a habilidade, toda a astúcia de larápio do contrabandista. Em parte, é sua honra que está em jogo: ele precisa tapear a escolta e os guardas. E os tapeia: o soldado da escolta, que às vezes é um simples recruta, sempre deixa escapar um bom ladrão. É claro que o soldado da escolta é estudado de antemão; ademais, leva-se em consideração o tempo, o local de trabalho. Se o detento for um estufeiro, por exemplo, e mete-se no forno: quem verá o que ele está fazendo lá? Nem o escolta vai subir atrás dele. Ao aproximar-se do presídio, ele segura na mão uma moeda de quinze ou vinte copeques de prata, para alguma eventualidade, e espera o cabo da guarda no portão. O guarda examina de cabo a rabo e apalpa todos os detentos que retornam do trabalho, e só depois abre os portões do presídio. O carregador de vodca sempre espera que ficarão constrangidos de apalpá-lo detidamente em certos lugares. Mas às vezes um cabo ladino chega a esses lugares e tateia a vodca. Então só resta um último recurso: calado e às escondidas do escolta, o contrabandista enfia a moeda na mão do cabo. Acontece de essa manobra resultar em sua feliz entrada com a vodca no presídio. Mas às vezes a manobra não dá certo, e ele tem que pagar com seu último capital, isto é, as costas. Relatam ao major, açoitam o capital, e açoitam dolorosamente, a vodca é apreendida para o fisco e o contrabandista assume toda a culpa sem delatar o botequineiro, e observe-se que não o faz por desdenhar da delação, mas unicamente porque a denúncia não lhe é vantajosa: de qualquer forma será açoitado; todo o consolo estaria no fato de que os dois seriam açoitados. Mas ele continua a precisar do botequineiro, ainda que, segundo os costumes e pelo acordo prévio, o contrabandista não receba um copeque do botequineiro pelas costas açoitadas. Em geral no que concerne às delações, estas são abundantes. No presídio, o delator não sofre a menor humilhação; chega a ser inconcebível que se indignem com ele. Ninguém o evitará nem deixará de ser seu amigo, de modo que, se alguém tentasse convencê-los de toda a vilania de uma delação, não o compreenderiam absolutamente. Aquele detento de origem nobre, degenerado e vil, com quem rompi todas as relações, era amigo de Fiedka, o ordenança do major, servia-lhe de espião, e Fiedka transmitia ao major tudo o que o outro escutava sobre os presidiários. Todos ali sabiam disso e nunca passou pela cabeça de ninguém castigar ou ao menos censurar o patife.

Contudo, desviei-me do assunto. É claro que acontecem entradas bem-sucedidas de vodca no presídio; nestes casos, o negociante recebe as tripas cheias depois de pagar por elas e põe-se a fazer contas. Feitas as contas, verifica que a mercadoria já lhe está saindo muito cara; por essa razão, e visando lucros maiores, torna a diluir a bebida, mais uma vez misturando com água, e chega quase à metade; assim, com a bebida preparada, aguarda os fregueses. Já na primeira festa, mas vez por outra em dias de trabalho, aparece o comprador: é um detento que trabalhou vários meses como um boi de canga e economizou uns trocados apenas para torrá-los na bebida no dia predeterminado para isso. Muito antes de chegar, esse dia aparecia nos sonhos do pobre trabalhador; e tanto nos sonhos como nas felizes fantasias que ele alimentava durante o trabalho, esse dia era o que mantinha, com seu fascínio, o espírito do trabalhador na maçante labuta da vida de presidiário. Enfim, a aurora do luminoso dia surge no oriente; o dinheiro foi economizado, não foi confiscado nem roubado, e ele o leva ao botequineiro. Este lhe serve primeiro a vodca, pura até onde é possível, ou seja, só duas vezes misturada; mas à medida que ele vai bebendo, o volume bebido vai sendo preenchido com água. Uma caneca de vodca é cinco ou seis vezes mais cara do que nos bares. Pode-se imaginar quantas canecas é preciso beber e quanto dinheiro é preciso gastar para ficar bêbado! Entretanto, dada a perda do hábito de beber e a abstinência anterior, o detento começa a embebedar-se bem depressa, e é usual que continue bebendo até torrar todo o seu dinheiro. Então entram no jogo todos os seus novos pertences: o botequineiro é ao mesmo tempo usurário. Primeiro, os novos objetos particulares adquiridos, depois os trapos velhos, e por fim os objetos recebidos do Estado. Depois de beber tudo, até o derradeiro farrapo, o beberrão se deita para dormir, e quando acorda no dia seguinte com o inevitável matraqueado na cabeça, pede em vão ao botequineiro ao menos um gole de vodca para rebater a ressaca. Ele suporta com tristeza suas adversidades, e no mesmo dia torna mais uma vez ao trabalho, e mais uma vez passará vários meses trabalhando de espinha dobrada, sonhando com aquele feliz dia de farra que caiu no terminante esquecimento, mas pouco a pouco vai recobrando o ânimo e esperando por outro dia semelhante, que ainda está longe, mas que certamente virá, apesar de tudo.

Quanto ao botequineiro, depois de finalmente ganhar uma imensa quantia com as vendas — algumas dezenas de rublos —, ele prepara a vodca pela última vez, já sem diluí-la com água, pois é destinada ao seu próprio consumo; chega de negociar: agora é a sua vez de festejar! E começa a farra, com bebedeira, comida, música. Ele tem muito dinheiro; compra até a aquiescência das autoridades imediatas, as autoridades subalternas do presídio. Às vezes o rega-bofe chega a durar alguns dias. É claro que a vodca armazenada se esgota depressa; então o farrista vai procurar outros botequineiros, que já o esperavam, e continua a beber até torrar o último copeque. Por mais que os presidiários protejam o farrista, ainda assim, vez por outra, ele chama a atenção das autoridades superiores, do major ou de um oficial da guarda. É levado à casa de guarda, confiscam-lhe o capital, se o encontram com ele, e para concluir passam-lhe a vergasta. Sacudidas as vergastadas, volta para o presídio e alguns dias depois retoma o ofício de botequineiro. Alguns dos farristas, naturalmente os mais remediados, sonham também com o belo sexo. Por uma grande quantia, às vezes subornam o escolta e, acompanhados dele, escapam às escondidas do trabalho para algum vilarejo fora do perímetro da fortaleza. Lá, numa casinha retirada, situada em algum extremo da cidade, corre o rega-bofe e são esbanjadas quantias realmente volumosas. Por dinheiro não se desdenha nem de um detento; o próprio escolta é escolhido com alguma antecipação, com conhecimento de causa. Esses mesmos escoltas costumam ser futuros candidatos à prisão. Mas por dinheiro tudo se arranja, e essas escapadas quase sempre são mantidas em segredo. Cabe acrescentar que acontecem com muita raridade; isso requer muito dinheiro, e os adeptos do belo sexo costumam apelar para outros meios, totalmente seguros.

Ainda nos meus primeiros dias de presídio, um jovem detento, rapazola extraordinariamente bonito, despertou-me uma curiosidade especial. Chamava-se Sirótkin. Era uma pessoa bastante enigmática em muitos sentidos. O que primeiro me impressionou foi o seu belo rosto. Não tinha mais de vinte e três anos. Estava na seção especial, ou seja, sem prazo determinado, em instrução de processo, era considerado um dos mais graves criminosos militares. Sereno e dócil, falava pouco, raramente sorria. Tinha os olhos azuis, feições regulares, o rostinho limpo e suave e os cabelos castanhos claros. Mesmo a cabeça meio raspada o enfeava bem pouco, tão bonitinho era o rapazola. Não tinha ofício nenhum, mas conseguia dinheiro; pouco, mas com frequência. Era notoriamente preguiçoso e desleixado no vestir. Mas se um outro alguém lhe desse uma boa peça de vestuário, por exemplo, uma camisa vermelha, Sirótkin sentia um visível prazer com a roupa nova: saía pelas casernas para se mostrar. Não bebia, não jogava baralho, quase nunca brigava. Vez por outra caminhava atrás das casernas com as mãos nos bolsos, manso, pensativo. Seria até difícil imaginar em que pensaria. Se o chamavam, se lhe perguntavam algo por curiosidade, respondia logo e até de forma um tanto respeitosa, não como os outros presidiários, mas sempre lacônico, reservado; fitava a pessoa como o faz uma criança de dez anos. Quando arranjava dinheiro, não adquiria nada do que era necessário; não mandava remendar a jaqueta, não comprava botas novas; comprava roscas, pão doce, e comia como se tivesse sete anos de idade. "Ai, ai, ai, Sirótkin!", diziam-lhe, vez por outra, os prisioneiros, "és um órfão de Kazan!"[31] Nas horas de folga, costumava vagar duma caserna à outra; quase todos os homens estavam entregues aos seus afazeres, só ele não tinha o que fazer. Se lhe diziam alguma coisa, quase sempre uma galhofa (era muito frequente galhofarem dele e de seus companheiros), ele não dizia palavra, dava meia-volta e tocava para outra caserna; mas às vezes, quando exageravam na galhofa, ele corava. Frequentemente eu pensava: por que aquela criatura mansa e ingênua teria aparecido no presídio? Certa vez, eu estava hospitalizado na enfermaria dos prisioneiros. Sirótkin também estava doente e ocupava o leito a meu lado. Um dia, à noitinha, conversamos; ele tomou-se de ânimo por acaso e, oportunamente, contou-me como o tornaram soldado, como a mãe chorou ao se despedir e como lhe fora difícil a condição de recruta. Acrescentou que não havia como suportar a vida de recruta: ali todos eram zangados, severos, e os comandantes estavam quase sempre descontentes com ele...

— E como isso terminou? — perguntei. — Por que vieste para cá? E ademais para a seção especial? Ah, Sirótkin, Sirótkin!

— Aleksandr Pietróvitch, passei apenas um ano no batalhão; vim para cá porque matei Grigori Pietróvitch, meu comandante da companhia.

— Sirótkin, já ouvi essa história, mas não acredito. Vamos, quem poderias ter matado?

— Pois aconteceu, Aleksandr Pietróvitch. Estava difícil demais para mim.

— Mas os outros recrutas não aguentam? É claro que o começo é difícil, mas depois se acostumam e se tornam bons soldados. Vai ver que tua mãe te mimou demais; criou-te com pão-de-mel e leite até os dezoito anos.

— É verdade que minha mãe me amava muito. Quando fui ser recruta, ela caiu de cama e, segundo me contaram, nunca mais se levantou... No fim das contas, a vida de recruta era só amargura. O comandante me detestava, por qualquer coisa me castigava, e eu, que culpa tinha? Obedecia em tudo, era cuidadoso com meu serviço, não bebia, não ia com os outros; porque, veja bem, Aleksandr Pietróvitch, seria muito ruim imitar os outros. Todos

---

[31] Expressão que designa alguém que se faz de infeliz para ganhar a simpatia das pessoas. O nome Sirótkin é formado a partir do substantivo *sirotá*: "órfão". (N. do T.)

ao redor eram malvados — e eu não tinha com quem desabafar. Às vezes me metia num canto para desafogar meu pranto. Pois bem; certo dia eu estava de sentinela. Já era noite; tinham me colocado junto à casa de guarda, em posição rente à baliza que confina com o ninho de fuzis da casa de guarda. Ventava: era outono, e a noite estava tão escura que não se enxergava um palmo à frente do nariz. Ah, que angústia, que angústia se apossou de mim! Encostei o fuzil num dos meus pés, tirei a baioneta, deitei-a a meu lado; descalcei a bota do pé direito, apontei o cano do fuzil para o meu peito, meti o dedão do pé no gatilho e o apertei. E eis que a arma negou fogo! Examinei o fuzil, limpei a espoleta, recarreguei a pólvora, ajeitei a pederneira e novamente apontei o cano para o peito. E então? A pólvora queimou, mas o tiro tornou a falhar! Aí pensei: o que fazer? Calcei a bota, ajustei de novo a baioneta e continuei na sentinela, calado. Foi nesse momento que resolvi fazer a coisa: não importava o que pudesse acontecer, contanto que eu me livrasse da vida de recruta! Meia hora depois lá vem o comandante: fazia a ronda das sentinelas. E veio direto para mim: "Por acaso é assim que se faz sentinela?". Peguei o fuzil e enterrei a baioneta nele até a boca do cano. Por isso recebi quatro mil açoites e me mandaram para a seção especial...

Não estava mentindo. Mas por que o haviam mandado para a seção especial? Os crimes comuns recebem um castigo bem menos severo. Aliás, Sirótkin era o único homem belo entre todos os seus colegas de seção. Quanto aos colegas, um total de quinze, era até estranho olhar para eles: só uns dois ou três tinham o rosto suportável: todos os outros eram uns orelhas de abano, umas deformidades, uns desmazelados; alguns já eram grisalhos. Se as circunstâncias o permitirem, darei mais detalhes sobre esses homens. Com frequência Sirótkin era visto em termos amigáveis com Gázin, aquele mesmo que me deu o motivo para iniciar este capítulo, quando mencionei que ele, quando bêbado, ficava estirado na cozinha, e que isso confundiu minhas primeiras noções da vida no presídio.

Aquele Gázin era um ser pavoroso. Produzia em todos uma impressão de horror, angustiante. Sempre me pareceu que nada podia haver de mais feroz e monstruoso do que ele. Em Tobolsk vi o bandido Kámeniev, famoso por suas atrocidades; depois vi o soldado desertor Sokolov, um terrível assassino que aguardava o julgamento na prisão. Mas nenhum deles provocou em mim uma impressão tão repugnante como Gázin. Às vezes eu tinha a impressão de estar diante de uma aranha enorme, gigantesca, do tamanho de um homem. Ele era tártaro; de uma força monstruosa, era mais forte que todos do presídio; estatura acima da média, compleição hercúlea, cabeça disforme, desproporcionalmente grande; andava corcovado, olhava de esguelha. No presídio corriam estranhos rumores a seu respeito: sabia-se que vinha do meio militar; mas os presidiários argumentavam entre si, não sei se com ou sem razão, que ele era um fugitivo de Niertchinsk;[32] fora deportado para a Sibéria mais de uma vez, mais de uma vez fugira, trocara de nome e por fim viera para a seção especial do nosso presídio. Contavam também que antes ele gostava de esfaquear criancinhas unicamente por prazer: levava a criança para um lugar propício, primeiro a assustava, torturava e, depois de plenamente satisfeito com o pavor e o tremor da pobre e pequena vítima, esfaqueava-a em silêncio, devagarinho, saboreando o prazer. É possível que tudo aquilo fosse invencionice, decorrente da sensação de opressão que Gázin provocava em todos nós, mas de certo modo aquelas invencionices iam ao encontro dele, caíam bem com seu tipo. Por outro lado, quando não estava bêbado portava-se com muita prudência. Sempre sereno, nunca brigava com ninguém e evitava altercações, mas isso parecia dever-se a um desprezo pelos outros, como se considerasse estar acima dos demais; falava muito pouco e de certo modo era deliberadamente insociável. Todos os seus movimentos eram lentos, tranquilos, prepotentes. Pelo olhar, via-se que não era nada tolo e extraordinariamente ladino; mas seu rosto e seu sorriso sempre deixavam transparecer um misto de arrogância, malícia e crueldade. Vendia vodca e era um dos mais abastados botequineiros do presídio. Contudo, umas duas vezes por ano, bebia até encher a cara, e então se manifestava toda a bestialidade de sua natureza. À medida que ia se embebedando, primeiro começava a implicar com as pessoas, com zombarias as mais perversas, calculadas e como que arquitetadas com grande antecedência. Por fim, já totalmente embriagado, caía num terrível furor, apanhava uma faca e investia contra as pessoas. Conhecendo-lhe a força colossal, os presidiários corriam e se escondiam dele, que atacava qualquer um que encontrasse. Mas logo acharam um jeito de lidar com dele. Uns dez homens de sua caserna se precipitavam de repente sobre ele e, todos juntos, começavam a espancá-lo. Não é possível imaginar nada mais brutal que essa pancadaria: batiam-lhe no peito, debaixo da costela, no estômago, no ventre: batiam muito e demoradamente, e só paravam quando ele perdia todos os sentidos e ficava feito um morto. Não se atreveriam a espancar outro dessa forma: isso significaria matá-lo. Mas com Gázin não. Depois do espancamento, enrolavam-no em sua peliça, privado de todos os sentidos, e o deitavam na tarimba. "Recobra-te, pois!" E de fato, na manhã seguinte ele se levantava quase curado e saía

---

[32] Presídio russo situado na região de Zabaikálie, usado pelo tsarismo e depois pelo regime soviético. (N. do T.)

para o trabalho em silêncio, soturno. E sempre que Gázin enchia a cara, todos no presídio sabiam que seu dia terminaria forçosamente em espancamento. Aliás, ele mesmo o sabia, e mesmo assim se embriagava. Foi assim por vários anos. Por fim, perceberam que Gázin começava a render-se. Passou a queixar-se de várias dores, começou a definhar visivelmente: procurava o hospital com frequência cada vez maior. "Até que enfim rendeu-se!", os presidiários diziam a si mesmos.

Gázin entrou na cozinha junto com aquele repulsivo polaco do violino, que os farristas costumavam contratar para lhes completar seus divertimentos, e parou no meio da cozinha, calado, observando atentamente todos os presentes. Todos silenciaram. Avistando por fim a mim e ao meu camarada, olhou para nós com ar raivoso e zombeteiro, sorriu todo satisfeito, como se tivesse percebido algo, e a passos fortes e cambaleantes chegou-se à nossa mesa:

— Permitam-me perguntar — começou (falava russo) —, com que rendimentos se permitem levar a vida aqui bebendo chá?

Troquei em silêncio um olhar com o meu colega, compreendendo que o melhor a fazer seria calar e não responder a Gázin. À primeira contestação ele se tomaria de fúria.

— Então têm dinheiro? — continuou interrogando. — Então têm dinheiro em penca, hein? Por acaso vieram aos trabalhos forçados para levar a vida tomando chá? Foi para viver tomando chá que vieram para cá? Vamos, respondam, seus...

Mas vendo que resolvêramos calar e ignorá-lo, ele enrubesceu e começou a tremer de fúria. A seu lado, num canto, havia uma grande gamela, na qual arrumavam todo o pão fatiado para o almoço ou a janta dos presidiários. Era tão grande que nela cabia a ração de metade do presídio; naquele momento estava vazia. Gázin a agarrou com as duas mãos e brandiu-a sobre as nossas cabeças. Mais um pouco e esmigalharia nossos crânios. E apesar de um assassinato ou tentativa de assassinato sempre trazer a todo o presídio a ameaça de transtornos extraordinários — começariam os inquéritos, as buscas, redobraria a severidade, e por isso os presidiários envidavam todos os esforços para não chegar a tais excessos —, apesar disso, todos agora estavam em silêncio, à espera! Nenhuma voz em nossa defesa! Nenhum grito contra Gázin, tamanha era a força do ódio que nutriam por nós! Pelo visto agradava-lhes o perigo que corríamos... Mas a coisa terminou bem: mal Gázin esboçou a vontade de baixar a gamela contra nossas cabeças, alguém gritou da entrada:

— Gázin! Roubaram a tua vodca!

Ele lançou com estrondo a gamela no chão e precipitou-se como um louco para fora da cozinha.

— Bem, foi Deus que salvou! — disseram entre si os presidiários. E ainda o repetiram durante muito tempo.

Nunca pude saber se o roubo da vodca fora real ou inventado para nos salvar.

No cair da tarde, quando já estava escuro, antes de fecharem a caserna, caminhei ao longo da paliçada e uma tristeza pesada me invadiu a alma; nunca mais senti tamanha tristeza em toda a minha estada no presídio. É difícil suportar o primeiro dia de reclusão, seja lá onde for: num presídio, numa casamata, num campo de trabalhos forçados... Lembro-me, porém, que o que mais me ocupava era um pensamento que mais tarde me perseguiria obsessivamente durante toda a minha vida no presídio — um pensamento em parte sem solução, e até hoje sem solução para mim: a desigualdade dos castigos pelos mesmos crimes... Em verdade, tampouco os crimes podem ser comparados entre si, nem aproximadamente. Por exemplo, dois assassinatos; pesam-se todas as circunstâncias de ambos os casos; tanto a um quanto ao outro caso, aplica-se quase o mesmo castigo. Por outro lado, veja-se a diferença entre os crimes. Um deles, por exemplo, matou um homem à toa, por nada, por uma cebola: tomou a estrada, esfaqueou um mujique que passava, mas só lhe encontrou nos bolsos uma cebola. "Então, meu caro! Tu me mandaste ir à caça: pois bem, matei à faca um mujique e só encontrei com ele uma cebola!" "Idiota! Uma cebola custa um copeque. Cem almas, cem cebolas, e então tens um rublo!" (É assim que reza uma lenda corrente no presídio.) Outro matou um libertino tirânico para salvar a honra de sua noiva, de sua irmã e de sua filha. Outro matou para manter sua condição de andarilho, cercado por todo um regimento de vigilantes, defendendo sua liberdade, sua vida, não raro morrendo de fome; aquele outro esfaqueia criancinhas pelo prazer de esfaquear, de sentir em suas mãos o sangue quente, de deliciar-se com o pavor, com o último tremor de um pombinho debaixo da faca. E o que se vê? Um e outro são enviados aos mesmos trabalhos forçados. É verdade que variam os prazos de duração das penas aplicadas. Mas variam relativamente pouco; quanto às variações aplicadas ao mesmo tipo de crime, estas são inumeráveis. Tal caráter, tal variação. Mas suponhamos que seja impossível conciliar, atenuar essa diferença, que se trate de uma espécie de tarefa insolúvel — a quadratura do círculo —, suponhamos isso. E se nem essa desigualdade existisse, bastaria reparar em outra diferença, na diferença que existe nas próprias consequências do castigo... Veja-se um homem que definha nos trabalhos forçados, que se consome como uma vela;

e veja-se outro que, antes de chegar aos trabalhos forçados, sequer sabia que nesse mundo existia uma vida tão animada, um clube tão agradável de camaradas audazes. Sim, porque tipos assim também vêm para o presídio. Eis, por exemplo, um homem cultivado, dotado de convicções evoluídas, de consciência, de coração. Antes que ele recebesse quaisquer castigos, uma simples dor que lhe afligisse o coração seria o bastante para matá-lo com seus tormentos. Ele mesmo se condena por seu crime, do modo mais implacável, mais impiedoso, do que a mais severa das leis. Mas a seu lado há outro que, em toda a sua vida de galé, nem pensou uma única vez no crime que cometeu. Acha até que estava com a razão. E também existem outros que cometem crimes de propósito, com a única finalidade de ir para a prisão e lá safar-se da vida em liberdade, incomparavelmente mais insuportável. Pois lá ele vivia no último grau de humilhação, nunca comia até saciar-se e trabalhava para o seu patrão de sol a sol; no presídio o trabalho é mais leve que em casa, a comida é farta, e de uma qualidade que ele nunca havia visto: nos dias de festa tem carne de vaca, dão esmolas, é até possível ganhar uns trocados. Quanto ao meio social, a gente ali é esperta, habilidosa, sabe tudo; ele olha para os seus camaradas com uma admiração respeitosa, nunca tinha visto gente igual. Aquela lhe parece a mais alta sociedade que pode haver no mundo. Será que esses dois tipos sentem o castigo do mesmo modo? Mas, pensando bem, por que tratar de problemas sem solução? Bateu o tambor, é hora de voltar para a caserna.

IV
PRIMEIRAS IMPRESSÕES
(continuação)

Começou a última chamada. Depois dessa chamada fechavam-se as casernas, cada uma com um cadeado especial, e os presidiários ficavam trancados até o amanhecer.

A chamada era feita por um sargento acompanhado de dois soldados. Para isso, às vezes os presidiários se enfileiravam no pátio e um oficial da guarda vinha assistir. Contudo, essa cerimônia era frequentemente realizada de forma mais simples: verificavam cada caserna. E assim foi naquele dia. Amiúde os encarregados da contagem se enganavam nos números, e os presidiários tinham de retornar. Por fim, os pobres guardas chegavam ao número desejado e trancavam a caserna. A nossa continha uns trinta presidiários, ajuntados com muito aperto nas tarimbas. Ainda era cedo para dormir. Era evidente que cada um devia se ocupar com alguma coisa.

Dos administradores, só permanecia na caserna o inválido a que já me referi. Em cada caserna também havia um superior entre os presidiários, nomeado pelo próprio major, naturalmente por seu bom comportamento. Ocorria muito amiúde que até esses superiores cometiam, por sua vez, sérias diabruras; então eram açoitados, imediatamente rebaixados e substituídos. Em nossa caserna o cargo de superior era exercido por Akim Akímitch, que, para minha surpresa, não raro gritava com os presidiários. Estes costumavam lhe responder com zombarias. O inválido era mais inteligente que ele, não se imiscuía em nada e, se alguma vez lhe acontecia de abrir a boca, era antes por uma questão de bom-tom, por desencargo de consciência. Vivia sentado em sua cama de lona, calado, costurando botas. Os presidiários não lhe dispensavam quase nenhuma atenção.

Naquele primeiro dia de minha vida de presidiário, percebi algo que, mais tarde, me convenci de que estava correto. Ei-lo: todos os que não eram presidiários, independentemente de quem fossem, começando pelos que tinham relação direta com eles, como os escoltas e os sentinelas, e terminando em todos os que tinham algum tipo de relação com a vida no presídio, revelavam certo exagero em sua visão dos presos. Era como se vivessem sempre intranquilos, na expectativa de que a qualquer momento um presidiário fosse atacá-los com uma faca. Porém, o mais notável era que os próprios presidiários tinham consciência de que eram temidos, e isso parecia infundir neles um quê de audácia. Por outro lado, o melhor chefe de presidiários é justamente aquele que não os teme. E de modo geral, apesar da audácia, os próprios presidiários são muito mais agradáveis quando se confia neles. Desse modo pode-se até conquistá-los. Durante meu tempo de presídio, houve casos, ainda que fossem raríssimos, de algum membro da administração entrar no presídio sem escolta. Era preciso ver como isso impressionava os presidiários, e impressionava no bom sentido. Um visitante tão destemido sempre granjeava respeito, e mesmo que algo realmente ruim pudesse acontecer, não aconteceria na presença dele. O pavor infundido pelos presidiários existe em toda parte em que há presidiários, mas, palavra, não sei por que isso ocorre. Não há dúvida de que ele tem certo fundamento, a começar pelo próprio aspecto exterior do detento, que é facilmente reconhecido como um bandoleiro; além disso, qualquer um que chega ao presídio sente que todo aquele amontoado de gente não está ali por vontade própria e que, a despeito de todas e quaisquer medidas, não se pode transformar um homem vivo num cadáver: ele segue tendo sentimentos, sede de vida e de vingança, paixões e a necessidade de satisfazê-las. Mas, apesar de tudo, estou completamente convencido de que não há razão para temer os presidiários. Não é com tanta facilidade, nem com tanta pressa, que um homem investe de faca na mão contra outro. Em suma, mesmo que o perigo seja possível, mesmo que em algum momento ele exista, pela raridade desse tipo de desgraça pode-se dizer, sem rodeios, que seu número é ínfimo. É claro que falo apenas de presidiários sentenciados, muitos dos quais ficam até contentes por terem enfim ido para o presídio (pois às vezes é bom começar uma nova vida!) e, por conseguinte, estão dispostos a levar uma existência tranquila e pacífica; além do mais, nem mesmo os que são efetivamente irrequietos se metem muito a arrotar valentia. Todo galé, não importa o quão valente e destemido, tem medo de qualquer coisa na prisão. O preventivo,[33] por sua vez, é outra história. Este é de fato capaz de atacar um estranho à toa, sem quê nem para quê, unicamente, por exemplo, porque no dia seguinte deverá receber seu castigo e, se realizar uma nova façanha, então o castigo será adiado. Nisso reside a causa, o objetivo do ataque: "mudar de sina" a qualquer custo e o quanto antes. Eu até conheço um estranho caso envolvendo esse tipo de psicologia.

Em nosso presídio havia um detento da categoria militar, ex-soldado, tremendo fanfarrão e notável covarde, condenado a uns dois anos sem privação dos direitos. De modo geral, a fanfarronice e a covardia são extraor-

---

[33] O prisioneiro à espera de julgamento. (N. do T.)

dinariamente raras no soldado russo. Nosso soldado sempre aparenta ser tão ocupado que, mesmo que quisesse, nunca teria tempo para a fanfarronice. Mas, se é fanfarrão, é quase sempre ocioso e covarde. Dútov (sobrenome do detento) enfim cumpriu sua breve pena e retornou ao batalhão de linha. No entanto, como acontece a todos os seus semelhantes que são mandados à prisão para se corrigir e ali acabam definitivamente amimalhados, costuma acontecer que eles, depois de no máximo umas duas ou três semanas de liberdade, tornam a ser julgados e são devolvidos ao presídio, só que não mais enquadrados em dois ou três anos, mas na categoria "habitual", por quinze ou vinte anos. E foi o que aconteceu. Umas três semanas depois de sua libertação, Dútov cometeu roubo em recinto trancado a cadeado; além disso, vomitou desaforos e cometeu desatinos. Foi levado a julgamento e condenado a um castigo severo. Amedrontado ao extremo, até o último grau, na véspera do dia em que deveria passar entre duas fileiras de soldados, recebendo pauladas e vergastadas, ele, como o mais deplorável covarde diante do iminente castigo, investiu com uma faca contra o oficial da guarda que entrava na cela dos presos. Naturalmente, compreendia muito bem que com esse ato provocaria um aumento extraordinário de sua sentença e na duração dos trabalhos forçados. Mas calculava justamente adiar ao menos por alguns dias, ao menos por algumas horas, o pavoroso momento do castigo! Era tão covarde que, ao precipitar-se de faca na mão, nem sequer feriu o oficial, fez tudo pró-forma, unicamente para forjar um novo crime, pelo qual passaria por um novo julgamento.

    O momento que precede a execução do castigo é evidentemente pavoroso para o condenado, e durante vários anos tive oportunidade de ver muitos réus na véspera de seu dia fatal. Quando me encontrava doente, o que acontecia com bastante frequência, costumava encontrar os preventivos no hospital, nas enfermarias dos presidiários. É fato conhecido de todos os prisioneiros e de toda a Rússia que os médicos são as pessoas mais compassivas com eles. Nunca estabelecem diferença entre os presos, como o fazem involuntariamente quase todos os estranhos, à exceção apenas do povo mais simples. Estes nunca censuram um detento por seu crime, por mais horrendo que tenha sido, e lhe perdoam tudo em nome do castigo que ele sofreu e, em geral, por sua infelicidade. Não é mesmo por acaso que em toda a Rússia o povo chama o crime de "infelicidade" e os criminosos de "infelizes". É uma definição profundamente significativa. E é ainda mais importante por ser feita de modo inconsciente, instintivo. Quanto aos médicos, são o verdadeiro amparo dos presos em muitos casos, sobretudo para os preventivos, que são mantidos em regime mais duro que os condenados... E o preventivo, calculando o provável tempo que falta para o horrível dia, procura frequentemente o hospital, desejando afastar ao menos um pouquinho o difícil momento. Quando, porém, recebe alta, sabendo quase com certeza que o prazo fatal se cumprirá no dia seguinte, quase sempre fica numa tremenda inquietação. Alguns, por amor-próprio, procuram dissimular os sentimentos, mas a bazófia desajeitada e fingida não engana os companheiros. Todos compreendem o problema e calam por humanidade. Eu conheci um detento, um jovem assassino oriundo da soldadesca, que foi condenado ao número máximo de vergastadas.[34] Ficou com tanto medo que, na véspera do castigo, resolveu beber um cantil inteiro de vodca com infusão de rapé. Aliás, o preso preventivo sempre aparece com vodca antes do castigo. Ela é trazida muito antes do dia do castigo, custa muito dinheiro, e o preventivo prefere passar meio ano privando-se do indispensável, mas economiza a quantia para um quartilho de vodca, para bebê-la quinze minutos antes do início do castigo. Entre os presidiários existe a convicção geral de que o embriagado não sente tanta dor ao receber chicotadas e pauladas. Contudo, desviei-me do meu relato. Tendo bebido seu cantil inteiro de vodca, o pobre rapaz imediatamente adoeceu: pôs-se a vomitar sangue e foi levado ao hospital quase sem sentidos. O vômito lhe devastou o peito de tal forma que em poucos dias lhe apareceram sinais da verdadeira tísica, da qual ele acabou morrendo meio ano depois. Os médicos que lhe trataram da tísica não descobriram a sua origem.

    Contudo, ao falar da covardia perante o castigo que eu via com frequência nos criminosos, devo acrescentar que alguns deles fazem o observador pasmar com seu extraordinário destemor. Lembro-me de alguns exemplos de bravura que chegavam a uma certa insensibilidade, e exemplos desse tipo não eram lá muito raros. Lembro-me em particular de um encontro que tive com um terrível criminoso. Num dia de verão, espalhou-se nas enfermarias dos presidiários o boato de que naquela tarde iriam castigar o famoso bandido Orlóv, um soldado desertor, e que depois do castigo o trariam para a enfermaria. À espera de Orlóv, os presidiários doentes afirmavam que o castigo seria cruel. Todos mostravam certa inquietação e, confesso, eu também esperava a chegada do famoso bandido com extrema curiosidade. Havia muito que eu ouvia coisas assombrosas a seu respeito. Era um facínora de tipo raro, que matava friamente, a faca, velhos e crianças, um homem dotado de uma terrível força de vontade e de uma altiva consciência de sua

---

[34] Segundo os regulamentos de 1839 e 1855, aplicava-se em um castigo o número máximo de seis mil vergastadas. Contudo, na prática esse número não passava de três mil, caindo para mil a partir de 1856. (N. do T.)

força. Confessara muitos assassinatos e fora condenado a vergastadas por uma fileira de soldados. Já anoitecera quando o trouxeram. A enfermaria estava escura e acenderam as velas. Orlóv estava quase inconsciente, o rosto terrivelmente pálido sob os bastos e desgrenhados cabelos, negros de azeviche. Tinha as costas inchadas e de uma cor vermelha arroxeada. Durante a noite inteira os presidiários cuidaram dele, trocando-lhe as compressas, virando-o de um lado para o outro, dando-lhe remédios, como se cuidassem de um parente próximo, de algum benfeitor. Já no dia seguinte ele despertou por completo e deu umas duas voltas pela enfermaria! Aquilo me deixou admirado: ele chegara ao hospital extremamente fraco e extenuado. Recebera de uma vez metade das vergastadas destinadas a ele. O médico só sustou a execução do castigo quando percebeu que sua continuidade ameaçava o criminoso de morte certa. Além disso, Orlóv era de baixa estatura e compleição fraca, e ademais extenuado pela longa duração do processo. Quem teve oportunidade de encontrar algum dos preventivos provavelmente manteve por muito tempo na memória seus rostos extenuados, magros e pálidos, seus olhares febris. A despeito de tudo, Orlóv logo se recuperou. Evidentemente, a energia interior de sua alma foi uma ajuda vigorosa à sua natureza. De fato, de nenhuma maneira aquele era um homem comum. Levado pela curiosidade, cheguei-me a ele da forma mais íntima e o estudei durante uma semana inteira. Posso afirmar, na plena acepção da palavra, que em minha vida nunca encontrei um homem de índole mais forte, de ferro. Em Tobolsk eu já havia visto uma celebridade da mesma espécie, um ex-chefe de bando. Era uma completa besta-fera, e alguém que estivesse a seu lado e ainda não soubesse o seu nome já pressentia, por instinto, que era um ser pavoroso. O que me horrorizava era a brutalidade de sua alma. O aspecto físico suplantava de tal forma todas as qualidades espirituais que, à primeira vista, notávamos por sua cara que ali restara apenas uma sede selvagem de prazeres corpóreos, volúpia, luxúria. Estou certo de que Kôreniev — era o nome daquele bandido — até cairia em desânimo e tremeria de pavor perante o castigo, apesar de ser capaz de degolar alguém sem sequer pestanejar. Orlóv era o completo oposto dele. Este era, a olhos vistos, a plena vitória sobre a carne. Via-se que esse homem era capaz de um autodomínio ilimitado, desprezava quaisquer tormentos e castigos e não temia nada neste mundo. Nele notávamos uma energia infinita, uma sede de agir, sede de vingança, sede de atingir o objetivo tencionado. Impressionava-me, aliás, sua estranha arrogância. Olhava para tudo com um quê de desdém que beirava o inverossímil, mas sem intentar ostentação de modo algum, era como que sem propósito, de um jeito natural. Creio que não havia um ser no mundo capaz de influenciá-lo só com sua autoridade. Via tudo de um modo surpreendentemente tranquilo, como se não houvesse nada no mundo capaz de causar-lhe espanto. E embora compreendesse perfeitamente que os outros presos o olhavam com respeito, jamais se vangloriava diante deles. Por outro lado, a vaidade e a arrogância são inerentes a quase todos os detentos, quase sem exceção. Não tinha nada de tolo e era de uma sinceridade meio estranha, mas sem nenhum quê de tagarela. Respondia às minhas perguntas com franqueza, dizendo que esperava restabelecer-se para enfrentar o resto do castigo e que, de início, na iminência do castigo, temia não conseguir suportá-lo. "Mas agora", acrescentou piscando-me o olho, "a coisa está no fim. Vou aguentar o resto das vergastadas e logo serei enviado com uma expedição de prisioneiros para Niertchinsk, e no caminho eu fujo! Com certeza fujo! É só minhas costas sararem depressa!" E passou todos aqueles cinco dias esperando com sofreguidão a hora de solicitar alta. Enquanto aguardava, às vezes ficava muito risonho e alegre. Tentei falar com ele sobre suas aventuras. Ele franzia um pouco o cenho com essas inquirições, mas sempre respondia com franqueza. Quando compreendeu que eu tentava atingir-lhe a consciência e extrair dele ao menos algum arrependimento, olhou-me com tamanho desdém e altivez como se de repente me visse como algum garotinho bobo, com quem não se deve nem discutir como se discute com gente grande. Seu rosto chegou até a exprimir um quê de compaixão por mim. Um minuto depois, despejava sobre mim a mais cândida das risadas, sem nenhuma ironia, e estou certo de que, quando ficou sozinho e lembrou-se de minhas palavras, deve ter rido várias vezes com seus botões. Por fim recebeu alta com as costas ainda não inteiramente cicatrizadas; eu também recebi alta, e ocorreu que nós dois saímos juntos do hospital: eu, para o presídio, ele, para a casa de guarda que ficava ao lado do nosso presídio, onde ele estava preso antes. Ao nos despedirmos ele me apertou a mão, o que de sua parte era um sinal de elevada confiança. Acho que assim procedeu porque estava muito satisfeito consigo mesmo e com o presente momento. No fundo, era-lhe impossível não me desprezar, e forçosamente devia me ver como um ser resignado, fraco, deplorável e inferior a ele em todos os sentidos. Logo no dia seguinte foi levado ao segundo castigo.

A nossa caserna, assim que a fechavam, logo tomava um aspecto particular — o de uma verdadeira moradia, de um lar. Só então eu podia ver os presidiários, meus companheiros, de uma forma plena, como se estivessem em casa. De dia, um sargento, um guarda ou alguém da chefia poderia aparecer a qualquer momento no presídio, e por essa razão todos os seus habitantes se portavam de modo um tanto diferente, como se não estivessem in-

teiramente tranquilos, como se a cada instante esperassem algo, como se estivessem desassossegados. Mas era só fechar a caserna que no mesmo instante todos se acomodavam em seus lugares e todos, praticamente, se entregavam a algum trabalho manual. Súbito a caserna se iluminava: cada um segurava a sua vela com seu castiçal, o mais das vezes de madeira. Um costurava botas, outro cozia alguma roupa. O ar mefítico se intensificava com o passar das horas. Um grupo de farristas acomodava-se num canto para o carteado, ao redor de um tapete ali estendido. Em quase toda caserna havia um detento que mantinha consigo um tapete bem ruinzinho, de uma braça de comprimento, uma vela e um baralho incrivelmente sebento. Tudo isso junto tinha um nome: *maidan*.[35] O dono da banca recebia o dinheiro dos jogadores, uns quinze copeques por noite; esse era o seu ofício. Eles costumavam jogar "três cartas", *gorka*[36] etc. Todos os jogos eram de azar. Cada jogador punha diante de si uma pilha de moedas de cobre — tudo o que tivesse nos bolsos — e só se levantava depois de ganhar ou perder tudo. O jogo terminava altas horas, às vezes ia até o amanhecer, até o próprio instante em que se abria a caserna. Em nossa cela, assim como em todas as outras casernas do presídio, sempre havia miseráveis, os *baiguchi*,[37] que tinham bebido ou perdido tudo, ou que eram simplesmente miseráveis natos. Digo "natos" e enfatizo particularmente a expressão. De fato, em todo o nosso povo, em qualquer situação e em quaisquer condições, sempre existiu e existirão alguns tipos estranhos de pessoas, cordatas e não raro nada tolas, mas por sina predestinadas a viverem na indigência para todo o sempre. São perpétuos *bobíli*,[38] sempre desmazelados, sempre com um ar meio amedrontado, de desalento, e estão sempre sob a tirania de alguém, a serviço de alguém, habitualmente de farristas, ou de qualquer um que de súbito enriqueceu e subiu na vida. Qualquer menção de ousar, qualquer iniciativa, é para eles um peso, uma aflição. É como se tivessem nascido com a condição de nada começar por si mesmos e apenas servir, de não viver segundo vontade própria, de dançar conforme a música alheia; sua missão: fazer apenas as vontades de outrem. Para o cúmulo de tudo isso, nenhuma circunstância, nenhuma reviravolta pode enriquecê-los. Sempre serão indigentes. Notei que indi-

---

[35] Palavra turca que significa praça de feira ou mercado. Na gíria dos ladrões, designa a casa de jogos ou de carteado. (N. do T.)

[36] Jogos de baralho: o primeiro com 28 cartas e quatro participantes, o segundo com 32 cartas e cinco participantes. (N. do T.)

[37] Palavra cazaque que designa nômades caídos na miséria. (N. do T.)

[38] Camponês pobre, sem-terra, sem teto e sem família. (N. do T.)

víduos desse tipo não se encontram apenas no povo, mas em todos os círculos sociais, castas, partidos, revistas e associações. E assim é também em cada caserna, em cada presídio, e mal se formava um *maidan*, um desses tipos logo aparecia para servir. Aliás, de modo geral, nenhum *maidan* podia passar sem um serviçal. Ele costumava ser contratado por todos os jogadores juntos, por cinco copeques de prata, e sua principal obrigação era passar a noite inteira vigiando. A maior parte do tempo, umas seis ou sete horas, passava congelando no escuro da entrada, sob uma temperatura de trinta graus abaixo de zero, de ouvido atento a cada batida, a cada som, a cada passo que soasse no pátio. Às vezes o major ou os guardas faziam uma ronda alta noite: chegavam na ponta dos pés e surpreendiam os jogadores, os que trabalhavam e as velas, que se podiam ser vistas do pátio. Quando de repente começava a ranger a chave no cadeado da porta de entrada, que dava para o pátio, era no mínimo tarde para se esconder, apagar as luzes e estirar-se na tarimba. Mas como depois disso o serviçal vigia pagava muito caro, os casos de semelhantes falhas eram raríssimos. Cinco copeques era, sem dúvida, uma quantia ridiculamente irrisória mesmo para um presídio; portanto, nesse caso, como em todos os outros, sempre me impressionaram a rigidez e a impiedade dos contratantes desse serviço. "Recebeste dinheiro, faze o teu serviço!" Tratava-se de um argumento que não tolerava nenhuma objeção. Pela ninharia paga, o contratante tirava o que podia e, se possível, tirava a mais, e ainda considerava que o outro lhe ficava devendo. O pândego, o bêbado, que esbanjava dinheiro sem conta a torto e a direito, forçosamente tapeava o seu serviçal, e isso eu observei em mais de uma prisão, e em mais de um *maidan*.

Já afirmei que no presídio quase todos se dedicavam a algum tipo de ocupação: fora os jogadores, não havia mais do que cinco homens totalmente ociosos; todos logo se deitavam para dormir. Meu lugar na tarimba ficava ao pé da porta. Do lado oposto, cabeça com cabeça comigo, ficava Akim Akímitch. Até às dez ou onze horas ele trabalhava, colava lanterninhas chinesas coloridas, encomenda que lhe faziam na cidade e pela qual receberia um bom pagamento. Fazia essas lanterninhas com mão de mestre, trabalhando metodicamente, sem interrupção. Quando terminava o trabalho, guardava as ferramentas com cuidado, estendia o colchão, rezava a Deus e deitava-se comportado na cama. Pelo visto, levava a boa educação e a ordem ao pedantismo mais mesquinho; como em geral acontece com todos os homens obtusos e limitados, era evidente que devia se achar um homem de extraordinária inteligência. Desagradou-me desde o primeiro dia, embora, lembro-me, nesse mesmo dia refleti muito sobre ele e o que mais me surpreendeu foi que, em vez de vencer na vida, uma pessoa como aquela se encontrasse num presídio. Ainda terei oportunidade de falar de Akim Akímitch.

Descrevo de forma sucinta a composição da nossa caserna. Ali eu teria de passar muitos anos, e todos os seus habitantes seriam meus futuros colegas e companheiros de moradia. Compreende-se que eu os observava com ávida curiosidade. À esquerda do meu lugar nas tarimbas instalara-se um grupo de montanheses caucasianos, em sua maioria mandados para lá por assalto e condenados a diversas penas. Eram dois lésguios,[39] um tchetcheno e três tártaros do Daguestão. O tchetcheno era um ser taciturno e sombrio; quase não falava com ninguém e sempre olhava ao redor com ódio, de soslaio e com um sorriso envenenado, misto de maldade e zombaria. Um dos lésguios já era um velho, de nariz aquilino, comprido e fino, e tinha a aparência de um rematado bandoleiro. Em compensação, um outro, chamado Nurra, deixou-me desde o primeiro dia a mais agradável, a mais amável das impressões. Era ainda moço, de estatura mediana, mas de compleição hercúlea, genuinamente louro, de olhos azuis-claros, nariz arrebitado, cara de *tchukhóniets*[40] e pernas arqueadas de tanto cavalgar. Tinha o corpo inteiro marcado, coberto de cicatrizes de baionetas e balas. No Cáucaso levava uma vida pacífica, mas a todo instante saía às furtadelas para se juntar aos montanheses rebeldes, e com eles fazia incursões contra os russos. Todos na prisão gostavam dele. Estava sempre alegre, era afável com todo mundo, trabalhava sem se queixar, era calmo e transparente, embora frequentemente reagisse com indignação às torpezas e à sordidez da vida dos galés e chegava a ficar furioso de indignação com qualquer ladroeira, falcatrua, bebedeira e em geral com tudo que fosse desonesto; mas não provocava brigas e limitava-se a se afastar com indignação. Ele mesmo nunca furtou nada, nem cometeu nenhuma má ação durante todo o período em que esteve preso. Era devoto ao extremo. Fazia suas orações como coisa sagrada; praticava como um fanático os jejuns que precedem as festas maometanas e passava noites inteiras orando em pé. Todos o estimavam e acreditavam em sua honestidade. "Nurra é um leão", diziam os presos; e o apelido de leão acabou pegando. Tinha plena certeza de que, ao término do prazo fixado para os trabalhos forçados, seria mandado de volta ao Cáucaso, e vivia apenas com essa esperança. Acho que morreria se o privassem dela. Desde o meu primeiro dia no presídio ele foi objeto de minha intensa observação. Era impossível não no-

---

[39] Etnia que habita o sul do Daguestão e o norte do Uzbequistão. (N. do T.)

[40] Denominação depreciativa de finlandês. (N. do T.)

tar aquele rosto bondoso e simpático entre as caras malignas, sombrias e debochadas dos outros galés. Em minha primeira meia hora de presídio, ele, ao passar a meu lado, deu-me um tapinha no ombro, olhando-me nos olhos e sorrindo com ar bonachão. A princípio não consegui compreender o que aquilo significava. Falava muito mal o russo. Logo depois, tornou a chegar-se a mim e, de novo sorrindo, deu-me um tapinha amigável no ombro. Depois, repetiu o gesto mais de uma vez, e assim continuou durante três dias. Da parte dele, aquilo significava, segundo adivinhei e compreendi mais tarde, que ele tinha dó de mim, que percebia o quão difícil era para mim familiarizar-me com o presídio, que queria mostrar sua amizade, estimular-me e me assegurar de sua proteção. Bom e ingênuo Nurra!

Os tártaros do Daguestão eram três, e todos irmãos. Dois já eram idosos, mas o terceiro, Aliêi, não tinha mais que vinte e dois anos e parecia ainda mais moço. Seu lugar na tarimba ficava ao lado do meu. Seu rosto belo, franco, inteligente e ao mesmo tempo de uma ingenuidade bonachona, ganhou à primeira vista o meu coração, e fiquei muito contente com o destino por tê-lo me enviado como vizinho, e não outro qualquer. Toda a sua alma transparecia em seu belo rosto — pode-se até dizer que era um rosto gracioso. Seu sorriso era tão confiante, de uma candura tão infantil; os olhos negros e graúdos eram tão suaves, tão meigos que, olhando para ele, eu sempre sentia um prazer especial, até um alívio em minha angústia e em minha tristeza. Não estou exagerando. Na sua terra natal, o irmão mais velho (tinha cinco irmãos mais velhos; outros dois haviam sido levados para alguma usina) ordenou-lhe um dia que pegasse o *iatagã*,[41] montasse a cavalo e o seguisse em alguma expedição. O respeito aos mais velhos é tão grande nas famílias montanhesas que um rapazinho, além de não se atrever, nem sequer pensaria em perguntar aonde iriam. Os próprios não julgariam necessário informá-lo. Todos saíam para assaltar, surpreender na estrada um rico negociante armênio e saqueá-lo. Foi o que aconteceu: degolaram o escolta, esfaquearam o armênio e saquearam as mercadorias. Mas o caso foi descoberto: todos os seis foram apanhados, julgados, tiveram suas culpas provadas, receberam o castigo e foram enviados aos trabalhos forçados na Sibéria. Toda a clemência que o tribunal concedeu a Aliêi foi reduzir-lhe a pena: quatro anos de prisão. Os irmãos o amavam muito, era antes um amor de pai do que de irmãos. Era o consolo que eles tinham no exílio, e eles, habitualmente sombrios e macambúzios, sempre sorriam ao vê-lo, e quando se punham a conversar com ele (e falavam muito pouco com ele, como se ainda o achassem

---

[41] Sabre encurvado, usado pelos turcos, árabes e tártaros. (N. do T.)

um menino com quem não havia o que falar a sério), suas caras severas se abrandavam, e eu adivinhava que conversavam com ele sobre alguma coisa divertida, quase infantil, pois piscavam uns para os outros e sorriam com bonomia quando vez por outra ouviam suas respostas. O próprio Aliêi não ousava entabular conversa com eles, tamanho era o respeito que lhes devotava. É difícil imaginar como, durante todo o seu período de galé, aquele rapazinho conseguiu conservar tamanha brandura no coração, formar em seu íntimo uma honestidade tão rigorosa, com tal afetividade, tal simpatia, não se tornar grosseiro, não degenerar. Sua natureza, no entanto, era firme e forte, apesar de toda a aparente brandura. Posteriormente, vim a conhecê-lo bem. Pudico como uma menina pura, qualquer ato de indecência, de cinismo, de sordidez, injustiça ou violência, cometido por qualquer pessoa do presídio, acendia o fogo da indignação em seus belos olhos, que por isso ficavam ainda mais belos. Mas evitava altercações e injúrias, embora não fosse, de modo algum, daqueles que se deixariam ofender impunemente, e embora soubesse se defender. Contudo, não tinha rixa com ninguém: todos gostavam dele e todos o afagavam. De início, foi apenas cortês comigo. Pouco a pouco, começamos a conversar; em alguns meses ele aprendeu a falar magistralmente o russo, coisa que os irmãos não conseguiram em todo o seu tempo de galé. Ele se revelou um rapaz inteligentíssimo, modestíssimo e delicado, e inclusive sensato. Resumindo de antemão: considero Aliêi um ser muito acima do comum, e evoco meu encontro com ele como um dos melhores encontros de minha vida. Há naturezas tão belas de nascença, tão dotadas por Deus, que a simples ideia de que um dia venham a mudar para pior nos parece impossível. Com elas ficamos sempre tranquilos. Ainda hoje fico tranquilo com Aliêi. Onde ele estará agora?

 Uma vez, bastante tempo depois de minha chegada ao presídio, eu estava deitado na tarimba e pensava em algo muito angustiante. Embora ainda fosse cedo para dormir, Aliêi, sempre esforçado e trabalhador, não estava ocupado com nada. Naquele dia, ele e os irmãos observavam uma festa muçulmana e não estavam trabalhando. Ele estava deitado com a mão na cabeça e também pensava em alguma coisa. Súbito me perguntou:

— Por que está tão angustiado?

 Olhei-o curioso, e pareceu-me estranha aquela pergunta rápida e direta vinda de Aliêi, sempre delicado, sempre escrupuloso, inteligente de coração; porém, olhando-o com mais atenção, notei em seu rosto tanta angústia, tanto tormento provocado pelas lembranças, que no mesmo instante achei que ele mesmo estava muito angustiado. Exprimi a ele minha suposição. Ele suspirou e abriu um sorriso triste. Eu gostava do seu sorriso, sempre meigo e afetuoso. Além disso, quando sorria descobria duas fileiras de dentes perolados, capazes de fazer inveja à primeira beldade do mundo.

— Aliêi, na certa estás pensando na festa que se celebra hoje no seu Daguestão. É verdade que lá é bonito?

— Oh, sim! — respondeu com entusiasmo, e seus olhos brilharam. — E como sabes que eu estava pensando nisso?

— Pudera não saber! Então, lá é melhor do que aqui?

— Oh! Por que me dizes isso?

— Que flores deve haver por lá agora, que paraíso deve ser lá!

— Oh, melhor nem falar — estava muito emocionado.

— Escuta, Aliêi, tens alguma irmã?

— Sim, por quê?

— Deve ser bela, se parece contigo!

— Qual comigo! É tão bela que em todo o Daguestão ninguém a supera! Ah, como é bela minha irmã! Nunca viste uma igual! Aliás, minha mãe também era bela.

— E tua mãe te amava?

— Ah, o que me perguntas! Na certa morreu de desgosto por minha causa! Eu era o seu predileto. Gostava mais de mim que de minha irmã, que de todos os outros... Esta noite, sonhei com ela: estava chorando.

Calou e não disse mais nada pelo resto da noite. Mas desde então sempre procurava conversar comigo, embora pelo respeito que por algum motivo nutria por mim, nunca era o primeiro a iniciar a conversa. Em compensação, como ficava alegre quando eu me dirigia a ele. Eu perguntava do Cáucaso, sobre a sua vida pregressa! Os irmãos não atrapalhavam suas conversas comigo, isso até os agradava. E vendo que eu gostava cada vez mais de Aliêi, ficaram bem mais afáveis comigo.

Aliêi me ajudava no trabalho, prestava-me todos os serviços que podia na caserna e via-se que lhe agradava muito poder ao menos aliviar minha situação, e que nesse empenho de servir não havia o mínimo rebaixamento ou a busca por alguma vantagem, mas um caloroso sentimento de amizade que ele já não dissimulava. A propósito, tinha muitas habilidades para os trabalhos manuais: aprendeu a costurar botas e roupas de baixo, depois aprendeu marcenaria até onde foi possível. Os irmãos o elogiavam e se orgulhavam dele.

— Escuta, Aliêi — disse-lhe eu certa vez —, por que não aprendes a ler e a escrever em russo? Sabes como mais tarde isso pode te ser útil aqui na Sibéria.

— Eu gostaria muito. Mas com quem?

Escritos da casa morta 99

— O que aqui não falta é gente entendida. Se queres, eu te ensino.

— Oh, por favor, me ensina! — e chegou até a soerguer-se na tarimba e juntar as mãos, olhando para mim com ar súplice.

Começamos logo na tarde seguinte. Eu tinha comigo uma tradução russa do Novo Testamento, livro que era autorizado no presídio. Sem abecedário, apenas com base nesse livro, Aliêi aprendeu a ler magnificamente em algumas semanas. Uns três meses depois, já compreendia perfeitamente a língua escrita. Estudava com ardor, com entusiasmo.

Certa vez, líamos juntos o Sermão da Montanha. Observei que ele pronunciava algumas passagens do texto com um sentimento especial.

Perguntei-lhe se gostara do que acabara de ler.

Lançou-me um olhar rápido e o rubor estampou-se em seu rosto:

— Ah, sim! — respondeu —, sim. Issa[42] é um santo profeta, Issa falou as palavras de Deus. Como é bonito.

— Do que gostaste mais?

— Do trecho onde ele diz: perdoa, ama, não ofendas e ama os inimigos. Ah, como ele diz isso bem!

Virou-se para os irmãos que nos escutavam, e com ardor começou a lhes dizer alguma coisa. Travaram uma conversa longa e séria, meneando a cabeça em gestos afirmativos. Depois, com um sorriso grave e benévolo, ou seja, o puro sorriso muçulmano (de que eu gosto tanto e gosto precisamente de sua gravidade), dirigiram-se a mim e confirmaram que Issa era um profeta de Deus e obrara grandes milagres; que fizera um pássaro de barro, soprara nele, e o pássaro levantara voo... e que isso também estava escrito em seus livros. Diziam essas coisas com a plena convicção de que, louvando Issa, davam-me um grande prazer, e Aliêi estava plenamente feliz porque os irmãos tinham decidido e desejado me dar esse prazer!

Nossas aulas de escrita também alcançaram um êxito extraordinário. Aliêi arranjou (e não permitiu que eu o comprasse com meu dinheiro) papel, penas, tinta, e em dois meses aprendeu a escrever magistralmente. Isso deixou os irmãos até pasmados. Seu orgulho e sua satisfação não tinham limites. Não sabiam como me agradecer. Se acontecia de estarmos juntos na execução dos trabalhos, alternavam comigo para me auxiliar, e consideravam aquilo uma felicidade. Já nem falo de Aliêi. Estava afeiçoado a mim talvez tanto quanto aos irmãos. Nunca hei de esquecer a sua partida do presídio. Conduziu-me para fora da caserna e lá se lançou ao meu pescoço e começou a chorar. Antes, nunca me havia beijado nem chorado. "Fizeste tanto

---

[42] Issa é o nome de Jesus Cristo no Corão. (N. do T.)

Fiódor Dostoiévski

por mim, fizeste tanto por mim", dizia, "nem meu pai nem minha mãe fariam igual, fizeste de mim um homem, Deus te recompensará e eu nunca te esquecerei..."

Por onde, por onde andará agora meu bom, meu amável Aliêi!...

Além dos circassianos, ainda havia em nossa caserna todo um grupo de polacos, que formavam uma família inteiramente à parte e quase não se comunicavam com os outros galés. Já afirmei que por seu exclusivismo, por seu ódio aos galés russos, eles eram, por sua vez, odiados por todos. Eram naturezas atormentadas, doentias. Eram uns seis. Alguns eram instruídos; mais tarde falarei destes em particular. Através destes, às vezes eu conseguia alguns livros em meus últimos anos de presídio. O primeiro que li deixou-me uma impressão forte, estranha, especial. Falarei em particular dessas impressões no momento oportuno. Para mim, são demasiado curiosas e tenho certeza de que muita gente as achará totalmente incompreensíveis. É impossível julgar certas coisas sem experimentá-las. Uma coisa eu afirmo: as privações morais são mais angustiantes que as físicas. O homem do povo, condenado aos trabalhos forçados, está no seu meio, um meio talvez até mais desenvolvido. É claro que ele perdeu muito — seu torrão natal, a família, tudo —, mas o seu meio continua o mesmo. O homem instruído, submetido pela lei ao mesmo castigo que o homem do povo, perde amiúde incomparavelmente mais que o outro. Deve reprimir em seu íntimo todas as suas necessidades, todos os seus hábitos; passar a viver num meio pobre para ele, aprender a respirar o mesmo ar!... É um peixe tirado da água e jogado na areia... Com frequência, o castigo que a lei dita igual para todos torna-se dez vezes mais torturante para ele. É verdade... mesmo que se tratasse apenas do sacrifício dos hábitos materiais.

Mas os polacos constituíam todo um grupo à parte. Eram seis, e viviam juntos. De todos os presos do nosso presídio, gostavam apenas de um *jid*, e talvez unicamente porque ele os divertia. Aliás, nosso *jidezinho* também gozava da afeição de outros presos, embora todos, sem exceção, zombassem dele. Era o único *jid* entre nós, e até hoje não consigo me lembrar dele sem rir. Sempre que o olhava, vinha-me à lembrança o Iánkel, do *Tarás Bulba* de Gógol, que quando se despe para passar a noite com sua mulher numa espécie de armário, fica no mesmo instante parecidíssimo com um frango. O nosso *jidezinho* Issái Fomitch e um frango depenado eram tão parecidos como duas gotas d'água. Já não era jovem, andava perto dos cinquenta, de baixa estatura e fraco, astuto e ao mesmo tempo um rematado pateta. Era atrevido e arrogante e a um só tempo covarde ao extremo. Era todo coberto de estranhas rugas, na fronte e nas faces apareciam marcas oriundas do patíbulo. Eu jamais consegui entender como ele pudera suportar sessenta vergastadas. Fora preso sob acusação de assassinato. Escondia uma receita que seus amigos *jides* lhe haviam conseguido de um médico logo depois do patíbulo. Essa receita permitia preparar um unguento, que, depois de umas duas semanas de uso, apagava as marcas. Ele não ousava empregá-lo no presídio e esperava concluir a pena de doze anos para, depois, uma vez desterrado para algum povoado, aproveitar-se sem falta da tal receita. "Senão não vou poder me *cassar*", disse-me certa vez, "e quero *cassar* sem falta." Éramos grandes amigos. Ele estava sempre em magnífico estado de espírito. Para ele, a vida no presídio era fácil; com o ofício de ourives, vivia sobrecarregado de trabalho, que recebia da cidade, onde não havia um ourives, e assim escapava aos trabalhos pesados. Naturalmente, era ao mesmo tempo agiota, e abastecia o presídio inteiro cobrando juros e praticando o penhor. Chegara ao presídio antes de mim, e um dos polacos me descreveu em detalhes a sua chegada. É uma história divertidíssima, que mais tarde contarei; terei de falar de Issái Fomitch mais de uma vez.

O restante dos presidiários de nossa caserna era formado por quatro velhos crentes versados em textos religiosos, entre os quais se encontrava um velho de um arrabalde de Starodúbov, uns dois ou três pequenos russos,[43] tipos sombrios, um galé jovenzinho de feições delicadas e narizinho afilado, de uns vinte e três anos, e que já havia matado oito pessoas, um grupo de falsos moedeiros, um dos quais era o galhofeiro da nossa caserna e, por fim, alguns indivíduos sombrios e soturnos, barba e cabelo raspados, deformados, taciturnos e invejosos, que olhavam ao redor de esguelha e com ódio, e estavam dispostos a continuar olhando assim, de cenho franzido, calados e odiando, ainda por muitos anos — por todo o resto do seu tempo de galés. Tudo isso eu apenas entrevi naquela primeira tarde desoladora da minha nova vida — e entrevi em meio à fumaça e à fuligem, a desaforos e ao inexprimível cinismo, naquele ar mefítico, ao som dos grilhões e das gargalhadas desavergonhadas. Deitei-me na tarimba nua, com a roupa sob a cabeça (ainda não tinha travesseiro), cobri-me com a peliça, mas fiquei muito tempo sem conseguir adormecer, embora estivesse completamente estafado e alquebrado por todas as monstruosas e inesperadas impressões daquele dia. Contudo, minha nova vida estava apenas começando. Ainda tinha pela frente muitas coisas à minha espera, coisas que eu nunca imaginara, ou que nem sequer presumia...

---

[43] Denominação antiga de ucraniano. (N. do T.)

V
O PRIMEIRO MÊS

Três dias depois da minha chegada, recebi ordem de sair para o trabalho. Esse primeiro dia de trabalho ficou bem gravado na minha memória, embora tenha transcorrido sem nenhum acontecimento fora do comum, pelo menos se considerarmos tudo o que já havia de fora do comum em minha situação. Mas aquilo também fazia parte das minhas primeiras impressões, e eu ainda observava tudo com avidez. Passara aqueles três dias experimentando as sensações mais angustiantes. "Eis o fim da minha peregrinação: estou no presídio!", repetia a cada minuto, "eis o meu porto por muitos e longos anos, meu canto, ao qual chego com essa sensação de tanta desconfiança, com essa sensação tão dolorosa... Quem sabe? Pode ser que daqui a muito tempo, quando eu tiver de deixar o presídio, ainda venha a lamentar por isso!...", acrescentei, não sem um misto daquela sensação de maldosa alegria, que às vezes nos desperta a necessidade de reabrir propositadamente a nossa ferida como se desejássemos nos deleitar com a própria dor, como se houvesse na consciência um verdadeiro prazer ao sentirmos tal grandeza de infelicidade. A ideia de que, com o passar do tempo, eu viria a lamentar a perda daquele canto deixava a mim mesmo estupefato com seu horror: já então eu pressentia a que grau de monstruosidade chega a capacidade humana de se habituar. Mas isso ainda estava por vir, pois por enquanto tudo ao meu redor era hostil e assustador... e ainda que nem tudo fosse assim, naturalmente era o que me parecia na época. Aquela curiosidade feroz com que os meus novos companheiros-galés me observavam, sua redobrada severidade com um novato oriundo da nobreza, surgido repentinamente em sua corporação, severidade que às vezes quase chegava ao ódio — tudo isso me atormentava a tal ponto que eu mesmo desejava começar a trabalhar o quanto antes, apenas para conhecer o mais rápido possível e experimentar de vez toda a minha desgraça, e passar a viver como todos eles, entrar naquela mesma dança. É claro que naquele momento eu não conseguia perceber nem suspeitar da existência de muita coisa que estava diante do meu nariz: em meio ao hostil, ainda não atinava com o agradável. No entanto, algumas pessoas amáveis, afáveis, que encontrei já naqueles três dias, deram-me muito ânimo. O mais amável e mais acolhedor foi Akim Akímitch. Entre as caras sorumbáticas e odientas dos outros galés eu não podia deixar de notar também algumas bondosas e alegres. "Em toda parte há gente ruim, e entre os ruins há gente boa", apressei-me a pensar comigo, para me consolar, "quem poderá saber? Talvez essas pessoas não sejam em nada tão piores que aquelas *outras*, que estão lá fora, além dos muros do presídio." Eu pensava e meneava a cabeça, mas, no entanto — meu Deus —, se ao menos eu soubesse, então, quão verdadeiro era aquele pensamento!

Veja-se, por exemplo: ali havia um homem que só vim a conhecer plenamente depois de muitos anos, e entrementes ele esteve comigo, o tempo inteiro perto de mim, durante quase toda a minha permanência nos trabalhos forçados. Era o detento Suchílov. Tão logo comecei a falar daqueles presos que não eram *piores* que os outros, lembrei-me involuntariamente dele. Ele me servia. Eu tinha ainda outro serviçal. Já no início, desde os meus primeiros dias de presídio, Akim Akímitch me recomendou um detento, Óssip, dizendo que por trinta copeques ao mês ele me podia preparar todos os dias um prato especial, caso me fosse tão repugnante a comida do presídio e eu dispusesse de recursos para prover minha própria alimentação. Óssip era um dos quatro cozinheiros eleitos pelos presidiários para trabalhar em nossas duas cozinhas, embora ficasse reservada a eles a plena liberdade de aceitar ou recusar tal escolha; e, aceitando-a, podiam rejeitá-la já no dia seguinte. Os cozinheiros nunca saíam para os trabalhos, ficando toda a sua função restrita a assar o pão e cozinhar a sopa de repolho. Entre nós não eram chamados de cozinheiros, mas de "rancheiros", se bem que não por desdém a eles — ainda mais porque para a cozinha se escolhia gente sensata e, na medida do possível, honesta —, mas sem razão de ser, por uma amável brincadeira que não deixava os cozinheiros nem um pouco ofendidos. Quase sempre escolhiam Óssip, e por vários anos consecutivos ele foi quase sempre cozinheiro, recusando-se às vezes, mas apenas temporariamente, quando era acometido de uma forte nostalgia e da vontade de contrabandear vodca. Era um homem de uma honestidade e uma docilidade raras, embora tivesse sido condenado por contrabando. Era aquele mesmo contrabandista que mencionei, rapaz alto e saudável mas que tinha medo de tudo, sobretudo das vergastadas; era cordato, resignado, afável com todo mundo, nunca altercava com ninguém, mas, por sua paixão pelo contrabando, não resistia a contrabandear vodca, apesar de toda a sua covardia. Junto com outros cozinheiros, também vendia vodca, embora, é claro, em volume inferior ao de Gázin, por exemplo, porque não tinha coragem para arriscar muito. Sempre vivi em grande harmonia com esse Óssip. Quanto aos recursos para prover minha própria alimentação, estes eram modestos de-

mais. Não me engano se afirmo que gastava apenas um rublo de prata por mês com alimentação, excetuando-se, é claro, o pão, que era fornecido pelo presídio, e às vezes a sopa de repolho, que eu tomava de raro em raro, quando estava com muita fome, apesar de sentir por ela uma repugnância que, no entanto, acabou desaparecendo quase inteiramente com o passar do tempo. Eu costumava comprar uma libra de carne de gado por dia. No inverno, carne de gado custava uma ninharia entre nós. Algum dos inválidos, dos quais havia um em cada caserna para a observância da ordem, assumia a obrigação de ir diariamente ao mercado fazer compras para os presidiários e não cobrava quase nada por isso, apenas alguns trocados. Faziam isso pela própria paz de espírito, senão lhes seria impossível conviver no presídio. Assim traziam tabaco, tijolinhos de chá, carne de gado, roscas etc. etc., com exceção apenas da vodca. Não lhes pediam vodca, embora às vezes eles até se oferecessem para trazer. Anos a fio Óssip preparou para mim o costumeiro pedaço de carne de gado frita. Quanto à maneira como o fritava já é outra questão, que, aliás, não vem ao caso. O notável é que durante vários anos não troquei duas palavras com Óssip. Muitas vezes encetei uma conversa, mas algo o impedia de sustentá-la: chegava a sorrir ou responder "sim" e "não", e só. Era até estranho olhar para aquele Hércules de sete anos de idade.

Contudo, além de Óssip, Suchílov era um dos homens que me ajudavam. Eu não o chamei, nem o procurei. De certo modo, foi ele mesmo que me achou e colocou-se à minha disposição; nem me lembro de quando e como isso aconteceu. Passou a lavar minha roupa. Fora das casernas, havia sido construído um grande fosso especialmente para despejo da água suja. Era sobre esse fosso que se lavava em tinas do presídio a roupa de baixo dos presidiários. Além disso, o próprio Suchílov inventara milhares de diferentes atribuições para me agradar; preparava minha chaleira, cumpria diversos encargos, arranjava alguma coisa para mim, levava minha peliça para conserto, engraxava minhas botas umas quatro vezes por mês; fazia tudo isso com zelo e afã, como se tivesse sabe Deus que obrigações — em suma, ligara inteiramente seu destino ao meu e assumira todos os meus problemas. Nunca dizia, por exemplo: "O senhor tem tantas camisas, sua peliça está rasgada" etc., mas sempre: "Agora *temos* tantas camisas, *nossa* peliça está rasgada". E ficava a me olhar nos olhos e parecia ter feito disso o principal objetivo de toda a sua vida. Não tinha afazeres ou, como diziam os presidiários, "quefazeres", e parece que só comigo podia conseguir algum trocado. Eu lhe pagava o quanto podia, ou seja, umas migalhas, e ele sempre ficava docilmente satisfeito. Não podia deixar de servir a alguém, e pelo visto tinha

me escolhido sobretudo porque eu era mais amável e mais honesto nos ajustes de nossas contas. Era um daqueles tipos que nunca conseguem enriquecer e arranjar-se na vida, que no presídio eram contratados para vigiar a *maidan*, passando noites inteiras no frio do saguão, de ouvido atento a cada ruído proveniente do pátio, para uma eventual chegada do major, e cobravam cinco copeques de prata por esse serviço, por quase uma noite inteira, e caso se distraíssem, perdiam tudo e respondiam com as próprias costas. Já me referi a eles. Têm como característica a aniquilação da própria personalidade, sempre, em toda parte e praticamente perante qualquer um, e nas questões gerais representam um papel nem sequer de segunda, mas de terceira categoria. Tudo isso faz parte de sua natureza. Suchílov era um pobre-diabo, inteiramente dócil e humilde, até amedrontado, embora ninguém lhe ameaçasse; era amedrontado por natureza. Por algum motivo, sempre sentia pena dele. Não conseguia nem olhá-lo e não sentir pena; mas por que essa pena, eu mesmo não saberia responder. Tampouco conseguia conversar com ele; ele não sabia conversar, via-se que lhe custava um grande esforço, e só se animava quando alguém, para encerrar a conversa, dava-lhe alguma coisa para fazer, pedia-lhe que desse uma corridinha a algum lugar. Por fim, até me convenci de que isso lhe dava prazer. Não era alto nem baixo, nem bonito nem feio, nem tolo nem inteligente, nem jovem nem velho, era um tanto sarapintado, meio loiro. Nunca se poderia dizer nada que o definisse em demasia. Só uma coisa: ao que me parece, e até onde pude perceber, pertencia à mesma confraria que Sirótkin, e unicamente por seu medo e docilidade. Às vezes os presidiários zombavam dele, principalmente por que ele, indo para a Sibéria com uma expedição de prisioneiros, "trocou-se", e por uma camisa vermelha e um rublo de prata. Pois era por causa desse valor irrisório pelo qual ele se vendera que os presidiários zombavam dele. "Trocar-se" significava trocar de nome e, por conseguinte, de destino com alguém. Por mais estrambótico que possa parecer, era um fato, e nos meus tempos de galé era ainda algo em pleno vigor entre os prisioneiros mandados para a Sibéria, algo consagrado pela tradição e determinado por certas formalidades. A princípio eu não acreditava absolutamente nisso, mas enfim tive de me render às evidências.

    Veja-se como isso era feito. Manda-se, por exemplo, uma expedição de prisioneiros para a Sibéria. São vários os destinos: trabalhos forçados, usinas, degredo; todos juntos. Num ponto qualquer do caminho, vamos que na província de Perm, algum dos deportados deseja trocar-se com outro. Por exemplo, um Mikháilov qualquer, condenado por assassinato ou outro crime capital, acha desvantajoso passar muitos anos em trabalhos forçados.

Suponhamo-lo um rapaz astuto, calejado, experiente; pois bem, ei-lo sondando na mesma leva alguém mais ingênuo, mais amedrontado, mais dócil, e que recebeu uma pena relativamente branda: trabalhar uns poucos anos numa usina, ou o degredo, ou até mesmo os trabalhos forçados, só que por um prazo menor. Enfim ele encontra Suchílov. Suchílov é um servo doméstico, condenado apenas ao degredo. Já caminhou mil e quinhentas verstas[44] e, é claro, sem um copeque no bolso, porque Suchílov nunca pode andar com nenhum copeque, e está cansado, extenuado, come apenas do rancho que o governo dá, sem nenhum refrigério, ainda que pouco, metido no mesmo uniforme do presídio, servindo a todo mundo em troca de umas moedinhas. Mikháilov entabula conversa com Suchílov, achega-se, até se faz de amigo e, enfim, num dos trechos do percurso lhe serve vodca. Por último lhe faz uma proposta: não gostaria de "trocar"? Eu, diz ele, me chamo Mikháilov, sabe como é, estou indo pros trabalhos forçados, não propriamente os forçados, mas pra uma "seção especial". Embora seja trabalho forçado, ela é especial, é coisa melhor, pois então. Acerca da seção especial, enquanto ela existiu, nem todos os membros da alta administração sabiam, nem sequer em Petersburgo, por exemplo. Era um recanto isolado e especial num dos rincões da Sibéria, e tão pouco habitado (em minha época havia lá cerca de setenta homens) que era até difícil achar vestígios dela. Mais tarde, deparei com pessoas que haviam servido na Sibéria e não a conheciam, e só por meu intermédio ouviram falar pela primeira vez da existência da "seção especial". O código de leis contém apenas seis linhas a seu respeito: "Num determinado presídio fica instituída uma seção especial para os criminosos mais graves até que se inaugurem na Sibéria os trabalhos forçados mais duros". Nem os presos da "seção especial" sabiam se ela era para todo o sempre ou provisória. O prazo de sua vigência não fora fixado, está escrito: "até que se inaugurem na Sibéria os trabalhos forçados mais duros", e só. Não é de admirar que nem Suchílov, nem mais ninguém da expedição soubesse disso, sem excluir o próprio deportado Mikháilov, que só fazia ideia da seção especial em razão do seu gravíssimo crime, pelo qual já recebera umas três ou quatro mil vergastadas. Consequentemente, não iriam mandá-lo a um lugar bom. Quanto a Suchílov, este ia para o degredo; que poderia haver de melhor? "Não gostaria de 'trocar'?" Suchílov estava meio alto, era uma alma ingênua, cheia de agradecimento pelos afagos recebidos de Mikháilov, e por isso não se atrevia a recusar. Além disso, já ouvira na expedição de prisioneiros que era possível "trocar-se", que outros "se trocavam" e, por conseguinte,

---

[44] Medida russa equivalente a 1,067 km. (N. do T.)

não havia nada de estranho nem inaudito nisso. Fizeram o acordo. Aproveitando-se da ingenuidade incomum de Suchílov, o desonesto Mikháilov compra-lhe o nome por uma camisa vermelha e um rublo de prata, pagando no mesmo instante, na presença de testemunhas. No dia seguinte Suchílov não está mais embriagado, porém tornam a lhe servir bebida, e ficaria mal recusar: bebe o rublo de prata e, um pouco depois, bebe a camisa vermelha. Se estás arrependido, então devolve o dinheiro. Mas onde Suchílov iria arranjar um rublo de prata inteiro? Se ele não o devolvesse, a *artiel* o obrigaria a devolver: esse tipo de coisa é tratado com severidade na *artiel*. Além do mais, promessa feita tinha de ser cumprida — nisso se fundava a *artiel*. Do contrário seria devorado. Espancá-lo-iam ou talvez simplesmente o matassem, no mínimo o aterrorizariam.

De fato, se a *artiel* cedesse ao menos uma vez nesse tipo de caso, a habitual troca de nomes chegaria ao fim. Se fosse possível a alguém faltar com a promessa e violar a troca efetuada já tendo recebido o dinheiro, quem, depois disso, iria cumpri-la? Em suma, tratava-se de um assunto da *artiel*, um assunto de todos, e por essa razão a expedição de prisioneiros também era muito rigorosa com isso. Por fim, Suchílov percebe que já não há lugar para súplicas e resolve concordar plenamente. Comunica-se o fato a toda a expedição; bem, e se precisar, darão alguma coisa e algum trago a quem se deve. Assim, naturalmente pouco importa se Mikháilov ou Suchílov vão pro quinto dos infernos: ora bolas, a vodca que é bom será bebida; serviram, logo, bico calado pros dois também. Na etapa seguinte do deslocamento é feita a verificação de presença: "Mikháilov!" — Suchílov responde: "Presente". "Suchílov!" — Mikháilov responde: "Presente". E seguem em frente. E ninguém fala mais nisso. Em Tobolsk os deportados são separados. "Mikháilov" para o degredo, "Suchílov" para a seção especial, conduzido por uma escolta reforçada. Depois disso não é mais possível nenhum protesto; ademais, o que há para provar? Por quantos anos um caso como esse se arrastaria? E no fim das contas, onde estariam as testemunhas? Se as encontrassem, negariam tudo. O resultado é que Suchílov foi para a "seção especial" por um rublo de prata e uma camisa vermelha.

Os presidiários zombavam de Suchílov não porque ele trocara de nome (embora em geral nutrissem desprezo por quem trocava um trabalho leve por outro mais pesado, como o nutriam por todos os tolos que se deixavam fazer de trouxas), mas porque recebera pela troca apenas uma camisa vermelha e um rublo de prata — pagamento irrisório demais. As trocas costumam ser feitas por grandes quantias; isso, novamente, julgando em termos relativos. Cobram até algumas dezenas de rublos. Mas Suchílov era tão dócil, tão desprovido de personalidade e tão insignificante para todos, que de certo modo nem sentiam a necessidade de zombar dele.

Eu e Suchílov já morávamos juntos há muitos anos. Pouco a pouco ele foi se afeiçoando excessivamente a mim; eu não podia deixar de notar isso, de modo que me acostumara muito com ele. Mas certa vez — nunca poderei me perdoar por isso —, ele deixou de fazer alguma coisa que eu pedi, embora tivesse acabado de receber dinheiro, e eu tive a crueldade de lhe dizer: "Veja só, Suchílov, você recebe o dinheiro, mas não faz o serviço". Suchílov calou-se, correu para cumprir o meu pedido, mas de repente algo o entristeceu. Passaram-se uns dois dias. Eu pensava: não é possível que isso se deva às minhas palavras. Eu sabia que um detento chamado Anton Vassíliev cobrava insistentemente dele uma dívida de centavos. Na certa, ele não tinha dinheiro, mas estava com medo de me pedir. No terceiro dia eu lhe disse: "Suchílov, parece que você está querendo me pedir o dinheiro de Anton Vassíliev, sim? Aí está". Eu estava sentado na tarimba; Suchílov, em pé à minha frente. Parece que ficara muito pasmado por eu mesmo ter lhe oferecido o dinheiro, por eu ter me lembrado de sua situação difícil, ainda mais porque nos últimos dias ele, segundo sua opinião, já havia apanhado dinheiro demais comigo, de modo que nem se atrevia a nutrir a esperança de que eu ainda fosse pagá-lo. Olhou para o dinheiro, depois para mim, e de repente deu meia-volta e saiu. Tudo isso me deixou pasmo. Saí atrás dele e o encontrei atrás das casernas. Estava ao pé da estacada do presídio, a cabeça encostada no muro e uma mão apoiada nele. "Suchílov, o que há com você?", perguntei-lhe. Não me fitava e, para minha extraordinária surpresa, vi que ia começar a chorar: "Aleksandr Pietróvitch, o senhor... acha", começou com voz entrecortada e procurando olhar para o lado, "que para o senhor eu... por dinheiro... Mas eu... eu... ai, ai, ai!". Nisso tornou a voltar a cabeça para a estacada, de modo que chegou até a bater a testa contra ela — e como se desfez em pranto!... No meu tempo de galé, era a primeira vez que eu via um homem chorar. A muito custo consegui consolá-lo, e embora desde então ele passasse a me servir e "cuidar de mim" de forma ainda mais zelosa — se é que isso era possível —, notei, por alguns sinais quase imperceptíveis, que seu coração nunca conseguira me perdoar por aquela repreensão. Enquanto isso, outros galés faziam pouco dele, implicavam com ele sempre que tinham oportunidade, insultavam-no, às vezes com bastante vigor, mas ele convivia em paz com eles, era amigável e nunca se ofendia. Sim, é muito difícil decifrar um homem, mesmo depois de conhecê-lo por tantos anos.

Eis por que à primeira vista os trabalhos forçados não podiam se me apresentar no seu verdadeiro aspecto, como aconteceu mais tarde. Eis por que eu disse que, mesmo que observasse tudo com atenção tão ávida e acentuada, ainda assim não conseguiria perceber muito do que se passava bem debaixo do meu nariz. De início, naturalmente, me impressionaram os grandes fenômenos, os de maior evidência, e mesmo esses eu talvez interpretasse de modo incorreto, e deixavam em minha alma uma impressão de angústia, desespero e tristeza. O que muito contribuiu para isso foi o meu encontro com A-v, também um detento, que chegara ao presídio um pouco antes de mim e me marcara pela impressão particularmente angustiante que me deixou logo nos meus primeiros dias. Aliás, ainda antes de minha chegada eu soubera que lá encontraria A-v. Naquele primeiro momento de angústia, ele envenenou e agravou os tormentos da minha alma. Não posso calar sobre ele.

Era o mais repugnante exemplo de até onde um homem pode descer e envilecer, e de até que ponto pode matar em seu íntimo, sem dificuldade nem arrependimento, qualquer sentimento moral. Esse A-v era aquele jovem nobre que mencionei de passagem, ao dizer que ele transmitia ao nosso major tudo o que se fazia no presídio e era amigo do seu ordenança Fiedka. Eis sua história em forma sucinta: sem ter concluído os estudos em lugar nenhum e rompendo com os familiares em Moscou, que estavam assustados com seu comportamento depravado, ele chegou a Petersburgo e, a fim de obter dinheiro, decidiu-se por uma delação infame, ou seja, vendeu o sangue de dez pessoas a fim de satisfazer imediatamente sua sede insaciável de prazeres dos mais torpes e devassos, pelos quais ele, seduzido por Petersburgo, por seus cafés e pelas ruas do Comércio, chegou a tamanho grau de voracidade que, mesmo não sendo nenhum tolo, arriscou-se a uma ação insensata e absurda. Logo foi desmascarado; em sua delação envolveu pessoas inocentes, enganou outras, e por isso o deportaram por dez anos para o nosso presídio na Sibéria. Era ainda muito jovem, a vida para ele estava apenas começando. Poderia parecer que tão pavorosa mudança em seu destino devesse deixá-lo estupefato, despertar em sua natureza algum enfrentamento, alguma reviravolta. Mas ele aceitou seu novo destino sem a mínima perturbação, até mesmo sem a menor repulsa, não esboçou nenhuma revolta moral, nada o assustou, a não ser a necessidade de trabalhar e dar adeus aos cafés e às três ruas do Comércio.[45] Achou até que o título de galé lhe desatava ainda mais as mãos para vilezas e obscenidades maiores. "Galé é galé mesmo; e uma vez galé, pode apelar para a vilania, e isso não é nenhuma vergo-

---

[45] Na São Petersburgo do século XIX, havia três ruas chamadas pelos residentes de "Mescshánskaia" (da palavra *meschanski*: comerciante pequeno-burguês). As três se notabilizavam pelo grande número de antros e botequins. (N. do T.)

nha." Essa era literalmente a sua opinião. Evoco aquele ser torpe como um fenômeno. Por vários anos vivi entre assassinos, pervertidos e rematados facínoras, mas afirmo categoricamente que em toda a minha vida nunca encontrei uma decadência moral tão completa, uma depravação tão decidida e uma baixeza tão descarada como em A-v. Tínhamos entre nós um parricida de origem nobre — já me referi a ele; entretanto, por muitas características e fatos convenci-me de que mesmo ele era incomparavelmente mais humano e decente do que A-v. Durante o meu período de galé, bem diante dos meus olhos, A-v tornou-se algo parecido a um pedaço de carne com dentes e estômago, e com uma sede insaciável pelos prazeres carnais mais grosseiros, mais selvagens, e para satisfazer o mais ínfimo e extravagante desses prazeres ele era capaz de matar, de degolar com o maior sangue-frio, numa palavra, era capaz de tudo, desde que não deixasse vestígios. Não exagero de maneira alguma; eu conhecia A-v muito bem. Era o exemplo do limite a que podia chegar a simples carnalidade do homem, a qual não é interiormente contida por nenhuma norma, por nenhuma lei. E como me era repulsivo olhar aquele eterno sorriso de escarnecimento. Era um monstro, um Quasímodo moral! Acrescente-se a isso que era ladino e inteligente, bonito e até um pouco instruído, e capaz. Não, antes um incêndio, antes uma epidemia e uma fome do que um tipo assim vivendo em sociedade. Já contei que no presídio todos se envileciam tanto que a espionagem e a denúncia floresciam, e os presidiários não mostravam o mínimo aborrecimento com isso. Pelo contrário, com A-v todos se mostravam muito amigos e o tratavam de modo incomparavelmente mais amistoso que a nós, que éramos da nobreza. Os favores que lhe concedia o nosso major beberrão davam-lhe peso e importância aos olhos deles. Entre outras coisas, ele assegurara ao major que sabia pintar retratos (aos presidiários contava que era tenente da guarda), e o major ordenou que o mandassem trabalhar em sua casa, claro que para fazer o seu retrato. Foi então que ficou íntimo de Fiedka, o ordenança que exercia uma extraordinária influência sobre o seu amo e, por conseguinte, sobre tudo e todos no presídio. A-v nos espionava por exigência do próprio major, que, quando embriagado, batia-lhe na cara, xingava-o e chamava-o de espião e delator. Acontecia, e com muita frequência, que logo depois de espancá-lo o major sentava-se numa cadeira e ordenava a A-v que continuasse o retrato. Parece que o nosso major acreditava de fato que A-v era um magnífico pintor, quase um Briullov,[46] de quem ouvira falar,

---

[46] Referência a Karl Pávlovitch Briullov (1799-1852), famoso retratista e um dos primeiros pintores russos a ganhar reconhecimento internacional. (N. do T.)

mas ainda assim achava-se no direito de lhe bater nas faces porque, "sabes como é, ainda que sejas tão pintor como aquele, agora és um galé, e mesmo que banques o Briullov, todavia sou eu o teu chefe, logo, o que quiser fazer contigo eu faço". A propósito, obrigava-o a tirar-lhe as botas e a retirar dos seus aposentos os vários vasos noturnos, e ainda assim demorou muito a desistir da ideia de que A-v era um grande pintor. O retrato arrastou-se infinitamente, quase um ano inteiro. Por fim o major percebeu que o engazopavam e, plenamente convicto de que o retrato não ficaria pronto mas, ao contrário, a cada dia ficava cada vez mais diferente dele, zangou-se, deu uma surra no pintor e mandou-o de volta ao presídio para cumprir a pena em serviço pesado. É de crer que A-v tenha lamentado por isso, e que lhe tenha sido difícil abrir mão dos dias de ócio, das sobras da mesa do major, do amigo Fiedka e de todas as delícias que os dois inventavam para si na cozinha do major. Com o afastamento de A-v, o major pelo menos deixou de perseguir o detento M., de quem A-v não cessava de lhe falar mal, e eis a razão: quando A-v chegou ao presídio, M. vivia só. Sentia muita melancolia; não tinha nada em comum com os outros presos, olhava para eles com asco, com horror, não percebia e deixava de enxergar neles tudo o que pudesse influenciá-lo num sentido conciliador, e não fez amizade com eles. Os outros lhe pagavam com o mesmo ódio. De modo geral, a situação de pessoas como M. no presídio era terrível. M. desconhecia a causa que levara A-v ao presídio. A-v, ao contrário, tendo farejado com quem estava lidando, no mesmo instante assegurou-lhe que havia sido degredado por uma denúncia totalmente oposta à apresentada, quase pelo mesmo motivo que levara M. ao degredo. M. transbordou de alegria por encontrar um camarada, um amigo. Andou atrás dele, consolou-o nos primeiros dias de trabalhos forçados, supôs que ele devia estar sofrendo muito e deu-lhe o último dinheiro que tinha, dividiu com ele as coisas indispensáveis. Mas A-v logo tomou-se de ódio por M., exatamente porque este era decente, porque via com grande horror qualquer baixeza, justo porque não guardava nenhuma semelhança com ele, e tudo o que M. lhe disse sobre o presídio e o major, na primeira conversa que tiveram, A-v se apressou a delatar ao major assim que teve a oportunidade. O major tomou um ódio mortal a M. e por isso o oprimia, e se não fosse a influência do comandante o teria levado à desgraça. Mais tarde, quando M. lhe descobriu a baixeza, A-v não só não se perturbou como até gostava de cruzar com ele e fitá-lo com ar zombeteiro. É de crer que isso lhe dava prazer. O próprio M. me sugeriu isso várias vezes. Depois aquele verme torpe fugiu junto com um detento e um escolta, mas dessa fuga falarei mais tarde. De início ele me adulava muito, pensando que eu não soubesse da sua história. Repito: ele me envenenou os primeiros dias de trabalhos forçados com um aborrecimento ainda maior. Eu ficara horrorizado com a terrível torpeza e vilania em que eu fora lançado, em cujo meio me encontrava. Pensei que tudo ali fosse igualmente torpe e vil. Mas estava enganado: julgava todos com base em A-v.

Naqueles três primeiros dias perambulei pelo presídio, passei horas deitado em minha tarimba, entreguei a um detento de confiança, indicado por Akim Akímitch, a fazenda recebida do presídio para a confecção de uma camisa, claro que mediante pagamento (uns trocados por uma camisa), por insistente conselho de Akim Akímitch adquiri um colchãozinho dobradiço (de feltro revestido de pano), fininho como uma panqueca, e um travesseiro recheado de lã, duro em extremo para alguém desabituado. Akim Akímitch azafamou-se intensamente para me arranjar todos esses objetos e ele mesmo tomou parte em tudo, costurou-me com as próprias mãos um cobertor, feito de retalhos de um velho tecido lanoso,[47] usado no presídio, de restos de calças surradas e de jaquetas que comprara de outros presidiários. Depois de um ano de uso, os objetos de propriedade do presídio viravam posse dos presidiários; estes os vendiam de pronto ali mesmo, no presídio, e por mais surrada que estivesse a peça, ainda assim havia a esperança de passá-la adiante por algum valor. A princípio aquilo tudo me surpreendeu muito. Em linhas gerais, era a época do meu primeiro encontro com o povo. De repente eu me tornara tão da plebe, tão galé quanto eles. Seus hábitos, seus conceitos, suas opiniões e costumes tornavam-se como que também os meus, ao menos formalmente, de acordo com a lei, embora no fundo não os partilhasse. Eu estava surpreso e confuso, era como se antes eu não tivesse desconfiado nem ouvido falar de nada daquilo, embora, sim, eu sabia, e já ouvira falar. Mas a impressão que a realidade produz difere inteiramente do que conhecemos e ouvimos dizer. Poderia eu, por exemplo, ter algum dia ao menos suspeitado que aqueles farrapos, aqueles trapos velhos, também pudessem ser considerados objetos? Pois foi desses trapos velhos que fiz um cobertor para mim! Seria difícil imaginar a qualidade daquele pano lanoso destinado à roupa dos presidiários. À primeira vista parecia lã, era grosso, de soldado; mas era só gastá-lo um pouco que se transformava em algo parecido com uma estopa, desfiava de forma revoltante. De resto, a vestimenta de pano

---

[47] Tradução do russo *suknó* (lã), porém, no caso específico da vestimenta dos presos mencionada por Dostoiévski, é uma variedade tosca do tecido clássico de lã, mais próxima do burel português. (N. do T.)

lanoso era distribuída para durar um ano, mas era difícil dar conta desse prazo. O detento trabalha, carrega peso nas costas; a roupa logo se gasta, esfarrapa-se. As peliças tinham de durar três anos, e ao longo de todo esse período costumavam servir de roupa, de cobertor e de colchão. Mas as peliças eram fortes, embora até o fim do terceiro ano, ou seja, até o fim do prazo de uso, não fosse raro ver peliças remendadas com um simples pedaço de pano. Apesar de tudo, ao término do prazo determinado, mesmo as muito surradas eram vendidas por uns quarenta copeques de prata. Algumas, mais bem conservadas, chegavam a sessenta e setenta copeques de prata, quantia elevada para os galés.

O dinheiro — já me referi a isso — tinha no presídio um valor extraordinário, um poderio. Pode-se afirmar terminantemente que um detento que possuísse ao menos algum dinheiro sofria dez vezes menos que aqueles que não tinham nenhum, embora estes também fossem providos de tudo pelo Estado; então — como raciocinava nossa chefia —, para que eles precisam de dinheiro? Torno a repetir que se os presidiários fossem privados de qualquer possibilidade de ter algum dinheiro eles enlouqueceriam ou morreriam como moscas (apesar de serem "providos de tudo"), ou, em último caso, meter-se-iam em crimes inauditos — uns por desgosto, outros para serem logo executados e aniquilados de algum modo, para de qualquer jeito "mudar de sina" (era esse o termo técnico). Se o presidiário ganhava o seu copeque quase à custa de sangue — ou estava decidido a recorrer a artimanhas incomuns para consegui-lo, amiúde conjugadas com roubo e vigarice — e ao mesmo tempo gastava-o com uma imprudência e um despropósito tão pueril, isso não prova de forma alguma que ele não o aprecia, ainda que o pareça à primeira vista. O galé tem pelo dinheiro uma avidez que chega ao espasmo, à perturbação do juízo, e se realmente o atira a esmo, como cavacos, quando está na farra, atira-o por aquilo que considera estar num grau mais elevado que o dinheiro. O que, então, está acima do dinheiro para o detento? A liberdade, ou ao menos alguma ilusão de liberdade. E os presidiários são grandes sonhadores. Adiante direi alguma coisa a respeito disso, mas como o assunto veio à baila... Acreditem que ouvi condenados a *vinte anos* me dizerem com muita tranquilidade frases como essa, por exemplo: "Pois bem, Deus querendo eu cumpro toda a minha pena e então...". Todo o sentido da palavra "detento" é o de homem privado de liberdade, de vontade; mas quando gasta dinheiro ele já age por vontade própria. Apesar de todas as marcas a ferrete, dos grilhões e da odiada paliçada do presídio, que lhe bloqueia a vista do mundo e o cerca como uma fera na jaula, ele pode conseguir vodca, que é um prazer terrivelmente proibido, pode "colher moranguinhos",[48] e até vez por outra (embora nem sempre) subornar os chefes mais próximos, os inválidos ou mesmo o sargento, que fazem vista grossa de sua infração da lei e da disciplina; pode até, além de negociar, bazofiar com eles, e de bazófia o detento gosta por demais, ou seja, gosta de aparecer perante os colegas, de proclamar, ainda que por pouco tempo, que sua vontade e seu poder são incomparavelmente maiores do que parece — em suma, pode cair na farra, bancar o desordeiro, deixar os outros de cara no chão ao mostrar-lhes que *pode* fazer tudo isso, que tudo está "ao seu alcance", ou seja, pode fazer aquilo que um pobretão não verá nem em sonho. Por sinal, talvez seja por isso que se observa nos presidiários, inclusive em estado sóbrio, uma propensão geral para a bazófia, para a jactância, para o engrandecimento cômico e sumamente ingênuo, ainda que fantasmagórico, de sua própria pessoa. Por fim, em toda essa pândega há um risco — significa que tudo isso tem ao menos alguma sombra de vida, ao menos uma sombra distante de liberdade. E o que não se dá pela liberdade? Qual o milionário que, com a forca lhe apertando a garganta, não daria todos os seus milhões por um pouco de ar?

Às vezes os chefes do presídio se surpreendem quando algum detento, depois de vários anos de vida tão quieta, exemplar, depois até de ter sido nomeado inspetor dos carcereiros por seu comportamento elogioso, de repente, sem quê nem para quê — como se estivesse com o diabo no couro —, mete-se a tumultuar, a pandegar, a praticar desatinos, e vez por outra simplesmente se arrisca a cometer crimes: ou desacata declaradamente os superiores, ou assassina alguém, ou estupra etc. Olham para ele e pasmam. Pensando bem, é possível que todo o motivo dessa súbita explosão num homem de quem menos se poderia esperá-la provenha de uma manifestação melancólica e espasmódica de sua personalidade, de uma instintiva saudade do que ele já foi, do desejo de dar a conhecer-se, de mostrar sua individualidade humilhada, que de repente extravasa e transborda no ódio, na fúria, na perturbação da razão, num ataque súbito, espasmódico. Assim como, talvez, alguém que seja enterrado vivo num caixão e ali desperte, passe a esmurrar sua tampa tentando levantá-la, embora, é claro, a razão possa persuadi-lo de que seus esforços serão inúteis. Mas acontece que nesse caso já não se trata de razão: trata-se de um espasmo. Levemos ainda em consideração que, num detento, quase toda manifestação voluntária da personalidade é consi-

---

[48] A expressão "colher moranguinhos" (*popolzovátsia klubnitchkoi*) é comumente usada com teor erótico, e aparece na obra de escritores como Gógol, Saltikov-Schedrin e Turguêniev. (N. do T.)

derada crime; neste caso, para ele naturalmente não importa a dimensão de tal manifestação: se grande ou pequena. Se é para cair na pândega, então caiamos nela, se é para arriscar, então arrisquemos ao menos um assassinato. E veja-se que basta começar: depois o homem se embriaga, e não é mesmo possível contê-lo! Daí que o melhor seria fazer de tudo para evitar que chegue a esse ponto. Todos ficariam mais tranquilos.

    Sim; mas como fazê-lo?

VI
O PRIMEIRO MÊS
(continuação)

Ao chegar ao presídio, eu tinha comigo algum dinheiro; um pouco em mãos, e por temor de que o confiscassem, por via das dúvidas, escondera, colara algumas notas de rublo na encadernação do Evangelho, livro de entrada permitido no presídio. Esse livro com o dinheiro colado em sua encadernação me fora presenteado ainda em Tobolsk por pessoas que também penavam no degredo havia décadas e há muito se acostumaram a ver um irmão em cada infeliz.[49] Existem na Sibéria alguns tipos de pessoas — que quase nunca mudam — que parecem propor-se como missão de vida um cuidado fraternal pelos "infelizes", a compaixão e a condolência por eles, como se se tratassem dos seus próprios filhos, e o fazem sem nenhum interesse, como algo sagrado. Não posso me furtar de fazer uma breve referência a um encontro. Na cidade onde ficava o nosso presídio residia uma senhora — a viúva Nastácia Ivánovna. É claro que nenhum de nós, estando no presídio, podia ter algum contato pessoal com ela. Parecia que ela tomara como missão de vida ajudar os degredados, porém se preocupava mais conosco, os galés. Devia haver em sua família uma desgraça como a nossa, ou alguém particularmente querido e próximo do seu coração devia ter sofrido pelo mesmo crime — o fato é que ela considerava uma felicidade como que especial fazer por nós tudo o que pudesse fazer. É claro que muita coisa ela não podia fazer. Era muito pobre. Mas nós, no presídio, sentíamos que algures, fora dele, tínhamos uma amiga dedicadíssima. Aliás, amiúde ela nos dava notícias das quais precisávamos muito. Quando deixei o presídio e fui para outra cidade, consegui ir à sua casa e conhecê-la pessoalmente. Morava num subúrbio, na casa de um parente próximo. Não era nem moça nem velha, nem bonita nem feia; não dava nem para saber se era inteligente, se era instruída. Notava-se apenas, em cada passo que dava, que era de uma bondade infinita, que sentia uma vontade imperiosa de ajudar, de aliviar as coisas, de

---

[49] Em seu caminho à fortaleza de Omsk, Dostoiévski recebeu uma cópia do Evangelho das mãos de Natália Dmitrievna Fonvizina (1805-1869), uma das várias mulheres que em 1825 escolheram o degredo voluntário, para estarem mais próximas de seus maridos, presos durante a Revolta Dezembrista. (N. do T.)

fazer impreterivelmente algo agradável para a gente. Tudo isso era bem visível em seu olhar sereno, cheio de bondade. Passei quase uma tarde inteira em sua casa ao lado de outros companheiros do presídio. Olhava-nos direto nos olhos, ria quando ríamos, apressava-se em concordar com qualquer coisa que disséssemos; apressava-se a nos oferecer alguma coisa, ao menos o que pudesse oferecer. Serviu-nos chá, uns salgadinhos, uns doces, e se possuísse milhares de rublos é de crer que ficaria feliz apenas por poder nos servir melhor e aliviar a situação dos nossos camaradas que ficaram no presídio. Na hora da despedida, deu-nos a cada um como lembrança umas cigarreiras. Ela mesma as fizera com papelão, e colara por cima (sabe Deus como) um papel colorido, exatamente desses usados para encadernar compêndios de aritmética para escolas infantis (e é bem possível que houvesse realmente aproveitado um compêndio). Para embelezar as cigarreiras, pusera ao redor um estreito friso de papel dourado, e para isso é possível que tenha ido a uma lojinha. "Ora, os senhores fumam cigarros, então isto talvez lhes seja útil", disse-nos como se se desculpasse timidamente diante de nós por seu presente... Algumas pessoas dizem (já o ouvi e li sobre isso) que o mais elevado amor pelo próximo é ao mesmo tempo o maior dos egoísmos. Agora, em que consistia o egoísmo desse ato eu absolutamente não consigo entender.

Embora não tivesse muito dinheiro ao chegar ao presídio, não tinha lá grandes motivos para me agastar de verdade com aqueles galés que, praticamente nas primeiras horas de minha vida ali, e já tendo me enganado uma vez, voltavam com a cara mais ingênua a me pedir dinheiro emprestado pela segunda, terceira e até quinta vez. Mas uma coisa confesso com franqueza: muito me desgostava achar que toda aquela gente, com suas artimanhas ingênuas, devia me considerar impreterivelmente um simplório e um palerma, e zombar de mim justo porque eu lhes emprestava dinheiro pela quinta vez. Sem dúvida deviam achar que eu cedia aos seus embustes e artimanhas, e se, por exemplo, eu recusasse e os repelisse, estou certo de que passariam a me dispensar um respeito incomparavelmente maior. Contudo, por mais que desgostasse, de nada adiantava, porque eu não conseguia recusar. Agastava-me porque naqueles primeiros dias eu ponderava, a sério e preocupado, como tomar pé no presídio, ou melhor, em que pé devia me relacionar com eles. Eu sentia e compreendia que todo aquele meio era inteiramente novo para mim, que me encontrava no escuro total, e que não podia viver tantos anos no escuro. Convinha me preparar. Claro que resolvi que a primeira coisa a fazer era ser franco, agindo como mandavam meus sentimentos íntimos e minha consciência. Mas eu sabia que isso era apenas um aforismo, que apesar de tudo tinha pela frente as práticas mais imprevistas.

Por isso mesmo, a despeito de todas as ínfimas preocupações com minha acomodação na caserna a que já me referi, e nas quais fui engajado principalmente por Akim Akímitch, apesar de elas até me distraírem um pouco, uma tristeza terrível e corrosiva me atormentava cada vez mais. É uma "Casa Morta"!, dizia a mim mesmo, às vezes observando de uma ala da nossa caserna, no crepúsculo, os presidiários que já se aglomeravam depois do trabalho e com ar indolente andavam a esmo pelo pátio do presídio, das casernas às cozinhas e vice-versa. Observava-os, e por suas caras e seus movimentos procurava atinar que gente era aquela e quais eram os seus caracteres. Eles vagavam à minha frente de cenhos franzidos ou alegres demais (esses dois aspectos são os mais frequentes, é quase uma característica da vida de galé), praguejavam ou apenas conversavam, ou, por último, vagueavam sozinhos, como que meditando, a passos lentos, suaves, uns com ar cansado e apático, outros (até mesmo ali!) com ar de uma superioridade arrogante, gorros caídos de lado, peliças jogadas sobre os ombros, olhar atrevido, ladino, e uma risota insolente. "Tudo isso", meditava eu, "é o meu meio, meu mundo de agora, com o qual devo viver, quer queira, quer não..." Fiz menção de interrogar Akim Akímitch, com quem gostava muito de tomar chá para não me sentir só, e me inteirar sobre eles. Diga-se de passagem que, durante aqueles primeiros dias, o chá foi praticamente a minha única alimentação. Akim Akímitch nunca recusava chá e ele mesmo sempre preparava o nosso pequeno, tosco e ridículo samovar de lata que M. me emprestara. Akim Akímitch costumava tomar um copo (tinha até um copo), e bebia em silêncio e com cerimônia, e ao passá-lo para mim agradecia e de pronto punha-se a coser o meu cobertor. Mas aquilo que eu precisava saber ele não podia me informar, e inclusive não entendia por que eu me interessava tanto pelo caráter dos galés que nos rodeavam e nos eram mais próximos, e até me ouvia com um risinho finório, de que me lembro muito... "Não, é evidente que é preciso experimentar, e não ficar com perguntas", pensei.

No quarto dia, assim como daquela vez em que fui trocar os grilhões, os galés formaram de manhã cedo duas fileiras no pátio em frente à casa de guarda, junto aos portões do presídio. Postaram-se frente à frente, e atrás deles enfileiraram-se os soldados com armas carregadas e baionetas unidas. O soldado tem direito de atirar num detento se este faz menção de fugir; mas ao mesmo tempo, responde por seu tiro se não o der em caso de extrema necessidade. O mesmo acontece quando os galés se rebelam abertamente. Contudo, quem teria a ideia de simplesmente sair correndo? Apareceu um oficial de engenharia acompanhado de um sargento-mor, bem como de suboficiais de engenharia, soldados e encarregados pela execução dos trabalhos. Fez-se a chamada; parte dos presidiários, que trabalhava na oficina de costura, partiu antes dos demais: não eram da alçada da cúpula da engenharia; trabalhavam especificamente para os presidiários, os vestiam. Depois deles saiu o pessoal das oficinas e em seguida o do serviço pesado. Eu também saí na companhia de uns vinte outros presidiários. Atrás da fortaleza, sobre o rio congelado, havia dois barcos do governo que, por sua inutilidade, precisavam ser desmontados para que pelo menos a velha madeira não se perdesse à toa. No entanto, todo aquele material velho parecia valer muito pouco, quase nada. A madeira era baratíssima na nossa cidade, circundada por uma infinidade de matas. Mandavam os presidiários para lá quase unicamente para que não ficassem de braços cruzados, o que eles mesmos compreendiam muito bem. Sempre pegavam nesse tipo de trabalho com indolência e apatia, mas uma coisa quase inteiramente distinta acontecia quando o trabalho era em si mesmo valioso, proveitoso, e sobretudo quando podiam cumprir a tarefa e ir embora. Então eram como que tomados de inspiração, e embora não auferissem nenhuma vantagem com o trabalho, eu mesmo vi como se exauriam para concluí-lo com mais rapidez e da melhor forma; nessas ocasiões, até seu amor-próprio como que despertava. Mas nessa labuta do presente, feita mais por formalidade que por necessidade, não havia tarefa a cumprir, deviam trabalhar até o rufar do tambor que, às onze da manhã, anunciava a volta ao presídio. Era um dia cálido e nublado; a neve estava a ponto de derreter. Todo o nosso grupo tomou o caminho da fortaleza pela margem do rio, tilintando de leve os grilhões, que, embora escondidos sob a roupa, ainda assim produziam a cada passo um som metálico fino e estridente. Dois ou três homens foram apanhar no depósito os utensílios indispensáveis. Eu caminhava com todos eles e me sentia como que animado: queria ver, inteirar-me o quanto antes da natureza daquele trabalho. Como seriam os trabalhos forçados? E como eu mesmo iria trabalhar pela primeira vez na vida?

Lembro-me de tudo, até os mínimos detalhes. A caminho cruzamos com um mercador local de barbicha, que se deteve e meteu a mão no bolso. Imediatamente um detento se destacou do nosso grupo, tirou o gorro de pele, recebeu a esmola — cinco copeques — e voltou com destreza para os seus. O mercador se persignou e seguiu seu caminho. Naquela mesma manhã, os cinco copeques foram gastos na compra de roscas, que foram divididas com o grupo em partes iguais.

Dentre aquele grupo de prisioneiros, uns eram por hábito sombrios e taciturnos, outros, apáticos e indolentes, e ainda havia uns que tagarelavam ociosamente. Um deles estava alegre e contente por algum motivo, cantava

e quase chegava a dançar durante a caminhada, fazendo os grilhões ressoarem a cada salto. Era aquele mesmo detento baixo e atarracado que, enquanto nos lavávamos, na minha primeira manhã no presídio, altercara com outro galé, porque aquele atrevera-se, imprudentemente, a chamar a si mesmo de pássaro *kagan*. O alegre rapaz chamava-se Skurátov. Por fim, começou a entoar uma cantiga maliciosa, da qual recordo o estribilho:

Casaram-me sem minha presença —
Eu estava no moinho.

Só faltava uma balalaica.
Naturalmente, seu extraordinário bom humor provocou de imediato a indignação de alguns do nosso grupo, que quase o tomaram por ofensa.

— Agora deu pra uivar! — disse em tom de censura um detento, que, aliás, não tinha nada a ver com o caso.

— Tinha o lobo uma única cantiga, e esse aí ainda o imita; tinha de ser de Tula![50] — observou um dos tipos sombrios com sotaque de mechinha.[51]

— Vamos que eu seja de Tula — objetou de pronto Skurátov —, mas lá na sua Poltava vocês vivem empanturrados de *galuchkas*![52]

— Continua com tuas lorotas! Tu mesmo vivias roendo asa de penico.

— Agora é como se o diabo o alimentasse com balas de canhão! — acrescentou um terceiro.

— Pra falar a verdade, maninhos, fui um menino mimado — respondeu Skurátov com um leve suspiro, como que se lamentando de sua mimalhice e dirigindo-se a todos em geral e a ninguém em particular —, desde minha tenra infância fui *briado* (isto é, "criado"; Skurátov deformava deliberadamen-

---

[50] Tula é famosa na Rússia por seus samovares e também pelo grande número de alcoólatras, razão pela qual a cidade foi na Rússia uma das pioneiras das chamadas "desembriagadoras" (*otrezvítel*), instituição pública destinada a cuidar de bêbados caídos ou apanhados na rua. (N. do T.)

[51] Do original *khokhlátski*; designação ora jocosa, ora depreciativa, de ucraniano. Seguindo um hábito antigo, o ucraniano raspava toda a cabeça, deixando apenas um longo tufo ou mecha de cabelos (*khokhól*) caindo ou sobre a nuca, ou sobre as têmporas, ou sobre a testa. Em *Escritos da casa morta*, o ucraniano é sempre tratado por *khokhól* e suas variações; em português, sempre aparecerá como "mechinha". (N. do T.)

[52] Bolinhos ucranianos recheados de diferentes iguarias e cozidos em sopas ou caldos. Os *galuchkas* de Poltava são especialmente famosos pela grande variedade de formatos e sabores. (N. do T.)

te as palavras) à base de ameixas secas e pãezinhos *pampruski*,[53] meus irmãos consanguíneos ainda têm seu negócio em Moscou, vendem brisa[54] num corredor de lojas e são comerciantes riquíssimos.

— E tu, comerciavas com quê?

— Com todo tipo de mercadoria, e vinha daí a nossa origem. E foi então, maninhos, que recebi as primeiras duzentas...

— Não me digas que foram notas de rublo! — secundou um curioso, que chegou a estremecer ao ouvir tamanha quantia.

— Não, não, meu caro, não foram rublos, foram vergastadas. Luká, ai Luká!

— Qual Luká, pra ti eu sou Luká Kuzmitch — replicou a contragosto o detento pequeno e magro, de narizinho afilado.

— Está bem, Luká Kuzmitch, que seja, o diabo que te carregue.

— Qual Luká Kuzmitch, pra ti eu sou titio.

— Pois o diabo que te carregue com titio e tudo; e chega de conversa! Eu tinha um bom conto pra vocês. Pois bem, maninhos, aconteceu que não pude me arranjar por muito tempo em Moscou; para rematar, concederam-me quinze vergastadas e me mandaram para cá. Eis-me...

— Mas por que mesmo te enviaram?... — interrompeu um detento que ouvia a história com diligência.

— Evita a solitária, não bebas direto do barril, não te metas a tagarela. De sorte que, maninhos, não deu tempo de enriquecer de verdade em Moscou. E eu queria muito, muito, muito ficar rico! E eu queria tanto que nem sei como explicar.

Muitos caíram na risada. Skurátov era, a olhos vistos, um desses gaiatos, ou melhor, um desses bufões que parecia ter assumido a obrigação de fazer rir seus companheiros sombrios e, é claro, não recebia nada em troca senão desaforos. Pertencia a um tipo notável e especial, ao qual eu talvez ainda faça referência.

— É, e mesmo agora podes ser esfolado no lugar de uma zibelina — observou Luká Kuzmitch. — Caramba, só com a roupa dava para apurar uns cem rublos.

Skurátov usava uma peliça para lá de vetusta, para lá de surrada, da qual pendiam remendos de todos os lados. Examinou-a de alto a baixo com bastante indiferença, mas com atenção.

---

[53] Corruptela do francês *pain russe* (pão russo). (N. do T.)

[54] Expressão que faz referência a embusteiros e pessoas que não gostam de trabalhar. (N. do T.)

— Mas em compensação, maninhos, a cabeça vale muito, a cabeça! — respondeu ele. — Ao me despedir de Moscou, o que me consolava era que a cabeça iria comigo. Adeus, Moscou, obrigado pelos banhos, pelo espírito livre; que bela surra levei! Quanto à peliça, meu caro, não foi feita para os seus olhos.

— Na certa a gente deve olhar pra tua cabeça, é?

— Ora, nem a cabeça é dele; foi uma esmola — tornou a importunar Luká Kuzmitch. — Foi uma esmola que lhe deram em nome de Cristo, quando a expedição dos galés passava por Tiumién.

— Então, Skurátov, é de supor que tinhas um ofício?

— E que ofício! Era guia de cegos, de cegos esmoleiros, pobres como Jó — observou um dos sombrios. — Eis todo o seu ofício.

— Eu tentei mesmo fazer botas — respondeu Skurátov, sem notar a observação mordaz —, mas fiz apenas um par!

— E então? Te compraram?

— Sim, apareceu um sujeito, que pelo visto não tinha temor a Deus, não respeitava pai e mãe; Deus o castigou fazendo que ele comprasse.

Todos ao redor de Skurátov rolaram de rir.

— Depois eu ainda tentei outra vez, já aqui — continuou Skurátov com uma extraordinária presença de espírito. — Aumentei o bico da bota do tenente Stiepan Fiódorovitch Pomórtsiev.

— E então, ele ficou satisfeito?

— Não, maninhos, não ficou satisfeito! Disse-me os piores desaforos e ainda me deu uma joelhada no traseiro. Ficou uma fera! A vida me ludibriou, a vida de galé! Sim senhor!

Depois de uma pequena espera
O marido de Akulina apareceu no pátio... —

voltou de repente a cantar e pôs-se a sapatear saltitando.

— Arre, que tipo escandaloso! — rosnou o mechinha que caminhava a meu lado, lançando de esguelha a Skurátov um olhar de raivoso desprezo.

— É um inútil — observou outro em tom sério e categórico.

Eu terminantemente não entendia por que se zangavam com Skurátov e, de modo geral — como eu já conseguira observar naqueles primeiros dias —, por que todos os gracejadores pareciam sofrer um certo desprezo. O motivo da ira do mechinha e dos outros eu atribuía às personalidades de cada um. Mas não se tratava de personalidade e sim de ira pelo fato de que Skurátov não tinha autodomínio, não tinha aquela falsa aparência de amor-

-próprio que contagiava todos os galés e beirava o pedantismo — em suma, porque ele era "um inútil", como eles mesmos diziam. Entretanto, nem todos os gracejadores eram alvo de zanga e desdém, como eram Skurátov e semelhantes. Quem permitiria ser tratado assim? Um homem dotado de bondade e simplicidade logo virava objeto de humilhação. Eu chegava até a ficar surpreso com isso. Contudo, também havia entre os gracejadores aqueles que sabiam e gostavam de rosnar e não baixavam a crista para ninguém: impunham o respeito aos outros. Nesse mesmo grupo de pessoas havia um que não tinha papas na língua, mas que no fundo era um homem amabilíssimo e para lá de divertido, mas nesse aspecto só vim a conhecê-lo mais tarde. Era um rapaz bem apessoado e avantajado, tinha uma grande verruga na face e uma expressão extremamente cômica no rosto; de resto, era um tipo bastante bonito e sagaz. Chamavam-no de "pioneiro", porque outrora servira como pioneiro;[55] agora estava na seção especial. Ainda hei de falar sobre ele.

Pensando bem, nem todos os "sérios" eram tão expansivos como o mechinha indignado com os gracejos. Entre os galés, alguns visavam dominar por seu conhecimento acerca de algum assunto, pela engenhosidade, pelo caráter, pela inteligência. Muitos deles realmente eram pessoas inteligentes, de caráter, e de fato conseguiam o que almejavam, ou seja, o domínio e uma considerável influência sobre seus colegas. Esses sabichões eram amiúde grandes rivais uns dos outros — e cada um tinha muitos desafetos. Olhavam para os outros presidiários com altivez e até mesmo com complacência, e não provocavam altercações desnecessárias; eram tidos em alta conta pelas autoridades do presídio, e nos trabalhos pareciam hábeis administradores; nenhum deles se meteria a implicar, por exemplo, com cantigas: não se rebaixavam a tamanhas ninharias. Apesar de tudo, dispensaram-me uma extraordinária cortesia durante todo o meu tempo de galé, mas eram de pouca conversa; pareciam agir assim igualmente por altivez. Sobre eles também terei de falar com mais detalhes.

Chegamos à margem. No rio lá embaixo estava o velho barco, coberto de neve, que precisava ser destruído. Do outro lado do rio estava a estepe azulada; seu aspecto era sombrio e desértico. Eu esperava que todos fossem correr para o trabalho, mas ninguém sequer pensava nisso. Alguns se senta-

---

[55] Soldado pertencente ao grupo de sapadores da seção de engenharia, que abre caminho para o exército. (N. do T.)

ram nuns troncos que havia por ali; quase todos tiraram das botas tabaqueiras com fumo siberiano — que era vendido em folhas a três copeques a libra — e curtas piteiras de talos de salgueiro com cachimbos de madeira pequenos e toscos. Começaram a fumar; os soldados da escolta nos envolveram num círculo e passaram a nos vigiar com o ar mais entediado.

— E quem teve a ideia de destruir esse barco? — perguntou um dos galés como que para si mesmo, sem se dirigir a ninguém. — Será que precisam de lascas?

— Deu na telha de alguém que não tem medo de nós — disse outro.

— Para onde irão aqueles mujiques? — indagou o primeiro a falar, depois de uma pausa, evidentemente sem ter notado a resposta à sua pergunta e apontando com o dedo ao longe para um grupo de mujiques que, em fila indiana, abria caminho em um bloco de neve. Todos se voltaram com preguiça naquela direção e, na falta do que fazer, passaram a rir dos mujiques. Um deles, o último da fila, caminhava de maneira extraordinariamente engraçada, abrindo os braços e jogando para um lado a cabeça, coberta por um longo gorro de mujique que lembrava um *grétchnevik*.[56] Toda a sua figura estava nitidamente desenhada contra a neve branca.

— Vejam só o andar do mano Pietróvitch! — observou outro, arremedando o sotaque dos mujiques. O notável é que em geral os presidiários olhavam por cima dos ombros para os mujiques, embora metade deles fosse de origem camponesa.

— Rapaziada, o de trás se enverga como se estivesse plantando nabos.

— Aquele lerdo da cabeça deve ter muito dinheiro.

Todos desataram a rir, mas também de um jeito meio indolente, como se o fizessem a contragosto. Nesse momento apareceu a vendedora de roscas, uma mulherzinha esperta e disposta.

Compraram-lhe os cinco copeques recebidos de esmola e dividiram a compra em partes iguais.

O rapaz que revendia as roscas no presídio adquiriu umas duas dúzias e exigiu três roscas de comissão, em vez das duas que habitualmente recebia. A mulher, porém, não concordou.

— Bem, e aquilo, não vais dar?
— Aquilo o quê?
— Aquilo que rato não come.

---

[56] Gorro cônico de ponta achatada. Seu formato lembra um prato tradicional feito de trigo sarraceno, daí o seu nome. (N. do T.)

— Ora, seu descarado! — respondeu a vendedora e caiu na risada.

Enfim apareceu, de bengala na mão, o sargento encarregado dos trabalhos.

— Ei, vocês aí, o que estão esperando? Mãos à obra!

— Mas Ivan Matvêitch, dê à gente uma tarefa! — disse um dos "encarregados", erguendo-se lentamente de seu lugar.

— Por que não pediram antes, ao serem distribuídos? Desmanchar o barco, eis a tarefa.

Enfim os galés se levantaram e desceram para o rio, arrastando a custo as pernas. No mesmo instante apareceram no grupo os tais encarregados, ao menos eram chamados assim. Verificou-se que não se devia desmanchar o barco de qualquer jeito, mas, na medida do possível, conservar as toras, sobretudo as costelas verticais, fixas ao fundo por meio de cavilhas em todo o comprimento do barco — trabalho longo e fastidioso.

— A primeiríssima coisa a fazer é arrancar esse lenhozinho! Vamos lá, rapazes! — observou um que nada tinha de mestre nem de encarregado e não passava de um trabalhador braçal, rapaz taciturno e sereno, que até então não dera um pio; curvando-se, agarrou com as mãos o lenho grosso e esperou ajuda. Mas ninguém o ajudou.

— Vai, talvez o levantes. Nem tu o levantarás, nem teu avô, aquele urso, se viesse o levantaria! — rosnou alguém.

— Mas então, meus irmãos, por onde começar? Eu mesmo não sei... — proferiu o perplexo intrometido, largando o lenho e soerguendo-se.

— Nem que te matasses darias conta de todo o trabalho... Por que te meteste?

— Não sabe contar os dedos da mão e ainda dá palpite... Matraca!

— Puxa, maninhos, não fiz por mal — justificava-se o intrometido.

— Quer dizer então que devo encapá-los? Ou querem que os salguem todos para o inverno? — tornou a gritar o encarregado, olhando atônito para aquelas vinte cabeças de homens que não sabiam como pôr mãos à obra. — Vamos! Depressa!

— Mais depressa que o depressa não se faz, Ivan Matvêitch!

— E tu já não fazes nada mesmo, ora bolas! Saviêliev! Conversa, Pietróvitch! É contigo que estou falando: ficas aí parado, fazendo corpo mole!... Mãos à obra!

— Mas o que posso fazer sozinho?...

— Então dê uma tarefa, Ivan Matvêitch!

— Já disse que não há tarefa! Desmanchem o barco e voltem pro presídio! Vamos!

Enfim puseram mãos à obra, mas com indolência, a contragosto, sem jeito. Dava até desgosto ver aquela multidão robusta de trabalhadores forçudos parecendo não entender absolutamente por onde começar a trabalhar. Mal retiraram a primeira e a menor das costelas, viram que ela estava se quebrando, "quebrando sozinha", segundo informaram como justificativa ao encarregado; logo, não dava para continuar daquele jeito e era necessário fazer de outro. Seguiu-se uma longa discussão entre os presidiários sobre como fazer de outro jeito. É claro que pouco a pouco a coisa chegou a degenerar em insultos e ameaçava ir mais longe... O encarregado tornou a gritar, agitando o bastão, mas a costela tornou a quebrar-se. Por fim verificou-se que havia poucos machados e que ainda precisavam de outras ferramentas. No mesmo instante, dois galés foram destacados para buscá-los sob escolta na fortaleza, e os outros, enquanto isso, esperavam sentados com a maior tranquilidade no barco, tiraram os cachimbos e voltaram a fumar.

Por fim o encarregado largou mão.

— Ora bolas, o trabalho não vai ser prejudicado por causa de vocês! Que gente, que gente! — rosnou ele, com raiva, fez um sinal com a mão e foi para a fortaleza agitando o bastão.

Uma hora depois chegou o sargento-mor. Depois de ouvir calmamente os presidiários, anunciou que dava como tarefa retirar mais quatro costelas, contanto que não saíssem quebradas, mas inteiras, e além disso determinou que desmontassem uma parte considerável do barco para que então pudessem voltar. A tarefa era pesada, mas, meu Deus, como se atiraram a ela! Cadê a preguiça? Cadê a hesitação? Os machados passaram a bater, começaram a arrancar as cavilhas. Os outros galés colocavam varas grossas sob as costelas e, pressionando-as com vinte mãos, faziam-nas soltar-se, e elas, para minha surpresa, agora saíam totalmente inteiras e intactas. O trabalho fervia. De repente todos pareciam ter ficado mais inteligentes. Nenhuma palavra desnecessária, nenhum insulto, cada um sabia o que fazer, onde se posicionar, que sugestão dar. Exatamente meia hora antes do rufar do tambor a tarefa estava concluída e os galés voltaram ao presídio cansados, mas plenamente satisfeitos, embora tivessem ganhado apenas meia hora do tempo estabelecido para a tarefa. No entanto, no que me diz respeito, notei uma particularidade: onde quer que eu me metesse a ajudá-los, estava sempre fora do lugar, sempre atrapalhava, sempre me enxotavam quase aos insultos.

O pior dos esfarrapados, o mais rústico e o pior trabalhador, que não se atrevia a dar um pio perante os outros galés, mais desenvoltos e mais inteligentes que ele, achava-se no direito de gritar comigo e de me enxotar se eu parasse a seu lado, e o fazia a pretexto de que eu o atrapalhava. Por fim, um dos "desenvoltos" me disse de forma direta e grosseira: "Vai para onde queres, mas fora daqui! Por que te metes onde não és chamado?".

— Ficou com cara de tacho! — secundou um outro no ato.

— O melhor que tens a fazer — disse-me um terceiro — é pegar um mealheiro e sair por aí pedindo esmola para construir uma casa ou se destruir no tabaco;[57] mas aqui nada tens que fazer.

Eu tinha de ficar plantado à parte, e ficar plantado à parte quando todos trabalham dá uma certa vergonha. Mas quando realmente aconteceu de eu ter me afastado e me postado no outro extremo do barco, gritaram de pronto.

— Vejam só que tipo de auxiliares aparecem; o que a gente faz com eles? Não fazem nada!

Tudo aquilo era, evidentemente, de propósito, porque todos se deleitaram. Precisavam zombar do ex-nobre e, claro, estavam contentes com a oportunidade.

Agora se compreende bem por que, como eu já dissera antes, minha primeira pergunta ao chegar ao presídio foi: como me comportar, como me colocar perante essa gente? Pressenti que, no trabalho, teria frequentemente com eles os mesmos conflitos que tinha agora. E a despeito de quaisquer conflitos, resolvi não alterar meu plano de ação, que em parte eu já havia traçado e que eu sabia que era justo. Eis em que se resumia: portar-me com a maior simplicidade e a maior independência possíveis, jamais manifestar um empenho especial de me aproximar deles, mas também não os repelir se desejassem aproximação; de maneira nenhuma temer suas ameaças nem seu ódio e, na medida do possível, fingir que não os percebia; de modo algum me aproximar de alguns de seus posicionamentos e não ser leniente com alguns de seus costumes e hábitos; em suma, não rogar eu mesmo sua plena camaradagem. Logo de início adivinhei que eles seriam os primeiros a me desprezar por isso. Porque, na opinião deles (mais tarde eu o soube com certeza), apesar de tudo, eu devia observar e respeitar perante eles até mesmo minha origem nobre, ou seja, mandriar, fazer fita, desdenhar deles, torcer o nariz a cada instante, fazer corpo mole. Era justo assim que eles entendiam o que é um nobre. Eles me insultariam, é claro, mas ainda assim me respeitariam em seu íntimo. Semelhante papel não estava à minha altura; eu nunca havia sido um nobre segundo as concepções deles; mas em compensação, dei a mim mesmo a palavra de que por nenhuma concessão eu rebaixaria

---

[57] Dito irônico que caracteriza mendicantes preguiçosos ou vigaristas. (N. do T.)

perante eles a minha instrução ou o meu modo de pensar. Se para agradar-lhes eu tivesse rastejado diante deles, concordado com eles, metido-me em familiaridades com eles e tolerado suas diferentes "qualidades", eles logo teriam suposto que eu o fazia por medo e covardia, e teriam me tratado com desprezo. A-v não servia de exemplo: visitava o major, e os próprios galés o temiam. Por outro lado, eu não queria me fechar numa polidez fria e inacessível, como os poloneses. Agora eu via muito bem que eles me desprezavam porque eu queria trabalhar como eles, não mandriava, não fazia fita; e embora eu tivesse certeza de que mais tarde seriam forçados a mudar de ideia a meu respeito, ainda assim me amargurava terrivelmente o pensamento de que eles pareciam estar no direito de me desprezar por acharem que eu queria cair em suas graças no trabalho.

Quando, no final do dia, depois de terminado o trabalho da tarde, retornei ao presídio cansado e estafado, uma terrível tristeza voltou a se apoderar de mim. "Quantos milhares de dias iguais a este", pensava eu, "sempre iguais, sempre os mesmos, ainda terei pela frente!" Em silêncio, já no lusco-fusco, eu vagueava sozinho ao longo da paliçada, atrás das casernas, e súbito avistei o nosso Chárik,[58] que vinha correndo ao meu encontro. Chárik era o nosso cão do presídio, assim como a companhia, a bateria e o esquadrão tinham os seus cães. Vivia no presídio desde tempos imemoriais, não pertencia a ninguém, considerava a todos como seus donos e alimentava-se dos restos da cozinha. Era um cão bastante grande, um vira-lata preto com pintas brancas, ainda não muito velho, cauda peluda, olhos inteligentes. Ninguém jamais lhe fazia carinho, ninguém lhe dava qualquer atenção. Logo no primeiro dia eu lhe fiz afagos e lhe dei um pedaço de pão. Enquanto o acariciava ele não se mexia, olhava-me com carinho e sacudia a cauda em sinal de prazer. Depois de longo tempo sem me ver — a mim, que fora a primeira pessoa em muitos anos a fazer-lhe um carinho —, ele se pusera a me procurar correndo entre todos os galés, e, encontrando-me atrás das casernas, lançou-se ganindo ao meu encontro. Nem sei o que se passou comigo, mas me precipitei a beijá-lo e abracei-lhe a cabeça; ele pôs as duas patas dianteiras sobre meus ombros e começou a me lamber o rosto. "Eis aqui o amigo que o destino me envia!", pensei, e depois, sempre que eu retornava do trabalho naqueles primeiros tempos difíceis e sombrios, antes de entrar em qualquer lugar eu primeiro corria para trás das casernas com Chárik, que ia pulando à minha frente e gania de alegria, e eu lhe envolvia a cabeça, bei-

---

[58] "Bolinha", em russo. (N. do T.)

java-o, beijava-o, e que sentimento doce e ao mesmo tempo angustiosamente amargo me apertava o coração! E lembro-me, como se eu me gabasse comigo mesmo de minha própria angústia, que até me comprazia pensar que no mundo inteiro restava-me agora um único ser que me amava, que me tinha afeição: meu amigo, meu único amigo — meu fiel cão Chárik.

VII
NOVOS CONHECIDOS. PIETRÓV

Mas o tempo passou, e pouco a pouco eu fui me habituando. A cada dia eu me perturbava menos com as cenas cotidianas de minha nova vida. Os acontecimentos, o ambiente, os homens — era como se tudo se fosse tornando familiar aos meus olhos. Conformar-se com aquela vida era impossível, mas há muito chegara o momento de reconhecê-la como fato consumado. Todas as discórdias que ainda havia em mim eu dissimulava no recanto mais profundo do meu ser. Não mais vagueava pelo presídio como um desnorteado nem deixava transparecer minha tristeza. Os olhares ferozmente curiosos dos galés já não se detinham com tanta frequência em mim nem me seguiam com tão esmerado descaramento. Evidentemente, eu também me tornara familiar aos olhos deles, coisa que me deixava muito contente. Já deambulava pelo presídio como se estivesse em casa, conhecia meu lugar nas tarimbas e até parecia ter me acostumado a coisas com as quais nunca pensei que me acostumaria em vida. Uma vez por semana ia regularmente ao barbeiro raspar metade de minha cabeça. Todo sábado, nosso dia de descanso sabático, éramos convocados um a um à casa de guarda (os não barbeados deveriam responder por si mesmos), onde os barbeiros do batalhão ensaboavam nossas cabeças com água fria e rapavam-nas sem dó com as navalhas mais cegas, de modo que até hoje sinto um calafrio só de me lembrar daquela tortura. Aliás, logo apareceu um remédio: Akim Akímitch me indicou um detento da classe militar que, mediante um copeque de pagamento, raspava a cabeça de qualquer um com a própria navalha e fazia disso um ofício. Muitos dos galés usavam seus serviços para escapar aos barbeiros oficiais, e note-se que eram gente sem melindres. Chamávamos o nosso detento barbeiro de "major" — não sei por quê, e também não sei em que ele poderia lembrar um major. Agora, ao fazer este registro, não posso deixar de imaginar aquele major, um rapaz alto, magro e calado, bastante atoleimado, sempre mergulhado em sua obrigação e infalivelmente com uma tira de couro na mão, na qual dia e noite passava uma navalha já afiada ao extremo, e parecia todo entregue a essa ocupação que, pelo visto, tomara como missão de toda a sua vida. De fato, ficava extremamente satisfeito quando a navalha estava boa e quando alguém vinha fazer a barba; sua espuma era morna, a mão, leve, seus gestos, aveludados. Via-se que ele se deleitava e se orgulhava de sua arte e recebia com ar displicente o copeque ganho, como se a questão, de fato, dissesse respeito à arte e não ao copeque. A-v se deu muito mal com o nosso major de verdade quando, ao lhe prestar contas dos ofícios no presídio, mencionou o nome do nosso barbeiro e imprudentemente o chamou de "major". O verdadeiro major tomou-se de fúria e sentiu-se ofendido em máximo grau: "Sabes tu, patife, o que é um major?", berrou, espumando e passando uma reprimenda em A-v a seu modo, "Compreendes o que é um major? De repente aparece o patife de um galé qualquer e alguém se atreve a chamá-lo de major, e diante dos meus olhos, na minha presença!...". Só A-v conseguia entender-se com semelhante homem.

No primeiro dia de minha vida no presídio já comecei a sonhar com a liberdade. Calcular, de mil diferentes maneiras e com mil aplicações, o tempo que faltava até que terminassem meus anos de presídio, passou a ser minha ocupação favorita. Não conseguia nem pensar noutra coisa, e estou certo de que assim age qualquer pessoa privada da liberdade. Não sei se os outros galés pensavam nisso ou se faziam cálculos, como eu fazia, mas desde o primeiro momento a surpreendente leviandade dessas esperanças me fizeram pasmar. A esperança de um prisioneiro privado da liberdade é de um gênero totalmente distinto da esperança de um homem que leva uma vida autêntica. Um homem livre, é claro, nutre esperança (por exemplo, numa mudança de destino, na realização de algum empreendimento), mas ele vive, age; a vida autêntica o envolve plenamente em seu turbilhão. O mesmo não ocorre com o prisioneiro. Admitamos que para ele também haja vida — de prisioneiro, de galé; mas seja quem for o galé e qualquer que seja o tamanho da sua pena, ele não pode, de modo terminante, instintivo, tomar o seu destino como algo positivo, definitivo, como parte de uma vida autêntica. Todo galé sente que não está *em sua casa*, mas como que de visita. Encara os vinte anos da sua pena como se fossem dois e está plenamente convencido de que aos cinquenta e cinco anos, quando sair do presídio, será o mesmo rapagão que agora, aos trinta e cinco. "Ainda teremos vida pela frente!", pensa ele, e afugenta todas as dúvidas e os demais pensamentos enfadonhos. E até mesmo os condenados a uma pena sem duração definida, os da seção especial, até esses achavam que a qualquer momento chegaria uma autorização de Píter:[59] "Transferir para as minas de Niertchinsk e fixar a duração da pena". Então seria a glória: em primeiro lugar, leva-se quase meio ano para chegar a Niertchinsk; em segundo, é muito melhor estar numa expedição de

---

[59] Forma abreviada de São Petersburgo. (N. do T.)

prisioneiros do que no presídio! Depois terminar de cumprir a pena em Niertchinsk, e então!... Pois era isso que esperavam uns galés grisalhos.

Em Tobolsk vi homens chumbados a uma parede. Estavam presos por uma corrente de uma braça de comprimento; ao lado ficavam suas camas de lona. Tinham sido chumbados ali por algo fora do comum de tão terrível, cometido já na Sibéria, e ali ficariam por cinco, até por dez anos. Eram ladrões em sua maioria. Notei que só um deles parecia pertencer à classe dos senhores; servira não se sabe onde nem quando. Falava com serenidade e ceceava; tinha um sorriso adocicado. Mostrou-nos sua corrente, a maneira mais cômoda de dormir com ela. Devia ser mesmo um bicho raro! Em geral todos se comportavam bem e pareciam satisfeitos, mas, por outro lado, cada um nutria uma vontade extraordinária de cumprir mais depressa a sua pena ali. Por que seria? Eis por que: para poder sair daquele cômodo abafado e pestilento com baixas arcadas de tijolo e caminhar pelo pátio do presídio... e só. Sair mesmo do presídio nunca o deixarão. Ele mesmo sabe que os chumbados ficarão presos para sempre, até a morte, e com grilhões nos pés. Sabe, e mesmo assim arde de vontade de terminar mais depressa o seu tempo de chumbado. Porque, sem essa vontade, como poderia ele aguentar cinco ou seis anos preso àquela parede, sem morrer nem enlouquecer? Alguém mais o conseguiria?

Eu sentia que o trabalho podia me salvar, fortificar a minha saúde, o meu corpo. A permanente inquietação espiritual, a irritação dos nervos e o ar pestilento do presídio podiam me destruir totalmente. "Ficar com mais frequência ao ar livre, cansar-me todo santo dia, habituar-me a carregar peso; quando nada, me salvo", pensava eu, "fortaleço-me, saio daqui saudável, disposto, forte, moço." Não me enganei: o trabalho e a movimentação foram muito úteis para mim. Eu observava com horror um dos meus colegas (um nobre), vendo que ele se extinguia como uma vela no presídio. Entrara ali junto comigo, ainda jovem, bonito, disposto, e saiu quase destruído, grisalho, sem as pernas, com falta de ar. "Não", pensava eu, ao olhar para ele, "quero viver e hei de viver." Em compensação, no que dependia dos galés, no início comi fogo por meu amor ao trabalho, e durante muito tempo fui espicaçado com desprezo e zombarias. Mas eu não ligava para ninguém e ia com disposição a qualquer lugar, mesmo que fosse, por exemplo, para calcinar e triturar alabastro — um dos primeiros trabalhos que fiz. Era um trabalho leve. A administração da engenharia se prontificava, na medida do possível, a facilitar o trabalho dos nobres, o que, diga-se de passagem, não era nenhuma indulgência, mas apenas questão de justiça. Seria estranho exigir que um homem com as forças meio debilitadas e que nunca havia trabalhado executasse a mesma tarefa distribuída a quem tinha a condição de um verdadeiro trabalhador. Mas esse "mimo" nem sempre era posto em prática e, quando era, faziam-no como que às escondidas: era objeto de uma rigorosa vigilância à parte. Com bastante frequência tinha-se de executar trabalho pesado, e então, é claro, os nobres arcavam com um peso duas vezes maior que os outros. Para trabalhar o alabastro costumava-se designar uns três ou quatro homens, velhos ou fracos, e entre eles, bem, é claro que estávamos nós; além disso, agregava-se um trabalhador de verdade, conhecedor do assunto. Este, de hábito, era sempre a mesma pessoa, por vários anos consecutivos — Almázov, homem severo, moreno e magricelo, já entrado em anos, insociável e rabugento. Seu desprezo por nós era profundo. No entanto, era taciturno a tal ponto que tinha preguiça até de rosnar conosco. O galpão em que se calcinava e se triturava o alabastro também ficava numa margem deserta e escarpada do rio. No inverno, sobretudo nos dias nublados, era enfadonho olhar para o rio e para a distante margem oposta. Havia naquela paisagem selvagem e deserta algo de deprimente, de desalentador. E quase chegava a ficar mais pesado quando o sol resplandecia sobre aquela infinita e branca cortina de neve; a gente parecia voar para algum ponto daquela estepe que começava na margem oposta do rio e se estendia para o sul como um pano contínuo, de umas mil e quinhentas verstas. Almázov punha-se habitualmente a trabalhar em silêncio e com ar severo; nós ficávamos envergonhados por não poder ajudá-lo de verdade, e ele dava conta de tudo sozinho de propósito, deliberadamente não pedia nenhuma ajuda nossa, como se quisesse que sentíssemos a nossa culpa perante ele e que confessássemos a nossa própria inutilidade. O trabalho se resumia a aquecer o forno para calcinar o alabastro ali sobreposto, que por vezes nós mesmos levávamos para ele. Já no dia seguinte, quando o alabastro estava inteiramente calcinado, começávamos a retirá-lo do forno. Cada um de nós pegava uma pesada mão de pilão, enchia de alabastro uma caixa especial e começava a triturá-lo. Era um trabalho agradabilíssimo. O frágil alabastro depressa se transformava num pó branco e brilhante, tão fácil e tão bem se esfarelava. Agitávamos as pesadas mãos de pilão e produzíamos tamanho estalido que a nós mesmos dava gosto de ver. Por fim cansávamos, e ao mesmo tempo nos sentíamos leves; as faces enrubesciam, a circulação acelerava. Então até Almázov começava a nos olhar com complacência, como se olha para criancinhas; punha-se a fumar seu cachimbo com ar complacente, e mesmo assim não podia deixar de rosnar quando tinha de dizer alguma coisa. Aliás, procedia do mesmo jeito com todo mundo, mas no fundo parecia uma boa pessoa.

Outro trabalho ao qual fui designado era girar o esmeril na oficina. O esmeril era grande e pesado. Sua operação exigia muito esforço, sobretudo quando o torneiro (da oficina de engenharia) esmerilava algo como um balaústre de escada ou o pé de uma mesa grande, destinada a algum funcionário do setor público, o que quase exigia um tronco de árvore. Nesses casos, um homem sozinho não tinha força para girar o esmeril, e de hábito enviavam dois — eu e B-ki, o outro nobre. Assim, esse trabalho acabou destinado a nós dois por vários anos consecutivos, desde que houvesse alguma coisa para esmerilar. B-ki era um rapaz fraco, mirrado, ainda moço e doente do peito. Chegara ao presídio um ano antes de mim com dois outros companheiros — um velho, que durante toda a sua vida de presidiário rezava dia e noite (pelo que os galés o estimavam muito) e que morreu durante minha reclusão, e um outro que era ainda jovem, viçoso, corado, forte, ousado, e que a partir da metade do percurso rumo ao presídio, ou seja, por setecentas verstas contínuas, carregara nas costas o seu companheiro B-ki, que ficara extenuado. Era preciso ver a amizade entre os dois. B-ki era um homem de magnífica formação, nobreza de caráter e índole generosa, mas a doença o estragara e o tornara irritadiço. Operávamos o esmeril juntos, e isso até nos mantinha ocupados. Esse trabalho me proporcionava um magnífico exercício.

Eu gostava particularmente de afastar a neve. Isso costumava ocorrer depois das tempestades de neve, coisa bem frequente no inverno. Depois de um dia de tempestade, a neve podia chegar ao meio das janelas de alguns prédios, podia quase as cobrir inteiramente. Assim que a tempestade passava e o sol começava a sair, enviavam-nos em grandes levas, por vezes o presídio inteiro, para afastar os montões de neve dos prédios públicos. Cada um de nós recebia uma pá e uma tarefa, e esta às vezes era tão exagerada que era de admirar que pudéssemos dar conta dela, e todos em harmonia púnhamos mãos à obra. A neve fofa, que acabara de cair, ainda levemente congelada na superfície, era fácil de apanhar com a pá em bolas enormes e espalhar ao redor, transformando-se num pó reluzente. As pás só faziam entrar naquela massa branca que luzia ao sol. Os presidiários quase sempre realizavam aquele trabalho com alegria. O ar fresco do inverno e toda a movimentação os deixavam aquecidos. Todos ficavam mais alegres; ouviam-se gargalhadas, gritinhos, gracejos. Começavam as batalhas na neve, entende-se que não sem que um minuto depois os sensatos e indignados começassem a gritar contra o riso e a alegria, e a distração costumava terminar em desaforos.

Pouco a pouco fui ampliando também meu círculo de relações. Aliás, eu mesmo não pensava em relações: continuava inquieto, sombrio e descon-

fiado. O círculo dos meus conhecidos foi-se formando por si só. Pietróv foi um dos primeiros presidiários a me visitar. Falo *visitar* e realço particularmente essa palavra. Pietróv vivia na seção especial e na caserna mais afastada da minha. Pelo visto, não podia haver quaisquer laços entre nós; também não havia, nem poderia haver, terminantemente, nada em comum entre nós. Entretanto, nesse primeiro período Pietróv parecia ter tomado como obrigação me visitar quase todo dia na caserna, ou me abordar nos momentos de folga, quando acontecia de eu caminhar além das casernas, o mais longe possível de todos os olhares. A princípio isso me desagradava. Mas ele tinha um jeito tão habilidoso que suas visitas logo passaram a me distrair, apesar de ele não ser nada comunicativo e nada falador. Era de estatura mediana, compleição forte, ágil, inquieto, rosto bastante agradável, pálido, pômulos salientes, olhar ousado, dentes brancos, miúdos e muito cerrados, e tinha uma eterna pitada de fumo picado no lábio inferior. Entre muitos galés, era hábito guardar fumo atrás dos dentes. Parecia mais jovem do que era. Tinha uns quarenta anos, mas aparentava apenas trinta. Sempre falava comigo absolutamente à vontade, portava-se em pé de igualdade máxima, ou seja, com extraordinária decência e delicadeza. Se notava, por exemplo, que eu procurava ficar só, conversava uns dois minutos e logo me deixava, sempre me agradecendo pela atenção, coisa que decerto não fazia nunca com nenhuma outra pessoa do presídio. É curioso que essa nossa relação tenha se mantido não só nos primeiros dias, mas continuado por vários anos consecutivos e quase nunca se estreitado, embora Pietróv fosse efetivamente dedicado a mim. Até hoje não consigo decidir: o que precisamente ele queria de mim, por que se metia comigo todo santo dia? Embora depois tenha acontecido de ele me roubar, roubava por roubar, meio *sem querer*; quase nunca me pedia emprestado, logo, não me procurava por dinheiro ou por qualquer outro interesse.

    Também não sei por quê, mas sempre me pareceu que, de certa forma, ele não vivia comigo, no nosso presídio, mas em algum lugar distante, em outra casa, na cidade, e apenas passava no presídio para saber as novidades, fazer-me uma visita, ver como íamos vivendo. Estava sempre com pressa, como se tivesse deixado alguém esperando em algum lugar, como se precisasse concluir algo em algum lugar. Mas, por outro lado, não era como se se afobasse. Seu olhar também era um tanto estranho: fixo, com laivos de ousadia e certa zombaria, mas olhava como que ao longe, através das coisas; era como se ao olhar através do que tivesse diante do nariz procurasse discernir alguma outra coisa, mais distante. Isso lhe dava um ar distraído. Às vezes eu ficava observando de propósito: para onde irá Pietróv depois de sair daqui? Que lugar é esse onde o esperam tanto? Ele saía de minha companhia às pressas para algum lugar nas casernas ou para a cozinha, e lá sentava-se junto a um grupo que conversava, escutava com atenção, às vezes participava ele mesmo da conversa, e até bastante exaltado, mas depois detinha-se de repente e calava. Mas quer falasse, quer calasse, era sempre visível que estava ali apenas de passagem, que tinha algum assunto em algum outro lugar, e que lá estavam à sua espera. O mais estranho de tudo é que ele nunca tinha nada para fazer: vivia na mais absoluta ociosidade (afora os trabalhos de presidiário, é claro). Não conhecia nenhum ofício e estava quase sempre sem dinheiro. O dinheiro, porém, não o afligia muito. E sobre o que conversava comigo? Suas conversas eram tão estranhas como ele mesmo. Se, por exemplo, me avistava andando sozinho atrás das casernas, dava subitamente uma guinada brusca em minha direção. Sempre andava rápido, sempre virava-se bruscamente. Chegava numa passada, mas era como se estivesse correndo.

— Salve!
— Salve!
— Não estou atrapalhando?
— Não.
— Veja, eu queria lhe fazer uma pergunta sobre Napoleão.[60] É parente daquele que esteve na Rússia em 1812? (Pietróv era *kantonist* e sabia ler e escrever.)
— Sim, é parente.
— E como ele pode ser, como dizem, presidente?

Sempre fazia perguntas apressadas, com voz entrecortada, como se tivesse uma urgente necessidade de inteirar-se de alguma coisa. Era como se tomasse notas sobre algum assunto muito importante que não admitia a mínima demora.

Expliquei-lhe que tipo de presidente era Napoleão, e acrescentei que talvez logo se tornasse imperador.

— Como assim?

Expliquei-lhe também isso na medida do possível. Pietróv escutava com atenção, compreendendo tudo e julgando com rapidez, e até aproximando o ouvido da minha cabeça.

— Hum! Veja o que eu queria lhe perguntar, Aleksandr Pietróvitch; é

---

[60] Trata-se de Napoleão III (1808-1873), sobrinho de Napoleão I, que a partir de 1848 foi presidente da Segunda República da França e em 1852 proclamou-se imperador. (N. do T.)

verdade o que dizem, que há macacos cujas mãos vão até os calcanhares e são do tamanho do mais alto dos homens?

— Sim, é verdade.

— E como é que eles são?

Expliquei-lhe o que sabia a respeito.

— E onde é que vivem?

— Nas terras de clima quente. Existem na ilha de Sumatra.

— Fica na América, não é? Dizem que lá as pessoas andam de cabeça para baixo.

— Não andam de cabeça para baixo. Você está perguntando sobre os antípodas...

Expliquei-lhe o que era a América e, na medida do possível, o que eram os antípodas. Ouviu-me com a mesma atenção, como se houvesse me procurado deliberadamente para saber apenas dos antípodas.

— Ah! Pois bem; no ano passado li a história da condessa de Lavallière,[61] um livro que o ajudante de ordens Afiériev me emprestou. Essa história é de verdade ou apenas invenção? O autor se chama Dumas.

— É claro que é invenção.

— Então até mais. Obrigado.

E Pietróv desaparecia. Basicamente, quase nunca conversamos de outra forma que não esta.

Comecei a me informar a seu respeito. M. chegou até a me prevenir quando soube das nossas relações. Disse-me que muitos galés lhe haviam infundido pavor, sobretudo no início, mas que desde os primeiros dias de presídio nenhum deles, nem mesmo Gázin, deixara-lhe uma impressão tão terrível quanto esse Pietróv.

— É o mais decidido, o mais destemido de todos os galés — disse-me M. — É capaz de tudo, nada o detém se lhe bate o capricho. Ele o degolará se lhe der na veneta, e degolará por nada, simplesmente o degolará, sem um pestanejo nem um lamento. Acho até que é meio pirado.

Essa opinião me interessou muito. Mas M. acabou não me informando a razão dessa sua impressão. E, coisa estranha: depois disso mantive minhas relações com Pietróv por vários anos consecutivos e conversamos quase todos os dias; ele sempre foi sinceramente apegado a mim (se bem que eu ter-

---

[61] A condessa Louise Françoise de Lavallière (1664-1710) foi a favorita de Luís XIV. Alexandre Dumas a menciona no romance *O visconde de Bragelone*. Quanto ao romance *A condessa de Lavallière*, este foi escrito em 1804 pela autora francesa Madame de Genlis (1746-1830), traduzido e publicado na Rússia em 1805 e reeditado várias vezes. (N. do T.)

minantemente não sabia por quê), e, embora tivesse levado vida sensata no presídio por todos aqueles anos e nunca houvesse feito nada de terrível, eu, não obstante, sempre que olhava para ele ou conversava com ele me convencia de que M. estava certo e de que Pietróv talvez fosse o homem mais decidido, o mais destemido daquele presídio, e que ele desconhecia haver ali qualquer força que pudesse se impor sobre ele. Por que eu achava isso, também não sei informar.

De resto, observo que Pietróv era aquele mesmo galé que quisera matar o major quando o chamaram para receber o castigo, e o major "salvou-se por um milagre" — como diziam os presidiários — ao retirar-se no instante que precedeu o castigo. Noutra ocasião, ainda antes de ser enviado aos trabalhos forçados, um coronel deu um soco em Pietróv durante um exercício militar. Ele já devia ter apanhado muitas vezes antes disso; mas desta vez não quis resignar-se e degolou seu coronel em público, em plena luz do dia, diante da tropa formada. Aliás, desconheço os detalhes dessa história; ele nunca me contou. É claro que aquilo foi apenas uma erupção, um momento em que sua natureza de repente revelou-se por inteiro, de forma integral. Mesmo assim, essas explosões eram muito raras. Nele, as paixões se dissimulavam, inclusive as mais fortes e ardentes; contudo, as brasas ficavam constantemente polvilhadas de cinza e ardiam devagar. Nunca observei em Pietróv nem sombra de fanfarronice ou de vaidade, como observara em outros. Ele poucas vezes altercava, mas por outro lado não mantinha amizade com ninguém em particular, a não ser com Sirótkin, e assim mesmo quando precisava dele. Uma vez, no entanto, eu o vi zangar-se a sério. Haviam-lhe negado alguma coisa à qual ele tinha direito. Discutira com um detento hercúleo, alto, mau, implicante, galhofento e nada covarde, chamado Vassili Antônov, da categoria de presos civis. Os dois já gritavam há muito tempo, e pensei que a coisa não iria além da simples troca de socos, porque Pietróv, embora muito raramente, às vezes chegava a xingar e se engalfinhar como o pior dos galés. Mas desta vez a coisa foi diferente: súbito Pietróv empalideceu, seus lábios tremeram e ficaram azulados; a respiração tornou-se ofegante. Levantou-se e, lentamente, muito devagar, em seus passos silenciosos com os pés descalços (no verão gostava muito de andar descalço), aproximou-se de Antônov. De repente tudo se fez silêncio na caserna barulhenta e cheia de algazarra; dava para ouvir o voo de uma mosca. Estavam todos à espera do que ia acontecer. Antônov levantou-se de um salto; estava desfigurado... Não suportei e saí da caserna. Esperava nem chegar à porta de saída e já ouvir o grito de um homem esfaqueado. Mas também desta vez a coisa não deu em nada: antes que Pietróv o alcançasse, Antônov lhe atirou depressa, sem pronunciar palavra, o objeto do litígio (tratava-se do mais mísero dos trapos: panos para enrolar nos pés).[62] É claro que uns dez minutos depois Antônov lhe disse alguns poucos desaforos para ficar de consciência limpa, por decoro, para mostrar que não tinha ficado tão amedrontado. Mas Pietróv não deu a mínima atenção aos seus desaforos, nem chegou a responder: a questão não dizia respeito a desaforos e ele saíra ganhando; ficou muito satisfeito e levou os trapos. Quinze minutos depois já vagueava como antes pelo presídio, com ar absolutamente ocioso, como se procurasse algum lugar onde falassem alguma coisa curiosa, para ele meter o nariz e ficar ouvindo. Tudo parecia interessá-lo, mas, sabe-se lá por quê, acontecia de ele se mostrar indiferente à maioria dos assuntos, e então limitava-se a andar à toa pelo presídio, zanzando de cá para lá. Também se poderia compará-lo a um trabalhador, um trabalhador robusto, que trabalha vigorosamente, mas que por ora não recebe trabalho e, enquanto espera, brinca sentado com as criancinhas. Eu também não entendia por que ele vivia no presídio; por que não fugia? Não hesitaria em fugir se o desejasse intensamente. Em homens como Pietróv, a razão só prevalece até o momento em que eles desejam alguma coisa. Aí já não há obstáculo aos seus desejos na Terra inteira. Estou certo de que ele conseguiria fugir com habilidade, engazoparia todo mundo, poderia passar uma semana sem comer no meio de algum bosque ou num juncal à beira de um rio. Mas era visível que ainda não tivera essa ideia nem desejara *plenamente* aquilo. Nunca observara nele um raciocínio intenso ou um bom senso peculiar. Pessoas assim nascem e crescem com uma única ideia, que ao longo da vida as move inconscientemente de um lado para o outro; e passam a vida inteira nesse alvoroço, até encontrarem uma ocupação que venha ao pleno encontro dos seus desejos; então estão dispostos a perder a cabeça. Às vezes me surpreendia ver aquele homem, que esfaqueara seu superior por ter tomado uma surra, dobrar resignadamente a espinha às vergastadas no presídio. Às vezes o açoitavam, quando o apanhavam com vodca. Como todos os presos sem ofício, vez por outra ele introduzia vodca no presídio. Mas dobrava-se aos açoites como que por aceitação própria, como se reconhecesse que isso fazia parte do negócio; caso contrário, por nada nesse mundo se dobraria, nem que o matassem. Ele também me surpreendia quando, a despeito do visível apego a mim, roubava-me. Isso acontecia quando lhe dava na veneta. Foi assim que me roubou a Bíblia, que eu lhe dera apenas para que levasse de um lugar a outro. Ele precisava dar ape-

---

[62] Na Rússia, as pessoas mais pobres usavam panos para enrolar nos pés durante o inverno. (N. do T.)

nas alguns passos, mas nesse ínterim achou um comprador, vendeu-a e ato contínuo bebeu o dinheiro. Na certa deu-lhe muita vontade de beber, e como a vontade era muita, então *devia* ser satisfeita. Ora, é um tipo assim que degola um homem por uma moeda de vinte e cinco copeques para tomar uma meiota de vodca, embora noutra ocasião faça vista grossa para cem mil rublos. Na mesma noite confessou-me pessoalmente o roubo, mas sem nenhum embaraço ou arrependimento, com absoluta indiferença, como se se tratasse do incidente mais trivial. Tentei passar-lhe uma boa reprimenda; em verdade, eu lamentava por minha Bíblia. Ouviu-me sem irritação, até com muita tranquilidade; concordou que a Bíblia é um livro muito útil, lamentou sinceramente que ela não estivesse mais comigo, no entanto não externou nenhum arrependimento por havê-la roubado; tinha um ar tão autoconfiante que logo parei de recriminá-lo. Suportava minhas recriminações provavelmente por considerar que eu não podia deixar de recriminar o seu procedimento, então que eu desabafasse, me divertisse, recriminasse; mas no fundo devia achar que tudo aquilo era um absurdo, tamanho absurdo que um homem sério teria até vergonha de tocar no assunto. Creio que, em linhas gerais, ele me considerava uma criança, quase um bebê, que não compreende as coisas mais simples do mundo. Se, por exemplo, eu mesmo começava a conversar com ele sobre algum assunto que não fosse ciência ou livros, ele me respondia, é verdade, mas era como se o fizesse apenas por cortesia, limitando-se às respostas mais sucintas. Amiúde eu me perguntava: o que lhe interessa nesses conhecimentos livrescos sobre os quais costuma me fazer perguntas? Durante essas conversas, de quando em quando me ocorria olhar de lado para ele: não estaria rindo de mim? Mas não; de hábito me ouvia com seriedade, com atenção, embora, pensando bem, não muita, e essa última circunstância vez por outra me agastava. Fazia suas perguntas com precisão e clareza, mas não ficava lá muito surpreso com as informações que eu lhe dava e as recebia com ar até distraído... Parecia-me ainda que, sem esquentar muito a cabeça, resolvera que comigo não dava para conversar como com os outros, que, além de saber falar de livros, eu não compreendia nada de nada, e era até incapaz de compreender, de sorte que era inútil se incomodar comigo.

    Estou certo de que ele até gostava de mim, e isso me fazia pasmar. Tomava-me por um rapazote, por um homem incompleto; se sentia por mim aquela espécie de compaixão que todo ser forte sente instintivamente pelo mais fraco... não sei. E embora tudo isso não o impedisse de me roubar, estou certo de que tinha pena de mim ao me roubar. "Arre, que coisa!", talvez ele pensasse ao meter a mão nos meus bens, "que espécie de homem é esse que não é capaz defender os seus bens!" Mas era por isso mesmo que parecia gostar de mim. Certa vez ele mesmo me disse, como que sem querer, que eu era "uma alma excessivamente bondosa" e "tão simples, tão simples, que até dá pena!". "Mas não se ofenda, Aleksandr Pietróvitch", acrescentou um minuto depois, "porque eu digo isso com toda sinceridade."

Por vezes, na vida de pessoas assim, há casos em que elas se manifestam de forma nítida e vigorosa, revelam a si mesmas em momentos que exigem uma ação abrupta e cabal, ou no momento de uma reviravolta, e assim chega a hora de exercerem sua atividade plena. Como não têm o dom da palavra, não podem ser os fomentadores nem os cabeças de uma causa; mas são seus principais executores e os primeiros a agir. Começam com simplicidade, sem brados especiais, mas em compensação são os primeiros a passar por cima dos principais obstáculos sem hesitar, sem temer, enfrentando todos os riscos — e todos se precipitam atrás deles e os seguem de olhos fechados até o último precipício, onde habitualmente perdem a vida. Não creio que Pietróv acabe bem; seu fim chegará a qualquer momento, de uma só vez, e se isso ainda não aconteceu foi porque sua hora ainda não soou. Aliás, quem sabe? Talvez viva até ganhar cabelos brancos e morra tranquilamente de velhice, andando a esmo por aí. Mas acho que M. estava certo ao dizer que Pietróv era o homem mais decidido dentre todos os galés.

VIII
HOMENS DECIDIDOS. LUTCHKA[63]

É difícil falar dos homens decididos; nos trabalhos forçados, como em toda parte, eles eram bem poucos. A aparência deles sugeria até que fossem homens pavorosos; quando reunidos, soía aos galés falarem de outra coisa e até evitá-los. De início, um sentimento inconsciente me obrigava a passar ao largo deles. Com o tempo, até a minha concepção dos criminosos mais terríveis mudou bastante. Algum nem haviam matado ninguém, porém era mais apavorante do que outro, que fora preso por seis homicídios. Sobre certos crimes era até difícil fazer a ideia mais primária, tamanhas eram as extravagâncias de sua perpetração. Digo isso justamente porque, entre a nossa plebe, alguns assassinatos decorreram das causas mais surpreendentes. Existe, por exemplo, e é muito frequente, um tipo de assassino que vive pacata e tranquilamente. Suporta seu quinhão de amargura. Suponhamo-lo um mujique, um criado, um citadino, um soldado. De repente perde as estribeiras, não se contém e enfia uma faca no peito do seu inimigo e opressor. É aí que começam as estranhezas: subitamente, o homem extrapola seus limites. Primeiro degola o opressor, seu inimigo; embora seja crime, dá para compreender: houve motivo; mas depois ele já não mete a faca em inimigos, mas esfaqueia a primeira pessoa que encontra, esfaqueia por diversão, por causa de uma grosseria, um olhar, para ajustar contas ou simplesmente: "Fora do caminho, sai da minha frente, estou passando!". É como se o homem estivesse embriagado, tomado por um delírio febril. É como se, depois de passar por cima de um limite que lhe era caro, já começasse a se deliciar com o fato de que para ele nada mais existe de sagrado; é como se lhe desse vontade de passar por cima de qualquer lei e poder e deleitar-se com a liberdade mais desenfreada e ilimitada, deleitar-se com a ansiedade provocada pelo horror que é impossível que ele não sinta por si mesmo. Sabe ele, além disso, que uma pavorosa execução o aguarda. Isso deve se parecer com aquela sensação experimentada por alguém que, estando no alto de uma torre, sente-se atraído pelo abismo que tem a seus pés, de modo que ele mesmo ficaria contente por atirar-se de cabeça lá embaixo: aja depressa e a coisa estará termi-

---

[63] Forma carinhosa de Luká. (N. do T.)

nada! E isso acontece até mesmo com os homens mais cordatos e, até então, sem nenhum destaque. Alguns até se pavoneiam nessa embriaguez. Quanto mais retraída essa pessoa era antes, mais forte é a vontade que agora lhe dá de arrotar valentia, meter medo. Delicia-se com esse medo, gosta da própria repulsa que desperta nos outros. Dá-se ares de uma certa *temeridade*, e esse mesmo "temerário" às vezes espera que lhe venha depressa o castigo, espera que *deem cabo* dele, porque, no fim das contas, é árduo carregar essa falsa temeridade. É curioso que o mais das vezes todo esse estado de espírito, todo esse "dar-se ares" dura exatamente até o cadafalso, e depois cessa de pronto: é como se tivesse um prazo definido, como que estabelecido de antemão por regras predeterminadas. Nisso o homem de repente se resigna, obnubila-se, transforma-se num trapo. No cadafalso começa a choramingar, pede perdão ao povo. Chega ao presídio, e eis o que se vê: tão baboso, tão ranhento, até retraído, de modo que a gente chega a se surpreender com ele: "Será que esse aí é aquele mesmo que degolou uns cinco ou seis homens?".

É claro há outros que não se resignam tão depressa, nem no presídio. Ainda conservam certa fanfarrice, certa bazófia: "Veja", diz ele, "não sou bem o que imaginam, tenho seis mortes nas costas". Todavia acabam resignando-se, apesar de tudo. Às vezes um apenas se diverte ao recordar sua envergadura de valente, as pândegas de outrora, dos seus tempos de "temerário", e gosta muito quando encontra um simplório para fazer fita diante dele com ares de grande importância, divertir-se, bravatear e contar-lhe as suas façanhas, sem, aliás, sequer deixar transparecer que ele mesmo desejava contá-las. É como se dissesse: "Veja quem eu era!".

E com que requintes se observa essa enfatuada cautela, e como às vezes esse tipo de relato é indolente e desmazelado! Que artificiosa fatuidade se manifesta no tom, em cada palavrinha do narrador. E onde foi que essa gente aprendeu isso?

Certa vez, numa longa noite dos meus primeiros dias no presídio, deitado ocioso e triste na tarimba, escutei um desses relatos e, por inexperiência, tomei o narrador por um celerado colossal, aterrorizante, por um inaudito caráter de ferro, ao mesmo tempo em que, na época, eu quase chegava a zombar de Pietróv. O relato girava em torno de como ele, Luká Kuzmitch, sem outro objetivo a não ser unicamente o próprio prazer, *abatera* um major. Luká Kuzmitch era aquele mesmo detento mechinha, jovenzinho, pequeno, magro e de narizinho afilado, a quem já me referi. No fundo era russo, embora tivesse nascido no Sul,[64] creio que como servo doméstico. Nele ha-

---

[64] Leia-se: na Ucrânia. (N. do T.)

via de fato algo de cortante, de arrogante: "um pássaro pequeno, mas de garras afiadas". Mas os presidiários deciframinstintivamente um homem. Luká era muito pouco respeitado ou, como se dizia no presídio, tinham "muito pouco respeito" por ele. Era cheio de uma horrível vaidade. Naquela noite estava sentado na tarimba e cosia uma camisa. Seu ofício era coser roupa de baixo. Tinha sentado a seu lado o detento Kobílin, rapaz obtuso e limitado, mas bom e afetuoso, alto e alentado, seu vizinho de tarimba. Por causa da vizinhança, Lutchka altercava frequentemente com ele e costumava tratá-lo mal, de forma zombeteira e despótica, o que Kobílin não percebia completamente por ser uma pessoa simples. Cosia uma meia de lã e ouvia Lutchka com indiferença. Este narrava algo com voz bastante alta e clara. Queria que todos o ouvissem, embora procurasse fingir que narrava apenas para Kobílin.

— Pois é, mano, deportaram-me da nossa terra para Tch.[65] — começou ele, mexendo com a agulha — por vagabundagem.

— Quando foi isso, faz muito tempo? — perguntou Kobílin.

— Quando amadurecerem as ervilhas, fará outro ano. Pois bem, assim que chegamos a K-v,[66] puseram-me no presídio por um tempinho. Então observo: estavam lá comigo uns doze homens, todos mechinhas, altos, saudáveis, forçudos como touros. E bem quietinhos! A comida era ruim, o major de lá os manobrava "como lhe dava na telha". (Lutchka alterava o linguajar intencionalmente). Passou um dia, passou outro, e o que vejo? Uma gente covarde. Pergunto: "Por que esse servilismo todo com esse cretino?" "Então você mesmo tente conversar com ele!", deram até uma risota na minha cara. Não respondo nada.

— Mas pra lá de engraçado mesmo, maninhos, era um mechinha — acrescentou de repente, deixando Kobílin e dirigindo-se a todos em geral. — Contou como arrasaram com ele no tribunal e como ele conversou com o júri, e enquanto isso derramava-se em lágrimas; disse que tinha filhos, mulher. Ele mesmo era um homenzarrão, grisalho, gordo. "E eu vendo", diz ele, "que o filho do cão só escrevia, só escrevia. E eu pensando: ele que se estrepe, vou só ficar olhando! Mas ele só escrevia, escrevia, na mesma toada!... Aí perdi a cabeça!" Vássia,[67] me dá a linha; essa é do presídio, tá podre.

---

[65] Possivelmente a cidade de Tchernígov, situada no norte da Ucrânia. (N. do T.)

[66] Provável referência a Kíev. (N. do T.)

[67] Diminutivo de Vassili. (N. do T.)

— Essa aqui foi comprada no bazar — respondeu Vássia, passando-lhe um novelo.

— A nossa tecida aqui é melhor. Por esses dias mandaram o *desválido* buscar, mas vai saber de que bruxa ele compra essa linha... — continuou Luká, enfiando a linha na agulha contra a luz.

— Parece que é da madrinha dele!

— Decerto foi da madrinha.

— E então, o que que aconteceu com o major? — perguntou Kobílin, que já fora completamente esquecido.

Era só o que Luká esperava. Mesmo assim ele não deu logo continuidade ao seu relato, parecendo até que não ligara a mínima para Kobílin. Endireitou com tranquilidade a agulha, com tranquilidade e indolência cruzou as pernas e enfim retomou o relato:

— Acabei incitando os meus mechinhas: pediram a presença do major. Ainda pela manhã eu tinha pedido um "vidro"[68] emprestado ao meu vizinho, peguei-o e escondi, quer dizer, para alguma eventualidade. O major ficou uma fera. Apareceu. "Bem, mechinhas, nada de covardia!", eu disse a eles. Mas já estavam todos morrendo de medo; acovardados a não mais poder. Chegou o major, estava bêbado. "Quem manda aqui? O que está acontecendo aqui? Eu sou o tsar e também sou Deus." Assim que ele disse: "Eu sou o tsar e também sou Deus", eu me adiantei — continuou Luká —, estava com a faca na manga da camisa.

— Não, Excelência — disse, e fui me chegando devagarinho, cada vez mais, perto, mais perto —, não, Excelência, como é que pode o senhor ser o nosso tsar e também o nosso Deus?

— Ah, então és tu, és tu? — berrou o major. — Rebelde!

— Não — disse eu (eu mesmo estava cada vez mais e mais próximo) —, não, Excelência, como é que pode, sabe-se e é do seu próprio conhecimento que o nosso Deus, Onipotente, que está em toda parte, é só um. E o nosso tsar é só um, e o próprio Deus o colocou acima de todos nós. Excelência, ele é o soberano. Quanto ao senhor — disse eu —, Excelência, ainda é apenas um major; e é nosso chefe pela graça do tsar e por seus méritos, Excelência.

— Co-co-co-como? — ele começou a cacarejar, não conseguia falar, estava sufocando. Tinha ficado muito surpreso.

---

[68] Uma faca. (N. do A.)

— Então veja como — disse-lhe; e de pronto investi contra ele e enfiei com vontade a faca inteira na barriga dele. O serviço foi bem feito. Ele rolou e limitou-se a espernear. Larguei a faca.

— Olhem, mechinhas — disse eu —, e agora o levantem!

Aqui cabe uma digressão. Infelizmente, expressões como: "Eu sou o tsar e também sou Deus" e muitas outras semelhantes eram empregadas antigamente, com bastante frequência, por muitos dos comandantes. No entanto, devemos reconhecer que hoje restam poucos desses comandantes, ou talvez nenhum. Observo ainda que os que particularmente se vangloriavam e gostavam de vangloriar-se com essas expressões eram, em sua maioria, comandantes que provinham de patentes baixas. As patentes de oficial como que desarranjavam todo o íntimo e também a cabeça deles. Depois de muitos anos arrastando o seu fadário e passando por todos os níveis de submissão, de repente viam-se oficiais, comandantes, nobres e, por falta de hábito e levados pelo primeiro arroubo, exageravam a noção de seu poderio e de sua importância; claro que apenas em relação aos subordinados de patente inferior. Contudo, perante os superiores mantinham o mesmo servilismo de antes, o que já era totalmente desnecessário e até repulsivo para muitos deles. Alguns subservientes se apressavam a declarar aos seus comandantes superiores, até com certo enternecimento, que, embora fossem oficiais, provinham de baixas patentes "e sempre se lembrariam do seu lugar". Mas com seus subordinados tornavam-se quase uns déspotas. É claro que hoje se duvida que existam oficiais assim e é pouco provável que apareça alguém e grite: "Eu sou o tsar e também sou Deus". Mas, apesar disso, mesmo assim observo que nada irrita tanto os presidiários, e em geral todos os militares de baixa patente, como esse tipo de expressão vindo de seus superiores. Esse desplante de engrandecer-se a si mesmo, essa ideia exagerada sobre a própria impunidade, gera ódio no mais submisso dos homens e o faz perder a última gota de paciência. Por sorte, essa prática é quase coisa do passado e até em tempos antigos os superiores as puniam com severidade. Conheço alguns exemplos disso.

Aliás, de modo geral, todo tratamento desdenhoso, toda hostilidade irrita os de condição inferior. Alguns acham, por exemplo, que alimentando bem os presidiários e mantendo-os direito já fazem tudo de acordo com a lei, e assunto encerrado. Isso também é um equívoco. Qualquer um, seja quem for e por mais humilhado que se sinta, mesmo que instintivamente, mesmo que inconscientemente, ainda assim exige respeito à sua dignidade humana. O próprio detento sabe que é um detento, um réprobo, e conhece o seu lugar perante um superior; mas nenhuma marca de açoite, nenhum

grilhão o faz esquecer que é um homem. E como é efetivamente um homem, logo, é preciso que receba um tratamento humano. Meu Deus! Um tratamento *humano* pode humanizar até mesmo aquele em quem há muito tempo se apagou a imagem divina. É a esses "infelizes" que cabe dispensar o tratamento mais humano. Isso é a sua salvação e a sua alegria. Encontrei comandantes assim bondosos e nobres de espírito. Vi o efeito que sua ação produzia nesses humilhados. Algumas palavras afáveis e os presidiários por pouco não ressuscitavam moralmente. Observo ainda uma estranheza: os próprios presidiários não gostam de tratamento demasiado familiar e também *demasiado* bondoso por parte dos superiores. Ele gosta de respeitar o superior, e nesses casos é como se deixasse de respeitá-lo. Dá gosto ao detento, por exemplo, que o chefe tenha condecorações, que ele seja uma pessoa de destaque, que goze das graças de alguma autoridade elevada, que ele seja severo, imponente, justo, e que preze pela própria dignidade. É desses que o detento gosta mais: se conservam a dignidade e não ofendem os presidiários, então tudo será às mil maravilhas.

....

— Devem ter te assado por isso, não? — perguntou calmamente Kobílin.

— Hum. Assaram, mano, é verdade que me assaram. Aliêi, passa-me a tesoura! Então, maninhos, hoje não tem sobra do *maidan*?

— Ainda há pouco foi tudo bebido — explicou Vássia. — Se não tivessem bebido, na certa ainda haveria algum.

— "Se!" Por um "se" pagam cem rublos em Moscou — observou Luká.

— Mas quantas te deram por tudo isso, Lutchka? — tornou a falar Kobílin.

— Deram-me, querido amigo, cento e cinco vergastadas. O que hei de dizer, maninhos? O fato é que por pouco não me mataram — prosseguiu Lutchka, de novo abandonando Kobílin. — Eis como me deram aquelas cento e cinco vergastadas; levaram-me em traje de gala. Até então eu nunca tinha provado uma vergastada. Era gente que não acabava mais, a cidade inteira correu para ver: vão castigar um bandido, quer dizer, um assassino. Arre, como esse povo é tolo, não sei nem como me expressar. Timochka[69] tirou minha roupa, me deitou e gritou: "Aguenta, que vou te queimar!". Fico na espera: o que vai acontecer? Quando me deu a primeira lambada eu quis gritar, quis abrir a boca, mas me faltou o grito. Quer dizer, a voz cessa-

---

[69] O carrasco Timochenko. (N. do A.)

ra. Quando me deu a segunda, acredite quem quiser, eu já não ouvi ele contar *dois*. Mas quando voltei a mim, ouvi contar: décima sétima. Assim, meu irmão, umas quatro vezes depois me tiraram da *kabila*,[70] descansei meia hora, despejaram água em mim. Eu olhava para todos de olhos esbugalhados e pensava: "Vou morrer aqui mesmo...".

— Mas não morreste... — disse ingenuamente Kobílin.

Lutchka o envolveu com um olhar carregado do mais alto grau de desdém; ouviu-se uma gargalhada.

— Tagarela é tagarela!

— Esse tem a cuca fundida — observou Lutchka, como que arrependido de ter conversado com um tipo assim.

— Não regula — arrematou Vássia.

Embora Lutchka tivesse matado seis homens, no presídio nunca metia medo em ninguém, ainda que do fundo da alma talvez quisesse se fazer passar por um homem pavoroso...

---

[70] Poste com uma barra à qual se amarrava o condenado ao castigo. (N. do T.)

IX
ISSÁI FOMITCH. O BANHO. O RELATO DE BAKLÚCHIN

Chegou a festa do Natal. Os presidiários a aguardavam com certa solenidade e, observando-os, eu também passei a aguardar algo fora do comum. Uns quatro dias antes, nós, presidiários, fomos levados à casa de banhos. No meu tempo, sobretudo nos primeiros anos, os presidiários raramente eram levados aos banhos. Todos se alegraram e começaram a se preparar. Foi marcada a saída para depois do almoço, e nesses períodos pós-almoço já não se trabalhava. Entre todos do nosso presídio quem mais se alegrava e se alvoroçava era Issái Fomitch Bumstein, um galé judeu que já mencionei no capítulo IV. Ele gostava de transpirar até o embotamento, até o desfalecimento, e hoje, ao revirar essas velhas lembranças, sempre me sucede lembrar-me também do banho dos galés (que merece ser lembrado), e logo me aparece no primeiro plano do quadro o rosto do ditosíssimo e mais que inesquecível Issái Fomitch, meu camarada de trabalhos forçados e companheiro de caserna. Meu Deus, que tipo divertido e engraçado era aquele homem! Eu já disse algumas palavras sobre a sua aparência: uns cinquenta anos, mirrado, enrugado, com horrendíssimos ferretes na fronte e nas faces, fraco, magrelo, o corpo branco como o de um frango. Seu rosto exprimia uma autossuficiência constante, imune a qualquer abalo, e até certa beatitude. Parecia não ter nenhuma tristeza por haver caído nos trabalhos forçados. Como era ourives e na cidade não havia ourives, trabalhava sem cessar, e exclusivamente com ourivesaria, para atender encomendas dos senhores e das autoridades locais. Pagavam-lhe quando nada alguns cobres, mas pagavam. Não passava necessidades, até vivia à larga, mas guardava dinheiro, que emprestava sob penhor e a juros a todo o presídio. Possuía seu próprio samovar, um bom colchão, xícaras e talheres. Os judeus da cidade não o privavam de contatos nem de proteção. Aos sábados, ia sob escolta orar no templo (como o autoriza a lei) e levava uma vida totalmente folgada, aliás, esperando com impaciência sobreviver aos seus doze anos de pena para "casar-se". Trazia em si a mescla mais cômica de ingenuidade, tolice, astúcia, impertinência, simplicidade, timidez, jactância e descaramento. Para mim era muito estranho que os galés não o ridicularizassem de forma alguma, limitando-se a meras brincadeiras, por divertimento. Era evidente que Issái

Fomitch servia como objeto do divertimento e da permanente distração de todos: "Aqui ele é único, não toquem em Issái Fomitch", diziam os presidiários, e Issái Fomitch, embora compreendesse de que se tratava, aparentava orgulhar-se de sua importância, o que entretinha muito os presidiários. Chegara ao presídio de forma engraçadíssima (ainda antes de minha chegada, mas me contaram). Certa ver, ao cair da tarde, na hora da folga, de repente espalhou-se pela caserna o boato de que haviam trazido um *jid*, que lhe estavam raspando a cabeça na casa de guarda e que logo ele apareceria. Naquela ocasião, ainda não havia nenhum judeu nos trabalhos forçados. Os presidiários o aguardavam com impaciência, e abriram caminho assim que ele apareceu à entrada. O sargento o conduziu à caserna dos civis e lhe mostrou o seu lugar na tarimba. Issái Fomitch carregava um saco contendo os objetos do presídio que recebera e seus próprios pertences. Depôs o saco, subiu na tarimba, sentou-se com as pernas dobradas sob o corpo, sem se atrever a levantar os olhos para ninguém. A seu redor ouviram-se risos e gracejos, voltados para sua origem judaica. De repente, um jovem detento abriu caminho entre a multidão, trazendo nas mãos suas calças largas de verão, velhíssimas, sujas e rasgadas, acrescidas de panos para enrolar os pés, cedidos pelo presídio. Sentou-se ao lado de Issái Fomitch e lhe bateu no ombro:

— Oh, amável amigo, já está fazendo seis anos que te espero por aqui! Veja: me dás uma boa quantia por isto?

E estendeu diante dele os farrapos que trazia.

Issái Fomitch, que ao entrar no presídio ficara de tal forma amedrontado que não conseguira nem levantar os olhos para aquela multidão de galhofeiros de rostos deformados e temerosos, que o cercaram compactamente, e, por medo, ainda não conseguira dizer uma palavra, ao ver o penhor encheu-se subitamente de ânimo e de pronto começou a examinar os farrapos com as pontas dos dedos. Chegou até a olhá-los contra a luz. Todos esperavam o que ele ia dizer.

— Então, será que não me darás um rublo de prata por isto? Olha que vale! — continuou o dono do penhor, piscando para Issái Fomitch.

— Um rublo de prata não dá, mas sete copeques ainda vai!

Eis as primeiras palavras pronunciadas por Issái Fomitch no presídio. Todos rolaram de rir.

— Sete! Vamos, então me dá ao menos esses sete; sorte a tua! Mas olha lá, cuida bem do meu penhor; respondes por ele com tua cabeça!

— Com três copeques de juros chega-se a dez — prosseguiu o *jidezinho* com voz entrecortada e trêmula, mergulhando a mão no bolso para tirar o dinheiro enquanto olhava amedrontado para os presidiários. Tinha um medo horrível mas queria fechar o negócio!

— São por ano os três copeques?
— Não, por ano não, por mês!
— És um mão de vaca, seu *jid*! Como te chamas?
— Issái Fomitch.
— É, Issái Fomitch, aqui tu vais longe! Até à vista.

Issái Fomitch examinou mais uma vez o penhor, dobrou-o e enfiou-o cuidadosamente no saco, ao som das gargalhadas incessantes dos presos.

De fato, todos pareciam até gostar dele e ninguém o ofendia, embora quase todos fossem seus devedores. Ele mesmo era dócil como uma galinha e, vendo-se objeto da simpatia geral, chegava até a bazofiar, mas com uma comicidade tão cândida que o perdoavam no ato. Luká, que em toda a vida conhecera muitos *jides*, bulia frequentemente com ele, mas sem nenhuma maldade, só por divertimento, do mesmo jeito que a gente se diverte com um cãozinho, um papagaio, um bichinho adestrado etc. Issái Fomitch conhecia bem isso, não se ofendia o mínimo, e com a maior habilidade levava tudo na brincadeira.

— Cuidado, *jid*, eu te dou uma sova!
— Tu me dás uma pancada, e eu te dou dez — respondia Issái Fomitch com galhardia.
— Maldito lazarento!
— Se é o que você diz!
— *Jid* lazarento!
— Venhamos que eu seja isso. Mesmo lazarento, sou rico; tenho os meus cobres!
— Vendeu Cristo!
— Se é o que você diz!
— Muito bem, Issái Fomitch, bravo! Não toquem nele, aqui ele é único — gritavam às gargalhadas os presidiários.
— Ei, *jid*, se afanares um chicote te mandarão pra Sibéria!
— Ora, na Sibéria já estou!
— Te mandarão para mais longe ainda!
— Pois que seja, Deus também está lá?
— Sim, está, está.
— Então que seja; havendo Deus e cobres, em todo lugar se vive bem.
— Bravo, Issái Fomitch, vê-se que és um bravo! — bradavam ao redor, mas Issái Fomitch, mesmo notando que estavam de galhofa com ele, continuava animado; os elogios gerais lhe davam uma visível satisfação, e ele,

com uma vozinha fina de soprano, começava a cantar para toda a caserna um "lá-lá-lá-lá-lá" à base de um melodia absurda e cômica, o único canto sem letra que entoou durante toda a sua vida de galé. Mais tarde, quando travou conhecimento mais íntimo comigo, assegurou-me sob juramento que aquele era o mesmo canto e exatamente a mesma melodia entoada pelos seiscentos mil judeus — do mais insignificante ao mais destacado — durante a travessia do Mar Vermelho, e que a todo judeu está prescrito cantar esse motivo nos momentos de solenidade e triunfo sobre os inimigos.

Toda sexta-feira à noite os presidiários das outras casernas vinham à nossa a fim de ver Issái Fomitch celebrando o sabá. E ele era tão ingenuamente bazofento e vaidoso que essa curiosidade geral também lhe dava satisfação. Com uma imponência pedante e estudada, cobria num canto a sua minúscula mesinha e abria o livro, acendia duas velas e, balbuciando umas palavras misteriosas, envergava sua casula, ou *cassula*, como ele pronunciava. Era uma colorida capa de lã, que ele conservava cuidadosamente em seu baú. Atava umas pulseiras em ambos os braços e, bem no meio da testa, prendia com uma tira uma caixinha[71] de madeira, de modo que dali parecia brotar um chifre engraçado. Em seguida começavam as orações. Ele as recitava como quem canta, gritava, cuspia em volta, virava-se para todos os lados, fazia gestos extravagantes e cômicos. É claro que tudo aquilo era prescrito pelos rituais da oração, e ali não havia nada de engraçado ou de estranho; a graça estava em como Issái Fomitch se exibia diante de nós e fazia deliberada ostentação com seus rituais. Súbito cobria a cabeça com as mãos e passava a ler entre soluços. Estes se intensificavam, e ele, exausto e quase uivando, inclinava sobre o livro a cabeça coroada pela caixinha; mas, de repente, entre os mais intensos soluços, começava a gargalhar e a declamar meio cantando, sua voz tinha um quê de doce triunfo e certo afrouxamento causado pelo excesso de felicidade. "Que coisa!", diziam às vezes os presidiários. Uma vez perguntei a Issái Fomitch o que significavam aqueles soluços e aquelas repentinas passagens triunfais para a felicidade e a beatitude. Issái Fomitch adorava quando eu lhe fazia essas perguntas. Explicou-me de pronto que o choro e os soluços significavam que estava pensando sobre a perda de Jerusalém, e que por essa razão a lei prescrevia chorar aos prantos e bater no peito com a maior força possível; e que no momento dos prantos

---

[71] Nas orações matinais os judeus prendem num dos braços e na testa caixinhas de couro pretas hermeticamente fechadas — os chamados tefílins, que guardam os mandamentos do Pentateuco sobre o amor a Deus e ao próximo. (N. do T.)

mais fortes, ele, Issái Fomitch, *deveria de repente* (esse *de repente* também era prescrito pela lei) lembrar-se, como que por acaso, que havia uma profecia sobre o retorno dos judeus a Jerusalém. Então, ele deveria prorromper imediatamente em alegria, cânticos e gargalhadas, proferir as orações de forma a exprimir a maior felicidade possível com sua voz, e o máximo possível de solenidade e nobreza com seu rosto. Essa transição *repentina* e a obrigação inevitável dessa transição eram do extremo agrado de Issái Fomitch; ele via naquilo algo de especial, uma espécie de *Kunststück*,[72] e com ar jactancioso me transmitiu essa complicada prescrição da lei. Uma vez, no auge da oração, o major entrou no recinto em companhia do oficial de guarda e dos soldados da escolta. Todos os galés se perfilaram ao lado de suas tarimbas, mas Issái Fomitch passou a gritar ainda mais alto e a fazer caretas. Ele sabia que as orações eram permitidas e que não podiam interrompê-lo, e que, gritando na frente do major, naturalmente não corria nenhum risco. Mas gostou demais da oportunidade de fazer fita diante do major e exibir-se diante de nós. O major chegou-se a um passo de distância dele: Issái Fomitch deu as costas à sua mesinha e, na cara do major, passou a ler sua profecia triunfal, cantando e agitando os braços. Como lhe era prescrito que naquele momento mostrasse no rosto a expressão de uma felicidade e uma nobreza extraordinariamente imensas, ele o fez no ato, franzindo o cenho de modo peculiar, rindo e acenando com a cabeça para o major. Este ficou surpreso; mas por fim deu risada, chamou-o de imbecil e se foi, ao passo que Issái Fomitch intensificou ainda mais os seus gritos. Uma hora depois, enquanto ele jantava, perguntei o que aconteceria se o major, dada a sua tolice, se zangasse com ele.

— Que major?
— Como que major? Por acaso não o viu?
— Não!
— Ora, ele estava uma braçada à sua frente, diante do seu nariz!

Mas Issái Fomitch passou a me assegurar de forma seríssima que terminantemente não vira nenhum major, que durante as orações caía numa espécie de êxtase, de modo que não via nem ouvia nada do que acontecia ao seu redor.

É como se agora mesmo eu pudesse ver Issái Fomitch zanzando aos sábados por todo o presídio, à toa, envidando todos os esforços para não fazer nada, seguindo as prescrições para o dia do sabá. Que piadas incríveis me

---

[72] Em alemão no original: "truque", "maquinação". (N. do T.)

Escritos da casa morta

contava sempre que voltava do templo; que notícias e boatos ímpares, oriundos de Petersburgo, me trazia, assegurando-me que os recebia de seus *jidezinhos*, que por sua vez os recebiam de primeira mão!

Mas já falei demais sobre Issái Fomitch.

Em toda a cidade havia apenas duas casas de banhos públicas. Uma, mantida por um judeu, era de cabines individuais ao preço de cinquenta copeques cada e reservadas a figurões. A outra, destinada predominantemente à plebe, era velha, suja, apertada, e foi para essa casa de banhos que nos levaram. O dia estava frio, mas ensolarado; os presidiários já ficaram contentes por poderem sair da fortaleza e olhar a cidade. As brincadeiras e as risadas não pararam durante o percurso. Todo um pelotão de soldados nos escoltava de armas carregadas, para o espanto de toda a cidade. Quando chegamos à casa de banhos, fomos logo separados em duas turmas; a segunda turma esperaria no vestíbulo frio enquanto a primeira se lavava, o que se devia ao aperto do recinto. E a casa era tão apertada que era difícil imaginar como caberia ali a metade da gente. Mas Pietróv não se afastava de mim; sem que eu solicitasse, ele mesmo acorreu em meu auxílio e até se ofereceu para me banhar. Acompanhando Pietróv, também se prontificou a me ajudar o detento Baklúchin, da seção especial, que no presídio era chamado de "pioneiro" e a quem já me referi como o mais alegre e o mais amável dos presidiários, como de fato era. Já nos conhecíamos um pouco. Pietróv ajudou-me até a me despir, porque, por falta de hábito, eu demorava muito a tirar a roupa e no vestíbulo fazia quase tanto frio quanto no pátio. Aliás, um detento tem muita dificuldade em se despir se ainda não aprendeu. Em primeiro lugar, é preciso desatar depressa as braçadeiras que prendem os grilhões; são braçadeiras de couro de uns dezoito centímetros de comprimento, que ficam presas às calças, por baixo do aro de ferro que envolve a perna. Um par dessas braçadeiras não custa menos de sessenta copeques de prata, e, entretanto, todo detento o adquire com seu próprio dinheiro, naturalmente por ser impossível andar sem elas. O aro do grilhão não aperta a perna, pois entre ele e a perna há um dedo de folga; assim, ao fim do dia o detento que não usa braçadeiras está com feridas provocadas pelo atrito, pois o ferro bate na perna, esfolando. Mas tirar as braçadeiras ainda não é difícil. O mais difícil é tirar com habilidade a roupa por baixo dos grilhões.[73] É uma

---

[73] Durante o frio intenso do inverno russo, os homens usam por baixo das calças um ceroulão, em geral de lã ou outro tecido similar, que vai da cintura aos pés. É dele que se trata na descrição do banho. (N. do T.)

verdadeira proeza. Depois de tirar, digamos, a perna esquerda do ceroulão, é preciso primeiro fazê-lo passar pela folga entre a perna e o aro do grilhão; uma vez liberado o pé, passar a perna do ceroulão de volta pelo mesmo aro; em seguida, pegar tudo o que já foi tirado da perna esquerda e fazê-lo passar por dentro do aro da perna direita; continuando, pegar tudo o que já foi passado pelo aro da perna direita e enfiá-lo de volta pelo mesmo aro. A mesma história se repete quando se vai vestir roupa nova. Um novato tem até dificuldade de adivinhar como isso se faz. A primeira pessoa a nos ensinar esse processo foi o detento Korêniev, em Tobolsk, um ex-chefe de bando que passara cinco anos acorrentado a uma parede. Mas os presidiários estão acostumados e se arranjam sem dificuldade. Dei alguns copeques a Pietróv para que me comprasse sabão e uma bucha; é verdade que o presídio distribuía um pedaço de sabão para cada um, mas do tamanho de uma moeda de dois copeques e da espessura das fatias de queijo que se servem nas mesas de gente de "condição média". Vendia-se sabão ali mesmo no vestíbulo, junto com *sbiten*,[74] roscas e água quente. De acordo com os termos acertados com o dono da casa de banhos, cada detento recebeu apenas uma cuia de água quente; quem quisesse um banho melhor, podia adquirir por alguns centavos uma segunda cuia, que era entregue no próprio banho por uma janelinha especial que dava para o vestíbulo. Depois de me despir, Pietróv me conduziu pelo braço, percebendo que para mim seria difícil caminhar com os grilhões. "Puxe os grilhões para cima, até as panturrilhas", disse ele, segurando-me como eu se fosse um velhinho, "e agora tenha mais cuidado, estamos na soleira da porta." Fiquei até envergonhado com tantos cuidados; quis assegurar a Pietróv que poderia andar só, mas ele não acreditou em mim. Tratou-me decididamente como uma criança, como um adolescente inapto que todos têm a obrigação de ajudar. Pietróv não tinha nada de lacaio, não era de modo algum um lacaio; tentasse eu ofendê-lo e ele saberia como agir comigo. Eu não lhe prometera dinheiro nenhum pelos seus serviços, e ele mesmo nunca o pedia. Então, o que o motivava a me tratar daquela maneira?

Quando abrimos a porta que dava para os banhos, pensei que tínhamos entrado no inferno. Imagine-se um cômodo de uns doze passos de comprimento e da mesma largura, onde haviam apinhado de uma só vez uns cem homens ou, quiçá, pelo menos oitenta, pois éramos duzentos divididos em duas turmas. Havia vapor, que nos obscurecia os olhos, fuligem, sujeira, e o

---

[74] Antiga bebida eslava, feita de água, mel e especiarias, entre as quais amiúde se juntavam ervas medicinais. (N. do T.)

aperto era tal que não havia onde botar o pé. Assustei-me e quis recuar, mas Pietróv imediatamente me incentivou. Com a maior dificuldade abrimos caminho de qualquer jeito até uns bancos, passando por cima da cabeça das pessoas sentadas no chão, pedindo-lhes que se curvassem para nos dar passagem. Porém todos os lugares nos bancos estavam ocupados. Pietróv me anunciou que eu deveria comprar um, e entrou logo em negociações com um detento sentado ao pé da janelinha. Por um copeque o homem me cedeu o lugar, de pronto recebendo a moeda que Pietróv detinha na mão fechada e que por prevenção trouxera para o banho, e no mesmo instante enfiou-se debaixo do banco sob o meu lugar, onde estava escuro, sujo, e onde a umidade viscosa atingia quase meio dedo de espessura em todos os cantos. Mas até debaixo dos bancos os lugares já estavam todos ocupados; ali também formigava de gente. No chão inteiro não havia um espacinho de um palmo em que os presidiários não se sentassem curvados para se lavar com a água da cuia. Outros, postados entre eles com a cuia nas mãos, ensaboavam-se em pé: a água suja escorria de seus corpos diretamente para as cabeças raspadas dos que estavam embaixo. Nos bancos em frente, nos degraus[75] do banho de vapor, homens sentados se contraíam e se contorciam de frio enquanto se lavavam. Mas se lavavam pouco. A plebe se lava pouco com água quente e sabão; limita-se a suar longamente no vapor e depois se limpar com água fria — eis todo o seu banho. Nos bancos, uns cinquenta feixes de ramos subiam e desciam simultaneamente; todos se fustigavam até o inebriamento.[76] O vapor aumentava a cada minuto. Aquilo já não era calor; era uma fornalha. Berraria e gargalhadas ao som de cem grilhões se arrastando pelo chão... Uns, tentando passar adiante, enredavam-se nos grilhões e esbarravam nas cabeças dos presidiários sentados abaixo, caíam, praguejavam e arrastavam os atingidos. A sujeira escorria de todos os lados. Todos estavam como que inebriados, como que excitados; ouviam-se ganidos e gritos. Junto à janelinha do vestíbulo, por onde serviam a água, havia insultos, aperto e uma verdadeira contenda. A água quente ali distribuída respingava nas cabeças dos presidiários sentados no chão antes de chegar ao seu destino. Mais um pouquinho, e a cara bigoduda de algum soldado espiaria de arma em punho pela janelinha ou pela porta entreaberta, para verificar se não estaria havendo desordens. As cabeças raspadas e os corpos avermelha-

---

[75] O quarto de banho russo é composto por vários degraus onde o visitante senta-se para receber o vapor. Quanto mais alto o degrau, mais quente a temperatura. (N. do T.)

[76] No banho russo, é costume fustigar o corpo com ramos de bétula. (N. do T.)

dos pelo vapor pareciam ainda mais disformes. Nas costas vaporizadas, as cicatrizes provenientes dos açoites ou das vergastadas outrora recebidas costumam sobressair com uma nitidez peculiar, de modo que agora pareciam feridas reabertas. Horrendas cicatrizes! Olhando-as, senti arrepios. Lançam água, e o vapor cobre com uma densa nuvem quente todo o recinto; tudo vira grasnido, gritaria. Da nuvem de vapor deixam-se entrever costas espancadas, cabeças raspadas, mãos e pernas retorcidas; para completar, Issái Fomitch solta grasnidos a plenos pulmões, no banco mais alto. Transpira até o desfalecimento, mas pelo visto nenhum rescaldo é capaz de saciá-lo; por um copeque contrata um fustigador, mas este não aguenta, larga o feixe de ramos e corre para lavar-se com água fria. Issái Fomitch não desanima e contrata um segundo, um terceiro: já está decidido a não ligar para os gastos e acaba contratando até cinco fustigadores. "Pegar vapor faz bem à saúde. Bravo, Issái Fomitch!", gritavam-lhe de baixo os presidiários. O próprio Issái Fomitch sente que nesse momento está acima de todos e que meteu todos no chinelo; está triunfante e grita a sua ária: "lá-lá-lá-lá", com uma voz aguda e ensandecida que abafa todas as outras. Passou pela minha cabeça que, se algum dia estivermos todos juntos no inferno, será muito parecido com este lugar aqui. Não me contive e transmiti essa suposição a Pietróv; ele apenas olhou em volta e ficou em silêncio.

Quis comprar para ele um lugar a meu lado; mas ele se sentou a meus pés e declarou que estava muito bem. Enquanto isso, Baklúchin nos comprava água e ia trazendo-a à medida que precisávamos. Pietróv me comunicou que ia me lavar dos pés à cabeça, de modo que eu ficaria "bem limpinho", e me instou a tomar um banho de vapor. Não me arrisquei a tomar esse banho. Pietróv me limpou todo com sabão. "Agora vou lavar seus pezinhos", acrescentou para concluir. Eu quis responder que poderia lavá-los sozinho, mas não lhe fiz objeção e me entreguei por completo à sua vontade. No diminutivo "pezinhos" não havia, em absoluto, nenhum tom de servilismo; Pietróv não podia pura e simplesmente chamar meus pés de "pés", vai ver que porque os outros, homens de verdade, tinham pés, mas eu ainda tinha pezinhos.

Depois de me lavar com as mesmas cerimônias, isto é, sustentando-me e me prevenindo a cada passo, como se eu fosse de porcelana, levou-me até o vestíbulo e ajudou-me a me vestir; e, quando acabou tudo, precipitou-se de volta para tomar seu banho de vapor.

Quando voltamos, ofereci-lhe um copo de chá. Ele não o recusou, bebeu e agradeceu. Passou-me pela cabeça abrir a carteira e oferecer-lhe uma meiota de vodca. Era possível comprar na nossa caserna. Pietróv estava contentíssimo, tomou um trago, soltou um grasnido e, depois de me dizer que eu lhe dera vida nova, precipitou-se para a cozinha como se lá fosse absolutamente impossível que resolvessem qualquer coisa sem sua participação. No lugar dele apareceu-me outro interlocutor — Baklúchin (o pioneiro), que ainda durante o banho eu convidara para um chá em minha cela.

Não conheço uma índole mais amável que a de Baklúchin. É verdade que não perdoava e altercava com frequência, não gostava que se metessem em seus assuntos — em suma, sabia se defender. Mas as altercações duravam pouco e parecia que em nossa caserna todos gostavam dele. Onde quer que entrasse, todos o recebiam com prazer. Até na cidade o conheciam como o homem mais engraçado do mundo, que nunca perdia a jovialidade. Era um rapaz alto, de uns trinta anos, de rosto garboso e cândido, bem bonito, com uma verruga. Às vezes desfigurava esse rosto de forma tão engraçada, imitando quem lhe viesse ao encontro ou cruzasse com ele, que as pessoas que o rodeavam caíam inevitavelmente na risada. Também fazia parte dos brincalhões; porém não dava trela aos nossos enojados abominadores do riso, de modo que ninguém o chamava de "vazio e inútil". Era repleto de chama e de vida. Travou conhecimento comigo logo nos meus primeiros dias de presídio e contou-me que era *kantonist* e depois servira entre os pioneiros, que algumas pessoas de posição elevada até o haviam notado e gostado dele, coisa de que, como dantes, se orgulhava muito. No mesmo instante passou a me interrogar sobre Petersburgo. Ele até lia livros. Quando veio tomar chá comigo, começou fazendo rir toda a caserna, contando como, naquela manhã, o tenente Ch. passara uma reprimenda no nosso major, e, sentando-se a meu lado, anunciou-me com ar satisfeito que a questão do teatro parecia resolvida. Os presidiários estavam organizando uma representação teatral para as festas. Já tinham os atores, e montavam pouco a pouco os cenários. Algumas pessoas da cidade prometiam emprestar roupas para os personagens, inclusive os femininos; por intermédio de uma ordenança, esperavam obter até uma farda de oficial com alamares. Isso desde que não desse na telha do major proibir o espetáculo, como o fizera no ano passado! No Natal passado o major estava de mau humor; perdera no jogo não sei onde, e além do mais haviam aprontado no presídio e de raiva ele então proibira a festa, mas agora talvez não quisesse criar constrangimento. Em suma, Baklúchin estava animado. Via-se que era um dos principais fomentadores do teatro, e naquele instante dei-lhe minha palavra de que assistiria ao espetáculo sem falta. Sua ingênua alegria com o sucesso do teatro me agradava. E, conversa vai, conversa vem, fomos soltando a língua. Entre outras coisas, ele me disse que não estivera sempre no serviço militar em Petersburgo; que cometera alguma falta e o haviam mandado para R...;[77] no entanto, fora como sargento na guarnição de um batalhão.

— E de lá me mandaram para cá — observou Baklúchin.

— E por quê? — perguntei.

— Por quê? O que você acha, Aleksandr Pietróvitch, por quê? Ora, porque me apaixonei!

— Vamos, por isso ainda não enviam ninguém para cá — objetei rindo.

— É verdade — acrescentou Baklúchin —, é verdade que nesse mesmo caso feri a tiro de pistola um alemão que andava por lá. Ora, vale degredar alguém por causa de um alemão? Julgue você mesmo.

— Entretanto, como se deu essa história? Conte, estou curioso.

— É uma história engraçadíssima, Aleksandr Pietróvitch!

— Então melhor ainda. Conte.

— É para contar? Então ouça...

Ouvi a história de um assassinato, não inteiramente engraçada, mas em compensação bastante estranha.

— Aconteceu assim — começou Baklúchin. — Quando me mandaram para R..., eis o que vi: uma cidade boa, grande, só que com muitos alemães. Bem, eu, claro, ainda era muito jovem, os superiores me tinham em boa conta, eu andava de chapéu à banda, quer dizer, me entretendo. Flertava com as alemãs. E então me agradei de uma alemãzinha, Luise. As duas eram lavadeiras, ela e a tia, e deixavam a roupa o que há de mais limpo. A tia era velha, uma ranzinza, mas viviam com abastança. A princípio eu passava num vaivém diante das janelas, depois fiz uma amizade verdadeira. Luise também falava bem russo, mas assim, sem pronunciar direito — era um amorzinho como eu nunca havia encontrado. Começo insinuando isso, insinuando aquilo, mas ela: "Não, Sacha, isso não pode, porque quero conservar toda a minha virgindade para ser uma esposa digna para você", e só me acariciava, e ria com vontade... e era tão limpinha que eu nunca tinha visto nenhuma assim. Ela despertou minha vontade de me casar. Ora, como não me casar, imagine! E então me dispus a pedir autorização ao tenente-coronel... De repente observo — Luise falta a um encontro, falta a outro, num terceiro não dá as caras... Mando-lhe uma carta; sem resposta. "O que isso quer dizer?", penso. Ou seja, se quisesse me enganar acharia um jeito e responderia a carta e viria ao encontro. Mas não sabia mentir; simplesmente rompera. "É a tia", pensei. Não me atrevi a procurar a tia; embora ela soubesse do nosso namoro, mesmo assim nós dois fingíamos, isto é, pisávamos com pés de lã.

---

[77] Provavelmente Riga, capital da Letônia. (N. do T.)

Eu estava como louco; escrevi-lhe a última carta e disse: "Se não apareceres, vou à casa da tua tia!". Assustou-se e veio. Estava chorando: disse que havia um alemão chamado Schultz, seu parente afastado, relojoeiro rico e já idoso, que queria se casar com ela: "Para me fazer feliz", diz ela, "e ele mesmo não ficar sem uma esposa na velhice; sim, e diz que me ama e há muito tempo tinha essa intenção, mas sempre ficou calado, preparando-se. Pois é, Sacha, ele é rico e isso é uma felicidade para mim; será que queres me privar de minha felicidade?". Eu observava: ela estava chorando, me abraçava... "Sim senhor", pensei, "ela tem razão no que diz! O que ela ganha casando com um soldado, embora eu até seja sargento?" "Bem, Luise, adeus", falei, "fique com Deus: não devo impedir tua felicidade. Mas como é esse alemão? Bonito?" "Não", diz ela, "é um idoso, narigudo..." E ela mesma até caiu na risada. Deixei-a e pensei: não era o meu destino! Na manhã seguinte passei na frente da loja de Schultz, ela me havia dado o nome da rua. Olhei pela vitrine e lá estava o alemão, preparando um relógio; tinha uns quarenta e cinco anos, nariz aquilino, olhos esbugalhados, metido num fraque de gola longa, um tipo imponente. Fiquei com nojo; deu-me vontade de quebrar a vitrine naquele mesmo instante... "Mas para quê?", pensei, "não adianta: o que se perdeu perdido está." Voltei ao anoitecer para o quartel, deitei-me na cama de lona e, não sei se acredita, Aleksandr Pietróvitch, mas como caí no choro...

Bem, passa um dia, passa outro, um terceiro. Nada de Luise. Foi então que soube por uma amiga dela (uma velha, também lavadeira, que Luise às vezes ia visitar) que o alemão estava a par do nosso amor, e por isso decidira apressar o noivado. Senão, ainda esperaria uns dois anos. Parece que ele tinha feito Luise jurar que não queria mais saber de mim; e que por enquanto ia tratando a tia e Luise a pontapés; que talvez ainda mudasse de ideia, mas por enquanto não havia tomado a decisão final. A amiga também me disse que ele convidara as duas para tomar um café na casa dele dali a dois dias, no domingo de manhã, e que lá também estaria um parente dele, velho, outrora comerciante e agora pobre como Jó, que trabalhava como vigia em algum porão. Assim que eu soube que talvez naquele domingo a coisa toda fosse resolvida, fiquei com tanta raiva que perdi o controle. E passei todo esse dia e todo o dia seguinte sem fazer nada a não ser pensar nisso. Pensei que eu devia era devorar aquele alemão.

No domingo de manhã eu ainda não tinha nenhuma noção do que fazer, mas assim que a missa terminou vesti o capote e rumei para a casa do alemão. Pensava encontrar todos lá. Eu mesmo não sei por que fui à casa do alemão e o que teria para dizer lá. Por via das dúvidas, meti uma pistola no bolso. Eu tinha aquela pistolinha mixuruca, de trava antiga; ainda menino, eu atirava com ela. Não servia mais para atirar. Mas a carreguei. Pensei comigo: vão me tocar para fora, fazer grosserias — aí saco a pistola e dou um susto neles todos. Cheguei lá. Não havia ninguém na oficina, estavam todos no quarto dos fundos. Fora eles, nem viva alma, nenhum criado. A única criada dele era uma alemã, que também cozinhava. Passei pela loja e notei que a porta estava fechada, e era uma porta bem velha, trancada com um gancho. Parei com o coração acelerado e escutei: falavam alemão. Foi só eu dar um pontapé na porta com toda a força que de pronto ela se abriu. Olho e vejo a mesa posta. Em cima, uma cafeteira grande e o café fervendo num lampião a álcool. Torradas numa bandeja, noutra uma garrafa de vodca, arenques e salame e mais outra garrafa de não sei que vinho. Luise e a tia, ambas emperiquitadas, estão sentadas no sofá. Defronte delas, numa cadeira, o próprio alemão, o noivo, penteado, com o fraque de gola alta. E numa cadeira ao lado havia outro alemão, já velho, gordo, grisalho e calado. Assim que entrei Luise ficou toda pálida. A tia fez menção de levantar-se de um salto mas tornou a sentar-se, ao passo que o alemão fechou a cara. Ficou muito zangado; levantou-se e veio ao meu encontro:

— O que deseja aqui? — perguntou.

Eu quase me atrapalhei, mas a raiva me deu um forte estímulo:

— O que desejo! Que recebas o visitante e ofereças vodca. Vim te fazer uma visita.

O alemão pensou e disse:

— Senta.

Sentei-me.

— Serve-me, então, vodca — falei.

— Eis aí vodca; faça o favor de beber — disse.

— Sim, falei, mas me serve uma vodca boa — já estava me dando muita raiva.

— Essa vodca é muito boa.

Eu me sentia ofendido por ele me tratar tão mal. E o pior de tudo era ver Luise olhando. Engoli a vodca e disse:

— Por que me vens com tanta grosseria, alemão? Trata-me com amizade. É por amizade que estou aqui.

— Não posso ser teu amigo — disse ele —, és um simples soldado.

Bem, foi aí que me enfureci.

— Ah, seu espantalho! — disse eu. — Seu salsicheiro! Sabes tu que a partir deste minuto posso fazer contigo o que quiser? Queres que te dê um tiro com esta pistola aqui?

Saquei a pistola, fiquei de frente para ele e apontei a boca do cano direto para a cabeça dele, à queima-roupa. Os outros continuaram sentados, mais mortos do que vivos; não se atreviam a soltar um pio; quanto ao velho, tremia como vara verde, calado, totalmente pálido.

O alemão estava surpreso, mas se refez.

— Não tenho medo de você — falou —, e lhe peço, como um homem distinto, que pare agora mesmo com essa brincadeira, pois não tenho nenhum medo de você.

— Oh, estás mentindo — disse eu —, estás com medo! Ora, ele mesmo não se atreve nem a tirar a cabeça da pistola! Sentado aí, sem se mexer.

— Não, de jeito nenhum o senhor vai se atrever a fazer isso!

— Ora, e por que não vou me atrever?

— Porque é rigorosamente proibido, e depois seria severamente castigado por isso.

Ou seja, só o diabo entendia o idiota daquele alemão! Se ele mesmo não tivesse me incitado, ainda estaria vivo; foi a discussão que provocou tudo!

— Então achas que não me atrevo? — perguntei.

— N-não!

— Não me atrevo?

— O senhor absolutamente não se atreverá a fazer isso comigo...

— Pois então toma, seu salsicha! — atirei, e ele rolou da cadeira. Os outros gritaram.

Enfiei a pistola no bolso e me eclipsei de lá, e quando cheguei à entrada da fortaleza peguei a pistola e joguei no meio das urtigas.

Entrei, me estirei na cama e fiquei a pensar: agora vão me prender. Mas passou uma hora, outra, e nada! Já bem ao anoitecer bateu-me uma grande tristeza; saí; deu-me vontade de ver Luise a qualquer custo. Passei diante da relojoaria. Olhei: havia gente, e a polícia. Fui também à casa da velha, amiga dela: "Chame a Luise!". Espero um pouquinho e o que vejo: Luise chega correndo, lança-se ao meu pescoço e chora: "A culpa", diz ela, "é toda minha por ter dado ouvidos à minha tia". E também me contou que, logo depois do acontecido, a tia voltara para casa com tanto medo que caíra enferma e calara o bico: "Ela mesma não disse nada a ninguém e me proibiu de falar; está com medo: façam como acharem que devem, deixe que façam". "Não havia mais ninguém lá, naquele momento", diz Luise; "até a criada ele tinha mandado embora porque estava com medo. Ela lhe arrancaria os olhos se soubesse que ele pretendia se casar. Em casa também não havia nenhum dos empregados da oficina; ele afastara todos. Ele mesmo preparou o café e os petiscos. E o parente velho, que passara a vida inteira calado, assim que a coisa aconteceu pegou o chapéu e foi o primeiro a sair. E é certo que também vai continuar calado", disse Luise. E foi o que aconteceu. Durante duas semanas ninguém me prendeu nem houve nenhuma suspeita contra mim. Nessas mesmas duas semanas, acredite se quiser, Aleksandr Pietróvitch, experimentei toda a minha felicidade. Eu e Luise nos encontrávamos todos os dias. E como estava afeiçoada a mim! Chorava, dizendo: "Vou te acompanhar a qualquer lugar aonde te mandarem. Largo tudo por ti". Eu já pensava até que ali estava se resolvendo toda a minha vida, tamanha era a compaixão que ela me infundia. No entanto, duas semanas depois me prenderam. O velho e a tia entraram em conluio e apresentaram provas contra mim...

— Mas espere — interrompi Baklúchin. — Por um caso desses você podia pegar no máximo uns dez anos, bem, uns doze, e podiam mandá-lo cumprir toda a pena na seção civil; mas acontece que você está na seção especial. Como isso é possível?

— Bem, isso já é outra história! Quando fui levado ao conselho da justiça militar, o capitão me destratou com palavrões diante do juiz. Não suportei e lhe disse: "Por que esses insultos? Por acaso não vês, seu patife, que estás diante do *ziértsalo*?".[78] Bem, aí a coisa mudou de rumo, passaram a um novo julgamento e me condenaram por tudo junto: quatro mil vergastadas e o envio para cá, para a seção especial. Mas quando me levaram para receber o castigo, levaram também o capitão: eu fui para a "rua verde" e ele foi degredado e mandado para o Cáucaso como soldado. Até logo, Aleksandr Pietróvitch. Venha ver o nosso teatro.

---

[78] Peça triangular espelhada que continha os três decretos de Pedro, o Grande. Sua presença era obrigatória em todas as instituições judiciárias da Rússia. (N. do T.)

X
A FESTA DE NATAL

Enfim chegou o Natal. Desde as vésperas os detentos quase não saíam para trabalhar. Iam para as oficinas de costura e as outras; os demais iam apenas para a distribuição de tarefas, e embora alguns fossem designados a algum lugar, quase todos, sozinhos ou em grupos, voltavam imediatamente para o presídio, de onde ninguém mais saía depois do almoço. Aliás, também na parte da manhã a maioria dos presidiários se afastava das ocupações oficiais e cuidava apenas dos seus próprios negócios: alguns cuidavam do contrabando de vodca e de novas encomendas; outros iam visitar seus compadres e comadres ou cobrar o que lhes deviam por serviços prestados antes do feriado; Baklúchin e os participantes do teatro visitavam alguns conhecidos, de preferência os serventes dos oficiais, para conseguir trajes emprestados. Alguns andavam com ar preocupado e agitado unicamente porque outros estavam agitados e preocupados, e alguns, embora não tivessem de onde tirar dinheiro, forjavam a aparência de que também receberiam dinheiro sabe-se lá de onde; em suma, todos pareciam aguardar alguma mudança para o dia seguinte, algo fora do comum. À tardinha, os inválidos que tinham ido ao mercado com encomendas dos presidiários trouxeram de tudo o que é comestível: carne bovina, leitões e até gansos. Muitos dos presidiários, inclusive os mais modestos e econômicos, que passavam o ano inteiro poupando os seus copeques, sentiam-se obrigados a coçar o bolso para aquele dia e comemorar condignamente a comilança. O Natal era a festa verdadeira e inalienável dos presidiários, que a lei lhes reconhecia formalmente. Nesse dia o detento não podia ser mandado ao trabalho, e havia apenas três dias como esse durante o ano.

E, afinal, quem sabe quantas lembranças deveriam estar remexendo as almas daqueles réprobos com a aproximação daquele dia! Os dias das grandes festas deixam marcas profundas na memória dos homens do povo desde a infância. São os dias em que eles descansam dos trabalhos pesados, dias de reuniões em família. No presídio esses dias deviam ser lembrados com sofrimentos e saudades. O respeito pelo dia solene transbordava até numa certa formalidade entre os presidiários: uns poucos passeavam; todos ficavam sérios, como se estivessem ocupados com alguma coisa, embora quase ninguém tivesse com que se ocupar. Até os ociosos e os farristas procuravam manter algum ar de importância... Era como se o riso tivesse sido proibido. De modo geral, o estado de espírito chegara a um ponto tão melindroso e a uma intolerância tão irritadiça que quem violasse o tom geral, ainda que involuntariamente, era cercado de gritos e insultos e tornava-se alvo de zanga, como se tivesse desrespeitado a própria festa. Esse estado de espírito dos presidiários era admirável, até comovente. Além da veneração inata pelo grande dia, o detento sentia inconscientemente que com essa observância da festa ele entraria em contato com o mundo todo e que, por conseguinte, já não era absolutamente um réprobo, um homem perdido, um filho desapegado, e, mesmo estando num presídio, era igual aos outros homens. Os presidiários sentiam isso; era uma coisa visível, compreensível.

Akim Akímitch também se preparara muito para os festejos. Não tinha nem lembranças de família porque crescera órfão em casa de estranhos e mal completara quinze anos quando foi para o pesado serviço militar; em sua vida não houvera alegrias especiais, porque a passara toda de modo regular, uniforme, no receio de descumprir, ainda que minimamente, seus respectivos deveres. Não era muito religioso, uma vez que as boas maneiras pareciam absorver nele todos os outros dons e qualidades humanas, todas as paixões e os desejos, bons e maus. Como consequência de tudo isso, ele se preparava para comemorar o dia solene sem agitação, sem inquietação, sem se perturbar com lembranças tristes e totalmente inúteis, mas apenas com suas serenas e metódicas boas maneiras, que eram o suficiente para o cumprimento das obrigações e daquele ritual estabelecido por definitivo. Ademais, não era dado a longas reflexões. Sua cabeça parecia jamais alcançar o significado de um fato, mas ele cumpria com um esmero sagrado as regras que lhe fossem estabelecidas. Se já no dia seguinte lhe ordenassem fazer exatamente o contrário, ele o faria com a mesma obediência e a mesma minúcia. Uma vez, uma única vez na vida, tentou viver por sua própria cabeça — e acabou nos trabalhos forçados. A lição para ele não foi em vão. E embora o destino não lhe tivesse facultado algum dia compreender em que consistira a sua culpa, ele ao menos inferira daquela aventura uma regra salvadora — não discutir nunca e em nenhuma circunstância, porque discutir "não era com ele", como os presidiários se exprimiam entre si. Devoto cego do ritual, ele até olhava com antecipado respeito para seu leitão natalino, que recheara com papa e assara (com as próprias mãos, porque até assar ele sabia), como se não se tratasse de um simples leitão, que sempre se pode comprar e assar, mas de algum tipo especial, festivo, de leitão. Talvez desde a infância estivesse habituado a ver um leitão na mesa nesse dia, e daí ter concluído que o leitão era indispensável à celebração, e estou convencido de que se ele não pudesse comer leitão nesse dia ao menos uma vez, ficaria com algum remorso para o resto da vida. Antes das festas trajava seu velho casaco e umas calças que, apesar de remendadas com decência, estavam completamente surradas. Agora se verificava que um traje novo, que lhe fora entregue ainda uns quatro meses antes, vinha sendo guardado cuidadosamente no baú, e ele não tocava nele, sorrindo com a ideia de estreá-lo no Natal. E foi o que fez. Ainda na véspera, tirou seu traje do baú, estendeu-o, examinou-o, escovou-o, assoprou-o e, tendo posto tudo em ordem, experimentou-o previamente. Constatou que estava perfeito; que estava adequado, que abotoava bem de cima a baixo, que o colarinho, duro como feito de fibras de corda, sustentava o queixo erguido; a jaqueta cintada lembrava uma túnica militar, e Akim Akímitch até ostentou um largo sorriso de satisfação e com certo garbo virava-se e revirava-se diante do seu espelhinho miúdo, que há muito tempo e com as próprias mãos orlara de dourado numa hora de folga. Só um colchete do colarinho da jaqueta parecia meio fora do lugar. Percebendo-o, Akim Akímitch resolveu arrumá-lo; arrumou, tornou a provar a jaqueta e viu que estava ótima. Então dobrou tudo, da forma como estava antes, e, com o espírito tranquilo, tornou a guardar no baú até o dia seguinte. Tinha a cabeça raspada de forma satisfatória; todavia, depois de um cuidadoso exame no espelhinho, notou que a cabeça não parecia de todo lisa; entreviam-se alguns brotos de cabelo, e de pronto ele foi procurar o "major" para raspar a cabeça de modo cem por cento adequado e como era devido. E embora no dia seguinte ninguém fosse examiná-lo, mesmo assim Akim Akímitch só raspou a cabeça para ficar de consciência tranquila e assim cumprir com todos os seus deveres para com semelhante dia. Desde criança, a reverência por um botãozinho, uma dragoninha e uns alamarezinhos estava inalienavelmente gravada em sua mente como uma obrigação indiscutível, e no coração como a imagem do ápice de beleza a que pode chegar um homem decente. Depois de todos esses procedimentos, ele, como monitor da caserna, mandou trazer feno e observou em detalhes a sua disposição pelo solo. O mesmo foi feito em todas as outras casernas. Não sei por quê, mas sempre se espalhava feno no chão para o Natal em nossa caserna.[79] Depois, uma vez concluídos os trabalhos, Akim Akímitch fez as suas orações a Deus, estirou-se na tarimba e de pronto caiu no plácido sono de um recém-nascido, a fim de acordar o mais cedo possível na manhã seguinte. Aliás, foi exatamente o que fizeram

---

[79] Em alguns lugares da Rússia existia o costume de espalhar feno pelo chão durante o Natal, em referência à manjedoura onde Cristo nasceu. (N. do T.)

os outros presidiários. Em todos os alojamentos foram dormir bem antes do que costumavam. Os habituais trabalhos noturnos foram suspensos; quanto ao *maidan*, nem se falou nisso. Todos aguardavam a manhã seguinte.

E por fim ela chegou. Cedo, antes do raiar do dia, mal bateu a alvorada, abriram-se as casernas e o sargento da guarda, que veio fazer a chamada, desejou boas-festas a todos. Todos lhe desejaram o mesmo e responderam de forma amigável e afetuosa. Depois de orar às pressas, Akim Akímitch e vários outros que tinham seus gansos e leitões na cozinha precipitaram-se para lá com a finalidade de observar como os preparavam, como os assavam, onde estava isso e aquilo etc. Através da escuridão e das janelinhas cobertas de neve e de gelo, via-se que em ambas as cozinhas e em todos os seis fornos ardia um fogo vivo, aceso ainda antes de raiar o dia. Pelo pátio escuro, os presidiários, metidos em suas peliças curtas, em capas ou em mangas de camisa, já farejavam; todos se dirigiam à cozinha. Só alguns, se bem que muito poucos, tinham tido tempo de visitar os botequineiros. Esses já eram os mais impacientes. De modo geral, todos se portavam com decência, tranquilidade, e com uma cerimônia fora do comum. Não se ouviam os costumeiros xingamentos nem as habituais altercações. Todos compreendiam que o dia era grande e a festa, grandiosa. Alguns iam às outras casernas para desejar boas-festas a algum amigo. Manifestavam algo parecido com a amizade. Observo de passagem: entre os presidiários quase não se notava nenhum sentimento de amizade, e não falo do sentimento generalizado de amizade — disso havia menos ainda —, mas da amizade pessoal entre um detento e outro. Isso quase não existia entre nós, o que era um traço notável: as coisas não são assim no mundo livre. Em nosso presídio, de maneira geral, todos tratavam uns aos outros com aspereza, com secura, com raríssimas exceções, e esse era o tom mais ou menos formal, adotado e estabelecido de uma vez por todas. Eu também saí da caserna; começava levemente a clarear; as estrelas tinham empalidecido; uma neblina fina subia do chão. As chaminés das cozinhas cuspiam colunas de fumaça. Alguns dos presidiários com quem eu cruzava me desejavam boas-festas de bom grado e de modo afetuoso. Eu agradecia e retribuía no mesmo tom. Entre eles havia alguns que ainda não haviam trocado uma única palavra comigo naquele mês.

Bem à porta de uma das cozinhas fui alcançado por um detento da seção militar, com uma peliça sobre os ombros. Discerniu-me ainda do meio do pátio e gritou: "Aleksandr Pietróvitch! Aleksandr Pietróvitch!". Corria para a cozinha e tinha pressa. Parei e fiquei esperando. Era um rapaz de cara redonda, expressão serena nos olhos, de muito pouca conversa, que nunca me dirigira a palavra e até então não prestara nenhuma atenção em mim. Chegou correndo e ofegando e ficou parado cara a cara comigo, fitando-me com um olhar meio obtuso, mas ao mesmo tempo com um sorriso venturoso.

— O que deseja? — perguntei-lhe não sem surpresa, vendo-o plantado à minha frente, sorrindo, com os olhos arregalados para mim, mas sem dizer nada.

— Como assim, é a festa! — murmurou e, atinando que nada mais tinha a dizer, deixou-me e rumou às pressas para a cozinha.

Observo a propósito que mesmo depois disso nunca mais nos encontramos e quase não trocamos uma palavra até minha saída do presídio.

Na cozinha, junto aos fornos ardentes, havia uma balbúrdia, um empurra-empurra, um aperto. Cada um tomava conta do que era seu; os rancheiros se preparavam para fazer a comida do quartel, porque nesse dia a hora da refeição era antecipada. Aliás, ninguém havia começado a comer, embora alguns estivessem com vontade, mas observavam o decoro perante os outros. Esperava-se o sacerdote, porquanto o desjejum só começava depois de sua chegada. Enquanto isso, ainda não havia amanhecido inteiramente e já começavam a se fazer ouvir além do portão do presídio os gritos da chamada do cabo de serviço: "Cozinheiros!". Esses gritos se repetiam quase a cada minuto e duravam perto de duas horas. Chamavam os cozinheiros para que recebessem as esmolas trazidas de todos os cantos da cidade. Elas chegavam numa quantidade extraordinária em forma de roscas, pães, tortas de requeijão, pães de mel, broas de Natal, broinhas com diferentes recheios, panquecas e outras iguarias de forno. Penso que nenhuma dona de casa dos lares de comerciantes e pequeno-burgueses de toda a cidade deixou de mandar o seu pão, para felicitar os presidiários e os "infelizes" pela grande festa. Havia esmolas mais distintas — pães de farinha pura, enviados em grande quantidade. Também havia esmolas muito modestas — umas poucas roscas e duas broinhas de centeio levemente lambuzadas de creme azedo: aquilo já era uma oferenda de pobre para pobre, vinda de seus últimos recursos. Tudo era aceito com a mesma gratidão, sem distinção de doações e doadores. Os presidiários que recebiam as esmolas tiravam o gorro de pele, inclinavam-se em reverência, desejavam boas-festas e levavam as doações para as cozinhas. Quando já haviam reunido montes inteiros de pão, chamavam os monitores de cada caserna e estes os dividiam em partes iguais entre todos os alojamentos. Não havia altercações nem insultos; fazia-se a coisa de forma honesta, equitativa. O que coube à nossa caserna foi dividido entre nós: fizeram-no Akim Akímitch e outro detento; dividiram com as próprias mãos e com as próprias mãos distribuíram a cada um. Não houve a mínima objeção, a mínima inveja; todos ficaram satisfeitos; não podia haver nem a desconfiança de que pudessem ter escondido esmolas ou as dividido de forma desigual. Depois de resolver as suas coisas na cozinha, Akim Akímitch deu início à sua paramentação, vestiu-se com todo o decoro e solenidade, sem deixar desabotoado nenhum colchete e, uma vez vestido, passou de pronto à verdadeira oração. Orou por bastante tempo. Já havia muitos presidiários orando, em sua maioria idosos. Os jovens não oravam muito, apenas um ou outro fazia o sinal-da-cruz ao levantar-se, mesmo nesse dia de festa. Acabada a reza, Akim Akímitch veio a mim e me desejou boas-festas com certa solenidade. No mesmo instante o convidei para tomar chá e ele me convidou para comer do seu leitão. Um pouco depois, Pietróv chegou a toda pressa para me felicitar. Parecia já ter bebido, e apesar da pressa e do ofego não disse muita coisa, ficou por pouco tempo plantado diante de mim com alguma expectativa e logo se foi para a cozinha. Nesse ínterim, na prisão militar faziam-se os preparativos para receber o sacerdote. Essa caserna não tinha a mesma disposição das outras: ali as tarimbas se estendiam junto às paredes e não ficavam no meio como nas demais, de modo que era o único recinto do presídio com o centro não atravancado. É provável que a tivessem montado assim para reunir os presidiários em situações indispensáveis. No centro haviam posto uma mesinha coberta por uma toalha limpa, com um ícone em cima e uma lâmpada votiva acesa. Enfim chegou o sacerdote, carregando uma cruz e a água benta. Depois de rezar e cantar perante a imagem, postou-se diante dos presidiários, e todos eles, com verdadeira devoção, começaram a se aproximar e beijar a cruz. Em seguida o sacerdote percorreu todas as casernas e as aspergiu de água benta. Na cozinha, elogiou o nosso pão do presídio, que na cidade ganhara fama por seu sabor, e de pronto os presidiários desejaram lhe enviar dois pães frescos, que acabavam de sair do forno; um inválido foi imediatamente encarregado de levá-los à casa do sacerdote. Despedimo-nos da cruz com a mesma devoção com que a havíamos acolhido, e quase no mesmo instante chegaram o major e o comandante. Os presidiários gostavam do comandante e até o respeitavam. Ele percorreu todos os alojamentos acompanhado do major, desejou boas-festas a todos, entrou na cozinha e provou a sopa de repolho do presídio. Estava magnífica: naquele dia tinha sido liberada quase uma libra de carne de gado por detento; além disso, haviam preparado um mingau de trigo com manteiga à vontade. Depois de acompanhar o comandante até a porta, o major deu ordem para o início da refeição. Mas os presidiários procuravam fugir do seu olhar. Não gostavam daquele olhar perverso, por trás dos óculos, com o qual ele agora espiava à direita e à esquerda, procurando descobrir se não haveria ali alguma desordem e se não apareceria algum culpado.

Começamos a comer. O leitão de Akim Akímitch fora assado magnificamente. E eis o que não consigo explicar: tão logo o major saiu — uns cinco minutos depois —, verificou-se que havia uma infinidade incomum de bêbados, não obstante estivessem todos quase totalmente sóbrios ainda cinco minutos antes. Apareceram muitas caras vermelhas e radiantes, também apareceram balalaicas. O polaquinho do violino já acompanhava um farrista — fora contratado para o dia todo — e arranhava para ele alegres músicas de dança. A conversa se tornava mais entusiasmada e mais ruidosa. Contudo, a refeição terminou sem maiores desordens. Todos estavam saciados. Muitos dos velhos e dos mais respeitáveis foram imediatamente se deitar, o que também fez Akim Akímitch, parece que por acharem que, depois da ceia da grande festa, dormir era uma obrigação. O velho cismático de Starodúbov cochilou um pouco, depois subiu ao forno, abriu o seu livro e rezou até altas horas da noite, quase sem interromper a reza. Para ele era penoso olhar aquela "ignomínia", palavra com que se referia à farra geral dos presidiários. Todos os circassianos foram sentar-se no pequeno alpendre e ficaram olhando com curiosidade e também com certo asco aquela gente embriagada. Encontrei-me com Nurra: "*Iáman, iáman*!",[80] disse-me abanando a cabeça com beatífica indignação, "Ai, *iáman*! Alá vai se zangar!". Com obstinação e altivez, Issái Fomitch acendeu uma vela em seu canto e começou a trabalhar, pelo visto para mostrar que não tinha nenhuma consideração por aquela festa. Num ou noutro canto começaram o *maidan*. Os presidiários não temiam os inválidos e, para a eventualidade de aparecer o sargento, que aliás procurava fazer vista grossa, puseram sentinelas à entrada. Por umas três vezes o oficial de guarda apareceu no decorrer de todo aquele dia. Mas os bêbados se escondiam e o *maidan* sumia à sua chegada, e ele mesmo parecia ter decidido que não prestaria atenção em pequenas desordens. Nesse dia, um homem bêbado já era considerado uma pequena desordem. Pouco a pouco o pessoal foi ficando mais à vontade. Começaram as altercações. Mas como o número de sóbrios era bem maior, havia quem tomasse conta dos bêbados. Em compensação, os farristas bebiam sem medida. Gázin triunfava. Deambulava com ar satisfeito em torno de sua tarimba, para onde tivera a ousadia de levar a vodca, que costumava ficar escondida no meio da neve atrás das casernas, e ria com ar ladino olhando os fregueses que se aproximavam dele. Ele mesmo estava sóbrio e não bebera uma gota de vodca. Tencionava divertir-se ao término da festa, depois de limpar os bolsos

---

[80] "Mal, mal", em língua tártara. (N. do T.)

dos presidiários. Ouviam-se cantos nas casernas. Mas a bebedeira já descambava num torpor de embriaguez, e os cantos levavam quase às lágrimas. Muitos perambulavam com suas próprias balalaicas, com a peliça atirada às costas, dedilhando com galhardia as cordas do instrumento. Na seção especial, uns oito homens tinham até organizado um coro. Cantavam magnificamente, acompanhados por balalaicas e violões. Mas eram poucas as canções puramente folclóricas. Lembro-me apenas de uma, cantada com galhardia:

>*Ontem eu, mocinha,*
>*Fui a uma festinha.*

Ali ouvi uma nova variante dessa canção, que ainda não conhecia. No final, acrescentavam alguns versos:

>*Quando eu era mocinha*
>*A casa eu arrumava:*
>*Eu lavava as colheres*
>*E na sopa afundava;*
>*Resvalava no umbral*
>*E o pastelão assava.*

A maioria das canções eram o que costumávamos chamar de "cantos de presidiário" que, aliás, todos conheciam. Um deles, intitulado "Outrora...", era uma canção humorística que contava de um homem que outrora se divertia e vivia livre como um grão-senhor, mas que acabara dando com os costados no presídio. Ela contava de como outrora ele reparava a saúde com "manjar branco de champanhe" e agora,

>*Dão-me repolho e água —*
>*E como com avidez.*

Uma outra, conhecidíssima, também estava na moda:

>*Antes, menino, eu vivia e farreava*
>*Tinha lá o meu capital:*
>*Menino, o capital se acabou*
>*E caí no cativeiro, afinal*

e assim por diante. Só que entre nós não se pronunciava "capital", mas "co-

Escritos da casa morta

pital", fazendo capital derivar de *kopit*.[81] Também cantavam cantigas melancólicas. Uma delas era genuinamente de galé, e parece que também era famosa:

> *No céu a alvorada já brilha*
> *Soa o tambor da manhã —*
> *Chega o escrivão com a lista,*
> *Um soldado abre o portão.*
>
> *Ninguém, de trás da murada,*
> *Entende o que aqui se vive,*
> *Mas temos conosco Deus-pai,*
> *Estamos salvos mesmo aqui.*

Cantaram uma ainda mais triste, aliás, com uma melodia belíssima, composta provavelmente por algum degredado e com uma letra adocicada e cheia de erros. Ainda me lembro de alguns de seus versos:

> *Meu olhar não verá nunca mais*
> *A terra onde eu nasci;*
> *Para sempre abandonado,*
> *Condenado sem culpa a suplícios.*
>
> *O lamento da coruja no telhado*
> *Pelos bosques ecoará;*
> *Meu coração ficará desolado,*
> *Eu nunca mais estarei lá.*

Entre nós essa canção era cantada com frequência, não em coro, mas em solo. Nas horas de descanso, acontecia de alguém ir ao alpendre da nossa caserna, sentar-se, cair em meditação, apoiar as faces entre as mãos e entoá-la em falsete num tom alto. A gente ouvia e a alma ficava meio dilacerada. Havia boas vozes em nosso presídio.

Entrementes ia chegando o lusco-fusco. A tristeza, a melancolia e a embriaguez miravam com ar pesado em meio à bebedeira e à farra. Quem ria uma hora antes agora soluçava nalgum canto, depois de beber como uma esponja. Outros já haviam conseguido brigar umas duas vezes. Outros ainda, lívidos e mal se segurando nas pernas, cambaleavam pelas casernas, pro-

---

[81] "Economizar", em russo. (N. do T.)

vocando altercações. Aqueles que a embriaguez não havia tornado implicantes procuravam em vão por amigos com quem abrir-se e chorar suas mágoas de bêbado. Toda aquela pobre gente queria se divertir, comemorar com alegria a grande festa, mas — meu Deus! — quão penoso e triste foi esse dia para quase todos! Cada um o comemorou como que frustrado em alguma esperança. Pietróv ainda deu umas duas chegadas ao meu canto. Bebera muito pouco em todo aquele dia e estava quase inteiramente sóbrio. Mas até a última hora ainda esperava alguma coisa, algo que sem falta deveria acontecer, algo fora do comum, festivo, muito alegre. Embora não dissesse isso, seus olhos o transmitiam. Andava sem descanso de uma caserna a outra. Mas nada de especial acontecia e ele não encontrava senão bebedeira, tolos desaforos de bêbados e cabeças desatinadas pela embriaguez. Sirótkin também perambulava por todas as casernas metido numa camisa vermelha nova, arrumadinho, de banho tomado, e também parecia esperar algo com ar sereno e ingênuo. Pouco a pouco a atmosfera nas casernas foi se tornando insuportável, repugnante. É claro que também havia muita coisa engraçada, mas eu me sentia meio triste e compadecido deles todos, sentia um clima pesado e sufocante entre eles. Dois presidiários discutiam quem ia oferecer de beber ao outro. Pelo visto, a discussão já durava muito tempo e antes disso até já haviam brigado. Um deles, em particular, nutria alguma rixa antiga contra o outro, queixava-se e, mexendo sem firmeza a língua, esforçava-se por demonstrar que o outro fora injusto com ele: foi vendida uma peliça curta e subtraído algum dinheiro no carnaval do ano passado. Mas houve mais alguma coisa... O recriminador é um rapaz alto e musculoso, sereno e nada tolo, mas quando está bêbado se empenha em mostrar-se amigo e desafogar as mágoas. Diz desaforos e reclama, como se desejasse reconciliar-se de forma ainda mais intensa com o competidor. O outro é corpulento, atarracado, baixo, cara redonda, inteligente e ardiloso. Bebeu, talvez, mais do que o colega, porém está só levemente bêbado. Tem caráter e passa por rico, mas por alguma razão lhe é vantajoso não irritar agora o seu amigo expansivo, e o leva ao botequineiro; súbito, afirma que o outro deve e é obrigado a lhe oferecer uma bebida "se és mesmo um homem honesto".

Demonstrando algum respeito pelo homem que cobrava a dívida e um quê de desprezo pelo amigo expansivo, porque este não bebia às suas custas, mas dos outros, o botequineiro apanha um cálice e o enche.

— Não, Stiopka,[82] quem deve pagar és tu — diz o amigo expansivo, vendo que levara a melhor —, porque a dívida é tua.

---

[82] Forma carinhosa de Stiepan. (N. do T.)

— Não vou ficar nesse lenga-lenga contigo! — retruca Stiopka.

— Não, Stiopka, estás enganado — sustenta o primeiro, recebendo o cálice do botequineiro —, porque me deves dinheiro; não tens consciência e teus olhos não são teus, mas tomados de empréstimo! És um patife, Stiopka, um patife, fica sabendo; numa palavra, um patife!

— Arre, como choramingas, está derramando a vodca! Fiz as honras e servi, então bebe! — grita o botequineiro para o amigo expansivo. — Não vou ficar te esperando até amanhã!

— Sim, vou beber, por que esses gritos? Boas-festas, Stiepan Dorofiêitch! — de caneca na mão, com cortesia e reverência, dirigiu-se a Stiopka, que meio minuto antes chamara de patife. — Mais cem anos de saúde, os já vividos não entram na conta! — bebeu, soltou um grasnido e limpou a boca. — Antes, irmãozinhos, eu virava muita vodca — observou com séria imponência, como quem se dirige a todos e a ninguém em especial —, mas agora, sabe como é, meu tempo está passando. Agradeço, Stiepan Dorofiêitch.

— Não há de quê!

— Pois bem, Stiopka, vou continuar batendo na mesma tecla; além de seres para mim um grande patife, ainda te digo...

— Pois ouve o que te digo, sua carantonha bêbada — interrompe Stiopka, com a paciência esgotada. — Escuta bem e leva em conta cada uma de minhas palavras: eis o mundo dividido em duas metades; uma metade é tua, a outra metade é minha. Anda, e não cruzes mais comigo! Estou de saco cheio!

— E quer dizer que não me pagas meu dinheiro?

— Que dinheiro hei de te pagar, seu bêbado?

— Ei, tu mesmo me aparecerás para pagá-lo no outro mundo; e não vou receber. Nosso dinheirinho vem do trabalho, do suor, das nossas mãos calejadas. Vais tocar nos meus cinco copeques no outro mundo.

— Vai pro diabo que te carregue!

— Por que berras? Não sou cavalo!

— Vai andando, vai!

— Patife!

— Galé!

E voltaram os insultos, ainda maiores que antes da bebida.

Dois amigos estão sentados em tarimbas separadas. Um é alto, corpulento, carnudo, um verdadeiro açougueiro; tem o rosto vermelho. Está a ponto de chorar porque está muito comovido. O outro, mirrado, franzino, magro, tem o nariz comprido, de onde algo parece pingar, e olhinhos suínos voltados para o chão. É um tipo diplomático e instruído. Outrora fora escrivão e trata o amigo com certo ar de superioridade, o que para o outro é muito desagradável. Beberam juntos o dia inteiro.

— Ele teve a ousadia! — berra o amigo carnudo, sacudindo com força a cabeça do escrivão com a mão esquerda, com a qual o abraçara. "Ter a ousadia" queria dizer que outro lhe bateu. O amigo carnudo, ele mesmo da classe dos sargentos, inveja secretamente seu amigo macilento, e por isso os dois ostentam entre si um estilo rebuscado.

— E eu digo que tu também não tens razão... — começa em tom dogmático o escrivão, obstinado em não levantar os olhos para o outro, e olhando com imponência para o chão.

— Ele teve a ousadia, procura ouvir! — interrompe o outro, sacudindo com ainda mais força a cabeça do seu querido amigo. — Agora, tu és o único que me resta neste mundo, estás ouvindo? Por isso só a ti eu digo: ele teve a ousadia!

— Torno a dizer, meu caro: uma justificativa tão amarga é apenas uma vergonha para a tua consciência! — objeta o escrivão com uma vozinha fina e cordial. — E seria melhor que tu, amável amigo, reconhecesses que a culpa de toda essa bebedeira é a tua própria inconstância...

O amigo carnudo recua um pouco, fita com ar obtuso e olhos de bêbado o escrivãozinho cheio de si e, de chofre, de modo absolutamente inesperado, desfere com toda a força do seu enorme punho um murro no rosto miúdo do escrivão. E assim acaba uma amizade de um dia inteiro. O querido amigo rola desacordado por baixo da tarimba.

E eis que entra em nossa caserna um meu conhecido da seção especial, rapaz alegre e cheio de eterna bonomia, nada tolo, portador de uma jocosidade inofensiva e de uma incomum aparência de simplório. Era aquele mesmo que, no dia da minha chegada ao presídio, procurara, durante o almoço na cozinha, descobrir onde estava o mujique rico, assegurou que era um homem "com ambição" e fartou-se de tomar chá comigo. Tem uns quarenta anos, uma beiçola fora do comum e um nariz grande e carnudo coberto de espinhas. Segura a sua balalaica, cujas cordas dedilha com displicência. Seguia-o como um lacaio outro detento de baixíssima estatura e cabeça grande, que eu até então conhecia muito pouco. Aliás, ninguém lhe dava nenhuma atenção. Era um tipo meio estranho, desconfiado, sempre calado e sério; trabalhava na oficina de costura e pelo visto procurava viver isolado, sem contato com ninguém. Agora que estava bêbado, atrelara-se a Varlámov como uma sombra. Seguia-o agitadíssimo, gesticulando, esmurrando as paredes e as tarimbas e a ponto de chorar. Varlámov parecia não lhe dar nenhuma atenção, como se ele não estivesse por perto. É digno de nota que antes aqueles dois homens não combinavam em quase nada; não tinham nada em comum, nem por suas ocupações, nem pela índole. Até pertenciam a diferentes categorias de presos, e por isso viviam em casernas diferentes. O baixote chamava-se Búlkin.

Ao me ver, Varlámov abriu um largo sorriso. Eu estava sentado em minha tarimba junto ao forno. Ele ficou à distância, de frente para mim e, depois de se dar conta de alguma coisa, aproximou-se de mim com passos desiguais, vergou o corpo todo para um lado de um jeito um tanto garboso e, tocando de leve as cordas da balalaica, proferiu em tom recitativo, marcando o ritmo com uma das botas:

> *Rosto redondo, bem branqueado,*
> *Canta como um real chapim*
> *A minha amada;*
> *Em seu vestido de cetim,*
> *Um conjunto primoroso,*
> *Fica formosa assim.*

Essa canção pareceu deixar Búlkin fora de si; ele agitou os braços e, dirigindo-se a todos, berrou:

— É tudo mentira, irmãozinhos, é tudo mentira! Ele não dirá uma única verdade, é tudo mentira!

— Ao velhote Aleksandr Pietróvitch! — disse Varlámov, olhando-me nos olhos com um riso matreiro e quase se precipitando para me beijar. Estava um pouquinho bêbado. A expressão "Ao velhote fulano...", isto é, meus respeitos a algum fulano, é empregada pelo povo em toda a Sibéria, mesmo que dirigida a uma pessoa de vinte anos. A palavra "velhote" significa algo honroso, respeitoso, até lisonjeiro.

— Então, Varlámov, como vai vivendo?

— Arrastando um dia atrás do outro. E quem está contente com a festa já madrugou de porre; o senhor me desculpe! — Varlámov falava como quem canta.

— E continua mentindo, mais uma vez está mentindo! — gritou Búlkin, batendo com a mão na tarimba, com certo ar de desesperado. Mas como Varlámov parecia ter jurado que não daria a mínima atenção a ele, até nisso havia uma extraordinária comicidade, porque Búlkin grudara em Varlámov sem quê nem para quê desde que o dia amanhecera, e justo porque Varlámov "estava sempre mentindo", como ele achava sabe-se lá por quê. Vagava atrás dele como uma sombra, fixava o ouvido em cada uma de suas palavras, torcia as mãos, batia com elas na parede e na tarimba quase a ponto de tirar sangue, e sofria, sofria pela convicção de que Varlámov "está sempre mentindo". Se ele tivesse cabelos na cabeça, é de crer que os arrancaria levado pelo desgosto. Era como se tivesse assumido a obrigação de responder pelos atos de Varlámov. Mas o nó da questão estava em que o outro nem sequer olhava para ele.

— Está sempre mentindo, sempre mentindo, sempre mentindo! Nenhuma palavra dele leva a nada! — gritava Búlkin.

— Ora, o que tens com isso? — respondiam entre risos os presidiários.

— Eu lhe informo, Aleksandr Pietróvitch, que fui um rapaz muito bonito e que as moças me amavam muito... — começou de repente Varlámov sem quê nem mais.

— Mentira! Mais uma vez mentindo! — interrompe Búlkin numa espécie de ganido.

Os presidiários gargalham.

— E eu ostentava diante delas: a camisa era vermelha, as calças, largas e plissadas; e ficava deitado feito um conde Butílkin,[83] quero dizer, bêbado como um sueco, numa palavra: o que mais deseja?

— Mentira! — afirma Búlkin em tom decidido.

— Naquele tempo eu tinha uma casa de pedra de dois andares, herdada de meu pai. Bem, em dois anos me desfiz dos dois andares e fiquei só com a porta, sem o umbral. Fazer o quê? O dinheiro é como os pombos, que chegam voando e voando se vão!

— Mentira, mentira! — afirma Búlkin em tom ainda mais decidido.

— Pois bem, aí eu reconsiderei e daqui mandei uma carta chorosa aos familiares; quem sabe não me enviariam um dinheirinho? Porque diziam que eu tinha contrariado a vontade dos meus pais. Tinha faltado com o respeito! E está fazendo sete anos que mandei essa carta!

— E não recebeu resposta? — perguntei, rindo.

— Nada — respondeu ele, de repente caindo na risada também, e chegando o nariz cada vez mais perto do meu rosto. — E aqui, Aleksandr Pietróvitch, tenho uma amante...

— Você? Uma amante?

— Onúfriev estava dizendo outro dia: "Vamos que a minha seja bexiguenta, feia, mas em compensação tem um bocado de roupa; já a tua é bonita, mas mendiga, e anda com um saco nas costas".

— Será possível?

---

[83] Literalmente, "conde Garrafa". (N. do T.)

— E é mendiga mesmo — respondeu Varlámov e se desfez numa risada abafada; outros também gargalharam na caserna. De fato, todos sabiam da ligação de Varlámov com uma mendiga, a quem dera apenas dez copeques em seis meses.

— Mas, e daí? — perguntei, querendo enfim me livrar dele.

Varlámov ficou em silêncio, olhou-me de um jeito afetuoso e disse com ternura:

— Pois bem, será que por tudo isso o senhor não me honra com uns cobres para uma meiota? Veja, Aleksandr Pietróvitch, hoje passei o dia inteiro bebendo só chá — acrescentou, enternecido, enquanto recebia o dinheiro —, e emborquei tanto esse chá que fiquei sem fôlego e a minha barriga sacoleja como uma garrafa...

Enquanto ele recebia o dinheiro, o transtorno moral de Búlkin parecia chegar ao limite. Gesticulava como um desesperado e estava a ponto de chorar.

— Criaturas de Deus! — berrava feito um possesso para toda a caserna. — Olhem para ele! Está sempre mentindo! O que quer que diga é tudo, tudo, tudo mentira!

— Mas o que tens com isso? — gritam-lhe os presidiários, surpresos com o seu furor. — És um despropósito!

— Não consinto que minta! — grita Búlkin com os olhos faiscando, batendo o punho com toda a força na tarimba. — Não quero que ele minta!

Todos gargalham. Varlámov recebe o dinheiro, faz-me uma reverência e, entre trejeitos, trata de sair depressa da caserna, naturalmente rumo ao botequineiro. E só então parece notar Búlkin pela primeira vez...

— Ora, vamos indo! — diz a ele, detendo-se à porta como se o outro lhe fosse mesmo de alguma serventia. — Mala sem alça! — acrescenta com desdém, fazendo o amargurado Búlkin passar à sua frente e voltando a dedilhar a balalaica.

Contudo, por que descrever essa embriaguez? Enfim termina esse dia sufocante. Os presidiários caem no sono pesado nas tarimbas. Em sonho falam e deliram ainda mais que nas outras noites. Num ou noutro canto alguns preparam o *maidan*. A festa longamente esperada já passou. Amanhã é um dia comum, outro dia de trabalho...

XI
O ESPETÁCULO

Na tarde do terceiro dia de festa houve a primeira apresentação do nosso teatro. As preocupações com a montagem provavelmente seriam muitas, mas os atores assumiram tudo, de modo que todos nós, os restantes, nem sequer ficamos sabendo em que pé estava a questão, ou o que exatamente estava sendo feito. Não sabíamos direito nem o que seria representado. Durante aqueles três dias, os atores procuravam conseguir o máximo de trajes quando saíam para o trabalho. Ao cruzar comigo, Baklúchin se limitava a estalar os dedos de satisfação. Parecia que até o major estava de bom humor. No entanto, nós definitivamente não sabíamos se ele estava ou não a par do espetáculo. E se estivesse, teria dado permissão formal ou apenas resolvera calar, dando de ombros para o divertimento dos presidiários e certificando-se, é claro, de que, na medida do possível, tudo transcorreria em ordem? Creio que ele sabia do teatro, era impossível não saber; mas não queria interferir, compreendendo que, se o proibisse, poderia ser pior: os presidiários cairiam em desatinos, na bebedeira, de modo que era bem melhor que se ocupassem com alguma coisa. Pensando bem, suponho que o major assim refletia unicamente porque era a coisa mais natural, a mais correta e sensata de se pensar. Até acho cabível afirmar que se durante as festas os presidiários não tivessem o teatro ou alguma outra ocupação do gênero, a própria administração teria de inventá-la. Mas como o nosso major se distinguia por um modo de pensar totalmente oposto ao do resto da humanidade, não seria nenhuma surpresa se eu estivesse cometendo um grande equívoco ao supor que ele sabia do teatro e o havia permitido. Um homem como o nosso major, onde quer que estivesse, precisava estar sempre atormentando alguém, confiscando alguma coisa, privando alguém de seus direitos, em suma, inventando regras. Era conhecido na cidade inteira por isso. Que lhe importava se era justamente por causa de suas restrições que faziam diabruras no presídio? Pois existem punições para essas diabruras (assim pensam tipos como o nosso major) e para os presos vigaristas existem o rigor e o cumprimento permanente da lei, ao pé da letra — eis tudo o que se requer! Esses ineptos executores da lei decididamente não compreendem, e nem têm condições de compreender, que a sua simples execução literal, sem sentido, sem uma compreensão do seu espírito, resulta diretamente em desordens, como aliás nunca resultou em outra coisa. "É a lei, o que se quer?", dizem eles, e honestamente se surpreendem que como acréscimo às leis ainda se cobrem deles bom senso e sobriedade. Esta, em particular, parece a muitos deles um luxo excessivo e revoltante, um constrangimento, uma intolerância.

Mas seja como for, o sargento-mor não contrariou os presidiários, e era só disso que eles precisavam. Afirmo que o espetáculo e a gratidão por terem-no permitido foram a causa de não ter havido nenhuma desordem séria no presídio: não houve uma discussão maldosa, nenhum roubo. Eu mesmo fui testemunha de como alguns presidiários procuravam acalmar os que estavam na farra ou que altercavam sob o único pretexto de que poderiam proibir o teatro. O sargento obteve dos presidiários a palavra de que tudo transcorreria com serenidade e de que eles se comportariam bem. Eles concordaram com alegria e cumpriram religiosamente a promessa; também se sentiram muito lisonjeados por terem acreditado em sua palavra. De resto, é preciso dizer que permitir o teatro não custava nada, nenhum desembolso à administração. Os lugares não foram demarcados previamente: montava-se e desmontava-se todo o palco em uns quinze minutos. O espetáculo duraria uma hora e meia, e se de repente viesse uma ordem superior para interrompê-lo, isso seria feito num piscar de olhos. Os trajes estavam escondidos nos baús dos presidiários. Mas antes de dizer como fora preparado o espetáculo e quais eram precisamente os trajes, falarei do programa, ou seja, do que exatamente se propunham a representar.

Não havia propriamente um programa escrito. Mas no segundo ou no terceiro dia de espetáculo o programa apareceu; foi feito por Baklúchin para os senhores oficiais e para todos os espectadores da nobreza que honraram com a sua visita o nosso teatro ainda em sua primeira apresentação. Destes senhores, compareceu o oficial da guarda, como sempre, e num dos dias compareceu o próprio oficial plantonista encarregado pela guarda. Noutro dia compareceu também o oficial engenheiro; pois foi para a eventualidade do comparecimento desses senhores que se fez a programação. Todos supunham que a fama do teatro do presídio ecoaria longe, no forte e até na cidade, ainda mais porque ali não havia teatro. Mas o que se ouvia dizer é que estavam montando um espetáculo exclusivamente com amadores, e só. Os presidiários se regozijavam com o mínimo sucesso, como crianças, ficavam até envaidecidos. "Quem sabe", pensavam e diziam os nossos presidiários, a si mesmos e uns aos outros, "se a mais alta chefia não acabará sabendo? Vai comparecer, observar; e então verá que presos são estes. Isso aqui não é um simples espetáculo de soldados, com espantalhos, barcos flutuando, ursos e cabras. Aqui temos atores, atores de verdade, que representam comédias para os senhores; nem na cidade há um teatro assim. Dizem que certa vez houve um espetáculo de teatro na casa do general Abróssimov e que ainda haverá outro; bem, pode ser que pelos trajes a gente fique em desvantagem, mas, quanto aos *diálogos*, ainda se precisa ver se levam vantagem sobre os nossos atores! O assunto chegará ao governador e talvez — o que é que o diabo não apronta? — ele mesmo queira vir assistir. Na cidade não há teatro..." Em suma, a fantasia dos presidiários, sobretudo depois do primeiro êxito, chegou ao último grau durante aquelas festas, quase beirando uma condecoração ou a redução da pena de trabalhos forçados, embora ao mesmo tempo eles mesmos logo passassem a rir de si próprios com a maior bonomia. Em suma, eram crianças, completamente crianças, embora algumas dessas crianças já estivessem na casa dos quarenta anos. Contudo, apesar de não haver programa, eu já conhecia, em linhas gerais, a composição do espetáculo a ser representado. A primeira peça era *Os rivais Filatka e Mírochka*.[84] Ainda uma semana antes do espetáculo, Baklúchin gabou-se diante de mim, dizendo que o papel do próprio Filatka, que ele tomara para si, seria representado de uma forma que nunca fora vista nem no teatro de São Petersburgo. Ele ia de caserna em caserna e gabava-se de modo tão impiedoso e desavergonhado, e ao mesmo tempo com tanta bonomia, que vez por outra soltava de repente alguma coisa "tiatral", isto é, alguma fala sua, e todos caíam na gargalhada, fosse ou não engraçado o que ele dizia. Aliás, cabe reconhecer que também nesses momentos os presidiários sabiam se portar e manter a dignidade; só se deliciavam com as extravagâncias de Baklúchin e seus relatos sobre o futuro teatro as pessoas mais jovens e verdes, pouco contidas, ou então os presos mais importantes, cuja autoridade já se estabelecera de forma tão inabalável que eles não tinham mais razão para temer expressar seus sentimentos, quaisquer que fossem, mesmo aqueles do teor mais ingênuo (isto é, mais indecoroso, segundo as noções correntes no presídio). É verdade que os outros ouviam os boatos e comentários calados, sem condenar, sem contradizer, mas tentando com todas as forças ouvi-los com indiferença e, em parte, até com desdém. Só bem no último dia, quase no próprio dia da apresentação, é que todos começaram a se perguntar: Vai haver alguma coisa? Como vão agir os nossos? O que vai fazer o major? Será que vão se sair como no ano passado? etc. Baklúchin me assegurou que a escolha de todos os atores fora excelente, cada um "em seu devido lugar".

---

[84] *Filatka i Mírochka sopiérniki, vaudeville* de Piotr Grigóriev (1807-1854), ator do Teatro Alexandrinski, de Petersburgo. (N. do T.)

Que haveria até uma cortina. Que Sirótkin faria o papel da noiva de Filatka: "O senhor vai ver como ele sobressai em traje feminino!", dizia ele, apertando os olhos e estalando a língua. "A benevolente senhora de terras usará um vestido com babados, uma pelerina e uma sombrinha na mão; o benevolente senhor de terras, uma sobrecasaca de oficial com alamares e uma bengala." Depois vinha a segunda peça, um drama: *Kedril, o glutão*.[85] Esse título me deixou muito interessado; contudo, por mais que eu indagasse sobre essa peça, nada pude descobrir de antemão. Soube apenas que não fora tirada de um livro, mas "copiada a mão", que haviam conseguido a peça de algum sargento da reserva que morava num subúrbio e que outrora teria na certa participado em pessoa de sua representação num espetáculo de soldados. Em nossas cidades e províncias distantes encontram-se de fato peças desse tipo, que ninguém parece conhecer, que talvez nunca e em lugar nenhum tenham sido publicadas, que apareceram por si só, sabe-se lá de onde, e são parte do repertório indispensável de qualquer teatro popular em certas regiões da Rússia. A propósito: eu disse "teatro popular". Seria muito bom, muito mesmo, que algum dos nossos pesquisadores se ocupasse de fazer pesquisas novas e mais minuciosas que as que até hoje foram feitas sobre o teatro popular, que talvez não sejam inteiramente insignificantes. Não quero acreditar que tudo o que vi em nosso teatro do presídio tenha sido inventado por nossos presidiários. Para isso é necessária uma continuidade da tradição, de técnicas e noções estabelecidas, que passam de geração a geração e têm base na memória antiga. Elas devem ser procuradas entre os soldados, os operários das fábricas, nas cidades fabris e inclusive entre habitantes de alguns vilarejos pobres e desconhecidos. Elas se conservaram também nas aldeias e capitais de província, entre a criadagem doméstica dos senhores de terra. Acho até que muitas peças antigas proliferaram em manuscritos pela Rússia unicamente por meio desses criados. Os antigos senhores de terra e grãos-senhores moscovitas possuíam seus próprios teatros, formados por artistas servos. Pois foi nesses teatros que teve início a nossa arte dramática popular, e esta possui vestígios indubitáveis daqueles. Quanto a *Kedril, o glutão*, por mais que eu tenha desejado, não consegui descobrir nada de antemão a seu respeito, a não ser que aparecem espíritos maus no palco e levam Kedril para o inferno. Mas o que significa Kedril e, por fim, por que "Kedril", e não "Kirill"? Se esse nome é russo ou de origem estrangeira, é coisa que não tive nenhum meio de descobrir. Para concluir: foi anunciado que será represen-

---

[85] *Kedril-objóra*, peça de autoria desconhecida, baseada na história de Don Juan. (N. do T.)

tada uma "pantomima acompanhada de música". É claro que tudo isso era muito curioso. Os atores eram uns quinze — uma gente esperta e galharda. Movimentavam-se em conjunto, ensaiavam, às vezes atrás das casernas, dissimulavam, escondiam-se. Em suma, queriam surpreender a todos nós com algo incomum e inesperado.

Nos dias de trabalho, fechavam os portões do presídio cedo, mal anoitecia. Durante as festas de Natal abriam uma exceção: os mantinham abertos até o toque de recolher. Esse privilégio era concedido precisamente em razão do teatro. Durante as festas, todos os dias, antes do cair da tarde, costumava-se enviar ao oficial da guarda de plantão o docílimo pedido de "permitir o espetáculo e manter os portões abertos por mais tempo", acrescentando que na véspera houvera espetáculo, os portões tinham permanecido abertos por longo tempo e não houvera nenhuma desordem. O oficial da guarda raciocinava assim: "Ontem realmente não houve desordens; e como eles mesmos estão dando a palavra de que hoje também não haverá, quer dizer que vão vigiar uns aos outros, e isso é o mais seguro. Além disso, se eu não permitir o espetáculo, pode ser que (quem sabe do que são capazes? são galés!) façam de propósito alguma sujeira, de pirraça, e deixem a guarda em maus lençóis". E por fim, mais uma coisa: montar guarda é chato, mas eis que temos um espetáculo, e não de soldados, mas de presidiários, e os presidiários são uma gente interessante: será divertido assistir ao espetáculo. E o oficial da guarda sempre tem o direito de assistir.

Chega o oficial de plantão: "Onde está o oficial da guarda?". "Foi ao quartel fazer a chamada, fechar as casernas" — a resposta é direta e a justificativa é direta. Assim, durante o período das festas o oficial da guarda permitia o teatro todas as noites e mantinha o presídio aberto até o toque de recolher. Os presidiários já sabiam de antemão que não haveria obstáculos da parte da guarda e ficavam tranquilos.

Por volta das seis, Pietróv veio ao meu encontro e fomos juntos ao espetáculo. Quase todos da nossa caserna estavam lá, exceto o velho crente de Tchernígov e os poloneses. Estes só resolveram assistir à última apresentação, no dia 4 de janeiro, e mesmo assim depois de muita garantia de que aquilo era bom, alegre e seguro. O fastio dos poloneses não irritou minimamente os galés, que os receberam com muita cortesia no dia 4 de janeiro. Foram inclusive colocados nos melhores lugares. Já para os circassianos, e sobretudo para Issái Fomitch, o nosso teatro foi um verdadeiro deleite. Issái Fomitch deu três copeques depois de cada apresentação, mas na última pôs dez copeques no prato e a beatitude estampou-se em seu rosto. Os atores haviam resolvido cobrar dos espectadores o que cada um quisesse dar, para as despesas com o teatro e para "avigoramento" próprio. Pietróv me assegurou de que me cederiam um dos primeiros lugares, por mais abarrotado que estivesse o teatro, julgando que eu, sendo mais rico que os outros, provavelmente pagaria mais, e além disso era mais entendido que eles. E foi o que aconteceu. Mas primeiro vou descrever a sala e as instalações do teatro.

A nossa caserna militar, na qual fora montado o espetáculo, tinha uns quinze passos de comprimento. Subia-se do pátio para o alpendre, do alpendre entrava-se no vestíbulo e daí para a caserna. Como já afirmei, aquela longa caserna recebera uma disposição especial: as tarimbas eram distribuídas ao longo das paredes, de modo que o meio do salão ficava livre. Uma metade da sala, mais próxima da saída para o alpendre, fora reservada aos espectadores; a outra metade, que comunicava com outra caserna, fora reservada ao palco. A primeira coisa que me impressionou foi a cortina. Esta se estendia uns dez passos através da sala. Era mesmo de impressionar, tamanho seu luxo. Além disso, fora pintada a óleo, e nela se viam árvores, caramanchões, lagos e estrelas. Era feita de panos velhos e novos, de velhas camisas e tiras de enrolar nos pés, doadas pelos presidiários, e que haviam sido costuradas de qualquer jeito para formar um grande pano; por último, a parte onde faltara pano era feita simplesmente de papel, também pedinchados folha por folha nos diversos escritórios e departamentos da fortaleza. Nossos pintores, dentre os quais se distinguia A-v — o nosso Briullov —, cuidaram de colori-lo e decorá-lo. O efeito era surpreendente. Aquele luxo alegrou até os mais sorumbáticos e melindrosos entre os presidiários, e tão logo começou o espetáculo estes se revelaram, sem exceção, umas crianças, tal qual os outros, mais fogosos e impacientes. Todos estavam muito satisfeitos, até jactavam-se de satisfação. Algumas velas de sebo, cortadas em pedacinhos, formavam a iluminação. Diante da cortina ficavam dois bancos tirados da cozinha, e à frente dos bancos umas três ou quatro cadeiras que foram encontradas na sala dos sargentos. As cadeiras tinham sido postas ali para a eventualidade de algum oficial superior comparecer. Os bancos eram destinados a sargentos e escrivães da engenharia, a monitores e outras pessoas que, embora exercessem cargos de chefia, não tinham patente de oficial, para a eventualidade de seu comparecimento. E foi justamente o que aconteceu: não faltaram visitantes de fora durante a festa: numa noite vinham mais, noutra menos, mas na última apresentação não sobrou um lugar livre nos bancos. Por último, atrás desses bancos ficavam os presidiários, em pé, em sinal de respeito aos visitantes, sem quepes, envergando jaquetas ou minipeliças, apesar do bochornal ar sufocante do ambiente. É claro que havia pouquíssimo espaço para os presidiários. E além de eles estarem literalmente amontoados uns sobre os outros, em particular nas últimas filas, também estavam ocupadas as tarimbas e os bastidores e, por fim, na caserna ao lado havia os aficionados que vinham todos os dias ao teatro, e de lá espiavam o espetáculo por trás do bastidor posterior. Naquela metade da caserna o aperto era extraordinário e talvez se equiparasse ao aperto e ao acotovelamento que pouco antes eu vira nos banhos. A porta para o vestíbulo estava aberta; lá, onde fazia vinte graus abaixo de zero, também havia gente aglomerada. Logo abriram passagem para mim e Pietróv, para bem perto dos bancos, de onde se via o palco bem melhor que do fundo da sala. Em parte, consideravam-me uma espécie de juiz, um entendido, que estivera em teatros superiores; viam que durante todo o tempo dos preparativos Baklúchin estivera sempre se aconselhando comigo e me tratava com respeito; portanto, me caberiam a honra e um lugar. Vamos que os presidiários fossem uma gente vaidosa e leviana no mais alto grau, mas tudo isso era simulação. Podiam zombar de mim ao verem que eu era um mau auxiliar nos trabalhos. Almázov podia olhar com desdém para nós, vangloriando-se de sua habilidade em calcinar o alabastro. Mas aos constrangimentos e zombarias contra nós também se misturava outra coisa: outrora havíamos sido nobres; pertencíamos à mesma casta que os seus antigos senhores, dos quais não podiam conservar uma boa lembrança. Mas agora, no teatro, abriam passagem para mim. Reconheciam que nesse assunto eu podia julgar melhor do que eles. Os que menos simpatizavam comigo (disto estou a par) agora desejavam que eu elogiasse o seu teatro, e era sem nenhum rebaixamento que me abriam acesso ao melhor lugar. Hoje recordo minha impressão daquele momento. Naquela mesma ocasião pareceu-me — disto eu me lembro — que no justo julgamento que eles faziam de si próprios não havia humilhação alguma, mas um sentimento de dignidade. O traço característico supremo e mais acentuado do nosso povo é o sentimento de justiça e a sede dela. A mania de bancar o galo e de aparecer à frente em todos os lugares e *a qualquer custo*, mereça ou não mereça a pessoa, não existe em nosso povo. Basta apenas remover a crosta externa, aluviana, e observar o próprio grão mais de perto, com mais atenção e sem preconceito, e qualquer um verá no povo coisas que nem sequer pressentia. Nossos sábios têm pouco a ensinar ao povo. Eu até afirmo o contrário: ainda devem aprender com ele.

    Quando nos preparávamos para ir ao teatro, Pietróv me disse ingenuamente que me deixariam passar à frente porque eu daria mais dinheiro. Não havia um preço estabelecido: cada um dava o que podia ou queria. Quando passaram o prato, quase todos puseram alguma coisa, pelo menos uns trocados. Mas se me deixaram passar à frente em parte também por dinheiro, na suposição de que eu pagaria mais que os outros, de novo cabe observar o quanto havia nisso de sentimento de dignidade! "Tu és mais rico que eu, passa à frente, pois embora todos aqui sejamos iguais, tu pagarás mais: portanto, um espectador como tu é mais agradável para os atores — é teu o primeiro lugar, porque não estamos aqui por dinheiro, mas por uma questão de respeito, logo, nós mesmos é que devemos nos dividir." Quanta altivez verdadeira e nobre há nisto! Não se trata de respeito ao dinheiro, mas de respeito a si mesmo. De modo geral, no presídio não havia uma consideração especial pelo dinheiro, pela riqueza, sobretudo se observarmos todos os presidiários indiferentemente, em massa, como uma corporação. Mesmo se eu tiver de examiná-los um a um, não serei capaz de me lembrar de ninguém humilhando-se a sério por dinheiro. Havia pedinchões, que praticavam sua pedinchice até comigo. Mas nessa pedinchice havia mais estúrdia e velhacaria do que interesse; era mais humor, ingenuidade. Não sei se estou me expressando com clareza... Mas esqueci do teatro. Mãos à obra.

    Antes de subir a cortina, a sala inteira compunha um quadro estranho e animado. Em primeiro lugar, a multidão de espectadores, espremida, apinhada e encolhida de todos os lados, esperava o início do espetáculo com impaciência e uma expressão beatífica nos rostos. Nas fileiras do fundo os homens formigavam e empilhavam-se. Muitos tinham trazido pedaços de tronco de madeira da cozinha: depois de encostar de qualquer jeito um tronco grosso na parede, um homem fixou os pés em cima dele, apoiou as mãos nos ombros do que estava à frente e, sem mudar de posição, manteve-se assim por umas duas horas, satisfeitíssimo consigo mesmo e com o seu lugar. Uns firmaram os pés no degrau inferior do forno e exatamente assim permaneceram o tempo todo, apoiados nos que ficavam à frente. Isso acontecia nas últimas fileiras, junto à parede. Num dos lados, acima dos músicos, havia também uma multidão compacta trepada nas tarimbas. Ali ficavam os bons lugares. Uns cinco homens tinham trepado no próprio forno e, estirados em cima dele, olhavam para baixo. E se deliciavam deveras. Nos parapeitos das outras paredes também formigavam multidões inteiras de retardatários ou dos que não haviam conseguido um bom lugar. Todos estavam tranquilos e cerimoniosos. Cada um queria mostrar-se em sua melhor feição perante os senhores e as visitas. Todos os rostos exprimiam a mais ingênua expectativa. Estavam vermelhos e molhados de suor devido ao calor e ao abafamento. Que estranho reflexo de uma alegria infantil e de um prazer puro e encantador resplandecia naquelas frontes e faces sulcadas e ferreteadas, nos olhares daqueles homens até então sombrios e soturnos, naqueles olhos onde às vezes cintilava um fogo terrível! Todos estavam sem chapéu, e à minha direita todas as cabeças me pareciam raspadas. Mas eis que no palco se ouve um vozerio, uma agitação. A cortina vai subir. A orquestra começa a tocar... Vale a pena recordar aquela orquestra. Num dos lados, nas tarimbas, dispuseram-se uns oito músicos: dois violinos (havia um no presídio, e o outro tomaram emprestado de alguém na fortaleza, mas o músico era dos nossos), três balalaicas — todas de fabricação caseira — e, em vez de contrabaixo, dois violões e um pandeiro. Os violinos apenas rangiam e arranhavam, os violões não valiam nada, mas em compensação as balalaicas não tinham precedentes. A agilidade dos dedos que tangiam as cordas equiparava-se terminantemente a uma prestidigitação. Tocavam o tempo todo motivos dançantes. Nas passagens mais dançantes os músicos batiam com as costas dos dedos no tampo da balalaica; o tom, o gosto, a execução, o trato com os instrumentos, o caráter conferido ao motivo — tudo era próprio, original, à moda dos detentos. Um dos violonistas também conhecia magistralmente o seu instrumento. Era aquele mesmo nobre que matara o pai. Quanto ao pandeiro, este simplesmente fazia maravilhas: ora girava sobre um dedo, ora o polegar corria sobre o couro, ora se ouviam batidas amiudadas, sonoras e monótonas, ora esse som forte e nítido de repente parecia propagar-se numa infinidade de pequenos tinidos e farfalhos. Por fim, ainda apareceram dois acordeões. Palavra de honra; até então eu não tinha ideia do que se pode fazer com simples instrumentos populares; a harmonia dos sons, a execução, e — o principal — o espírito, a compreensão e a transmissão da verdadeira essência do motivo eram simplesmente admiráveis. Então compreendi, pela primeira vez e por completo, o que existe de infinitamente licencioso e ousado nas licenciosas e ousadas canções de dança russas. Enfim subiu a cortina. Todos ficaram agitados, todos trocaram o peso de uma perna para a outra, os de trás levantaram-se na ponta dos pés, alguém caiu de um tronco; todos, sem exceção, ficaram de boca aberta e olhos fixos, e reinou o mais pleno silêncio... O espetáculo havia começado.

A meu lado estava Aliêi, junto com seus irmãos e os outros circassianos. Todos tinham se envolvido intensamente com o teatro e compareceram todas as noites. Como já o observei mais de uma vez, todos os muçulmanos, tártaros etc., sempre foram apreciadores apaixonados de quaisquer espetáculos. Ao lado deles acomodava-se Issái Fomitch, que após a subida da cortina parecia todo ouvidos, todo visão, e do modo mais ingênuo esperava por maravilhas e deleites. Seria até uma lástima se sofresse uma decepção. O rosto encantador de Aliêi irradiava uma alegria tão infantil e bela que, confesso, dava-me uma imensa felicidade olhar para ele, e lembro de que sempre que um disparate divertido e astucioso de algum ator provocava a gargalhada geral, de pronto eu me virava para olhar o seu rosto, involuntariamente. Ele não me via, estava alheio a mim! Não muito longe, do lado esquerdo, estava um detento idoso, que vivia sempre sombrio, sempre descontente e resmungão. Também notara Aliêi e, eu podia ver, várias vezes se voltava para olhá-lo com um meio sorriso no rosto, tão encantador era ele. Ele o chamava de Aliêi Semiónitch, mas não sei por quê. O espetáculo começou com *Filatka e Mírochka*. O Filatka de Baklúchin estava de fato magnífico. Ele representou o papel com admirável clareza. Via-se que pensara a fundo cada frase, cada movimento que fazia. Em cada palavra vazia, em cada gesto, ele conseguia imprimir um sentido totalmente apropriado ao caráter do seu personagem. Acrescente-se a esse empenho, a esse estudo, a alegria surpreendente, autêntica, a simplicidade e a naturalidade, e qualquer um que tivesse visto Baklúchin representando concordaria sem pestanejar que se tratava de um ator de verdade, de um ator nato, de um grande talento. Mais de uma vez assisti *Filatka* nos teatros de Moscou e Petersburgo e digo positivamente: os atores das duas capitais que representaram o papel de Filatka foram ambos inferiores a Baklúchin. Comparados a ele, eram *paysans*[86] e não autênticos mujiques. Queriam por demais representar um mujique. Baklúchin, ademais, despertava rivalidade: todos sabiam que na segunda peça o papel de Kedril seria representado pelo detento Potsêikin, ator que, não sei por que, todos consideravam mais talentoso e melhor que Baklúchin, e Baklúchin sofria como uma criança por causa disso. Quantas vezes viera me ver nesses últimos dias para desabafar comigo! Duas horas antes do espetáculo tiritava de febre. Quando gargalhavam e lhe gritavam do meio da multidão: "Muito bem, Baklúchin! Isso, muito bem feito!", todo o seu rosto resplandecia de felicidade e a inspiração lhe brilhava nos olhos. A cena dos beijos com Mírochka, em que Filatka lhe grita previamente "Limpa-te!" e ele mesmo se limpa, saiu hilariamente cômica. Todos rolaram de rir. Para mim, porém, os mais engraçados eram os espectadores; todos estavam mesmo de peito aberto. Cada um se entregava sem reservas ao seu próprio divertimento. Os gritos de aprovação ressoavam cada vez mais amiúde. Um detento cutuca um colega e lhe comunica às pressas as suas impressões, sem sequer se preocupar com quem está a seu lado, e talvez sem nem notar; outro, durante alguma cena cômica, de repente vira-se em êxtase para a plateia, envolve todos os presentes com um olhar perscrutador, como se convocasse

---

[86] No teatro e na literatura russas, camponês representado de forma idílica, romantizada. (N. do T.)

todos a rir, abana a mão e no mesmo instante volta-se avidamente para o palco. Um terceiro simplesmente estala a língua e os dedos, não consegue parar quieto em seu lugar, mas como é impossível mexer-se, fica trocando o peso de um a outro pé. Ao término da peça a alegria geral chega ao auge. Não estou cometendo nenhum exagero. Imagine-se a prisão, os grilhões, o cativeiro, os longos anos tristes ainda pela frente, a vida monótona como uma gota d'água caindo num sombrio dia de outono — e de repente todos esses oprimidos e encarcerados ganham permissão de uma horinha para expandir-se, divertir-se, esquecer o pesadelo, montar um verdadeiro espetáculo, e como montaram: para orgulho e admiração da cidade inteira! "Vejam só, diriam, que tipo de presos são os nossos!" É claro que para eles tudo era interessante; os trajes, por exemplo. Era interessantíssimo ver, por exemplo, um tal de Vanka Otpiéti ou Netsvetáiev, ou Baklúchin, num traje em tudo diferente daquele em que há tantos anos eram vistos todo santo dia. "Ora, ele é um detento, aquele mesmo detento que tilinta os grilhões, mas eis que agora aparece de sobrecasaca, chapéu redondo, capa — tal qual um civil. Está com bigode e cabelos postiços. Eis que tira um lenço vermelho do bolso, abana-se, representa um grão-senhor, e é mesmo um, sem tirar nem pôr!" E todos ficam em êxtase. O benevolente senhor de terras entra em cena metido numa farda de ajudante de ordens, é verdade que bem velhinha, de dragonas, quepe com cocar, e produz um efeito fora do comum. Para esse papel havia dois pretendentes e — acreditam? — os dois, iguaizinhos a crianças, tiveram uma briga feia para ver quem o representaria: ambos queriam aparecer em uniforme de oficial com alamares. Foram apartados por outros atores que, por maioria de votos, concederam o papel a Netsvetáiev não porque este fosse mais bem-apessoado e mais bonito que o outro, e por isso se adequasse melhor a um grão-senhor, mas porque Netsvetáiev assegurou a todos que apareceria em cena de bengala na mão e a agitaria e calcaria o chão com ela exatamente como um autêntico grão-senhor e o primeiro dos almofadinhas, coisa que Vanka Otpiéti não tinha como fazer por nunca ter visto senhores de verdade. E realmente; desde que apareceu perante o público com sua grã-senhora, Netsvetáiev não fez outra coisa senão calcar o chão em gestos rápidos e ágeis com sua bengala de junco, conseguida sabe-se lá onde, provavelmente por ver naquilo indícios da mais alta senhorilidade, de extremo janotismo, de algo *fashion*.[87] Na certa, outrora, ainda em sua infância de garotinho servo e descalço, ele teve a oportunidade de ver um grão-senhor bem-vestido e de bengala na mão e ficou fascinado com sua habili-

---

[87] Em inglês russificado no original. (N. do T.)

dade de girá-la, e eis que a impressão lhe ficou gravada para sempre e de forma indelével na memória, de tal modo que agora, aos trinta anos de idade, tudo lhe vinha à lembrança tal como acontecera, para o pleno encantamento e fascínio de todo o presídio. Netsvetáiev estava tão concentrado em sua ocupação que não olhava para ninguém e em nenhuma direção, até falava sem levantar os olhos, e não fazia outra coisa senão observar a bengala e a sua ponta. A benevolente senhora de terras também era extraordinariamente notável a seu modo: surgiu num velho e surrado vestido de musselina, que parecia um verdadeiro trapo, braços e colo nus, rosto horrivelmente branqueado e carminado, com uma touca de dormir de chita atada sob o queixo, uma sombrinha numa das mãos e na outra um leque de papel colorido, com o qual se abanava sem parar. Uma salva de gargalhadas recebeu a grã-senhora; aliás, ela mesma não se conteve e várias vezes caiu na risada. O detento Ivánov fez o papel da grã-senhora. Sirótkin estava muito encantador vestido de moça. Também cantou bem as suas coplas. Em suma, a peça terminou com o divertimento mais completo e geral. Não houve crítica e nem poderia haver.

Mais uma vez tocaram a *ouverture* "Alpendre, meu alpendre"[88] e de novo a cortina subiu. Era *Kedril*. Uma espécie de Don Juan; pelo menos, ao término da peça os diabos levam o senhor e o criado para o inferno. Representaram um ato inteiro, porém era visivelmente um trecho da peça: o início e o fim haviam-se perdido. Era algo sem pé nem cabeça. A ação transcorre na Rússia, em alguma estalagem não se sabe onde. O estalajadeiro conduz a um quarto o grão-senhor, que usa um capote e um esfrangalhado chapéu redondo. Segue-o seu criado Kedril, levando a mala e um frango embrulhado num papel azul. Kedril usa uma peliça curta e quepe de criado. Ele é o glutão. Seu papel é representado pelo detento Potsêikin, o concorrente de Baklúchin, e o do grão-senhor, pelo mesmo Ivánov que na primeira peça fez o papel da benevolente senhora de terras. O estalajadeiro, representado por Netsvetáiev, os previne de que há diabos no quarto, e depois se esconde. O grão-senhor, sombrio e preocupado, resmunga de si para si que já sabia disso há muito tempo e manda Kedril dispor as coisas e preparar o jantar. Kedril é glutão e medroso. Ao ouvir falar de diabos, empalidece e treme como vara verde. Fugiria, mas tem medo do amo. Ademais, está com vontade de comer. É voluptuoso, tolo, astuto a seu modo, medroso, engazopa o amo a todo instante e ao mesmo tempo o teme. É um tipo notável de criado, no

---

[88] "Siêni, moi siêni", canção popular russa cheia de nostalgia do amor e da liberdade. (N. do T.)

qual se refletem de forma vaga e distante traços de Leporello,[89] e de fato foi bem representado: Potsêikin é um talento indiscutível e, a meu ver, um ator ainda melhor que Baklúchin. É claro que ao me encontrar com Baklúchin no dia seguinte não lhe transmiti inteiramente minha opinião: eu o deixaria amargurado demais. O detento que representou o amo também não se saiu nada mal: seus disparates foram um horror, sem pé nem cabeça; a dicção foi correta, viva, os gestos, adequados. Enquanto Kedril cuida da mala, o grão-senhor caminha pensativo pelo palco e anuncia em alto e bom som que nesta noite as suas errâncias terão fim. Kedril escuta com curiosidade, faz caretas, conversa com a plateia e provoca risadas a cada palavra. Não tem pena de seu amo, mas ouviu falar em diabos; quer saber o que é isso, e entra em falatório e indagações. O amo enfim lhe declara que outrora, ao passar por certa dificuldade, pediu ajuda ao inferno e os diabos o ajudaram, vieram em seu socorro; mas que hoje é o prazo final, e pode ser que hoje mesmo eles venham buscar sua alma como foi pactuado. Kedril fica morrendo de medo, mas o grão-senhor mantém a calma e o manda preparar o jantar. Ao ouvir falar em jantar, Kedril se anima, tira do embrulho o frango, uma garrafa de vinho — e ele mesmo tira um pedaço do frango para provar. O público gargalha. De repente a porta range, o vento sacode as janelas; Kedril treme e, às pressas, de forma quase inconsciente, esconde na boca um enorme pedaço do frango que nem sequer consegue engolir. Mais gargalhadas. "Está pronto?", grita o grão-senhor, circulando pelo cômodo. "Num instante eu lhe... preparo, senhor", responde Kedril e senta-se ele mesmo à mesa e, com a maior calma do mundo, começa a devorar a comida do amo. Parece dar gosto ao público ver a agilidade e a astúcia do criado, e ver o grão-senhor feito de bobo. Cabe reconhecer que Potsêikin merece mesmo elogios. A frase: "Num instante eu lhe preparo, senhor" foi proferida magnificamente. Sentado à mesa, ele começa a comer com avidez e estremece a cada passo do grão-senhor, para que este não perceba as suas marotices; mal o outro se mexe em seu lugar, ele se esconde debaixo da mesa, levando o frango consigo. Por fim sacia a sua primeira fome; é tempo de pensar no amo. "Kedril, ainda vais demorar?", grita o amo. "Está pronto!", responde Kedril com vivacidade, apercebendo-se de que não restou quase nada para o amo. De fato, no prato há apenas um pezinho do frango. O amo, sombrio e preocupado, nada percebe, senta-se à mesa, enquanto Kedril posta-se atrás de sua cadeira com um guardanapo no braço. Cada palavra, cada gesto, cada careta feita

---

[89] Nome do criado de Don Juan na ópera *Don Giovanni*, de Mozart, com libreto de Lorenzo da Ponte. (N. do T.)

por Kedril quando, por exemplo, vira-se para o público e aponta com um sinal de cabeça a papalvice do grão-senhor, são recebidos com uma irresistível gargalhada dos presentes. Mas tão logo o amo começa a comer aparecem os diabos. Aí já não dá mais para compreender coisa nenhuma, e além disso, os diabos aparecem de um jeito que difere demais dos humanos: num bastidor lateral a porta se abre e aparece uma coisa vestida de branco, trazendo no lugar da cabeça um lampião com uma vela; um segundo fantasma também tem um lampião no lugar da cabeça e segura uma foice na mão. Por que os lampiões, por que a foice, por que os diabos de branco, isso ninguém consegue explicar. Se bem que ninguém pensa muito sobre isso. Na certa, era assim mesmo que deveria ser. O grão-senhor se volta para os diabos com bastante destemor e lhes grita que está pronto e que o levem. Mas Kedril é medroso como um coelho; esconde-se debaixo da mesa e, apesar do medo, não se esquece de puxar a garrafa que está em cima da mesa. Os diabos desaparecem por um minuto e Kedril logo sai de baixo da mesa; porém, mal o amo se prepara para atacar o frango, os três diabos novamente irrompem no cômodo, agarram-no por trás e o levam para o inferno. "Kedril! Salva-me!", brada o grão-senhor. Mas Kedril não está preocupado com isso. Desta vez carrega a garrafa, o prato e até o pão para debaixo da mesa. E eis que ele se encontra só, sem diabos e também sem o amo. Kedril arrasta-se para fora, olha ao redor e um sorriso lhe ilumina o rosto. Aperta os olhos de um jeito velhaco, senta-se no lugar do grão-senhor e, com um sinal de cabeça para o público, diz, quase cochichando:

— Bem, agora estou sozinho... Sem amo!...

Todo mundo ri por vê-lo sem amo; mas eis que ele ainda acrescenta em meio cochicho, dirigindo-se ao público em tom confidencial e piscando um olho, cada vez mais alegre:

— O amo os diabos carregaram!

O êxtase dos espectadores não tem limites! Além do fato de os diabos terem carregado o grão-senhor, tudo foi dito de um jeito tão velhaco, com uma careta tão zombeteira e triunfal, que de fato era impossível não aplaudir. Mas a felicidade de Kedril dura pouco. Mal ele dispõe da garrafa, serve seu copo e se prepara para beber, os diabos retornam de repente, deslizam por trás dele na ponta dos pés, furtivos, e — *vapt-vupt* — seguram-no pelos flancos. Kedril berra a plenos pulmões; por covardia não se atreve a olhar para trás. Também não pode defender-se: tem nas mãos a garrafa e o copo, dos quais não tem forças para se separar. Boquiaberto de pavor, fica coisa de meio minuto sentado, com os olhos arregalados para o público, com uma expressão tão engraçada de medo e covardice que decididamente dava para pintar um quadro dele! Enfim o levam, carregam-no; está com a garrafa na mão, balança as pernas e grita, grita. Seus gritos ainda se fazem ouvir dos bastidores. Mas o pano desce e todo mundo gargalha. A orquestra dá início à *kamárinskaia*.[90]

Começa baixinho, mal se escuta, mas o motivo vai crescendo, crescendo, o compasso acelera, ouvem-se estalidos galhardos no tampo da balalaica... É a *kamárinskaia* em toda a sua amplitude e, palavra, seria bom se Glinka a ouvisse por acaso em nosso presídio. Começa a pantomima, com a música. A *kamárinskaia* não silencia durante toda a sua execução. O cenário representa o interior de uma isbá. Estão em cena um moleiro e sua mulher. Num canto, o moleiro conserta um arreio, no outro, a mulher fia linho. Sirótkin faz o papel da mulher, Netsvetáiev, o do moleiro.

Observo que os nossos cenários eram paupérrimos. Tanto nesta peça como na anterior e nas outras, você os completa com a imaginação mais do que vê com os olhos. Em lugar da parede do fundo estende-se um xairel ou um tapete qualquer; à direita, uns biombos esfrangalhados. O lado esquerdo não tem nada tapando, de modo que aparecem as tarimbas. Mas os espectadores não são exigentes e aceitam completar a realidade com a imaginação, ainda mais porque os presidiários são muito capazes disso. "Se foi dito que isso aí é um jardim, então o considere um jardim, se um quarto, então é um quarto, se uma isbá, então é uma isbá — dá tudo no mesmo e não se precisa ficar com muita cerimônia." Sirótkin está muito encantador no vestido da jovem mulher do moleiro. Entre os espectadores ouvem-se alguns elogios à meia-voz. O moleiro encerra o trabalho, apanha o gorro de pele, pega o chicote, vai até à mulher e lhe explica por sinais que precisa sair, e que se em sua ausência ela receber alguém, então... E mostra o chicote. Ela ouve e meneia a cabeça. Provavelmente conhece muito bem esse chicote: a mulherzinha cai na gandaia ao se livrar do marido. O marido sai. Mal ele se põe do outro lado da porta, a mulher o ameaça com o punho cerrado. Mas eis que batem; a porta se abre e aparece um vizinho, também moleiro, um mujique de cafetã e barba. Traz um presente, um lenço vermelho. A mulherzinha ri; porém mal o vizinho esboça abraçá-la, batem de novo. Onde metê-lo? Ela o esconde às pressas debaixo da mesa e volta ao fuso. Aparece um novo admirador: é um escrevente em uniforme militar. Até agora a pantomima esteve irrepreen-

---

[90] Canto popular russo para dança, que acompanha a famosa *rússkaya plyaska* ou dança típica russa, repleta de passos e saltos bem cadenciados. Em 1848 o compositor Mikhail Glinka (1804-1857) compôs uma fantasia sobre o motivo desse canto, a qual Tchaikóvski classificou como a base da sinfonia russa. (N. do T.)

sível, o gestual, perfeito. Observando aqueles atores improvisados, a gente pode até se surpreender e pensar involuntariamente quantas forças e quantos talentos são desperdiçados quase em vão no cativeiro, sob um fardo pesado, na nossa Rússia. Porém, o detento que representava o escrevente outrora assistira na certa a algum espetáculo num teatro doméstico ou de província, e passava-lhe pela imaginação que os nossos atores, do primeiro ao último, não entendem nada de palco nem se desempenham como deviam em cena. E eis que ele atua como, segundo dizem, atuavam no teatro antigo os personagens do repertório clássico: dá um longo passo e, ainda antes de mover a outra perna, para de repente e atira para trás o tronco inteiro, a cabeça, lança com altivez um olhar ao redor e dá outro passo. Se um andar daqueles já é cômico nos personagens clássicos, ficava-o ainda mais num escrevente fardado numa cena cômica. Mas o nosso público pensava que na certa devia ser assim mesmo, e aceitava sem grande crítica os passos longos do esgrouviado escrevente. Mal o escrevente consegue chegar ao centro do palco, ouve-se mais uma batida: a dona da casa fica alvoroçada. Onde meter o escrevente? Num baú, que por sorte está aberto. O escrevente enfia-se no baú e a mulherzinha o tampa. Desta vez aparece um visitante especial, também apaixonado, só que este tem uma qualidade peculiar: é um brâmane, até está vestido a rigor. Uma gargalhada incontida rebenta entre os espectadores. O detento Kóchkin faz o papel do brâmane, e seu desempenho é magnífico. Tem porte de brâmane. Explica com gestos toda a potência do seu amor. Levanta as mãos para o céu, depois as deposita no peito, sobre o coração. Contudo, mal ele consegue desfazer-se em mimos, ouve-se uma forte batida na porta. Pela pancada percebe-se que é o dono da casa. Pelo susto, a mulher se descontrola, o brâmane se agita como um desvairado e implora para que ela o esconda. Ela o leva às pressas para trás do armário mas se esquece de abrir a porta, lançando-se ao fuso, e toma de fiar, fiar, sem ouvir as batidas do marido na porta; levada pelo susto, torce uma linha que tem nas mãos e gira o fuso sem se lembrar de apanhá-lo do chão. Sirótkin se sai muito bem e com acerto ao representar esse susto. Mas o dono da casa arrebenta a porta com um pontapé e chega-se à mulher de chicote em punho. Ele espreitara e percebera tudo e lhe mostra com os dedos que ela escondera três. Em seguida, procura os escondidos. Encontra primeiro o vizinho e o acompanha aos socos até a saída. O acovardado escrevente tenta fugir, levanta com a cabeça a tampa do baú e denuncia-se. O dono da casa o alcança com o chicote, e desta vez o escrevente apaixonado galopa de um modo nada clássico. Resta o brâmane; o dono da casa o procura por longo tempo e enfim o encontra num canto atrás do armário, faz-lhe uma reverência cortês e o arrasta pela barba para o centro do palco. O brâmane procura defender-se e grita: "Maldito, maldito!" (as únicas palavras pronunciadas na pantomima), mas o marido não escuta e o justiça a seu modo. Vendo que a coisa agora chegaria a ela, a mulher larga a fiadura, o fuso, e corre para fora do quarto: seu banquinho rola pelo chão, os presidiários gargalham. Sem olhar para mim, Aliêi sacode o meu braço e grita: "Olhe! O brâmane, o brâmane!", e ele mesmo não consegue se manter em pé de tanto rir. Outra cena começa...

Mas não há por que descrever todas as cenas. Houve mais umas duas ou três. Todas eram engraçadas e genuinamente divertidas. Se os próprios presidiários não as haviam composto, ao menos cada um lhes acrescentou algo de seu. Quase todos os atores improvisaram por conta própria, de modo que nas noites seguintes o mesmo ator representou o mesmo papel de forma um tanto diferente. A última pantomima, do gênero fantástico, terminava num bailado. Estão enterrando um cadáver. Acompanhado de numerosa criadagem, um brâmane realiza diversos encantamentos sobre o caixão, mas de nada adianta. Enfim ouve-se "O sol no poente",[91] o morto volta a viver e todos começam a dançar, tomados de alegria. O brâmane dança junto com o morto, mas dança de um modo todo peculiar, à moda brâmane. E assim termina o espetáculo, até a próxima noite. Todos os nossos se dispersam alegres, satisfeitos, elogiam os atores, agradecem ao sargento. Não se ouvem altercações. Estão tomados de uma satisfação meio inusitada, até parecem felizes, e adormecem não como de costume, mas com o espírito quase em paz — e qual seria a causa, o que parece? A propósito, isto não é uma fantasia da minha imaginação. É a verdade, a lídima verdade. Bastou que deixassem aqueles pobres homens viver um pouco a seu modo, divertir-se como gente, viver ao menos por uma hora fora das normas do presídio — e o homem experimenta uma mudança moral, ainda que seja por apenas alguns minutos... Já é noite alta. Estremeço e acordo sem nenhum motivo: o velho continua rezando sentado no forno, e vai continuar rezando até o alvorecer; Aliêi dorme sereno ao meu lado. Lembro-me de que até pouco antes de adormecer ele ainda ria, conversava com os irmãos sobre o teatro, e eu, involuntariamente, fixava o olhar embevecido em seu tranquilo rosto de criança. Pouco a pouco vou me lembrando de tudo: do último dia, das festas, de todo aquele mês... e, assustado, ergo a cabeça e olho ao redor para os meus colegas, adormecidos à luz trêmula e baça das seis velas do quartel. Olho para os seus rostos pobres, para os seus leitos pobres, para toda essa pobre-

---

[91] "Solntse na zakate", canção composta por Serguei Mitrofánov em 1799; posteriormente foi folclorizada e muito difundida. (N. do T.)

za e miséria completas — examino — e é como se eu precisasse me convencer de que tudo aquilo não era a continuação de um sonho repugnante, mas a realidade factual. E era mesmo a verdade: eis que ouço um gemido; alguém levanta pesadamente um braço e faz tilintar os grilhões. Outro se agita em meio ao sono e começa a falar, enquanto o vovô do forno reza por todos os "cristãos ortodoxos" e pode-se ouvir o seu cadenciado, baixo e arrastado "Senhor Jesus Cristo, tende piedade de nós!...".

"Não estou aqui para sempre, mas só por alguns anos!", penso, e torno a deitar a cabeça no travesseiro.

SEGUNDA PARTE

I
O HOSPITAL

Logo depois das festas, caí doente e fui levado para o hospital militar. Ele ficava apartado, a meia versta de distância da fortaleza. Era um longo edifício térreo pintado de amarelo. No verão, quando se faziam obras de reparo, gastava-se com isso uma extraordinária quantidade de ocra. No enorme pátio do hospital ficavam a área de serviços, a casa da chefia dos médicos e outras edificações necessárias. No bloco principal ficavam apenas as enfermarias. As enfermarias eram numerosas, mas para os presidiários havia apenas duas, sempre abarrotadas, e sobretudo no verão, de modo que amiúde se fazia necessário deslocar leitos. Nossas enfermarias viviam lotadas de toda espécie de "gente infeliz". Elas atendiam os nossos presidiários, vários tipos de réus militares mantidos em diferentes postos de guarda — sentenciados, não sentenciados e em trânsito; atendiam também os de uma companhia disciplinar — um estranho estabelecimento para o qual eram enviados pracinhas faltosos e pouco confiáveis provenientes de batalhões de reeducação de onde, dois ou mais anos depois, costumavam sair patifes de tal ordem que é até raro encontrar. Entre nós, os presidiários que adoeciam comunicavam habitualmente pela manhã sua doença ao sargento. No mesmo instante inscreviam seu nome num livro de registros e o mandavam com o livro, escoltado, para o hospital do batalhão. Lá, primeiro um médico identificava os doentes provenientes de todos os destacamentos acantonados na fortaleza, registrando no hospital aqueles que considerava de fato doentes. Inscreveram-me no livro e, depois de uma hora, quando os nossos saíam do presídio para o trabalho da tarde, fui levado ao hospital. O detento doente costumava levar consigo o quanto podia de pão e de dinheiro, porque naquele mesmo dia não podia esperar receber ração do hospital; levava um minúsculo cachimbo, uma tabaqueira com tabaco e uma pedra de fogo. Esses objetos eram cuidadosamente escondidos nas botas. Adentrei o hospital não sem certa curiosidade por essa nova, ainda desconhecida, variação da nossa vidinha de detento.

Era um dia morno, sombrio e triste — um daqueles dias em que estabelecimentos como o hospital ganham um aspecto especialmente impessoal, melancólico, amargo. Eu e o escolta entramos na sala de recepção, onde havia duas banheiras de cobre e já esperavam dois doentes, também sob escolta. Apareceu um enfermeiro com ar indolente, olhou-nos com imponência e, com ar ainda mais indolente, foi informar o médico de plantão. Este logo apareceu; examinou-nos com muita afabilidade e nos entregou o "histórico de doenças" com nossos nomes inscritos. O subsequente diagnóstico, a prescrição dos medicamentos, a posologia etc. já cabiam ao médico interno, responsável pelas enfermarias dos presidiários. Antes eu já ouvira falar que os presidiários cobrem de elogios os seus médicos. "Dispensam os nossos pais", respondeu-me um deles às minhas indagações, quando eu me preparava para ir ao hospital. Lá trocamos de roupa. A de cima e a de baixo, com que havíamos chegado, foram recolhidas, e nos vestiram com roupa do hospital, e além disso nos deram umas meias compridas, calçados, gorros e roupões de um pano grosso e pardo, forrado não se sabe se de linho ou de algum tipo de esparadrapo. Numa palavra, o roupão estava imundo; porém eu o apreciei plenamente logo depois de vesti-lo. Em seguida fomos levados para as enfermarias dos presidiários, que ficavam dispostas no fim de um longuíssimo corredor, limpo e de teto alto. Em toda parte a limpeza exterior era muito satisfatória; à primeira vista, tudo era luzidio. No entanto, podia ser apenas a minha impressão, depois do nosso presídio. Os outros dois presidiários passaram para a sala da direita, e eu para a da esquerda. À porta, fechada por uma tranca de ferro, havia uma sentinela armada e a seu lado um auxiliar. O terceiro sargento (da guarda do hospital) ordenou que me deixassem entrar, e vi-me num cômodo comprido e estreito, onde ao longo das paredes de ambos os lados ficavam os leitos, cerca de vinte e dois, entre os quais havia uns três ou quatro ainda livres. Eram leitos de madeira, pintados de verde, extremamente familiares a qualquer russo — esses mesmos leitos, por alguma predeterminação, nunca podem passar sem percevejos. Instalei-me num canto, do mesmo lado em que ficavam as janelas.

    Como já afirmei, ali também havia gente do nosso presídio. Alguns já me conheciam ou ao menos me haviam visto antes. A grande maioria era de preventivos e de oriundos da companhia disciplinar. Não havia muitos doentes graves, isto é, doentes que não podiam se levantar dos leitos. Já os outros, os doentes sem gravidade ou convalescentes, ficavam sentados nos leitos ou andavam de um canto a outro do recinto, pelo corredor entre duas fileiras de leitos, onde ainda restava espaço para caminhar. Na enfermaria havia um cheiro extremamente sufocante de hospital. Apesar de a estufa ficar acesa num canto durante quase o dia inteiro, o ar era contaminado por diversas emanações desagradáveis e pelo odor de remédios. Havia uma coberta listrada estendida sobre o meu leito. Tirei-a. Debaixo da coberta havia um cobertor de lã forrado de linho e um lençol grosso, cuja limpeza era por demais duvidosa. Junto ao leito havia uma mesinha com uma caneca e uma chávena de estanho. Por uma questão de decência, tudo foi coberto por uma toalhinha que me haviam dado. Embaixo da mesa ainda se via uma prateleira: ali ficavam guardadas uma chaleira para os bebedores de chá, bilhas com *kvas* etc.; mas entre os doentes pouquíssimos bebiam chá. Já os cachimbos e as tabaqueiras, que quase todos possuíam, inclusive os tísicos, eram escondidos debaixo do leito. O médico e os outros superiores quase nunca os vistoriavam, e se flagravam alguém fumando fingiam não notar. Por outro lado, os próprios doentes estavam quase sempre precavidos e iam fumar junto à estufa. Só à noite fumavam em suas camas; mas de noite ninguém rondava as enfermarias, salvo, vez por outra, o oficial chefe da guarda do hospital.

Até então eu nunca me internara em nenhum hospital; por isso, tudo ao redor trazia uma novidade extraordinária para mim. Notei que eu despertava certa curiosidade. Já tinham ouvido falar de mim e me examinavam com muita sem-cerimônia, até com um matiz de superioridade, como se examina um novato na escola ou um peticionário na repartição pública. No leito à minha direita havia um preventivo, escrivão, filho bastardo de um capitão reformado. Fora julgado por falsificação de moeda e já estava hospitalizado havia coisa de um ano, parece que sem nenhuma doença, mas assegurava aos médicos que tinha um aneurisma. Ele atingiu seu objetivo: os trabalhos forçados e os castigos corporais o debilitaram e, um ano depois, foi enviado a T-k[1] e internado em algum anexo do hospital. Era um rapaz corpulento, atarracado, de uns vinte e oito anos, grande finório e conhecedor das leis, nada tolo, desembaraçadíssimo e presunçoso, cheio de um orgulho doentio, que se convencera com a maior seriedade de que era a pessoa mais honesta e mais verdadeira do mundo e que inclusive não tinha culpa de nada, e permaneceu para sempre com essa certeza. Foi o primeiro a entabular conversa comigo, passou a me interrogar com curiosidade e me falou de modo bastante detalhado das normas internas do hospital. É claro que, antes de tudo, declarou-me que era filho de um capitão. Tinha uma vontade extraordinária de parecer nobre ou ao menos "descendente de nobres". Depois dele chegou-se a mim um doente vindo da companhia disciplinar, que passou a me assegurar que conhecera muitos dos nobres anteriormente deportados e mencionou-lhes os nomes e os patronímicos. Era um soldado já grisalho; tinha estampado no rosto que mentia em tudo o que dizia. Chamava-se

---

[1] Provável referência a Tobolsk. (N. do T.)

Tchekúnov. Era evidente que me bajulava provavelmente por farejar dinheiro em meu bolso. Ao notar o embrulho com chá e açúcar em minha prateleira, ofereceu-me de pronto os seus préstimos: conseguiu uma chaleira e preparou o chá para mim. M-ki, meu colega de presídio, prometera que no dia seguinte me enviaria de lá uma chaleira, por algum dos presidiários que vinham trabalhar no hospital. Mas Tchekúnov arranjou tudo. Conseguiu uma panela de ferro fundido e até uma xícara, ferveu a água, fez o chá — numa palavra, prestou o serviço com um zelo fora do comum, o que no mesmo instante fez com que um dos doentes zombasse dele com virulência. Esse doente era um tísico que estava deitado à minha frente, chamado Ustiántsiev, era um soldado do grupo dos preventivos, aquele mesmo que, por medo do castigo, bebera um cantil inteiro de vodca numa infusão com rapé e assim arranjara uma tísica; já me referi a ele. Até então ele permanecera deitado em silêncio e respirando com dificuldade, olhando fixo e sério para mim e observando Tchekúnov com indignação. Sua incomum e biliosa gravidade conferia uma espécie de matiz cômico a sua indignação. Por fim, não se conteve:

— Vejam só o lacaio! Encontrou um senhor! — pronunciou de forma espaçada e ofegando de fraqueza. Já estava nos últimos dias de vida.

Tchekúnov virou-se indignado para ele:

— Quem é lacaio? — proferiu, olhando com desdém para Ustiántsiev.

— Tu és um lacaio! — respondeu o outro com o mesmo tom seguro, como se estivesse no pleno direito de admoestar Tchekúnov e como se fosse designado para isso.

— Eu sou lacaio?

— És isso mesmo. Ouça, boa gente, ele não acredita! Está surpreso!

— E, tu, o que tens a ver com isso? Ora, eles sozinhos é como se não tivessem braços. Está sem criado, sabe-se que não está acostumado. Por que não prestar um servicinho, seu palhaço descabelado?

— Quem é descabelado?

— Tu és um descabelado.

— Eu, descabelado?

— És isso mesmo!

— E tu, és um bonitão? Tua cabeça parece um ovo de corvo... Se eu sou descabelado...

— És mesmo um descabelado! Ora, já que estás com o pé na cova, devias ficar aí no teu canto e esticar as canelas! Mas ficas enrolando, contando não sei com quê! Ora, estás contando com quê?

— Contando o quê? Não, prefiro me curvar a uma bota que a uma sandália de casca de bétula. Meu pai nunca se curvou e nunca deu ordens para eu me curvar. Eu... eu...

Ele quis prosseguir, mas caiu num terrível acesso de tosse por vários minutos, escarrando sangue. O suor frio da exaustão logo brotou em sua testa estreita. Se a tosse não o atrapalhasse, continuaria falando; por seus olhos dava para perceber como ainda queria altercar; mas sem força, limitou-se a dar de ombros, de sorte que Tchekúnov acabou por esquecê-lo.

Senti que a fúria do tísico se voltava mais para mim que a Tchekúnov. Ninguém se zangaria com ele ou o olharia com grande desprezo por sua vontade de me servir e assim ganhar um copeque. Qualquer um compreendia que ele o fazia simplesmente por dinheiro. A esse respeito a gente do povo não é tão escrupulosa e tem sensibilidade para distinguir as coisas. No fundo, o que desagradava a Ustiántsiev era a minha presença; desagradava-lhe meu chá e o fato de eu mesmo, preso a grilhões, portar-me como um grão-senhor, como se não pudesse passar sem criado, ainda que eu não tivesse solicitado nem desejasse criado algum. De fato, eu sempre quis fazer tudo por conta própria e até tinha a pretensão especial de não parecer um folgado, um melindroso, um afidalgado. Em parte, isso tinha a ver com o meu amor-próprio, já que o assunto veio à baila. Mas — e terminantemente não entendo por que isso sempre foi assim —, não obstante, nunca consegui recusar os diversos lacaios e serviçais que se impuseram por vontade própria e acabaram por assenhorear-se por completo de mim, de modo que, na verdade, eles eram os meus senhores, e eu o seu criado; para quem visse de fora, no entanto, era como se eu, sendo de fato um grão-senhor, não pudesse passar sem um criado e sem fidalguice. Isso, é claro, me deixava muito chateado. Mas Ustiántsiev era um homem tísico e irascível. Já os outros doentes mantinham um ar de indiferença e até de certa arrogância. Lembro-me de que todos estavam preocupados com uma circunstância especial: pelas conversas dos presidiários fiquei sabendo que, naquela mesma tarde, trariam para o hospital um preventivo que naquele momento estava sendo castigado a vergastadas. Os presidiários aguardavam o novato com certa curiosidade. Diziam, aliás, que o castigo seria leve — de apenas quinhentas vergastadas.

Pouco a pouco fui sondando o ambiente. Até onde pude notar, os que estavam de fato doentes sofriam em sua maioria de escorbuto e sobretudo de enfermidades próprias daquela região. Vários pacientes da enfermaria sofriam de tais enfermidades. Dentre os outros que estavam efetivamente enfermos havia os doentes de febres, de vários tipos de úlcera, do peito. Ali era diferente das outras enfermarias; ali se juntavam todas as doenças, até as venéreas. Eu disse *de fato* doentes, porque havia alguns que ali estavam *sem quê nem mais*, sem nenhuma enfermidade, para "descansar". Os médicos aceitavam esses tipos de bom grado, por compaixão, sobretudo quando havia muitos leitos vazios. Em comparação com o hospital, a estadia nas guaritas e nos presídios parecia tão ruim que muitos presidiários se hospitalizavam com prazer, apesar do ar empesteado e do lugar fechado. Alguns, inclusive, eram especialmente afeitos ao repouso e à vidinha de hospital; sua maioria provinha, aliás, da companhia disciplinar. Eu observava com curiosidade os meus novos companheiros, mas, lembro-me, despertou-me curiosidade especial um paciente vindo do nosso presídio, já moribundo, também tísico e também nos seus últimos dias de vida, que estava deitado a um leito do de Ustiántsiev e assim também quase defronte a mim. Chamava-se Mikháilov; ainda duas semanas antes eu o vira no presídio. Já estava doente havia muito tempo, e havia muito chegara a hora de tratar-se; mas negou-se com uma resiliência confusa e totalmente desnecessária, fortaleceu-se, e só durante as festas foi ao hospital, para depois de três semanas morrer de uma tísica terrível; o homem efetivamente se extinguiu. Agora me surpreendia o seu rosto, que sofrera uma mudança terrível — aquele rosto foi um dos primeiros que notei ao chegar no presídio; não sei por quê ele me saltou à vista naquela ocasião. No leito ao lado havia um soldado da companhia disciplinar, homem já velho, asqueroso, um terrível desleixado... Mas, pensando bem, não dá para listar todos os doentes... Lembrei-me agora daquele velhote só porque na ocasião ele também me deixou uma certa impressão, e em um minuto conseguiu me dar uma noção completa de algumas peculiaridades da enfermaria dos presidiários. Lembro-me que o velhote estava então com um resfriado fortíssimo. Espirrava sem parar e passou a semana inteira espirrando até durante o sono, produzia uma espécie de salvas, de cinco a seis espirros de cada vez, e sempre proferia com esmero: "Senhor, que castigo me coube!". Nesse instante sentava-se na cama e enchia com avidez o nariz de rapé, que tirava de uma trouxinha de papel, para espirrar com mais força e esmero. Espirrava num lenço de pano quadriculado, dele próprio, lavado umas cem vezes e desbotado ao extremo, e ademais seu nariz pequeno enrugava-se de um jeito um tanto especial, formando rugas miúdas e numerosas, e os cacos dos seus dentes velhos e enegrecidos se expunham, junto com as gengivas vermelhas e cheias de saliva. Farto de espirrar, de pronto abria o lenço, examinava com atenção o escarro que nele se avolumara e no mesmo instante o esfregava no roupão pardo recebido do hospital, de modo que todo o escarro grudava no roupão, enquanto o lenço ficava apenas meio úmido. E assim era a semana inteira. Essa conservação pachorrenta e mesquinha de seu próprio lenço em detrimento do roupão do hospital não suscitava nenhum protesto da parte dos doentes, ainda que depois dele algum paciente teria de vestir o mesmo roupão. Mas chega a ser estranha a falta de nojo e de asco da nossa gente. Eu, porém, senti um verdadeiro mal-estar naquele momento e logo comecei a examinar com nojo e curiosidade involuntários o roupão que acabara de vestir. E então notei que havia muito tempo que ele me despertava a atenção por seu cheiro forte; já conseguira esquentar em meu corpo e exalava um cheiro cada vez mais forte de remédios, emplastros e, como me parecia, de algum tipo de pus, o que não era de admirar, uma vez que desde tempos imemoriais não saía dos ombros dos doentes. Talvez um dia tenham lavado o forro na parte das costas; porém não tenho certeza. Mas naquele momento o forro estava impregnado de todos os sucos, soluções e unguentos desagradáveis que se possa imaginar, e esses fluidos entravam pelos furos do roupão. Além disso, nas enfermarias dos presidiários apareciam com muita frequência presos que acabavam de ser castigados com vergastadas e traziam as costas feridas; eram tratados com soluções medicamentosas e por isso não havia como impedir que o roupão, vestido diretamente por cima da camisa molhada, se estragasse. E assim tudo permanecia nele. Durante todos aqueles anos de minha permanência no presídio, mal me acontecia chegar no hospital (o que ocorria com certa frequência), era sempre com uma tímida desconfiança que eu vestia o roupão. Desagradavam-me em particular os piolhos graúdos e notavelmente gordos que vez por outra eu encontrava nesses roupões. Os presidiários os executavam com prazer, de modo que, quando o bicho, alvo da execução, estalava sob a unha áspera do detento, até pela expressão do rosto do caçador poder-se-ia julgar o grau da satisfação que ele sentia. Detestavam igualmente os percevejos, e vez por outra acontecia de a enfermaria inteira se mobilizar para exterminá-los numa longa e enfadonha tarde de inverno. E mesmo se aquela enfermaria, apesar do cheiro pesado, fosse, na medida do possível, superficialmente limpa, ainda assim o seu interior, por assim dizer, seu forro, nem de longe merecia lisonjas. Os doentes estavam habituados a isso e até achavam que devia ser assim, e ademais o próprio regulamento não prescrevia limpeza. Porém, deixemos os regulamentos para depois.

Mal Tchekúnov me serviu o chá (diga-se de passagem que feito com a água da enfermaria, que era trazida uma vez por semana e sabe-se lá por quê se estragava cedo demais no ar que ali imperava), a porta se abriu com um ruído e, acompanhado de uma escolta reforçada, foi introduzido um soldadinho que acabara de ser castigado a vergastadas. Era a primeira vez que eu via um castigado. Passariam a trazê-los com frequência, alguns até depois de castigos demasiado pesados, e isso sempre propiciava uma grande distração aos doentes. Entre nós esses episódios costumavam ser recebidos com uma expressão intensamente severa nos rostos e até com uma seriedade um tanto forçada. Por outro lado, a recepção também dependia em parte do grau de seriedade do crime e, por conseguinte, do número de vergastadas. Um detento espancado de forma muito dolorosa e que tivesse a reputação de ser um grande criminoso gozava de respeito e atenção maiores do que algum recrutinha fugitivo como, por exemplo, o que acabava de ser trazido. Mas em nenhum dos casos emitiam-se lamentos especiais nem quaisquer observações particularmente irritantes. Em silêncio ajudavam o infeliz e cuidavam dele, sobretudo se ele não pudesse passar sem ajuda. Os próprios enfermeiros sabiam que entregavam o espancado em mãos experientes e habilidosas. De hábito a ajuda consistia na troca frequente e necessária de compressas, feitas com um lençol ou uma camisa umedecida na água fria, com que se cobriam as costas em chagas — em especial se o próprio castigado já estivesse sem forças para se cuidar —, e, além disso, na habilidosa extração das farpas, amiúde deixadas nas feridas pelos paus que se quebravam nas suas costas. Essa última operação costuma ser muito desagradável para o doente. Mas em geral sempre me surpreendi com a resistência incomum à dor demonstrada pelos castigados. Eu os vi em muitas ocasiões, às vezes já excessivamente espancados, e quase nenhum deles gemia! Só o rosto parecia mudado, empalidecido; os olhos ardiam; o olhar era difuso, intranquilo, os lábios tremiam, de modo que o coitado os mordia sem perceber, chegando quase a ficar com sangue nos dentes. O soldadinho que acabara de entrar era um rapaz de uns vinte e três anos, de compleição forte e musculosa, rosto bonito, alto, um moreno esbelto. Suas costas, no entanto, estavam bem machucadas. Dos ombros à cintura todo o seu corpo estava nu; tinha sobre os ombros um lençol úmido, que lhe fazia tremerem todos os membros como em um acesso de febre, e há coisa de uma hora e meia andava de um canto a outro da enfermaria. Prestei atenção em seu rosto: parecia não pensar em nada naquele momento, sua aparência era estranha e feroz, o olhar era fugidio e pelo visto tinha dificuldade de se fixar com atenção em alguma coisa. Pareceu-me que olhava fixo para o meu chá. O chá estava quente, um vapor subia da xícara; e o coitado estava gelado e tiritava. Convidei-o a tomar chá. Virou-se bruscamente para mim, calado, pegou a xícara e bebeu dela ainda em pé, sem pôr açúcar; via-se que estava com muita pressa e procurava sobretudo não olhar para mim. Tendo bebido tudo, pôs em silêncio a xícara no lugar e, sem sequer me acenar com a cabeça, tornou ao seu vaivém de um canto a outro da enfermaria. Não estava para palavras ou acenos! Quanto aos presidiários, no início todos, por alguma razão, evitaram qualquer conversa com o recrutinha castigado; pelo contrário: depois de ajudá-lo, eles mesmos pareciam não lhe dispensar mais nenhuma atenção, talvez por desejarem lhe dar o máximo de paz possível e não o importunar com mais nenhuma nova interrogação ou "interesse", o que pareceu deixá-lo totalmente satisfeito.

Nesse ínterim anoiteceu, acendeu-se a candeia. Alguns presidiários, se bem que muito poucos, tinham até seus próprios castiçais. Por fim, já depois da visita vespertina dos médicos, o sargento da guarda entrou, contou todos os doentes, mandou que fechassem a enfermaria e que já deixassem a tina da noite... Foi com surpresa que eu me inteirei de que aquela tina permaneceria ali a noite inteira, quando a verdadeira latrina ficava ali mesmo, no corredor, a apenas dois passos da porta. Mas esse era o regulamento estabelecido. Durante o dia ainda permitiam que o detento deixasse a enfermaria, verdade que não por mais de um minuto; de noite, não era permitido sob nenhum pretexto. As enfermarias dos presidiários não se pareciam com as comuns, e mesmo doente o detento tinha de arrastar o seu castigo. Não sei quem primeiro estabeleceu essa regra; sei apenas que não havia um regulamento de verdade e que nesse aspecto toda a essência inútil do formalismo se mostrava mais gritante do que nunca. Naturalmente, essa regra não provinha dos médicos. Repito: os presidiários cobriam os médicos de elogios, consideravam-nos pais, estimavam-nos. Todos viam sua bondade, ouviam palavras afáveis; e o detento, repudiado por todos, apreciava isso porque podia ver a autenticidade e a sinceridade do afago e da palavra bondosa. E esse afago não precisava existir; se os médicos os tratassem de outra maneira, ou seja, de forma mais grosseira e desumana, ninguém lhes questionaria: por conseguinte, eram bondosos devido à sua verdadeira humanidade. E compreendiam, é claro, que o doente, fosse lá quem fosse, detento ou não, necessitava, por exemplo, do mesmo ar puro que qualquer outro doente, tivesse ele a patente mais alta. Os doentes de outras enfermarias, os convalescentes, por exemplo, podiam caminhar livremente pelos corredores, fazer muitos exercícios ao ar livre, respirar um ar não tão intoxicado quanto o nosso, que era viciado e sempre saturado de vapores sufocantes. Hoje chega a ser nojento, um horror, imaginar até que ponto devia intoxicar-se aquele ar já intoxicado da nossa enfermaria, quando às noites introduziam a tina naquele abafamento e na presença de certas enfermidades cujo tratamento não podia prescindir de uma saída para o ar. Se acabei de dizer que mesmo doente o detento arrastava o seu castigo, é claro que não supunha, nem suponho, que essa regra tenha sido concebida com o único fim de castigá-los. Isso, naturalmente, seria uma calúnia absurda de minha parte. Os doentes já não têm por que serem castigados. Sendo assim, é lógico que o que forçou a administração a tomar uma medida de consequências tão nocivas foi provavelmente alguma necessidade estrita, severa. Qual, então? Pois veja-se o que é lastimável: nenhum outro argumento pode explicar minimamente a necessidade de tal medida e, além do mais, de muitas outras medidas tão incompreensíveis quanto, impossíveis não só de serem explicadas, mas também de que se arrisque dar uma explicação para elas. Como explicar uma crueldade tão escusada? Digamos que um detento chegue ao hospital fingindo estar doente, engane os médicos, saia de noite para ir à latrina e, aproveitando-se da escuridão, fuja; mas é quase impossível considerar a sério toda a incoerência de um raciocínio como esse. Fugiria para onde? Fugiria como? Para quê fugiria? De dia só era permitido que saísse um de cada vez; o mesmo poderia acontecer de noite. À porta fica uma sentinela com a espingarda carregada. A latrina fica literalmente a dois passos dele, mas, apesar disso, o seu auxiliar acompanha o doente até lá e o tempo todo o tem debaixo dos olhos. Ali há apenas uma janela, de caixilho e vidraça duplos, por exigência do inverno, e uma grade de ferro. No pátio, sob as próprias janelas das enfermarias dos presidiários, também há uma sentinela que faz a ronda a noite inteira. Para sair pela janela é preciso quebrar os caixilhos e a grade. Quem vai permiti-lo? Mas suponhamos que antes ele mate o auxiliar da sentinela de forma que este não dê um pio e ninguém ouça nada. Porém, mesmo admitindo esse absurdo, ainda assim será preciso quebrar a janela e a grade. Note-se que ali mesmo, ao lado da sentinela, estão dormindo os vigias da enfermaria, e a dez passos, à entrada da outra enfermaria dos presidiários, há outra sentinela de espingarda em punho, e a seu lado outro auxiliar e outros vigias. E para onde fugir no inverno só de meias, sapatos e gorro, metido no roupão do hospital? E sendo assim, se há tão pouco perigo (ou seja, em verdade não há absolutamente nenhum), para que sobrecarregar tão seriamente os doentes, talvez em seus últimos dias de vida, doentes que precisam de ar fresco mais do que os sadios? Para quê? Nunca pude compreender isso...

Contudo, uma vez que perguntamos "Para quê?", e visto que o assunto veio à baila, não posso deixar de mencionar uma outra perplexidade que por tantos anos sobressaiu diante dos meus olhos como o fato mais enigmático, e para o qual também não me ocorreu nenhum meio de obter a resposta. A esse respeito não posso me furtar de dizer ao menos algumas palavras antes de dar continuidade à minha descrição. Refiro-me aos grilhões, dos quais nenhuma doença livra o sentenciado a trabalhos forçados. Até os tísicos morriam agrilhoados diante dos meus olhos. E não obstante todos estavam habituados a isso, todos o consideravam algo consumado, irrefutável.

É até pouco provável que alguém tivesse refletido sobre isso, quando, por todos aqueles anos, nem sequer passou pela cabeça de nenhum dos médicos interceder uma única vez junto à direção do presídio para que se desaferrasse um detento com doença grave, sobretudo com tísica. Admitamos que o peso dos grilhões em si tenha pouca importância. Varia de oito a doze libras. Para um homem saudável, dez libras não é uma sobrecarga. Apesar disso, disseram-me que depois de alguns anos usando grilhões as pernas parecem afinar. Não sei se é verdade, embora, pensando bem, existe alguma probabilidade. Ainda que o peso seja pequeno, ainda que seja de dez libras, mesmo assim pode aumentar de forma anormal o fardo de um membro, se preso para sempre a ele, e depois de um longo tempo pode surtir algum efeito nocivo... Mas admitamos que tudo isso seja insignificante para um homem sadio. Seria o mesmo para um doente? Suponhamos que até para um doente comum não seja nada. Contudo, repito, seria o mesmo para doentes graves, seria o mesmo, repito, para os tísicos, que já estão com os braços e as pernas ressecados, de modo que qualquer palhinha já se torna pesada? E, palavra, se a direção do serviço médico interferisse para aliviar dos grilhões ao menos os tísicos, isto, por si só, já seria um grande e verdadeiro benefício. Suponhamos que alguém diga que o detento é perverso e não merece benefícios; ora, mas será que se tem de redobrar a pena de quem já foi atingido pela mão de Deus? Ademais, não dá nem para acreditar que aquilo fosse feito apenas a título de castigo. Até a justiça libera o tísico dos castigos físicos. Por conseguinte, mais uma vez trata-se de alguma medida importante, misteriosa, sob forma de precaução salutar. Mas de que tipo? Não dá para entender. Porque realmente não se pode temer que um tísico venha a fugir. Quem teria isso em mente, sobretudo conhecendo o grau de evolução da doença? Fingir-se de tísico, enganar os médicos para fugir — impossível. Não é uma doença qualquer; nota-se à primeira vista. A propósito: será que agrilhoam as pernas de um homem só para ele não fugir ou para atrapalhar sua fuga? É claro que não. Os grilhões são uma infâmia, uma vergonha e um fardo físico e moral. Ao menos é o que se supõe. Mas nunca poderão impedir que alguém fuja. O mais inábil, o mais desajeitado dos presidiários logo consegue serrá-los sem muito trabalho, ou quebrar o rebite com uma pedra. Os grilhões nas pernas decididamente não impedem nada; se é assim, se são destinados apenas a castigar o galé sentenciado, mais uma vez cabe perguntar: será que querem apenas castigar o moribundo?

E eis que agora, ao fazer este relato, lembro-me com nitidez de um moribundo, tísico, aquele mesmo Mikháilov, que estava acamado quase defronte a mim, perto de Ustiántsiev, e que, como me recordo, morreu no quarto dia de minha estadia na enfermaria. Talvez eu tenha começado a falar dos tísicos agora por repetição involuntária daquelas mesmas impressões e pensamentos que então me vieram à mente, motivados por essa morte. De resto, eu mal conhecia o próprio Mikháilov. Era um homem ainda muito jovem, de uns vinte e cinco anos no máximo, alto, esguio, e extremamente bem-apessoado. Habitava a seção especial e era tão calado que chegava a ser estranho, sempre com modos um tanto serenos, uma tristeza um tanto tranquila. Era como se "secasse" no presídio. Ao menos foi o que, depois, os presidiários viriam a dizer, pois Mikháilov deixou boas lembranças entre eles. Recordo-me apenas de que ele tinha belos olhos e, palavra, não sei por que o tenho tão nitidamente em minha memória. Morreu por volta das três da tarde de um dia frio e claro. Lembro-me que o sol atravessava com intensos raios oblíquos as vidraças verdes e levemente congeladas das janelas da nossa enfermaria. Um fluxo inteiro desses raios derramava-se sobre o infeliz. Ele morreu inconsciente e com dificuldade, em longa agonia de horas seguidas. Desde a manhã seus olhos haviam deixado de reconhecer os que se aproximavam dele. Quiseram oferecer-lhe algum alívio, viam que estava sofrendo muito; ele respirava com dificuldade, fundo, aos roncos; o peito inflava, como se tivesse pouco ar. Fez cair o cobertor, a roupa inteira, e por fim começou a arrancar o camisão; até este lhe parecia pesado. Ajudaram-no e lhe tiraram o camisão. Era um horror olhar para aquele corpo comprido, comprido, com pernas e braços ressequidos até os ossos, o ventre cavado, o peito enfunado, costelas nitidamente expostas como as de um esqueleto. Em todo o seu corpo restaram apenas uma cruz de madeira com um escapulário e os grilhões, pelos quais as pernas ressequidas agora podiam passar. Meia hora antes de sua morte todos ali pareciam ter mergulhado no silêncio, passaram a falar quase aos cochichos. Os que andavam, pisavam como que sem ruído. Falavam pouco entre si, sobre coisas alheias, só de raro em raro lançando um olhar para o moribundo, que roncava cada vez mais. Por fim, com mão errante e insegura apalpou o escapulário sobre o peito e quis arrancá-lo de seu corpo, como se aquilo fosse um fardo que o incomodasse e premisse. Tiraram-lhe também o escapulário. Uns dez minutos depois ele morreu. Bateram à porta do vigia, fizeram-no saber. O vigia entrou, lançou ao morto um olhar estúpido e foi procurar o enfermeiro. O enfermeiro logo apareceu, um rapaz bastante jovem e bondoso, um pouco exagerado nos cuidados com a própria aparência e, de resto, muito alegre; entrou a passos rápidos e pisadas ruidosas na enfermaria mergulhada em silêncio, foi até o morto e, com um ar particularmente desembaraçado, como que estudado de propósito para semelhantes casos, tomou-lhe o pulso, apalpou-o, deu de ombros e se foi.

No mesmo instante foram informar a sentinela: o criminoso era importante, da seção especial; até para que o dessem por morto precisavam de cerimônias especiais. À espera das sentinelas, algum dos presidiários deu em voz baixa a ideia de que não faria mal fechar os olhos do morto. Outro o ouviu com atenção, chegou-se em silêncio ao morto e fechou-lhe os olhos. No mesmo instante, ao ver a cruz em cima do travesseiro, pegou-a, examinou-a em silêncio e a devolveu ao pescoço de Mikháilov; devolveu-a e benzeu-se. Enquanto isso, o rosto do morto ia petrificando-se; um raio de luz brincava sobre ele; a boca estava semiaberta, duas fileiras de dentes alvos e jovens reluziam sob os lábios finos colados às gengivas. Por fim entrou o sargento da guarda, de sabre e capacete, seguido de dois vigias. Aproximou-se, retardando cada vez mais os passos, olhando perplexo para os presidiários que estavam em silêncio e com os olhos severamente fixos nele, de todos os lados. Ao dar um passo na direção do morto, parou plantado, como que intimidado. Aquele corpo nu em pelo, ressequido e só de grilhões nas pernas, o impressionou, e súbito ele abriu a cota, tirou o capacete, coisa perfeitamente dispensável, e fez no ar um largo sinal da cruz. Era um rosto severo, cabelos grisalhos, de soldado. Lembro-me de que, naquele instante, ali, ao lado dele, estava Tchekúnov, também um velho encanecido. Estivera o tempo todo calado e com o olhar fixo e direto no rosto do sargento, à queima-roupa, observando cada gesto com uma estranha atenção. Mas seus olhos se encontraram, e sabe-se lá por que o lábio inferior de Tchekúnov tremeu de repente. Ele o entortou de um modo um tanto esquisito, rangeu os dentes e, rapidamente, indicando o morto ao oficial com um sinal de cabeça, aparentemente involuntário, proferiu:

— Pois é, esse também tinha mãe! — e afastou-se para longe.

Lembro-me, foi como se aquelas palavras tivessem me traspassado... Mas por que ele as proferiu, e como lhe passaram pela cabeça? Depois puseram-se a erguer o cadáver, erguiam-no junto com o leito; a palha estalou, os grilhões estrepitaram contra o chão no meio do silêncio geral... Apanharam-nos. Levaram o corpo. Súbito todos começaram a falar alto. Ouvia-se que o sargento, já no corredor, mandava chamar o ferreiro. Era preciso desferrar o cadáver...

Mas me desviei do assunto...

II
O HOSPITAL
(continuação)

Os médicos percorriam as enfermarias pela manhã; por volta das onze, apareciam todos juntos em nossa enfermaria, acompanhados do médico-chefe, mas antes deles, coisa de uma hora e meia, recebíamos a visita do nosso médico residente. Naquele tempo o residente era um médico jovenzinho, conhecedor de sua ocupação, doce, afável, de quem os presidiários gostavam muito e só enxergavam nele um defeito: "muito servil". De fato, ele era meio calado, parecia até perturbar-se com a nossa presença, quase corava, mudava a dosagem dos remédios praticamente ao primeiro pedido dos doentes e inclusive parecia pronto a lhes prescrever os remédios que eles mesmos pedissem. Cabe reconhecer que muitos médicos na Rússia são queridos e respeitados pelo homem do povo e isso, até onde pude observar, é a pura verdade. Sei que minhas palavras parecerão um paradoxo, sobretudo levando-se em consideração a desconfiança geral de toda a nossa gente pela medicina e pelos remédios estrangeiros. Em realidade, o homem do povo prefere passar vários anos consecutivos sofrendo da doença mais grave e tratando-se com um curandeiro ou com seus populares remédios caseiros (que de forma alguma devem ser desprezados) a procurar um médico ou internar-se num hospital. Mas, além de haver aí uma circunstância importantíssima e sem nenhuma relação com a medicina, ou seja, a desconfiança geral de toda a plebe por tudo o que traz a marca do burocrático, do formal, além disso, o povo anda assustado e prevenido contra os hospitais movido por vários temores, por histórias da carochinha, que não raro são absurdas, mas que às vezes têm lá seu fundamento. E o principal, o que o assusta é o regulamento alemão[2] dos hospitais, ter gente estranha ao redor em todo o decorrer da doença, os rigores com a comida, os relatos sobre a persistente severidade dos médicos e enfermeiros, sobre a dissecação e autópsia de cadáveres etc. "Ademais", raciocina o povo, "são os senhores que vão tratar, porque os médicos, apesar de tudo, são senhores." Entretanto, depois de um contato

---

[2] Na antiga Rússia, o povo simples usava "alemão" como sinônimo de estrangeiro, ou tudo o que lhe fosse estranho. (N. do T.)

mais íntimo com a maioria dos médicos (digo de maneira geral, embora haja exceções), todos esses temores muito depressa desaparecem, o que, a meu ver, tem relação direta com a honradez dos nossos médicos, predominantemente os jovens. Grande parte deles faz por merecer o respeito e até a afeição do povo. Ao menos, escrevo sobre o que eu mesmo vi e experimentei reiteradas vezes e em muitos lugares, e não tenho fundamentos para pensar que em outras partes eles se comportem de modo diferente com demasiada frequência. É claro que em alguns rincões os médicos recebem propinas, tiram grandes proveitos dos seus hospitais, quase desprezam os doentes e até esquecem inteiramente a medicina. Isso ainda existe; mas eu falo da maioria, ou melhor, daquele espírito, daquela tendência que hoje, em nossos dias, está presente na medicina. Aqueles renegados da causa, lobos em pele de cordeiro, a despeito do que aleguem para justificar-se, do que usem para defender-se, ainda que seja, por exemplo, o "meio social", que, por sua vez teria devorado até eles mesmos, estarão sempre à margem da razão, sobretudo quando perdem a própria humanidade. E o amor ao próximo, a ternura, a comiseração fraternal pelo doente às vezes lhes são mais necessários que todos os medicamentos. Já chegou a hora de deixarmos de nos queixar apaticamente do "meio" que nos teria devorado. É verdade, admitamos, que ele vem devorando muita coisa em nós, mas nem tudo; e com frequência algum farsante, astuto e conhecedor do negócio, encobre com a maior habilidade e justifica pela influência desse "meio" não só as suas fraquezas mas também, não raro, até uma simples torpeza, em especial quando sabe falar ou escrever bem. Aliás, mais uma vez me desviei do assunto; queria apenas dizer que a nossa gente é mais desconfiada e hostil à administração da medicina, e não aos médicos. Ao tomar conhecimento de como eles realmente são, ela logo perde muitos dos seus preconceitos. Até os dias de hoje, por suas circunstâncias, o ambiente dos nossos hospitais não corresponde em muitos aspectos ao espírito do povo, é até hoje hostil aos costumes da nossa gente e não está em condições de ganhar a plena confiança e o respeito popular. É pelo menos o que me parece, a partir de algumas das minhas próprias impressões.

Nosso residente costumava concentrar sua atenção em cada doente, examinava-o a sério e com extraordinária atenção e interrogava, prescrevia os medicamentos, a posologia. Às vezes ele mesmo percebia que o paciente não tinha doença nenhuma; mas como o detento estava ali para descansar do trabalho forçado ou dormir num colchão em vez das tábuas nuas e, apesar dos pesares, num recinto aquecido e não na fria casa de guarda, onde são mantidos no aperto grupos compactos de preventivos pálidos e macilentos (em toda a Rússia, os preventivos são quase sempre pálidos e macilentos — sinal de que sua situação e seu estado de espírito são quase sempre mais duros que os dos condenados), então o nosso residente lhes diagnosticava tranquilamente alguma *febris catarrhalis*[3] e o mantinha internado às vezes até por uma semana. Entre nós, todos riam dessa *febris catarrhalis*. Sabíamos muito bem que era uma fórmula adotada de comum acordo entre o médico e o paciente para designar doença simulada, que os próprios presidiários chamavam de "pungentes pontadas preventivas", sua tradução para *febris catarrhalis*. Às vezes um doente abusava da brandura do médico e continuava internado até que o expulsassem à força. Na ocasião, era preciso ver o nosso clínico; parecia intimidado, parecia ter vergonha de dizer na cara do paciente que ele já estava recuperado e era melhor pedir alta, embora tivesse o pleno direito de pura e simplesmente lhe prescrever alta sem mais conversas nem adoçamentos, escrevendo no prontuário médico *sanat est*.[4] Primeiro ele lhe insinuava, depois era como se suplicasse: "Não estaria na hora de sair, sabes como é, já estás quase bom, nossa enfermaria é apertada" etc. etc., até que o próprio paciente sentia vergonha e, enfim, pedia alta. O médico-chefe, embora fosse honesto e humanitário (também era muito querido pelos presidiários), era incomparavelmente mais severo e decidido que o residente, até manifestava um rigor severo quando a oportunidade o requeria, pelo que gozava de respeito especial entre nós. Ele aparecia depois do residente, acompanhado de todos os médicos do hospital, também examinava um a um cada paciente, detinha-se em particular junto aos doentes graves, sempre sabia dizer uma palavra bondosa, de alento, amiúde até de afeto, e em geral deixava uma boa impressão. Nunca rejeitava nem mandava embora aqueles que haviam chegado com as "pungentes pontadas preventivas"; mas se o próprio doente insistia, ele pura e simplesmente lhe prescrevia alta: "Pois bem, meu caro, já passaste um bom tempo internado, descansaste, vamos saindo, está na hora". Os que mais insistiam, habitualmente, eram os que tinham preguiça de trabalhar, sobretudo nos serviços de verão, e os preventivos que aguardavam castigos. Lembro-me de como um desses foi alvo de severidade especial, até de crueldade, para que se persuadisse a pedir alta. Ele apareceu com uma infecção nos olhos: tinha os olhos vermelhos e queixava-se de uma dor aguda, lancinante. Passaram a tratá-lo com vesicantes e sanguessugas, borrifaram nos olhos uma solução cáustica etc., e mesmo as-

---

[3] Literalmente, "febre catarral" (do latim). (N. do A.)

[4] "Sadio" (do latim). (N. do A.)

sim a doença não cedia, os olhos não ficavam limpos. Pouco a pouco os médicos foram percebendo que a doença era simulada: a inflamação permanece pequena, não piora e também não sara, continua na mesma — um caso suspeito. Todos os presidiários já sabiam há muito tempo que o fulano simulava e enganava as pessoas, embora ele mesmo não o confessasse. Era um rapaz jovem, até bonito, mas que deixava uma impressão desagradável em todos nós; tipo fechado, suspeito, carrancudo, não falava com ninguém, olhava de esguelha, escondia-se de todos como se desconfiasse de todo mundo. Lembro-me que até passava pela cabeça de alguns que ele viesse a fazer alguma coisa. Era soldado, tinha roubado muito, fora desmascarado e contemplado com mil vergastadas e trabalhos forçados. Com o fito de adiar o momento do castigo, como já mencionei, às vezes os preventivos se decidem por terríveis desatinos: na véspera do castigo esfaqueiam algum dos chefes do presídio ou um colega detento, e então é submetido a novo julgamento, o castigo é adiado por mais uns dois meses, e assim ele atinge seu objetivo. Pouco lhes importa que dentro de dois meses seu castigo seja duas, três vezes mais severo; basta apenas que aquele temível momento seja adiado ao menos por alguns dias, e então venha lá o que vier — tão forte é o desânimo que às vezes assalta esses infelizes. Alguns no presídio já cochichavam de si para si, sugerindo precaução contra o rapaz: podia esfaquear alguém durante a noite. Por outro lado, apenas tocavam nesse assunto, mas não tomavam quaisquer precauções especiais, nem aqueles cujos leitos ficavam ao lado dele. No entanto, viram-no pelas noites esfregando cal do reboco nos olhos, ou algo mais, para que, ao amanhecer, estivessem de novo vermelhos. Por fim o médico-chefe ameaçou meter-lhe um sedenho. Quando a doença dos olhos persiste por muito tempo e todos os recursos medicinais já foram experimentados, os médicos, para salvar a visão, decidem-se por um recurso forte e torturante: põem um sedenho no doente, exatamente como num cavalo. Mas nem assim o coitado aceita curar-se. Que índole teimosa ou por demais covarde era aquela: ora, embora o sedenho não se equipare a uma vara, também é muito torturante. Pega-se o paciente por trás com a mão, puxando-lhe a pele da nuca até onde é possível, traspassa-se toda essa parte com o bisturi, abrindo um corte comprido e largo ao longo de toda a nuca, e por esse corte passa-se um sedenho de linho bastante largo, quase da largura de um dedo; depois, todo dia e num certo horário revira-se esse sedenho dentro do corte de modo a parecer que este está sendo repetido e que a ferida esteja sempre supurando e não sare. Por vários dias o coitado suportou tenazmente — aliás, através de terríveis suplícios — até essa tortura, e no fim das contas limitou-se a aceitar a alta. Em um dia seus olhos sararam por completo, e mal sarou a ferida da nuca, foi enviado à casa de guarda para, no dia seguinte, voltar para as suas mil vergastadas.

São, evidentemente, aflitivos os momentos que precedem o castigo, a tal ponto aflitivos que eu talvez me equivoque ao chamar esse pavor de pusilanimidade e covardia. Logo, é aflitivo quando alguém se submete a um castigo duas ou três vezes pior apenas para não receber o castigo iminente. No entanto, já fiz menção àqueles que pediram pessoalmente para receber alta com as costas ainda não cicatrizadas das primeiras vergastadas, com o fim de receber as vergastadas restantes e livrar-se de vez do processo: é claro que a prisão preventiva na casa de guarda é para todos incomparavelmente pior que os trabalhos forçados. Contudo, além da diferença de temperamentos, na firmeza e na intrepidez de alguns cabia um papel importante ao arraigado hábito de ser espancado e castigado. Reiteradamente, o espancado como que sai fortalecido de lombo e espírito e enfim encara o castigo com ceticismo, quase como um pequeno incômodo, e já não o teme. No geral isto é verdade. Um dos nossos presos da seção especial, um calmuco batizado, de nome Aleksandr, ou "Aleksandra", como o chamavam no nosso presídio, rapaz estranho, meio malandro, destemido e ao mesmo tempo muito bondoso, contou-me como suportara suas quatro mil vergastadas, e contou-me rindo e em tom brincalhão, mas no mesmo instante afirmou com a maior seriedade que se desde a infância, a mais tenra infância, não tivesse crescido debaixo do chicote, que lhe deixara cicatrizes indeléveis nas costas literalmente por toda a sua vida na horda, ele não teria, de modo algum, suportado aquelas quatro mil vergastadas. Ao narrar, parecia bendizer essa educação debaixo do chicote. "Batiam-me por qualquer coisa, Aleksandr Pietróvitch", disse-me uma vez, sentado em meu leito num entardecer, diante das luzes, "por tudo e qualquer coisa, por qualquer motivo, bateram-me durante quinze anos, desde o dia em que me dei conta de que eu existia, e batiam todo santo dia e várias vezes, só não batia quem não queria; de modo que ao fim e ao cabo me acostumei inteiramente." Como ele se tornou soldado, não sei, não me lembro; mas é até possível que ele tenha contado, era um eterno fugitivo e vagabundo. Lembro-me apenas de ele ter contado sobre o terrível medo que sentiu quando o condenaram a quatro mil vergastadas pelo assassinato de um superior. "Eu sabia que me castigariam severamente e que talvez não escapasse das vergastadas, pois mesmo estando acostumado ao chicote, quatro mil vergastadas não são brincadeira. E ainda, toda a alta chefia estava enfurecida! Eu sabia, sabia com certeza que a coisa não sairia de graça, que eu não me safaria daquela; não me deixariam escapar das vergastadas. Primeiro tentei me batizar, pensando: pode ser que perdoem; e embora na ocasião meus colegas me dissessem que não daria em nada, que não perdoariam, eu pensava: seja como for, vou tentar, seja como for, eles terão mais pena de um batizado. Realmente me batizaram e durante o sagrado batismo me deram o nome de Aleksandr; bem, seja como for, as varas continuam varas; se tivessem perdoado uma única vergastada! Até me senti ofendido. E pensei comigo: esperem só, vou engazopar vocês todos de verdade. E o que o senhor acha que fiz, Aleksandr Pietróvitch? Engazopei mesmo! Eu tinha uma tremenda habilidade de me fingir de morto, quer dizer, como se estivesse morto de verdade, mas assim, como se por um instante a alma saísse do corpo. Levaram-me; aplicam as primeiras mil vergastadas: o troço queima, grito; aplicam a segunda parte — 'bem, está chegando o meu fim', penso eu, me deixam sem sentidos, as pernas dobram e eu desabo no chão: estou com os olhos de um morto, o rosto roxo, a respiração some, escorre baba da boca. Chega-se o médico: vai daqui um instante, diz ele. Levaram-me para o hospital e ressuscitei. Pois bem, depois me levaram mais duas vezes para o castigo, estavam furiosos, muito furiosos comigo, e eu ainda os engazopei mais duas vezes; terminaram de aplicar a terceira parte, mais mil vergastadas, e eu apaguei, e quando começou a quarta parte cada golpe era como uma faca enfiada no coração, cada golpe valia por três, tão forte que batiam! Estavam encarniçados. Aquelas últimas mil vergastadas, aquela avarice — ao diabo com aquilo! — valia pelas outras três mil, e se eu não me fizesse de morto bem no final — restavam ainda umas duzentas vergastadas — teriam me matado de pancadas, mas acontece que não me dei por vencido: de novo os engazopei e de novo apaguei; mais uma vez acreditaram, e como não acreditar? O médico acreditava; de modo que, mesmo que antes já tivessem batido com toda a fúria, nas últimas duzentas bateram de tal forma que aquelas primeiras duas mil pareceram mais leves; mas não, azar o deles, pois as pancadas não me mataram, e não me mataram por quê? Tudo porque desde a tenra infância cresci debaixo do chicote. Por isso estou vivo até hoje. Oh, como me espancaram, e isso em toda a minha vida!", acrescentou no final do relato, mergulhado numa meditação meio triste, como se tentasse recordar e enumerar as ocasiões em que o espancaram. "Mas não", acrescentou, interrompendo o minuto de silêncio, "não dá nem para enumerar quantas vezes me espancaram — e ademais, para que enumerar! Não há número que dê conta disso." Olhou para mim e desatou a rir, mas o fez com tal bonomia que eu mesmo não pude deixar de responder com um sorriso. "Sabe, Aleksandr Pietróvitch, até hoje, quando sonho à noite, sonho necessariamente que estou sendo espancado; nunca tenho outro tipo de sonho." De fato, ele gritava durante as noites, e às vezes a plenos pulmões, de modo que amiúde os presidiários o acordavam com sacudidelas: "Arre, diabo, por que gritas?". Era um sujeito saudável, estatura mediana, inquieto e alegre, de uns quarenta e cinco anos, vivia em paz com todo mundo, embora gostasse muito de roubar e com muita frequência apanhasse por isso no presídio; mas, em realidade, quem entre nós não praticara um roubo e quem entre nós não apanhara por isso?

Acrescentarei apenas um dado: sempre me surpreendia a extraordinária bonomia, a falta de rancor com que todos aqueles espancados contavam de seus espancamentos, e o modo como se referiam aos seus espancadores. Frequentemente, não se percebia o menor indício de rancor ou de ódio em seus relatos, que vez por outra mexiam com o meu coração e o faziam bater com força e intensidade. E acontecia de eles contarem essas histórias aos risos, como crianças. M-ki, por exemplo, contou-me sobre seu castigo; não era de linhagem nobre e recebeu quinhentas vergastadas. Eu soube disso por outros, e lhe perguntei pessoalmente se era verdade e como havia acontecido. Respondeu-me de um jeito meio sucinto, como se experimentasse algum sofrimento íntimo e se esforçasse para não me olhar, e em seus olhos brilharam o fogo do ódio e os lábios tremeram de indignação. Senti que ele jamais poderia esquecer essa página do seu passado. Mas os nossos presidiários, quase todos (não garanto que não houvesse exceções) viam essas coisas por um ângulo em tudo diverso. Não é possível, pensava eu às vezes, que eles se considerem inteiramente culpados e merecedores de suplício, sobretudo quando cometem faltas não contra os companheiros, mas contra os chefes. A maioria não se censurava por nada. Já afirmei que não observei remorso nem naqueles casos em que o crime fora cometido contra os de seu próprio meio. Quanto aos crimes cometidos contra superiores, nem há o que dizer. Às vezes eu tinha a impressão de que a esse respeito os presidiários tinham sua visão peculiar, por assim dizer, meio prática; ou melhor, uma visão factual. Levavam em consideração o destino, a irrefutabilidade do fato, e não era algo pensado, mas inconsciente, como um tipo de fé. O detento, por exemplo, ainda que estivesse sempre propenso a se considerar inocente nos crimes contra os seus superiores, de modo que era inconcebível para ele pensar de outra forma, ainda assim tinha a consciência prática de que os superiores viam seu crime de um ângulo de visão totalmente oposto e, por conseguinte, ele devia ser punido, e todos estariam quites. Era uma luta recíproca. O criminoso sabe e, além disso, não duvida de que está absolvido pelo tribunal do meio onde nasceu, de seu próprio povo, que nunca — e disso ele sabe também — o condenará em definitivo e cuja maioria ainda o absolverá por completo, desde que ele não tenha cometido a falta contra os seus, contra os irmãos, contra o próprio povo em cujo seio ele nasceu. Sua consciência está tranquila, e a consciência faz com que ele seja forte e moralmente imperturbável, e isto é o essencial. É como se ele sentisse que tem algo em que apoiar-se e por isso não sente ódio, mas aceita o que lhe aconteceu como um fato inevitável, que não começou com ele e nem com ele terminará, e ainda há de se repetir por muito e muito tempo ao longo de um confronto passivo, mas perseverante. Que soldado odeia pessoalmente um turco quando combate contra ele? Ora, o turco o esfaqueia, apunhala, atira nele. Porém, nem todos os relatos eram inteiramente narrados com indiferença e sangue-frio. Do tenente Jerebiátnikov, por exemplo, contavam até com um certo matiz de indignação, se bem que não muito grande. Conheci esse tenente ainda no início de minha hospitalização, claro que por meio dos relatos dos presidiários. Mais tarde, por acaso, eu o vi em carne e osso quando ele montava guarda. Era um homem de uns trinta anos, alto, gordo, rechonchudo, faces coradas e balofas, dentes brancos e um riso estrondoso digno de Nozdrióv.[5] O rosto denunciava um homem completamente desprovido de discernimento. Quando acontecia ser designado executor, gostava apaixonadamente de açoitar e aplicar vergastadas. Apresso-me a ajuntar que antes eu já considerava o tenente Jerebiátnikov um monstro entre os seus, e assim também pensavam os outros presos. Além dele, havia executores — isso claro que nos tempos antigos, naquela recente antiguidade sobre a qual "a lenda ainda está fresca, mas a custo se acredita nela"[6] — que gostavam de fazer seu serviço com afinco e diligência. Contudo, na maioria das vezes isso era feito com certa ingenuidade e sem grande envolvimento. Esse tenente era algo como o mais refinado gastrônomo no ramo dos executores. Gostava, amava de paixão a arte da execução, e a amava unicamente pela arte. Deleitava-se com ela, como um descorado patrício dos tempos do Império Romano que, estragado pelos prazeres, inventava requintes diversos, diferentes perversidades para desentorpecer e fazer cócegas agradáveis em sua alma inundada em banha. Eis que levam um detento para o castigo e Jerebiátnikov é o executor; um simples olhar para a longa fileira de homens munidos de porretes grossos já o deixa inspirado. Ele percorre as fileiras com ar de satisfação e reitera com insistência que cada um faça seu serviço com zelo e consciência, senão... Ora, os soldados sabiam o que significava aquele "senão"... Eis que trazem o próprio criminoso,

---

[5] Nozdrióv é o personagem barulhento e desordeiro que aparece no romance *Almas mortas*, de Nikolai Gógol. (N. do T.)

[6] Passagem da peça *A desgraça de ter espírito*, de A. S. Griboiédov (1795-1829). (N. do T.)

e se até então ele ainda não conhecia Jerebiátnikov, se ainda não ouvira falar de todos os seus podres, vejam só que peça o tenente lhe aplicava. (Evidentemente, esta é apenas umas das centenas de peças: o tenente era inesgotável em matéria de invenções.) Quando o despem e prendem suas mãos à coronha do fuzil, pela qual o sargento o arrastará por toda a "rua verde", todo detento segue o costume geral e no mesmo instante começa a suplicar ao executor, com voz lacrimosa e queixosa, que o castigo seja mais brando, que não seja agravado por um excesso de rigor: "Excelência", grita o infeliz, "tenha piedade, seja como um pai amável, obrigue-me a rezar a Deus pelo senhor o resto da vida, não me desgrace, tenha piedade!". Às vezes era só isso que Jerebiátnikov esperava; suspendia a execução no mesmo instante e também, com ar de sensibilizado, começava a conversar com o detento:

— Meu amigo — dizia —, o que é que eu posso fazer contigo? Não sou eu quem castiga, é a lei!

— Excelência, tudo está em suas mãos, tenha piedade!

— E pensas que não tenho pena de ti? Pensas que terei prazer em ver como vão te espancar? Ora, eu também sou humano! A teu ver, sou ou não sou humano?

— É claro que é, Excelência, sabe-se que é; o senhor é o pai, nós somos os filhos. Seja como um pai amável — brada o detento, já começando a nutrir esperança.

— Vamos, meu amigo, julga tu mesmo; ora, tens inteligência para julgar; eu mesmo sei que por uma questão de humanidade devo tratar até a ti, um pecador, com clemência e benevolência.

— É a pura verdade o que Vossa Excelência se digna dizer.

— Sim, tratar com benevolência, por mais pecador que sejas. Mas acontece que neste caso não sou eu, mas a lei quem age! Pensa! Eu sirvo a Deus e à pátria; estaria cometendo um grave pecado se abrandasse a lei, pensa nisso!

— Excelência!

— Bem, o que se há de fazer! Então digamos que seja feito assim, por ti! Sei que estou cometendo um pecado, mas vá lá... Por esta vez eu te perdoo, te aplico um castigo brando. Mas e se com isso eu estiver te prejudicando? Desta vez eu te perdoo, aplico um castigo leve, tu ficas com a esperança de que da próxima vez farei o mesmo e tornas a cometer um crime, então o que se haverá de fazer? Porque fico com isso na própria alma...

— Excelência! Daqui para a frente noutra dessas eu não caio e não permito nem a um inimigo. E juro de verdade perante o trono do criador celestial...

— Ah, isso já é bom, bom! E me juras que daqui para a frente vais te comportar bem?

— Que o Senhor me parta com um raio se com essa palavra eu...

— Não jures, isso é pecado. Vou acreditar na tua palavra, tu me dás tua palavra?

— Sim, Excelência!!!

— Então me ouve, eu só te perdoo por causas de tuas lágrimas de órfão; és órfão?

— Órfão, Excelência, sozinho no mundo, sem pai nem mãe...

— Então que seja por tuas lágrimas de órfão; mas vê só, é a última vez... levem-no — acrescenta com a mesma voz, tão branda que o detento já não sabe com que orações orar a Deus por semelhante benfeitor. Mas eis que a temível procissão se move; levam o detento; rufam os tambores, agitam-se os primeiros porretes... — Rolem o cacete nele! — grita Jerebiátnikov a plenos pulmões. — Até ele arder! Esfola, esfola ele! Até arder! Mais cacete nele, mais! Deem com mais força no órfão, deem com mais força no vigarista! Faz ele sentar, faz sentar! — e os soldados o esfolam com toda a força, os olhos do coitado faíscam, ele começa a gritar, Jerebiátnikov corre por fora do corredor a acompanhá-lo e gargalha, gargalha, gargalha aos berros, escangalha-se de rir, não consegue aprumar-se, de modo que no fim ele até dá pena, é um pobre-diabo. E alegra-se, e acha graça, e só de raro em raro interrompe-se a risada sonora, cheia de saúde, estrondosa, e mais uma vez ouve-se: — Esfola, esfola ele! Deixa ele em cinzas, o vigarista, em cinzas, o órfão, em cinzas...

Vejam que variantes ele ainda inventava: levam um detento para o castigo; mais uma vez o detento começa a implorar. Desta vez Jerebiátnikov não faz fita, não faz trejeitos, mas fala com franqueza:

— Vê só, meu caro — diz —, vou te castigar pela praxe, porque o mereces. Mas vê só o que vou arranjar para ti: não vou te prender às coronhas das armas. Caminharás sozinho, à nova moda: corre com toda a tua força no meio das fileiras! Mesmo que todos os porretes te atinjam, a coisa vai ser mais breve, o que achas? Queres experimentar?

O detento ouve com perplexidade, com desconfiança, e reflete: "Neste caso", pensa consigo, "pode até ser que a coisa acabe mesmo sendo mais vantajosa; corro com toda a força que tenho e o suplício sairá cinco vezes mais breve, e talvez nem todas as cacetadas me atinjam".

— Está bem, Excelência, estou de acordo.

— Bem, já que está de acordo, então cacete nele! Vamos, não fiquem aí feito basbaques! — grita para os soldados, porém sabendo de antemão que nenhum porrete vai errar o lombo do culpado; o soldado que falha também sabe muito bem a que está sujeito. O detento passa a correr pela "rua verde" com tudo o que tem de forças, mas, naturalmente, não consegue passar além da décima-quinta fileira; como um rufar de tambor, como um raio, as cacetadas descem de repente e de uma só vez sobre as suas costas, e o coitado desaba aos gritos como que abatido por uma bala. "Não, Excelência, o melhor é fazer pela lei", diz ele, levantando-se devagar do chão, pálido e assustado, mas Jerebiátnikov, que conhecia de antemão todo esse truque e sabia em que ele daria, cai na gargalhada, escangalha-se de rir. Mas não dá para descrever todos os seus divertimentos e tudo o que entre nós contavam a seu respeito.

Diferentes no modo e no tom eram as conversas que corriam entre nós sobre o tenente Smiekálov, comandante do nosso presídio, que antecedeu o nosso atual major. Embora os relatos sobre Jerebiátnikov fossem contados com indiferença, sem nenhum ódio especial, ainda assim os presidiários não admiravam as suas façanhas, não o elogiavam e pareciam desdenhar dele. De certa forma até o desprezavam com altivez. Mas as lembranças que tinham do tenente eram alegres e prazerosas. Acontece que ele não era de modo algum um apreciador dos açoites; nele não havia, em absoluto, aquele elemento próprio de Jerebiátnikov. Mas, não obstante, não era nada contra as vergastadas; o problema é que até as vergastadas dele eram lembradas com uma espécie de doce afeto — tamanha era a habilidade desse homem para agradar aos presidiários! Mas como? Como agiu para merecer semelhante popularidade? É verdade que a nossa gente, como até deve ser todo o povo russo, está pronta para esquecer suplícios inteiros em troca de uma palavra de carinho; falo disso como de um fato, desta vez sem examinar nenhum dos seus aspectos. Não era difícil agradar àquela gente e granjear popularidade da parte dela. Porém o tenente Smiekálov ganhou popularidade *especial* — de modo que até o seu modo de vergastar era lembrado quase com enternecimento. "A gente não precisava de um pai", diziam às vezes os presidiários e chegavam a suspirar quando comparavam o major atual à memória que tinham do antigo diretor interino Smiekálov. "Uma boa alma!" Era um homem simples, talvez até bondoso a seu modo. Mas acontece de os chefes terem uma alma não só bondosa, mas até generosa; e o que acontece, então? — todos desgostam dele, olham-no com indiferença e simplesmente riem dele. Ocorre que Smiekálov sabia fazer as coisas de tal jeito que todos ali o reconheciam como *gente da gente*, e isso é uma grande habilidade, ou melhor, uma capacidade inata sobre a qual não refletem nem os que são dotados dela. Uma coisa estranha: entre esses oficiais há também aqueles que são desprovidos de qualquer bondade, e no entanto ganham às vezes grande popularidade. Eles não têm nojo, não têm repugnância dos subordinados — eis, a meu ver, o motivo! Neles não vemos um fidalgote folgado, não sentimos ares de grão-senhor, mas o cheiro especial do povo, que lhes é inato, e, meu Deus, como o povo é sensível a esse cheiro! O que não dá por ele! Está disposto a trocar o mais clemente dos homens pelo mais severo quando sente nele o seu próprio cheiro vernáculo. E o que acontece se esse homem que carrega esse cheiro é ademais um homem efetivamente bondoso, mesmo que a seu modo? Aí não tem nem preço! O tenente Smiekálov, como eu já disse, às vezes castigava até de forma dolorosa, mas tinha um jeito de fazê-lo que, além de não ficarem com raiva dele, ainda acontecia o contrário, e hoje, no meu tempo, em que tudo já é passado distante, os presidiários recordam com prazer e em meio a risos as "pecinhas" que ele aplicava durante os espancamentos. E ele dispunha de poucas peças: faltava-lhe uma imaginação criadora. Para falar a verdade, era sempre a mesma peça, a única, que ele praticava quase o ano inteiro; talvez fosse boa justamente por ser a única. Naquilo havia muita inocência. Traziam, por exemplo, um prisioneiro condenado. O próprio Smiekálov saía para o castigo, saía dando risadinhas, fazendo uma brincadeira, interrogando ali mesmo o culpado sobre alguma coisa estranha ao caso, sobre os seus afazeres pessoais e de detento, e isso sem nenhum objetivo, não por bajulação, mas simplesmente porque *queria mesmo saber dessas coisas*. Trazem as varas, e para Smiekálov uma cadeira; ele se senta, até acende o cachimbo. Tinha um cachimbo comprido. O detento começa a implorar... "Não, meu irmão, deita-te, para que isso agora...", diz Smiekálov; o detento suspira e se deita. "Então, meu caro, sabes de cor a oração tal?", "Como não saber, Excelência, somos batizados, aprendemos desde criança", "Bem, então declama." E o detento sabe o que declamar, e sabe de antemão o que acontecerá durante essa declamação, porque essa peça já se repetiu umas trinta vezes antes com outros presidiários. E o próprio Smiekálov sabe que o detento sabe, sabe que até os soldados, que estão em pé com as varas levantadas sobre a vítima, também já estão informados há muito tempo sobre essa peça, e mesmo assim torna a repeti-la — e a peça caiu tanto em seu agrado talvez precisamente porque ele mesmo a criou por uma questão de vaidade de escritor. O detento começa a declamar, os homens das varas esperam, e Smiekálov até se inclina um pouco, ergue a mão, para de fumar, aguarda a palavrinha famosa. Depois da primeira linha da famosa oração, o detento enfim chega às palavras "seu nome". Só isso bastava. "Parem!", grita o inflamado tenente num piscar de olhos e, num gesto inspirado, dirigido ao homem que levantara a vara, grita: "Pois tome!".

E se desmancha numa gargalhada. Os soldados a seu lado também caem na mofa. Zomba o vergastador, até o vergastado quase chega a zombar, apesar de que a vergastada dada pela ordem "Pois tome!" já assobia no ar. E Smiekálov está alegre, alegre justamente pelo fato de ter inventado aquilo tão bem — foi *ele mesmo* quem criou: "seu nome", "pois tome". E Smiekálov deixa o castigo completamente satisfeito consigo mesmo, e de resto o vergastado também sai quase satisfeito consigo e com Smiekálov, e vejam só, meia hora depois já conta no presídio como foi repetida pela trigésima primeira vez, agora mesmo, a peça que antes já se repetira trinta vezes. "Numa palavra, uma boa alma! Um galhofeiro!"

Era até frequente que as lembranças dos presidiários com o boníssimo tenente fossem dar numa espécie de "manilovismo":[7]

— Maninhos — narra um detento, e todo o seu rosto sorri com a lembrança —, às vezes a gente ia passando e ele já estava ao pé da sua janela, metido num roupão, bebendo chá e fumando cachimbo. A gente tirava o chapéu:

"'Aonde vais, Aksiónov?'

"'Ao trabalho, Mikhail Vassílievitch, antes de mais nada preciso dar uma passada na oficina' e ele começava a rir... Ou seja, uma boa alma! Numa palavra, uma boa alma!"

— Gente assim não fica pra semente! — acrescenta um dos ouvintes.

---

[7] Manílov é uma personagem sentimental e cheia de devaneios que aparece em *Almas mortas*, de Gógol. (N. do T.)

III
O HOSPITAL
(continuação)[8]

Passei a falar dos castigos, assim como de alguns executores dessas interessantes obrigações porque foi só no hospital que obtive pela primeira vez uma noção clara de todos aqueles assuntos. Até então só os conhecia por ouvir falar. As nossas duas enfermarias recebiam todos os preventivos castigados por vergastadas, oriundos de todos os batalhões, seções de prisioneiros e outros comandos militares acantonados em nossa cidade e em todo o distrito. Naqueles primeiros tempos, quando eu ainda observava com bastante avidez tudo o que acontecia a meu redor, todos aqueles regulamentos que me eram estranhos, todos aqueles castigos e preparativos para os castigos deixavam naturalmente uma fortíssima impressão em mim. Eu estava perturbado, confuso e assustado. Lembro-me de que logo logo passei, repentinamente e com impaciência, a me dedicar a todos os detalhes daqueles novos fenômenos, a ouvir as conversas e os relatos de outros presidiários, eu mesmo lhes fazia perguntas, obtinha as respostas. Desejava, entre outras coisas, conhecer forçosamente todos os graus das sentenças e das execuções, todos os matizes dessas execuções, a visão dos próprios presidiários sobre tudo isso; procurava imaginar o estado psicológico dos que caminhavam para o suplício. Eu já disse que perante o castigo é raro alguém permanecer calmo, incluindo aqueles que antes já haviam sido espancados várias vezes. Nesse instante, de modo geral, o detento é assaltado por um pavor intenso, mas puramente físico, involuntário e avassalador, que esmaga todo o ser moral de um homem. Mesmo depois, no curso de todos aqueles anos de vida na prisão, eu observava involuntariamente os mesmos preventivos que, tendo permanecido hospitalizados depois da primeira metade do castigo e estando com as cicatrizes das costas saradas, pediam alta hospitalar para, já no dia seguinte, receber a segunda metade das vergastadas determinadas pela sentença. Essa divisão do castigo em duas metades sempre é feita por determinação do médico que o acompanha. Se o número de vergastadas, determinado pelo tipo de crime, é grande a ponto de o detento não suportar

---

[8] Tudo o que agora escrevo sobre os castigos e suas execuções ocorria em minha época. Ouvi dizer que hoje tudo mudou, ou está mudando. (N. do A.)

tudo de uma vez, ele é dividido em duas ou até três partes, a depender do que opina o médico durante a própria execução, ou seja, se o castigado pode continuar recebendo vergastadas ou se isto colocará sua vida em perigo. De hábito, quinhentas, mil e até mil e quinhentas vergastadas são aplicadas de uma vez; mas se a sentença é de duas ou três mil, sua execução é dividida em duas partes, às vezes três. Aqueles que depois da primeira metade estão com as costas saradas e recebem alta para enfrentar a segunda, no dia de sua saída ou na véspera costumam ficar sombrios, macambúzios, taciturnos. Neles se observa um certo embotamento da razão, um alheamento antinatural. Ele não conversa, passa a maior parte do tempo calado; o mais curioso é que com tipos assim os próprios presidiários nunca falam nem procuram falar sobre o que os aguarda. Nenhuma palavra supérflua, nenhum consolo; em geral, até procuram prestar pouca atenção nele. Isso, é claro, é melhor para o preventivo. Há exceções, como, por exemplo, o caso de Orlóv, que já narrei. Depois da primeira metade do castigo ele não parava de lamentar que suas costas demoravam a sarar e por isso ele não podia pedir alta logo, para receber mais depressa as vergastadas restantes, partir com uma expedição de prisioneiros para o desterro a que fora sentenciado e fugir no meio do caminho. Mas esse objetivo o entretinha, e sabe Deus no que mais ele pensava. Era de uma natureza inflamada e obstinada. Estava muito satisfeito, era presa de forte excitação, embora dissimulasse os sentimentos. Ocorre que ainda antes da primeira metade do seu castigo ele achava que não o deixariam escapar das vergastadas, achava que ia morrer. Quando ainda estava sob julgamento, já haviam chegado até ele vários rumores sobre medidas tomadas pela administração; já então ele se preparava para morrer. Mas depois de receber a primeira metade ele ganhou ânimo. Apareceu no hospital quase morto de tanto que foi espancado; eu nunca havia visto tamanhas chagas; mas chegou de coração alegre, com a esperança de que permaneceria vivo, de que os rumores eram falsos, de que, como acabavam de deixá-lo sair vivo dos espancamentos, então agora, depois de longa permanência na condição de preventivo, ele já podia começar a sonhar com a estrada, a fuga, a liberdade, com os campos e bosques... Morreu dois dias depois de receber alta, no mesmo hospital, no mesmo leito, por não resistir à segunda metade dos espancamentos. Mas disso eu já falei.

No entanto, os mesmos presidiários que passavam por dias e noites tão difíceis antes do castigo suportavam com valentia a sua execução, incluindo até os mais pusilânimes. Raramente eu ouvia gemidos, mesmo no decorrer da primeira noite que se seguia aos espancamentos, mesmo vindo dos que haviam sido espancados com extraordinária dureza; em geral, o povo sabe suportar a dor. Fiz muitas indagações a respeito disso. Às vezes eu queria me certificar da intensidade dessa dor, queria saber com quê, afinal, podemos compará-la. Eu realmente não sei por que insistia nisso. Só me lembro que não era uma curiosidade fútil. Repito, eu estava confuso e perturbado. Mas não importava a quem eu perguntasse, não consegui receber nenhuma resposta que me satisfizesse. "Arde como um fogo que queima", eis o que pude descobrir, essa era a resposta dada por todos. Queima, e só. Nesse mesmo período me tornei mais próximo de M. e também o interroguei. "Dói muito", respondeu, "e a sensação é de que queima como fogo; é como se assassem nossas costas no mais forte dos fogos." Em suma, todos se exprimiam com a mesma palavra. Aliás, lembro-me de que na mesma ocasião cheguei a uma conclusão estranha, que talvez não seja tão fiel à realidade, mas o veredito dos próprios presidiários a confirma com vigor: as vergastadas, quando aplicadas em grande quantidade, são o mais duro de todos os castigos empregados em nosso presídio. Isso, à primeira vista, pareceria absurdo e impossível. Mas, não obstante, com quinhentas ou quatrocentas vergastadas pode-se levar um homem à morte; acima de quinhentas é quase morte certa. Nem o homem da mais forte compleição aguenta mil vergastadas de uma só vez. Enquanto isso, quinhentas cacetadas podem ser suportadas sem nenhum perigo de morte. Mil cacetadas até um homem de compleição fraca pode suportar sem temer por sua vida. Nem com duas mil cacetadas pode-se matar um homem de força média e compleição saudável. Todos os presidiários diziam que as vergastas são piores que o porrete. "As vergastas são mais cortantes, o suplício é maior." Sem dúvida, as vergastadas são mais torturantes que as cacetadas. Irritam com mais intensidade, agem com mais força sobre os nervos, excitam-nos para além dos limites, transtornam a vítima muito acima do possível. Não sei como é hoje, mas num passado não muito distante existiram *gentlemen* em quem a possibilidade de açoitar suas vítimas lhes despertava algo que lembrava o Marquês de Sade ou Brinvilliers.[9] Me parece que a sensação deixa esse tipo de *gentleman* com o coração a palpitar, é algo ao mesmo tempo doce e doloroso. Algumas pessoas são como tigres, sequiosas por lamber sangue. Quem uma vez experimentou esse poder, esse domínio ilimitado sobre o corpo, o sangue e o espírito de um semelhante, de uma pessoa criada da mesma maneira, um irmão pela lei de Cristo; aquele que experimentou o poder e a plena possibilidade de humilhar com a mais alta humilhação outro ser que traz em si a imagem de Deus, este, in-

---

[9] Marie-Madeleine Marguerite d'Abray, Marquesa de Brinvilliers (1630-1676), foi uma aristocrata francesa acusada de cometer três assassinatos. (N. do T.)

voluntariamente já deixou de ser senhor de seus prazeres. A tirania é um hábito; tem seu próprio desenvolvimento e, enfim, se converte em doença. Acredito que o melhor dos homens pode abrutalhar-se e embotar-se por hábito, até chegar ao nível de um animal. O sangue e o poder embriagam: desenvolvem-se a grosseria, a perversão; os fenômenos mais anormais se tornam acessíveis e, por fim, doces ao intelecto e ao sentimento. O homem e o cidadão morrem para sempre no tirano, e para ele se torna quase impossível retornar à dignidade humana, ao arrependimento, ao renascimento. Ademais, o exemplo, a possibilidade de semelhante arbítrio, age de modo contagiante sobre toda a sociedade: esse tipo de poder é sedutor. A sociedade que encara com indiferença esse fenômeno já está ela mesma contaminada em seus fundamentos. Em suma, o direito a aplicar o castigo físico, direito que é concedido a um indivíduo em detrimento dos outros, é uma das chagas da sociedade, um dos meios mais poderosos para a destruição de qualquer embrião, qualquer tentativa de civismo que ela venha a ter, é a razão completa de sua desintegração fatal e inelutável.

Na sociedade desdenha-se do carrasco, mas nem de longe do *gentleman* carrasco. Só recentemente foi emitida uma opinião contrária, mas apenas em livros, de forma abstrata. Mesmo os que a emitem ainda não conseguiram suprimir em seu íntimo essa necessidade de despotismo. Todo industrial e todo empresário deve necessariamente sentir alguma satisfação exasperante no fato de seu trabalhador, por vezes, depender completamente dele, e toda a família desse trabalhador, unicamente dele. Isso é muito provável; uma geração não se livra tão depressa daquilo que traz sedimentado por hereditariedade; o homem não renuncia tão depressa àquilo que lhe entrou no sangue, que lhe foi transmitido, por assim dizer, pelo leite materno. Não existem as tais revoluções precoces. Reconhecer a própria culpa e o pecado original ainda é pouco, muito pouco; é mister desacostumar-se inteiramente disso. E isso não se faz tão depressa.

Comecei falando do carrasco. As qualidades do carrasco encontram-se de forma embrionária em quase todo homem moderno. Mas as qualidades ferinas do homem não se desenvolvem de modo igual. Se acontece de essas qualidades sobrepujarem todas as outras no desenvolvimento de um homem, esse homem se torna horrendo e hediondo. Há duas espécies de carrasco: uns são voluntários, outros são forçados, obrigados a sê-lo. Evidentemente, o carrasco voluntário é, em todos os sentidos, inferior ao forçado, e dele o povo desdenha, e desdenha a ponto de sentir horror, nojo, um temor inconsciente, quase místico. De onde vem esse temor quase supersticioso por um, e essa indiferença quase aprobativa pelo outro? Há exemplos que, por serem estranhos, beiram o extremo: tive conhecidos, até bondosos, até honestos, até respeitados na sociedade, que mesmo assim não conseguiam suportar com sangue-frio que, por exemplo, um castigado não gritasse debaixo da vergasta, que não implorasse ou pedisse clemência. O castigado devia gritar e pedir clemência. Essa é a praxe: é considerado não só decente mas necessário, e quando certa vez uma vítima se negou a gritar, o carrasco, que eu conhecia, e que noutros sentidos talvez até pudesse ser considerado um homem bom, chegou a sentir-se ofendido com o incidente. A princípio desejava aplicar um castigo leve, mas por não ouvir os habituais "Excelência, pai amável, tenha piedade, faça-me orar eternamente a Deus pelo senhor" etc., ficou furioso e aplicou umas cinquenta vergastadas a mais, querendo obter os gritos e os pedidos — e os obteve. "Era inevitável, ele fez uma grosseria", respondeu-me com muita seriedade. Quanto ao verdadeiro carrasco, o forçado, obrigado a sê-lo, uma coisa se sabe: é um detento sentenciado e condenado ao degredo, mas mantido como carrasco; depois de tomar lições com outro carrasco e aprender com ele, é deixado para sempre no presídio, onde é mantido à parte, num quarto especial, tem até seus próprios utensílios, mas está quase sempre sob escolta. É claro que o verdadeiro homem não é uma máquina; embora espanque por obrigação, às vezes o carrasco também é tomado de arroubo, e mesmo que não bata sem um prazer pessoal, por outro lado quase nunca nutre um ódio pessoal por sua vítima. A perícia do golpe, o domínio de sua ciência, o desejo de mostrar-se perante os companheiros e o público incitam o seu orgulho. Ele se aplica pela arte. Além disso, sabe muito bem que todos o têm por réprobo, que um temor supersticioso o encontra e o acompanha por toda parte, e não pode evitar que isso exerça alguma influência sobre ele, reforce nele a sua fúria, as suas inclinações animalescas. Até as crianças sabem que ele "renega pai e mãe". Coisa estranha: sempre que me ocorreu ver carrascos, todos eram homens evoluídos, de bom senso, dotados de inteligência e de um orgulho incomum, e até de altivez. Teria essa altivez se desenvolvido nele como resistência ao desprezo geral devotado à sua pessoa, teria ela sido intensificada pela consciência do temor que ele infundia na vítima e pelo sentimento de domínio sobre ela? Não sei. Talvez até a própria pompa e o clima de teatralidade em que eles aparecem no patíbulo perante o público contribuam para desenvolver certa arrogância neles. Lembro-me de que durante certo tempo tive oportunidade de conhecer e observar um carrasco de perto. Era um homem de estatura mediana, seco, musculoso, de uns quarenta anos, rosto bastante agradável e inteligente e cabelos encaracolados. Sempre estava com um ar extraordinariamente calmo, importante; parecia ter hábitos de *gentleman*, suas respostas eram sempre sensatas, sucintas e em todo o tempo afáveis, mas de uma afabilidade meio arrogante, como se ele se ufanasse de algo diante de mim. Amiúde os oficiais da guarda entabulavam conversa com ele na minha presença e, palavra, até pareciam ter certo respeito por ele. Ele tinha consciência disso e diante do superior dobrava de propósito sua polidez, sua secura e sua autoestima. Quanto mais afável o superior se mostrava em conversa com ele, tanto mais rígido ele mesmo parecia, e embora de forma alguma abandonasse sua refinadíssima polidez, estou certo de que naqueles momentos ele considerava estar imensuravelmente acima do superior com quem conversava. Tinha isso estampado em seu rosto. Às vezes acontecia de ser enviado num dia muito quente de verão, sob escolta e munido de uma vara longa e fina, para matar cães na cidade. Nessa cidadezinha havia uma enormidade de cães sem dono, que proliferavam com uma rapidez fora do comum. No período canicular eles se tornavam perigosos, e para exterminá-los era enviado um carrasco por determinação dos superiores. Mas nem essa função humilhante parecia rebaixá-lo minimamente. Era preciso ver o ar de gravidade com que ele andava pelas ruas da cidade acompanhado da escolta cansada, assustando com sua simples aparência as mulheres e crianças que cruzava pelo caminho, com que tranquilidade e até arrogância olhava para todos os que lhe vinham de encontro. De resto, os carrascos levam vida folgada. Possuem dinheiro, comem muito bem, bebem vinho. O dinheiro lhes vem de suborno. Um civil que foi sentenciado a castigos dá previamente alguma coisa ao carrasco, mesmo que fique a nenhum, mas o presenteia. Mas de outros, de preventivos ricos, eles mesmos cobram dinheiro, solicitando uma quantia que esteja de acordo com os prováveis recursos do detento, e chegam a cobrar trinta rublos, às vezes mais. Com os muito ricos chegam a regatear bastante. É claro que o carrasco não pode aplicar um castigo muito leve; responderia por isso com o próprio lombo. Mas, em compensação, por um certo suborno ele promete à vítima que não baterá de forma muito cruel. Suas propostas quase sempre são aceitas; em caso contrário, ele realmente castiga de forma bárbara, e isto está em seu pleno poder. Acontece de ele impor uma quantia considerável até a um preventivo muito pobre; os familiares aparecem, regateiam, humilham-se, e ai de quem não o satisfizer. Nesses casos muito lhe ajuda o temor supersticioso que ele infunde. Que sandices não se contam sobre os carrascos! Aliás, os próprios presidiários me asseguraram que um carrasco é capaz de matar com um só golpe. Mas, antes de mais nada, onde está a prova disso? Pensando bem, é possível. Falavam disso de modo demasiado afirmativo. Um carrasco me garantiu pessoalmente que poderia fazê-lo. Diziam ainda que ele podia bater em cheio e com toda a força

nas costas do criminoso, mas de tal jeito que o golpe não deixava a mais ínfima cicatriz e o criminoso não sentia a mínima dor. De resto, sobre todos esses truques e requintes já se conhece um número excessivo de relatos. Mas se o carrasco até aceita suborno para castigar levemente, ainda assim ele aplica o primeiro golpe com todo o ímpeto, com toda a força. Isso, inclusive, tornou-se praxe entre eles. Ele suaviza os próximos golpes, sobretudo se lhe pagaram de antemão. Mas o primeiro golpe independe de pagamento. Palavra que desconheço por que agem assim. Talvez seja com o fim de ir logo acostumando a vítima para os próximos golpes, por calcular que depois de um golpe muito duro os leves já não parecerão tão torturantes, ou então pelo simples desejo de exibir-se diante da vítima, infundir-lhe o pavor, deixá-la aturdida desde o primeiro golpe para que ela compreenda com quem está lidando; em suma, para mostrar do que é capaz. Em todo caso, antes de dar início ao castigo o carrasco se sente excitado, sente a sua força, se reconhece um soberano; nesse instante ele é ator; com ele o público fica embevecido e aterrorizado, e, claro, não é sem prazer que ele grita para a sua vítima ante o primeiro golpe: "Aguenta, que vou te queimar!", palavras comuns e fatais nesse momento. É difícil imaginar até onde é possível deformar a natureza humana.

  Naqueles primeiros tempos de hospital não me cansei de ouvir todos esses relatos dos presidiários. Ficar ali deitado era um horrível tédio para todos nós, tão parecidos eram os dias! Pela manhã ainda nos distraíam a visita dos médicos e logo depois o almoço. Em semelhante monotonia, a refeição era, sem dúvida, uma considerável distração. As porções eram diferentes, distribuídas segundo as doenças dos pacientes. Uns recebiam apenas sopa com uns poucos legumes; outros só um mingauzinho; outros, apenas mingau de semolina, e havia muitos que gostavam. De tanto permanecerem hospitalizados os presidiários ficavam mimados e gostavam de petiscar. Os convalescentes e os quase sadios recebiam um pedaço de carne de gado cozida, "de boi", como se dizia entre nós. Os melhores pratos eram destinados aos doentes de escorbuto — carne de gado com cebola e rábano etc., e às vezes acompanhados de um copinho de vodca. Também havia pão, preto ou semibranco, a depender da doença, e bem assado. Esse caráter oficioso e as sutilezas na destinação das porções apenas faziam os pacientes rirem. Claro que, a depender da doença, o próprio paciente não queria comer. Em compensação, os doentes com apetite comiam o que queriam. Uns trocavam de prato entre si, de modo que a porção adequada a uma doença passava a outra em tudo diferente. Outros, mantidos com uma porção fraca, compravam carne de gado ou o prato destinado a um escorbútico, bebiam *kvas* ou a cerveja do hospital, comprando-os àqueles a quem essas bebidas se destinavam. Outros comiam até duas porções. Estas eram vendidas ou revendidas por dinheiro. Uma porção de carne de gado tinha um preço bastante alto: custava cinco copeques em papel-moeda. Se em nossa enfermaria não houvesse de quem comprar, mandavam o vigia a outra enfermaria de presidiários, e se lá não houvesse, então o enviavam às enfermarias dos soldados, os "livres", como eram chamados entre nós. Sempre havia pessoas dispostas a vender. Ficavam a pão e água, mas em compensação faziam dinheiro. A pobreza, evidentemente, era geral, mas quem tinha um dinheirinho mandava comprar até roscas, guloseimas etc. no mercado. Nossos vigias cumpriam todas essas incumbências sem ganhar nada por isso. Depois do almoço vinham as horas mais maçantes; um dormia por falta do que fazer, outro tagarelava, outro altercava, alguém contava algo em voz alta. Se não traziam novos doentes, ficava ainda mais maçante. A chegada de um novato quase sempre produzia alguma impressão, sobretudo quando ninguém o conhecia. Examinavam-no, procuravam descobrir quem era ele e como, de onde e por que delito fora condenado. Nesse caso, interessavam-se em especial pelos transferidos: estes sempre contavam alguma coisa, se bem que não sobre seus assuntos pessoais; se o próprio não tocava nessa questão, nunca o interrogavam, apenas queriam saber de onde vinha, com quem, por que estrada, para onde iriam etc. Alguns, assim que ouviam um novo relato, na mesma hora lembravam-se como que de passagem de algo de sua própria experiência: de diferentes transferências, de comboios de prisioneiros, de carrascos, de chefes dos comboios. Os castigados a vergastadas também apareciam nessas horas, no entardecer. Sempre produziam uma impressão bastante forte, como aliás já mencionei; mas não eram trazidos todos os dias, e no dia em que não apareciam a coisa entre nós ficava meio mole, como se todas aquelas pessoas estivessem saturadíssimas umas das outras, e começavam até a altercar. O povo se alegrava até com os loucos, trazidos para observação. O subterfúgio de fazer-se de louco para escapar do castigo era empregado de quando em quando pelos preventivos. Uns logo eram desmascarados, ou melhor, eles mesmos decidiam mudar a política de suas ações, e depois de uns dois ou três dias de desatinos, súbito, sem quê nem para quê ficavam sensatos; o detento serenava e com ar sombrio ia pedir alta. Nem os presidiários, nem os médicos o censuravam ou o constrangiam, lembrando-lhe os truques recentes; calados lhe prescreviam alta, calados o acompanhavam, e uns dois dias depois ele aparecia entre nós castigado. No entanto, esses casos eram raros, de modo geral. Mas os loucos de verdade que traziam ao hospital para observação eram um verdadeiro castigo divino para toda a enfermaria. Alguns, alegres e extravagantes, que gritavam, dançavam e cantavam, eram de início recebidos quase com êxtase pelos presidiários. "Isso é divertido!", diziam eles, olhando para o presepeiro recém-trazido. Mas para mim era extremamente difícil olhar para aqueles infelizes. Nunca consegui olhar com sangue-frio para os loucos.

Mas os contínuos fingimentos e os inoportunos desatinos do louco trazido e recebido com gargalhadas logo saturavam de vez a todos nós, e em uns dois dias esgotavam toda a nossa paciência. Um deles foi mantido por umas três semanas entre nós, e estávamos simplesmente a ponto de fugir da enfermaria. Como que de propósito, nesse ínterim trouxeram mais um louco. Este produziu em mim uma impressão peculiar. O fato se deu já no meu terceiro ano de trabalhos forçados. No primeiro ano, ou melhor, nos primeiros meses de presidiário, na primavera, eu seguia com uma expedição de prisioneiros para trabalhar como ajudante de estufeiros numa olaria que ficava a duas verstas de distância. Precisávamos consertar os fornos para os futuros trabalhos de verão da olaria. Naquela manhã, M-ki e B-ki me apresentaram na olaria ao sargento Ostrovski, que ali vivia como capataz. Era um polonês, um velho de uns sessenta anos, alto, magro, extremamente bem-apessoado e até majestoso de aparência. Servia há muitos anos na Sibéria, e embora descendesse do povo simples — chegara como soldado daquele batalhão que existiu na década de 1830[10] —, M-ki e B-ki gostavam dele e o respeitavam. Estava sempre lendo a Bíblia católica. Eu conversava com ele, e sua conversa era muito afável, muito sensata, contava as coisas de modo muito interessante, tinha um ar muito bondoso e honrado. Depois disso, passei dois anos sem vê-lo, apenas ouvira falar que ele respondia a inquérito por alguma coisa, e súbito o trouxeram para a nossa enfermaria como louco. Entrou ganindo, gargalhando, e com os gestos mais indecentes, mais cômicos, desandou a dançar pela enfermaria. Os presidiários ficaram em êxtase, mas eu me senti muito triste... Três dias depois, já não sabíamos o que fazer com ele. Ele altercava, brigava, gania, cantava até de noite, a todo instante cometia desatinos tão repugnantes que todos simplesmente começaram a sentir náuseas. Não temia ninguém. Meteram-no numa camisa de força, mas isso fez a coisa piorar ainda mais para nós, apesar de que, sem ela, ele provocava altercações e se metia a brigar praticamente com todo mundo. Durante aquelas três semanas, às vezes a enfermaria levantava-se em peso numa só voz e pedia ao médico-chefe que transferisse o nosso benquisto para a outra enfer-

---

[10] O autor faz referência ao batalhão do exército polonês que se insurgiu contra o Império Russo, dando início à Guerra Russo-Polonesa de 1830-1831. (N. do T.)

maria de presidiários. Os da outra enfermaria, por sua vez, pediam insistentemente que o transferissem de volta para a nossa. E como em nossa enfermaria havia, ao mesmo tempo, dois loucos, ambos agitados e briguentos, então uma enfermaria revezava com a outra na troca de loucos. Mas assim as duas ficaram piores. Todos suspiraram mais aliviados quando enfim os levaram embora...

Lembro-me ainda de um louco estranho. Certa vez, no verão, trouxeram um preso preventivo, forte e com aparência de ser muito desajeitado, tinha uns quarenta e cinco anos, o rosto deformado pela varíola, olhos miúdos, vermelhos e empapuçados e um ar sombrio e carrancudo. Instalaram-no a meu lado. Verificou-se ser uma pessoa muito pacata, não entrava em conversa com ninguém e ficava em seu canto parecendo refletir sobre alguma coisa. Quando caiu a tarde, ele de repente se dirigiu a mim. De forma direta, sem mais preâmbulos, mas com o aspecto de quem parecia me comunicar um segredo extraordinário, começou a me contar que por aqueles dias estava para receber duas mil vergastadas, mas que agora isso não aconteceria porque a filha do coronel G. iria interceder por ele. Olhei perplexo para ele e respondi que, a meu ver, neste caso a filha do coronel não tinha o que fazer. Eu ainda não desconfiara de nada; ele não havia sido trazido como louco, absolutamente, mas como um doente comum. Perguntei-lhe de que sofria. Respondeu que não sabia e que o haviam mandado para lá por alguma razão, mas que gozava de perfeita saúde, que a filha do coronel estava apaixonada por ele, que uma vez, duas semanas antes, passara ao lado da casa de guarda e na ocasião ele olhara pela janelinha gradeada. Mal ela o avistou, de pronto apaixonou-se. Desde então ela já estivera três vezes na casa de guarda sob diferentes pretextos; na primeira vez viera com o pai visitar o irmão, oficial, que na ocasião montava guarda; na segunda, viera com a mãe distribuir esmolas e, ao passar ao lado dele, cochichara-lhe no ouvido que o amava e o salvaria. Era estranho com que sutis detalhes ele me contava todo aquele absurdo que, sem dúvida, nascera inteiramente em sua mente débil e perturbada. Acreditava piamente que escaparia do castigo. Falava de modo tranquilo e afirmativo do amor ardente que a jovem senhorita tinha por ele e, apesar do absurdo geral do relato, era um horror ouvir tal história de amor, sobre uma mocinha apaixonada, saída da boca de um homem que beirava os cinquenta anos e que tinha aquela fisionomia amargurada, triste e deformada. Era estranho o que o medo do castigo foi capaz de fazer com aquela alma tímida. É possível que ele realmente tivesse visto alguém de sua janelinha, e a loucura, que nele se instalara movida pelo pavor e ia crescendo a cada dia, súbito encontrou uma forma, uma saída. Aquele soldado infeliz, que talvez passara toda a sua vida sem sequer pensar em jovens senhoritas, inventara de repente todo um romance, agarrando-se instintivamente a essa palhinha de salvação. Ouvi-o em silêncio e informei os outros presidiários sobre ele. Mas quando os outros passaram a mostrar curiosidade, ele se fechou num silêncio pudico. No dia seguinte o médico o interrogou longamente, e como ele lhe disse que não sofria de nenhuma doença e o exame mostrou que de fato era assim, deu-lhe alta. Só depois que o médico havia deixado a enfermaria soubemos que ele escrevera *sanat* em sua ficha hospitalar, de modo que não dava mais para lhe contar o que de fato se passava. Naquela ocasião nós mesmos ainda não desconfiávamos da verdadeira questão. Entretanto, tudo teve origem no erro dos superiores que o haviam enviado à nossa enfermaria sem explicar por que agiram assim. Houve alguma negligência. É até possível que os que o enviaram ainda se limitassem à desconfiança e não tivessem nenhuma certeza de sua loucura, e guiando-se pelos boatos sombrios enviaram-no à enfermaria para observação. Seja como for, dois dias depois levaram o infeliz para o castigo. Parece que este o deixou muito atônito pela surpresa; ele não acreditava que fossem castigá-lo, e até o último minuto, até quando o conduziram entre as fileiras de soldados, ele gritava: "Socorro!". Quando voltou ao hospital, já não o instalaram na nossa enfermaria, por falta de leito. Mas me informei a seu respeito e soube que no decorrer de todos os oito dias que sucederam o castigo ele não trocara uma palavra com ninguém, estivera perturbado, sentia uma tristeza extrema... Depois que suas costas cicatrizaram, enviaram-no sabe-se lá para onde. Ao menos não ouvi mais nada a seu respeito.

Quanto ao tratamento e os remédios em geral, até onde pude perceber os doentes leves quase não seguiam as prescrições médicas nem tomavam os remédios, mas os doentes graves e, via de regra, os que estavam de fato doentes, gostavam muito de tratar-se, tomavam pontualmente seus pós e suas poções; porém, do que os nossos doentes mais gostavam eram as intervenções externas. As ventosas, sanguessugas, cataplasmas e sangrias, que a nossa gente tanto aprecia e nas quais acredita tanto, eram aceitas entre nós de bom grado e quase com prazer. Interessei-me por uma estranha circunstância. Aquelas mesmas pessoas que toleravam tanto as torturantes dores das pauladas e vergastadas não raro se mostravam queixosas, melindrosas e até gemiam sob a ventosa. Não sei dizer se estavam amimalhadas ou se simplesmente fingiam. É verdade que as nossas ventosas eram de um tipo especial. O aparelho que abre a pele num instante, este foi perdido ou estragado por algum enfermeiro muito tempo atrás, ou talvez tenha se estragado sozinho; o fato é que agora o enfermeiro é forçado a fazer as necessárias incisões com uma lanceta. Para cada ventosa são necessárias cerca de doze incisões. Com o aparelho não dói: as doze lâminas cortam de estalo, num instante, e não dói. Mas a incisão por lanceta é outra coisa. Comparativamente, a lanceta corta muito devagar; sente-se dor; e quando são dez ventosas, por exemplo, é preciso fazer cento e vinte dessas incisões, então o conjunto acaba sendo muito dolorido, é claro. Eu experimentei isso, e embora fosse doloroso e irritante, mesmo assim não o era a ponto de não conseguirmos suportar ou de nos fazer soltar gemidos. Às vezes era engraçado olhar para um homenzarrão forçudo e ver como se retorcia todo e começava a choramingar. De modo geral, aquilo poderia ser comparado à situação de um homem que, firme e até tranquilo em meio a negócios sérios, cai em desânimo e toma-se de caprichos em casa, quando não tem nada para fazer; não come o que lhe servem, discute e diz desaforos, tudo lhe desagrada, todos o chateiam, todos lhe fazem grosserias, todos o atormentam — em suma, reclama de barriga cheia, como às vezes se diz de senhores desse tipo, que, aliás, são encontrados também em meio ao povaréu e até com excessiva frequência em nosso presídio, em face da coexistência que ali predomina. Em nosso presídio vez por outra davam de caçoar ou simplesmente de destratar esse tipo melindroso; e então ele calava, como se de fato só esperasse que o insultassem para ficar calado. Ustiántsiev, em particular, não gostava de melindrosos e nunca perdia a oportunidade de insultá-los. Em geral, não perdia a oportunidade de engalfinhar-se com alguém. Esse era o seu prazer, uma necessidade que decorria da doença, é claro, mas muito em parte de sua estupidez. Às vezes ficava olhando fixo e com ar sério, depois, com uma voz tranquila e convicta, começava a pregar sermões. Metia-se em tudo; como se o tivessem encarregado da observância da ordem ou da moral em nosso presídio.

— Mete o bedelho em tudo — os presidiários às vezes diziam entre risos. Porém, poupavam-no e evitavam discutir com ele; só vez por outra o ridicularizavam.

— Arre, que tagarela! Fala pelas tripas de Judas.

— Por que tagarela? É sabido que não se tira o chapéu pra cretino. Por que ele reclama da lanceta? Quem só quer lã acaba tosquiado, ou seja, que tenha paciência.

— E tu, o que tens a ver com isso?

— Não, irmãozinhos — interrompeu um dos nossos presidiários —, ventosas ainda vá lá, já passei por isso; agora não existe dor pior do que quando puxam muito tempo a orelha da gente.

Todos caíram na risada.

— Não me digas que já puxaram as tuas!

— E tu achas que não? Todo mundo sabe que puxaram.
— Ah, é por isso que tens orelhas de abano.

Esse detento, chamado de Chápkin,[11] tinha de fato orelhas longuíssimas que sobressaíam dos dois lados. Era do grupo dos vagabundos e era jovem ainda, um rapaz eficiente e pacato, que sempre falava com um humor meio sério, disfarçado, o que imprimia muita comicidade a alguns dos seus relatos.

— E por que tenho de saber que te puxaram as orelhas? E além disso, como eu ia conceber uma coisa dessas, seu pateta? — tornou a imiscuir-se Ustiántsiev, dirigindo-se com indignação a Chápkin, embora, pensando bem, este não tivesse se dirigido a ele em absoluto, mas a todos em geral; mas Chápkin nem olhou para ele.

— E quem puxou? — perguntou alguém.

— Quem? Sabe-se quem: o comissário de polícia. Maninhos, fez isso por minha vagabundagem. Íamos para K., éramos dois, eu e outro, também vagabundo, chamado Efim, sem alcunha. A caminho nos arranjamos um pouco com um mujique na aldeia de Tôlmina. Existe essa aldeia de Tôlmina. Pois bem, entramos e demos uma olhada em volta: seria o caso de a gente se arranjar aqui ou dar o fora? No campo só há liberdade, mas na cidade é um horror, como se sabe. Bem, antes de mais nada entramos numa bodega. Demos uma olhada ao redor. Aproximou-se da gente um maltrapilho com os cotovelos rasgados, em traje alemão. E começou:

"'Permitam perguntar, como se diz, vocês têm papel?'

"'Não' — respondemos —, 'estamos sem papel.'[12]

"'Pois é. E nós também. Aqui tenho mais dois amigos', diz ele, 'que também servem sob o general Kukúchkin.[13] Então me atrevo a perguntar: nós farreamos um pouco e por enquanto não arranjamos nenhum dinheirinho. Vocês podem nos honrar com uma meia garrafinha?'

"'Com todo o prazer.'

"Então, bebemos. E na mesma hora eles nos sugeriram uma ação que era da nossa alçada: um roubo com arrombamento. Havia ali uma casa no extremo da cidade, habitada por um pequeno-burguês dono de um montão de bens, e então resolvemos conferir à noite. Porém mal tínhamos chegado

---

[11] Derivado de *chapka*, gorro de peles russo com tapa-orelhas. (N. do T.)

[12] Documentos. (N. do A.)

[13] Isto é, estão no bosque, onde canta o cuco [o nome deriva de *kukuchka*: "cuco"]. Ele quer dizer que os outros também são vagabundos. (N. do A.)

à casa do rico pequeno-burguês, todos nós, os cinco, fomos apanhados, naquela mesma noite. Fomos levados para a delegacia e depois ao próprio comissário. 'Eu mesmo vou interrogá-los', disse ele. Aparece de cachimbo na mão, seguido por alguém com uma xícara de chá. Era um homenzarrão de suíças. Sentou-se. Além de nós, na mesma ocasião trouxeram mais três, também vagabundos. O vagabundo, meus irmãozinhos, é um tipo até engraçado: não se lembra de nada, teima como uma mula, alega que esqueceu tudo, não se lembra de nada. O comissário pergunta direto a mim: 'Como te chamas?'. Rugiu com um som que parecia sair de um barril. Bem, sabe-se que falei como todo mundo: 'Sabe como é, Excelência, não me lembro de nada, esqueci tudo'.

"'Espera, ainda vou ter uma conversinha contigo, teu focinho me é familiar', e me fuzila com o olhar. Antes eu nunca o tinha visto.

"E dirige-se a outro:

"'Como te chamas?'

"'Dou-no-Pé, Excelência.'

"'É assim mesmo que te chamas, Dou-no-Pé?'

"'Assim mesmo, Excelência.'

"'Então está bem, Dou-no-Pé. E tu?', pergunta a um outro.

"'Vou-Atrás, Excelência.'

"'É assim mesmo que te chamas?'

"'É assim que me chamo, Vou-Atrás, Excelência.'

"'Mas quem te deu esse nome, patife?'

"'Pessoas bondosas me deram, Excelência. No mundo não falta gente bondosa, como se sabe, Excelência.'

"'E quem são essas pessoas bondosas?'

"'Estou um pouco esquecido, Excelência, queira perdoar, por magnanimidade.'

"'Esqueceu de todas?'

"'Esqueci todas, Excelência.'

"'Sim, mas tu também tiveste pai e mãe?... Pelo menos deles tu te lembras?'

"'É de supor que tive, Excelência, mas também não me lembro muito; talvez eu até tenha tido, Excelência.'

"'Mas onde viveste até hoje?'

"'No bosque, Excelência.'

"'Sempre no bosque?'

"'Sempre no bosque.'

"'Bem, e no inverno?'

Escritos da casa morta

"'Não tenho visto inverno, Excelência.'

"'E tu, como te chamam?'

"'Machadinha, Excelência.'

"'E tu?'

"'Afia-e-Não-Vacila, Excelência.'

"'E tu?'

"'Corta-na-Certa, Excelência.'

"'E não se lembram de nada?'

"'Não lembramos de nada, Excelência.'

"Ele fica lá, rindo, e os outros olham para ele e sorriem. Mas noutras ocasiões até nos arreganham os dentes se damos de cara com eles. E são uns tipos forçudos, obesos.

"'Levem-nos para o presídio, depois acerto com eles; quanto a ti, ficas', foi a mim que o comissário se dirigiu. 'Vem para cá, senta-te!' Olho ao redor: uma mesa, papel, uma pena. Que raios ele vai fazer? 'Senta-te na cadeira', diz ele, 'pega a pena e escreve!' E ele mesmo me agarrou pela orelha e começou a puxar. Olho para ele como o diabo encarando um pope: 'Não sei, Excelência'. 'Escreve!' 'Tenha dó, Excelência.' 'Escreve como sabes, pega e escreve!' E enquanto isso continua puxando minha orelha, continua puxando, e ia acabar torcendo! Bem, maninhos, eu digo que preferia que me cobrisse com trezentas vergastadas, estava até vendo estrelas. 'Escreve e basta!'"

— Mas o que ele tinha, pirou?

— Não, não pirou. É que pouco tempo antes, em T-k, um escrivão aprontou uma: afanou dinheiro público e fugiu, também tinha orelhas de abano. Espalharam a informação por toda parte. E parece que eu coincidia com a descrição, por isso ele me torturava: queria descobrir se eu sabia escrever e como eu escrevia.

— Que coisa, rapaz! E dói?

— Dói, estou dizendo.

Ouviu-se uma risada geral.

— E então, escreveste?

— Escrever o quê? Comecei a arrastar a pena, arrastei, arrastei pelo papel, aí ele desistiu. É claro que me deu uns dez tabefes e com isso me liberou, quer dizer, também para o presídio.

— E por acaso sabes escrever?

— Antes sabia, mas depois que passaram a escrever com penas acabei desaprendendo...

Eis entre que relatos, ou melhor, em que tagarelice às vezes a gente matava o tempo maçante. Deus, como aquilo era maçante! Dias longos, abafa-

dos, uns iguaizinhos aos outros. Se ao menos aparecesse algum livro! E entretanto, sobretudo nos meus primeiros dias, eu ia amiúde ao hospital, às vezes doente, às vezes simplesmente para repousar, para sair do presídio. No presídio era difícil, mais difícil do que aqui, era moralmente mais difícil. A raiva, a animosidade, as brigas, a inveja, a constante critiquice contra nós, nobres, as caras más, ameaçadoras. Lá no hospital vivíamos mais em pé de igualdade, de forma mais amigável. O momento mais triste depois de um dia inteiro é o entardecer, com o acender das velas e o cair da noite. A gente se deita cedo. Uma baça candeia ilumina a porta como um ponto claro ao longe, enquanto o nosso canto fica na penumbra. O ambiente se torna abafado e fétido. Alguém que não consegue adormecer passa coisa de uma hora e meia levantando e sentando na cama, inclina a cabeça como se pensasse em alguma coisa. A gente fica uma hora inteira a observá-lo e procurando adivinhar em que ele está pensando, para também matar o tempo de alguma maneira. Senão a gente começa a sonhar, a recordar o passado, desenhando na imaginação quadros amplos e vivos; a gente recorda detalhes que em outros tempos nem sequer recordaria, nem sentiria do modo como sentimos agora. Ou então a gente faz conjecturas para o futuro: será que um dia vamos sair desse presídio? Para onde? Quando isso vai acontecer? Será que algum dia voltaremos a ver o torrão natal? A gente pensa, pensa e a esperança se agita na alma... De outras vezes a gente simplesmente começa a contar; um, dois, três etc., para de algum modo adormecer no meio dessa contagem. Às vezes eu contava até três mil e não adormecia. Eis que alguém começa a remexer-se. Ustiántsiev começa a tossir com sua tosse infecta de tísico e em seguida geme fraco e pronuncia: "Senhor, como eu pequei!". É até estranho ouvir essa voz doente, destruída, gemendo em meio ao silêncio geral. Em algum cantinho também não dormem e conversam em seus leitos. Alguém começa a contar alguma coisa sobre os seu idos, sobre um tempo distante, o passado, a vagabundagem, os filhos, a mulher, a ordem de outrora. Por aqueles sussurros distantes já se percebe que tudo sobre o que ele está contando nunca mais lhe voltará, e ele mesmo, o narrador, é um filho separado da família; o outro o escuta. Ouve-se apenas um murmúrio baixinho e uniforme, como se houvesse água murmurejando nalgum ponto distante... Lembro-me que certa vez, numa longa noite de inverno, ouvi um relato. À primeira vista ele me pareceu um delírio, como se eu estivesse acamado e sonhasse com tudo aquilo no meio de uma febre, como se delirasse...

IV
O MARIDO DE AKULKA[14]
(um relato)

Já era tarde da noite, passava das onze. Eu estava quase adormecendo, mas súbito acordei. A luz pequena e baça da candeia distante mal alumiava a enfermaria... Quase todos já haviam adormecido. Até Ustiántsiev dormia, e no silêncio ouvia-se com que dificuldade ele respirava e o estertor que lhe saía da garganta a cada tomada de fôlego. No vestíbulo, à distância, ouviram-se de repente os passos pesados da sentinela que se aproximava para a troca da guarda. A coronha do fuzil estrondou contra o chão. Abriu-se a enfermaria; o cabo, pisando com cautela, contou os doentes. Um minuto depois fecharam a enfermaria e o novo guarda assumiu o posto, a sentinela se foi e voltou o silêncio de antes. Só então percebi que não longe de mim, à esquerda, dois doentes estavam acordados e pareciam cochichar. Isso acontecia nas enfermarias: às vezes os doentes passavam dias e meses deitados lado a lado sem trocar uma palavra, e súbito soltavam a língua numa hora instigante da noite, e um começava a despejar no outro todo o seu passado.

Pelo visto já conversavam havia tempo. Não peguei o começo, tampouco conseguia ouvir tudo; mas pouco a pouco fui me acostumando e passei a compreender. Eu não conseguia adormecer; e o que haveria de fazer senão escutar?... Um deles narrava com entusiasmo, soerguido em seu leito, com a cabeça levantada e o pescoço esticado na direção do companheiro. Pelo visto estava inflamado, agitado; tinha vontade de narrar. Seu ouvinte estava sentado no leito com ar sombrio e de total indiferença, as pernas estiradas, e de raro em raro mugia alguma coisa em resposta ao narrador em sinal de simpatia, mas era como se o fizesse mais por uma questão de bom-tom do que por vontade real de participar, e a cada instante enchia o nariz de rapé tirado de uma tabaqueira de chifre; era Tcherevin, soldado da companhia disciplinar, homem de uns cinquenta anos, um sorumbático pedante, frio, sentencioso, e um imbecil arrogante. Chichkov, o narrador, era um rapaz ainda jovem, de uns trinta anos, nosso detento civil que trabalhava na oficina de costura. Até então eu prestara pouca atenção nele; e também depois, durante toda a minha vida de presidiário, não me senti motivado a me ocupar

---

[14] Diminutivo de Akulina. (N. do T.)

dele. Era um homem vazio e estouvado. Às vezes calava, vivia sorumbático, portava-se de forma grosseira, passava semanas a fio sem dizer uma palavra. Mas de repente metia-se em alguma história, começava a bisbilhotar, inflamava-se por bobagens e dava início a um vaivém entre uma caserna e outra levando notícias, criando calúnias, ficava fora de si. Davam-lhe uma coça, voltava a calar-se. O rapaz era medroso e franzino. Todos o tratavam com certo desprezo. Era de estatura baixa, magrelo, olhos um tanto intranquilos, às vezes imersos em obtusa meditação. Acontecia-lhe contar alguma coisa; começava com ardor, com entusiasmo, chegava até a agitar os braços, e de repente interrompia-se e mudava de assunto, perdia-se em novos detalhes e esquecia sobre o que começara a falar. Muito amiúde soltava desaforos, e quando insultava, forçosamente repreendia alguém por alguma coisa, por alguma ofensa que lhe faziam, falava com emoção, por pouco não chorava... Tocava balalaica, até que bem, e gostava de tocar, e inclusive dançava nas festas, e dançava bem quando alguém o fazia dançar... Era muito fácil convencê-lo a fazer algo... Não que fosse obediente, mas gostava de abrir caminho até a camaradagem e agradar por camaradagem.

Por muito tempo não consegui penetrar a fundo no que estava contando. De início me pareceu que ele sempre se desviava do tema e se perdia em coisas alheias ao assunto. Talvez notasse que Tcherevin quase não ligava para o seu relato, mas talvez quisesse se convencer de que o ouvinte lhe dava atenção, e é possível que ficasse muito desgostoso caso se convencesse do contrário.

— Por vezes, quando saía para o mercado — continuou ele —, todos se curvavam diante dele, demonstravam respeito; numa palavra, tratava-se de um ricaço.

— Estás dizendo que era comerciante?

— Sim, era comerciante. Nossos comerciantes são pobres demais. Uma gente sem eira nem beira. As mulheres tiram água do rio e a carregam barranco acima para regar as hortas; elas se esfalfam, se esfalfam, mas chegam ao outono sem ter um pé de couve para pôr no *schi*. É uma ruína. Bem, ele tinha uma quinta grande, lavrada por trabalhadores, ao todo três, e ainda tinha um colmeal, vendia mel e gado também, por isso gozava de enorme respeito lá em nossas paragens. O velho andava doente, tinha setenta anos, era grandalhão, os ossos pesados, a cabeça branca. Quando saía para o mercado com seu casaco de pele de raposa, todos demonstravam respeito. Quer dizer que farejavam a pessoa. "Bom dia, meu caro Ankudim Trofímitch!" "Bom dia para ti também." Não desdenhava de ninguém. "Vida longa, Ankudim Trofímitch!" "E como vão teus negócios?", perguntava. "Nossos negócios vão de mal a pior. Como vai o senhor, meu caro?" "Vamos vivendo com nossos pecados." "Vida longa, Ankudim Trofímitch!" Não desdenhava de ninguém, e quando falava era como se cada palavra valesse um rublo. Era lido, entendido, estava sempre lendo os livros sagrados. Sentava a velha à sua frente: "Bem, ouve, minha mulher, e procura entender!", e começava a explicar. E a velha nem era lá tão velha, ele casara-se em segundas núpcias com ela para ter filhos, pois não os tivera com a primeira mulher. Mas com a segunda, ou seja, com Mária Stiepánovna, teve um casal de filhos ainda não adultos; o caçula Vássia tinha dezesseis anos, e Akulka, a filha mais velha, dezoito.

— Essa é a tua mulher?

— Espera um pouco; primeiro Filka Morózov tenta enredar o velho. "Tu", diz Filka a Ankudim, "faz a partilha: me devolve todos os quatrocentos rublos. Por acaso sou teu empregado? Não quero negociar contigo nem me casar com tua filha Akulka." "Agora", diz ele, "vou cair na farra. Agora meus pais estão mortos, de sorte que vou beber o dinheiro, e depois vou ser assalariado, quer dizer, vou ser soldado, e daqui a dez anos volto aqui para visitá-los como marechal de campo." Ankudim lhe devolveu o dinheiro, acertou as contas inteiramente, como devia fazer — porque negociara em sociedade ainda com o velho pai dele. "És um homem perdido", disse a ele. E o outro respondeu: "Bem, ainda que eu esteja ou não perdido, contigo, seu barba branca, a gente só aprende a conversar fiado. Tu queres poupar dois centavos, juntas tudo quanto é porcaria — isso ainda vai acabar numa barafunda. Eu resolvi me lixar pra isso. A gente poupa aqui, poupa ali, e acaba comprando o diabo. Eu tenho caráter. E apesar de tudo não me caso com tua Akulka; já dormi com ela mesmo sem casamento..."

"'Como assim', diz Ankudim, 'como te atreves a difamar um pai honrado, uma filha honrada? Quando dormiste com ela, sua cobra peçonhenta, seu bicho ervado?', e ele mesmo tremeu de corpo inteiro. Foi o próprio Filka que contou.

"'Ora, não estou fazendo propriamente por mim, mas agora vou agir de um jeito que tua Akulina não vai se casar com ninguém, ninguém vai querer, agora nem Mikita Grigóritch vai querer, porque ela está desonrada. Desde o outono que eu e ela estamos agarrados. Agora eu não a quero nem por notas de dez. Pode me dar agora cem notas de dez que eu não vou aceitar.'

"E o rapaz caiu mesmo na farra em nossa cidade! E de tal maneira que a terra tremeu e o ruído ecoou pela cidade. Ele juntou companheiros, meses a fio torrou um montão de dinheiro na farra, torrou tudo. 'Assim que torrar o dinheiro', dizia ele, 'torrar a casa, torrar tudo, vou virar assalariado ou sair por aí vagabundeando!' Às vezes ficava bêbado desde a manhã até a noite, passeava em parelha de cavalos com guizos. E como as mocinhas gostavam dele, um horror. Tocava bem a torba."[15]

— Quer dizer que antes ele já andava de caso com Akulka?

— Para, espera um pouco. Na época eu também enterrei meu pai, e minha mãe assava pães de mel, trabalhava para Ankudim e com isso a gente se alimentava. Vivíamos mal. Também tínhamos um lote de terra num bosque, cultivávamos um triguinho, mas depois da morte do meu pai tudo foi por água abaixo porque eu também caí na farra, meu irmãozinho. E arrancava dinheiro da minha mãe à custa de espancamentos...

— Isso é mal, se foi à custa de espancamentos. É um enorme pecado.

— Meu irmãozinho, acontecia-me de ficar bêbado desde a manhã até a noite. Nossa casa ainda era mais ou menos, mesmo carcomida, era nossa, fazia um frio de rachar. Às vezes a gente passava fome, ficava uma semana roendo beira de penico. Por vezes minha mãe soltava uma saraivada de desaforos, mas eu não dava a mínima!... Irmão, naquele tempo eu não desgrudava de Filka Morózov. Desde a manhã até a noite junto dele. "Toca a guitarra pra mim", dizia ele, "e dança, que eu vou ficar aqui deitado jogando dinheiro pra ti porque sou o homem mais rico do mundo." E o que ele não fazia! Só não aceitava coisa roubada: "Não sou ladrão", dizia, "sou um homem honesto". "Vamos lambuzar de alcatrão o portão de Akulka",[16] disse uma vez, "porque não quero que Akulka se case com Mikita Grigóritch. Pra mim isso agora será mais doce que uma guloseima." Já antes disso o velho queria casar a filha com Mikita Grigóritch. Mikita também era um velho, viúvo, usava óculos, comerciava. Foi só ouvir os boatos que corriam sobre Akulka que voltou atrás: "Pra mim, Ankudim Trofímitch, isso seria uma grande desonra, e além disso não desejo me casar na velhice". Então nós lambuzamos o portão de Akulka. Por isso os pais lhe deram uma tremenda surra, deram-lhe uma surra em casa... Mária Stiepánovna gritava: "Vou acabar com ela!". E o velho: "Nos tempos antigos, no tempo dos patriarcas honrados, eu a cortaria em pedaços e jogaria na fogueira, mas hoje reinam no mundo as trevas e a devassidão". Às vezes a vizinhança ouvia como Akulina chorava aos berros: açoitavam-na desde a manhã até a noite. Enquanto isso, Filka gritava para o mercado inteiro: "Akulka é uma maravilha,

---

[15] Ou *torban*, tradicional instrumento de cordas. Trata-se de uma variação da teorba barroca, similar ao alaúde. (N. do T.)

[16] Na antiga Rússia, lambuzar a porta da casa onde morava uma moça queria dizer que ela havia mantido relações sexuais antes do casamento. (N. do T.)

uma companheira de copo. Asseada, roupa branca, digam-me de quem se há de gostar! Já disse isso na cara dos pais dela, pra que fiquem lembrados". Naquele tempo, uma vez encontrei Akulka carregando baldes e gritei: "Bom dia, Akulina Kudímovna! Saúde à sua graça; andas de roupa limpa, onde a consegues? Deixa-me saber com quem estás vivendo!". Foi só o que eu disse, mas bastou ela me olhar que vi que olhos graúdos tinha e que estava magra como um palito. Mal ela me olhou, a mãe pensou que estivesse trocando sorrisos comigo e gritou do vão do portão: "Por que estás arreganhando os dentes, sua desavergonhada!", e naquele dia tornaram a surrá-la. Às vezes era uma hora inteira de surra. "Vou matá-la de pancadas porque ela não é mais minha filha."

— Quer dizer que era uma devassa.

— Mas ouve, titio. Naquele tempo eu e Filka estávamos sempre enchendo a cara, um dia aparece minha mãe e me encontra deitado: "Por que ficas aí deitado, seu patife? Tu és um grande bandoleiro". Como se vê, gostava de xingar. "Casa-te", diz ela, "casa-te com Akulka. Agora eles lá ficarão contentes em te dá-la em casamento, e darão trezentos rublos só em dinheiro." Mas eu lhe respondo: "Só que agora ela está desonrada perante o mundo inteiro". "E tu és um imbecil; o véu da noiva encobre tudo; para ti é até melhor, pois ela será culpada perante ti pelo resto da vida. E com o dinheiro do dote podemos nos arranjar; já conversei com Mária Stiepánovna. Está apreciando muito isso". Mas eu digo: "Falando em dinheiro, quero vinte rublos em cima da mesa, aí me caso". Pois bem, acreditem ou não, até o dia do casamento bebi como uma esponja. E ainda por cima Filka Morózov me ameaçava: "Eu te digo, marido de Akulka, que vou quebrar todas as tuas costelas, e se eu quiser, dormirei toda noite com tua mulher". E eu lhe respondo: "Estás enganado, seu carne de cachorro!". Então ele me fez passar vergonha pela rua inteira. Corri para casa: "Não quero me casar", disse eu, "se agora mesmo não me aparecerem com cinquenta rublos!".

— E pagariam tudo isso por você?

— Por mim? E por que não pagariam? Ora, nós não éramos gente desonrada. Meus pais só acabaram ficando arruinados por causa de um incêndio, senão seriam mais ricos que eles. Ankudim me diz: "Você é um indigente". E eu lhe respondo: "Não é pouco o alcatrão que lambuza a tua porta". E ele me diz: "Quer dizer que te metes a bazofento conosco? Então prova que minha filha está desonrada, porque não dá para tapar a boca dos outros. Cai fora daqui por bem. Mas devolve o dinheiro que recebeste". Foi então que eu e Filka decidimos: por intermédio de Mitri Bikovski, mandamos dizer ao velho que agora eu iria desonrá-lo perante o mundo inteiro, e, meus irmãos, até o dia do casamento bebi como uma esponja. Só saí do porre no dia do casamento. Quando nos trouxeram para casa depois do casamento, fizeram a gente se sentar, e Mitrofan Stiepánitch, isto é, o tio dela, disse: "Mesmo a coisa não tendo sido honesta, foi firme, está feita e encerrada". O velho Ankudim também estava bêbado e começou a chorar: estava sentado e as lágrimas escorriam pela barba. Mas vejam o que fiz, meus irmãos: levei um relho no bolso, que separei ainda antes do casamento, e decidi que agora eu ia fazer Akulka passar o diabo para saber que não se arranja casamento com armadilha desonesta e para que as pessoas ficassem sabendo que ela não tinha se casado com um pateta...

— E agiu bem! Pra que ela sentisse o que tinha pela frente...

— Não, titio, cala um pouco. Pelos costumes lá da nossa terra, logo depois do casamento os noivos são levados para um quartinho, e enquanto isso os outros ficam bebendo. Então eu e Akulka fomos deixados num quartinho. Ela ficou ali sentada, branca, lívida. Quer dizer, estava assustada. Seus cabelos também estavam bem da cor do linho, brancos. Os olhos graúdos. E o tempo todo calada, sem dar um pio, como se fosse muda. Totalmente alheia. Então, meu irmão, o que podes achar disso? Preparei o relho e botei ali mesmo em cima da cama; mas ela, meu irmão, revelou que não tinha nenhuma culpa diante de mim.

— O que estás dizendo?

— Nenhuma. Era honesta de verdade, saída de uma casa honesta. E por que depois daquilo, meu irmão, ela passou por aquele martírio? Por que Filka Morózov a difamara para o mundo inteiro.

— É verdade.

— Então me ajoelhei diante dela ali mesmo na cama, de mãos postas: "Minha cara Akulina Kudímovna, perdoa este imbecil por eu também ter achado que eras aquilo". Mas ela continua sentada na cama diante de mim, fita-me, põe as duas mãos nos meus ombros, ri, mas as lágrimas lhe rolam no rosto; chora e ri... Então saí para ver todo mundo: "Bem", digo eu, "se agora encontro Filka Morózov, ele não há de viver mais neste mundo!". Quanto aos velhos, ficaram sem saber pra qual santo acender vela: a mãe uivava, por pouco não caiu aos pés dela. O velho dizia: "Se soubéssemos, se tivéssemos conhecimento, não seria um marido desse tipo que teríamos procurado para ti, nossa filha amada". E quando nós dois saímos no primeiro domingo para a igreja, eu usava um gorro de pele de cordeiro, um cafetã de tecido fino, bombachas plissadas; ela, um novo casaco de pele de lebre, um lenço de seda — ou seja, eu era digno dela e ela era digna de mim: assim estávamos vestidos! As pessoas estavam encantadas conosco: eu estava à von-

Escritos da casa morta

tade e Akulínichka também, pois, mesmo que não se possa envaidecê-la perante as outras, tampouco se pode insultá-la, de sorte que ela não fica a dever nada a ninguém.

— Mas isso é bom!

— Mas escuta. Logo no dia seguinte ao casamento, eu, mesmo bêbado, fujo dos convidados e digo: "Tragam aqui o vagabundo do Filka Morózov, tragam aqui o canalha!". Grito para todo o mercado! Bem, estava bêbado; assim, à porta dos Vlássov três homens me agarraram à força e me levaram para casa. Enquanto isso o falatório corria pela cidade. No mercado, as mocinhas falavam entre si: "Meninas sensatas, vocês estão sabendo? Akulka guardava a honra". Mas um pouco depois Filka me diz em público: "Me vende a mulher, poderás viver na bebedeira. Contam por aqui que foi assim que o soldado Iáchka se casou: não dormiu com a mulher e passou três anos bêbado". Eu lhe respondo: "És um patife!". "E tu és um pateta. Porque te casaram bêbado. Nesse estado, o que tu poderias entender?" Fui pra casa e gritei: "Vocês me casaram bêbado!". A mãe dela quis agarrar-se comigo. "Tu, mãe, tens as orelhas cobertas de ouro. Mas traz Akulka!" E então passei a bater nela. Bati nela, meu irmão, bati, bati umas duas horas até que eu mesmo desmoronei; ela passou três semanas sem se levantar da cama.

— Claro — observou fleumaticamente Tcherevin —, se a gente não bate, elas... E por acaso tu a flagraste com o amante?

— Não, flagrar não flagrei — Chichkov fez silêncio e observou como se estivesse se esforçando. — É, fiquei muito ofendido, as pessoas começaram a mexer comigo e o cabeça de tudo isso era Filka. "Tua mulher", diz ele, "foi feita como um modelo para os homens olharem." Ele convidou todos nós à sua casa e saiu-se com essa: "A mulher dele é uma alma caridosa, nobre, cortês, atenciosa, boa para todo mundo, é assim que ele diz agora! Mas te esqueceste, rapaz, de que lambuzaste a porta dela com alcatrão?". Eu estava ali sentado e bêbado, e de repente ele me agarrou pelos cabelos, e conforme me agarrou me fez pular: "Dança, marido de Akulka, vou ficar te segurando assim pelos cabelos, e tu dança, me distrai!". "És um patife!", grito. E ele me diz: "Vou com minha turma à tua casa, pego Akulka, tua mulher, e na tua frente dou-lhe uma surra com vergastadas, tantas quanto quiser". Pois bem; acreditem ou não, depois disso passei um mês inteiro com medo de sair de casa. Ele chega aqui, pensava eu, e vai desonrá-la. Foi por isso mesmo que comecei a bater nela...

— Mas por que bater? As mãos de uma mulher a gente amarra, mas não amarra a língua. Bater também não traz grande proveito. Castiga, ensina, e trata-a com carinho. Para isso é que serve a esposa.

Chichkov vez um breve silêncio.

— Era uma vergonha — retomou a conversa —, voltei ao hábito: havia dias em que eu batia nela desde a manhã até a noite: ela já se levantava mal e não seguia nada bem. Se eu não batia, ficava entediado. Às vezes ela ficava sentada, calada, olhando pela janela e chorando... Estava sempre chorando, dava pena, mas eu batia. Vez por outra minha mãe me cobria de desaforos e mais desaforos por causa dela: "Patife, tens carne de galé!". "Vou matá-la", gritava eu, "que agora ninguém se atreva a falar comigo; porque me casaram por um embuste!" No início o velho Ankudim intercedia, procurava-me em pessoa: "Tu não vales nada, imbecil; eu hei de te meter um freio!". Depois desistiu. Já Mária Stiepánovna acabou se resignando por completo. Uma vez me procurou e implorou entre lágrimas: "Quero te fazer um pedido incômodo, Ivan Semiónitch; o assunto é pequeno, mas o pedido é grande. Faz o mundo ver, meu querido", curvou-se diante de mim, "conforma-te, perdoa a ela! Pessoas más armaram um conluio contra a nossa filha: tu mesmo sabes que a recebeste honrada...". Mas eu banquei o valentão com ela: "Agora não quero nem ouvir tua voz! De agora em diante farei tudo o que quiser com vocês todos porque não sou mais dono de mim; quanto a Filka Morózov, ele é meu camarada e primeiro amigo...".

— Quer dizer que estavam de novo juntos na farra?

— Como?! Se ninguém mais tinha acesso a ele. Caiu mesmo de vez na bebedeira. Torrou tudo o que tinha e foi servir como alugado a um pequeno-burguês para substituir o seu filho mais velho no serviço militar obrigatório. Lá na nossa terra, se alguém serve como alugado, desde o dia em que o levam para servir tudo na casa deve estar à mão dele e ele é o pleno senhor de tudo. Ele recebe todo o dinheiro de uma vez na hora da saída, mas antes disso vive na casa do contratante, às vezes até por seis meses, e o que apronta com os anfitriões: é estarrecedor! "Estou indo fazer o serviço militar no lugar do teu filho", diz a eles, "então sou o benfeitor de vocês, então vocês todos devem me respeitar, senão eu me recuso." Assim, Filka fez o maior tumulto na casa do pequeno-burguês; dormia com a filha dele, todo dia depois do almoço puxava o anfitrião pela barba — tudo por prazer. Ia todos os dias à casa de banhos, e o vapor tinha de ser de vodca, e as mulheres tinham de carregá-lo nos braços. Voltava pra casa depois da farra, parava na rua e gritava: "Não quero entrar pelo portão, tirem a cerca!", então deviam tirar a cerca e abrir outra entrada ao lado do portão, assim ele entrava. No fim resolvem o problema, levam-no para entregá-lo ao quartel, devolvem-lhe a sobriedade. Há gente, gente amontoada pela rua inteira: conduzem Filka Morózov para entregá-lo! Ele faz reverências para todos os lados. Enquanto isso, Akulka vem retornando da horta; mal Filka a avista bem ao pé do nosso portão, grita para o carroceiro: "Para!", pula da telega e lhe faz uma reverência até o chão: "Meu amorzinho, minha flor, eu te amei durante dois anos, mas agora me levam ao som da música para o serviço militar. Perdoa-me, filha honrada de um pai honrado, porque perante ti sou um patife — sou o culpado de tudo!". E faz outra reverência até o chão. Akulka ficou plantada, primeiro pareceu assustada, mas depois lhe fez uma reverência, curvando-se até à cintura e disse: "Tu também me perdoa, bom rapaz, eu não tenho nenhuma raiva de ti". Entrei atrás dela na isbá: "O que tu disseste a ele, sua carne de cachorro?". Mas ela, acreditem ou não, olhou para mim e disse: "Agora eu gosto mais dele que do mundo inteiro!".

— Rapaz!...

— Passei aquele dia inteiro sem dar uma palavra com ela... Só ao anoitecer lhe disse: "Akulka! Agora vou te matar!". A noite avançava, eu não pregava o olho, fui ao saguão beber *kvas*, e logo o dia começava a raiar. Entrei na isbá. "Akulka", digo eu, "prepara-te, vamos trabalhar no nosso lote." Ainda antes eu já me dispunha a isso e minha mãe sabia que a gente ia. "É isso mesmo", diz ela: "é tempo da colheita e, como ouvi dizer, já faz mais de dois dias que o trabalhador está doente do estômago." Atrelei a telega, fiquei em silêncio. Assim que a gente sai de nossa cidade dá de cara com uma floresta de coníferas, quinze verstas depois dela começa o nosso lote. Depois de percorrer umas três verstas pela floresta, parei o cavalo. "Levanta-te, Akulina", digo-lhe, "chegou o teu fim." Ela ficou me olhando, assustada, ficou calada diante de mim. "Estou farto de ti", digo-lhe, "reza a Deus!" E a agarrei pelos cabelos: as tranças eram muito grossas, compridas, enrolei-as na mão e prensei-a entre meus dois joelhos, tirei a faca, inclinei a cabeça dela para cima e adentrei a faca pela garganta... Ela deu um grito, o sangue esguichou, larguei a faca, envolvi-a de frente com os dois braços, deitei-a no chão, abracei-a e pus-me a gritar sobre ela, a bramir, banhado de lágrimas; ela gritava e eu também gritava; ela tremia toda, debatia-se em meus braços, e o sangue esguichava em mim, no meu rosto e nos meus braços, esguichava sem parar. Larguei-a, fui tomado de pavor, abandonei o cavalo, e eu mesmo comecei a correr, correr, corri de volta pra casa e entrei no quarto de banho: o nosso quarto de banho estava muito velho, sem serventia; encafuei-me embaixo de um degrau e por lá fiquei. Até cair a noite.

— E a Akulka?

— Pois saiba que depois que saí, ela se levantou e também fez o caminho de volta. De sorte que foi encontrada depois, a cem passos daquele lugar.

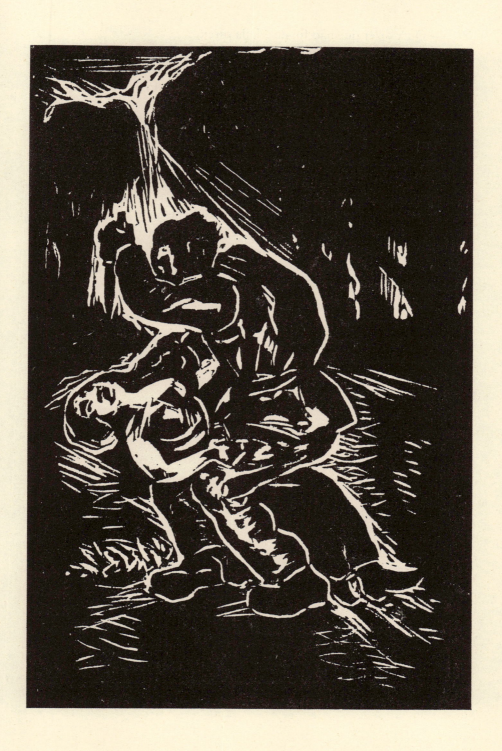

— Quer dizer que não foi degolada direito.

— Isso... — Chichkov parou por um minuto.

— É que existe uma veia — observou Tcherevin — que se não for atravessada da primeira vez a pessoa vai ficar se debatendo e por mais que derrame sangue não morre.

— Sim, mas ela morreu. Foi encontrada morta no fim da tarde. Deram a notícia, passaram a me procurar e na mesma noite me encontraram no quarto de banho... Eis que já estou aqui pelo quarto ano — acrescentou, depois de uma pausa.

— Hum... É claro que se a gente não bate nelas as coisas não ficam bem — observou a sangue-frio e em tom metódico Tcherevin, tornando a pegar a tabaqueira. Passou a pitar demorada e pausadamente. — Mais uma vez, rapaz — continuou ele —, tu te mostras muito tolo. Eu também flagrei minha mulher uma vez com um namorado. Então eu a chamei ao galpão, dobrei uma correia: "A quem tu deves o juramento? A quem deves o juramento?". E a surrei, surrei com a correia, surrei, surrei coisa de hora e meia, e então ela gritou para mim: "Lavarei teus pés e beberei a água". Chamava-se Avdótia.

V
TEMPORADA DE VERÃO

Mas eis que já chegava o mês de abril, eis que se aproximava também a Semana Santa. Pouco a pouco, tinham início os trabalhos de verão. A cada dia o sol ia ficando mais morno e mais brilhante; o ar exalava um odor de primavera e estimulava o organismo. Os belos dias que despontavam inquietavam até um homem agrilhoado, despertavam nele certos desejos, certas saudades e aspirações. Sob os raios de um sol brilhante, parece que a gente sente com mais intensidade a nostalgia da liberdade do que num sombrio dia de inverno ou de outono, e isso se percebe em todos os presidiários. Eles parecem contentes com os dias claros, mas ao mesmo tempo se intensifica neles uma certa impaciência, uma impetuosidade. De fato, notei que na primavera as altercações no presídio pareciam ser mais frequentes. Mais amiúde ouviam-se barulhos, gritos, alaridos, armavam-se confusões; mas ao mesmo tempo acontecia de se observar de repente, em meio aos trabalhos, o olhar meditativo e persistente de alguém se elevando para algum ponto na lonjura azul, para a outra margem do Irtích, onde a estepe livre dos quirguizes se estende ao longo de umas mil e quinhentas verstas, qual uma imensa toalha de mesa; a gente nota que alguém suspira profundamente, é um suspiro de peito inteiro, como se o homem ansiasse por respirar aquele ar distante e livre e com ele aliviar sua alma esmagada e agrilhoada. "Chega!", diz enfim o detento, e subitamente, como se sacudisse de seus ombros os sonhos e as meditações, atira-se com ar impaciente e sombrio à pá ou aos tijolos que precisam ser carregados de um lugar a outro. Um minuto depois, ele já esqueceu aquela sensação repentina e começa a rir ou praguejar, dependendo de sua índole; ou, de repente, com um ardor fora do comum, totalmente desproporcional à necessidade, lança-se à tarefa do trabalho, se dela foi incumbido, e começa a trabalhar — e trabalha com todas as forças, como se com o peso do trabalho quisesse esmagar em si algo que o oprime e esmaga de dentro para fora. São todos uma gente forte, a maioria na flor da idade e no auge das forças... Os grilhões pesam nessa época! Não estou poetizando, estou seguro da verdade desta minha observação. Além de estarem no calor, sob um sol claro, quando a gente sente e percebe com toda a alma, com todo o ser, a natureza que renasce ao redor com força imensa, tornam-se ainda mais pesados o presídio trancado, a escolta e o jugo imposto por outrem; além disso, com o primeiro voo da cotovia nesse tempo de primavera começam as errâncias pela Sibéria e por toda a Rússia: aqueles filhos de Deus fogem da prisão e procuram refúgio nos bosques. Depois do calabouço abafado, depois dos julgamentos, dos grilhões e das vergastadas, vagueiam com toda a liberdade por onde lhes dá na telha, por onde lhes for mais aprazível, sentem-se mais livres; comem e bebem onde conseguem, o que Deus lhes enviar, e à noite adormecem serenamente em algum canto do bosque ou no campo, sem maiores preocupações, livres daquela nostalgia da prisão, como aves silvestres, dando boa noite apenas às estrelas do céu sob o olhar de Deus. Quem há de falar? "Servir sob o general Kukúchkin" às vezes é duro, estafante e se passa fome. Vez por outra, são dias inteiros sem ver um pedaço de pão; precisando esconder-se de todo mundo, proteger-se; tendo até de roubar, assaltar, às vezes esfaquear alguém. "O colono é como criança: agarra tudo o que a vista alcança", diz um dito siberiano sobre os colonos. Esse dito também pode se aplicar com toda a sua força e até com certo acréscimo ao vagabundo. É raro um vagabundo que não seja um bandoleiro, ele é sempre uma espécie de ladrão, claro que mais por necessidade que por vocação. Existem os vagabundos inveterados. Uns fogem até depois de concluída a pena nos trabalhos forçados, já na condição de colonos exilados. Poderia parecer que está satisfeito sendo colono e tendo a sobrevivência assegurada, mas não! Sente-se sempre atraído para algum lugar, algum lugar que o chama. A vida de bosque em bosque é uma vida pobre e horrível, mas é livre e cheia de aventuras, tem um quê de sedutor, algum encanto misterioso para todos aqueles que uma vez a experimentaram, e o que se vê: um homem foge, às vezes um homem modesto, ordeiro, que já prometera tornar-se um bom assentado e eficiente dono de terra. Uns até se casam, arranjam filhos, vivem uns cinco anos no mesmo lugar e numa bela manhã somem de uma hora para a outra, não se sabe para onde, deixando perplexos a mulher, os filhos e todo o distrito ao qual estavam fixados. Em nosso presídio me mostraram um desses fugitivos. Não havia cometido nenhum crime em especial, ao menos não se ouvia falarem dele nesses termos, e mesmo assim estava sempre fugindo, passara a vida inteira fugindo. Estivera na fronteira do sul, além do Danúbio, na estepe dos quirguizes, no leste da Sibéria e no Cáucaso — estivera em toda parte. Quem sabe se em outras circunstâncias não teria saído um Robinson Crusoé com sua paixão por viagens! No entanto, tudo isso me foi contado por outros presidiários: ele mesmo era de pouca conversa, dizia apenas o estritamente necessário. Era um mujiquezinho baixo, já entrado na casa dos cinquenta, pacato ao extremo, rosto extremamente tran-

quilo e até obtuso, calmo a ponto de parecer idiota. No verão gostava de ficar no sol e infalivelmente ronronava alguma canção de si para si, mas tão baixo que a cinco passos não se ouvia. Os traços de seu rosto eram um tanto impassíveis; comia pouco, geralmente pão; nunca comprava uma rosquinha, ou um trago de vodca; aliás, era pouco provável que algum dia tivesse andado com dinheiro, como era improvável até que soubesse contar. Encarava tudo com absoluta tranquilidade. Às vezes alimentava os cães do presídio de suas próprias mãos, e entre nós ninguém dava comida aos cães do presídio. Aliás, o russo, de modo geral, não gosta de dar comida aos cães. Diziam que havia se casado, umas duas vezes inclusive; diziam que deixara filhos, não se sabe onde... Não tenho nenhuma informação de como ele foi parar no presídio. Todos os nossos colegas esperavam que ele viesse a fugir; ou não chegara o momento, ou os anos já haviam passado para ele, o fato é que ia vivendo, levando sua vida numa relação um tanto contemplativa com todo aquele meio estranho que o rodeava. Porém, não dava para confiar nele, ainda que parecesse não ter motivo para fugir, não ter o que ganhar com aquilo. Entretanto, levando tudo em conta, a vida no bosque, a vida errante, é um paraíso diante da vida do presídio. Isso é óbvio; ademais, não tem como fazer uma comparação. Embora seja uma sina dura, é a vontade de quem a encara. Eis porque na Rússia todo detento, onde quer que esteja preso, fica meio intranquilo aos primeiros raios afáveis do sol primaveril. Ainda assim, nem de longe todo preso tenciona fugir: pode-se dizer positivamente que devido à dificuldade e à gravidade do ato, só um em cada cem decide fugir; em compensação, os noventa e nove restantes ao menos imaginam como e para onde poderiam fugir; dedicam-se de coração a nutrir o desejo, imaginar a possibilidade. Um ou outro até se lembram de como foi que certa vez fugiram... aqui falo dos condenados. Mas entre todos os presos, os provisórios são, sem dúvida, os que bem mais amiúde se decidem pela fuga. Os condenados a penas fixas só fogem no começo de sua vida na prisão. Depois de passar dois ou três anos nos trabalhos forçados, o detento já começa a valorizar esse tempo e pouco a pouco vai admitindo para si que é melhor cumprir a pena de forma legal e sair como colono do que decidir-se pelo risco e pela morte em caso de fracasso. E o fracasso é muito provável. Só um em cada dez consegue "mudar de sina". Entre os condenados, arriscam-se com maior frequência também os que receberam penas excessivamente longas. Quinze ou vinte anos parecem uma eternidade, e o condenado a semelhante pena está sempre propenso a sonhar com uma "mudança de sina", mesmo já tendo cumprido dez anos de trabalhos forçados. Por último, as marcas de ferrete também aumentam a dificuldade da fuga. "Mudar de sina" é um termo técnico. Ou seja, se é apanhado na fuga, nos interrogatórios o detento responde que queria "mudar de sina". Essa expressão um pouco livresca se aplica literalmente a esse caso. Todo fugitivo tem em vista não propriamente libertar-se por completo — ele sabe que isso é quase impossível —, mas ir parar em outra instituição, virar colono ou conseguir um novo julgamento por um novo crime — desta vez, por vagabundagem —, numa palavra, ir a qualquer lugar que não seja o anterior, do qual estava saturado, tudo menos o antigo presídio. Se durante o verão esses fugitivos não encontram algum abrigo fortuito, insólito para passar o inverno — se, por exemplo, não esbarram em algum receptador de fugitivos, que lucra com esse negócio, e se, por fim, não conseguem obter, às vezes por meio de um assassinato, um documento de identidade com o qual possam viver em um lugar qualquer —, e se não forem capturados antes, no outono eles acabam, em sua maioria, integrando as densas multidões de vagabundos nas cidades e nos presídios, e vão para as prisões passar o inverno, claro que não sem esperança de tornar a fugir no verão.

A primavera atingia também a mim com a sua influência. Lembro-me como às vezes eu olhava com avidez pelas brechas da paliçada e vez por outra ficava um tempão com a cabeça apoiada nas estacas, observando, obstinada e insaciavelmente, como verdejava a grama no aterro do nosso presídio, como o céu distante ia ganhando um azul cada vez mais e mais carregado. A cada dia a intranquilidade e a angústia cresciam em mim e o presídio se me tornava cada vez mais e mais odioso. O ódio, que eu, como nobre, experimentei sempre por parte dos presidiários durante os primeiros anos, tornava-se insuportável para mim, envenenava toda a minha vida. Naqueles primeiros anos, eu amiúde baixava ao hospital sem nenhuma doença, unicamente para não ficar no presídio, apenas para me livrar daquele ódio geral e persistente que nada aplacava. "Os senhores têm narizes de ferro,[17] meteram uma bicada na gente!", diziam-nos os presidiários, e como eu invejava, por vezes, aqueles homens do povo que vinham para o presídio! Estes logo se acamaradavam com todos ali. E por isso a primavera, o fantasma da liberdade e a alegria geral da natureza se refletiam em mim de uma forma também um pouco triste e irritante. No fim da Quaresma, acho que na sexta semana, tive de jejuar. Ainda na primeira semana o sargento-mor dividiu todo o presídio em sete turnos de jejuadores, segundo o número das semanas de jejum. Assim, cada turno compreendia trinta homens. Gostei muito da

---

[17] Assim eram chamados os nobres no jargão do presídio, em referência aos elmos de ferro com proteção no nariz, cujo uso era privilégio da antiga nobreza russa. (N. do T.)

semana de jejum. Os jejuadores eram liberados dos trabalhos. Umas duas ou três vezes por dia íamos à igreja que ficava perto do presídio. Fazia muito tempo que eu não ia à igreja. O ofício da Quaresma, que eu conhecia tão bem desde minha remota infância na casa dos meus pais, as orações solenes, as prosternações — tudo aquilo revolvia em minha alma um passado muito, muito longínquo, trazia-me à lembrança impressões ainda dos meus tempos de criança e, lembro-me, eu sentia um grande prazer quando acontecia de nos levarem, escoltados por soldados com armas carregadas, pelo chão que a noite congelara, a caminho da casa de Deus. Aliás, a escolta não entrava na igreja. Na igreja ficávamos num grupo compacto, bem na entrada, no último dos últimos lugares, de modo que se ouvia apenas o diácono de voz forte e sonora e de raro em raro notávamos do outro lado da multidão a casula preta e a calva do sacerdote. Lembrava-me do modo como outrora, ainda na infância, eu às vezes ficava olhando para a gente do povo que se acotovelava e se espremia à entrada, e que recuava num gesto servil diante das dragonas espessas, diante de um grão-senhor gordo ou de uma grã-senhora vestida em traje luxuoso e berrante mas extremamente piedosa — estes iam forçosamente ocupar os lugares da frente e se mostravam dispostos a altercar a cada instante pelo primeiro lugar. Naqueles idos, parecia-me que ali à entrada não oravam da mesma forma que nós orávamos; ali oravam com modéstia, com zelo, prostrados e com uma espécie de plena consciência da própria pequenez.

Agora eu também tinha de ficar em pé naquele mesmo lugar, e nem sequer o mesmo; éramos uns agrilhoados e desonrados, todos se afastavam da gente, pareciam até nos temer, a cada instante nos cobriam de esmolas, e lembro-me que até certo ponto isso me agradava, e aquele prazer continha algo de refinado, de especial. "Já que é assim, que seja!", pensei. Os presidiários rezavam com muito zelo e todo dia levavam à igreja seu mísero copeque para comprarem uma vela ou depositarem no cofrinho. "Ora, eu também sou gente", talvez pensasse ou sentisse na hora de fazer o depósito, "perante Deus somos todos iguais...". Nós comungávamos na missa matutina. Quando o sacerdote, de cálice na mão, dizia as palavras "... mas mesmo eu sendo um bandido, aceita-me...",[18] quase todos desabavam no chão, fazendo retinirem seus grilhões, como se tomassem essas palavras literalmente, para si.

---

[18] Trecho da "Primeira oração de Basílio de Cesareia", parte da liturgia da Igreja Ortodoxa. (N. do T.)

Mas eis que chegou a Semana Santa. A administração destinou a cada um de nós um ovo e uma fatia de pão branco de massa fina. Mais uma vez a cidade encheu o presídio de esmolas. Mais uma vez apareceu o sacerdote com a cruz, mais uma vez a visita da administração, mais uma vez a farta sopa de repolho, mais uma vez a bebedeira e a vadiagem — exatamente como no Natal, com a diferença de que agora a gente podia passear no pátio do presídio e tomar um solzinho para aquecer. Estava um tanto mais claro, mais espaçoso que no inverno, mas também mais melancólico. O longo e interminável dia de verão parecia especialmente insuportável nos feriados. Os dias de semana pelo menos eram encurtados pelo trabalho.

Os trabalhos de estio se mostraram de fato bem mais difíceis que os de inverno. Havia muito mais trabalhos em obras de engenharia. Alguns presos construíam, cavavam o solo, colocavam tijolos; outros se dedicavam a serralheria, carpintaria ou pintura nos reparos das casas de correção da fortaleza; outros ainda iam para as olarias fazer tijolos. Entre nós considerava-se esse trabalho o mais pesado. A olaria ficava a umas três ou quatro verstas da fortaleza. Durante o verão inteiro, toda uma expedição de presos — uns cinquenta homens — saía por volta das seis da manhã, todos os dias, para fazer tijolos. Para esse tipo de trabalho escolhiam-se trabalhadores braçais, ou seja, aqueles que não tinham ofício nem figuravam entre os artífices. Levavam pães consigo, porque em função da distância até as olarias era desvantajoso vir almoçar no presídio e assim caminhar umas oito verstas a mais, e almoçavam só à noite, quando voltavam. A tarefa era calculada para durar o dia inteiro, e de tal forma que o trabalhador detento só dava conta dela cumprindo toda a jornada. Em primeiro lugar, ele precisava cavar e extrair o barro, ele mesmo carregava a água, ele mesmo amassava o barro molhado no fosso, com os pés, e por fim fazia muitos tijolos, acho que umas duas centenas, às vezes chegando quase a duas e meia. Fui apenas duas vezes à olaria. Os oleiros retornavam já de noite, cansados, exaustos, e passavam quase o verão inteiro exprobrando os outros sob a alegação de que faziam o trabalho mais difícil. Esse parecia ser o seu consolo. Apesar de tudo, alguns iam para as olarias até de boa vontade: em primeiro lugar, elas ficavam fora da cidade; o lugar era aberto, vasto, à margem do rio Irtích. Ali, certamente, é mais prazeroso olhar ao redor: não é aquele ramerrão da fortaleza! Dava para pitar um cigarrinho desafogadamente e até passar uma meia hora deitado com grande prazer. Eu mesmo ou ia à oficina como antes, ou calcinar alabastro ou, por fim, era empregado como carregador de tijolos nas construções. Nesse último caso, uma vez tive de carregar tijolos da margem do Irtích para um quartel em construção, percorrendo umas setenta braças de distância através do aterro da fortaleza, e esse trabalho durou dois meses a fio. Eu até gostava dele, embora a corda que segurava o tabuleiro dos tijolos constantemente me esfolasse os ombros. Mas eu gostava do fato de que o trabalho parecia me deixar mais forte. A princípio eu conseguia carregar apenas uns oito tijolos, e cada tijolo pesava doze libras. Mas depois cheguei a doze e a quinze tijolos, o que me deixou muito contente. Nos campos de trabalhos forçados, a força física não é menos necessária que a força moral para se suportar todos os desconfortos materiais dessa vida maldita.

E eu também queria viver depois do presídio...

No entanto, eu gostava de carregar tijolos não só porque esse trabalho me fortalecia o corpo, mas ainda porque ele transcorria na margem do Irtích. Falo com tanta frequência sobre essa margem unicamente porque só dali se via o mundo de Deus, o horizonte limpo, claro, as estepes inabitadas, livres, cujo descampado me deixava uma estranha impressão. Só naquela margem poder-se-ia ficar de costas para a fortaleza e deixar de vê-la. Todos os outros lugares dos nossos trabalhos ficavam dentro da fortaleza ou junto a ela. Desde os primeiros dias odiei essa fortaleza e sobretudo alguns de seus prédios. A casa do nosso major me parecia um lugar maldito, abominável, eu sempre olhava para ela com ódio quando passava em frente. Na margem do rio eu podia esquecer-me de mim mesmo; por vezes olhava para aquela vastidão deserta e inatingível como um prisioneiro que olha para o mundo livre pela janela de sua cela. Ali tudo me era caro e encantador: tanto o sol quente e claro num insondável céu azul quanto uma distante canção quirguiz que chegava da margem de lá. Ali a gente observa demoradamente e enfim distingue a *iurta*[19] enfumaçada de algum nativo; distingue uma fumacinha junto à *iurta* e uma jovem quirguiz ganhando a vida com seus dois carneiros. Tudo é pobre, rústico, porém livre. Distingue algum pássaro no céu azul e claro e acompanha com demora e persistência o seu voo: ei-lo triscando a água do rio, ei-lo sumindo no azul, ei-lo reaparecendo quase como um ponto cintilante... Até uma florzinha pobre e estiolada, que na tenra primavera encontrei na fenda de uma rocha da margem, conseguiu prender doridamente a minha atenção. O desânimo desse primeiro ano de trabalhos forçados era insuportável e surtia em mim um efeito amargo, agastadiço. Devido a esse desânimo, nesse primeiro ano deixei de perceber muita coisa a meu redor. Eu fechava os olhos e me negava a perscrutar. Entre os meus perversos e odiosos companheiros galés não via pessoas capazes de pensar e sentir apesar de toda a detestável crosta que os cobria. No meio das palavras veneno-

---

[19] Cabana quirguiz. (N. do T.)

sas, eu nunca percebia uma palavra amável, afável, que se tornava ainda mais cara porque era pronunciada sem qualquer pretensão e que não raro vinha da alma de alguém que talvez tivesse sofrido e suportado mais coisas do que eu. Contudo, para que me alongar a esse respeito? Sentia-me felicíssimo quando voltava exausto para o presídio: talvez conseguisse dormir! Porque no verão dormir era um tormento quase pior que no inverno. É verdade que às vezes as tardes eram lindas. O sol, que o dia inteiro não se afastara do pátio do presídio, enfim declinava no horizonte. Começava a refrescar, e em seguida descia a quase fria (relativamente) noite da estepe. Os presidiários, à espera de que os trancafiassem, vez por outra passeavam em bando pelo pátio. É verdade que o grosso do bando se aglomerava de preferência na cozinha. Lá sempre surge alguma questão essencial da vida do presídio, comenta-se isso e aquilo, discute-se algum boato amiúde absurdo, mas que desperta uma atenção incomum nesses segregados do mundo dos vivos; assim, por exemplo, chegou a notícia de que o nosso major seria posto no olho da rua. Os presidiários são crédulos como crianças; eles mesmos sabem que a notícia é absurda, que foi trazida pelo detento Kvássov, homem tagarela e "disparatado", em quem há muito tempo eles resolveram deixar de acreditar e que não diz uma palavra que não seja mentira — mesmo assim se agarram à notícia, discutem, julgam, distraem-se com isso, e acabam zangados consigo mesmos, envergonhados por terem acreditado em Kvássov.

— Mas quem vai botá-lo na rua? — exclama um deles. — Vai ver que tem costas largas, aguenta o tranco!

— É, mas até ele tem chefe, na certa! — objeta outro, um rapaz exaltado e nada tolo, que já viu muita coisa e é um questionador como nunca se viu.

— Lobo não mata lobo! — observa como que de si para si e com ar sombrio um terceiro, homem já grisalho, que acaba de tomar a sua sopa sozinho em um canto.

— Vai ver que os chefes virão pedir tua opinião para saber se podem substituí-lo ou não? — acrescenta com indiferença um quarto, dedilhando de leve as cordas da balalaica.

— E por que logo a mim? — objeta furioso o segundo. — Quer dizer, se esses coitados pedirem por isso, nós todos vamos ter que falar quando eles vierem e começarem com as perguntas. Agora todos vociferam, mas na hora agá vão dar pra trás.

— E tu pensavas o quê? — disse o da balalaica. — Por isso são galés.

— Por esses dias — continuou o questionador sem ouvir o exaltado — sobrou um pouco de farinha. Juntaram o resto, quer dizer, um tiquinho de nada; mandaram vender. Não pode, fiquei sabendo; um membro da *artiel* denunciou; recolheram; é preciso economizar, sabe como é. Isso é justo ou não?

— E a quem queres te queixar?

— A quem? Ora, ao próprio inspetor, que está a caminho.

— Que inspetor é esse?

— Maninhos, é verdade que está para chegar um inspetor — disse um rapaz desembaraçado, instruído, um escrivão que já havia lido *A condessa de Lavallière* ou algo do gênero. Era um tipo sempre alegre e engraçado, mas que os presidiários respeitavam por ter um certo conhecimento dos assuntos. Sem prestar nenhuma atenção à curiosidade geral incitada pelo futuro inspetor, ele foi direto ao "rancheiro", ou seja, ao cozinheiro, e pediu uma porção de fígado. Os nossos "rancheiros" frequentemente vendiam coisas dessa espécie. Compravam com seu próprio dinheiro, por exemplo, um grande pedaço de fígado, fritavam-no e vendiam por uma bagatela aos presidiários.

— Dois ou quatro copeques? — pergunta o "rancheiro".

— Corta para quatro copeques: os outros que morram de inveja! — respondeu o detento. — Maninhos, está vindo um general de Petersburgo e vai passar em revista toda a Sibéria. É verdade, disseram isso na casa do comandante.

A notícia provocou uma comoção fora do comum. Por uns quinze minutos houve indagações: quem era mesmo que vinha, quem era esse general, qual era a sua patente, seria superior dos generais daqui?... Falar de patentes, de chefes, saber qual deles é o superior, quem pode fazer quem curvar-se, e quem dentre eles se curva são assuntos que os presidiários gostam demais de abordar e chegam até a discutir e quase brigam por causa dos generais. Como se nisso houvesse alguma vantagem! Mas pelo conhecimento detalhado sobre os generais e chefes em geral mede-se também o grau dos conhecimentos, da aptidão e da antiga importância do homem na sociedade, antes de sua vinda para o presídio. De modo geral, a conversa sobre as altas esferas da administração é considerada a mais elegante e a mais importante no presídio.

— Quer dizer, maninhos, que é mesmo verdade que estão vindo substituir o major — observa Kvássov, um homem baixo e vermelho, exaltado e o cúmulo da inépcia. Ele foi o primeiro a trazer a notícia sobre o major.

— Mas vai apelar para o suborno — comenta com uma voz entrecortada o detento sombrio de cabelos brancos que acabara de tomar a sua sopa de couve.

— E vai mesmo — disse um outro. — Juntou uma grana bem gorda do que roubou! Já era major do batalhão antes de a gente chegar aqui. Bem recentemente andou querendo se casar com a filha de um arcipreste.

— Mas acontece que não se casou: mostraram-lhe a porta, o que quer dizer que é pobre. Isso lá é noivo que se apresente! Quando se levanta da cadeira, tudo o que tem se levanta com ele! Na Páscoa, perdeu tudo no carteado. Foi Fiedka que contou.

— É. O rapazinho não é de esbanjar, de dinheiro ele sabe cuidar muito bem.

— Ah, maninho, já fui até casado. Casamento pra pobre é um mau negócio: você casa, mas a noite de núpcias é bem curta! — observa Skurátov, que acaba de entrar na conversa.

— Como não! É de ti que estamos falando — retruca o rapaz desembaraçado, o antigo escrevente. — Quanto a ti, Kvássov, eu te digo que és um grande imbecil. Será que pensas que um major possa subornar um general, e que um general venha especialmente de Petersburgo para cá para inspecionar o major? És mesmo um tolo, rapaz!

— Por que não? Só porque é general não pode aceitar suborno, é isso? — observa cético alguém da aglomeração.

— Sabe-se que não. E se aceita, é dinheiro grosso.

— Claro que é dinheiro grosso; é conforme a patente.

— General sempre recebe propina — observa convicto Kvássov.

— Já deste propina a algum? — súbito pergunta Baklúchin com desdém. — E algum dia já viste um general?

— Sim, já vi.

— Mentiroso.

— Tu que mentes.

— Rapazes, se ele já viu um, que diga agora na frente de todos como é o general que ele conhece! Vamos, diz aí, porque eu conheço todos os generais.

— Vi o general Siebert — respondeu Kvássov meio hesitante.

— Siebert? Não existe general com esse nome. Vai ver que ele olhou para o teu lombo quando ainda era apenas tenente-coronel e pelo medo achaste que era um general.

— Não, tu me escuta — grita Skurátov —, porque sou um homem casado. Havia de fato um general Siebert em Moscou, alemão, mas russo. Todos os anos, no dia da Assunção, confessava-se com um pope, e não parava de beber água como se fosse um pato. Todo dia bebia quarenta copos de água do rio Moscou. Diziam que bebia essa água para se tratar de alguma doença; foi o seu próprio criado de quarto que me contou.

— Vai ver que com a água está criando carpas na barriga! — observa o detento da balalaica.

— Ah, para com isso! A gente falando de coisa séria e eles... Quem é esse inspetor, maninhos? — perguntou, preocupado, um inquieto Martínov, um velho da seção militar, que fora hussardo.

— Caramba, como esse povo mente! — observa um dos céticos. — Inventa uma mentira aqui e a espalha ali. E tudo um absurdo.

— Não, não é um absurdo! — observa dogmaticamente Kulikov, que até então se mantivera num silêncio majestoso. Era um sujeito pesadão, de uns cinquenta anos de idade, feições agradabilíssimas e modos desdenhosamente majestosos. Disso ele tinha consciência e se orgulhava. Era descendente de ciganos. E era veterinário, ganhava dinheiro na cidade tratando de cavalos e no presídio comerciava vodca. Era inteligente e tinha visto muita coisa na vida. Deixava escapar as palavras como quem dá um rublo.

— É verdade, maninhos — continuou, com ar tranquilo —, ouvi sobre isso ainda na semana passada; está vindo para cá um general e da mais alta patente para inspecionar a Sibéria de cabo a rabo. Já se sabe o que vai acontecer: vai receber suborno, só que não do nosso Oito-Olhos: este não se atreverá nem a chegar perto dele. Há generais e generais, maninhos. De todo tipo. Só uma coisa eu lhes digo: haja o que houver, o nosso major vai ficar quietinho em seu lugar. Nós vamos ficar de bico calado, e quanto aos membros da administração, não vão denunciar os seus. O inspetor dará uma olhada no presídio e com isso encerrará sua missão e irá embora, informando apenas que encontrou tudo em ordem por aqui...

— Isso mesmo, maninhos, mas o major está encagaçado; desde cedo está de cara cheia.

— E hoje à tarde encheu ainda mais o tanque. Foi Fiedka que contou.

— Não adianta esfregar um cachorro preto até ficar branco! Por acaso é a primeira vez que enche a cara?

— Não, vai ser um troço se o general não fizer nada! Não, chega de seguir as maluquices dele! — dizem os presidiários para si, inquietos.

A notícia sobre o inspetor espalhou-se num piscar de olhos pelo presídio. Os homens vagavam pelo pátio e transmitiam a notícia uns aos outros com impaciência. Uns calavam deliberadamente, mantendo o sangue-frio, e assim pareciam empenhados em se darem ares de mais importância. Outros ficavam indiferentes. Presidiários com balalaicas instalaram-se nos alpendres da caserna. Alguns continuavam a tagarelar. Outros entoavam cantigas, porém, de maneira geral, todos estavam agitadíssimos naquela tarde.

Por volta das dez horas faziam a contagem de todos os presidiários, os recolhiam às casernas e os trancavam para a noite. As noites eram curtas: éramos acordados depois das quatro, mas nunca adormecíamos antes das onze. Até então, vez por outra, ainda havia balbúrdia, conversas, e algumas partidas do *maidan*, como no inverno. À noite batiam um calor e um abafamento insuportáveis. Embora entrasse o friozinho da noite pela janela com a folha levantada, os presidiários se remexiam a noite inteira nas tarimbas, como se delirassem. Miríades de pulgas fervilhavam. Elas também existem no inverno e em número bastante grande, mas a partir da primavera aparecem em proporções tais que, mesmo eu já tendo ouvido falar nisso antes, não experimentara sua presença e me negava a acreditar na realidade. E quanto mais se avançava para o verão, mais e mais ferozes elas iam ficando. É verdade que a gente pode se acostumar às pulgas, eu mesmo fiz o teste; mas mesmo assim se paga caro. Chegavam a atormentar de tal modo que a gente acabava por ficar deitada como se estivesse em estado de febre, e a gente sentia que não dormia, mas apenas delirava. Por fim, quando já em pleno amanhecer até as pulgas enfim se aquietavam, como se tivessem congelado, e quando sob o friozinho da manhã parecia que a gente de fato ia cair num sono doce — ouvia-se de chofre o impiedoso estalo dos tambores no portão da guarda e começava a alvorada. Vestindo a peliça e amaldiçoando, a gente ouvia aquelas batidas altas e nítidas do tambor como se as contasse, mas, por outro lado, em meio ao sono enfiava-se em nossas cabeças a insuportável ideia de que aquilo se repetiria amanhã, e depois de amanhã e por vários anos consecutivos até a hora da própria liberdade. Sim, pensávamos, mas quando virá ela, essa liberdade, e onde ela está? Mas enquanto isso era preciso acordar; começava o vaivém, o empurra-empurra de cada dia... Os homens se vestiam, precipitavam-se para o trabalho. É verdade que ainda se podia pegar uma hora de sesta ao meio-dia.

A história da vinda do inspetor era verídica. Os boatos se confirmavam cada vez mais, dia após dia, e por fim todos já sabiam com certeza que um importante general de Petersburgo estava a caminho para inspecionar a Sibéria inteira, que já chegara e estava em Tobolsk. Cada dia novos boatos chegavam ao presídio. Chegavam da cidade: contava-se que lá todo mundo andava com medo, azafamado, empenhado em "montar um espetáculo". Dizia-se que a alta administração preparava recepções, bailes, festas. Enviavam grupos inteiros de presidiários para aplainar as ruas da fortaleza, nivelar os montículos, retocar a pintura na paliçada e nas estacas, dar uma mão de estuque e pintar as paredes —, em suma, queriam num piscar de olhos consertar tudo, porque queriam "montar um espetáculo". Os nossos compreendiam muito bem essa questão e a discutiam com um ardor e um entusiasmo cada vez maiores. Sua fantasia chegava a dimensões colossais. Estavam até dispostos a apresentar suas "queixas" quando o general lhes perguntasse se estavam satisfeitos. Não obstante, discutiam e trocavam desaforos entre si. O major estava preocupadíssimo. Vinha com mais frequência inspecionar o presídio, com mais frequência gritava, com mais frequência investia contra os homens, com mais frequência os reunia na casa de guarda e reforçava a fiscalização do asseio e da boa aparência. Como de propósito, nessa época transcorreu uma historieta no presídio, que, longe de perturbar o major, como seria de esperar, até lhe deu grande prazer. Durante uma briga, um galé enfiou uma sovela no peito de outro, quase bem debaixo do coração.

O detento que cometera o crime chamava-se Lômov; o ferido, Gavrilka:[20] era um daqueles vagabundos inveterados. Não me lembro se tinha outro apelido; no presídio sempre o chamavam de Gavrilka.

Lômov era um mujique abastado da província de T., distrito de K. Os Lômov eram uma família: o velho pai, os três filhos e um tio deles, também Lômov. Eram uns mujiques ricos. Corria por toda a província que possuíam um capital que chegava a trezentos mil rublos em papel moeda. Lavravam a terra, curtiam peles, comerciavam, mas sua principal atividade era a usura, a guarida aos vadios, a receptação de objetos roubados e outros artifícios. Metade dos mujiques do distrito tinha dívidas com eles e vivia sob seu jugo. Eles ganharam a reputação de mujiques inteligentes e astutos, porém acabaram caindo na soberba, sobretudo quando um alto figurão daquela região passou a hospedar-se na casa deles em suas viagens, conheceu o velho em pessoa e passou a gostar dele por sua sagacidade e habilidade nos negócios. De uma hora para outra deu-lhes na telha que nada mais poderia detê-los, e passaram a se arriscar em diversos empreendimentos ilegais com uma intensidade cada vez maior. Todo mundo se queixava deles, todo mundo queria vê-los desaparecer como por encanto; mas eles empinavam o nariz cada vez mais alto. Comissários de polícia e assessores de juízes não significavam nada para eles. Por fim saíram dos trilhos e se perderam, mas não por algum mal que tivessem feito ou por seus crimes secretos, mas por uma calúnia. Possuíam uma grande quinta a dez verstas da aldeia, num lote de terras desmatado durante a colonização da Sibéria. Num outono, trabalhavam ali uns seis trabalhadores quirguizes, mantidos há muito tempo sob o jugo dos Lômov. Uma noite, todos esses quirguizes foram degolados. Teve início um inquérito, que se arrastou por muito tempo. Durante o inquérito foram reve-

---

[20] Forma carinhosa de Gavriil ou Gavrila. (N. do T.)

ladas muitas outras coisas ruins. Os Lômov foram acusados de matar seus trabalhadores. Eles mesmos tinham contado essa história, e todo o presídio a conhecia: pesava sobre eles a suspeita de que deviam uma grande quantia aos seus trabalhadores, e como, apesar de sua grande fortuna, eram avarentos e cobiçosos, degolaram os quirguizes para não pagar a dívida. Durante o inquérito e o julgamento a fortuna deles virou pó. O velho morreu. Os filhos se dispersaram. Um dos filhos e seu tio foram condenados a doze anos de trabalhos forçados. E o que se viu? Eram totalmente inocentes da morte dos quirguizes. No nosso mesmo presídio apareceu depois Gavrilka, malandro, vagabundo, rapaz alegre e esperto, que assumiu ter cometido aquele crime. Aliás, eu mesmo nunca ouvi dizer que ele mesmo tivesse confessado o fato, mas todo o presídio tinha a plena convicção de que o caso dos quirguizes não se passara sem a participação dele. Ainda quando vagabundo, Gavrilka estivera metido com os Lômov. Viera para o presídio cumprindo uma pena breve como soldado desertor e vagabundo. Degolara os quirguizes junto com três outros vagabundos; pensavam em tirar muito proveito assaltando aquela quinta.

Não sei por quê, no nosso presídio não gostavam dos Lômov. Um deles, o sobrinho, era um rapaz formidável, inteligente e de índole delicada; mas seu tio, o que meteu a sovela em Gavrilka, era um mujique tolo e rabugento. Ainda antes do incidente brigara com muitos e apanhara a valer. De Gavrilka todos gostavam por sua índole alegre e boa. Embora os Lômov soubessem que ele era o criminoso e que estavam ali por causa dele, ainda assim não altercavam com ele; se bem que tampouco se davam bem. E ele mesmo não prestava nenhuma atenção aos outros. E de uma hora para outra deu-se a discussão dele com o tio Lômov por causa de uma mulherzinha asquerosa. Gavrilka passara a gabar-se dos agrados que recebia dela; o mujique ficou enciumado e num belo meio-dia meteu-lhe a sovela.

Embora os Lômov tivessem saídos do julgamento arruinados, no presídio viviam como ricos. Era visível que tinham dinheiro. Tinham um samovar, tomavam chá. O nosso major sabia disso e nutria um extremo ódio pelos dois Lômov. Às vistas de todos usava de qualquer pretexto para prejudicá-los, e de modo geral acabou conseguindo. Os Lômov atribuíam isso ao desejo do major de receber propina deles. Mas propina eles não davam.

É claro que se Lômov tivesse enfiado a sovela um pouquinho mais fundo, teria matado Gavrilka. Mas a coisa se limitou terminantemente a um simples arranhão. Levaram ao conhecimento do major. Lembro-me de como ele irrompeu no presídio ofegante e visivelmente satisfeito. Tratou Gavrilka com uma afabilidade surpreendente, quase como um filho legítimo.

— Então, meu amigo, talvez queiras ir a pé ao hospital, ou não? Não, o melhor é atrelar um cavalo a uma carroça. Atrelem o cavalo! — gritou a toda pressa para o sargento.

— Mas não estou sentindo nada, Excelência. Ele só me picou um pouquinho, Excelência.

— Tu não sabes, não sabes, meu querido; verás. O local é perigoso; tudo depende do local; atingiu bem debaixo do coração, bandido! E quanto a ti, quanto a ti — berrou, dirigindo-se a Lômov —, ora, agora não me escapas... Para a casa de guarda!

E de fato não escapou. Lômov foi julgado, e embora o ferimento não tivesse passado de uma picadinha à toa, a intenção fora evidente. O criminoso teve aumentada a pena nos trabalhos forçados e recebeu mil vergastadas. O major estava exultante...

Enfim chegou o inspetor.

Logo no dia seguinte ao de sua chegada à cidade, ele visitou o nosso presídio. Era um feriado. Ainda alguns dias antes estava tudo lavado, passado a ferro, reluzente. Os presidiários com a cabeça recém-raspada, em trajes brancos, limpos. O regulamento prescrevia para o verão pantalonas e casacos de linho. Todos levavam costurado, no meio das costas do casaco, um círculo preto de uns trinta e cinco centímetros de diâmetro. Por uma hora inteira ensinaram os presidiários como deviam responder caso o figurão lhes dirigisse a palavra. Ensaiou-se isso. O major estava agitado como um desvairado. Uma hora antes da aparição do general, todos os presidiários estavam postados em seus lugares como estátuas em posição de sentido. Enfim, à uma da tarde o general chegou. Era um general imponente, tão imponente que todos os corações dos altos chefes da Sibéria ocidental deveriam estremecer com a sua chegada. Ele entrou com ar severo e majestoso; atrás dele irrompeu um grande séquito de altos administradores locais que o acompanhavam; alguns generais, coronéis. Entre eles havia um civil, um senhor alto e bonito metido num fraque e calçando sapatos, que também viera de Petersburgo e se portava de modo extremamente independente e à vontade. O general lhe dirigia a palavra com frequência e com bastante cortesia. Isso provocou nos presidiários um interesse fora do comum: um civil, e tratado com tanta consideração, e ainda por semelhante general! Mais tarde, soube-se o seu sobrenome e quem ele era, só que havia boatos em profusão. Nosso major, apertado dentro de sua farda de gola alaranjada, com os olhos injetados de sangue e o rosto vermelho marcado por espinhas, parecia não despertar no general uma impressão muito agradável. Em sinal de um respeito especial por tão alta visita, havia tirado os óculos. Mantinha-se à distância, retesado, e com todo o seu ser esperava febrilmente o instante em que solicitassem que ele saísse voando para atender algum desejo de Sua Excelência. Mas não foi solicitado para nada. Sem dizer palavra, o general percorreu os alojamentos, deu uma olhadela nas cozinhas, parece que provou a sopa de couve. Apontaram-me a ele: este é fulano de tal, disseram, é um nobre.

— Ah! — respondeu o general. — E como vem se portando agora?

— Por enquanto de modo satisfatório, Excelência.

O general fez um aceno de cabeça e um minuto depois deixou o presídio. Os presidiários, é claro, estavam deslumbrados e preocupados, mas ainda assim ficaram um tanto perplexos. Está entendido que não se podia nem falar de qualquer reclamação contra o major. Aliás, antes o próprio major já tinha perfeita convicção disso.

VI
OS ANIMAIS DO PRESÍDIO

A compra de Gniédko,[21] que se fez pouco tempo depois no presídio, ocupou e distraiu os presidiários de modo bem mais agradável que a elevada visita. No presídio dependíamos do cavalo para trazer água, levar o lixo etc. Um dos presidiários era encarregado de tratar dele. Saía com ele, claro que sob escolta. O nosso cavalo tinha bastante trabalho tanto pela manhã quanto pela tarde. Gniédko servia em nosso presídio havia já muito tempo. Era um cavalo bom, porém já consumido pelo trabalho. Numa bela manhã, em plena véspera do dia de São Pedro, depois de trazer o tonel de água da tarde, Gniédko tombou e passados alguns minutos morreu. Todos lamentaram por ele, todos se reuniram em volta dele, comentavam, discutiam. Ex-cavalarianos, ciganos, veterinários etc. revelaram na ocasião até muitos conhecimentos especiais a respeito de cavalos, chegaram inclusive a destratar uns aos outros, mas não ressuscitaram Gniédko. Ele ficou ali estirado, morto, com a barriga inchada, e todos se achavam obrigados a meter o dedo nela; informou-se o major do acontecido pela vontade de Deus, e ele decidiu que fosse comprado imediatamente um novo cavalo. No mesmo dia de São Pedro, pela manhã, depois da missa, quando estávamos todos reunidos, começaram a trazer cavalos à venda. Era natural que os próprios presidiários ficassem encarregados da compra. Havia autênticos peritos entre nós, e seria difícil engazopar duzentos e cinquenta homens que antes só haviam se ocupado desse tipo de negócio. Vieram quirguizes, intermediadores, ciganos e pequenos comerciantes. Os presidiários aguardavam impacientes o aparecimento de cada novo cavalo. Estavam alegres como crianças. O que mais os lisonjeava era a sensação de serem homens livres, era como se estivessem comprando com dinheiro do *próprio* bolso um cavalo para *si mesmos* e tivessem o pleno direito de comprá-lo. Três cavalos haviam sido trazidos e levados de volta, até que o negócio foi fechado com o quarto. Os intermediadores que entravam olhavam em torno com certo assombro e um quê de timidez, e de raro em raro até lançavam olhares às escoltas que os introduziam no local. Uma tropa de duzentos indivíduos daquele tipo, de cabeça raspada,

---

[21] Derivado de *gniedói*: "baio". (N. do T.)

ferreteados, agrilhoados e inclusive dentro de sua própria casa, no seu ninho de presidiários, cujo limiar ninguém podia ultrapassar, impunha uma espécie de respeito. Já os nossos, esgotavam-se em suas várias astúcias ao examinar cada cavalo oferecido. Que detalhe mínimo eles não examinavam, o que não apalpavam no animal, e ainda por cima com ar tão diligente, tão sério e preocupado, como se daquilo dependesse o essencial bem-estar do presídio! Os circassianos chegavam até a montar nos cavalos; seus olhos faiscavam, e eles tagarelavam rápido em seu dialeto incompreensível, arreganhando os dentes brancos e acenando com suas cabeças morenas de nariz aquilino. Alguns russos cravavam de tal forma toda a sua atenção na discussão dos circassianos que pareciam dispostos a pular dentro dos seus olhos. Como não compreendiam as palavras, queriam ao menos adivinhar pela expressão dos olhos o que haviam decidido: o cavalo servia ou não? Aquela atenção febril poderia até parecer estranha a um observador de fora. De que adiantava esse empenho tão especial da parte de um detento, e um detento qualquer, humilde, retraído, que não se atrevia a dar um pio diante de alguns dos seus próprios companheiros de prisão? Era como se estivesse comprando um cavalo para si, e, de fato, ele não era indiferente a que cavalo iriam comprar! Além dos circassianos, quem mais se distinguia eram os que haviam sido ciganos e intermediadores: a eles cediam o primeiro lugar e a primeira palavra. Houve até uma espécie de duelo nobre, sobretudo entre dois participantes — o detento Kulikov, antigo cigano, ladrão e intermediador, e o veterinário autodidata, um astuto mujique siberiano que chegara havia pouco tempo ao presídio e já conseguira tomar de Kulikov toda a sua freguesia na cidade. Acontece que os nossos veterinários autodidatas eram muito apreciados em toda a cidade, tanto pelos pequenos como pelos grandes comerciantes e até pelos mais altos funcionários, que recorriam ao presídio quando seus cavalos adoeciam, apesar de haver na cidade muitos médicos veterinários de verdade. Antes da chegada de Iôlkin, o mujique siberiano, Kulikov não conhecia concorrente, tinha uma grande clientela e, bem entendido, recebia gratificações em dinheiro. Ele praticava muito bem sua ciganice e sua charlatanice, e conhecia o ofício muito menos do que alardeava. Pelos rendimentos que recebia, era um aristocrata no presídio. Há muito conquistara a estima de todos os presidiários por sua experiência, inteligência, audácia e firmeza. Ouviam-no e lhe obedeciam. Mas falava pouco: suas palavras eram como uma dádiva, e só se ouviam nas discussões mais importantes. Era um rematado janota, porém bastante dotado de uma energia real, genuína. Era já entrado em anos, mas muito bonito, muito inteligente. Tratava a nós, nobres, com uma polidez um tanto refinada e ao mesmo tempo com uma dignidade incomum. Acho que se o vestissem a caráter e o apresentassem como conde em algum clube de Petersburgo, mesmo ali ele se sairia bem, jogaria uíste, conversaria esplendidamente, falando pouco, mas com peso, e talvez até o fim da noite não descobrissem que ele não era um conde, mas um vagabundo. Estou falando sério, tamanha era a sua inteligência, sua sagacidade e a rapidez de seu raciocínio. Além disso, suas maneiras eram elegantes, magníficas. É de crer que era macaco velho. Porém, o seu passado estava coberto pela treva do desconhecido. Vivia na seção especial do presídio. Mas com a chegada de Iôlkin, que, embora mujique, era astuciosíssimo, de uns cinquenta anos de idade e cismático, a fama de veterinário de Kulikov eclipsou-se. Em coisa de dois meses o mujique lhe arrebatou quase toda a freguesia da cidade. Curou, e com muita facilidade, os cavalos que o outro já recusara havia muito tempo. Chegou até a curar cavalos que o veterinário diplomado da cidade havia recusado. Esse mujiquezinho fora mandado para o presídio junto com outros por falsificação de moeda. Foi se associar a um negócio desses já em idade avançada! Ele mesmo nos contou, zombando de si, que de três moedas autênticas de ouro eles conseguiram cunhar apenas uma falsa! Kulikov se sentiu um tanto ofendido com os êxitos veterinários do outro, porque até a sua fama entre os presidiários começara a empalidecer. Ele mantinha uma amante no subúrbio, usava uma *podióvka* plissada, um anel de prata, brincos nas orelhas, botas próprias orladas, e de repente, por falta de receita, foi obrigado a se fazer botequineiro, razão pela qual todos achavam que agora, com a compra do novo Gniédko, podia ser que os dois inimigos ainda acabassem brigando. Aguardava-se com curiosidade. Cada um deles tinha o seu partido. Os cabeças de ambos os partidos já começavam a se agitar e aos poucos já trocavam insultos. O próprio Iôlkin já ensaiava contrair sua cara astuta no mais sarcástico sorriso. Mas a coisa saiu diferente: Kulikov nem pensou em insultos, e em vez de insultar agiu com maestria. Começou cedendo, inclusive ouvindo com respeito as opiniões críticas do seu rival, mas, ao pegá-lo numa palavra, observou-lhe com tenacidade que ele se enganara, e antes que Iôlkin tivesse tempo de recobrar-se e fazer alguma ressalva, Kulikov demonstrou que ele se enganava nisso e naquilo. Em suma, Iôlkin foi batido de modo extraordinariamente inesperado e habilidoso, e embora acabasse prevalecendo apesar de tudo, o partido de Kulikov ficou satisfeito.

— Não, rapaziada, esse não vai ser batido tão depressa, sabe se defender; qual o quê! — diziam uns.

— Iôlkin sabe mais! — observavam outros, mas observavam com um quê de condescendência. Agora, ambos os partidos de repente começavam a conversar num tom extremamente condescendente.

— Não é que ele saiba mais, apenas tem a mão mais leve. E quanto aos animais, Kulikov não tem o que temer!

— Não tem, rapaz!

— Não tem o que temer...

Enfim foi escolhido e comprado o novo Gniédko. Era um cavalo excelente, jovenzinho, bonito, vigoroso e de aparência extremamente encantadora e alegre. E em todos os outros aspectos era, sem dúvida, impecável. Começaram a regatear: pediram trinta rublos, nós oferecemos vinte e cinco. Regateavam com calor e demora, baixando o preço e cedendo. Por fim, os próprios presidiários acharam engraçado.

— Por acaso a gente vai tirar do próprio bolso? — diziam uns. — Por que regatear?

— Vamos poupar dinheiro do governo? — bradavam outros.

— Mesmo assim, irmãos, mesmo assim é dinheiro... E é da *artiel*...

— Da *artiel*...! Não, logo se vê que entre nós ninguém planta paspalhões, já nascem feitos...

Enfim o negócio foi fechado por vinte e oito rublos. Mandaram informar o major e a compra foi efetivada. É claro que no mesmo instante trouxeram o pão e o sal[22] e o novo Gniédko foi introduzido com honras no presídio. Parece que não houve detento que perdesse a oportunidade de lhe dar uma palmadinha no pescoço ou afagá-lo no focinho. Nesse mesmo dia atrelou-se o cavalo à pipa d'água, e todos observaram com curiosidade como o novo Gniédko arrastava a pipa. Roman, nosso aguadeiro, olhava para o animal com uma satisfação fora do comum. Era um mujique de uns cinquenta anos, calado, circunspecto. Aliás, todos os cocheiros russos são extraordinariamente circunspectos e até mesmo calados, como se fosse de fato verdade que o convívio permanente com os cavalos imprimisse no homem alguma gravidade e inclusive certa importância. Roman era sossegado, afável com todos, de pouca conversa, cheirava rapé num cornimboque e, desde tempos imemoriais, sempre cuidava dos Gniédko do presídio. O novo já era o terceiro. Em nosso presídio havia a crença geral de que a cor baia combinava com o presídio, que *tinha a ver* com a gente. Roman também confirmava isso. Um malhado, por exemplo, jamais compraríamos. Por um direito qualquer, o lugar de aguadeiro era sempre reservado a Roman, e no presídio nunca deu na telha de ninguém disputá-lo com ele. Quando o velho Gniédko tombou, não passou pela cabeça de ninguém, nem mesmo do major, acusar

---

[22] Tradicional forma russa de dar as boas-vindas a um visitante. (N. do T.)

Roman: Deus assim o quisera, e só, e Roman continuava sendo um bom cocheiro. O novo Gniédko logo se tornou o favorito do presídio. Os presidiários, embora fossem homens rudes, iam com frequência afagá-lo. Vez por outra, quando Roman voltava do rio e ia fechar o portão que o sargento lhe abrira, Gniédko, já tendo entrado no presídio, ficava parado com seu barril de água à espera dele e piscava-lhe um olho. "Vai sozinho!", gritava-lhe Roman, e no mesmo instante Gniédko ia embora sozinho, levava a carga até a cozinha e parava, esperando os "rancheiros" e os faxineiros das latrinas virem com baldes para retirar a água. "És inteligente, Gniédko", gritavam-lhe, "trouxe a carga sozinho!... É obediente."

— Caramba, é mesmo! É um animal, mas entende!
— Bravo, Gniédko!

Gniédko balançava a cabeça e bufava, como se de fato compreendesse e estivesse satisfeito com as lisonjas. Alguém lhe trazia sem falta pão e sal. Gniédko comia e tornava a balançar a cabeça, como se proferisse: "Eu te conheço, te conheço! Eu sou um cavalo amável e tu és um bom sujeito!".

Eu também gostava de levar pão para Gniédko. Era um tanto agradável olhar o seu focinho bonito e sentir na palma da mão os seus beiços macios e quentes, que recolhiam com agilidade a minha oferta.

De modo geral, os nossos presidiários eram capazes de gostar dos animais, e se lhes fosse permitido criariam de bom grado no presídio uma infinidade de aves e animais domésticos. Pelo visto, o que mais poderia abrandar, enobrecer a índole rude e feroz dos galés senão esse tipo de atividade, por exemplo? Mas isso não lhes era permitido. Nem o regulamento nem o espaço o permitiam.

Entretanto, durante todo o meu tempo de presídio ali viveram, por acaso, alguns animais. Além de Gniédko, tivemos cães, gansos, o bode Váska[23] e por algum tempo até uma águia.

Como já afirmei antes, tínhamos Chárik como o cão permanente do presídio, um animal inteligente e bom, com quem mantive uma constante amizade. Mas como em geral o povo todo considera o cão um animal impuro, ao qual não se deve nem dispensar atenção, no presídio quase ninguém se importava com Chárik. O cão levava sua vida de cão, dormia no pátio, comia as sobras da cozinha, não despertava nenhum interesse especial de ninguém, e contudo conhecia todo mundo no presídio e considerava todos como seus donos. Quando os presidiários voltavam do trabalho, ele já se postava junto à casa de guarda respondendo aos gritos de: "Cabo!", e avan-

---

[23] Diminutivo de Vassili. (N. do T.)

çava para o portão, recebia carinhosamente cada expedição de prisioneiros, abanando a cauda e fitando com afabilidade os olhos de cada detento, na expectativa de ao menos receber algum carinho. Mas ao longo de muitos anos não ganhou carinho de ninguém a não ser de mim. Por isso mesmo gostava mais de mim que de todos os outros. Não me lembro como depois apareceu no presídio outro cão, Biélka.[24] O terceiro, Kultiápka,[25] eu mesmo o arranjei, trazendo-o certa vez do trabalho ainda filhote. Biélka era uma criatura estranha. Alguém passou com uma telega por cima dele e sua espinha curvara para dentro de tal forma que, quando ele corria, de longe parecia dois animais brancos ligados um ao outro. Além disso, estava todo coberto de sarna, os olhos supuravam, o rabo era quase todo pelado, sempre metido entre as pernas. Ofendido por seu destino, parecia decidido a resignar-se a ele. Nunca ladrava ou rosnava para ninguém, como se não se atrevesse. Vivia só de pão, que comia atrás das casernas; se lhe acontecia avistar algum dos nossos se aproximando, no mesmo instante, ainda a alguns passos de distância, começava a rolar no chão em sinal de submissão, como se dissesse: "Faze de mim o que quiseres, pois, como estás vendo, nem penso em resistir!". E os detentos, diante dos quais ele rolava no chão, vez por outra lhe davam uma botinada como se vissem nisso um dever inevitável. "Xô, nojento!", chegava a dizer o detento. Mas Biélka nem sequer se atrevia a ganir, e se ficasse excessivamente traspassado de dor, gania de um jeito meio abafado e queixoso. De igual maneira, ele rolava no chão também diante de Chárik, e assim fazia diante de qualquer outro cão quando corria para além do presídio por seus interesses. Rolava e ficava deitado em sinal de submissão quando algum canzarrão de orelhas caídas investia contra ele rugindo e latindo. Mas os cães gostam da humildade e da submissão em seus semelhantes. No mesmo instante o cão furioso se aplacava e, meio meditativo, detinha-se ante o cão submisso deitado a seus pés com as patas para cima e, devagar, com grande curiosidade, começava a cheirar todas as partes do seu corpo. O que Biélka, todo trêmulo, poderia pensar naquele momento? "Então, seu bandido, vai me estraçalhar?", provavelmente lhe vinha à cabeça. Porém, depois de cheirá-lo com ar cuidadoso, o cão por fim o abandonava, não encontrando ali nada digno de maior curiosidade. Ato contínuo, Biélka se levantava de um salto e saía manquitolando outra vez, atrás de uma longa fila de cães que seguia algum cãozinho chamado Jútchka. E embora tives-

---

[24] Em russo, "esquilo". (N. do T.)

[25] Em russo, "coto", de braço ou perna amputada. (N. do T.)

se certeza de que nunca travaria relações íntimas com Jútchka, mesmo assim o manquitola ia atrás dele, de longe, e isso era um consolo para suas infelicidades. Pelo visto, já deixara de pensar em sua honra. Tendo perdido qualquer esperança de futuro, vivia apenas para comer e tinha plena consciência disso. Certa vez tentei lhe fazer uma festinha; para ele isso foi tão novo e inesperado que de repente arriou no chão sobre as quatro patas, tremeu todo e começou a ganir alto de enternecimento. Por compaixão passei a afagá-lo com frequência. Em compensação, ele não conseguia me encontrar sem ganir. Era só me avistar de longe que começava a ganir, gania de modo doloroso, choroso. Acabou sendo estraçalhado por outros cães no aterro atrás do presídio.

Muito diferente era a índole de Kultiápka. Não sei por que eu o trouxe da oficina quando era ainda um filhote cego. Sentia prazer em alimentá-lo e criá-lo. No mesmo instante, Chárik tomou Kultiápka sob sua proteção e dormia com ele. Conforme Kultiápka foi crescendo, Chárik consentia que ele lhe mordiscasse as orelhas, lhe arrancasse pelos e brincasse com ele como os cães adultos costumam brincar com os seus filhotes. O estranho era que Kultiápka quase não crescia em altura, mas apenas em largura e comprimento. Tinha o pelo felpudo, tirante a um cinza cor de rato; uma das orelhas crescia para baixo, a outra, para cima. Era de natureza impetuosa e exaltada como todo filhote que, movido pela alegria de avistar o dono, começa a ganir, a latir e a lhe pular no rosto para lamber, e então já não se contém e dá expansão a todos os outros sentimentos: "Contanto que reparem no meu arroubo, porque não me importo com as conveniências!". Onde quer que eu estivesse, era só gritar "Kultiápka!" que num estalo ele irrompia de algum canto como se brotasse do chão, e com um arroubo esganiçado voava em minha direção, rolando como uma bola e dando cambalhotas. Tomei-me de uma enorme afeição por esse monstrinho. Parecia que o destino só lhe reservara prazer e alegria na vida. Porém, um belo dia o detento Neustróiev, que fazia calçados femininos e curtia couro, olhou para o cão com uma atenção especial. De repente algo o deixou pasmado. Ele chamou Kultiápka, tateou-lhe o pelo e deitou-o carinhosamente de costas para o chão. Sem desconfiar de nada, Kultiápka gania de prazer. Mas na manhã seguinte ele desapareceu. Procurei-o por muito tempo; era como se tivesse sido tragado pelo solo. E só duas semanas depois tudo se esclareceu. A pele de Kultiápka agradara extraordinariamente a Neustróiev. Ele o esfolou, curtiu a pele e a usou como forro de umas botinas de veludo encomendadas pela mulher de um auditor. Ele mesmo me mostrou as botinas, quando já estavam prontas. O forro ficara admirável. Pobre Kultiápka!

Em nosso presídio muitos presos se dedicavam a curtir couro, e traziam de fora cães de pele boa, que desapareciam num abrir e fechar de olhos. Alguns eram roubados, mas às vezes chegavam a comprar. Lembro-me de que uma vez vi dois presidiários atrás das cozinhas. Discutiam e deliberavam sobre alguma coisa. Um segurava numa corda um cão grande, magnificentíssimo, pelo visto de uma raça valiosa. O patife do criado o roubara ao amo e o vendera por trinta copeques de prata. Os presidiários se preparavam para pendurá-lo. Era um procedimento muito cômodo: tiravam o couro e jogavam o cadáver no fosso grande e fundo do lixo, que ficava bem atrás do nosso presídio e que no verão fedia terrivelmente nos dias de calor extremo. De raro em raro o limpavam. O pobre cão parecia compreender o destino que lhe preparavam. Olhava com ar perscrutador e intranquilo para cada um de nós três, e só de quando em quando se atrevia a balançar seu rabo felpudo e encolhido, como se quisesse nos abrandar com essa demonstração de confiança em nós. Eu logo fui embora e eles, evidentemente, concluíram a contento o seu serviço.

Entre nós já se criou gansos, também meio por acaso. Quem começara a criá-los e a quem de fato pertenciam não sei, mas durante certo tempo eles divertiram os presidiários e até ficaram famosos na cidade. Haviam nascido no presídio e eram criados na cozinha. Quando as ninhadas cresceram, bandos inteiros de gansos barulhentos pegaram a mania de acompanhar os presidiários aos trabalhos. Mal o tambor rufava e os galés tomavam o rumo do portão, nossos gansos corriam atrás da gente de asas abertas, pulavam, um atrás do outro, os altos umbrais da cancela e dirigiam-se infalivelmente para o flanco direito, onde se enfileiravam, aguardando que nos separassem em levas. Eles sempre se juntavam ao maior grupo e durante os trabalhos punham-se a escarafunchar as redondezas. Assim que as levas de presos se mexiam para voltar ao presídio, eles também se movimentavam. Por toda a fortaleza comentavam que havia gansos que acompanhavam os presidiários ao trabalho. "Vejam só os presos saindo com seus gansos!", dizia quem topasse com eles. "Que jeito vocês deram para ensiná-los!" "É para os gansos!", acrescentava outro ao entregar a esmola. Mas apesar de toda a dedicação dos gansos, os presidiários os degolaram todos na ocasião de algum feriado.

Em compensação, por nada no mundo alguém mataria o nosso bode Váska, não fosse uma circunstância especial. Também não sei de onde ele surgiu e quem o trouxe para o presídio, mas de repente apareceu ali um bode pequeno, branquinho, uma gracinha. Em poucos dias todos se apaixonaram, e ele se tornou a distração geral, o deleite dos presidiários. Encontraram até um motivo para mantê-lo: era preciso ter um bode na estrebaria do presídio.[26] Entretanto, ele não morava na estrebaria, mas inicialmente na cozinha, e depois em qualquer lugar do presídio. Era uma criatura graciosíssima e brincalhona. Vinha correndo quando o chamavam pelo nome, pulava nos bancos, nas mesas, dava marradas nos presidiários, era sempre alegre e divertido. Uma vez, quando os chifres dele já estavam bem crescidos, o lésguio Babai, que num fim de tarde estava no pátio com outros presidiários, teve a ideia de trocar marradas com ele. Já estavam há muito tempo trocando marradas — era o entretenimento preferido dos presidiários com o bode —, quando de repente Váska pulou para o degrau mais alto do terraço e, mal Babai conseguiu virar-se de lado, encabritou-se num piscar de olhos, encostou no peito as patas dianteiras e com toda a força deu uma marrada na nuca de Babai, de modo que este descambou do terraço às cambalhotas, para o êxtase de todos e principalmente do próprio Babai. Numa palavra, Váska era queridíssimo. Quando Váska atingiu certa idade, resolveram, depois de uma seríssima reunião geral, que o bode seria submetido a uma determinada operação que os nossos veterinários sabiam realizar com excelência. "Senão ele vai feder a bode", diziam os presidiários. Depois disso, Váska começou a engordar terrivelmente. Aliás, alimentavam-no como se o destinassem ao corte. Acabou se transformando num lindo bode, grande e gordo, com chifres longuíssimos e de uma grossura fora do comum. Vez por outra dava cabriolas ao andar. Também pegou a mania de nos acompanhar ao trabalho, para divertimento dos presidiários e das pessoas que cruzavam com eles. Todo mundo conhecia Váska, o bode do presídio. Às vezes, se estivéssemos trabalhando, por exemplo, na margem do rio, os presidiários arrancavam ramos flexíveis de salgueiro, conseguiam mais algumas folhas, colhiam flores no aterro e com isso enfeitavam Váska: envolviam-lhe os chifres com ramos e flores, cobriam o tronco inteiro de grinaldas. Quando retornávamos, Váska sempre entrava no presídio à frente dos presidiários, todo engalanado e enfeitado, e os presidiários o seguiam e pareciam orgulhosos perante os transeuntes. Esse encantamento com o bode chegara a tal ponto que alguns de nós, como crianças, chegamos a ter a seguinte ideia: "Por que não douramos os chifres de Váska?". Mas só tocávamos no assunto, sem chegar à execução. Aliás, lembro-me de que um dia perguntei a Akim Akímitch, o melhor dourador do presídio depois de Issái Fomitch: seria realmente possível dourar os chifres do bode? Primeiro ele olhou com atenção o animal, avaliou a sério e respondeu que talvez fosse possível, mas "é uma coisa de

---

[26] Segundo o costume russo, a presença de um bode era essencial para espantar outros animais, como, por exemplo, cães indesejáveis. (N. do T.)

resultado incerto e além disso totalmente inútil". E nisso o assunto morreu. E Váska poderia ter tido vida longa no presídio, morrido talvez de dispneia, mas uma vez, ao voltar do trabalho à frente dos presidiários, engalanado e enfeitado, deu de cara com o major em sua carruagem: "Para!", berrou o major. "De quem é esse bode?" Explicaram-lhe. "Como? Um bode no presídio e sem minha permissão? Suboficial! Sargento!" O sargento apareceu, e no mesmo instante foi dada a ordem de abater o bode. A pele retirada seria vendida no mercado, o dinheiro apurado seria recolhido ao caixa do presídio e a carne iria para a sopa de repolho dos presidiários. Houve discussão e lamentos, mas, não obstante, ninguém se atreveu a desobedecer. Mataram Váska sobre o nosso fosso de lixo. A carne foi toda comprada por um dos presidiários, que pagou ao presídio um rublo e meio. Com o dinheiro compraram roscas, e o comprador de Váska vendeu a carne em porções aos próprios colegas presidiários para um assado. A carne se revelou extremamente saborosa.

Durante algum tempo também viveu em nosso presídio uma águia *karaguch*,[27] da espécie das pequenas águias das estepes. Alguém a trouxera ferida e agonizando. Todos os galés a rodearam; ela não conseguia voar: sua asa direita pendia por terra, um dos pés estava destroncado. Lembro-me com que fúria olhava ao redor, observando o bando de curiosos e escancarando o bico corcovado, pronta para vender caro a vida. Depois de a examinarem e quando já começavam a se dispersar, ela se afastou para o canto mais extremo do presídio, mancando, saltitando num pé e agitando a asa sadia, e ali ficou esquecida, espremendo-se contra a cerca. Passou uns três meses ali, e durante todo esse tempo não saiu do lugar uma única vez. No começo os presidiários iam visitá-la com frequência, açulavam contra ela o nosso Chárik. O cão investia contra ela com furor, mas pelo visto temia chegar-se mais perto, o que divertia muito os galés. "É uma fera!", diziam. "Não abre a guarda!" Depois até Chárik começou a atormentá-la em demasia, o medo havia passado, e quando o açulavam ele achava um jeito de segurá-la pela asa doente. A águia se defendia com todas as forças, usando o bico e as garras e, como uma rainha ferida esquecida em seu canto, observava com ar altivo e feroz os curiosos que iam observá-la. Enfim todos se cansaram dela; todos a abandonaram e a esqueceram. No entanto, todo dia era possível ver a seu lado pedaços de carne fresca e um caco de louça com água. Alguém ainda cuidava dela. No início ela não queria comer, ficou vários dias sem se

---

[27] Pequena ave preta tártara, da família dos *Falco chrysaetos*. (N. do T.)

alimentar; por fim passou a aceitar a comida, mas nunca das mãos nem na presença de ninguém. Mais de uma vez cheguei a observá-la de longe. Às vezes, quando não via ninguém, supondo-se sozinha, ela se resolvia a sair do seu canto e saltitava uns doze passos ao longo da paliçada; depois voltava, depois tornava a ir, como se estivesse se exercitando. Assim que me avistava, no mesmo instante corria para o seu canto com todas as forças, capengando e saltando às pressas, e com a cabeça recuada, o bico escancarado e toda eriçada, preparava-se incontinenti para o combate. Todos os meus afagos foram inúteis para amansá-la; ela bicava, debatia-se, recusava a carne que eu lhe estendia, e todo o tempo em que eu me mantinha ali, inclinado sobre ela, olhava-me fixo, fixo nos olhos com seu olhar escarlate e penetrante. Solitária e raivosa, esperava a morte sem confiar em ninguém, sem reconciliar-se com ninguém. Por fim, foi como se os presidiários reparassem nela, e embora por uns dois meses ninguém tivesse se preocupado, ninguém tivesse se lembrado dela, de repente pareceu que todos se haviam tomado de simpatia por ela. Começaram a falar da necessidade de tirar a águia dali. "Pode até esticar, mas que não seja no presídio", diziam uns.

— Sabe-se que uma ave livre, austera, não pode ser habituada à vida num presídio — fizeram coro outros.

— Significa que ela não é como nós — acrescentou alguém.

— Arre, que besteira: ela é uma ave, nós somos gente.

— A águia, irmãozinhos, é a rainha das matas... — começou Skurátov, mas desta vez não lhe deram ouvidos. Um dia, depois do almoço, após o rufar do tambor chamando para o trabalho, pegaram a águia, apertaram-lhe o bico com a mão porque ela começara a bater-se ferozmente, e a retiraram do presídio. Chegaram ao aterro. Havia uns doze homens nessa leva, estavam curiosos para ver para onde iria a águia. Coisa estranha: alguma coisa deixava todos contentes, como se em parte eles mesmos estivessem ganhando a liberdade.

— Arre, que carne de cachorro: a gente faz o bem a ela, mas ela não para de bicar! — disse aquele que a segurava, olhando para a ave quase com amor.

— Solta ela, Mikitka!

— É pra saber que não se mete o diabo em mala. Ela precisa dar largas à vontade, a uma vontade-vontade, autêntica.

Lançaram a águia do aterro para a estepe. Estávamos no outono avançado, num dia frio e penumbroso. O vento assobiava na estepe nua e zunia na vegetação rasteira amarelecida, ressecada e cheia de nesgas de grama da estepe. A águia se precipitou, agitando as grandes asas, sem rumo certo, pa-

recia ter pressa de se afastar de nós. Os presidiários observavam com curiosidade como a sua cabeça tornava a surgir entre o mato rasteiro.

— Olhem como voa! — proferiu um com ar meditativo.

— E nem olha para trás! — acrescentou outro. — Não olhou nenhuma vez, maninhos, está indo embora.

— E pensavas que ela voltaria para agradecer? — observou outro.

— Conheço isso, é a independência. Farejou a independência.

— Quer dizer, a liberdade.

— Já a perdemos de vista, maninhos...

— Por que estão parados? Em marcha! — gritaram os escoltas, e todos se arrastaram calados para o trabalho.

VII
A QUEIXA

Ao iniciar este capítulo, o editor dos escritos do falecido Aleksandr Pietróvitch Goriántchikov se sente na obrigação de levar ao leitor a seguinte comunicação.

No primeiro capítulo de *Escritos da casa morta* foram ditas algumas palavras sobre um parricida de origem nobre. A propósito, ele foi dado como exemplo da insensibilidade com que os presidiários às vezes falam dos crimes que cometeram. Também foi dito que o assassino não confessara seu crime perante o tribunal, apesar do fato que, a julgar pelos relatos de pessoas que conheciam todos os detalhes da história, as provas eram tão claras que era impossível não acreditar no crime. Essas mesmas pessoas contaram ao autor dos *Escritos* que o criminoso era de um comportamento absolutamente desregrado, metera-se em dívidas e matara o pai cobiçando a herança que lhe caberia. Aliás, a cidade inteira em que antes o parricida servira contava a mesma história. Sobre esse último fato o editor dos *Escritos* dispõe de informações bastante precisas. Por último, nos *Escritos* foi dito que no presídio o assassino esteve sempre no mais magnífico e mais alegre estado de espírito; que era um homem estouvado, leviano, o cúmulo da insensatez, se bem que nada tolo, e que o autor dos *Escritos* nunca notou nele alguma crueldade especial. E aqui mesmo acrescenta estas palavras: "É claro que eu não acreditava naquele crime".

Por esses dias, o editor de *Escritos da casa morta* recebeu da Sibéria a informação de que o criminoso estivera de fato com razão e sofrera injustamente durante dez anos de trabalhos forçados; e que a sua inocência fora comprovada oficialmente, pela justiça. Que os verdadeiros assassinos haviam sido descobertos e confessado o crime, e que o infeliz já fora libertado do presídio. O editor não pode ter nenhuma dúvida da veracidade dessa notícia...

Nada mais há a acrescentar. Não há por que insistir na profundidade do que existe de trágico nesse fato, ou estender-se sobre ele, sobre uma vida arruinada ainda na juventude pelo impacto de tão terrível acusação. O fato, por si só, é por demais manifesto, por demais espantoso.

Pensamos também que se a ocorrência de tal fato veio a ser possível, então essa mesma possibilidade acrescenta um traço novo e excessivamente nítido à caracterização e à totalidade do quadro da Casa Morta.

E agora prossigamos.

* * *

Antes já afirmei que por fim me acostumei à minha situação no presídio. Mas esse "por fim" se deu de modo muito doloroso, aos trancos, num arrastado "pouco a pouco". De fato, precisei de quase um ano para isso, e foi o ano mais difícil da minha vida. Foi por isso que ele se sedimentou tão integralmente em minha memória. Parece-me que me lembro em ordem sucessiva de cada hora daquele ano. Também afirmei que outros prisioneiros tampouco podiam *habituar-se* àquela vida. Lembro-me de como naquele primeiro ano refleti frequentemente com meus botões: "E eles, como estão? Será que conseguiram habituar-se? Será que estão tranquilos?". E essas perguntas me ocupavam muito. Já mencionei que todos os presidiários viviam ali não como se estivessem em casa, mas numa estalagem, em marcha, em deslocamento numa expedição de prisioneiros. Até os condenados à prisão perpétua agitavam-se e consumiam-se de saudades, e sem dúvida cada um deles sonhava com algo quase impossível. Era uma eterna intranquilidade, que se manifestava de forma visível, ainda que silenciosa; era um estranho ardor, a impaciência de esperanças que vez ou outra se anunciavam de modo involuntário, e eram por vezes tão infundadas que se assemelhavam a um delírio e, o que era mais impressionante, não raro se amoldavam a mentes que pareciam mais práticas — tudo isso conferia um aspecto e um caráter inusitados àquele lugar, e a tal ponto que esses traços talvez fossem a sua principal característica. Sentíamos, de certa forma, e quase à primeira vista, que aquilo não existia fora do presídio. Ali todos eram sonhadores, e isto saltava aos olhos. E o sentíamos de forma doentia, justo porque a condição de sonhador conferia à maioria dos presos um aspecto soturno e sombrio, um aspecto pouco saudável. A imensa maioria era calada, de uma malícia que se tornava ódio, não gostava de alardear suas esperanças. A simplicidade e a franqueza eram vistas com desprezo. Quanto mais irrealizáveis as esperanças, quanto mais o próprio sonhador as percebia irrealizáveis, tanto maior era sua obstinação de as ocultar, porém nunca era capaz de renunciar a elas. Quem sabe se um outro talvez não se envergonhasse dessas coisas em seu íntimo! No caráter russo há tanta positividade e sensatez, tanta zombaria íntima, e em primeiro lugar de si mesmo... Pode ser que por causa desse permanente descontentamento oculto consigo mesmo houvesse tanta intolerância naqueles homens em suas relações mútuas e cotidianas, tanta intransigência e zombaria entre eles. E se algum deles mesmos, por exemplo, extravasasse de repente algo de uma natureza mais cândida e imediata, e alguma vez enunciasse em voz alta aquilo que todos tinham em mente, e se metesse a falar de sonhos e esperanças — no mesmo instante o rodeariam com gestos grosseiros, o interromperiam, o ridicularizariam; mas tenho para mim que os perseguidores mais zelosos talvez fossem justamente aqueles que iam mais longe em seus sonhos e esperanças. Já afirmei que os ingênuos e simplórios eram tidos no presídio como imbecis dos mais banais e tratados com desdém. Eram todos tão soturnos e orgulhosos que passavam a desprezar um homem bom e desprovido de orgulho. Além desses tagarelas ingênuos e simplórios, os demais, isto é, os calados, dividiam-se nitidamente em bons e maus, em soturnos e radiantes. Os soturnos e maus eram incomparavelmente mais numerosos: se entre eles havia alguns que eram falastrões por natureza, todos, sem exceção, eram bisbilhoteiros incansáveis, invejosos irrequietos. Metiam-se em tudo da vida alheia, ao passo que não abriam sua alma, seus assuntos secretos, para ninguém. Isso não estava em moda, não era aceito. Os bons formavam um grupinho muito pequeno — eram serenos, calados, guardavam para si suas aspirações e, é claro, eram mais propensos a ter e alimentar esperanças. De resto, tenho para mim que no presídio ainda havia o grupo dos homens totalmente desesperados. Assim era, por exemplo, o velho de Starodúbov; contudo, esses eram pouquíssimos. O velho era de uma aparência tranquila (já falei dele), mas alguns indícios me fazem supor que seu estado de alma era terrível. Por outro lado, ele tinha a sua salvação, seu escape: a oração e a ideia de martírio. O detento que enlouquecera e não largava a Bíblia, aquele que já mencionei, que atacara o major a tijoladas, provavelmente também integrava o rol dos desesperados, daqueles abandonados pela última esperança; e como é impossível viver sem nenhuma esperança, ele inventou para si a saída pelo martírio voluntário, quase fingido. Anunciou que atacara o major sem ódio, apenas pelo desejo de assumir os suplícios. E quem sabe que processo psicológico se desenrolava em sua alma naquela ocasião! Nenhum homem vivo subsiste sem um objetivo e a aspiração de atingi-lo. Depois de perder o objetivo e a esperança, o desgosto com frequência faz o homem transformar-se num monstro... O objetivo de todos nós era alcançar a liberdade, deixar os trabalhos forçados.

Aliás, eis-me agora tentando classificar todo o nosso presídio em categorias; contudo, será que isso é possível? A realidade é infinitamente mais diversa se comparada a qualquer conclusão — mesmo as mais sutis — a que pode chegar o pensamento abstrato, e não suporta discriminações grosseiras e vultosas. A realidade tende à fragmentação. Nós também tínhamos a nossa vida; ainda que fosse peculiar, ao menos a tínhamos, e não apenas a vida "oficial", mas uma vida interior, a nossa vida própria.

Porém, como já mencionei em parte, no início do meu tempo de galé eu não pude, nem tinha como, penetrar no âmago profundo daquela vida, e por essa razão todas as suas manifestações externas, naquele tempo, me atormentavam com uma angústia inexprimível. Às vezes eu simplesmente passava a odiar aqueles que eram tão sofredores quanto eu. Chegava a invejá-los, a culpar o meu destino. Invejava-os porque, apesar de tudo, estavam entre os seus, entre companheiros, compreendiam uns aos outros, embora todos eles, assim como eu, no fundo estivessem saturados e enojados daquele companheirismo debaixo do chicote e do cacete, daquela *artiel* forçada, e cada um a seu modo procurava manter-se à parte dos outros. Torno a repetir: aquela inveja, que me visitava nos momentos de ódio, tinha o seu fundamento legítimo. Na realidade, está terminantemente equivocado quem afirma que para um nobre instruído etc., a vida nos nossos presídios e nos trabalhos forçados é tão dura quanto a de qualquer mujique. Eu sei, tenho ouvido falar dessa suposição nos últimos tempos, tenho lido a esse respeito. O fundamento dessa ideia é verdadeiro, humano. Todos são gente, todos são seres humanos. Mas essa ideia é por demais abstrata. Nela, perdem-se de vista muitas circunstâncias práticas, que só podem ser compreendidas ao viver aquela realidade. Com isso não quero dizer que um nobre ou um instruído seria capaz de sentir de modo mais refinado e mais dorido por serem mais evoluídos. É difícil amoldar a nossa alma e a evolução dela a um determinado nível. Neste caso, nem a própria instrução pode servir de medida. Estou disposto a testemunhar que até entre os sofredores do meio mais ignorante, mais oprimido, encontrei traços da mais refinada evolução espiritual. Às vezes, no presídio, acontecia de conhecermos um homem por muitos anos, de o acharmos um animal, e não um homem, e o desprezarmos. E de uma hora para outra, por acaso, chegava o momento em que, num ímpeto involuntário, sua alma se abria, e nela a gente via tamanha riqueza, tamanho sentimento, um coração tão grande, uma compreensão tão nítida do sofrimento próprio e alheio, que era como se os nossos olhos se abrissem, e de início a gente nem acreditava no que estava vendo e ouvindo. Também acontece o contrário: às vezes o homem instruído amolda-se a tamanha barbárie, a tamanho cinismo, tornando-se tão repugnante, que, por mais benevolentes ou prevenidos que sejamos, não encontramos em nossos corações nem desculpas, nem justificativas.

Também não direi nada a respeito da mudança nos hábitos, no modo de vida, na alimentação etc., o que para um homem da alta sociedade é, sem dúvida, mais difícil que para um mujique, que não raro costumava passar fome em liberdade e no presídio ao menos pode comer até ficar saciado. Não vou discutir esse fato. Suponhamos que, para um homem de vontade ao menos um pouco forte, tudo isso seja uma besteira se comparado a outros incômodos, embora, no fundo, as mudanças nos hábitos são coisa nada mesquinha e de modo algum a menor das coisas. Mas há incômodos diante dos quais tudo isso empalidece a tal ponto que não atentamos para a sujeira do ambiente, nem para os vexames, nem para a comida rala feita sem higiene. Depois de trabalhar um dia inteiro com o rosto suado, como nunca trabalhara em liberdade, o mais rechonchudo mandrião consumirá pão preto e sopa de repolho com baratas. A isso ainda dava para a gente se acostumar, como lembra uma cantiga humorística da prisão, que fala de um mandrião condenado aos trabalhos forçados:

Dão-me repolho e água —
E como com avidez.

Não; mais importante que isso era o fato de que qualquer um dos novatos, duas horas depois de haver chegado, já se tornava igualzinho a todos os outros, achava-se *em sua própria casa*, tão dono da *artiel* do presídio como qualquer outro. Todos o entendem e ele mesmo entende a todos, todos o conhecem e o consideram *um dos seus*. O mesmo não acontece com um *nobre*, com um fidalgo. Por mais justo, bom e inteligente que ele seja, por anos a fio será odiado, desprezado por todos, por toda a massa; não o compreenderão e, o mais grave, não acreditarão nele. Não é amigo nem companheiro, e embora com o passar dos anos acabe conseguindo com que não o ofendam, ainda assim não será um deles e será sempre consciente de seu angustiante isolamento e de sua solidão. Às vezes os presidiários praticam essa segregação sem qualquer maldade, sem quê nem para quê, de forma inconsciente. Não é gente deles, e basta. Não há nada mais horrível que viver num meio que não é o seu. Um mujique que se transfere de Taganrog para o porto de Pietropávlosk[28] encontra no mesmo instante um mujique russo igualzinho a ele, no mesmo instante os dois se entendem e se arranjam, e duas horas depois já podem conviver da forma mais pacífica em alguma isbá ou choça. O mesmo não acontece com os nobres. Estes estão separados do po-

---

[28] Taganrog é cidade portuária, no mar de Azóv, região de Rostóv, no sul da Rússia, e Pietropávlosk se situa na península de Kamtchatka, extremo leste do país, a mais de sete mil quilômetros de distância. (N. do T.)

vo simples por um profundíssimo abismo, e isso só se observa plenamente quando de súbito o próprio nobre, forçado por circunstâncias externas, se vê de fato privado dos seus antigos direitos e é transmudado em plebe. Mesmo que você tenha se dado bem com o povo por toda a sua vida, mesmo que durante quarenta anos consecutivos tenha convivido com ele dia após dia, seja, por exemplo, no trabalho, sob formas administrativas convencionais ou até simplesmente por amizade, como benfeitor e em certo sentido como pai — nunca o conhecerá em sua própria essência. Tudo será apenas uma ilusão de ótica e nada mais. Ora, eu mesmo sei que todos, terminantemente todos, ao lerem essa minha observação dirão que exagero. Mas estou convencido de que ela está correta. Não me convenci lendo livros, não de forma especulativa, mas através da realidade, e tive tempo mais que suficiente para verificar na prática as minhas convicções. Pode ser que mais tarde todos saibam até onde elas são justas...

Como que de propósito, desde o início os acontecimentos confirmaram as minhas observações e tiveram sobre mim um efeito enervante, debilitante. Naquele primeiro verão eu vagabundeava pelo presídio quase sempre sozinho. Já afirmei que me encontrava em tal estado de espírito que não conseguia sequer avaliar e distinguir os presidiários que poderiam vir a gostar de mim, e que mais tarde de fato gostaram de mim, embora nunca tivessem convivido comigo em pé de igualdade. Também tive companheiros do meio nobre, mas o convívio com eles não me aliviou a alma de todo o fardo. Acho que eu não queria olhar para nada, mas não tinha para onde fugir. Eis, por exemplo, um daqueles incidentes que mais me fizeram compreender, logo de início, a segregação em que eu me encontrava e a peculiaridade da minha situação no presídio. Uma vez, naquele mesmo verão — já caminhávamos para agosto —, num claro e quente dia de trabalho, logo depois das doze horas, quando de hábito a gente fazia a sesta depois do almoço antes de voltar ao trabalho, de repente todos os galés se levantaram como um só homem e começaram a se posicionar no pátio. Até aquele exato momento eu não sabia de nada. Naquele tempo, eu vez por outra andava tão profundamente imerso em mim mesmo que quase não percebia o que acontecia ao redor. E não obstante o presídio entrara no terceiro dia de uma agitação surda. É possível que essa agitação tivesse começado bem antes, como só mais tarde vim a entender ao recordar involuntariamente algo que captei nas conversas dos presidiários e também na redobrada rabugice deles, no ar macambúzio e, em particular, no estado de exasperação que eu vinha observando ultimamente. Eu atribuía isso ao trabalho pesado, aos longos e maçantes dias de verão, aos devaneios involuntários com a mata e a liberdade total, às noites curtas, durante as quais era difícil saciar o sono. Tudo isso junto talvez tivesse se fundido agora num só estouro, mas esse estouro teve um único pretexto — a comida. Já fazia alguns dias que os homens se queixavam em voz alta, que mostravam indignação ao andar pelas casernas e sobretudo quando se juntavam na cozinha, na hora do almoço e do jantar, estavam descontentes com os "rancheiros", inclusive tentaram substituir um deles, mas no mesmo instante escorraçaram o novo e fizeram voltar o antigo. Numa palavra, todos se encontravam num estado de espírito descontente.

— O trabalho é pesado e servem bucho pra gente comer — rosnou alguém da cozinha.

— Se não te agrada, então encomenda *blanmanjê*[29] — emendou outro.

— De sopa de repolho com bucho, maninhos, eu gosto muito — secundou um terceiro —, porque é gostosa.

— Então se te servirem sempre só bucho será gostoso?

— Agora estamos na temporada da carne, é claro — diz um quarto —, lá na fábrica a gente se esfalfa, se esfalfa, e depois quer comer algum troço. Mas bucho, que gororoba é essa?

— Não é bucho, é *ussérdie*.[30]

— Então que venha pelo menos essa *ussérdie* mesmo. Bucho, *ussérdie*, é só o que servem. Que comida é essa? Há verdade nisso ou não?

— É uma gororoba mesmo.

— Vai ver que estão enchendo o bolso.

— Isso não é da tua alçada.

— E por que não? A barriga é minha. Se a gente, todos nós, fizesse uma queixa pacífica a coisa seria outra.

— Uma queixa?

— Sim.

— Não foi pouco que você apanhou por esse tipo de queixa... Paspalhão!

— É verdade — rezingou outro, que até então se mantivera calado —, serviço apressado, serviço matado. O que vais dizer na tua queixa? Mas primeiro diz, já que tens a cabeça no lugar.

— E vou dizer mesmo. Se todos forem, e se eu puder conversar com todos. É uma questão de pobreza. Aqui uns têm sua própria comida, enquanto outros só comem o que o presídio fornece.

---

[29] Russificado do francês *blanc-manger* (manjar branco). (N. do T.)

[30] Isto é, *ossérdie* (miúdos). Por galhofa os presidiários usavam a palavra *ussérdie* (zelo, afinco). (N. do A.)

Escritos da casa morta

— Vejam só, um invejoso afiado! Espichando o olho pro bem dos outros.

— Em vez de botar olho grande na comida alheia, melhor madrugar e aprontar a própria.

— Aprontar!... Nós dois vamos discutir até ficarmos de cabeça branca. Quer dizer que é rico, já que ficas de braços cruzados?

— Rico é Ierochka, que tem um cachorro e um gato.

— É mesmo, maninhos; por que ficar de braços cruzados? Ora, chega de aturar as idiotices deles. Assim vão esfolar a gente. Por que não uma queixa?

— Por que não?! Vai ver que esperas que te botem mastigado na boca; estás mesmo acostumado a comer mastigado. Por que não? Porque essa é a vida de galé — é essa a razão de tudo.

— Então é assim: faça Deus o povo se desentender e alimente o *voievóda*.[31]

— Isso mesmo. O Oito-Olhos está gordo. Comprou uma parelha de tordilhos.

— E nem gosta de beber.

— Por esses dias brigou com o veterinário durante o carteado.

— Passaram a noite inteira trunfando. E por duas horas o enfermeiro teve ele na mão. Foi Fiedka quem contou.

— Daí a sopa de repolho com *ussiérdie*.

— Ai, como vocês são bobos! Vindo de nós não vai adiantar nada!

— Mas se formos todos, aí a gente vai ver qual é a justificativa que ele vai dar. Essa é a questão.

— Justificativa! Ele vai te quebrar os dentes, aliás isso já aconteceu.

— E ainda vai te processar...

Numa palavra, todos estavam agitados. Naquele momento, a nossa comida andava de fato ruim. E uma coisa levou à outra. O mais grave era a inclinação geral para o aborrecimento, a angústia sempre dissimulada. O detento já é rabugento e rebelde por natureza; mas é coisa rara rebelarem-se todos juntos ou em maioria. A causa disso são as eternas divergências. E isso qualquer um deles o sentia; eis por que havia entre nós mais insultos que atos. E, não obstante, dessa vez a agitação não foi em vão. Começaram a se reunir em grupos, discutiam nas casernas, praguejavam, relembravam com ódio toda a administração do major; desvendaram todos os seus podres. Al-

---

[31] Chefe militar e governador de província na Rússia. (N. do T.)

guns estavam especialmente agitados. Em qualquer ocasião semelhante sempre aparecem instigadores e cabeças. Em todos essas ocasiões, ou seja, quando há queixas, os cabeças são em geral uma gente magnífica, e não só num presídio, mas em todo tipo de *artiel*, tripulação etc. São homens de um tipo peculiar, mas que sempre se parecem, em qualquer parte. São homens ardorosos que anseiam por justiça, e da forma mais ingênua, da forma mais honesta, estão convictos de sua possibilidade inevitável, indiscutível e, em essência, imediata. Não são mais tolos que os outros, alguns são até muito inteligentes, porém são ardorosos demais para serem arguciosos e calculistas. Se em todas as ocasiões desse tipo realmente há homens capazes de dirigir a massa com habilidade e ganhar uma causa, estes já constituem outro tipo de líderes populares e dirigentes naturais, tipo extremamente raro entre nós. Mas os de quem falo, os instigadores e cabeças, quase sempre perdem a causa e por isso povoam os presídios e campos de trabalhos forçados. Devido ao seu ardor eles são derrotados, mas é devido a esse mesmo ardor que exercem influência na massa. E ela os acaba seguindo de bom grado. Seu ardor e sua indignação honesta agem sobre todos e até os mais indecisos acabam aderindo a eles. Sua confiança cega no êxito seduz até os céticos mais empedernidos, embora às vezes essa confiança tenha amiúde fundamentos tão instáveis, tão infantis, que de fora a gente se surpreende com o fato de eles terem seguidores. O mais importante de tudo é que eles se colocam à frente e não têm medo de nada. Como touros, disparam com os chifres para o chão, frequentemente sem conhecimento de causa, sem precaução, sem aquela falsidade prática com a qual até o indivíduo mais baixo e difamado não raro ganha uma causa, atinge o objetivo e sai da chuva sem se molhar. Esses quebram infalivelmente a cara. Na vida comum, essa gente é biliosa, rabugenta, irritadiça e intolerante. Com frequência, é terrivelmente limitada, o que em parte é o que constitui a sua força. O mais deplorável nela é o fato de que, em vez de perseguir um objetivo direto, com frequência ela se precipita a esmo, trocando o essencial por insignificâncias. E é isso que a destrói. Mas a massa a entende, e nisso está a sua força... Aliás, ainda preciso dizer duas palavras sobre o que significa uma *queixa*...

Em nosso presídio havia alguns presos assim, que tinham sido condenados por uma queixa. Eram os mais agitados, sobretudo um deles, Martínov, que antes servira como hussardo e era um homem irascível, inquieto, desconfiado, se bem que honesto e sincero. O outro era Vassili Antônov, detentor de uma cólera fria, de um olhar insolente, um sorriso arrogante e sarcástico, porém igualmente honesto e franco. Não dá para citar todos, eram inúmeros. Pietróv, aliás, andava de um lado a outro, de ouvido grudado em todos os grupos, falando pouco, mas parecia agitado e foi o primeiro a pular para fora da caserna quando os presidiários começaram a se reunir.

Nosso sargento, que desempenhava as funções de suboficial, logo apareceu assustado. Uma vez formados, os homens delicadamente lhe solicitaram dizer ao major que os galés desejavam falar com ele e fazer-lhe um pedido pessoal a respeito de algumas questões. Atrás do sargento saíram todos os inválidos e postaram-se do lado oposto, defronte aos galés. A incumbência dada ao sargento era incomum e o deixou apavorado. Mas não se atreveu a deixar de levá-la imediatamente ao major. Em primeiro lugar, se os galés se rebelassem podia dar em algo até pior. Quando se tratava dos galés, todos os nossos chefes ficavam muitíssimo amedrontados. Em segundo lugar, mesmo que nada de mais acontecesse, de modo que todos os presidiários logo mudassem de ideia e se dispersassem, ainda assim o sargento devia na mesma hora levar tudo ao conhecimento da alta chefia. Pálido e tremendo de medo, ele foi às pressas à presença do major, sem sequer tentar interrogar ou dissuadir os presidiários. Via que agora não iriam nem conversar com ele.

Sem saber nadinha de nada, também saí do presídio para me perfilar. Só mais tarde soube das minúcias do caso. Eu achava que iam fazer alguma chamada; não vendo, porém, as sentinelas responsáveis pela chamada, fiquei surpreso e passei a observar ao redor. Os rostos tinham uma expressão agitada e irritada. Alguns estavam pálidos. Estavam todos, de modo geral, muito preocupados e silenciosos, na expectativa de ter de falar de alguma forma com o major. Notei que muitos me olhavam com extraordinária surpresa, mas se afastavam sem dizer palavra. Via-se que para eles era estranho que eu também estivesse ali. Evidentemente, não acreditavam que eu também fosse apresentar queixa. Mas logo em seguida quase todos que me rodeavam tornavam a voltar-se para mim. Todos me olhavam com ar interrogador.

— Por que estás aqui? — perguntou-me em voz alta e em tom grosseiro Vassili Antônov, que estava mais longe de mim que os outros, e até então sempre me tratara por "senhor" e com cortesia.

Olhei-o perplexo, ainda procurando entender o que significava aquilo e já adivinhando que acontecia algo incomum.

— De fato, o que fazes aqui plantado? Volta para a caserna — disse um rapaz da seção militar, um jovem sereno e bondoso que eu até então não conhecia. — Isso não é da tua alçada.

— Mas estão todos formados! — respondi. — Pensei que fosse uma chamada.

— Vejam só, também se arrastou pra cá — gritou alguém.

— Nariz de ferro! — bradou outro.

Escritos da casa morta 315

— Papa-moscas! — disse um terceiro com um inexprimível desprezo. Esse novo apelido provocou a gargalhada geral.

— Goza das graças da cozinha — acrescentou mais alguém.

— Pra eles o paraíso está em toda parte. Estão no presídio mas comem roscas e compram leitões. Tu mesmo comes tua própria comida, então por que te metes aqui?

— Aqui não é lugar para o senhor — proferiu Kulikov, chegando-se a mim sem cerimônia; pegou-me pelo braço e me tirou da fileira.

Ele mesmo estava pálido, seus olhos negros faiscavam, tinha o lábio inferior mordido. Não estava preparado para enfrentar o major. Aliás, eu gostava muitíssimo de olhar para Kulikov em ocasiões semelhantes, ou seja, naquelas ocasiões que exigiam dele mostrar quem era. Ele se exibia horrores, mas fazia o seu serviço. Acho que marcharia até para o suplício com certa elegância e garridice. Por isso, quando todos me tratavam por *tu* e me destratavam, ele parecia redobrar de modo visível a sua gentileza comigo, e ao mesmo tempo as suas palavras pareciam especialmente, até altivamente, obstinadas, não admitiam qualquer objeção.

— Estamos aqui para tratar de assuntos nossos, Aleksandr Pietróvitch, o senhor não tem nada a fazer aqui. Vá para algum lugar, aguarde... Olhe, todos os seus estão na cozinha, vá para lá!

— No fundo da nona estaca, onde vive o Antipka![32] — emendou alguém.

Através da janela soerguida da cozinha realmente distingui os nossos poloneses; aliás, pareceu-me que além deles havia muita gente lá. Preocupado, fui para a cozinha. Risadas, injúrias e chilradas (que no presídio substituem os assobios), fizeram-se ouvir às minhas costas.

— Não gostou! *Tiu-tiu-tiu!* Segura ele!

Até então eu nunca fora tão ofendido no presídio, e daquela vez foi muito duro para mim. Mas eu aparecera num momento como aquele... Na entrada da cozinha encontrei T-ki, um nobre, jovem firme e generoso, sem grande instrução e afeiçoadíssimo a B-ki. Dentre todos era ele que os galés distinguiam e em parte de quem até gostavam. Ele era destemido, bravo e forte, e isso de certa forma se manifestava em cada um de seus gestos.

— O que há com você, Goriántchikov? — gritou para mim. — Venha para cá!

— Mas o que está havendo lá?

---

[32] Antipka é uma figura do folclore russo correspondente ao Anticristo ou ao diabo. A expressão pode ser entendida como "Nos quintos dos infernos!". (N. do T.)

— Querem apresentar uma queixa, por acaso você não sabia? É claro que não vão conseguir; quem acredita em galés? Vão procurar os instigadores, e se estivermos lá naturalmente lançarão contra nós a acusação de motim. Lembre-se do que nos trouxe para cá. Eles simplesmente serão vergastados, mas nós seríamos levados a julgamento. O major odeia a todos nós e ficará feliz em nos arruinar. Daríamos uma justificativa.

— E além disso os galés nos entregarão — acrescentou M-ki quando entramos na cozinha.

— Sem dúvida, não terão dó — emendou T-ki.

Além dos nobres, ainda havia muita gente na cozinha, ao todo uns trinta homens. Todos eles ficaram ali porque não queriam apresentar queixa — uns por covardia, outros, pela firme convicção da total inutilidade de qualquer queixa. Estava lá Akim Akímitch, inimigo inveterado e natural de todo tipo de queixa, que atrapalhava o fluxo regular do serviço e a boa conduta. Esperava calado e com uma tranquilidade extraordinária a consumação do caso, sem a mínima preocupação com o seu desfecho e, pelo contrário, com a absoluta convicção do triunfo inevitável da ordem e da vontade da chefia do presídio. Ao lado também estava Issái Fomitch, em pé, tomado de uma profunda perplexidade, de orelha murcha e escutando ávido e amedrontado o rumor das nossas vozes. Estava muito intranquilo. Ali estavam todos os polacos de origem simples, que também haviam se juntado aos nobres. Dos russos, havia alguns acanhados, uma gente sempre calada e retraída. Não tinham se atrevido a sair com os outros e esperavam tristes para ver como a coisa iria terminar. Havia, por fim, alguns presidiários sorumbáticos e sempre severos, uma gente nada acanhada. Tinham ficado ali por uma convicção obstinada e repulsiva de que tudo aquilo era um absurdo e não daria em nada a não ser em coisa ruim. Contudo, parece-me que, apesar de tudo, sentiam-se meio sem jeito e tinham um ar não muito autoconfiante. Embora compreendessem que os outros tinham absoluta razão quanto à queixa, o que posteriormente veio a confirmar-se, ainda assim se sentiam uma espécie de renegados que haviam abandonado a *artiel*, como se tivessem entregado os companheiros ao major. Ali também apareceu Iôlkin, aquele mesmo mujiquezinho siberiano astuto, condenado como moedeiro falso e que roubara a clientela veterinária de Kulikov. O velhote de Starodúbov também estava lá. Todos os "rancheiros", do primeiro ao último, permaneceram na cozinha, provavelmente por convicção de que eles também eram parte da administração e, por conseguinte, seria inadequado tomar partido contra ela.

— Entretanto — comecei, dirigindo-me indeciso a M-ki —, fora estes, quase todos estão lá.

— Sim, mas o que temos a ver com isso? — rosnou B-ki.

— Arriscaríamos cem vezes mais que eles se tivéssemos ido para lá; e para quê? *Je haïs ces brigands*.[33] Será que você achou ao menos por um minuto que a queixa deles daria em alguma coisa? Que vontade é essa de se meter nesse absurdo?

— Isso não vai dar em nada — secundou um dos galés, um velho teimoso e preocupado. Almázov, que estava ali mesmo, apressou-se em fazer coro com ele:

— Além disso, uma meia centena vai entrar na vergastada; não vai dar em nada.

— O major chegou! — gritou alguém, e todos se precipitaram com avidez para as janelas.

O major irrompeu raivoso, enfurecido, vermelho, usava óculos. Calado, porém decidido, achegou-se ao front. Nesses casos ele era realmente corajoso e não perdia a presença de espírito. Aliás, estava quase sempre embriagado. Naquele instante, até o seu quepe sebento de cinta alaranjada e as dragonas prateadas e sujas tinham qualquer coisa de funesto. Seguia-o o escrevente Diátlov, personagem extremamente importante em nosso presídio, que no fundo era quem dirigia tudo ali, inclusive exercia influência sobre o major e era um rapaz ladino, muito cheio de si, mas não era má pessoa. Os presidiários estavam satisfeitos com ele. Atrás dele vinha o nosso sargento, que pelo visto já recebera a mais terrível descompostura e esperava outra, dez vezes maior; era seguido por sentinelas, no máximo uns três ou quatro homens. Os presidiários, que estavam sem gorro parece que desde que mandaram chamar o major, estavam agora todos perfilados, aprumados; cada um juntou um pé ao outro, e em seguida todos ficaram congelados no lugar, esperando a primeira palavra, ou melhor, o primeiro grito do superior.

O grito veio de chofre; à segunda palavra o major berrou a plenos pulmões, desta vez até com uma espécie de ganido; estava por demais enfurecido. Da janela, podíamos vê-lo correr ao longo do front, arremetia, interrogava. Mas as suas perguntas, assim como as respostas dos presidiários, não conseguíamos ouvir por causa da distância. Ouvíamos apenas os ganidos:

— Uma rebelião!... Às vergastadas... Os cabeças! Tu és um cabeça! És um cabeça — investiu contra um homem.

Não se ouviu a resposta. Mas um minuto depois vimos um detento separar-se dos outros e tomar a direção da casa de guarda. Mais um minuto depois outro tomou a mesma direção, depois um terceiro.

---

[33] "Odeio esses bandoleiros", em francês. (N. do A.)

— Todos a julgamento! Eu os... E quem está lá na cozinha? — ganiu, avistando-nos pelas janelinhas abertas. — Todos aqui! Tragam-me todos!

O escrevente Diátlov veio até à cozinha. Na cozinha lhe disseram que não tinham queixa a fazer. Ele voltou imediatamente e informou o major.

— Ah, não têm! — proferiu ele com a voz dois tons abaixo, pelo visto satisfeito. — Mesmo assim, todos aqui!

Saímos. Senti que era um pouco vergonhoso a gente sair. Sim, todos nós caminhávamos como que de cabeça baixa.

— Ah, Prokófiev! Iôlkin também, e tu, Almázov... Parem, fiquem aqui, num grupo! — ordenou o major com uma voz acelerada porém branda, olhando-nos com ternura. — M-ki, tu também por aqui... Então vamos anotar. Diátlov! Anota agora mesmo em separado os nomes dos satisfeitos e os nomes dos insatisfeitos também em separado, todos os nomes, até o último, e me dá a lista... Vou levá-los todos... a julgamento!... Vou lhes mostrar, seus vigaristas!...

A lista surtiu efeito.

— Nós estamos satisfeitos! — gritou de repente em tom sombrio uma voz do grupo dos descontentes, mas de um jeito não muito firme.

— Ah, um satisfeito! Quem está satisfeito? Quem estiver satisfeito que avance!

— Satisfeito, satisfeito! — acrescentaram algumas vozes.

— Satisfeitos! Quer dizer que foram instigados? Quer dizer que houve instigadores, rebeldes? Pior para eles!

— Deus, o que é isso? — ouviu-se uma voz no meio dos homens.

— Quem foi que gritou, quem? — rugiu o major, precipitando-se para o lado de onde se ouvira a voz. — Foste tu que gritaste, Rastorgúiev, tu? Para a casa de guarda!

Rastorgúiev, um jovem gorducho e alto, saiu da fila e encaminhou-se lentamente para a casa de guarda. Não fora ele que gritara, mas como haviam apontado para ele, não contrariou.

— É cheio de manhas! — berrou o major às costas dele. — Vejam só que fuças gordas, há três dias não... Eu vou descobrir vocês todos! Satisfeitos, apareçam!

— Satisfeitos, Excelência — fizeram-se ouvir em tom sombrio algumas dezenas de vozes; os outros calavam tenazmente. Mas era só disso que o major precisava. Evidentemente, para ele mesmo era vantajoso liquidar esse negócio o mais rápido possível e dar um jeito de terminá-lo com um acordo.

— Ah, agora *todos* estão satisfeitos! — disse ele apressadamente. — Eu bem que o sabia... estava vendo. A culpa é dos cabeças. É evidente que há cabeças entre eles! — continuou, dirigindo-se a Diátlov. — Isso tem que ser descoberto com mais detalhes! E agora... Agora é hora do trabalho! Bate o tambor!

    Ele mesmo assistiu à dispersão dos grupos. Calados e tristes, os presidiários se dispersaram para os seus locais de trabalho, contentes ao menos por fugir depressa da vista do major. Mas depois da dispersão, o major foi imediatamente para a casa de guarda e tomou as medidas relativas aos cabeças, aliás não muito cruéis. Inclusive estava com pressa. Contaram mais tarde que um deles, que pediu perdão, foi perdoado no mesmo instante. Via-se que o major não estava nos seus melhores dias e é até possível que estivesse amedrontado. Em todo caso, uma reivindicação é uma coisa delicada, e embora a queixa dos presidiários no fundo não pudesse nem ser chamada de reivindicação porque não fora levada à administração superior, mesmo assim para o próprio major era algo ruim, embaraçoso. O que particularmente perturbava era a unanimidade dos descontentes. Era preciso abafar a coisa a qualquer preço. Os "cabeças" depressa foram soltos. Já no dia seguinte a comida havia melhorado, se bem que por pouco tempo. Nos primeiros dias o major veio com mais frequência inspecionar o presídio, e com mais frequência encontrou desordens. Nosso sargento andava preocupado e desnorteado, como se ainda não tivesse se recobrado da estupefação. Quanto aos presidiários, depois do incidente demoraram muito a tranquilizar-se, entretanto já não estavam agitados como antes e andavam numa inquietação surda, meio preocupados. Alguns até andavam cabisbaixos. Outros aludiam ao caso aos resmungos, ainda que laconicamente. Muitos riam de si mesmos com certa raiva e em voz alta, como que se condenando pela queixa.

— Vamos, mano, toma, come um pouco! — dizia vez por outra um deles.

— O que dá pra rir, dá pra chorar!

— Cadê o rato que vai pendurar um chocalho no rabo do gato? — observa um terceiro.

— Sabe-se que não se convence gente nossa senão debaixo do porrete. Ainda bem que não meteu a vergasta em todos nós!

— Se você conhece a coisa de antemão, fala menos e tem mais força! — observou alguém em tom exasperado.

— E tu, queres nos ensinar, és o professor?

— Conheço a coisa e posso ensinar!

— E de onde saíste tão metido?

— Por enquanto sou um homem, e tu, que és?

— Uma sobra de cachorro, eis o que és!

— Sobra de cachorro és tu!

— Ora, ora, basta vocês aí! Chega de algazarra! — gritaram de todos os lados para os altercadores.

Ao voltar do trabalho na mesma tardinha, ou seja, no mesmo dia da queixa, encontrei Pietróv atrás das casernas. Já estava à minha procura. Ao se aproximar de mim, resmungou alguma coisa, algo como umas duas ou três exclamações vagas, mas logo se calou com ar embaraçado e passou a caminhar maquinalmente a meu lado. Todo aquele caso ainda me doía no coração, e parecia-me que Pietróv iria me esclarecer alguma coisa.

— Diga-me, Pietróv — perguntei —, vocês não estão zangados conosco?

— Quem, zangados? — perguntou, como se voltasse a si.

— Vocês, presidiários, conosco... os nobres!

— E por que estaríamos zangados com os senhores?

— Bem, porque não os acompanhamos na queixa!

— E por que haveriam de se queixar? — perguntou, como se procurasse me entender —, ora, os senhores têm sua própria comida.

— Ah, meu Deus! Mas alguns de vocês também têm sua própria comida e entretanto acompanharam os outros. E nós também devíamos... por companheirismo.

— Ora, ora... Onde que os senhores seriam companheiros nossos? — disse ele perplexo.

Olhei depressa para ele: decididamente não me compreendia, não compreendia onde eu queria chegar. Em compensação, eu o compreendi inteiramente naquele instante. Pela primeira vez, uma ideia que há muito se agitava vagamente em minha cabeça e me perseguia se esclarecia de forma definitiva, e de uma hora para outra compreendi aquilo que até então mal conseguira conjecturar. Compreendi que nunca me aceitariam como companheiro, mesmo que eu fosse um presidiário mil vezes pior, permanecesse ali para todo o sempre, ainda que fosse na seção especial. Mas me ficou especialmente gravada na memória a imagem de Pietróv naquele momento. Em sua pergunta — "Onde que os senhores seriam companheiros nossos?" — havia uma ingenuidade deveras sincera, uma perplexidade deveras simplória. Pensei: não haveria naquelas palavras um pouco de ironia, de maldade, de zombaria? Não havia nada: eu simplesmente não era companheiro deles, e só! Segue o teu caminho que nós seguiremos o nosso; tens os teus negócios, e nós, os nossos.

Eu de fato quis pensar que depois da queixa eles fossem simplesmente nos despedaçar e não nos deixariam viver. Nada disso aconteceu: não ouvimos a mínima recriminação nem o menor indício de recriminação, nenhum ódio especial resultou daquilo. Apenas nos amolavam um pouco quando tinham a oportunidade, da mesma forma que antes, e mais nada. Aliás, também não se zangavam minimamente com todos os que não quiseram apresentar queixa e permaneceram na cozinha, nem com os que foram os primeiros a gritar que todos estavam satisfeitos. Ninguém sequer lembrava daquilo. Particularmente esse último fato eu não conseguia entender.

VIII
OS COMPANHEIROS

Eu, é claro, era mais afeito aos meus, ou seja, aos nobres, sobretudo nos primeiros tempos. Mas dentre os antigos nobres russos que estavam no presídio (Akim Akímitch, o espião A-v e aquele considerado parricida), eu me dava e conversava apenas com Akim Akímitch. Confesso que me aproximei dele, por assim dizer, levado pelo desespero, no momento do mais intenso tédio, quando já não supunha me aproximar de mais ninguém... No capítulo anterior tentei qualificar todos os nossos presos por categorias, mas agora, ao recordar-me de Akim Akímitch, acho que posso acrescentar mais uma categoria. É verdade que ele a preenchia sozinho. Trata-se da categoria dos presidiários absolutamente indiferentes. É claro que entre nós não havia nem poderia haver presidiários absolutamente indiferentes, ou seja, aqueles para quem pouco importava se vivia em liberdade ou no presídio, mas Akim Akímitch parecia ser uma exceção. Ele se instalara no presídio de tal forma como se até pretendesse passar a vida inteira ali: tudo aquilo que o rodeava, começando pelo colchão, os travesseiros, os utensílios, havia sido disposto com muito esmero, muita solidez, para muito tempo. Ali não havia nem sinal de vida provisória, de vida de acampamento. Ainda lhe restavam muitos anos de vida no presídio, mas é pouco provável que ele pensasse em algum dia deixar aquele lugar. Mas se chegara a se resignar à realidade, naturalmente não era pelos ditames do coração, mas tão somente por subordinação, o que, aliás, para ele era a mesma coisa. Era um homem bom, e no início até me ajudou com conselhos e alguns favores; mas às vezes, confesso-o — sobretudo nos primeiros tempos —, eu me enchia, sem que o desejasse, de um desalento tão inaudito que agravava-se ainda mais a minha já desalentada disposição. E era levado por esse desalento que eu entabulava conversa com ele. Havia momentos em que eu tinha sede de ouvir ao menos alguma palavra viva, ainda que biliosa, ainda que impaciente, mesmo que fosse uma maldade: ao menos podíamos descarregar juntos a raiva que sentíamos do nosso destino; ele, porém, calava, colava suas lanterninhas ou narrava uma revista militar que ocorrera num ano qualquer, e quem era o chefe da divisão, como o trataram pelo nome e pelo patronímico,[34] como ele ficara satisfeito

---
[34] Tratamento respeitoso entre os russos. (N. do T.)

ou insatisfeito com aquela revista, e como os soldados do pelotão frontal haviam trocado os sinais que usavam etc. E tudo isso numa voz tão uniforme, tão monótona, como se fosse água caindo de gota em gota. Não manifestava quase nenhum entusiasmo quando me contava que, pela participação em alguma ação no Cáucaso, fora condecorado com uma medalha de Santa Ana em sua espada. Só que nesse momento a sua voz se tornava extraordinariamente grave e imponente: baixava-a um pouco, dando-lhe inclusive um tom misterioso quando pronunciava "Santa Ana", e depois passava uns três minutos especialmente calado e grave... Naquele primeiro ano passei por uns momentos de tolice quando (e sempre meio de repente) começava quase a odiar Akim Akímitch sem saber por quê, e em silêncio amaldiçoava o destino por me haver colocado naquela tarimba, cabeça com cabeça com ele. De hábito, uma hora depois eu já me censurava por isso. Mas isso aconteceu apenas no primeiro ano; mais tarde, eu me reconciliei inteiramente com Akim Akímitch e senti vergonha das minhas antigas tolices. Acho que nunca altercamos abertamente.

Além desses três russos, no meu tempo de presídio houve outros oito nobres. Tornei-me bem chegado a alguns deles, foi até prazeroso, mas não a todos. Os melhores eram um tanto doentios, intolerantes e impacientes no mais alto grau. Mais tarde simplesmente deixei de falar com dois deles. Apenas três eram pessoas instruídas: B-ki, M-ki e o velho J-ki, outrora professor de matemática em algum lugar — um velho bondoso, muito excêntrico e, apesar da instrução, limitado ao extremo. Bem diferentes eram M-ki e B--ki. Logo no início tornei-me bem chegado a M-ki; nunca altercamos, eu o respeitava, mas gostar dele, afeiçoar-me a ele, nunca consegui. Era um homem profundamente desconfiado e exasperado, mas com uma admirável habilidade de se conter. E era justo essa excessiva habilidade o que me desagradava: sentia-se de certa forma que nunca abrira plenamente o coração para ninguém. No entanto, posso estar enganado. Era de uma natureza forte e nobre no mais alto grau. Sua astúcia extraordinária, até um pouco traiçoeira, e sua precaução no trato com os outros, mostravam um ceticismo profundo e encoberto. Entretanto, era uma alma que sofria justamente dessa duplicidade: o ceticismo e uma crença profunda e inabalável em algumas de suas convicções e esperanças peculiares. Mas apesar da sua astúcia mundana, vivia numa animosidade inconciliável com B-ki e seu amigo T-ki. B-ki era um homem doente, com certa predisposição para a tísica, era nervoso e irritadiço, mas, no fundo, boníssimo e até generoso. Às vezes, sua irritabilidade chegava a uma intolerância extraordinária, ao capricho. Não suportei o seu gênio e mais tarde afastei-me de B-ki, mas em compensação nunca deixei de gostar dele; com M-ki não me indispus, mas nunca gostei dele. Ao me afastar de B-ki, aconteceu que no mesmo instante tive de me afastar também de T-ki, aquele mesmo rapaz que mencionei no capítulo anterior ao falar da nossa queixa. Lamentei muito por isso. T-ki, embora de pouca instrução, era bom, corajoso, em suma, um excelente rapaz. E tudo aconteceu porque ele gostava tanto de B-ki e o respeitava, o venerava tanto, que todos os que se afastavam o mínimo de B-ki ele logo considerava quase seus inimigos. Parece que mais tarde também se afastou de M-ki, mas resistiu muito a isso. De resto, todos eram doentes morais, biliosos, irritadiços, desconfiados. Compreende-se: para eles o presídio era muito duro, muito mais duro que para nós. Estavam longe da sua pátria,[35] alguns haviam sido deportados por longos prazos, dez, doze anos; e o mais grave: encaravam todos ao redor com um profundo preconceito, viam nos galés apenas bestialidade e não conseguiam, nem sequer queriam, distinguir neles nenhum traço de bondade, nada de humano e, o que também se compreende, foram levados a esse ponto de vista pela força das circunstâncias, pelo destino. É claro que a nostalgia os sufocava no presídio. Eram afáveis e amistosos com os circassianos, os tártaros, com Issái Fomitch, mas evitavam com asco todos os outros presidiários. Só o velho sectário de Starodúbov merecera o pleno respeito de parte deles. No entanto, é digno de nota que durante todo o meu tempo de presídio nenhum dos galés os recriminou pela origem, pela religião, por seu modo de pensar, coisa que se encontra em nosso povo em relação aos estrangeiros, sobretudo aos alemães, se bem que muito raramente. Aliás, dos alemães eles apenas riem; o alemão representa algo de profundamente cômico para o povo russo. Os presidiários tratavam os nossos poloneses até com mais respeito que a nós, russos, e nunca buliam com eles. Mas estes pareciam nunca querer se dar conta disso. Voltemos a T-ki. Fora ele que, ao ser transferido do local de seu primeiro degredo para a nossa fortaleza, carregara B-ki nos braços por quase todo o percurso quando este, de saúde e constituição débeis, sentiu-se cansado já na metade do trajeto. Eles foram enviados primeiro para U-gorsk.[36] Dizia-se que, se tivessem ficado lá, estariam bem, isto é, bem melhor do que na nossa fortaleza. Mas eles haviam entabulado uma correspondência, aliás ingênua, com outros exilados de outras cidades, e por isso acharam por bem transferir os três para a nossa fortaleza, para mais perto da vista da alta administração. O terceiro companheiro deles era J-ki.

---

[35] Os três nobres mencionados eram presos políticos poloneses. (N. do T.)

[36] Trata-se de Ust-Kamenogorsk, cidade situada no leste do Cazaquistão. (N. do T.)

Antes da chegada deles, M-ki estava sozinho no presídio. Por isso deve ter se sentido triste no seu primeiro ano de exílio.

J-ki era aquele velho que já mencionei, que vivia sempre rezando. Todos os nossos criminosos políticos eram jovens, alguns até muito jovens; só J-ki já passava um pouco dos cinquenta. Era um homem evidentemente honesto, mas um tanto estranho. Seus companheiros B-ki e T-ki o detestavam, inclusive não falavam com ele, alegando que ele era teimoso e rabugento. Não sei até onde eles tinham razão. Acho que num presídio, como em qualquer lugar em que as pessoas são agrupadas à força e não por vontade própria, é mais provável que briguem e até odeiem umas às outras do que estando em liberdade. Aliás, J-ki era de fato um homem bastante obtuso e talvez desagradável. Todos os seus outros companheiros também embirravam com ele. Embora nunca tivéssemos altercado, eu mesmo não me dava bem com ele. Parece que ele conhecia a matemática, seu objeto de trabalho. Lembro-me que sempre se esforçava por me explicar, em sua língua semirrussa, um sistema astronômico especial que ele mesmo teria criado. Dizia-se que outrora publicara esse trabalho, mas que o mundo científico apenas galhofara dele. Parece-me que tinha o juízo meio perturbado. Passava dias a fio ajoelhado, orando a Deus, o que o fez granjear o respeito geral dos galés e usufruir dele até à morte. Morreu de uma doença grave em nosso hospital, diante dos meus olhos. Aliás, ganhou o respeito dos galés desde que pisou no presídio, depois de sua história com o nosso major. No trajeto entre U--gorsk e a nossa fortaleza, ele e os colegas não foram barbeados, de modo que, uma vez na presença do major, este caiu numa indignação furiosa diante de tal insubordinação, que, no entanto, nem era culpa deles.

— Vejam a aparência deles! — berrou o major. — São uns vagabundos, uns bandoleiros!

Ainda compreendendo mal o russo, J-ki pensou que lhe perguntavam se eram vagabundos ou bandoleiros, e respondeu:

— Não somos vagabundos, mas criminosos políticos.

— O quê? Me vens com grosseria? Com grosseria! — berrou o major. — Para a casa de guarda! Cem vergastadas imediatamente, agora mesmo!

Castigaram o velho. Ele recebeu as vergastadas sem discutir, mordeu a mão, e suportou o castigo sem soltar um gemido, sem nem se mexer. Nesse ínterim, B-ki e T-ki já haviam entrado no presídio; M-ki já os esperava ao portão e lançou-se direto aos seus braços, embora até então nunca os tivesse visto. Alvoroçados com a recepção do major, eles lhe contaram o que acontecera a J-ki. Lembro-me de como M-ki me contou o fato: "Eu estava fora de mim", dizia ele, "não entendia o que acontecia comigo e tremia como se

estivesse com calafrio. Esperava J-ki à entrada. Ele devia voltar direto da casa de guarda, onde estava sendo castigado. Súbito abriu-se a cancela: sem olhar para ninguém, com o rosto e os lábios pálidos e trêmulos, J-ki passou diante dos galés aglomerados no pátio e que já sabiam que estavam castigando um nobre,[37] entrou na caserna, foi para o seu lugar e, sem dizer palavra, ajoelhou-se e começou a rezar. Os galés ficaram estupefatos e até comovidos". "Quando vi aquele velho de cabelos brancos", prosseguiu M-ki, "que deixara em sua pátria esposa e filhos, quando o vi ajoelhado, vergonhosamente castigado e orando, precipitei-me para fora da caserna e passei duas horas inteiras como que inconsciente; estava tomado de fúria..." Desde então, os galés passaram a nutrir um grande respeito por J-ki e sempre o trataram com consideração. Agradou-lhes em especial o fato de ele não ter gritado debaixo das vergastadas.

Contudo, cabe dizer toda a verdade: por esse exemplo não se deve em absoluto julgar o tratamento dispensado pela alta administração na Sibéria aos degredados de origem nobre, independentemente de quem fossem eles, russos ou poloneses. Esse exemplo apenas mostra que se pode topar com um homem cruel, e, claro, se esse homem cruel for o comandante de uma seção ou um comandante superior, o degredado que por acaso tiver caído em desgraça com esse comandante em particular estará em péssimos lençóis. Mas não se pode deixar de reconhecer que na Sibéria o alto comandante, do qual depende o tom e o humor de todos os outros comandantes, é muito escrupuloso com os degredados nobres e em alguns casos até faz de tudo para lhes dispensar um tratamento condescendente, se comparado ao dispensado aos outros galés, oriundos da gente simples. As causas disso são claras: em primeiro lugar, esses altos chefes também são nobres; em segundo, ainda antes havia casos em que alguns nobres se recusavam a aceitar as vergastadas e investiam contra os executores, o que acabava em cenas de horror; em terceiro, e isso me parece o principal, há muito tempo, uns trinta e cinco anos antes, aparecera na Sibéria, de repente, e de uma só vez, uma grande massa de nobres degredados,[38] e durante trinta anos esses mesmos degredados souberam colocar-se e distinguir-se tanto, e por toda a Sibéria, que em minha época a alta administração, por um hábito já antigo e hereditário, olhava involuntariamente para os criminosos nobres de certa categoria com olhos

---

[37] Salvo raríssimas exceções, no Império Russo a nobreza não podia ser punida com castigos físicos. (N. do T.)

[38] Em 1825, oficiais e civis da nobreza participaram da chamada Revolta Dezembrista; boa parte desses nobres foi exilada para localidades na Sibéria. (N. do T.)

diferentes daqueles com que olhava para todos os outros degredados. Seguindo o alto comando, os comandantes subalternos também se habituaram a olhá-los com os mesmos olhos, sem dúvida assimilando esse olhar e esse tom, obedecendo, subordinando-se a eles. Por outro lado, muitos desses comandantes subalternos tinham uma visão obtusa, criticavam em seu íntimo as determinações superiores e gostariam muito, muito mesmo, que apenas não os impedissem de executar seus desmandos. Mas não eram de todo permitidos. Tenho um forte fundamento para pensar assim e eis a razão: a segunda categoria de galés, na qual eu me encontrava, era constituída de presos servos submetidos à autoridade militar, e era incomparavelmente mais severa que as outras duas, isto é, a terceira (trabalhos em fábrica) e a primeira (trabalhos em minas). Era mais severa não só para os nobres, mas para todos os presos, e precisamente porque a chefia e o arranjo dessa categoria eram completamente militares, muito parecidos com as companhias de trabalhos forçados da Rússia. A direção militar é mais severa, os regulamentos são mais restritos, sempre com grilhões, sempre com sentinelas, sempre debaixo de cadeados: isso não existe — não com tamanho rigor — nas duas primeiras categorias. Era pelo menos o que afirmavam todos os nossos presidiários, e entre eles havia entendidos no assunto. Todos teriam se transferido alegremente para a primeira categoria, que, legalmente, era considerada mais pesada, e muitas vezes chegavam a sonhar com a transferência. Quanto às companhias de trabalhos forçados da Rússia, todos os nossos que passaram por elas as recordavam com horror e asseguravam que em toda a Rússia não havia lugar mais duro que as companhias de prisioneiros espalhadas pelos presídios, e que a Sibéria era um paraíso em comparação com aquela vida. Portanto, se sob uma administração tão rígida como a do nosso presídio, que era dirigido por militares, diante dos olhos do próprio governador-geral, e, enfim, onde por ocasiões (que às vezes ocorriam) algum dos oficiais de fora do presídio, por raiva ou por zelo pelo serviço, se dispunha a denunciar em segredo que certos comandantes desleais estavam sendo lenientes com os criminosos de uma determinada categoria de prisioneiros — se mesmo nesse lugar, digo eu, os criminosos nobres eram tratados de forma um tanto diferente dos demais galés, então como devia ser mais leniente esse tratamento na primeira e na terceira categorias. Por conseguinte, pelo lugar em que eu me encontrava, acho que posso julgar a esse respeito, e a respeito do que ocorria em toda a Sibéria. Todos os boatos e relatos a esse respeito que me trouxeram os degredados da primeira e da terceira categorias confirmam a minha conclusão. De fato, a administração do nosso presídio tratava a nós, nobres, com mais atenção e mais cautela. No tocante à conduta e ao trabalho, não havia terminantemente nenhuma complacência conosco: eram os mesmos trabalhos, os mesmos grilhões, os mesmos cadeados — numa palavra, o mesmo que se dispensava a todos os presidiários. Ademais, não era possível nenhuma facilitação. Sei que nessa cidade, num *passado ainda não remoto*, havia tantos delatores, tantas intrigas, tantos fazedores de caveira que a alta administração naturalmente temia denúncias. Oh, o que poderia haver de mais aterrador do que uma denúncia de que ali estariam sendo complacentes com uma certa categoria de criminosos? Portanto, todos tinham medo, e nós vivíamos em pé de igualdade com todos os outros galés, mas no tocante ao castigo físico havia algumas exceções. É verdade que a nós, nobres, nos vergastariam com uma praticidade excepcional caso merecêssemos, ou seja, se cometêssemos alguma infração. Isso o exigia o dever e a condição de igualdade perante os castigos físicos. Mas, não obstante, não nos vergastariam assim, sem quê nem para quê, de modo leviano; mas vez por outra esse tratamento leviano era sem dúvida dispensado aos prisioneiros simples, sobretudo na gestão de alguns comandantes subalternos, ávidos por dispor e incutir a ordem em qualquer ocasião oportuna. Estávamos a par de que o comandante, ao tomar conhecimento da história do velho J--ki, ficara muito indignado com o major e ordenara que ele fosse mais prudente no futuro. Foi o que me contaram. Sabia-se ainda em nosso presídio que o próprio governador-geral, que confiava no nosso major e em parte gostava dele como executor e como homem dotado de algumas capacidades, também o repreendera ao tomar conhecimento daquela história. E o nosso major levava tudo isso em consideração. Ah, como ele gostaria, por exemplo, de botar a mão em M-ki, a quem odiava por causa das maledicências de A-v, mas de modo algum conseguiu vergastá-lo, embora procurasse um pretexto, perseguisse-o e tentasse apanhá-lo. A história de J-ki logo chegou ao conhecimento da cidade inteira, e a opinião geral era contrária ao major; muitos o repreenderam, alguns até com expressões desagradáveis. Recordo agora o meu primeiro encontro com o major. Nós, isto é, eu e outro degredado nobre com quem cheguei aos trabalhos forçados, ainda em Tobolsk ficamos assustados com os relatos sobre o gênio desagradável desse homem. Antigos nobres que estavam naquela cidade, nobres com vinte e cinco anos de degredo, receberam-nos com profunda simpatia e mantiveram relações conosco por todo o tempo em que permanecemos na prisão de trânsito, preveniram-nos do nosso futuro comandante e prometeram fazer o que fosse possível, através de conhecidos, para nos defender das perseguições do major. De fato, três filhas do governador-geral, que haviam chegado da Rússia em visita ao pai, receberam cartas deles, e parece que lhe falaram a nosso favor. Mas o que ele podia fazer? Limitou-se a dizer ao major que fosse mais escrupuloso. Entre as duas e três da tarde, nós, ou seja, eu e meu companheiro, chegamos a essa cidade e as sentinelas nos levaram direto à presença do nosso senhor. Ficamos na antessala à espera dele. Enquanto isso, já haviam mandado chamar o sargento do presídio. Mal ele chegou, apareceu também o major. Seu rosto vermelho, espinhento e funesto deixou-nos uma impressão de extraordinário desalento: era como se uma aranha feroz atacasse uma pobre mosca que caíra em sua teia.

— Teu nome? — perguntou ao meu companheiro. Falava rápido, com voz entrecortada, procurando visivelmente nos impressionar.

— Fulano.

— E o teu? — continuou, dirigindo-se a mim, fixando os óculos em mim.

— Sicrano.

— Sargento! Leve os dois agora mesmo para o presídio. Na casa de guarda, raspe as cabeças à moda civil, pela metade. Amanhã mesmo ponha os ferros. E que capotes são esses? Onde receberam? — perguntou de chofre, reparando nos casacões cinzentos com círculos amarelos nas costas que havíamos recebido em Tobolsk e nos quais nos apresentamos aos olhos claros do major. — É uma nova farda! Na certa é alguma nova farda... Ainda em planejamento... Imposta de Petersburgo... — dizia ele, fazendo-nos virar um após o outro. — Eles não trazem nada? — perguntou de repente ao guarda que nos escoltava.

— Trazem suas próprias roupas, Excelência — respondeu o guarda, que num instante se aprumou e até estremeceu levemente. Todo mundo conhecia o major, ouvira falar dele, tinha medo dele.

— Confisque tudo. Entregue-lhes apenas a roupa de baixo, e só se for branca, porque se tiver roupa colorida é para confiscar também. Detento não tem propriedade — continuou, olhando-nos severamente. — E cuidado: comportem-se bem! E que não me chegue nada aos ouvidos. Senão... responderei com casti-go físi-co! Ao menor deslize, ver-vergastadas!...

Por falta de hábito, passei toda aquela tarde quase doente por efeito da recepção. Aliás, a impressão ainda foi agravada pelo que presenciei no presídio; mas já narrei minha chegada ao presídio.

Acabei de mencionar que não nos dispensavam nem ousariam dispensar nenhuma complacência, nenhum alívio no trabalho perante os outros presidiários. Contudo, uma vez tentaram fazê-lo: durante três meses inteiros eu e B-ki trabalhamos no escritório da engenharia como escreventes. Mas isso foi feito na surdina e pelos chefes dos engenheiros. Quer dizer, todos os

Escritos da casa morta 333

que precisavam saber talvez o soubessem, mas fingiam não saber. Isso aconteceu durante o comando de G-kov. G-kov nos caíra do céu, passou muito pouco tempo conosco — se não me engano, não mais que um semestre, talvez menos — e se foi para a Rússia, deixando uma impressão incomum em todos os presidiários. Os presidiários não só o amavam, mas o adoravam, se é lícito empregar essa palavra aqui. Como o fez, não sei, mas ele os conquistou logo de primeira. "É um pai, um pai! Dispensa o pai!", diziam a cada instante os presidiários durante todo o tempo em que ele dirigiu a unidade de engenharia. Era um farrista, parece que dos mais terríveis. De pequena estatura, olhar atrevido e presunçoso. Mas, ao mesmo tempo, era afável com os presidiários, quase afetuoso, e de fato gostava realmente deles como um pai. Por que gostava tanto dos presidiários? Não sei dizer, mas não podia ver um preso sem lhe dizer uma palavra de carinho, uma palavra alegre, rindo com ele, brincando com ele e, o mais importante, aquilo não parecia minimamente provir de um chefe, ali não havia nada do afago desigual ou puramente obsequioso de um chefe. Era um companheiro dos nossos, gente da gente no mais alto grau. Entretanto, apesar de todo esse democratismo instintivo, nem uma única vez os presidiários resvalaram em algum desrespeito ou familiaridade com ele. Pelo contrário. O rosto do detento apenas se iluminava todo ao encontrar o comandante e, tirando o gorro, olhava sorridente quando o outro se aproximava. E se este lhe dirigisse a palavra, era como se lhe desse um rublo de presente. Existe gente a tal ponto popular. Tinha um ar garboso, um andar reto, elegante. "Parece uma águia!", diziam vez por outra os presidiários. Aliviar o lado deles, é claro, ele não podia de modo algum; dirigia apenas os trabalhos de engenharia, que sob a administração de outros comandantes já eram executados em sua ordem legal de sempre, estabelecida de forma definitiva. Mas se por acaso encontrava uma expedição de presos trabalhando e via que a tarefa terminara, não os retinha por mais tempo e os liberava antes do rufar do tambor. E agradava a confiança que ele investia nos presidiários, a ausência de meticulosidade miúda e de irritabilidade, a total ausência de outras formas ofensivas no trato com os subalternos. Se ele perdesse mil rublos e o nosso pior ladrão os encontrasse, creio que os levaria de volta para ele. Sim, estou certo disso. Com que profunda simpatia souberam os presidiários que o seu comandante-águia tivera uma altercação de morte com o nosso odioso major! Foi logo no mês de sua chegada. Outrora o major servira junto com ele. Depois de uma longa separação, encontraram-se como camaradas e iam farrear juntos. Mas súbito a coisa deu em nada. Brigaram, e G-kov virou inimigo mortal do major. Ouviu-se até dizer que haviam chegado às vias de fato, coisa possível com o nosso major: ele brigava com frequência. Assim que os presidiários souberam da história, ficaram numa alegria sem fim: "O Oito-Olhos poderia lá se dar com um homem daqueles? Ele é uma águia, já o major...", e nisso se acrescentava habitualmente uma palavrinha inadequada para publicação. No presídio houve um enorme interesse de saber quem vencera quem. Se o boato sobre a briga dos dois se provasse falso (o que era possível), é de crer que isso seria um grande desgosto para os nossos presidiários. "Não, na certa o comandante venceu", diziam, "ele é pequeno, mas valente, e o outro vai ver que se meteu debaixo da cama, de tanto medo." Mas G-kov logo foi embora, e os presidiários tornaram a cair em desânimo. É verdade que os nossos comandantes da engenharia eram todos bons: no meu tempo, passaram por lá uns três ou quatro. "É, não se vai arranjar outro igual", diziam os presidiários, "era uma águia e nosso protetor." Pois bem, G-kov gostava muito de todos nós, nobres, e já no fim nos mandava a mim e a B-ki ir às vezes trabalhar no escritório. Depois de sua partida, essa prática ganhou uma forma mais regular. Entre os engenheiros havia pessoas que simpatizavam conosco (sobretudo um deles). Íamos ao escritório, copiávamos documentos, até nossa caligrafia começava a se aperfeiçoar, quando de repente chegou da direção superior a ordem urgente de nos mandar de volta aos antigos trabalhos: alguém já tivera tempo de nos denunciar! Se bem que isso foi até bom: o escritório já estava nos deixando muito entediados. Depois eu e B-ki passamos uns dois anos indo quase sempre para os mesmos trabalhos, mais amiúde na oficina. Tagarelávamos; falávamos de nossas esperanças, de nossas convicções. Ele era um homem magnífico, mas suas convicções eram às vezes muito estranhas, intolerantes. Com frequência, numa certa categoria de pessoas muito inteligentes firmam-se conceitos totalmente paradoxais. Mas elas sofreram tanto por eles em suas vidas, pagaram um preço tão alto, que romper com eles seria doloroso demais, quase impossível. B-ki recebia com sofrimento cada objeção e me respondia com acrimônia. Mas é possível que em muitos assuntos tivesse mais razão do que eu, porém não sei; por fim, acabamos por nos separar, o que foi muito doloroso para mim: já havíamos dividido muitas coisas.

 Enquanto isso, com o passar dos anos M-ki foi ficando como que mais triste e mais sombrio. A melancolia se apoderava dele. Antes, nos meus primeiros tempos de presídio, ele era mais comunicativo, apesar de tudo, sua alma se abria mais e com maior frequência. Já entrava no terceiro ano de presídio quando eu cheguei. A princípio mostrou muito interesse pelo que acontecera no mundo durante aqueles dois anos em que ele estivera no presídio, e não fazia ideia dos acontecimentos; interrogava-me, ouvia, preocupava-se. Mas, com o passar dos anos, tudo isso acabou de algum jeito se concentrando em seu íntimo, em seu coração. As brasas cobriram-se de cinzas. A exasperação crescia cada vez mais. "*Je haïs ces brigands*", repetia-me com frequência, olhando com ódio para os galés, que eu já conseguira conhecer melhor, e nenhum dos meus argumentos em favor deles surtia qualquer efeito nele. Não compreendia o que eu falava; se bem que vez por outra concordasse, com ar distraído; mas já no dia seguinte tornava a repetir: "*Je haïs ces brigands*". Aliás, frequentemente falávamos francês, e o soldado da engenharia Daníchnikov, uma espécie de capataz dos trabalhos, não sei por que motivo nos apelidou de *ferchelos*.[39] M-ki só ganhava ânimo ao recordar-se de sua mãe. "Está velha, doente", dizia-me, "me ama mais que tudo no mundo, mas estou aqui sem saber; estará viva ou não? Já lhe bastou saber que fui fustigado entre as fileiras de soldados..." M-ki não era nobre, e antes da partida para o degredo recebeu castigos físicos. Ao relembrar isso, trincava os dentes e procurava desviar o olhar. Nos últimos tempos, passara a andar sozinho cada vez mais. Numa certa manhã, depois das onze, foi chamado à presença do comandante. Este saiu para recebê-lo com um sorriso alegre.

— Então, M-ki, com que sonhaste hoje? — perguntou-lhe.

"O susto que tomei", contou-nos M-ki, quando voltou, "foi como se tivessem me atravessado o coração com uma faca."

— Sonhei que tinha recebido uma carta de minha mãe — respondeu.

— Coisa melhor, melhor! — objetou o comandante. — Estás livre! Tua mãe pediu... O pedido dela foi ouvido. Eis a carta dela, e eis também a ordem referente a ti. Agora mesmo deixarás o presídio.

Ele voltou ao presídio, pálido, ainda não recobrado da notícia. Nós o felicitamos. Ele apertou nossas mãos com suas mãos trêmulas e frias. Muitos presidiários também o felicitaram e ficaram contentes com a felicidade dele.

Saiu como colono e permaneceu em nossa cidade. Logo lhe deram um emprego. No início vinha com frequência ao presídio e, quando podia, nos transmitia diversas notícias. Predominantemente políticas, que o interessavam muito.

Dentre os outros quatro restantes, ou seja, M-ki, T-ki, B-ki e J-ki, dois ainda eram muito jovens e vieram para cumprir penas muito breves, tinham pouca instrução, mas eram honestos, simples e francos. A-tchukovski, o ter-

---

[39] Corruptela de *feldher*, isto é, enfermeiro diplomado, mas que no contexto também pode significar médico. (N. do T.)

ceiro, era simplório demais e totalmente vazio, mas B-m, o quarto, homem já idoso, produziu em todos nós uma impressão maravilhosa. Não sei como ele caiu nessa categoria de criminosos; aliás, ele mesmo negava isso. Era uma alma grosseira de pequeno-burguês, com hábitos e regras de vendeiro, que enriquecera roubando no troco. Não tinha nenhuma instrução, não se interessava por nada além do seu ofício. Era pintor de parede, mas um pintor fora de série, um pintor magnífico. A administração do presídio logo descobriu suas habilidades e a cidade inteira passou a requisitar B-m para pintar paredes e tetos. Em dois anos ele pintou quase todas as casas dos burocratas. Os donos das casas o pagavam do próprio bolso, e assim ele levava uma vida nada pobre. Mas o melhor de tudo é que passaram a mandar outros companheiros para trabalhar com ele. Dos três que foram trabalhar com ele, dois aprenderam o ofício; um deles, T-jevski, até passou a pintar igual ele. O nosso major, que também ocupava uma casa do Estado, por sua vez requisitou B-m e o mandou pintar todas as paredes e os tetos. Aí B-m caprichou: nem o governador-geral tinha a casa tão bem pintada. Era uma casa térrea, de madeira, bastante decrépita e com excesso de crostas nas partes externas: o interior foi pintado como um palácio e o major estava em êxtase... Esfregava as mãos e dizia que agora se casaria sem falta. "Com uma casa assim não posso deixar de me casar", acrescentava com muita seriedade. Estava cada vez mais contente com B-m, e, por seu intermédio, com os outros com quem ele trabalhava. O trabalho durou um mês inteiro. Nesse mês o major mudou totalmente de opinião sobre todos os nossos e começou a protegê-los. A coisa chegou a tal ponto que certa vez ele mandou trazerem J-ki do presídio.

— J-ki! — disse-lhe —, eu te ofendi. Te vergastei em vão, eu sei disso. Estou arrependido. Compreendes? *Eu, eu, eu* estou arrependido!

J-ki respondeu que compreendia.

— Compreendes que *eu, eu*, teu chefe, mandou te chamar para pedir perdão? Tu sentes isso? Quem és *tu* diante de mim? Um verme! Menos que um verme: és um detento! E eu, pela graça de Deus,[40] um major. Um major! Compreendes isto?

J-ki respondeu que compreendia aquilo também.

— Bem, agora estou reconciliado contigo. Mas sentes, tu sentes isto plenamente, em toda a plenitude? És capaz de entender e sentir isto? Entende só: eu, eu, um major... etc.

---

[40] Expressão literal, que, aliás, no meu tempo era empregada não só pelo nosso major, mas também por muitos pequenos comandantes, a maioria oriunda de patentes inferiores. (N. do A.)

Escritos da casa morta

O próprio J-ki me narrou toda essa cena. Portanto, até naquele bêbado, rabugento e desregrado havia algum sentimento humano. Levando em consideração sua percepção e seu desenvolvimento, tal atitude poderia ser considerada quase magnânima. Aliás, seu estado de embriaguez possivelmente contribuíra muito para isso.

O sonho dele não se realizou: não se casou, embora estivesse totalmente resolvido a isso ao dar os últimos retoques na reforma da casa. Em vez do casamento foi levado a julgamento e recebeu ordem de pedir exoneração. E então lhe ajuntaram todos os seus antigos crimes. Antes, como as pessoas se lembram, ele fora o governador dessa cidade... O golpe desabou sobre ele inesperadamente. A notícia causou um contentamento desmedido no presídio. Foi uma festa, uma solenidade! Dizem que o major chorava como uma velha e debulhava-se em lágrimas. Mas não havia o que fazer. Pediu exoneração, vendeu a parelha de tordilhos, depois vendeu toda a propriedade e até caiu na pobreza. Mais tarde o encontramos metido numa sobrecasaca civil surrada, de quepe com uma fitinha. Olhava com ódio para os presidiários. Mas toda a sua imponência caíra por terra mal ele tirara a farda. De farda era uma tempestade, um deus. De sobrecasaca tornara-se de repente uma nulidade total e parecia um criado. É surpreendente o peso que a farda empresta a esse tipo de gente.

IX
UMA FUGA

Logo depois da substituição do nosso major, houve mudanças radicais em nosso presídio. Os trabalhos na prisão foram extintos e em seu lugar criou-se uma companhia de trabalhos forçados junto ao departamento militar, com base nas companhias russas de prisioneiros. Isto significava que os galés degredados de segunda categoria não seriam mais trazidos para o nosso presídio. A partir dali, o presídio passaria a ser povoado unicamente por presos do departamento militar, ou seja, homens não privados de seus direitos, soldados iguais a todos os outros soldados, mas que haviam sido condenados a penas breves (no máximo de seis anos) e que ao deixarem o presídio voltariam para os seus batalhões na condição de soldados rasos, como acontecia antes. De resto, os reincidentes em crimes que retornassem ao nosso presídio seriam, como antes, condenados a vinte anos. É bem verdade que antes dessa mudança tínhamos uma seção de prisioneiros da categoria militar, mas estes viviam conosco apenas por falta de outro lugar. Agora, porém, todos os presidiários seriam da categoria militar. É lógico que os antigos galés, verdadeiros galés civis, privados de todos os seus direitos, ferreteados e com as cabeças raspadas, permaneceriam no presídio até o pleno cumprimento de suas penas; mas não chegariam novos, e os que permaneciam iam pouco a pouco encerrando as penas e saindo, de modo que dentro de uns dez anos não poderia restar nenhum galé em nosso presídio. A seção especial também permaneceria, e de tempos em tempos ainda continuaram enviando para lá terríveis criminosos da categoria militar, até que fosse inaugurado um dos mais duros campos de trabalho da Sibéria. Assim, no fundo a vida continuava a mesma para nós: a mesma custódia, o mesmo trabalho e quase os mesmos regulamentos, só a administração havia mudado e ficado mais complexa. Foram designados um oficial superior, um comandante de companhia e, além disso, quatro oficiais subalternos, que se alternavam no plantão. Os inválidos também foram destituídos; em seu lugar foram nomeados doze sargentos e um quarteleiro. Organizaram grupos de dez homens, arranjaram um cabo entre os próprios presidiários, claro que por indicação, e é lógico que no mesmo instante Akim Akímitch se tornou cabo. Toda essa nova organização e todo o presídio, com suas patentes e presos, continuou sob a jurisdição do comandante como chefe supremo. Eis tudo o que aconteceu. É claro que de início os presidiários ficaram muito inquietos, discutiam, conjecturavam e sondavam os novos chefes; mas quando viram que no fundo tudo continuava como antes, acalmaram-se no mesmo instante e a nossa vida continuou como nos velhos tempos. Mas o principal era que todos haviam se livrado do antigo major: todos como que descansaram e ganharam ânimo. Desapareceram os semblantes intimidados; agora qualquer um sabia que em caso de necessidade podia explicar-se ao chefe e que só por engano castigariam um inocente no lugar do culpado. Até a vodca continuava sendo vendida exatamente do mesmo jeito e nas condições de antes, apesar de os antigos inválidos terem dado lugar aos sargentos. Em sua maioria, esses sargentos se revelaram pessoas decentes e sagazes, que compreendiam a sua posição. É bem verdade que de início alguns manifestaram a veleidade de bancar o valentão e, claro, por inexperiência, pensaram em nos tratar como soldados. Mas até estes logo entenderam como a coisa funcionava. A outros, que demoraram demais para compreender o riscado, os próprios presidiários lhe demonstraram a essência da questão. Havia choques bastante ríspidos: por exemplo, atraíam um sargento, davam-lhe de beber e depois lhe informavam, claro que a seu modo, que ele bebera com eles e, consequentemente... A coisa terminava com o sargento fazendo vista grossa, ou melhor, tentando fazer vista grossa à entrada e à venda das tripas cheias de vodca. Além do mais, como os antigos inválidos, eles iam ao mercado para os presidiários e compravam roscas, carne de gado e tudo o mais, ou seja, coisas de que podiam encarregar-se sem maiores desonras. Para que tudo aquilo mudou, para que instituíram a companhia de trabalhos forçados — eis o que não sei. Isso aconteceu já nos meus últimos dias de galé. Mas eu ainda teria de passar dois anos sob aquele novo regulamento...

 Devo descrever aqui toda a minha vida, todos os meus anos no presídio? Penso que não. Se fosse contar em ordem, sem intervalos, tudo o que aconteceu e o que vi e experimentei durante todos aqueles anos, teria sem dúvida de escrever mais três ou quatro capítulos além de tudo o que já escrevi. Mas semelhante descrição acabaria, a contragosto, tornando-se demasiado uniforme. Todos os incidentes sairiam obrigatoriamente com um mesmo e único tom, sobretudo se o leitor, pela leitura dos capítulos anteriores, já conseguiu fazer uma ideia ao menos um pouco satisfatória da vida dos galés de segunda categoria. Eu gostaria de apresentar, num quadro claro e convincente, todo o nosso presídio e tudo o que ali vivi durante aqueles anos. Se alcancei esse objetivo, não sei. E em parte nem cabe a mim julgar. Mas estou convencido de que posso terminar aqui. Além disso, ao revolver essas lembranças eu mesmo sou tomado, vez por outra, pela melancolia. Ademais, dificilmente conseguiria me lembrar de tudo. Os últimos anos como que se apagaram da minha memória. Muitas circunstâncias — disso estou convencido — foram esquecidas por completo. Lembro-me, por exemplo, que, no fundo, todos aqueles anos se pareciam muito uns com os outros, passaram com vagar, melancolicamente. Recordo-me de que aqueles anos longos, tediosos, eram tão uniformes que pareciam água a escorrer do teto, de gota em gota, depois da chuva. Lembro-me de que só o desejo ardente de ressurreição, de renovação, de uma nova vida, me fortalecia para esperar e nutrir esperança. E acabei fortalecido: eu esperava, descontava cada dia que passava e, apesar de ainda faltarem mil, eu descontava com prazer cada um, me despedia dele, enterrava-o, e com a chegada do dia seguinte me contentava por não mais faltarem mil dias, mas novecentos e noventa e nove. Recordo que durante todo aquele tempo, apesar da presença de centenas de companheiros, eu vivia numa terrível solidão, e acabei gostando dessa solidão. Espiritualmente só, eu revia toda a minha vida pregressa, examinava tudo até os ínfimos detalhes, refletia sobre o meu passado, julgava a mim mesmo de forma implacável e severa e vez por outra até abençoava o destino por me haver concedido aquela solidão, sem a qual não teria feito esse autojulgamento nem essa revisão da minha vida pregressa. E com que esperanças meu coração batia naquele momento! Eu pensava, eu resolvia, eu jurava a mim mesmo que em minha vida futura não haveria mais nem os erros, nem as quedas de outrora. Eu delineava um programa para todo o meu futuro e estava decidido a segui-lo com firmeza. Em mim renascia a fé cega de que eu cumpriria com tudo aquilo, de que era capaz de cumprir... E esperava, clamava pela liberdade, que viesse o mais rápido possível; queria pôr-me à prova mais uma vez, numa nova luta. Às vezes era tomado de uma impaciência convulsiva... Mas hoje me é muito doloroso recordar meu estado de alma naquela época. É claro que tudo isso só diz respeito a mim... Mas o descrevo porque acho que qualquer um compreenderá, porque aconteceria o mesmo a qualquer um que viesse a cumprir pena numa prisão na flor da mocidade e do vigor.

Mas por que insistir nesse assunto? É melhor contar mais alguma coisa, para não concluir com um remate excessivamente brusco.

Ocorreu-me que talvez alguém pergunte: será possível que ninguém conseguia fugir do presídio e que durante todos aqueles anos não houve nenhuma fuga? Já escrevi que um detento que passou dois ou três anos num presídio já começa a dar valor a esses anos e involuntariamente acaba calculando que é melhor aguardar o restante da pena sem riscos nem preocupações, para enfim sair de forma legal, como colono. Mas um cálculo como esse só cabe na cabeça de um detento que recebeu uma pena curta. Quem recebeu pena longa talvez esteja disposto a arriscar... Entretanto, isso não acontecia no nosso presídio. Não sei se por muito medo, se porque a vigilância era especialmente rigorosa, militar, ou porque a localização da nossa cidade era muito desfavorável (rodeada pela estepe, aberta de todos os lados) — difícil dizer. Creio que todos esses motivos tinham sua influência. Fugir dali era de fato bem difícil. E todavia houve no meu tempo uma única tentativa: dois se arriscaram, e eram até criminosos dos mais graves.

Depois da substituição do major, A-v (aquele que era seu espião no presídio) ficou completamente desamparado e só. Ainda era muito jovem, mas o caráter ia se fortalecendo e se consolidando com o passar dos anos. Em linhas gerais, era atrevido, decidido e até muito sagaz. Se lhe dessem liberdade, teria continuado a espionar e traficar por diferentes meios subterrâneos, mas agora não se deixaria apanhar de forma tão estúpida e imprevidente como da primeira vez, pagando com a deportação por aquela tolice. No presídio ele chegava a praticar, até forjava carteiras de identidade. Aliás, não sou eu quem está afirmando. Ouvi a história da boca dos nossos presidiários. Diziam que ele já fazia esse tipo de serviço quando ia ter com o major na cozinha e, é claro, auferia disso a renda que lhe era possível. Numa palavra, parecia capaz de resolver-se a tudo para "mudar de sina". Tive oportunidade de conhecer, em parte, a sua alma: seu cinismo chegava a um descaramento revoltante, ao mais frio deboche, e despertava uma repugnância insuperável. Parece-me que se desejasse muito beber uma meiota de vodca e se não pudesse consegui-la senão degolando alguém, ele sem dúvida o degolaria, desde que conseguisse fazê-lo às furtadelas para que ninguém viesse a saber. Aprendeu cálculo no presídio. E foi justo esse homem que atraiu a atenção do detento Kulikov, da seção especial.

Já falei sobre Kulikov. Era um homem já entrado em anos, porém ardoroso, vivaz, forte e dotado de capacidades diversas e extraordinárias. Era vigoroso e ainda queria viver; gente assim tem vontade de viver até a velhice profunda. Se eu fosse me admirar do porquê ninguém fugia do nosso presídio, começaria me admirando de Kulikov. Mas Kulikov tomou essa decisão. Qual dos dois exercia mais influência sobre o outro, se A-v sobre Kulikov ou Kulikov sobre A-v — isso eu não sei, mas ambos se mereciam e para o que pretendiam eram companheiros adequados. Tornaram-se amigos. Parece-me que Kulikov contava com A-v para lhe forjar documentos. A-v era de origem nobre, de boa sociedade, e isso prometia certa variedade nas futuras aventuras, contanto que conseguissem chegar à Rússia. Quem sabe o que

conspiravam e quais eram as suas esperanças! Mas uma coisa é certa: essas esperanças iam além da simples rotina de vagabundagem pela Sibéria. Kulikov era um ator, podia escolher muitos e diversos papéis na vida: podia nutrir muitas esperanças, contar pelo menos com alguma mudança. Pessoas assim eram sufocadas pela vida na prisão. Eles conspiraram uma fuga.

 Mas sem a conivência da sentinela era impossível fugir. Precisavam persuadir a sentinela. Num dos batalhões sediados na fortaleza servia um polonês, homem enérgico, já entrado em anos, garboso, sério, talvez digno de melhor sorte. Ainda moço, mal chegara para prestar serviço na Sibéria desertou para a pátria, movido por uma profunda saudade de sua terra. Foi apanhado, castigado e mantido por uns dois anos numa companhia de trabalhos forçados. Quando o devolveram à tropa ele pensou melhor, passou a servir com zelo e a empenhar todas as suas forças. Por sua distinção foi promovido a cabo. Era um homem ambicioso, autossuficiente e cônscio do seu valor. Portava-se e falava com um ar de quem conhece o próprio valor. Durante aqueles anos o encontrei várias vezes entre os soldados da nossa escolta. Os poloneses me haviam falado algo a seu respeito. Parece-me que nele aquela antiga saudade de casa se havia transformado num ódio oculto, abafado, permanente. Esse homem era capaz de tudo, e Kulikov não se enganou quando o escolheu para cúmplice. Tinha o sobrenome de Koller. Os três combinaram e marcaram o dia. Estávamos no mês de junho, os dias eram tórridos. O clima da cidade é bastante regular: no verão é estável, quente, e isso favorece os vagabundos. É claro que de maneira alguma eles poderiam partir direto do lugar onde estavam, da fortaleza; a cidade inteira fica às vistas, exposta de todos os lados. Ao redor, num longo raio, não havia mata. Era preciso vestir-se com os trajes dos moradores locais, e para isso tinham que ir ao subúrbio onde Kulikov havia muito possuía uma espelunca. Não sei se os cúmplices do subúrbio estavam a par de todo o plano. É de supor que estivessem, embora mais tarde, durante o processo, isso não tenha ficado de todo esclarecido. Naquele ano, num recanto do subúrbio, uma moça muito jovem e bastante bonita, chamada Vanka-Tanka, dava os primeiros passos no seu ofício, alimentava grandes esperanças, e em parte as realizou, posteriormente. Chamavam-na também de "labareda". Parece que também teve certa participação nesse negócio. Kulikov já vinha esbanjando com ela havia um ano inteiro. Os nossos bravos se apresentaram na chamada da manhã e agiram com astúcia para que os enviassem com o detento Chílkin, forneiro e estucador, para estucar as casernas vazias dos batalhões, de onde os soldados há muito haviam saído para os acampamentos. A-v e Kulikov partiram com ele na qualidade de serventes. Koller deu um jeito de arranjar-se como escolta, e como para três presidiários se exigiam dois soldados de escolta, deram de bom grado a Koller, que era um soldado antigo e um cabo, um jovem recruta para que ele o instruísse e ensinasse o serviço. Portanto, os nossos fugitivos exerciam uma fortíssima influência sobre Koller, e este confiou neles quando, depois de longos e bem-sucedidos anos de serviço como colono, ele, homem inteligente, grave e calculista, decidiu-se a acompanhá-los.

Chegaram às casernas. Eram mais ou menos seis da manhã. Além deles não havia ninguém. Depois de trabalharem coisa de uma hora, Kulikov e A-v disseram a Chílkin que iriam à oficina, primeiro para encontrar alguém, mas aproveitariam a ocasião para apanhar uma ferramenta que lhes faltava. Com Chílkin era preciso agir com astúcia, isto é, com a maior naturalidade possível. Ele era moscovita, da pequena burguesia, forneiro por ofício, astuto, escolado, inteligente, de poucas palavras. De aparência mirrada e macilenta. Passaria um século inteiro de colete e avental, à moda moscovita, porém o destino fez diferente, e depois de longas errâncias ele acabou cumprindo prisão perpétua na seção especial, ou seja, na categoria dos mais terríveis criminosos militares. O que fez para merecer semelhante carreira, não sei; mas nunca se notava nele algum traço especial de insatisfação; seu comportamento era tranquilo e razoável; só vez por outra bebia como uma esponja, mas até nesses momentos se comportava bem. Certamente não participava do plano, e tinha um olhar penetrante. Sem dúvida Kulikov lhe deu uma piscadela, dando a entender que iriam buscar vodca, guardada na oficina ainda na véspera. Aquilo tocou Chílkin, que se despediu deles sem quaisquer suspeitas e ficou com o seu recruta, enquanto Kulikov, A-v e Koller tomaram a direção do subúrbio.

Transcorreu meia hora, os ausentes não retornaram e Chílkin, caindo de repente em si, começou a refletir. O camarada vira de tudo na vida. Começou a recordar: Kulikov estava com alguma intenção específica, por duas vezes A-v pareceu cochichar com ele, e Kulikov lhe dera pelo menos umas duas piscadelas, isso Chílkin tinha visto; agora se lembrava de tudo. Em Koller também notou uma coisa: antes de se afastar com os outros, começara a dar instruções ao recruta sobre como deveria agir na ausência dele, e isso não era de todo natural, pelo menos partindo de Koller. Em suma, quanto mais Chílkin recordava, mais desconfiado ficava. Enquanto isso, o tempo corria e eles não voltavam, e a sua inquietação chegou aos últimos limites. Compreendia muito bem o quanto se havia arriscado naquele caso: poderiam recair sobre ele as suspeitas dos chefes. Poderiam pensar que ele teria permitido a fuga dos companheiros com conhecimento prévio, por acordo mútuo, e se ele demorasse a denunciar o desaparecimento de Kulikov e A-v, essas suspeitas se tornariam ainda mais prováveis. Não havia tempo a perder. Então lembrou-se de que nos últimos tempos Kulikov e A-v tinham se tornado especialmente íntimos, cochichavam amiúde, iam com frequência para trás das casernas, longe de todos os olhares. Lembrou-se de que já então reparava neles... Lançou um olhar curioso para a sua sentinela: o rapaz bocejava apoiado no fuzil, e com o ar mais inocente limpava o nariz com o dedo, de modo que Chílkin nem se dignou a lhe comunicar os seus pensamentos e disse-lhe pura e simplesmente que o acompanhasse à oficina. Queria perguntar na oficina se os companheiros haviam passado lá. Mas se verificou que ninguém os vira. Todas as suas dúvidas se desfizeram. "E se tivessem apenas ido beber e farrear no subúrbio, como Kulikov às vezes fazia?", pensava Chílkin, "Mas não pode ser isso. Se fosse este o caso, não valeria a pena escondê-lo de mim." Chílkin largou o trabalho e nem passou na caserna, foi direto para o presídio.

Já eram quase nove horas quando Chílkin se apresentou ao sargento ajudante e lhe explicou do que se tratava. O sargento ajudante se amedrontou e a princípio nem quis acreditar. É claro que Chílkin também lhe explicou tudo apenas em forma de conjecturas, de suspeitas. O sargento precipitou-se para a casa do major. O major correu de imediato ao comandante. Quinze minutos depois já haviam sido tomadas as medidas necessárias. Fizeram um relatório ao próprio governador-geral. Eram criminosos graves, e por causa deles poderia haver uma reprimenda severa de Petersburgo. De uma forma ou de outra, A-v fazia parte dos criminosos políticos: Kulikov pertencia à seção especial, ou seja, era um arquicriminoso, e ainda por cima militar. Até então não havia nenhum exemplo de alguém que tivesse fugido da seção especial. Lembraram, a propósito, que pelo regulamento cabia destinar dois escoltas para cada detento da seção especial, ou ao menos um. Essa norma não fora observada. Consequentemente, era uma situação inconveniente. Enviaram mensageiros especiais a todas as freguesias, a todos os lugarejos dos arredores, com informações sobre os fugitivos e seus sinais característicos. Mandaram cossacos ao encalço deles para capturá-los; escreveram aos distritos e províncias vizinhas... Em suma, estavam muito amedrontados.

Enquanto isso, em nosso presídio teve início outra espécie de agitação. À medida que iam voltando do trabalho, os presidiários logo foram tomando conhecimento do caso. A notícia já chegara a todos. Cada um a recebia com uma alegria fora do comum, oculta. Sentiam uma espécie de estremecimento no coração... Além de esse caso perturbar a vida monótona do presí-

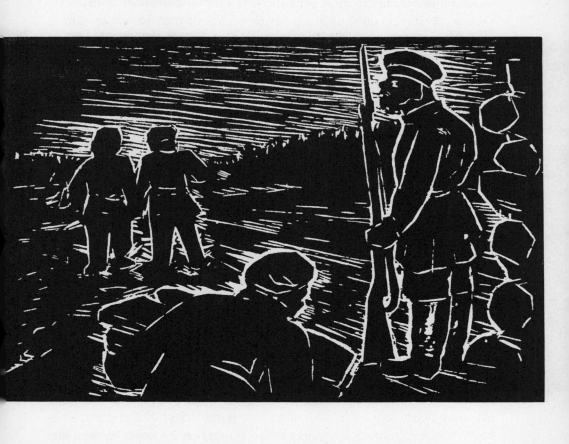

dio e remexer o formigueiro, a fuga — e que fuga! — fazia um eco fraternal em todas as almas, desentorpecia nelas cordas há muito tempo olvidadas; em todos os corações mexeu-se algo parecido com a esperança, a audácia, a possibilidade de "mudar de sina". "Ora, mas se eles fugiram, então..." E diante desse pensamento cada preso ganhava alma nova e trocava com os outros um olhar desafiador. De repente, ficaram no mínimo tomados de orgulho e começaram a olhar o sargento com superioridade. É claro que no mesmo instante chegaram os superiores. O próprio comandante apareceu. Os nossos estavam de alma nova, davam-se ares de ousadia, encaravam os chefes até com um pouco de desdém e uma espécie de gravidade silenciosa e severa: "Nós, sabe como é, sabemos fazer a coisa". É claro que no mesmo instante os nossos anteciparam que haveria uma vistoria geral dos diretores do presídio. Previram também que fatalmente haveria revista e esconderam tudo de antemão. Sabiam que em casos semelhantes a administração tarda a reagir. E foi o que aconteceu: houve grande rebuliço; revolveram tudo, escarafuncharam tudo — e nada encontraram, evidentemente. Os presidiários foram enviados aos trabalhos da tarde sob escolta reforçada. Ao cair da tarde, as sentinelas faziam rondas a cada minuto; contaram os homens umas duas vezes, contra o costume; isso levou a uma nova agitação: botaram todos no pátio e tornaram a contá-los. Depois tornaram a contá-los nas casernas... Numa palavra, houve muitas diligências.

Mas os presidiários não se importavam. Todos eles tinham ares de extraordinária soberania e, como sempre é de praxe nesses casos, portaram-se com uma cerimônia incomum naquela noite. "Quer dizer que não cometeram nenhum deslize." E os chefes, por sua vez, refletiam: "Não terão ficado cúmplices dos fugitivos no presídio?", e ordenou-se vigiar, prestar atenção nas conversas dos presidiários. Mas os presidiários apenas riam. "Isso lá é caso para se deixar cúmplices!" "Isso é coisa que se faz sem deixar rastro, e não de outra forma." "E Kulikov e A-v são homens de deixar rastro numa coisa dessas? A coisa foi feita com maestria, na surdina. São homens que passaram por tudo na vida: passam até por porta fechada!" Em suma, Kulikov e A-v cresceram em sua glória; todos se orgulhavam deles. Sentiam que a façanha chegaria aos mais distantes descendentes dos galés, sobreviveria ao presídio.

— São mestres! — diziam uns.

— E achavam que não se foge daqui. Mas fugiram!... — acrescentavam outros.

— Fugiram! — emendou um terceiro, olhando ao redor com certa autoridade. — E quem fugiu?... Por acaso é coisa pra ti?

Noutra ocasião, o detento a quem foram dirigidas essas palavras responderia ao desafio sem hesitar e defenderia a sua honra. Mas agora calava modestamente. "Na realidade, nem todos são como Kulikov e A-v; mostra primeiro quem és e..."

— De verdade, maninhos, por que é que temos de ficar aqui? — rompe o silêncio um preso que estava sentado com ar despretensioso junto à janela da cozinha e arrastava as palavras levado por um sentimento de frouxidão, mas com uma autossuficiência secreta, apoiando a face na palma da mão. — O que fazemos aqui? Vivemos sem ser gente, morremos sem ser defuntos. Sim, senhor!

— É, essa coisa não é um sapato que se tira do pé. Por que esse "sim, senhor"?

— Mas veja o caso de Kulikov... — quis secundar um dos exaltados, um rapazinho jovem e inexperiente.

— Kulikov! — secundou no ato o outro, olhando desdenhosamente de esguelha para o rapazinho inexperiente. — Kulikov!...

Com isso ele queria dizer: Será que há muitos Kulikov por aqui?

— Mas e A-v, maninhos; é um danado, mas que danado!

— E como! Esse leva até Kulikov no bico. Mete-o num labirinto.

— E será que eles já estão longe, maninhos? Gostaria de saber...

E no mesmo instante começou o falatório. Será que estariam longe? Que direção teriam tomado? E para onde seria melhor que fossem? E qual era a freguesia mais próxima? Apareceram homens que conheciam as redondezas. Foram ouvidos com curiosidade. Discutiram sobre os habitantes das aldeias vizinhas e resolveram que era uma gente inoportuna. Perto da cidade morava um povo experiente; não daria trela aos presidiários, iria capturá-los e entregá-los.

— Maninhos, ali o mujique leva uma vida dura. Aaaah, o mujique...

— O mujique é inconsequente!

— Os siberianos têm orelhas salgadas.[41] Matam quem lhes cair nas unhas.

— Bem, mas e os nossos...

---

[41] Alusão aos trabalhadores das primeiras salinas russas, que extraíam manualmente do subsolo a água salgada que depois passava por evaporação e se transformava em sal. Tudo era manual: a extração, o ensacamento do sal, seu transporte nas costas dos trabalhadores, que em função do contato ficavam com ulcerações no corpo, tinham sempre as orelhas descascadas e vermelhas, e viviam permanentemente revoltados. (N. do T.)

— É lógico que aí depende de quem levar a melhor. E os nossos não são uma gente qualquer.

— Pois bem, se a gente não morrer acabará tendo notícias.

— E tu, o que achas? Serão capturados?

— Acho que não serão capturados vivos! — secundou um dos exaltados, dando um murro na mesa.

— Hmmm, aí depende do rumo que a coisa tomar.

— Vejam o que eu penso, maninhos — secundou Skurátov —, se eu caísse na vagabundagem, vivo não me apanhariam!

— Tu?!

Caem na risada; outros fingem que tapam as orelhas. Mas Skurátov já está de rédeas soltas.

— Vivo não me apanhariam! — retoma com energia. — Maninhos, frequentemente eu penso nisso cá com os meus botões e fico surpreso comigo mesmo: acho que eu passaria por uma frestazinha, mas não me apanhariam.

— Na certa ficarias com fome e procurarias um mujique para pedir comida.

Gargalhada geral.

— Pedir comida? Estás enganado!

— Arre, por que martelar nisso? Você e o tio Vássia mataram uma vaca[42] e por isso vieram parar aqui.

A gargalhada vai ficando cada vez mais estrondosa.

— Mas isso é mentira! — grita Skurátov —, foi Mikitka que inventou essa mentira contra mim, e aliás não contra mim, mas contra Váska, e aproveitaram para me incluir nela. Sou moscovita e desde a infância ganhei experiência na vagabundagem. Quando o sacristão me ensinava a ler, vez por outra me puxava a orelha: "Vamos repete: 'Poupa-me Senhor, por tua grande misericórdia' etc...". E eu repetia depois dele: "Leva-me à polícia por tua misericórdia etc...". Foi assim que comecei a agir, desde a infância.

Todos voltaram a cair na gargalhada. E era tudo o que Skurátov queria. Não podia deixar de fazer palhaçadas. Logo o deixaram e retornaram às conversas sérias. Quem mais julgava eram os velhos e os peritos no assunto. Os mais jovens e mais quietos apenas se contentavam em olhar para eles e espichar o pescoço para ouvi-los; na cozinha formara-se uma grande aglomeração; é claro que o sargento não estava lá. Em sua presença os presidiá-

---

[42] Isto é, mataram um mujique ou uma camponesa por desconfiarem de que eles tinham lançado mau-olhado ao vento, provocando a morte do gado. Em nosso presídio havia um criminoso desse tipo. (N. do A.)

rios não estariam falando. Entre os mais contentes notei o tártaro Mametka, um baixote que tinha as maçãs do rosto salientes, uma figura extremamente cômica. Quase não falava nada em russo e quase nada entendia do que falavam, mas espichava o pescoço do meio da multidão na direção dos falantes e os ouvia, ouvia com prazer.

— Então, Mametka, *iakchí*?[43] — começou a importuná-lo Skurátov, por falta do que fazer, já que fora deixado de lado por todos os presidiários.

— *Iakchí*! Hmmm, *iakchí*! — balbuciou Mametka animando-se todo, meneando para Skurátov sua cabeça engraçada. — *Iakchí*.

— Vão capturar os dois? *Iók*?[44]

— *Iók*, *iók*! — Mametka tornou a tagarelar, desta vez já gesticulando.

— Quer dizer que a tua desafina e a minha não atina, é isso?

— Sim, sim, *iakchí*! — secundou Mametka com um sinal de cabeça.

— Então vá lá, *iakchí*!

E depois de dar um piparote no gorro de pele do outro e enterrá-lo até os olhos, Skurátov saiu da cozinha no mais alegre estado de espírito, deixando Mametka meio perplexo.

Durante uma semana inteira continuaram os rigores no presídio e as perseguições e buscas reforçadas nos arredores. Não sei de que maneira, mas os presidiários recebiam imediatamente as notícias mais precisas sobre as ações da alta administração fora do presídio. Nos primeiros dias, todas as notícias eram favoráveis aos fugitivos; nenhum sinal deles, sumiram, e é só. Os nossos apenas riam. Tinha desaparecido toda e qualquer preocupação com o destino dos fugitivos. "Não vão encontrar nada nem capturar ninguém!", diziam com jactância.

— Nem sinal, como uma bala.

— Adeus, não aterrorizem, logo estarei de volta!

No presídio sabíamos que todos os camponeses das redondezas tinham sido postos no encalço deles, vigiavam todos os lugares suspeitos, todos os bosques, todos os barrancos.

— É uma besteira — diziam os nossos, zombando —, na certa estão morando na casa de alguém.

— Sem dúvida! — diziam outros —, não são descuidados; prepararam tudo com antecedência.

---

[43] "Bom", "ótimo", em tártaro. (N. do T.)

[44] "Não", em tártaro. (N. do T.)

E avançaram ainda mais nas suposições: começaram a falar que os fugitivos talvez ainda estivessem no subúrbio, esperando nos fundos de alguma adega o "alvoroço" passar e o cabelo raspado crescer. Passariam meio ano, um ano, e então seguiriam em frente...

Em suma, todos estavam num estado de espírito até romântico. Foi quando, uns oito dias depois da fuga, de repente espalhou-se o boato de que haviam encontrado a pista dos dois. É claro que o boato absurdo foi imediatamente refutado com desdém. Mas na mesma tarde o boato se confirmou. Os presidiários começaram a se inquietar. Na manhã do dia seguinte, na cidade passaram a dizer que os dois haviam sido capturados e seriam trazidos de volta. Depois do almoço surgiram ainda mais detalhes: foram capturados em certa aldeia a setenta verstas de distância. Por fim veio a notícia precisa. Ao voltar da casa do major, o sargento ajudante anunciou positivamente que até o anoitecer eles seriam trazidos direto para a casa de guarda do presídio. Já não era mais possível duvidar. É difícil transmitir o efeito que essa notícia teve sobre os presidiários. De início todos pareceram zangados, depois ficaram meio abatidos. Em seguida apareceu uma certa pretensão de zombaria. Começaram a rir, mas não dos captores, e sim dos capturados, primeiro alguns deles, depois quase todos, exceto uns poucos, sérios e firmes, que pensavam com a própria cabeça e que os galhofeiros não conseguiam desatinar com suas zombarias. Esses olhavam com desdém para a leviandade da massa e calavam com seus botões.

Em suma, na mesma medida em que antes enalteciam Kulikov e A-v, agora os humilhavam, e humilhavam até com prazer. Era como se eles tivessem ofendido a todos de alguma maneira. Contavam com ar de desdém que eles tiveram muita vontade de comer, não aguentaram a fome e foram a uma aldeia pedir comida aos mujiques. Isso já era o último grau de humilhação para um vagabundo. Ademais, eram histórias falsas. Caíram na pista dos fugitivos; estes se esconderam num bosque; o bosque foi cercado de todos os lados. Vendo que não havia possibilidade de salvação, os próprios fugitivos se entregaram. Nada mais lhes restava fazer.

Contudo, quando ao cair da tarde os dois foram realmente trazidos pelos guardas, amarrados pelos pés e pelas mãos, todos os galés se precipitaram para as paliçadas no afã de ver o que fariam com eles. É claro que não viram nada a não ser a carruagem do major e do comandante diante da casa de guarda. Colocaram os fugitivos num reservado, puseram-lhes os grilhões e no dia seguinte os entregaram à justiça. As zombarias e o desprezo dos presidiários logo desapareceram por si sós. Eles tomaram conhecimento mais detalhado do caso, souberam que não restava nada mais a fazer senão entregar-se, e todos passaram a acompanhar de coração na mão o desenrolar dos acontecimentos no tribunal.

— Vão receber mil lambadas — diziam uns.

— Qual mil! — diziam outros. — Vão matá-los de pancada. A-v talvez receba mil, mas o outro vão matar de pancada, porque é da seção especial, meus maninhos.

Mas se enganaram. A-v recebeu apenas quinhentas vergastadas; levaram em consideração seu comportamento satisfatório anterior, e o fato de que era a sua primeira falta. Parece que Kulikov recebeu mil e quinhentas. Foi castigado com bastante clemência. Como homens atinados, os dois não envolveram ninguém no julgamento, falaram com clareza, com precisão, disseram que tinham fugido direto da fortaleza e não haviam chegado a lugar algum. De todos, tive mais pena de Koller: perdeu tudo, suas últimas esperanças, recebeu um castigo superior ao dos outros, parece que duas mil vergastadas, e foi enviado como detento para algum outro lugar, e não para o nosso presídio. A-v foi castigado com brandura, com piedade; os médicos tiveram parte nisso. Mas no hospital meteu-se a valente e disse alto e bom som que agora tinha passado por tudo, estava disposto a tudo e ainda faria mais. Kulikov comportou-se como sempre, isto é, com seriedade e decência, e ao voltar do castigo para o presídio tinha o ar de quem parecia nunca ter saído dali. Mas não era assim que os presidiários o viam: apesar de Kulikov sempre ter sabido portar-se onde quer que estivesse, no fundo da alma os presidiários tinham perdido o respeito por ele, passaram a tratá-lo de igual para igual. Em suma, depois dessa fuga a fama de Kulikov entrou em forte declínio. O êxito é muito importante para as pessoas...

X
A SAÍDA DA PRISÃO

Tudo isso aconteceu já no meu último ano de trabalhos forçados. Esse último ano me ficou na memória quase tanto quanto o primeiro, sobretudo os meus últimos dias no presídio. Mas não vale a pena entrar em detalhes. Lembro-me apenas de que, nesse último ano, apesar de toda a minha ansiedade por terminar logo a pena, viver foi mais fácil para mim do que em todos os anos anteriores de degredo. Em primeiro lugar, eu já tinha muitos amigos e companheiros entre os presidiários, e eles estavam definitivamente convencidos de que eu era um homem bom. Muitos me eram dedicados e gostavam sinceramente de mim. O pioneiro esteve a ponto de chorar quando foi comigo e o meu companheiro até o portão do presídio, e mais tarde, já depois da nossa saída, quando moramos um mês inteiro num prédio público daquela cidade, ele nos visitou quase todo dia sem quê nem para quê, apenas para nos ver. Houve, entretanto, indivíduos severos e nada amáveis até o fim, para os quais parecia ser difícil trocar uma palavra comigo — sabe Deus por quê. Parecia haver algum obstáculo entre nós.

De modo geral, nos últimos tempos tive mais regalias do que em toda a minha vida anterior de galé. Entre os servidores militares daquela cidade encontrei conhecidos e até antigos colegas de escola. Restabeleci minhas relações com eles. Por meio deles eu podia dispor de mais dinheiro, podia escrever para a pátria e até conseguir livros. Já fazia vários anos que eu não lia um livro sequer e seria difícil descrever a impressão estranha e ao mesmo tempo inquietante que produziu em mim o primeiro livro lido no presídio. Lembro-me que comecei a sua leitura ao cair da tarde, quando fecharam o presídio, e li a noite inteira até o alvorecer. Era o exemplar de uma revista. Foi como se me tivessem chegado notícias de outro mundo; a antiga vida se me apresentou com toda clareza e nitidez, e eu tentava adivinhar pelo que lia: estaria eu muito atrasado em relação a ela? Teriam as pessoas vivido muito lá, sem mim, quais eram as suas preocupações atuais, de que problemas se ocupavam? Eu me agarrava às palavras, lia nas entrelinhas, procurava descobrir um sentido oculto, alusões ao passado; sondava vestígios do que antes, no meu tempo, inquietava as pessoas, e como agora era triste para mim reconhecer de fato o quanto eu era estranho a essa nova vida, tornara-

-me um desarraigado. Precisava me acostumar ao novo, conhecer a nova geração. Eu me atirei em especial à leitura de um artigo assinado por um nome conhecido, de uma pessoa que antes me fora próxima... Mas também já ecoavam novos nomes: aparecia gente nova, eu me precipitava avidamente para conhecê-la e ficava agastado por ter tão poucos livros em vista e tanta dificuldade de obtê-los. Antes, sob o antigo major, era até perigoso introduzir livros no presídio. Em caso de busca, vinham fatalmente as interpelações: "De onde são esses livros, onde os conseguiste? Então tens ligações?...". O que eu podia responder a essas interpelações? E era por viver sem livros que mergulhava fundo em mim mesmo, fazia-me perguntas, procurava resolvê-las, ficava muito atormentado com elas... Mas acontece que não se consegue relatar tudo isso!...

Eu ingressei no presídio no inverno, e por isso devia sair para a liberdade no inverno, no mesmo dia do mesmo mês em que havia ingressado. Com que impaciência eu aguardava o inverno, com que prazer observava o fim do verão, como as folhas murchavam nas árvores e a relva desbotava na estepe! Mas eis que o verão passa, começa a uivar o vento do outono; eis que já começa a esvoaçar a primeira neve... Enfim chega aquele inverno há tanto tempo aguardado! No mesmo instante, meu coração começou a bater surdo e com força, levado pelo grandioso pressentimento da liberdade. Mas coisa estranha: quanto mais o tempo passava e mais se aproximava o fim da pena, mais e mais tolerante eu me tornava. Já bem perto dos últimos dias até me surpreendi e me recriminei: pareceu-me que eu ficara de sangue-frio, totalmente indiferente. Muitos presidiários que me encontravam no pátio nas horas de folga entabulavam conversa comigo, felicitavam-me:

— Então, meu caro Aleksandr Pietróvitch, logo logo ganha a liberdade. Vai nos deixar solitários.

— E você, Martínov, vai sair logo? — perguntei.

— Eu? Que nada! Ainda vou penar uns sete anos...

E suspira com seus botões, se detém, fica com ar distraído, como se olhasse para o futuro... Sim, muitos me felicitavam com sinceridade e alegria. Tive a impressão de que todos passaram a me tratar de modo mais amistoso. Pelo visto, eu já não era mais um deles; já despediam-se de mim. K-tchinski, polonês de origem nobre, um jovem quieto e dócil, também gostava de caminhar pelo pátio como eu nos momentos de folga. Ele pensava conservar a saúde com o ar puro e os passeios, refazer-se de todos os danos causados pelas noites abafadas da caserna. "Aguardo com impaciência a sua saída", disse-me com um sorriso ao me encontrar certa vez durante um passeio, "o senhor sai, e *então saberei* que me falta exatamente um ano para sair."

Aqui observo de passagem que em consequência do espírito sonhador e da longa perda do hábito, no presídio a liberdade nos parecia de certo modo mais livre do que a verdadeira liberdade, ou seja, aquela que existe de fato, na realidade. Os presidiários exageravam o conceito de liberdade real, e isso é natural e característico de qualquer detento. Um simples ordenança esfarrapado era considerado quase um rei entre nós, quase um ideal de homem livre em comparação com os presos, porque não tinha a cabeça raspada, andava sem grilhões e sem escolta.

Na véspera do meu último dia, no crepúsculo, percorri *pela última vez* todo o nosso presídio junto às estacas da paliçada. Quantos milhares de vezes passei por aquelas estacas durante todos aqueles anos. Ali, atrás das casernas, eu perambulava no meu primeiro ano de galé, sozinho, abandonado, abatido. Lembro-me que então eu contava quantos milhares de dias me restavam. Meu Deus, faz tanto tempo que isso aconteceu! Ali, naquele canto, vejam só, vivia a nossa águia, como um prisioneiro; eis o lugar onde frequentemente Pietróv me encontrava. Mesmo agora ele se afastava de mim. Corria ao meu encontro e, como se adivinhasse os meus pensamentos, caminhava calado a meu lado e parecia admirar-se de alguma coisa lá com seus botões. Em pensamento eu me despedia daquelas enegrecidas toras de madeira das nossas casernas. Como me impressionaram com sua hostilidade *naquela época*, nos meus primeiros tempos. Agora elas também deviam estar envelhecidas em comparação àquela época; mas eu não o notava. E quanta mocidade fora enterrada inutilmente naquelas muralhas, quantas forças poderosas ali pereceram em vão! Vamos, é preciso dizer tudo: vamos, aquela era uma gente extraordinária. Pois é possível que aquela fosse até mesmo a gente mais talentosa, a gente mais forte de todo o nosso povo. E aquelas forças poderosas pereceram em vão, pereceram de forma anormal, ilícita, irrecuperável. E de quem é a culpa?

Sim, de quem é a culpa?

Na manhã seguinte, cedo, ainda antes da saída para o trabalho, quando apenas começava a clarear, percorri todas as casernas para me despedir de todos os presidiários. Muitas mãos fortes e cheias de calos se estenderam de forma cordial para mim. Outros as apertavam inteiramente, como verdadeiros companheiros, mas estes eram poucos. E outros já compreendiam muito bem que agora eu me tornaria um homem em tudo diferente deles. Sabiam que na cidade eu tinha conhecidos, que eu sairia do presídio direto para a companhia dos *senhores* e me sentaria ao lado desses senhores como um igual. Eles compreendiam isso, e mesmo que se despedissem de mim de forma amistosa, de maneira afável, nem de longe o faziam como companheiros, mas como se se despedissem de um grão-senhor. Uns outros me deram as costas e com ar severo negaram-se a responder ao meu adeus. Alguns até me olharam com certo ódio.

Rufou o tambor e todos partiram para o trabalho, mas eu fiquei em casa. Naquela manhã, Suchílov se levantara um pouco antes de todos os outros e se empenhava com todas as forças para me preparar o chá. Pobre Suchílov! Chorou quando lhe dei de presente os meus trapos de prisioneiro, as camisas, as correias de prender os grilhões e algum dinheiro. "Não é disso que preciso!", disse, esforçando-se para conter os lábios trêmulos, "vou perder logo uma pessoa como o senhor, Aleksandr Pietróvitch? Sem o senhor aqui, a quem hei de servir?" Pela última vez despedi-me de Akim Akímitch.

— Bem, o senhor também vai sair em breve! — disse-lhe.

— Ainda me falta muito, hei de ficar muito tempo aqui — balbuciou ele, apertando minha mão. Lancei-me aos seus braços e nos beijamos.

Uns dez minutos depois da saída dos presidiários, nós — eu e o companheiro com quem eu havia chegado — também saímos do presídio para nunca mais voltar. Precisávamos ir direto à forja para tirar os grilhões. Porém já não estávamos acompanhados da escolta armada: fomos com o sargento. Os próprios presidiários nos tiraram os grilhões na oficina de engenharia. Esperei que tirassem os grilhões do meu companheiro e depois fui eu mesmo até a bigorna. Os ferreiros me puseram de costas para eles, levantaram por trás uma das minhas pernas, puseram-na sobre a bigorna... Estavam azafamados, queriam fazer a coisa de um jeito mais ágil, melhor.

— Em primeiro lugar, é preciso virar o arrebite!... — comandou o ferreiro mestre —, segura assim, desse jeito, está bom... Agora dá uma martelada...

Os grilhões caíram. Eu os ergui... Queria segurá-los nas mãos, olhar para eles pela última vez. Eu parecia admirado, porque ainda agorinha estavam em minhas pernas.

— Bem, vão com Deus, vão com Deus — diziam os presidiários com suas vozes entrecortadas, rudes, mas como que satisfeitas com alguma coisa.

Sim, com Deus! Liberdade, vida nova e ressurreição dentre os mortos... Que momento glorioso!

FIM

# APÊNDICES

O periódico *Mundo Russo* (*Rússki Mir*), nº 67, de 1º de setembro de 1860, onde foram publicados os primeiros capítulos de *Escritos da casa morta*.

CARTA AO CENSOR[1]

Fiódor Dostoiévski

Numa palavra, na prisão reinava, de modo desesperador, um tormento pleno, terrível e verdadeiro. Entretanto (e é precisamente disso que pretendo falar) para o observador superficial, ou para alguém que não tenha calos nas mãos, à primeira vista a vida do presidiário poderá até parecer agradável, por vezes. "Meu Deus", dirá ele, "olhem só para eles: pois alguns (e quem não sabe disso) nunca haviam posto um pedaço de pão branco na boca, não faziam ideia do que fosse pão de verdade. Mas vejam que tipo de pão lhe dão aqui, a ele, ao canalha, ao bandoleiro! Olhem para ele: como ele nos fita, como ele caminha! Não esquenta a cabeça com nada, mesmo preso a grilhões! Olhem só: fumando cachimbo! E isso, o que é? Cartas de baralho!! Ora, há até um bêbado! Quer dizer que pode beber na cadeia?! Que belo castigo esse!!!"

Eis o que um observador de fora diria à primeira vista, e talvez de forma bondosa e bem-intencionada.

Mas por que esses mesmos afortunados ficariam contentes de fugir e vagabundear por aí? O senhor sabe o que é a vagabundagem? Em algum momento contarei mais a respeito disto. O vagabundo passa uma semana sem comer, sem beber. Dorme no frio e sabe que qualquer homem livre, qualquer um que não seja um andarilho, vai olhar para ele e tentar capturá-lo, como um animal selvagem; sabe disso e ainda assim foge do presídio, onde há calor e pão. Quanto ao senhor, já que está tão certo de que ele é um afortunado, por que manter no encalço desse "afortunado" um soldado de escolta, às vezes dois? Por que recorrer a grilhões, cadeados e ferrolhos tão pesados? Ora, o pão! Comem pão para que possam viver, mas a vida, ela

---

[1] Esse texto, encontrado nos arquivos do departamento de censura tsarista, foi escrito pelo autor e endereçado ao barão Nikolai Vassílievitch Medem (1798-1870), presidente do Comitê de Censura de São Petersburgo, em nome dos editores do periódico *Mundo Russo* (*Rússki Mir*). Nele Dostoiévski responde à alegação do censor de que a representação do presídio em *Escritos da casa morta* seria "atraente" para os criminosos em potencial, o que vinha impedindo a publicação dos dois primeiros capítulos da obra. Apesar de o texto ter sido anexado ao final do segundo capítulo, tudo indica que o autor não teve a intenção de incluí-lo no livro. A tradução é de Danilo Hora. (N. do T.)

mesma, não existe! A vida verdadeira, a efetiva, a essencial, essa não existe, e o condenado sabe que nunca irá existir; quero dizer, talvez venha a existir, mas quando?... Prometem-na como que por zombaria...

Tente o senhor construir um palácio. Mande que tragam mármore, pinturas, aves do paraíso, jardins suspensos, toda sorte de coisas... Agora adentre-o. No fim das contas, talvez o senhor nunca mais queira sair dali. Talvez efetivamente não saia. Lá tem de tudo! "Melhor não mexer no que está bom." Mas de repente — um mero detalhe! — o palácio do senhor é bloqueado por uma cerca, e alguém chega e lhe diz: "Tudo isto é teu! Aproveita! Mas não dês um passo daqui para fora!". Pode ter certeza de que nesse mesmo momento o senhor vai querer abandonar o paraíso e deixar a área cercada. E tem mais! Todo esse luxo, toda essa volúpia, servirão de inspiração para o seu sofrimento. O senhor chegará a ficar ofendido justamente com o luxo...

Pois só uma coisa não haverá ali: o nosso caro arbítrio! O nosso caro arbítrio e a nossa cara liberdade! E o homem já não será o mesmo: os pés agrilhoados, rodeado de estacas pontudas, tendo sempre atrás de si um soldado com uma baioneta, e acordando ao som de um tambor, trabalhando sob a vergasta, e se queres te distrair um pouco, toma lá uns cinquenta companheiros para ti...

— Mas eu não os quero! Não tenho estima por eles, esses celerados, quero rezar mas eles cantam canções obscenas. Como viver com alguém que não amamos, que não respeitamos?

— Pois viva! "Não quiseste bordar com fios de ouro"...,[2] e assim por diante.

De tudo isso o presidiário sabe perfeitamente, sabe de corpo inteiro, e não só com a mente; e sabe ainda que está ferreteado e de cabeça raspada, e ainda, sabe que não tem mais direitos; e por isso está sempre com raiva, amargo e infeliz; e por isso está enfermo; e por isso os presos vivem em constantes rixas, escaramuças, mexericos. E é por isso que o senhor tem medo deles e não entra na prisão sem um soldado de escolta...

Contam que, certa feita, em um lugar qualquer, na época da canícula, uns policiais viraram a noite capturando cachorros vadios, coisa de uns trinta cachorros, e os amontoaram todos, vivos e saudáveis, numa só pilha dentro da telega fechada e então tocaram para o departamento. Logo começa-

---

[2] Referência ao dito que aparece na página 44: "Não quiseste bordar com fios de ouro, agora quebra pedra a marreta", que Dostoiévski ouviu na prisão e registrou na entrada de número 282 de seu *Caderno siberiano*. (N. do T.)

ram as rixas. A cena é estúpida, repulsiva! E quanto a duzentos e cinquenta homens numa prisão, reunidos ali, contra a própria vontade, de todos os cantos do Império Russo: vivam — é o que lhes dizem — como bem quiserem, contanto que todos juntos, contanto que atrás da paliçada. Isso não seria a mesma coisa que uma telega fechada? Mas é claro que não é o mesmo, é ainda melhor. Lá havia apenas rixas "de cachorro", mas aqui a rixa é "de gente". E o homem não é um cachorro: é uma criatura racional, é capaz de compreender e sentir, ao menos em maior medida do que um cachorro...

Sim! O preso compreende e sente que perdeu tudo, e o sente plenamente. Ele fica lá, talvez até cante umas canções, mas o faz, no fim das contas, só para se gabar. A vida é maldita e sem porvir! E é difícil de imaginá-la, é preciso experimentá-la para saber!

E disso o povo simples sabe; e sem ter que experimentar. Não é à toa que ele chama os presos de "infelizes", não é à toa que lhes perdoou tudo, que os alimenta e lhes faz agrados. Ele sabe que não é disso que consiste o grande tormento, mas sim da palavra "cativeiro" — como dizem os próprios cativos: "Numa palavra: cativeiro".

Planta da fortaleza de Omsk, local onde Dostoiévski esteve preso entre 1850 e 1854.

DOSTOIÉVSKI E DÚROV NA PRISÃO DE OMSK[1]

Piotr Martiánov

A cidade de Omsk, na época, era o centro administrativo civil e militar da Sibéria Oriental. A velha fortaleza, na curva do rio Irtích onde este confluía com o rio Om, tinha vilarejos de arrabalde dos três lados, e ao longo da quarta face da fortaleza corria o Irtích, depois do qual já começava a estepe. A própria fortificação era um paralelogramo bastante vasto, de algumas *dessiatinas*,[2] circunvalado por um terrapleno e com quatro portões: a) o portão Irtích, que dava para o rio; b) o portão Omsk, para a embocadura do rio Omsk; c) o portão Társk, para a praça da cidade e os espaços públicos; e d) o portão Tobolsk, para a curva do rio Irtích. Em cada portão havia uma casa de guarda com militares. De maneira geral, na qualidade de local fortificado para a defesa contra invasores, a fortaleza não tinha importância alguma, embora estivesse munida em quantidade suficiente de canhões de ferro fundido, que faziam lembrar os tempos de Matusalém, e projéteis empilhados em pirâmide, em cujas frestas abrigavam-se e viviam tarântulas, escorpiões e aranhas-camelo. Uma praça vasta ocupava o centro da fortaleza, e nela, não muito longe do portão Társk, via-se ao longe uma massiva catedral ortodoxa com a casinha paroquial; nas extremidades da praça, igualados solene e harmoniosamente com o restante do quadrilátero, erguiam-se alguns edifícios burocráticos construídos conforme o usual e inveterado estilo arquitetônico das casernas militares. Lá ficavam: o Palácio do Governador-Geral, a Administração do Comando Militar, a Administração de Engenharia, o Quartel-General, uma casa onde moravam as autoridades e os funcionários dos ditos departamentos com suas famílias, e atrás deles ficavam as casernas dos 4º, 5º e 6º batalhões de linha e a famosa prisão de galés de Omsk. Todas aquelas edificações eram térreas, com exceção das casernas e do Quartel-General, que tinham dois andares, e se alguém por acaso fosse

---

[1] Texto extraído do livro *Na virada do século* (*V perelome vieka*, 1895), de Piotr Kuzmitch Martiánov (1827-1899), memorialista e autor de novelas históricas e poemas satíricos. A tradução é de Danilo Hora. (N. do T.)

[2] Antiga medida equivalente a 1,09 hectare. (N. do T.)

parar ali vindo de Petersburgo, tudo aquilo lhe pareceria tão mísero e lastimável que involuntariamente o faria pensar naquelas construções míticas que os povos bárbaros um dia ergueram por toda a Europa, povos sobre os quais o professor Mikhail Pietróvitch Klobutski, em palestra de 1840 na Universidade de Khárkov, afirmou: "O diabo sabe de onde vieram, o diabo sabe o que fizeram e o diabo sabe para onde se escafederam". Na fortaleza prevalecia o caráter exclusivamente militar: oficiais, soldados, cossacos, ordenanças, carcereiros, escoltas e prisioneiros de galé. Ouvia-se o tinido das armas, as salvas de tiros dos vigias, o bater de continências, o ruído das telegas carregadas de provisões, o rangido das carroças dos artesãos e o clangor estrondeante das correntes dos prisioneiros. [...] Aquela era a famosa prisão descrita por Dostoiévski em *Escritos da casa morta* e, na época, havia ali dois pietrachevistas: Fiódor Mikháilovitch Dostoiévski e Serguei Fiódorovitch Dúrov.[3] Se a juventude de São Petersburgo os conhecia, não se sabe; mas na época de seu encarceramento nas galés, ela teve a mais fervorosa participação no destino deles, e fez por eles tudo o que era possível fazer.[4]

Era deprimente ao extremo, na época, olhar para aqueles outrora brilhantes pietrachevistas. Trajando a vestimenta comum dos prisioneiros — que consistia de um casaco metade cinza e metade preto com um losango amarelo nas costas, um boné macio sem pala, no verão, e, no inverno, luvas e um gorro de pele com orelheiras —, presos a grilhões que estrondavam a cada movimento, eles não se diferenciavam em nada dos outros prisioneiros pela aparência. A única coisa que os punha à parte da massa dos encarcerados eram os vestígios de sua boa criação e educação, algo que nada, nunca, será capaz de apagar. F. M. Dostoiévski tinha a aparência de um trabalhador forte, baixote e atarracado, fornido e bem aprumado pela disciplina militar. Mas a consciência de seu fado pesado, irredimível, parecia tê-lo empedernido. Era desajeitado, calado e moroso. Seu rosto pálido, esfalfado e da cor da terra, espargido de pontos vermelho-escuros, nunca era animado por um sorriso, e a boca se abria apenas para soltar respostas curtas e entrecortadas sobre o trabalho ou algum outro afazer. Ele enfiava o gorro na testa até a

---

[3] Serguei Fiódorovitch Dúrov (1816-1869), poeta, tradutor e ativista político, foi o único dos integrantes do Círculo de Pietrachévski a ser enviado à prisão de Omsk junto com Dostoiévski. (N. do T.)

[4] Por "juventude" o autor refere-se a sete alunos do Corpo de Cadetes Navais de São Petersburgo, chamados também, mais à frente, de "marinheiros". Em janeiro de 1850 esses jovens foram realocados para servir em Omsk, como castigo por desvio de conduta. O episódio é relatado no primeiro capítulo das memórias de Martiánov. (N. do T.)

altura das sobrancelhas e tinha um olhar lúgubre, compenetrado e desagradável, a cabeça inclinada para a frente e os olhos sempre fixos no chão. Os presos não lhe tinham estima mas reconheciam sua autoridade moral; encaravam-no com olhar sombrio, não desprovido de ódio por sua altivez, e afastavam-se em silêncio. E ele próprio, que percebia isso, afastava-se também dos outros, e apenas em ocasiões raríssimas, quando sentia um peso ou uma tristeza insuportáveis, entabulava conversa com algum dos presos. S. F. Dúrov, em contraste, mesmo naquele casaco de duas cores com um losango nas costas parecia um fidalgo. Belo e airoso, de estatura elevada, tinha a fronte altiva; seus grandes olhos, negros e salientes, fitavam com afeto, apesar da miopia, e a boca parecia estar sempre sorrindo a todos. Levava o gorro caído sobre a nuca e tinha o semblante de um pândego, mesmo nos momentos de maior adversidade. Tratava todos os prisioneiros com afeto, e estes tinham estima por ele. Mas estava extenuado por sua doença, e não raro mal conseguia andar. Suas pernas trepidavam e suportavam com muita dificuldade o corpo frouxo e debilitado. A despeito disso, não deixava-se abater e amortecia as mágoas do corpo com o riso e as tiradas espirituosas.

Mas antes de abordarmos a relação dos "marinheiros" com os pietrachevistas encarcerados, façamos alguns esclarecimentos sobre as histórias de algumas das personalidades de mais destaque da "Casa Morta". A respeito de Akim Akímitch, F. M. Dostoiévski diz que ele serviu no Cáucaso no posto de subtenente, e que foi comandante de alguma fortaleza, e lá mandou chamar um príncipe pacífico que atacara sua fortaleza à noite e a tentara incendiar, e, recebendo-o como uma visita, mandou que o fuzilassem... Mas foi Biélov, *iessaúl*[5] de um exército de cossacos do Cáucaso, que, de acordo com o que ele mesmo contou para os "marinheiros", chefiou temporariamente uma das *stanítsa*[6] da fronteira, que à época costumavam ser fortificadas. Ninguém atacou essa *stanítsa* nem ateou fogo a ela, mas alguns montanheses roubaram o gado que os cossacos deixavam pastando, fazendo-o passar por baixo dos muros. Depois de inquirir os que estavam a seu alcance e descobrir que aquilo fora obra dos montanheses pacíficos que viviam nos arredores, Biélov convidou à sua casa sete homens dos mais influentes entre aqueles montanheses, e não os fuzilou, mas os enforcou no bastião da for-

---

[5] Patente militar equivalente à de capitão de infantaria no exército ucraniano e nos destacamentos de cossacos da Rússia. (N. do T.)

[6] Vilarejo cossaco, considerado o primeiro nível de organização militar desse povo. (N. do T.)

taleza. Por esse motivo foi julgado e condenado a trabalhos forçados, pois se tivesse fuzilado um príncipe por atacar e incendiar uma fortaleza, teria antes recebido uma honraria, e não um castigo dos mais severos. O nobre condenado por parricídio era o subtenente Ilín, que serviu num batalhão de linha em Tobolsk. A corte sentenciou que, pelo desvio de conduta, ele fosse rebaixado a praça, e pela acusação de parricídio, na falta de evidências suficientes, que fosse mantido sob suspeita com fortes indícios. Mas o imperador Nikolai Pávlovitch houve por bem instruir a corte marcial da seguinte resolução, a qual foi ratificada por ela: "Um parricida não pode servir nas fileiras do exército. Vinte anos de trabalhos forçados". O artista — o amigo delator de Fiedka, o ordenança do major — era Áristov, que já pertencera a um grupinho da nossa "juventude de ouro".[7] Tendo dilapidado sua fortuna na juventude e depois inventado tramoias para angariar fundos, acabou entrando para o serviço secreto. Ali, na ânsia de fazer uma carreira o mais rápido possível, levantou calúnias que envolviam uma dúzia de pessoas inocentes em uma conspiração antigovernamental, e quando a investigação descobriu que tudo não passava de mentiras, sofreu ele mesmo o castigo que havia preparado maliciosamente para os outros. Os polacos, que usufruíam de grande simpatia na prisão, eram Malczewski e Żukowski, condenados a trabalhos forçados por terem participado na insurreição polonesa. O primeiro pertencia à classe dos ricos senhores de terras, detentor de várias posses, e era, como se costuma dizer, um *pan marszałek*.[8] Seu ódio pelos russos não tinha limites, mas era uma pessoa extremamente educada e delicada, que, mesmo entre aquela gente que ele não estimava, mantinha todo o peso e a força de sua autoridade. O segundo era professor na suprimida Universidade de Vilna, um fanático do ideal polonês, mas que, enquanto homem e cristão, era merecedor de todo o respeito.

Na época, esses prisioneiros exigiam um bocado de atenção, energia e vigilância dos guardas. Estes não só escoltavam os presos até o local de trabalho como deviam também vigiá-los o tempo todo no presídio. O controle de presença individual, feito de manhã e à noite, a inspeção das casernas em nome da limpeza e da ordem, da vigilância sobre o tráfico de bebida, tabaco, cartas de baralho e outros itens proibidos, a manutenção da paz e da

---

[7] Tradução russa do termo *jeunesse dorée*, que faz referência a jovens da nobreza que levavam uma vida de luxos e excessos. (N. do T.)

[8] Na Polônia do século XIX, ocupada pelo Império Russo, o *marszałek* era um delegado do governador regional, este último sendo apontado pelo governo russo. (N. do T.)

tranquilidade entre os presos, a execução de buscas e inspeções inesperadas e outras coisas semelhantes, tudo isso tornava o trabalho do chefe da guarda extremamente importante e oneroso. Mas os "marinheiros" transitavam com satisfação especial entre os oficiais da guarda do presídio, pois assim tinham a oportunidade de se fazer notar pela chefia e de amenizar, ao menos um pouco, o fardo pesado daqueles prisioneiros que despertavam o compadecimento geral. Além das fileiras de presidiários que trabalhavam na fortaleza e nos seus arredores, alguns eram designados para trabalhar dentro do presídio. Estes ficavam à disposição dos guardas e, até que os enviassem aonde fosse preciso, permaneciam ou na casa de guarda ou em suas próprias casernas. Por esse motivo os "marinheiros" sempre podiam escolher os presidiários que quisessem deixar trabalhando dentro do presídio. [...] Aquele que quisesse designar um prisioneiro para trabalhar dentro do presídio devia comunicá-lo por escrito um dia antes ao chefe dos guardas, e este devia, pela manhã, comunicar ao novo chefe da guarda que aquele preso seria mantido nas imediações do presídio. Desta forma, F. M. Dostoiévski e S. F. Dúrov eram frequentemente designados para trabalhar dentro da prisão, e, na troca de guarda, eram requisitados pelo novo chefe e mandados à casa de guarda, onde podiam passar algum tempo no escritório e se informar acerca das notícias, receber doações de pessoas caridosas, e tinham também autorização para ler livros que os jovens traziam, além de cartas recebidas de seus parentes e conhecidos de Petersburgo. Isto se dava no período em que a chefia não estivesse aguardando visitas; mas, de qualquer forma, na casa de guarda ficavam sempre a postos para o caso de terem de escoltá-los até algum local de trabalho. O general Borislavski, responsável pelo trabalho dos presos, e o general De Grawe, comandante da fortaleza, estavam ambos a par disto por meio de suas conversas particulares com o doutor Troitski, mas apenas riam do fato e aconselhavam que os jovens tivessem cautela.[9]

Segundo o relato de um dos "marinheiros", a índole de F. M. Dostoiévski era pouco cativante, parecia um lobo enjaulado; além de isolar-se dos outros prisioneiros, com quem não travava nenhum tipo de contato humano, era sôfrega também a sua relação pessoal com indivíduos interessados em seu fado e que tentavam lhe ser úteis, na medida do possível. Constantemente amuado e carrancudo, afastava-se das pessoas, preferia ficar sozinho

---

[9] Os generais mencionados são Ivan Stiepánovitch Borislavski (1787-1866) e Aleksei Fiódorovitch De Grawe (1793-1864), este último é aquele mesmo que Dostoiévski descreve como um "homem nobre e ponderado" (p. 45 deste livro). Ivan Ivánovitch Troitski era o médico-chefe do hospital militar de Omsk. (N. do T.)

em meio ao ruído e à algazarra das casernas dos presos, e só em casos de necessidade dirigia a palavra a alguém, como se lhe oferecesse uma joia. Quando chamado pelos "marinheiros" para a habitação dos oficiais, portava-se com reserva ainda maior, frequentemente recusava o convite de sentar-se para descansar, consentindo apenas depois de rogos insistentes, respondia a contragosto às perguntas deles e quase nunca desabafava ou falava de assuntos íntimos. Recebia com incredulidade toda manifestação de empatia, como se nelas adivinhasse algum propósito secreto, que lhe seria prejudicial. Até recusava-se a ler os livros trazidos pelos jovens, e só mostrou interesse por dois deles: *David Copperfield* e *The Pickwick Papers*, ambos de Dickens, em tradução de Irinárkh Vvedênski, os quais levou consigo para ler no hospital. O doutor Troitski explicava que esse isolamento e essa desconfiança eram devidos ao estado débil de seu organismo, sujeito, como é conhecido, a ataques de epilepsia, e ao enfraquecimento de todo o seu sistema nervoso, ainda que ele tivesse a aparência de um homem saudável, forte e enérgico, e ainda que tomasse parte em todos os trabalhos, junto com os outros presos. Segundo esse mesmo "marinheiro", tal isolamento era fruto do medo de que qualquer relação travada com qualquer pessoa, ou que qualquer concessão ilegal que lhe fizessem, fosse chegar ao conhecimento da chefia do presídio e assim agravar a sua situação. Já S. F. Dúrov, pelo contrário, conquistava o apreço de todos. A despeito de sua aparência extremamente enfermiça e extenuada, ele se interessava por todos, adorava entrar em contato íntimo com a vida geral daqueles por quem se interessava, com sua vida humana e alheia ao presídio, ficava sinceramente grato diante de todo alívio ou auxílio material que fosse possível. Falava com prazer sobre qualquer assunto, até entrava em discussões, e sabia cativar o ouvinte com suas palavras irascíveis e vivazes. Nessas palavras sentíamos sua natureza autêntica, enérgica e abertamente convicta, que nenhuma infelicidade era capaz de alquebrar, e por isso angariava uma simpatia maior do que F. M. Dostoiévski. Havia, no entanto, situações em que uma palavra qualquer lhe tirava dos trilhos, o ardor se apoderava dele e o conduzia ao perjúrio. Bastava, por exemplo, que durante uma conversa fosse mencionado, mesmo que por acaso, o nome de um parente seu, o general (e depois conde) Iákov Ivánovitch Rostóvtsev, que ele se esquecia de qualquer dimensão de comedimento e chegava mesmo a ser injusto com o parente. Ele adorava ler, mas atirava-se com avidez especial a romances franceses como, por exemplo, *A rainha Margot*, *A dama de Monsoreau* e *O conde de Monte Cristo*, de Alexandre Dumas, *Os mistérios de Paris* e *O judeu errante*, de Eugène Sue, *O filho do diabo*, de Paul Féval, entre outros. Ele implorava por esses romances, devorava-os em poucas noites e logo vinha pedir mais.[10] Mas nem sempre seu pedido podia ser atendido, pois livros não eram o tipo de riqueza que Omsk ostentava. Os "marinheiros" ficavam pasmos com o fato de que esses dois pietrachevistas odiavam um ao outro com toda a força de suas almas, nunca eram vistos juntos e, ao longo de toda sua estadia no presídio de Omsk, não trocaram uma única palavra. Quando eram chamados ao mesmo tempo para o escritório dos oficiais, sentavam-se emburrados um em cada canto e respondiam com monossílabos às perguntas dos jovens, "sim" ou "não"; por isso passaram a chamá-los sempre um de cada vez. S. F. Dúrov, quando perguntado acerca do assunto, respondeu que nenhum dos dois tomava a iniciativa em qualquer conversa pois a vida na prisão os tornara inimigos. Nos *Escritos da casa morta*, F. M. Dostoiévski estende-se a respeito de todos os prisioneiros mais notáveis que estiveram com ele na prisão, mascarando apenas alguns ao chamá-los pelas iniciais de seus nomes; mas em lugar nenhum menciona nem o nome completo, nem as iniciais de S. F. Dúrov, como se este nem tivesse passado por aquela prisão. Nas ocasiões em que é absolutamente inevitável mencioná-lo, refere-se a ele da seguinte forma: "Nós, isto é, eu e outro degredado nobre com quem cheguei aos trabalhos forçados, ainda em Tobolsk ficamos assustados com...", ou: "Eu observava com horror um dos meus colegas (um nobre), vendo que ele se extinguia como uma vela no presídio. Entrara ali junto comigo, ainda jovem, bonito, disposto, e saiu quase destruído, grisalho, sem as pernas, com falta de ar". Teve grande participação no destino dos pietrachevistas o doutor Troitski, médico-chefe do hospital. Vez ou outra ele os avisava, por meio dos "marinheiros", de quando poderiam (ou um ou o outro) dar entrada no hospital para folgar; eles dirigiam-se até lá e descansavam por algumas semanas, recebendo boa e farta refeição, chá, bebida e alguns outros itens, tanto do hospital, quanto da cozinha dos médicos. De acordo com o que um dos "marinheiros" contou ao doutor Troitski, foi no hospital que Dostoiévski começou a escrever os *Escritos da casa morta*, e sob permissão dele, uma vez que os prisioneiros não podiam ter nenhum material de escrita sem a permissão dos superiores, e os primeiros capítulos ficaram por um bom tempo sob a guarda do enfermeiro-chefe do hospital. O general Borislavski protegia os pietrachevistas por meio de um subalterno

---

[10] Ele não esperava nem que o chamassem; quando precisava, ao voltar do trabalho e se inteirar de que era um dos "marinheiros" quem estava de plantão, entrava na casa de guarda com seu escolta. (N. do A.)

seu, o subtenente Ivánov.[11] Ele consentia que lhes designassem para os trabalhos mais leves (exceto nas ocasiões em que eles mesmos quisessem trabalhar junto com os outros prisioneiros, como era o caso de Dostoiévski, especialmente na época de sua chegada ao presídio), tanto na fortaleza quanto fora dela, trabalhos como: obras de pintura, girar o esmeril, queimar alabastro, limpar a neve, entre outras coisas. A Fiódor Mikháilovitch era, inclusive, permitido ir à seção de engenharia para desempenhar tarefas de escritório, mas logo o dispensaram desse trabalho em decorrência de uma denúncia do coronel Marten, comandante do quartel, sobre a incoerência que havia em atribuir tais tarefas a presos condenados por crimes políticos. Um dos "marinheiros" certa vez rendeu um grande serviço a F. M. Dostoiévski. Certo dia em que fora deixado para trabalhar no presídio, ele estava deitado na tarimba, em sua caserna, quando de repente chegou o major Krivtsov — aquele mesmo que é descrito como "um bicho em forma humana" nos *Escritos da casa morta*.

— O que significa isso? — gritou ao ver Dostoiévski deitado na tarimba. — Por que este não foi trabalhar?

— Está doente, Excelência — respondeu o "marinheiro" que fazia a guarda do coronel enquanto este vistoriava as casernas da prisão —, teve um ataque de epilepsia.

— Absurdo!... Eu sei que vocês são indulgentes com eles!... Já para a casa de guarda!... Chibata nele!...

O pietrachevista, enquanto era arrancado da tarimba e levado para a casa de guarda, ficou repentinamente, de fato, doente de pavor; o chefe da guarda mandou que um cabo levasse um informe ao comandante, narrando o acontecido. No mesmo momento o general De Grawe foi até lá e interrompeu as preparações para a execução, passou uma reprimenda em público ao major Krivtsov e afirmou estritamente que de modo algum um prisioneiro doente deve ser castigado. [...] O residente Krjijanovski, um dos ajudantes de Troitski, fez uma delação contra ele em Petersburgo, alegando que ele demonstrava uma leniência e uma conivência exageradas para com os presos políticos. Como resultado disto, enviaram uma figura ao presídio para dar início a uma investigação. [...] Quando interrogados, os prisioneiros políticos deram respostas tão evasivas e alegóricas que o investigador, vendo-se num beco sem saída, limitou-se a xingar. Assim, quando perguntado se ha-

---

[11] Konstantin Ivánovitch Ivánov depois serviu na Seção Principal de Engenharia. Era casado com a filha do dezembrista Ánnenkov e tentou fazer tudo o que podia por Dostoiévski. (N. do A.)

via escrito alguma coisa na prisão ou em suas estadias no hospital, F. M. Dostoiévski respondeu da seguinte maneira:

— Não escrevi e não escrevo nada, mas coleto material para escrever no futuro.

— E onde está esse material?

— Na minha cabeça.

MEMÓRIAS
(excerto)

Aleksandr Miliukóv[1]

F. M. Dostoiévski, graças a sua energia e à fé em um destino melhor, que nunca o abandonou, suportou com alegria o suplício da vida de galé, embora isso tenha afetado sua saúde. Se antes do degredo ele tinha, como dizem, ataques de doença epiléptica, então eles eram, sem dúvida, fracos e raros. Ao menos, até seu retorno da Sibéria, eu nunca havia suspeitado disso; mas quando ele chegou em Petersburgo sua doença já não era segredo para nenhuma das pessoas próximas a ele. Certa vez ele contou que Dúrov tinha a saúde especialmente abalada desde que eles foram enviados para desmantelar um barco no rio, no outono, e alguns dos presos ficaram com água até os joelhos. Talvez isso tenha tido algum efeito em sua saúde e acelerado o desenvolvimento da doença a ponto de fazê-la se manifestar posteriormente.

De início, depois de receber o perdão, Dostoiévski foi autorizado a morar apenas nas províncias, e estabeleceu-se em Tver para ficar próximo de parentes, dentre os quais alguns viviam em Petersburgo, e outros, em Moscou. O irmão recebeu uma carta dele e imediatamente foi vê-lo. Naquele tempo Fiódor Mikháilovitch já era um homem de família: casou-se, na Sibéria, com a viúva Maria Dmitrievna Issáieva, que morreu de tuberculose, se não estou enganado, em 1863. Não teve filhos desse casamento, mas seu enteado continuou sob seus cuidados. Dostoiévski morou em Tver durante vários meses. Ele se preparava para retomar sua atividade literária, que fora interrompida pela prisão, e lia muito. Nós lhe enviávamos livros e revistas. Atendendo um pedido dele mesmo, aliás, eu lhe enviei os *Salmos* em língua eslava, o *Corão* na tradução francesa de Kazimirski, e *Les romans de Vol-*

---

[1] Aleksandr Pietróvitch Miliukóv (1816-1897), escritor russo, crítico literário, jornalista, bibliógrafo, memorialista e historiador da literatura, foi amigo dos irmãos Mikhail e Fiódor Dostoiévski, teve ativa participação na vida literária russa entre 1840 e 1880 e serviu de protótipo a S. V. Lipútin, personagem do romance de Dostoiévski *Os demônios*. Como Dostoiévski, foi um fourierista participante do grupo de socialistas utópicos conhecido como Círculo de Pietrachévski. Este texto foi publicado originalmente em 1881 na revista *Antiguidades Russas* (*Rússkaia Stariná*) com o título "Entre os pietrachevistas. A catástrofe. Sibéria", e depois foi transformado em capítulo do livro de memórias de Miliukóv, *Encontros e contatos literários* (Petersburgo, 1890). A tradução é de Paulo Bezerra. (N. do T.)

taire. Mais tarde ele contou que havia concebido uma espécie de composição filosófica, mas abandonou a ideia após discuti-la em detalhes.

Naquela época, Mikhail Dostoiévski tinha sua própria fábrica de tabaco, e as coisas não iam mal: seus "cigarros surpresa" eram vendidos por toda a Rússia. No entanto, as obrigações da fábrica não o afastaram da literatura. Foi atendendo a um pedido meu, aliás, que ele traduziu o romance *Le dernier jour d'un condamné*, de Victor Hugo, para a revista *Svietotch*, que na época eu dirigia junto com o editor D. I. Kanilovski. Um dia Mikhail Mikháilovitch me procurou logo pela manhã com a alegre notícia de que seu irmão fora autorizado a residir em São Petersburgo e chegaria naquele mesmo dia. Nos apressamos para a estação da estrada de ferro de Nicolau, e lá, finalmente, pude abraçar o nosso degredado depois de quase dez anos de separação. Passamos aquela noite toda juntos. Segundo me pareceu, Fiódor Mikháilovitch não havia mudado fisicamente: até parecia mais animado que antes e não havia perdido nada de sua energia usual. Não me lembro qual dos nossos amigos estava presente naquela noite, mas ficou-me na memória que naquele primeiro encontro nós apenas contamos as novidades e trocamos impressões, relembrando os tempos antigos e nossos amigos em comum. Depois disso, passamos a nos ver quase toda semana. Em nosso novo círculo de amigos, as conversas diferiam muito daquelas que tínhamos no grupo de Dúrov. E como poderia ser de outro jeito? Naqueles dez anos a Europa Ocidental e a Rússia pareciam ter trocado de papéis: lá, as utopias humanistas que antes nos fascinavam haviam virado pó, e a reação triunfava por toda a parte; já aqui, começava a acontecer muito do que havíamos sonhado, vinham sendo preparadas as reformas que renovariam a vida russa e fariam surgir novas esperanças. Estava claro que nas nossas conversas já não havia mais o pessimismo de outrora.

Aos poucos, Fiódor Mikháilovitch passou a falar em pormenores da vida na Sibéria e dos costumes daqueles párias em cuja companhia ele passara quatro anos na prisão. A maior parte dessas histórias foi depois incluída em *Escritos da casa morta*. Essa obra surgiu sob circunstâncias bastante favoráveis; na censura predominava um clima de tolerância e passaram a aparecer obras literárias cuja publicação, pouco antes, seria inconcebível. A censura ficou um pouco atordoada com a novidade de um livro dedicado inteiramente à vida nos campos de trabalho, com o quadro sombrio formado por aquelas histórias de vilões terríveis e, por fim, com o fato de o próprio autor, um preso político, ter acabado de retornar de lá. Mas isso, mesmo assim, em nenhum momento forçou Dostoiévski a falsear a verdade, e os *Escritos da casa morta* tiveram um efeito impressionante; consideravam seu autor um novo Dante que descia a um inferno muito mais terrível, pois não existia apenas na imaginação de um poeta, mas no mundo real. Nas condições impostas pela censura de então, Fiódor Mikháilovitch foi obrigado a descartar de sua obra apenas um episódio envolvendo os poloneses degredados e os prisioneiros políticos. Ele nos forneceu muitos detalhes interessantes a esse respeito. Além disso, lembro-me de uma outra história, que ele não incluiu nos *Escritos*, talvez também por motivos de censura, pois ela toca na delicada questão dos abusos que na época eram cometidos contra os servos. Lembro-me que certa noite, na casa de seu irmão, Fiódor Mikháilovitch, ao recordar sua vida de cativo, contou-nos um episódio cuja força e verdade eram tamanhas, que seria impossível esquecê-lo. Seria preciso ouvir a voz expressiva do narrador, ver sua viva fisionomia, para se ter uma ideia do quanto aquilo nos impressionou. Tentarei transmitir a história de acordo com a minha memória e a minha capacidade.

— Em nosso presídio — dizia Fiódor Mikháilovitch — havia um presidiário jovem, quieto, calado e nada comunicativo. Por muito tempo não consegui travar amizade com ele, não sabia se estava há muito tempo nos trabalhos forçados ou por que fora enviado para a categoria especial, na qual eram incluídos os condenados pelos crimes mais graves. A administração do presídio o tinha em boa conta por seu comportamento, e os próprios presidiários gostavam dele por sua docilidade e prestimosidade. Pouco a pouco fomos nos aproximando, e certa vez, ao voltarmos do trabalho, ele me contou a história do seu degredo. Era um camponês, um servo, vinha de uma província nos arredores de Moscou, e eis como acabou na Sibéria.

— Fiódor Mikháilovitch, o nosso povoado — contava ele — não é pequeno, e é abastado. O nosso grão-senhor era viúvo, ainda não era velho, não era propriamente muito mau, mas era inepto e um devasso quando se tratava do sexo feminino. Não gostavam dele no nosso povoado. Pois eu resolvi me casar: precisava de uma dona de casa, e além disso tinha uma moça apaixonada. Nós dois nos entendemos, saiu a permissão do grão-senhor e nos casaram. Mas quando eu e minha noiva saímos da cerimônia do casamento e, a caminho de casa, passamos pela casa senhorial, dali saíram pelo menos uns seis ou sete homens, agarraram a minha jovem esposa pelos braços e a arrastaram para o pátio do grão-senhor. Eu quis arrancar atrás dela, mas os homens se lançaram contra mim; eu gritava, me debatia, mas amarraram os meus braços com cintas. Não tinha força para me libertar. Bem, raptaram minha mulher, me arrastaram até a nossa isbá, e, amarrado como eu estava, me jogaram em cima de um banco e deixaram lá dois guardas.

Passei a noite inteira agitado; já com a manhã do dia seguinte avançada, trouxeram a jovem e me desamarraram. Levantei-me, e a mulher caiu sobre a mesa, triste, chorando. "Por que ficar aí se martirizando: não foi você mesma que se perdeu!", disse-lhe. Pois bem; desde esse dia passei a imaginar como gratificar o grão-senhor pelo carinho dado à minha mulher. Amolei o machado no galpão de tal jeito que dava até para fatiar pão, e o ajustei para poder andar sempre com ele, sem que ninguém percebesse. É possível que alguns mujiques, vendo como eu perambulava perto da casa do senhor, pensassem que eu estivesse tramando alguma coisa, mas quem ligava para isso? O nosso grão-senhor era detestado no povoado. Só que por muito tempo não consegui pegá-lo; ora estava com visitas, ora andava acompanhado, ora rodeado de criados... sempre fora do meu alcance. E era como se eu tivesse uma pedra no coração por não poder compensá-lo pelo ultraje; minha maior amargura era ver como minha mulher andava triste. Pois bem, numa certa tardinha passo por trás do jardim da casa do senhor e o que vejo? O grão-senhor passeia sozinho por uma vereda, sem me notar. A cerca do jardim era baixa, gradeada, com balaústres. Deixei o grão-senhor avançar um pouco e passei pela cerca sem fazer barulho. Tirei o machado e passei da vereda para a grama, para que não me ouvissem, e fui sorrateiramente atrás dele pela grama. Quando já chegava bem perto, segurei o machado com as duas mãos. Queria que o grão-senhor visse quem estava ali para o acerto de sangue, bem, e aí pigarrei de propósito. Ele se voltou, me reconheceu, e então pulei pra cima dele e *trac*!... dei-lhe uma machadada bem no meio da cabeça... Vamos, isto é pelo seu amor... Então os miolos esguicharam misturados ao sangue... e ele caiu sem dar um suspiro. Aí fui à polícia e expliquei que tinha feito isso e aquilo. Bem, me prenderam, deram-me umas palmadas e me mandaram para cá com doze anos de pena.

— Mas você não está na categoria especial, sem prazo fixado?

— Bem, Fiódor Mikháilovitch, meu envio para os trabalhos forçados por prazo indeterminado já é outra história.

— Que história?

— Dei cabo de um capitão.

— Que capitão?

— O chefe do comboio de prisioneiros. Parece que era a sina dele. Eu seguia com uma leva de prisioneiros, no verão do ano em que dei cabo do grão-senhor. Estávamos na província de Perm. A leva conduzida era grande. O dia estava quente, quentíssimo, e a travessia de um trecho a outro era longa. O sol nos depauperava, todos estavam mortalmente cansados; os soldados da escolta mal conseguiam mover as pernas e nós, que não estávamos acostumados aos grilhões, nos sentíamos muito, muito mal. Os homens daquela leva não eram todos fortes, alguns eram até velhos. Outros não haviam botado uma casca de pão na boca durante o dia inteiro: percorríamos um trecho em que não recebemos nenhum pedacinho de pão de esmola, só bebemos água umas duas vezes. Como percorremos esse trecho, só Deus sabe. Bem, enfim chegamos à prisão de trânsito, e uns foram logo tombando. Não dá para dizer que eu estivesse debilitado, apenas sentia muita vontade de comer. Normalmente, dão de comer aos presidiários quando a leva chega a esse trecho, mas vimos que ali ainda não havia nenhuma ordem para isso. E os presidiários começaram a falar: "Como é que é, não vão alimentar a gente? Estamos sem forças, esgotados, uns sentados, outros deitados, e não nos atiram nenhum pedaço de nada". Isso me pareceu uma ofensa: eu mesmo estava com fome, porém tinha ainda mais pena dos velhos fracos. "Vão demorar a nos dar de comer?", perguntamos aos soldados da escolta. "Esperem, ainda não recebemos ordem dos superiores", responderam. Imagine, Fiódor Mikháilovitch, como se podia ouvir isso, era justo? Um escrevente andava pela prisão, e então pego e lhe falo: "Por que não mandam nos dar de comer?" "Esperem", diz ele, "vocês não vão morrer." "Como assim?", digo eu, "os homens estão exaustos, precisa saber que travessia fizemos nesse calorão... Depressa com a comida." "Não é possível", diz ele, "o capitão tem visitas, está fazendo o desjejum, assim que se levantar da mesa dará a ordem." "E isso ainda vai demorar?" "Quando comer até se saciar, palitar os dentes, aí ele sai." "Que regulamento é esse", digo-lhe, "ele mesmo não tem nenhuma pressa, e nós que estiquemos de fome?" "Sim. Mas tu, por que estás gritando?" "Não estou gritando", respondo, "mas lhe digo que entre nós tem gente enfraquecida, mal conseguem mover as pernas." "Bem", diz ele, "estás provocando desordem e incitando os outros, então vou dar parte ao capitão." "Não estou provocando desordem, e podes informar o que quiseres ao capitão." Pois bem, ao ouvirem a nossa conversa, alguns dos outros presidiários também começaram a resmungar, e houve até quem xingasse a administração. Então o escrevente ficou furioso. "Tu", diz ele, "és um rebelde; o capitão dará conta do teu caso." E se foi. Fui tomado de tal fúria que não consigo exprimir; farejei que a coisa não acabaria bem. Naquela época eu possuía um canivete, pelo qual tinha trocado uma camisa com um preso perto de Nijni-Nóvgorod. Mas não me lembro de como o tirei de baixo da camisa e o meti na manga do casaco. Vimos sair da caserna um oficial, de cara vermelha, os olhos parecendo querer saltar, devia ter bebido. E o escrevente atrás dele. "Cadê o rebelde?", grita o capitão e vem direto a mim. "Tu és o rebelde? És tu?" "Não", digo, "não sou rebelde, Excelência, só tenho pena dos homens; por que matá-los de fome? Esse exemplo não vem de Deus nem do tsar." E como ele rugiu: "Ah, seu isso, seu aquilo! Vou te dar o exemplo de como se dá conta de bandidos. Chamem um soldado!". Então aproveito o momento e posiciono esse mesmo canivete. "Vou te dar uma lição!", diz ele. "Não há por que ensinar um sabido, Excelência, mesmo sem lição eu me entendo." Isso eu já lhe disse de pirraça, para que ele ficasse ainda mais furioso e se chegasse mais perto... "Não vai aturar", pensei. E não aturou: fechou os punhos e investiu contra mim, mas dei uma leve recuada, avancei e enterrei o canivete na barriga dele e cortei de baixo para cima, e fundo, até à goela. Ele desabou como um tronco. O que fazer? A injustiça dele com os presidiários me deu muita raiva. Pois foi por causa desse mesmo capitão, Fiódor Mikháilovitch, que eu caí na categoria especial, e com prisão perpétua.

Tudo isso, nas palavras de Dostoiévski, foi contado pelo preso com tamanha simplicidade e calma, como se falasse de uma árvore podre que tombou na floresta. Ele não se gabou de seu crime, não tentou justificá-lo, transmitia-o como algum incidente cotidiano. Ao mesmo tempo, era um dos homens mais pacíficos de toda a prisão. Em *Escritos da casa morta* existe um episódio um tanto semelhante, sobre o assassinato do major de um comboio de prisioneiros; mas a história que acabo de contar, eu a ouvi pessoalmente de Fiódor Mikháilovitch, e a transmito aqui, se não em suas palavras, em palavras ao menos próximas, porque na época ela me impactou fortemente e permaneceu viva na minha lembrança. Talvez algum de nossos amigos em comum lembre-se dela.

A caserna do corpo de guarda da prisão de Omsk, um dos locais onde foi permitido a Dostoiévski escrever as notas de seu *Caderno siberiano*.

Dostoiévski em 1860, quando finalmente pôde voltar a Petersburgo e retomar sua carreira literária, após um período de quase dez anos de prisão e exílio.

SOBRE OS *ESCRITOS DA CASA MORTA*[1]

Konstantin Motchulski

Em seu caderno de notas, Dostoiévski traçou os planos para o ano de 1860: "1) Mignon; 2) Amor de verão; 3) O duplo (refazer); 4) Escritos de um condenado (trechos); 5) Apatia e impressões". Não nos chegou nenhuma anotação quanto ao tema de "Mignon", mas a figura da heroína do *Wilhelm Meister*, de Goethe, surge de forma velada na obra do autor. Da cidade de Tver ele informa Mikhail Mikháilovitch, seu irmão, a respeito de "dois grandes romances"; eis o que este lhe responde: "Caríssimo, eu posso estar enganado, mas os seus dois grandes romances serão um tanto parecidos com *Os anos de aprendizado de Wilhelm Meister*. Que sejam escritos, então, da mesma maneira como foi o *Wilhelm Meister*, em fragmentos, gradualmente, ao longo dos anos. Assim deverão sair tão bons quanto os dois romances de Goethe". A rivalidade com Goethe já se faz sentir em *Humilhados e ofendidos* (1861): o escritor Ivan Pietróvitch está tão ligado à biografia do seu criador quanto Wilhelm Meister à do próprio Goethe; a figura de Nelly foi inspirada pela de Mignon. A ideia do romance de Goethe — a recusa à felicidade pessoal em função de servir ao próximo — sem dúvida teve influência na concepção de *Humilhados e ofendidos*. Mais tarde, o nome "Mignon" volta a aparecer no caderno de Dostoiévski; quando trabalhava em *O idiota* e *Os demônios*, não abandonou a ideia de criar a "Mignon russa". As alterações em *O duplo* limitaram-se a alguns cortes no texto original; dos "trechos" de "Escritos de um condenado" gerou-se todo um livro: *Escritos da casa morta*; de "Apatia e impressões" não sabemos nada, mas o plano de "Amor de verão" nos chegou em algumas variantes.

Um príncipe abastado viaja com seu "escritor" sanguessuga. Eles se demoram em uma cidade provinciana onde o príncipe finge ser um "homem

---

[1] O presente ensaio constitui um capítulo do livro *Dostoiévski, vida e obra* (*Dostoiévski, jizn i tvortchestvo*), Paris, YMCA Press, 1947. Konstantin Vassílievitch Motchulski (1892-1948) foi um emigrado russo e prolífico crítico literário, autor de estudos sobre Nikolai Gógol, Vladímir Solovióv e os principais simbolistas russos. Foi professor de história russa na Universidade de Sófia, na Bulgária, e na Sorbonne, em Paris. A tradução é de Danilo Hora. (N. do T.)

de confiança" e é rodeado pelo respeito servil de toda a sociedade. Ele vai ao encalço da noiva de um funcionário miserável; ela se rende a ele, acreditando que ele irá se casar com ela e assim salvá-la do noivo odiado. Mas o príncipe tem medo de prejudicar sua carreira. O escritor se sacrifica, casando com a moça caída em desgraça. Nesse esboço já aparecem traços das personagens de *Humilhados e ofendidos*: o príncipe é Aliócha, o escritor é Ivan Pietróvitch, a noiva é Natacha. O "liberalismo" do príncipe será herdado por Aliócha Valkóvski; mais tarde, esse motivo será desenvolvido em *Uma história desagradável* (1862).

Nas variantes, alguns temas são delineados: o casamento do funcionário pelos "pecados do príncipe"; o insulto da bofetada; o casamento do próprio príncipe; a inimizade entre o príncipe e o escritor. Tudo isso alude a algumas situações de *Os demônios* (Stiepan Trofímovitch acredita que querem casá-lo "pelos pecados" de Stavróguin; a bofetada de Chátov; o casamento de Stavróguin; a inimizade entre Stavróguin e Chátov).

* * *

Mikhail Mikháilovitch teve a ideia de publicar uma revista mensal já em 1858; o retorno de Fiódor Mikháilovitch a São Petersburgo apressou sua realização. O ano de 1860, para os irmãos Dostoiévski, foi tomado pelo trabalho e pela correria envolvidos nos preparativos da revista; eles desenvolveram o programa, estabeleceram laços literários, procuraram funcionários, prepararam o material. Em meio a todo esse fuzuê jornalístico, Fiódor Mikháilovitch encontrou tempo para trabalhar em duas obras: *Escritos da casa morta* e *Humilhados e ofendidos*.

Seu breve entusiasmo pela atriz Aleksandra Ivánovna Schubert transcorreu naquele mesmo ano; o doutor Stiepan Dmítrievitch Ianovski, velho amigo de Dostoiévski, era casado com Schubert, cujo pai fora servo. Dostoiévski, amigo da família, toma parte no drama familiar. Schubert não se dá bem com o marido e foge para Moscou. O escritor almeja escrever uma "comédia, nem que seja de um ato", e oferecê-la à atriz "como um sinal do mais profundo respeito". Ele viaja a Moscou para consolá-la e, ao retornar, pede gentilmente que ela o perdoe por uma "impertinência em nossa amizade". Em sua última carta, assegura a ela que não está apaixonado, mas essa convicção ganha expressão no tom mais galanteador e apaixonado possível: "Direi com toda a sinceridade: eu a amo muito, ardentemente, a ponto que lhe disse não estar apaixonado por ter na mais alta conta que a senhora faça uma imagem correta a meu respeito, e, meu Deus, como lamentei quando me pareceu que a senhora havia me destituído da função de seu mandatário;

culpei-me. Que tortura!... Mas essa sua carta dissipou tudo [...]. Estou tão feliz de poder acreditar que não estou apaixonado pela senhora! Isso me dá a oportunidade de ser ainda mais leal à senhora, sem temer pelo seu coração. Agora saberei que sou leal sem nenhum interesse. Adeus, minha cara, com fé e devoção beijo sua mão pequenina e travessa e a aperto de todo o meu coração". "Devoção" não se encaixa tão bem à "mão travessa"; essa "lealdade desinteressada" parece por demais jocosa e galanteadora. No papel de consolador da mulher de seu amigo Ianovski, Dostoiévski lembra o escritor Ivan Pietróvitch em sua posição ambígua de consolador de Natacha e amigo de Alíócha, seu noivo (*Humilhados e ofendidos*).

* * *

Na prisão de Omsk o escritor ouviu a fala dos galés e pôde anotar algumas palavrinhas certeiras, ditos e expressões populares.[2] Em carta a seu irmão, já tendo deixado a prisão, escreveu: "Quantos tipos e caracteres folclóricos eu levei da prisão!... Quantas histórias de andarilhos e ladrões... É o bastante para inúmeros tomos". Em 1856 informou a Apollón Máikov: "Nas horas em que não tenho nada para fazer, registro alguma recordação da minha estadia na prisão, o que é muito mais interessante. No entanto, ali há pouco que seja estritamente pessoal". Essas notas foram interrompidas por três anos. O "retorno à literatura" por meio desse tema lhe parecia perigoso; escreveu *O sonho do titio* e *A aldeia de Stepántchikovo e seus habitantes* (ambos de 1859). No outono de 1859, surge, em Tver, o plano de um "livrinho". "Para os *Escritos da casa morta*", escreveu a seu irmão, "cheguei, em minha mente, a um plano completo e definido. Será um livro de seis ou sete folhas de impressão. Minha personalidade irá desaparecer. Serão os escritos de um desconhecido, mas asseguro que serão interessantes. Será de um interesse mais do que capital. O livro trará algo de sério, de soturno, de engraçado, trará a *fala popular, com o toque especial dos galés* (já li para você algumas das expressões que registrei ali mesmo), a descrição de personagens nunca antes vistas na literatura, trará algo de tocante e, por fim, e o mais importante, trará o meu nome impresso..."

* * *

---

[2] No período em que esteve preso, Dostoiévski escreveu o chamado *Caderno siberiano*, em que registrou, em entradas numeradas, trechos de diálogos, canções e provérbios ouvidos das conversas dos galés. (N. do T.)

Escritos da casa morta: romance em duas partes começou a ser publicado em 1860 no jornal *Mundo Russo*.[3] Os primeiros capítulos foram reproduzidos na revista *O Tempo*,[4] dos irmãos Dostoiévski, e o romance inteiro foi impresso ali entre 1861 e 1862. Aleksandr Miliukóv escreve em seu livro de memórias (*Encontros e contatos literários*):

> "Essa obra surgiu sob circunstâncias bastante favoráveis; na censura predominava um clima de tolerância e passaram a aparecer obras literárias cuja publicação, pouco antes, seria inconcebível. A censura ficou um pouco atordoada com a novidade de um livro dedicado inteiramente à vida nos campos de trabalho, com o quadro sombrio formado por aquelas histórias de vilões terríveis e, por fim, com o fato de o próprio autor, um preso político, ter acabado de retornar de lá. Mas isso, mesmo assim, em nenhum momento forçou Dostoiévski a falsear a verdade, e os *Escritos da casa morta* tiveram um efeito impressionante; consideravam seu autor um novo Dante que descia a um inferno muito mais terrível, pois não existia apenas na imaginação de um poeta, mas no mundo real."

Foi com razão que Dostoiévski considerou o interesse *factual* de sua obra; aquele reconto de um ex-galé sobre o mundo terrível e desconhecido do qual ele acabara de voltar ganhou, aos olhos dos leitores, uma autenticidade histórica. Constantemente o autor enfatiza o caráter documental do testemunho: simplesmente descreve tudo o que ele mesmo viu e ouviu. O artifício de um narrador criminoso, Aleksandr Pietróvitch Goriántchikov, não nos engana: em tudo podemos distinguir a voz do próprio Dostoiévski, testemunha ocular dos acontecimentos. O segundo artifício, a ausência de "elementos pessoais", é tão convencional quanto o primeiro. É verdade que o autor se apresenta na figura de um navegador que descobre um novo mundo e descreve objetivamente sua geografia, sua população, seus hábitos e costumes: "Deste lado havia um mundo especial, que não se assemelhava a mais nada, havia as suas leis especiais, os seus uniformes, os seus usos e costumes,

---

[3] *Rússki Mir*, jornal semanal publicado em Petersburgo de 1859 a 1863. Nele foram publicados os quatro primeiros capítulos de *Escritos da casa morta*. (N. do T.)

[4] *Vriêmia*, revista publicada pelos irmãos Dostoiévski de 1861 a 1863, ano em que foi fechada pela censura. (N. do T.)

e a Casa Morta ainda com vida, uma vida como em nenhum outro lugar, e pessoas especiais". Mas essa descrição não é de modo algum o relato de um viajante erudito. E são outros os métodos e propósitos do autor; ser "objetivo" é apenas um meio de obter uma impressão mais forte. A autenticidade dos fatos é o fundamento da autenticidade da arte. O estilo prático e protocolar reforça a ilusão documental. A partir de suas impressões, de seus sentimentos e juízos *pessoais*, Dostoiévski cria com grande maestria esse "mundo especial" dos galés e nos convence, artisticamente, de sua realidade. À primeira vista, o criador parece invisível; mas ao contemplarmos a sua criação percebemos que ela é por inteiro uma revelação da personalidade do seu criador.

Os *Escritos da casa morta* foram construídos com habilidade fora do comum. A descrição da vida na cadeia e dos hábitos dos prisioneiros, as histórias de ladrões, a caracterização de criminosos específicos, as reflexões sobre a psicologia do crime, os quadros do cotidiano no presídio, o jornalismo, a filosofia e o folclore — todo esse material complexo está disposto de forma livre, quase desorganizada. Ao mesmo tempo, todos os detalhes foram calculados e por sua vez subordinados a um plano geral. O princípio de composição dos *Escritos* não é estático, mas *dinâmico*. A traços rápidos, o autor delineia o quadro geral: a fortaleza, a prisão, a vala que a circunda, as casernas, o pátio da prisão, o trabalho nas oficinas ou na margem do Irtích; os presos, sua aparência, suas ocupações e seus hábitos; daquela multidão de pessoas ferreteadas e presas a grilhões, destacam-se alguns rostos típicos; a primeira manhã no presídio, a conversa durante o chá; farra e bebedeira; à noite, os vizinhos de tarimba, suas histórias; uma reflexão sobre a "Casa Morta" (capítulos 1-4). São essas as impressões do primeiro dia da vida de presidiário. Depois vem o relato do primeiro mês de estadia no presídio; o tema do trabalho no Irtích retorna; são descritos novos encontros e conhecidos; são retratadas as cenas mais características da vida dos presos. Depois, o relato do primeiro ano está concentrado em alguns episódios pictóricos: o banho, a festa de Natal, o espetáculo teatral, a Páscoa. A segunda parte resume os acontecimentos dos anos subsequentes. A sucessão do tempo praticamente desaparece. Eis a visão em perspectiva que a narrativa constrói: o primeiro plano (o primeiro dia) é claro e iluminado e todos os detalhes foram pintados com nitidez; no segundo plano (o primeiro mês) a iluminação é mais fraca, este é apresentado em traços gerais; e conforme os planos vão se estendendo, maior é a generalização. Essa composição de vários planos corresponde à ideia de que a prisão é inerte, é uma "Casa Morta", petrificada em desespero, mas o autor se move; ele desce pelos círculos do inferno:

primeiro é um observador externo, apreende apenas as características mais ríspidas e inauditas, depois toma parte na vida da prisão e termina por adentrar as profundezas misteriosas daquele mundo, toma consciência daquilo que viu antes, mas de modo novo, reavalia suas primeiras impressões, aprofunda suas conclusões. O retorno a temas já tratados se explica por um movimento que vai das margens ao centro, da superfície às profundezas. O ângulo de visão vai mudando gradualmente, e a cada vez os quadros familiares são iluminados de uma outra maneira.

Os galés são caracterizados pela sua fala. Essa mistura de linguajares de todos os cantos da Rússia com o jargão dos criminosos é cheia de uma expressividade peculiar. Está repleta de provérbios, adágios, aforismos e símiles certeiros. O autor percebe o amor do povo pela discussão verbal, pela réplica inventiva, pela arte da altercação. Na prisão, os impropérios quase nunca acabam em briga; nele os presos encontram uma espécie de prazer artístico. Eis um exemplo desses duelos verbais:

"— Tinha o lobo uma única cantiga, e esse aí ainda o imita; tinha de ser de Tula! — observou um dos tipos sombrios com sotaque de mechinha.

— Vamos que eu seja de Tula — objetou de pronto Skurátov —, mas lá na sua Poltava vocês vivem empanturrados de *galuchkas*!

— Continua com tuas lorotas! Tu mesmo vivias roendo asa de penico.

— Agora é como se o diabo o alimentasse com balas de canhão! — acrescentou um terceiro.

— Pra falar a verdade, maninhos, fui um menino mimado — respondeu Skurátov com um leve suspiro, como que se lamentando de sua mimalhice e dirigindo-se a todos em geral e a ninguém em particular —, desde minha tenra infância fui *briado* (isto é, 'criado'; Skurátov deformava deliberadamente as palavras) à base de ameixas secas e pãezinhos *pampruski*, meus irmãos consanguíneos ainda têm seu negócio em Moscou, vendem brisa num corredor de lojas e são comerciantes riquíssimos.

[...]

— É, e mesmo agora podes ser esfolado no lugar de uma zibelina — observou Luká Kuzmitch. — Caramba, só com a roupa dava para apurar uns cem rublos.

[...]

— Mas em compensação, maninhos, a cabeça vale muito, a cabeça!
[...]
— Na certa a gente deve olhar pra tua cabeça, é?
— Ora, nem a cabeça é dele; foi uma esmola — tornou a importunar Luká Kuzmitch. — Foi uma esmola que lhe deram em nome de Cristo, quando a expedição dos galés passava por Tiumién."

Esse discurso engenhoso e potente atesta o agudo poder de observação e o humor soturno dessa gente carrancuda e zombeteira que são os galés.

As cenas da vida na prisão nos atingem com sua força crua. Dostoiévski mergulha suas cenas em um negror funesto, e de repente uma luz clara e mortiça ilumina alguns daqueles rostos desfigurados, ferreteados, os crânios raspados e as figuras em seus uniformes de presidiários, que são metade marrom-escuros e metade cinza. É bastante conhecido o relato do espetáculo no presídio, quando foram encenadas peças do repertório popular, como *Filatka e Mírochka* e *Kedril, o glutão*; são inesquecíveis os ensaios sobre a celebração do Natal na prisão, sobre a "queixa" que os presos apresentaram por causa da comida ruim, sobre a fuga de dois presos. Mas a verdadeira obra-prima visual é a descrição da casa de banho, "simplesmente dantesca", segundo as palavras de Turguêniev. O tom, deliberadamente seco, e a serena descrição dos detalhes reforçam essa impressão.

"Quando abrimos a porta que dava para os banhos, pensei que tínhamos entrado no inferno. [...] Havia vapor, que nos obscurecia os olhos, fuligem, sujeira, e o aperto era tal que não havia onde botar o pé. [...] No chão inteiro não havia um espacinho de um palmo em que os presidiários não se sentassem curvados para se lavar com a água da cuia. [...] Nos bancos, uns cinquenta feixes de ramos subiam e desciam simultaneamente; todos se fustigavam até o inebriamento. O vapor aumentava a cada minuto. Aquilo já não era calor; era uma fornalha. Berraria e gargalhadas ao som de cem grilhões se arrastando pelo chão... [...] A sujeira escorria de todos os lados. Todos estavam como que inebriados, como que excitados; ouviam-se ganidos e gritos. [...] As cabeças raspadas e os corpos avermelhados pelo vapor pareciam ainda mais disformes. Nas costas vaporizadas, as cicatrizes provenientes dos açoites ou das vergastadas outrora recebidas costumam sobressair com uma nitidez peculiar, de modo que agora pareciam feridas reabertas. Horrendas cicatrizes! [...] Lançam água, e o vapor cobre com uma densa nuvem quente todo o recinto; tudo vira grasnido, gritaria. Da nuvem de vapor deixam-se entrever costas espancadas, cabeças raspadas, mãos e pernas retorcidas [...]"

Serve de contraste a essa orgia dos infernos a tocante descrição do jejum dos presos na Semana Santa. Contra o pano de fundo da treva "infernal", a luz primaveril da Páscoa que se aproxima.

"Os presidiários rezavam com muito zelo e todo dia levavam à igreja seu mísero copeque para comprarem uma vela ou depositarem no cofrinho. 'Ora, eu também sou gente', talvez pensasse ou sentisse na hora de fazer o depósito, 'perante Deus somos todos iguais...'. Nós comungávamos na missa matutina. Quando o sacerdote, de cálice na mão, dizia as palavras '... mas mesmo eu sendo um bandido, aceita-me...', quase todos desabavam no chão, fazendo retinirem seus grilhões, como se tomassem essas palavras literalmente, para si."

Esse caráter "pictórico", esse "viu e ouviu", forma a camada externa dos *Escritos*. Um mundo novo, especial, abriu-se diante do olhar estupefato do escritor. Mas ele não se limita a descrever a superfície; ambiciona ir mais fundo, compreender as "leis" daquele mundo, adentrar o seu mistério. Para ele, o concreto é apenas um invólucro do espiritual, a imagem é o ponto de partida do movimento de uma ideia; passa da representação à exegese. A dinâmica da construção se revela na compreensão filosófica da experiência da "Casa Morta".

Para Dostoiévski, a própria vida serve de experimento, e é deste experimento que nasce a sua filosofia. Suas primeiras impressões do trabalho forçado foram de medo, surpresa e desespero; foram necessários anos para que passasse a acreditar nessa nova realidade e a compreendesse. Então, pouco a pouco, tudo o que havia de ruim, de hediondo e misterioso no que o cercava tornou-se claro em sua consciência. Ele compreendeu que "todo o sentido da palavra 'detento' é o de homem privado de liberdade, de vontade", e que todas as particularidades da prisão se explicam pelo conceito de "privação da liberdade". Ao que parece, ele tinha como saber isso antes; mas, nas palavras de Dostoiévski, "a impressão que a realidade produz difere inteiramente do que *conhecemos e ouvimos dizer*". O autor não exagera os horrores da vida na prisão: os trabalhos nas oficinas não lhe parecem tão pesados; a comida é tolerável; as autoridades, com poucas exceções, são humanas e benevolentes; na prisão é permitido ocupar-se de qualquer ofício: "Os presidiários, mesmo agrilhoados, andavam livremente por todo o presídio, insultavam-se, cantavam canções, trabalhavam por conta própria, fumavam cachimbo e até tomavam vodca; à noite, alguns organizavam um carteado". É possível habituar-se ao sofrimento físico (o barulho, a fumaça, o fedor, o frio). Não é nisto que consiste o verdadeiro tormento do presídio, e sim na *condição de cativo*. Tendo chegado a esta descoberta, o escritor retorna à caracterização de seus companheiros de infortúnio, aprofundando-a. No primeiro capítulo ele percebeu a paixão que os detentos têm pelo dinheiro, mas agora (no capítulo 5) ele a explica: o prisioneiro é ávido por dinheiro e dá seu suor e sangue para conseguir um copeque, submete-se a perigos extremos; mas depois de longos meses de penúria, esbanja em uma hora todas as suas economias. Por quê? Porque por meio dessas pândegas ele compra "aquilo que considera estar num grau mais elevado que o dinheiro. O que, então, está acima do dinheiro para o detento? A liberdade, ou ao menos alguma ilusão de liberdade". Ele pode "proclamar, *ainda que por pouco tempo*, que sua vontade e seu poder são incomparavelmente maiores do que parecem". "Por fim, em toda essa pândega há um risco — significa que tudo isso tem ao menos alguma sombra de vida, ao menos *uma sombra distante de liberdade*. E o que não se dá pela liberdade?" Todas as especificidades de caráter dos presos vêm da nostalgia da liberdade. Os prisioneiros são grandes sonhadores. Por isso são tão sombrios e reservados, por isso têm tanto medo de se expor e por isso odeiam tanto os faladores, os brincalhões. Há neles uma espécie de inquietação convulsa, eles nunca se sentem em casa na prisão, ficam exauridos pelo trabalho porque este lhes é *forçado*, e uma vez que a convivência também é *compulsória*, são hostis uns com os outros e brigam: "entre os presidiários quase não se notava nenhum sentimento de amizade, e não falo do sentimento generalizado de amizade — disso havia menos ainda —, mas da amizade pessoal entre um detento e outro [...], o que era um traço notável: *as coisas não são assim no mundo livre*". Quando privadas de sua liberdade, as pessoas penam, inventam discussões sem sentido, trabalham com asco. Mas se permitimos que tomem iniciativa, transformam-se imediatamente. As tarefas nas oficinas são sempre cumpridas no prazo, no espetáculo os atores demonstram uma quantidade enorme de imaginação e talento. No feriado, bem vestidos, sentem que são pessoas como quaisquer outras, tornam-se delicados, corteses e amistosos. E que alegria e animação prevalecem no presídio quando compram um cavalo baio! Os prisioneiros compreendem sua responsabilidade pelo bem comum, barganham, analisam os cavalos, como se fossem "homens livres". O *motivo da liberdade* perpassa todo o livro; essa concepção ideal determina toda a sua construção. No final dos *Escritos* há a história de uma águia ferida que vivia no pátio da prisão. Os presos a devolvem à liberdade e passam um longo tempo contemplando seu trajeto.

> "— Olhem como voa! — proferiu um com ar meditativo.
> — E nem olha para trás! — acrescentou outro. — Não olhou nenhuma vez, maninhos, está indo embora.
> — E pensavas que ela voltaria para agradecer? — observou outro.
> — Conheço isso, é a independência. Farejou a independência.
> — Quer dizer, a liberdade.
> — Já a perdemos de vista, maninhos...
> — Por que estão parados? Em marcha! — gritaram os escoltas, e todos se arrastaram calados para o trabalho."

A ideia contida nos *Escritos* é a ideia de liberdade, encarnada no símbolo-imagem da águia.

O comitê de censura ficou confuso com a descrição de algumas "liberdades" presentes na prisão de Omsk: pão branco, vodca, tabaco. Dostoiévski enviou duas páginas de "conclusão", que não entraram em nenhuma edição do livro.[5] Esse raciocínio resume a ideia principal da obra: não existe maior tormento para o homem do que a privação de sua liberdade.

> "Ora, o pão! Comem pão para que possam viver, mas a vida, ela mesma, não existe! [...]
> Tente o senhor construir um palácio. Mande que tragam mármore, pinturas, aves do paraíso, jardins suspensos, toda sorte de coisas... Agora adentre-o. No fim das contas, talvez o senhor nunca mais queira sair dali. Talvez efetivamente não saia. Lá tem de tudo! 'Melhor não mexer no que está bom.' Mas de repente — um mero detalhe! — o palácio do senhor é bloqueado por uma cerca, e alguém chega e lhe diz: 'Tudo isto é teu! Aproveita! Mas não dês um passo daqui para fora!'. Pode ter certeza de que nesse mesmo

---

[5] Texto reproduzido nas páginas 363-5 desta edição. (N. do T.)

momento o senhor vai querer abandonar o paraíso e deixar a área cercada. E tem mais! Todo esse luxo, toda essa volúpia, servirão de inspiração para o seu sofrimento. O senhor chegará a ficar ofendido justamente com o luxo..."

O autor opõe a liberdade a uma "gaiola de ouro". A imagem do "palácio" logo será preenchida de um novo conteúdo ideológico: qualquer forma compulsoriamente racionalizada de organização da sociedade, qualquer "paraíso terrestre" utilitário, comprado às expensas da liberdade, seja o falanstério de Fourier[6] ou a coletividade comunista, tudo isso é uma "Casa Morta", um palácio cercado. Essa ideia será desenvolvida em *Notas de inverno sobre impressões de verão*. O homem do subsolo sonha em mandar ao diabo o "palácio de cristal", apenas para que possa *viver segundo sua própria vontade "estúpida"*. A dialética da liberdade de Dostoiévski vai desaguar em "O Grande Inquisidor".

Nos *Escritos da casa morta*, a questão da liberdade está naturalmente conectada à questão da personalidade. Sem liberdade não há personalidade. Por isso os presos são tão carrancudos, enfermiços e irritadiços; todos os seus esforços concentram-se em resguardar a própria pessoa, proteger sua dignidade humana: "esse tom geral era constituído por um decoro pessoal peculiar, do qual estavam imbuídos quase todos os habitantes do presídio". Os condenados são extremamente vaidosos, jactantes, suscetíveis, formais, obcecados com seu comportamento externo. Tiveram sua dignidade humana humilhada, e a defendem com violência, com perversidade, com tenacidade. A conduta sistemática da chefia do presídio pode levar o mais dócil dentre eles a cometer um crime. "O próprio detento sabe que é um detento, um réprobo, e conhece o seu lugar perante um superior; mas nenhuma marca de açoite, nenhum grilhão o faz esquecer *que é um homem*." Um prisioneiro pode viver pacata e tranquilamente por um bom tempo, mas de repente desembesta, se desarranja, e pode até cometer um delito: "Pensando bem, é possível que todo o motivo dessa súbita explosão [...] provenha de uma manifestação melancólica e espasmódica de sua personalidade, de uma instintiva saudade do que ele já foi, do desejo de dar a conhecer-se, de mostrar sua individualidade humilhada, que de repente extravasa e transborda no ódio, na fúria, na perturbação da razão, num ataque súbito, espasmódico [...] nesse caso já não se trata de razão: trata-se de um espasmo".

---

[6] Referência à forma de organização utópica idealizada pelo filosofo francês Charles Fourier (1772-1837). (N. do T.)

Nos *Escritos*, a camada superficial é a *descrição artística dos fatos*; a camada do meio, sua interpretação psicológica baseada nas ideias de liberdade e personalidade; a camada profunda é a investigação *metafísica* do bem e do mal na alma do homem.

Dostoiévski parte de uma divisão simplificada dos convictos entre bons e maus: "Em toda parte há gente ruim, e entre os ruins há gente boa [...], quem poderá saber? Talvez essas pessoas não sejam em nada tão piores que aquelas *outras*, que estão lá fora, além dos muros do presídio". Expandindo o escopo de sua investigação e conferindo a ela um significado universal, o escritor compara os bons e os maus, os fortes de vontade e os fracos de espírito: "Há naturezas tão belas de nascença, tão dotadas por Deus, que a simples ideia de que um dia venham a mudar para pior nos parece impossível". Assim é o jovem tártaro Aliêi: "Toda a sua alma transparecia em seu belo rosto — pode-se até dizer que era um rosto gracioso. Seu sorriso era tão confiante, de uma candura tão infantil; os olhos negros e graúdos eram tão suaves, tão meigos que, olhando para ele eu sempre sentia um prazer especial, até um alívio em minha angústia e em minha tristeza. [...] Sua natureza, no entanto, era firme e forte, apesar de toda a aparente brandura. Posteriormente, vim a conhecê-lo bem. Pudico como uma menina pura [...]". Dostoiévski o ensinou a ler o Evangelho em russo:

"Perguntei-lhe se gostara do que acabara de ler.
Lançou-me um olhar rápido e o rubor estampou-se em seu rosto:
— Ah, sim! — respondeu —, sim. Issa é um santo profeta, Issa falou as palavras de Deus. Como é bonito.
— Do que gostaste mais?
— Do trecho onde ele diz: perdoa, ama, não ofendas e ama os inimigos. Ah, como ele diz isso bem!"

Aliêi é um homem bem-aventurado, uma *anima naturaliter christiana*.[7]

Outra figura, a do velho cismático, é o primeiro esboço de um "velho" em Dostoiévski:

---

[7] Em latim no original: "alma naturalmente cristã". A frase é empregada por Tertuliano (c. 155-240) para se referir ao conhecimento acerca de Deus que é acessível mesmo a indivíduos de culturas pagãs. (N. do T.)

"Era um velhote de uns sessenta anos, baixo, encanecido. [...] tinha algo de tão calmo e sereno no olhar, que, lembro-me, eu contemplava com um prazer especial aqueles olhos claros, luminosos, aureolados de rugas miúdas e radiadas. [...] raras vezes em minha vida vi um ser tão benévolo [...]. Alegre, ria com frequência [...], mas um riso claro, um riso sereno, no qual havia muito da simplicidade infantil [...]"

O velho crente de *Escritos da casa morta* é da mesma cepa que o andarilho Makar Dolgorúki, o monge Tíkhon e o velho Zossima.[8]

O "rapazola extraordinariamente bonito" Sirótkin, criatura de coração dócil, "manso, pensativo"; o abnegado Suchílov, manso de coração, "um pobre diabo, inteiramente dócil e humilde, até amedrontado". A bondade, em todas essas pessoas, vem de sua natureza, é independente de sua criação e de seu meio social, é a bondade como *gratia gratis data*.[9]

A eles se opõem os vis. Foi na prisão que Dostoiévski primeiro os encontrou. E eles o atraíram, assustaram-no com seu enigma. Por muito tempo ele não os compreendeu. E o que ele acabou por compreender a respeito deles foi a mais espantosa revelação que a prisão lhe fizera. Aqueles criminosos não conheciam o *arrependimento*:

"[...] durante vários anos não notei entre aqueles homens o mínimo sinal de arrependimento, o mínimo remorso por seus crimes [...], em seu íntimo, uma grande parcela deles se considerava cheia de razão. [...] Ora, em tantos anos teria sido possível perceber, captar, suspeitar naqueles corações ao menos alguma coisa, quando nada um simples indício que desvelasse uma angústia interior, um sofrimento. *Mas isso não havia, positivamente não havia*."

Como explicar essa falta de arrependimento? Pouca instrução? Torpor espiritual? Imaturidade? O autor descarta o "ponto de vista já dado, pronto". Os galés são uma gente letrada: "Na certa, mais da metade sabia ler e

---

[8] Personagens de *O adolescente*, *Os demônios* e *Os irmãos Karamázov*, respectivamente. (N. do T.)

[9] Em latim no original: "graça dada por graça". O termo é empregado por São Tomás de Aquino (1225-1274) e refere-se aos dons conferidos a um homem independentemente de seu mérito ou de sua conduta moral, e visando não a sua santificação, mas a salvação dos que o rodeiam. (N. do T.)

escrever. Em que outro lugar onde se reúnem grandes massas do povo russo você consegue separar desse contingente um grupo de duzentos e cinquentas homens, metade dos quais seja alfabetizada?". Dostoiévski não vacila ao reconhecer de forma audaciosa, quase inverossímil, que aqueles vilões e criminosos eram *os melhores entre o povo russo*:

> "E quanta mocidade fora enterrada inutilmente naquelas muralhas, quantas forças poderosas ali pereceram em vão! *Vamos, é preciso dizer tudo*: vamos, aquela era uma gente extraordinária. Pois é possível que aquela fosse até mesmo a gente mais talentosa, a gente mais forte de todo o nosso povo. E aquelas forças poderosas pereceram em vão [...]"

Assim, o ponto de vista "pronto" nada explica sobre a consciência e a lei moral. Os melhores homens, letrados, talentosos, fortes, não sentem remorso algum. O autor se depara com o enigma do crime. Conclui que a filosofia do crime "é um tanto mais difícil do que se supõe". Eis o tema de *Crime e castigo*.

A questão da consciência é mais complexa do que pensam os partidários do otimismo moral. A natureza enigmática do mal é explorada pelo autor, por exemplo, por meio de algumas personalidades "fortes".

Vejamos o presidiário Gázin. A seu respeito, Dostoiévski nos diz:

> "Aquele Gázin era um ser pavoroso. Produzia em todos uma impressão de horror, angustiante. Sempre me pareceu que nada podia haver de mais feroz e monstruoso do que ele. [...] Às vezes eu tinha a impressão de estar diante de uma aranha enorme, gigantesca, do tamanho de um homem. [...] Contavam também que antes ele gostava de esfaquear criancinhas unicamente por prazer: levava a criança para um lugar propício, primeiro a assustava, torturava e, depois de plenamente satisfeito com o pavor e o tremor da pobre e pequena vítima, esfaqueava-a em silêncio, devagarinho, saboreando o prazer. [...] Por outro lado, quando não estava bêbado portava-se com muita prudência. Sempre sereno, nunca brigava com ninguém e evitava altercações, mas isso parecia dever-se a um desprezo pelos outros, *como se considerasse estar acima dos demais* [...] seu rosto e seu sorriso sempre deixavam transparecer um misto de arrogância, malícia e crueldade."

A personalidade de Gázin é demoníaca; o autor compreende sua imagem como uma encarnação do mal em estado puro, sendo a violência contra as crianças um sinal de obsessão demoníaca (Svidrigáilov e Stavróguin). A força maligna tem como símbolo a imagem da aranha (o "banheiro com aranhas" de Svidrigáilov, as aranhas de Viersílov, de Hippolit, de Ivan Karamázov).[10] Em Gázin expressa-se o caráter destruidor do mal — o princípio de Arimã.[11] Em outro bandido, Orlóv, mostra-se a grandiosidade do mal — o princípio de Lúcifer. A respeito do extremamente maligno Orlóv, Dostoiévski escreve:

> "Posso afirmar, na plena acepção da palavra, que em minha vida nunca encontrei um homem de índole mais forte, de ferro. [...] *era, a olhos vistos, a plena vitória sobre a carne*. Via-se que esse homem era capaz de um autodomínio ilimitado, desprezava quaisquer tormentos e castigos e não temia nada neste mundo. [...] Impressionava-me, aliás, sua estranha arrogância. [...] Creio que não havia um ser no mundo capaz de influenciá-lo só com sua autoridade. [...] Tentei falar com ele sobre suas aventuras. Ele franzia um pouco o cenho com essas inquirições, mas sempre respondia com franqueza. Quando compreendeu que eu tentava atingir-lhe a consciência e extrair dele ao menos algum arrependimento, olhou-me com tamanho desdém e altivez como se de repente me visse como algum garotinho bobo, com quem não se deve nem discutir como se discute com gente grande. Seu rosto chegou até a exprimir um quê de compaixão por mim. Um minuto depois, despejava sobre mim a mais cândida das risadas, sem nenhuma ironia [...] No fundo, era-lhe impossível não me desprezar, e forçosamente devia me ver como um ser resignado, fraco, deplorável e *inferior a ele em todos os sentidos*."

Dostoiévski encontra-se com uma personalidade titânica, um super-homem, para quem a moral ordinária é uma infantilidade digna de dó. O mal não é uma deficiência causada pela força de vontade e pela fraqueza de caráter; pelo contrário, é detentor de um poder apavorante, de uma gran-

---

[10] Personagens de *Crime e castigo*, *O adolescente*, *O idiota* e *Os irmãos Karamázov*, respectivamente. (N. do T.)

[11] No zoroastrismo, o deus da treva, da desordem e da destruição. (N. do T.)

diosidade soturna. O mal não é o domínio da natureza carnal, inferior, sobre a espiritual e superior: o maligno Orlóv é ele mesmo a vitória completa sobre a carne. O mal é de uma realidade mística e de uma espiritualidade demoníaca.

Orlóv ri com arrogância de moralistas ingênuos como Dostoiévski e despreza o "homem débil" que há nele. No romance *Humilhados e ofendidos*, o maligno príncipe Valkóvski escarnece do idealismo schilleriano do escritor Ivan Pietróvitch. No super-homem Orlóv originam-se todas as "personalidades fortes" de Dostoiévski. Ali a questão de Raskólnikov já está delineada. As pessoas são divididas em fortes, a quem "tudo é permitido", e fracas, para as quais foi criada a moralidade. Raskólnikov, Stavróguin e Ivan Karamázov colocam-se "além do bem e do mal". Esse nietzscheanismo pré--Nietzsche, Dostoiévski o assimilou da prisão.

O encontro com homens como Gázin e Orlóv foi um acontecimento decisivo na vida espiritual do escritor. Diante dessa realidade, suas antigas convicções desabaram como um castelo de cartas. O "rousseauismo", o humanismo, o utopismo, tudo se despedaçou. O filantropo, que pouco antes pregava a misericórdia pelos desgraçados e ensinava que "o último entre os homens é teu irmão", agora exige que a sociedade seja protegida do "monstro", do "Quasímodo moral". Ao descrever o criminoso A-v, que "para satisfazer o mais ínfimo e extravagante desses prazeres era capaz de matar, de degolar com o maior sangue-frio", o autor exclama: "Não, antes um incêndio, antes uma epidemia e uma fome do que um tipo assim vivendo em sociedade". Esse é o colapso total do humanismo: a desilusão com a bondade e a justificação do encarceramento!

Mas a tragédia que o autor presenciou no presídio é ainda mais profunda. Por quatro anos ele viveu rodeado por duzentos e cinquenta inimigos que não dissimulavam seu ódio pelos nobres e "deleitavam-se" com o sofrimento deles. Quando o terrível Gázin estava prestes a esmagar as cabeças dos nobres com uma pesada gamela de guardar pães, os presidiários silenciaram e aguardaram: "Nenhum grito contra Gázin, tamanha era a força do ódio que nutriam por nós!". Quando os presidiários fizeram uma "queixa" aos superiores, excluíram os nobres da causa comum. Dostoiévski sentiu-se profundamente ofendido e argumentou com o preso Pietróv que deveriam permitir que ele participasse da queixa... "por companheirismo". A isso o outro respondeu, perplexo: "Ora, ora... Onde que os senhores seriam companheiros nossos?". Foi então que, por fim, o nobre condenado adivinhou: "Compreendi que nunca me aceitariam como companheiro, mesmo que eu fosse um presidiário mil vezes pior, permanecesse ali para todo o sempre, ainda que fosse na seção especial". O abismo que separa as altas classes do povo simples é mais profundo, intransponível, do que pode parecer aos olhos dos adoradores do povo. O nobre europeizado e civilizado é um estrangeiro para o povo, e são necessários esforços longos e persistentes para que ele mereça sua confiança. E eles — que representavam todos os rincões da Rússia — eram bandoleiros, inimigos; por quatro anos sem cansar, eles o perseguiram com ódio encarniçado. Ele amava o povo, quis fazer com que o amassem de volta. A vasta maioria deles permaneceu intransigente. Ele podia ter se fechado em seu sentimento de razão e superioridade moral, como fizeram os degredados poloneses, mas não quis repetir o mote desdenhoso: "*Je haïs ces brigands*". Não se amargurou e não se deixou abater, realizando um gesto grandioso de humildade cristã: admitiu que a verdade estava do lado dos inimigos, que aquela era "uma gente extraordinária", que neles residia a alma da Rússia... Na treva infernal da prisão o escritor encontrou aquilo diante do que sempre se curvara: o povo russo.

Ele escreve: "O traço característico supremo e mais acentuado do nosso povo é o sentimento de justiça e a sede dela. Basta apenas remover a crosta externa, aluviana, e observar o próprio grão mais de perto, com mais atenção e sem preconceito, e qualquer um verá no povo coisas que nem sequer pressentia. Nossos sábios têm pouco a ensinar ao povo. Eu até afirmo o contrário: *ainda devem aprender com ele*". O Dostoiévski "populista" nasceu nos trabalhos forçados.[12]

Aproxima-se o dia de sua liberdade:

"Os grilhões caíram. Eu os ergui... Queria segurá-los nas mãos, olhar para eles pela última vez. Eu parecia admirado, porque ainda agorinha estavam em minhas pernas.

— Bem, vão com Deus, vão com Deus — diziam os presidiários com suas vozes entrecortadas, rudes, mas como que satisfeitas com alguma coisa.

Sim, com Deus! Liberdade, vida nova e ressurreição dentre os mortos... Que momento glorioso!"

---

[12] O "populismo" (*narodnitchestvo*, da palavra *narod*, "povo") foi um movimento socialista agrário dos anos 1860-1870, de fundamentos pré-marxistas e sem relação com o nosso uso corrente do termo. É frequentemente lembrado por sua idealização do povo russo e da vida rural. Boa parte dos seus membros sofreu uma certa desilusão ao tentar pôr em prática o mote de "ir ao povo". (N. do T.)

De fato, uma ressurreição dentre os mortos! Aquele grão que morrera na Casa Morta agora medrava e dava fruto: geniais romances-tragédia. A experiência do escritor na prisão foi sua riqueza espiritual.

"Pode acreditar", escreve ao irmão, no ano de 1856, "que alguém que passar pelos apuros que eu passei sobreviverá, no final das contas, a um bom número de filosofias, e essa palavra você pode interpretá-la como bem quiser."

A filosofia de Dostoiévski é uma filosofia vivida. Ele é um filósofo "existencial", um "duplo de Kierkegaard", nas palavras de Lev Chestov.

SOBRE O AUTOR

Fiódor Mikháilovitch Dostoiévski nasceu em Moscou a 30 de outubro de 1821, num hospital para indigentes onde seu pai trabalhava como médico. Em 1838, um ano depois da morte da mãe por tuberculose, ingressa na Escola de Engenharia Militar de São Petersburgo. Ali aprofunda seu conhecimento das literaturas russa, francesa e outras. No ano seguinte, o pai é assassinado pelos servos de sua pequena propriedade rural.

Só e sem recursos, em 1844 Dostoiévski decide dar livre curso à sua vocação de escritor: abandona a carreira militar e escreve seu primeiro romance, *Gente pobre*, publicado dois anos mais tarde, com calorosa recepção da crítica. Passa a frequentar círculos revolucionários de Petersburgo e em 1849 é preso e condenado à morte. No derradeiro minuto, tem a pena comutada para quatro anos de trabalhos forçados, seguidos por prestação de serviços como soldado na Sibéria — experiência que será retratada em *Escritos da casa morta*, livro que começou a ser publicado em 1860, um ano antes de *Humilhados e ofendidos*.

Em 1857 casa-se com Maria Dmitrievna e, três anos depois, volta a Petersburgo, onde funda, com o irmão Mikhail, a revista literária *O Tempo*, fechada pela censura em 1863. Em 1864 lança outra revista, *A Época*, onde imprime a primeira parte de *Memórias do subsolo*. Nesse ano, perde a mulher e o irmão. Em 1866, publica *Crime e castigo* e conhece Anna Grigórievna, estenógrafa que o ajuda a terminar o livro *Um jogador*, e será sua companheira até o fim da vida. Em 1867, o casal, acossado por dívidas, embarca para a Europa, fugindo dos credores. Nesse período, ele escreve *O idiota* (1869) e *O eterno marido* (1870). De volta a Petersburgo, publica *Os demônios* (1872), *O adolescente* (1875) e inicia a edição do *Diário de um escritor* (1873-1881).

Em 1878, após a morte do filho Aleksiêi, de três anos, começa a escrever *Os irmãos Karamázov*, que será publicado em fins de 1880. Reconhecido pela crítica e por milhares de leitores como um dos maiores autores russos de todos os tempos, Dostoiévski morre em 28 de janeiro de 1881, deixando vários projetos inconclusos, entre eles a continuação de *Os irmãos Karamázov*, talvez sua obra mais ambiciosa.

SOBRE O TRADUTOR

Paulo Bezerra estudou língua e literatura russa na Universidade Lomonóssov, em Moscou, especializando-se em tradução de obras técnico-científicas e literárias. Após retornar ao Brasil em 1971, fez graduação em Letras na Universidade Gama Filho, no Rio de Janeiro; mestrado (com a dissertação "Carnavalização e história em *Incidente em Antares*") e doutorado (com a tese "A gênese do romance na teoria de Mikhail Bakhtin", sob orientação de Afonso Romano de Sant'Anna) na PUC-RJ; e defendeu tese de livre-docência na FFLCH-USP, "*Bobók*: polêmica e dialogismo", para a qual traduziu e analisou esse conto e sua interação temática com várias obras do universo dostoievskiano. Foi professor de teoria da literatura na Universidade do Estado do Rio de Janeiro, de língua e literatura russa na USP e, posteriormente, de literatura brasileira na Universidade Federal Fluminense, pela qual se aposentou. Recontratado pela UFF, é hoje professor de teoria literária nessa instituição. Exerce também atividade de crítica, tendo publicado diversos artigos em coletâneas, jornais e revistas, sobre literatura e cultura russas, literatura brasileira e ciências sociais.

Na atividade de tradutor, já verteu do russo mais de quarenta obras nos campos da filosofia, da psicologia, da teoria literária e da ficção, destacando-se: *Fundamentos lógicos da ciência* e *A dialética como lógica e teoria do conhecimento*, de P. V. Kopnin; *A filosofia americana no século XX*, de A. S. Bogomólov; *Curso de psicologia geral* (4 volumes), de R. Luria; *Problemas da poética de Dostoiévski, O freudismo, Estética da criação verbal, Teoria do romance I, II e III, Os gêneros do discurso, Notas sobre literatura, cultura e ciências humanas* e *O autor e a personagem na atividade estética*, de M. Bakhtin; *A poética do mito*, de E. Melietinski; *As raízes históricas do conto maravilhoso*, de V. Propp; *Psicologia da arte, A tragédia de Hamlet, príncipe da Dinamarca* e *A construção do pensamento e da linguagem*, de L. S. Vigotski; *Memórias*, de A. Sákharov; e *O estilo de Dostoiévski*, de N. Tchirkóv; no campo da ficção traduziu *Agosto de 1914*, de A. Soljenítsin; cinco contos de N. Gógol reunidos no livro *O capote e outras histórias; O herói do nosso tempo*, de M. Liérmontov; *O navio branco*, de T. Aitmátov; *Os filhos da rua Arbat*, de A. Ribakov; *A casa de Púchkin*, de A. Bítov; *O rumor do tempo*, de O. Mandelstam; *Em ritmo de concerto*, de N. Dejniov; *Lady Macbeth do distrito de Mtzensk*, de N. Leskov; além de *O duplo, O sonho do titio* e *Sonhos de Petersburgo em verso e prosa* (reunidos no volume *Dois sonhos*), *Bobók, Crime e castigo, O idiota, Os demônios, O adolescente* e *Os irmãos Karamázov*, de F. Dostoiévski.

Em 2012 recebeu do governo da Rússia a Medalha Púchkin, por sua contribuição à divulgação da cultura russa no exterior.

SOBRE O ARTISTA

Oswaldo Goeldi nasceu em 31 de outubro de 1895, no Rio de Janeiro. No ano seguinte, a família transferiu-se para Belém, onde seu pai — o naturalista suíço Emílio Augusto Goeldi — fora encarregado de reestruturar o Museu Paraense (atual Museu Paraense Emílio Goeldi).

Em 1901, a família se muda para a Suíça. No ano em que eclode a Primeira Guerra Mundial, Goeldi ingressa na Escola Politécnica de Zurique. Nessa mesma época, começa a desenhar, de acordo com suas palavras, movido por "uma grande vontade interior". Em 1917, após a morte do pai, abandona a Escola Politécnica e matricula-se na École des Arts et Métiers, de Genebra, a qual trocará, seis meses depois, pelo ateliê dos artistas Serge Pahnke e Henri van Muyden. Também aí permanece pouco tempo, pois o que ensinavam "não correspondia ao que vinha da minha imaginação".

Em 1919, sua família retorna ao Brasil, fixando-se no Rio de Janeiro. Goeldi, que já conhecia as vanguardas europeias, sente-se deslocado no meio cultural ainda pré-moderno. É esse deslocamento que o artista expressaria em seus desenhos: "o que me interessava eram os aspectos estranhos do Rio suburbano, do Caju, com postes de luz enterrados até a metade na areia, urubu na rua, móveis na calçada, enfim, coisas que deixariam besta qualquer europeu recém-chegado".

Nesse mesmo ano começa a fazer ilustrações para revistas e jornais, o que seria uma de suas fontes de renda mais estáveis até o fim da vida. Em 1924, Goeldi começa a gravar na madeira "para impor uma disciplina às divagações" a que o desenho o levava. Nos anos 1940, realiza para a José Olympio Editora bicos de pena e xilogravuras para ilustrar as seguintes obras de Dostoiévski: *Humilhados e ofendidos* (1944), *Memórias do subsolo* (1944), *Recordações da casa dos mortos* (1945) e *O idiota* (1949).

Em 1960, Goeldi recebe o grande Prêmio Internacional de Gravura da Bienal do México. A 15 de fevereiro de 1961, é encontrado morto em sua casa-ateliê no Leblon, onde criara, ao longo dos anos, uma obra intensa, concentrada, e que se tornaria rapidamente um ponto de referência para as novas gerações.

OBRAS DE DOSTOIÉVSKI PUBLICADAS PELA EDITORA 34

Gente pobre (1846), tradução de Fátima Bianchi [2009]

O duplo (1846), tradução de Paulo Bezerra [2011]

A senhoria (1847), tradução de Fátima Bianchi [2006]

Crônicas de Petersburgo (1847), tradução de Fátima Bianchi [2020]

Noites brancas (1848), tradução de Nivaldo dos Santos [2005]

Niétotchka Niezvânova (1849), tradução de Boris Schnaiderman [2002]

Um pequeno herói (1857), tradução de Fátima Bianchi [2015]

A aldeia de Stepántchikovo e seus habitantes (1859), tradução de Lucas Simone [2012]

Dois sonhos: *O sonho do titio* (1859) e *Sonhos de Petersburgo em verso e prosa* (1861), tradução de Paulo Bezerra [2012]

Humilhados e ofendidos (1861), tradução de Fátima Bianchi [2018]

Escritos da casa morta (1862), tradução de Paulo Bezerra [2020]

Uma história desagradável (1862), tradução de Priscila Marques [2016]

Memórias do subsolo (1864), tradução de Boris Schnaiderman [2000]

O crocodilo (1865) e *Notas de inverno sobre impressões de verão* (1863), tradução de Boris Schnaiderman [2000]

Crime e castigo (1866), tradução de Paulo Bezerra [2001]

Um jogador (1867), tradução de Boris Schnaiderman [2004]

O idiota (1869), tradução de Paulo Bezerra [2002]

O eterno marido (1870), tradução de Boris Schnaiderman [2003]

Os demônios (1872), tradução de Paulo Bezerra [2004]

Bobók (1873), tradução de Paulo Bezerra [2012]

O adolescente (1875), tradução de Paulo Bezerra [2015]

Duas narrativas fantásticas: *A dócil* (1876) e *O sonho de um homem ridículo* (1877), tradução de Vadim Nikitin [2003]

Os irmãos Karamázov (1880), tradução de Paulo Bezerra [2008]

Contos reunidos, tradução de Priscila Marques, Boris Schnaiderman, Paulo Bezerra, Fátima Bianchi, Denise Sales, Vadim Nikitin, Irineu Franco Perpetuo, Daniela Mountian e Moissei Mountian [2017], incluindo "Como é perigoso entregar-se a sonhos de vaidade" (1846), "O senhor Prokhártchin" (1846), "Romance em nove cartas" (1847), "Um coração fraco" (1848), "Polzunkov" (1848) "Uma árvore de Natal e um casamento" (1848), "A mulher de outro e o marido debaixo da cama" (1860), "O ladrão honrado" (1860), "O crocodilo" (1865), "O sonho de Raskólnikov" (extraído de *Crime e castigo*, 1866), "Vlás" (1873)*, "Bobók" (1873)*, "Meia carta de 'uma certa pessoa'" (1873)*, "Pequenos quadros" (1873)*, "Pequenos quadros (durante uma viagem)" (1874), "A história de Maksim Ivánovitch" (extraído de *O adolescente*, 1875), "Um menino na festa de Natal de Cristo" (1876)*, "Mujique Marei" (1876)*, "A mulher de cem anos" (1876)*, "O paradoxalista" (1876)*, "Dois suicídios" (1876)*, "O veredicto" (1876)*, "A dócil" (1876)*, "Uma história da vida infantil" (1876)*, "O sonho de um homem ridículo" (1877)*, "Plano para uma novela de acusação da vida contemporânea" (1877)*, "O tritão" (1878) e "O Grande Inquisidor" (extraído de *Os irmãos Karamázov*, 1880), além de "A mulher de outro" (1848), "O marido ciumento" (1848), "Histórias de um homem vivido" (1848) e "Domovoi" — o volume traz o conjunto das obras de ficção publicadas no *Diário de um escritor* (1873-1881), aqui assinaladas com *

Este livro foi composto em Sabon pela Bracher & Malta, com CTP e impressão da Edições Loyola em papel Pólen Natural 80 g/m² da Cia. Suzano de Papel e Celulose para a Editora 34, em setembro de 2023.